JN221599

# エリザベス・ボウエン
# 作家の生涯

パトリシア・ロレンス［著］
太田良子［訳］

Elizabeth Bowen
A Literary Life
by Patricia Laurence

JIRITSU SHOBO
而立書房

First published in English under the title Elizabeth Bowen: A Literary Life by Patricia Laurence, edition 1

Published by arrangement through Meike Marx Literary Agency, Japan

私の孫、ノア、ザック、サロメ、リモー、ソラルに捧ぐ

装　丁
柳川貴代

# 謝辞

伝記を書くにあたり、エリザベス・ボウエンが世を去って半世紀になろうという今、相談できる存命者はほとんどいなくなってしまった。そうなると伝記は巡歴になる――図書館、大学、ミュージアムへ、そして、アイルランド、イングランド、アメリカにおける彼女の人生と時代について書いたものを収める機関への巡歴である――その一方でボウエンが愛した風景を巡る旅にもなる。物理的なアーカイブは「精神的なアーカイブ」[*1]であり、手紙、思い出、人々、場所――いろいろな場所や思いがけない場所――が収められ、それらはすべてボウエン自身、家族の人たち、友達、文藝エージェント、過去の伝記、歴史家、批評家たちが創り出したものである。感謝したい人々が増えるばかりだ。

第一に、心から感謝を捧げたいノースウェスタン大学名誉教授フィリス・ラスナーは、この伝記に早くから期待して激励してくれただけでなく、その専門的な学識――先見の明でいち早くボウエンを認めた種々の刊行物がある――でこの原稿を早い段階で何度も読んでくれた。私がとくに恩義を感じているレティシア・ルフロイはボウエンの従妹で、インタビューは彼女の寛大な意向で実現したもの。家族の情報とコリー家の写真を根気よくあれこれと数年をかけてメールで開示してくれた。ジュディス・ロバートソンはチャールズ・リッチーの姪で、ボウエンとリッチーの往復書簡と日記をヴィクトリア・グレンディニングとともに編集した――チャールズ・リッチーとカナダの同僚たちについて手紙やメモや情報を快く使わせてくれたことでとくに感謝している。またマッギル大学のアラン・ヘプバーン教授の寛大さには頭が下がる。彼とは本書の企画が始まった時から情報の共有が始まり、ボウエンの生涯を陰翳の中から引き出して、彼女が知的で文化的で政治的なエージェントであることを明らかにしてボウエン研究の道を公的にし、未発表のままに放置されていたボウエンの文章や談話を彼が編纂して書物にしたからである。

私の編集者アリー・トロヤノス、レイチェル・ジェイコブズ、この本の意義を信じてくれてありがとう。レイチェル・ジェイコブズ、出版の準備とプレス関係でご苦労掛けました。

**伝記作家と批評家**「本は本の上に建てられる」とヴァージニア・ウルフは述べる。私の本も例外ではない。私が多くを学んできたのは、ボウエンの死後四年で出版されたヴィクトリア・グレンディニングが描いたポートレイト、*Elizabeth Bowen: A Biography* (1977)、およびボウエンとチャールズ・リッチーの手紙と日記を集めて共著で出した彼女の著書である。ボウエンに関する著述として最も貴重なのは、ハーマイオニー・リー：*Estimations* (1981,1990)、パトリシア・クレイグ：*Biography* (1986)、フィリス・ラスナー：*Elizabeth Bowen* (1990) と同じくラスナーの *The Short Fiction of Elizabeth Bowen* (1991)、ヘザー・ブライアント・ジョーダン：*How Will the Heart Endure: Elizabeth Bowen and the Landscape of War* (1992)、そしてアンドルー・ベネットとニコラス・ロイル：*Elizabeth Bowen and the Dissolution of the Novel* (1995) を挙げる。ボウエン生誕百年に当たる一九九九年は関係書出版に拍車がかかった。アラン・ヘプバーン編纂のボウエンの未紹介の著述と談話集(2005-10)、グレンディニングとロバートソン共著の *Love's Civil War: Elizabeth Bowen & Charles Ritchie, Letters and Diaries, 1941-1973* (2008) を数えることができる。影響力の大きい批評書がそれに続き、モード・エルマンの心理学から見た分析、*Elizabeth Bowen: The Shadow Across the Page* (2003)、ニール・コーコランがボウエンの作品を子供と戦争とアイルランドの三項目に絞って綿密に考察した *Elizabeth Bowen: Enforced Return* (2004)、そしてクレア・ウィルズの *That Neutral Island: A History of Ireland During the Second World War* (2007) は、中立政策のもとにあった生活と同時にアイルランドの政策の背後にあった政治的な理論を洞察する得難い起点を探っている。

**司書**　手紙を追い求めて数か所の図書館へ旅をして、私は素晴らしい司書たちとアーカイブの女人陣（カリアティード）に出会った。アメリカにて――研究とガイダンスと調査奨励金がテキサス大学オースティン支部ランサム・センターの元長官トマス・S・ステイトリーによって早期に授与されたこと、司書モリー・シュウォーツエンバーグとパット、カリフォルニア大学ハンティントン・ライブラリーのゲイル・リチャードソンとスー・ホートン、ニューヨーク市立大学のMOMAライブラリーのジェニファー・トバイアス、コロンビア大学英国・アメリカ課の副監督ジョン・トファネリ、コロンビア大学テクニカルラボのボブ・スコット、そしてボストン・コレジ、ジョン・J・バーンズ・ライブラリーのシェリー・B・バーバーとジャスティン・E・サンダラム、みなさん、本当にありがとう。イングランドにて――寛大な時宜を得た専門的なガイダンスによってキューの英国国立古文書館のラビリンスに分け入ることができたのは、現代海外古文書専門局、SCE（特殊業務司令局）、現代海外古文書広報局のニール・コバートによる。オクスフォード大学ボドリアンのコリン・ハリス、BBC古文書局と英国国立図書館のデヴィッド・シャープ、フォークストン家族口承歴史協会のジャネット・アダムソン、ハイズではハイズの家族実態・人口調査について早くから寛大な協力があった。ダラムのダラム図書館の古文書専門家アンドルー・J・P・グレイ、ケンブリッジ大学キングズ・コレジ図書館のパトリシア・マガイア、オクスフォードのオクスフォード州歴史センターの古文書専門家アリソン・スミス、ハイズ市民協会会長アンドルー・メルチャー、フォークストン図書館伝統遺産室アンドルー・ハドソンおよびハイズ在住のスー・キューワー。アイルランドにて――ミズ・サム・コードおよびフランセス・クラークに感謝、アイルランド国立図書館の女性局、ダブリンのトリニティ・コレジ図書館のルース・ポタソンおよびエステル・ギティンズ、ありがとう。

**インタビューと往復文書**　アイルランドにて――コリー家の人々レティシア・ルフロイ、レディ・ジェシカ・ラスドネル、クリストファとメアリ・ホーン、そしてフィンレイ・コリー。アイルランド文学研究の第一人者デクラン・カイバード、作家、批評家、ジャーナリストのブルース・アーノルド、ファラヒのセント・コールマン教会の鍵管理者ブレンダ・ヘネシーとアーサー・ヘネシー、メアリ・ドウェイン、トリニティ・コレジのニコラス・グリーン教授、ダブリンの住宅社会開発協会代表ビリー・コーマン。アメリカにて——マサチューセッツ大学ボストン校名誉教授アン・バーホフ、シンシア・ラヴレス・シアーズ、CUNYの故サム・ミンツ。カナダにて——エディ・ジェイン・イートン。

**特別研究奨励金**　テキサス大学オースティンのランサム・センターよりメロン奨学金二〇〇七—二〇〇八、アイルランドのUCコレジ・コーク滞在にフルブライト財団より二〇一一、ハンティントン図書館CA、研究奨励金二〇一四、コロンビア大学セミナーでショフ基金より助成金二〇一八—二〇一九、同時にマックグリン教授とバーク教授開講のモダン・アイリッシュ・セミナーで資料の提供があった。

索引作成担当のホリー・ギブソンとデレク・ゴトリーブに感謝。

**情報提供と支援（友人と同僚より）**

アイルランドにて——UCコークのエイブハー・ウォルシュ教授は早くからのサポートと惜しみない支援と啓蒙的な会話、そしてファラヒのボウエンズ・コートまで同行してくれた。パトリシア・コクラン、ジェイムズ・ノウルズ、リー・ジェンキンスは、UCコークでのインタビューと接待を、アイリーン・ファーロングはダブリンの記録調査を助けてくれた。エミリ・マーフィ、モーゼズ・フリードマン、ダニー・モリソン、サリー・フィリップス、ドナ・マルカフィ、ありがとう。イングランドにて——ボウエンの友人であり同僚のハワード・モス、ハイズのセント・コールマン教会教区委員ブリンズリー・ヒューズ、司祭トニー・ウィンドロス牧師、手紙で協力いただいた故ジョン・ハウス、出版のプロとしての助言と温かな接待についてジョーと故セシル・ウルフ、デイドレ・トゥーミー、アン・ロウとアヴリル・ホーナー、ジョー・マッキャン、ありがとう。アメリカにて——メアリ・アン・コーズ教授の大いなる期待、レイチェル・ブラウンスタイン教授の激励、レジス・ザイルマンの技術面の援助、デ・ウィット・ウォレス協会のアーリーン・シャナーによる精神医学の歴史についての助言、ありがとう。そして、筆者のリサーチ助手ラヤ・ディミトロワ、数年間の情報源、書物、写真探索に尽力のジョン・ジェイ・コレジ、本当にありがとう。故ジョン・ハウスには、手紙の提供とハンフリー・ハウス・リテラリ・エステイトから許可を与えられて感謝。

セミナーの経験は思索と執筆に実りを与え、とくにCUNYのウーマンズ・ライヴス・セミナーの充実した講演と活発な議論と参加者——デイドレ・ブレア教授、キャシー・チェンバレン、ベル・チェヴィニー、イヴリン・バリッシュとドロシー・O・ヘリー、ディー・シャピロ——らの長期にわたる支援、コロンビア大学現代アイリッシュ・セミナー、マーカンタイル図書館にあったプルースト読書会に感謝。ベル・シェヴィニー教授、ベラ・ホールステッド、ロバータ・マシューズ、友人で支援者たるマリリア・メイヤーソンによる執筆激励と原稿一部通読、友達ニリとアルベルト・ベイダー、テレーズとマイケル・ゴールドマン、ジェレミー・マッシュとエリザベス・レイダー、サンディとラビ・ジム・ローゼンバーグ、アレン・トバイアスに感謝。アイザイア・バーリンの作品と用語の熟練指導者ヘンリ・ハーディにさらなる感謝。

　最後にして最初の感謝を、冒険者にして独立人たる我が息子と娘ジョナサンとイラナ、そして元気な孫たち、そしてこの伝記を書き終えるまでの長い沈黙に付き合ってくれた我が夫スチュアートに。

## 原注

＊1　デリダ『アーカイヴの病』*Archive Fever*

# 目次

〈凡例〉

・本書は、Patricia Laurence, *Elizabeth Bowen: A Literary Life* (2019) の全訳である。

・書中に登場する著作名については、原書名（邦訳）の形で記載した。本書訳者による単行本、よく知られた古典については邦題表記とした。

・訳者による注は本文内に割注で記載した。

# 第一章　はじめに

## 二本の道

エリザベス・ボウエンは、後半生の回顧録に着手した日に、イギリスはケント州ハイズ周辺を歩いて、六十年前に知っていた道を探した。あった。人は一人もいない。「特徴は何一つ消えていない。五月土曜日の朝は、束の間、ややヒステリー気味に晴れ、冷たい空気が底流に流れていた」[*1]。そうした景色は「サイレント映画の画面に見るようだった。私は記憶を目の前に見るように思い出せる」とボウエンは言う。「だが会話は［…］ほとんど覚えていない」[*2]。

この伝記ではそうした会話をいくつか再発見するつもりでいるが、大地に立つと、この二本の道は彼女の想像力の領域と彼女の人格の側面を明らかにしている。第一に、彼女の先祖伝来の所領アイルランドのキルドラリにあるボウエンズ・コートがたどった道、それは過去を刻印し、彼女をアングロ－アイリッシュの伝統に深く浸す道である。さらにイングランドのハイズ海岸に沿った臨海ヴィラが並んだ道は、彼女の内気（ファルーシュ）な飼いならされていない資質を育てた風景である。彼女はハイズのヴィラを愛した。「ヴィラには白いバルコニーと弓型張り出し窓（ボウ・ウィンドウ）があり、丸い窓が列になってせり出していると塔のように見え、庭園に上がる階段、田舎風の四阿（あずまや）、そしてドロシー・パーキンス種の薔薇が海光に眩しく咲いている」[*3]。これがケント州のドラマティックな海岸線で、ボウエンズ・コートのうねるような広大な緑地とコントラストをなしている。ボウエンはここで、キルドラリの山並みの陰にではなく、開けた高原地（ダウンズ）に、すなわち「白墨質の切り立った白い崖」に立っている[*4]。「晴れた日には」ハイズについて彼女は言った、「この場所では周囲三六〇度が全部見える。秘密は一つもない」。（図1～4）

しかしボウエンズ・コートには独自の秘密が無数にあった。十世代におよぶボウエン家の歴史を秘めた壮大な屋敷は、ボウエンの移動の多い子供時代の土台になっていたが、アングロ－アイリッシュの家族なりの「権力意識」への陶酔があり、同時にボウエン家に流れる「狂気」があることを明かしている。低く垂れた雲の下の平和なそのたたずまいは何エーカーもある広大な緑地の中央に位置し、キルワースのバリウラの森林の紫色と、ブラックウォーターの山並みに囲まれている。ボウエンは初期の回顧録 *Seven Winters*（七たびの冬）の中で、これら子供時代を過ごした堅固な場所に疑惑は何もないと記している。「つまり、これほどまでに鋭い歳月はない。……出来事はすべて［…］私が死ぬまで信じて忘れないものばかりだ」[*5]。とはいえ彼女は慎重を期して、早い時期の回顧録は「私が書こうとしていること――つまり直接書きたいことと相当に重なっている」と書いた。

　これらの道はボウエンの少女時代を記録してはいても、彼女を決めつけてはいない。彼女はこれらの場所からすぐ逃げ出して――自ら移動して――依然として捉えられないままである。「私は誰か?」とヴァージニア・ウルフの小説のある人物が問うている、「部屋がきっと決めてくれる」と。ボウエンの場合は、多くの部屋、多くの人々、多くの場所が彼女を創り出し、作家になっていくにつれて、精妙に形成された自分自身に極端な区分けを施してきた。その結果、自叙伝と伝記のジャンルを拒否することになった。「人は通風孔を閉じたままにしておくほうがいい」、彼女は、友人のスティーヴン・スペンダーとジョン・レーマンの自叙伝を読んだあとで、こう警告した[*6]。伝記作家についてボウエンは、「確定したあるいは首尾一貫した人生という観念によって伝記作家らは間違った方向に誘導され［…］偽りを語ってしまう」と断言している[*7]。人は完全に知られることなどあり得ない、彼女は性格についても同様のことを言っている。ジョスリン・ブルックとのインタビューでボウエンは告白している、子供のころの事実や年代配列を思い出す――自発的な回想と自然な時系列に基づく伝統的な自伝や伝記は、退屈だと思い知った。人生は優柔不断の連続であり、記憶は断片になって浮かぶにすぎないと、彼女はプルーストを想起して言っている。その結果、自伝を書く人または伝記作家が助けを求めるのが「半分だけ真実である［…］人工的な経験」を演出することだが、価値ある「純粋な真実という金塊」にはたどり着けない[*8]。

　伝記は手に負えない冒険である。だから、人生を順番に一貫して述べてみても、ボウエンの哲学と調和しないし、あり方、生き方、書き方のスタイルにもそぐわない。彼女のリードに従い、この伝記がお見せするのは、スポットライトが当たった場面や垣間見えたシーンの数々であり、隠されてきた彼女の顔と彼女の人生で説明されてこなかった側面になるだろう。そこには明滅する彼女の「私」――モダニストの意味で――がいて、慣例に見るごときストーリーはない。彼女は広く知られた知識人で、スパイ、空襲監視人、外交官、随筆家、脚本家、そしてジャーナリストであり、アングロ-アイリッシュの分裂したアイデンティティについて書いた人である。一九二〇年代のアイルランドで成人に達する『最後の九月』の若きヒロイン、ロイスのように、先の世代にいた誰かとして「彼女は二重に複雑であることに適合しており」、「彼女という人を作り上げた多くの人々と同様に二役（ダブル）であったに違いない」[*9]。つまり作家となった彼女の人生と女性としての人生は、腹心の友同士だった。

## 沈黙は沈黙のままに

人生の終盤に来てボウエンは自伝を書くことを思い立った、いくつかの説明が「あまりにも見当外れ」なことが分かったからだ。そして思った「［もし］誰かがエリザベス・ボウエンについて何か

図１　ハイズ海岸，イングランド　Rights holder, Courtesy of P. Laurence

図２　ハイズのシーサイド・ヴィラ　Rights holder, Courtesy of P. Laurence

書く必要があるなら、エリザベス・ボウエンに書かせたらいい」というわけで、*Pictures and Conversations* を書き始め、断片に終わり、死後に出版された。[*10] しかしボウエンは自己のプライバシーにこだわり、人生の終わりに友達のフランシス・キングに書いた、「一連の経験、そしてそれらの経験に対する私の反応については、私が書いた物語と明らかに関連していて、危険はあっても関連は公に探求すべきであろう」[*11]と。

ボウエンが述べた伝記に関する意見は一九五〇年代に抱いたもので、当時伝記というジャンルは、秩序よく年代順に話すことが求められたが、主人公の性行動については空白とするのが暗黙の了解になっていた。その話題はタブーだった。これはマイケル・ホルロイドがリットン・ストレイチーの性生活を公表し、人々の意表を突くこの伝記が出版された一九六七年は、その同じ年にウォルフェンデン法が通過し、イングランドにおける同性愛と売春制度が非犯罪化された。その頃、個人主義が「はやり（カルト）」になって、作家が名士（セレブ）になった今もはやっているが、インタビューや公的な場で情報がメディアに出ることはなかった。ボウエンはペンクラブのインタビューを有名なコメントをつけて拒否している。「私は友人にさえ多くを語らない自分を知っていますし、書いたものについてもたやすく話すことはありません。外の世界について、なぜ私が話す必要があるのか分かりません。私の本をただ読めばいいのに、もしどうしても知りたいなら——そのへんでお許しください」。

伝記というジャンルにほとんど信を置かないボウエンは自らの保管文書（アーカイブ）の扱いにおいて、その人生に個人的な隙間を確保している。彼女は主たるコレクションをテキサス大学のランサム・センターに売り渡し、その際、作品に関わる往復文書と手書き原稿、世評に関わる個人的な情報とロマンティックな関係の詳細については陰に置いている。いわばそれはベケットが別の文脈で言った「紛失部分を含む完全な作品」に相当するだろう。[*12] たとえば、我々はボウエンの友人であり恋人だったチャールズ・リッチーとの往復書簡、ボウエンが彼に書いた情熱的な手紙の半分しか持っていない。彼からの書簡の多くは、それらが彼に返却されたときに、彼女が書いた親密な文章を彼が破棄した。その他で紛失しているのは、ボウエンが夫の死後に彼に書いたもの、ボウエンズ・コート売却の際の絶望感、そこでリッチーとともに住めたらという彼女の想い、それから彼の結婚生活に対する募るばかりの恨み言である。これらはすべて文書にはなく、ほのめかされているだけである。それが彼女の願いであった。

というわけで、様々な種類の沈黙がある。彼女が個人的に守った沈黙、当時の文化がタブーとしたもの、おそらく彼女の家族の意向に従ったと思われるエージェントと管理団体（エステイト）の検閲。ボウエンとリッチーの私的な往復書簡とジャーナルを収めた貴重なコレクション、*Love's Civil War* が、ジュディス・ロバートソンとヴィクトリア・グレンディニングによって編集されたが、ここにも省略記号［…］が明晰さと長さと巧妙さを保つため編者の手で挿入された。またある時は、ボウエンまたはリッチーが彼らの手紙とジャーナルに［…］を挿入している、プライバシーを重んじたゆえである。ボウエンのころの文芸エージェントは、どの情報が出版できるか決める力を持っていた。一九六〇年代にはいくつかのタブ

図3　ボウエンズ・コート周辺，アイルランド　Rights holder, Courtesy of P. Laurence

図4　キルドラリのボウエンズ・コート　Rights holder, Courtesy of P. Laurence

ーが偽装を解いたが、ボウエンの最初の伝記作家、ヴィクトリア・グレンディニングは一九七〇年代に、ボウエンのエージェント、カーティス・ブラウンによる性的な検閲に従っている。三十二年後、グレンディニングは『タイムズ』紙の編集者に手紙を書いて説明したとあり、エージェントは女子同性愛（サフィズム）を「一掃せよ」——つまりボウエンの女性関係を削除するように——と迫り、グレンディニングが応じなければあらゆる許可を取り下げると脅迫した。[*13]

歴史的な力もボウエンの人生と作品の側面を沈黙させる役割を演じた。我々は英国情報局（ＭＯＩ）のスパイとしての彼女の活動と報告について把握しているのは断片にすぎず、第二次世界大戦中と戦後の宣伝活動者としての役割、または一九五〇年代の冷戦時代における英国文化振興会（ブリティッシュ・カウンシル）の文化使節としての役割についても同様である。見失われたこの欠落は、アイルランド内戦が激化して暴動となった結果、ロンドン大空襲（ブリッツ）時のアーカイブの消滅があり、ある種の書類は個人、各政党、またはイングランドとアイルランドの政府によって故意に破棄された。ロンドンにあったある種の書類は、ロバート・フィスクによれば、「法令のもとに破棄された」[*14]。ボウエンの戦時におけるＭＯＩ報告書で公表されていないものは一切ないとフィスクは述べ、アイルランドで知られているかぎりでは、「一九四五年以来、アイルランドの権威筋が、詮索を怖れて前もって切断処分した書類は七〇トンにおよび」、北アイルランドでは記録は取り除かれた。ボウエンのアイルランド訪問に表現を付与する壮麗な屋敷であるボウエンズ・コートですら消滅した。一九五九年ボウエンによって売却され、一九六〇年に新しい所有者によって跡形もなく破壊された。こうした意識の有無に関わらない秘匿事項と、彼女のアーカイブの部分的消滅があって、彼女はとらえ難い人物と言うしかないが、彼女は十冊の小説と十三冊の短編集と十六冊のノンフィクションを著わしている。

秘匿は彼女のアーカイブを抜け出て、彼女のモダニスト的語りのスタイルに拡散している。ジョン・ベイリーは、友人であり批評家だが、ボウエンは現代小説において秘匿ないしは物事を述べないという新たな語りの様式を発明したとして評価している。彼女は人々、とどのつまりは登場人物への「不可知性」の感覚から、多くのことを語らずに、さまざまな種類の沈黙を守っている。彼女が書くものの中に沈黙（サイレンス）と静止（スティルネス）を構想するのは、言語に十分な表現能力があるのか、第二次世界大戦直前直後の世界情勢の不条理に直面した人間の経験を確実に捉える言語の能力について、モダニストが抱く疑惑を受け止めてのことである。彼女の登場人物を十分に「知らない」のは、モダニストの哲学的なスタンスであって、読者が全体を復元するよう誘う。彼女は芸術風に年代物の家具や、ドレスの優美な襞（ひだ）、あるいは若い女性の「さらわれるがごとき」美貌の描写はしても、その間を埋める生活は示唆するだけだ。『パリの家』のマックスは、その一例で、半分しか知られていない人物、「暗いトンネルに走りこむ道路のよう」である。彼の内なる波乱と強行した自殺の理由は読者の想像にゆだねられている。『心の死』の思春期にある少女ポーシャと、『パリの家』のレオポルドは、偽善的な大人について深い悲しみを秘めて思い悩むが何も言わず、ただペンを取って断片的な手紙または日記を書く。ボウエンはやがてアメリカの女子大学ヴァッサーで教え、学生に

「多くの人類にはどこかスフィンクスの気配があり、この『スフィンクス』の資質とは――じつにしばしば――まさに［短編］が利用するものなのだ」と言っている。小説に出てくる会話のすべてが言語によってはいない。ボウエンが登場人物の「不可知性」を信じることが戦争中とその後に深まったのは、ファシズムまたはナチズムの名のもとに多くの人々が人間性に反する口にできない犯罪を可能にしたことが分かってきたからだ。人々の精神（サイキ）の中に隠された悪魔的な力が、軍隊が欧州全土を掃討した時に解き放たれた――『日ざかり』の中で部分的に描かれた、自ら故意に目をつぶったドイツのスパイ、ロバート・ケルウェイのように。そして戦争の前に語られた立派な言葉は物足りず信用できないものだった。公的な国家的な宣言は空虚に鳴り響いた。その結果、ボウエンの小説は語らない隠された底流を持つ。言葉、それは遮られ、断片となり、欠損して、彼女の底流をなすテーマとなった。モダニスト作家の多く、ヴァージニア・ウルフやサミュエル・ベケットも同様だった。[*15] 言語は役立たずだという認識に導かれてボウエンは、語りの中で語られなかった状態を保ち、読者を作家との共同作業に参加させ、隠されたアイロニーと沈黙を理解させる方法を編み出した。さらに、これらの連想は「自身（セルフ）」の捉え難さ――多面的な「私（アイ）」を狙う彼女の意図によって深められる。文体に影響している写真と映画という新しいメディアへの関心、速度と新技術を楽しむこと、モダニストのシュルレアリズムに変容して出没するゴシックがそれに当たる。

ボウエンは彼女の時代が生んだ作家だった。才能ある傑出した恐るべき知識と性格を持った人々に囲まれ、彼らは様々な時期にプロパガンダ、スパイ活動に従事し、第二次世界大戦と冷戦の間は謀反まで働かされました。多くが語られぬ時代の風潮にあった――「無駄口は船を沈める」は当時はやったスローガンの一つである――そしてボウエンの作家としての声、文体、そしてテーマは、この歴史的な文化的な秘匿を表象している。一九三〇年代以降、内々の政治談話がボウエンの周囲に渦巻き、英国情報局への出入りと宣伝工作活動を容易にした。『日ざかり』の帰還兵、ロデリックは、会話を書き留めることを問われて母親に言う、「［本］当だよ、母さん、［…］会話がこの戦争では主役なんだ！」。一人ひとりが警戒していた。彼の母ステラはスパイで、息子のロデリックは、前線で所在する位置も知らぬ兵士で、自宅でメモを取っている。

この伝記は、こうした静止したシーン、記憶、顔、場所にスポットライトをあてる。しかしいくつかの会話――ボウエンがほとんど覚えていない会話――友達、知識人たち、作家たち、編集者たち、との会話を持ち出して、物陰から彼女を引き出す。会話は手紙や書類から集められ――M・M・バフチンが「多音（ポリフォニー）」と名付けたもの――彼女の声が耳に届くがごとく――「彼女の夏の稲妻のような洞察のひらめき」と同様に、笑い、残酷さ、そして詩情が彼女の友人であり恋人だったチャールズ・リッチーによって観察されている。彼女の声は彼女の時代の社会の足跡を伝えたコーラスの一部で、彼女の友達と知識人と作家たちの言語の中に見出される。[*16]

## ボウエン復活

ボウエンの女性としての人生の複雑さ——当惑するような、手なづけられていない側面——は公的な知識人としての人生、時の作家としての人生も同様に、早い時期の伝記や批評書などでは多少とも無視されてきた。語られただけの話を求めて彼女を読む者はいないとジョン・バンヴィルが述べている。良い物語を求めて彼女を読み、複雑なレース模様と胸のすくアイロニーに出会う——ときとして「思わぬ罠」に墜ちる。[*17] ペネロピ・ライヴリーに言わせると、ボウエンは二十世紀初期の偉大な作家の一人で、文体と内容を結び合わせて「雰囲気に仕上げ［…］、予期せぬ言葉を造り出して読者の居ずまいを正して驚愕させる、目を奪う語句を造り出した」[*18]。『愛の世界』で次女のモードは、「審問者の目を思慮深くきりが穴を穿つように見つめ」、アントニアは「納骨するような声で、『それは何?』と問い、ジェインは、その美貌は母親から美しさのみを奪い取ったもの（傍点著者）」だった。[*19] 我々は文体の内外に織り込まれた詩情を求めて彼女のもとへ行く。ショーン・オフェイロンはキングズリ・エイミスと同じく、二十世紀の三分の二が過ぎた時点で、ボウエンをイギリスの最も偉大な作家に位置付けた（「イギリス」というくくりにボウエンは苦笑しただろう）。彼女は彼女の時代の詩的な年代記の筆者で、視覚と感覚の通り道を新たに一つに結んだ。彼女はすでに死後ほぼ五十年になる人だが、「同僚からなる陪審団」によって盛んに読まれていると言ったのは、女性作家に発議したエレイン・ショウォールターである。ボウエンの評判はこの十年で変化し、ほとんど読まれない作家から、世紀半ばの「インターモダニズム」の中心的存在となった。それは美的と社会的の両面で、主導的作家がとった道で、戦後ないしは二度の戦争と戦間期に彼らの作品が固定させたものだ。補足すると、彼女は時として後期モダニストに部類分けされている。彼女の評判は左翼的だった一九六〇年代から一九七〇年代にはぐらついていた。それはときに彼女の政治的な保守主義、そして一般的には彼女の裕福なアパーミドル階級の論述と、フェミニスト運動に対する姿勢のゆえだったが、濃淡のある保守主義、帝国主義の過去への探求、そして重要なのは、女性的な感受性への探求である。彼女にいま光が当たっているのは、現代の自立した女性にボウエンが理解を示していることを読者が見出したからであり、というのも女性たちは世間的な外観の裏に情熱的で詩的な気質を共有しているからである。彼女が時代と共に働いた時、歴史は彼女のテーブルに座して不安定な姿を取り続け、その間彼女は二度の戦争の中にあって、イングランド、アイルランド、そしてヨーロッパの文化的な国家的な空間を書いた。彼女はさらに実験的な作家であり、美的価値観としては詩と散文の間に位置を取り、現代という時代の見えたものと見えなかったもの、そしてその響きと沈黙の間に位置した。ここに見るボウエン復活は部分的にアイルランドおよびアイリッシュとイングリッシュ文学における地方的な文脈から彼女を移動させて国境をまたぐ認識に解き放ち、伝統的な類型、文学的、政治的、国家的な類別をそこに当てはめない。たとえば、戦争中のイングランドに対する彼女のスパイ行為について広範な調査に集中し、他の女性作家たちの文脈において観察する。その一人はクリスタ・ヴォルフで、彼女は一時東ドイツのシュタージ（秘密警察）のスパイをしていた。ヴォルフは自らの参画に——ボウエン相手のときも——誠実に向き合う能力がなかったが、ボウエンの忠実さに関する今は不要になったアイルランド側の議論に、新しい命と複雑さを吹き込んでいる。ボウエンとやはり分裂国家に住んでいるドイツのヴォルフとを並べ、その他の女性作家——英国のヴァージニア・ウルフ、アメリカのユードラ・ウェルティ、アイルランドのサマヴィル&ロスらと並べてみて、ボウエンの書いたことと文学的な文脈を異なった国々の女性作家との関連で考え直してみたい。

この伝記は新しい方向に進む。一章「はじめに」は、ボウエンの人生の二本の道と彼女の個性の分裂——アイルランドとイングランド——について述べて、根付いた人生という考えを放棄する。ボウエン自身が統一のとれたなだらかな線を描く伝統的な伝記——または人生——は「模造品」として反対し、語りの中にモザイクあるいは万華鏡（カレイドスコープ）のようなものを残すことを求めている。

二章「変化」は、ボウエンの生まれながらの外国人であるという感覚、彼女の世代が共有する転位（dislocation）という早くからあった感覚、そしてアングロ－アイリッシュ・アセンダンシーの衰微について述べる。変幻（flux）はボウエンの専門分野で、父親の神経衰弱後はダブリンからケントへ、そして母親の死を耐え忍び、そしてどもりの発症。気が狂った少女たちの物語と『心の死』は、彼女の子供時代と「居場所がない」という思春期の感情が反響している。

三章「想像力の領域」は、対照的な二つの道を示す——イングランドはケント州のハイズの海岸と、アイルランドはキルドラリにあるボウエンズ・コートの広壮な屋敷の緑である。彼女はこれらの場所からイタリア、フランス、そしてアメリカ合衆国を旅し、不安定な現代のコスモポリタンの生活を送った。

四章「アウトサイダー」はボウエンと文化的なアウトサイダーたちとの友情と会話の重要さに焦点をあてる。アイザイア・バーリンは輝かしい知識人、歴史家、見事な話し手であり、ウィリアム・プルーマーは才能豊かな作家で編集者であり、ブルームズベリのはじっこに場所があった。アラン・キャメロンと結婚してオクスフォードに落ち着き、そこでバーリンと左翼的な知識人、学者、作家のグループに出会い、彼らオクスフォード・グループがボウエンの非公式な教育に当たった。慣習に従わない有能な作家で、ケイプ社の編集者だったプルーマーとボウエンの関係は、ボウエンの語りのスタイルの重要な側面を照らすハイライトである。

五章「恋愛と恋人たち」は、カメオ細工に似た彼女の結婚と婚外の恋愛、「家なき恋」を明らかにする。ハンフリー・ハウス、ゴロンウィ・リーズ、ショーン・オフェイロン、メイ・サートン、就中もっとも重要なのがチャールズ・リッチーである。これらのロマンティックな経験は彼女の小説『パリの家』、『日ざかり』、『北へ』にそのあとを辿ることができる。

六章「大戦のスナップショット」はボウエンの戦時中の経験にハイライトを当てる。二〇世紀とともに年を重ねるボウエンは、第一次世界大戦とアイルランド独立戦争を十代で経験し、成人してからは第二次世界大戦と冷戦を生き抜いた。各時代の困難は彼女の作品に入り込み、とくに『最後の九月』、『パリの家』『日ざかり』が挙げられる。

七章「芸術と知性」は一九四〇年から一九四一年のアイルランドでスパイとして英国情報局にレポートを書き送っていたボウエンを明らかにする。彼女が書いた文書、公的な知識人であり文化使節としての生活がこの時期に姿を見せ、彼女の初期の個性に光を当て、国家をまたぎ、忠誠心をまたぎ、男女の役割も自由に横断する彼女がいる。個人的と国家的な秘匿と沈黙の生活が『日ざかり』と戦時に書いた数々の短篇に出ている。

八章「さまようまなざし」はボウエンの視覚的な想像力に焦点を当て、あわせて彼女を新しいメディアへの興味に駆り立てた経緯について。いまなお写真撮影、映画的なモンタージュ、陰翳、夢、新しい芸術の動向であるシュルレアリズムとのコラージュ——ラジオへの関心も——が彼女の新しい語りの様式に貢献している。

九章「過去から読む」では、ボウエンのフィクションはオリジナルな混合物であって、伝統的な文学史上に準拠すべき特別な美学や場所を持たない。ヴァージニア・ウルフ、ロザモンド・レーマン、ユードラ・ウェルティといったボウエンの文学上の友情関係の描出に集中し、当時の女性運動との関係についても触れる。その他賞賛すべき十八世紀から二十世紀に至るイングリッシュ、アイリッシュ、ヨーロッパの作家たち、就中ジェイン・オースティン、チャールズ・ディケンズ、ジョナサン・スイフト、マライア・エッジワース、サマヴィル&ロス、マルセル・プルーストらとの関係にも言及する。

十章「晩年のコラージュ・ライフ」では、夫アランの死とボウエンズ・コート売却の間のボウエンの生活をスケッチ風に描く。アメリカでの講演、ローマへの旅、死刑に関する王立委員会に委員として奉仕し、その間、『ローマ歴史散歩』と『愛の世界』を書き上げている。

十一章「揺らぐ心」では、失恋、ホームレス、重い病の期間をさぐり、書き続けた彼女の人生を辿る。ボウエンズ・コートが彼女とチャールズ・リッチーの住まいになるというファンタジーを棄てたあと、ボウエンはハイズにささやかな家を買った、子供時代の風景への回帰であり、それが慰めとなり、完成した小説が『リトル・ガールズ』と『エヴァ・トラウト』である。

## カレイドスコープ

この伝記ではボウエンの人生が、様々な顔、場所、感情、国、そして忠誠心の万華鏡(カレイドスコープ)を通して描かれている。万華鏡——見て遊ぶ玩具でもある——には、彼女の人生と著作が、場所、ムード、雰囲気、手ざわり、そして色彩の様々に移り変わる模様となって投影されている。ボウエンは、もし離れ小島に漂着したら、私が持っていたいのはカレイドスコープだと言った。この変幻する道具はドールハウス(彼女の作品に見え隠れするもう一つの楽しいイメージ)の門が開くのと同じように、ボウエンの視野を開く鍵と言えるだろう、不動と変幻である。あまりにも多くの「家々」——感情の隠れ家と動かない場所——が露わになり彼女の時代と芸術の明滅するカレイドスコープを通して検分される。彼女は「モザイク」と「コラージュ」という用語を色々な時に使い、自分が書くものの形がでたらめなことをほのめかしている。こうした用語は彼女の人生を語るときにも使えるかもしれない。断片を評価し、不完全さと、無言に価値を置くのはモダニストのジェスチャーで、それに読者が誘われて、欠けているものを想像し埋め合わせる。彼女の人生は一八九九年から一九七三年にわたり、友達、家族、作家仲間、編集者、知識人、そして恋人たちとの関係を様々な形で見せている。ボウエンは中心人物として、彼らの間を自由にさまよい、捉え難いといえる。

　とはいえ我々は彼女のあとについて、彼女の人生と作品の何本にも枝分かれした道をある程度辿っていける。探索の光が無数の鏡を探し当て、イメージ、色彩、経験のなにがしかがほぐれて、伝記らしい語りになる。情景、風景、会話、本、一瞬、記憶、あるいは顔がそれぞれの章や本の段落でハイライトを浴び、もっと大きなものを照らすだろう。ボウエンはこのスポットライトが自分の語りの方法の一部だとして、「私は孤絶させた――顔に特別なスポットライトを当てるか、さもなくば仕草を切り取った」と言っている。ページを繰り、チャプターを繰るごとに――カレイドスコープのシリンダーが回るように――パタンの描き出すものを新たに形にするだろう。

**原注**

*1 *PC*, 3.
*2 Bowen, "Coming to London," 79.
*3 *BC*, 419.
*4 *PC*, 24-25, 3, 4.
*5 *SW*, 9
*6 EB to WP, May 6, 1985, DUR 19. Also, Spender, *World Within World*, Lehman, *Whispering Gallery*.
*7 *Out of a Book*, 48.
*8 Bowen, "Out of a Book," 48; Woolf, *A Room of One's Own*, 3.
*9 *LS*, 36.
*10 Curtis Brown, foreword to *PC*.
*11 EB to Francis King, August 25, 1971, HRC.
*12 Beckett, *Proust and Three Dialogues*, 101.
*13 Victoria Glendinning, "The S Word," *Times* (London), March 27, 2005.
*14 Fisk, *In Time of War*, ix.
*15 See "The Narration of Interiority," Laurence, *Reading of Silence*, 13-15.
*16 M・M・バフチン、フェルディナン・ド・ソシュール、そして総括的批評の理論がこの伝記を支えている。バフチンが主張する、多声、すなわち「ポリフォニー」がこの伝記の多様な声を劇的にしている。ソシュールの理論、すなわち何らかの「価値」を造ることにある「相互依存性」は、ボウエンの作品のみならず、その外部にある物を提示することに現れている。総括的批評の広範なプロセスは、歴史的・文学的記録、他者の手紙

や文書を含み、作家の最終的なテクストの底流となっていることが観察される。

＊17 Banville, "Sunday Feature, Centennial Program, 1999," BBC, NSA.

＊18 Lee & Lively, "Woman's Hour," December 8, 2008, BBC, NSA.

＊19 *WL*, 14, 101, 137.

# 第二章　変化

## 読まないことについて

ボウエンは七歳になるまで読むことが許されていなかった。その時まで彼女は挿絵が入った本のページをぼんやりと繰り、母が恐怖をたたえた目で見守っていた。母フローレンス・コリーは、法廷弁護士である夫が頭脳を酷使して身体に異変を起こし神経衰弱になった一九〇六年に、「娘の目が燃え尽きる」ことを防ぎたいと思った。ボウエンは回想している、そのとき見ていた絵本は、「ミステリーを解くただ一つの私の手がかりで、ダブリンのよく知った辺りを散歩するときは、スパイのようにすべてをじっと見つめた」[*1]。好奇心と興奮がこうした幼いころの目敏い観察に早くも出ている——絵本を見ながら、家庭教師と一緒にセント・スティーヴンズ・グリーンを歩いた——しかし父の病気は彼女と書物との人生の出発点に影を落としている。その時に彼女が始めたのは、観察者を「諜報部員（シークレット・エージェント）」と見るキルケゴールの主張にならい、書物とハーバート・ストリートの家族生活に隠されたものを露わにすることだった。

彼女が七歳の時、辛辣な家庭教師がボウエンズ・コートに紹介された。彼女はボウエンに告げた、母上の許可によってあなたは今日から読むことを学びます、と。開始は緊張に満ち、家庭教師は「魔女のように［…］難攻不落な活字の行列を鉛筆でコツコツと叩いた」[*2]。前にいた家庭教師が読んでくれた『ペルセウス』や『ジャングル・ジンクス』の魔法の魅惑は消えた。その代わりに、「金属とインクの活字のにおい」が、「［ボウエン］の感覚に侘しい冷気」を投げ、挿絵を見て声に出して読んでもらう彼女の愉しみを奪った[*3]。この不安は『心の死』に見られる読書の場面に色を付けている。思春期にあるポーシャは、窓べに姿勢を正して座り、本を一緒に読んでいる友達はアナだと夢見ている。しかしポーシャは動揺する、自分はもはや本など読んでおらず、窓の外の森は「全体がニスに覆われている。逃げ出す道は残っていないのだ」[*4]。本のページの活字は何も伝えなくなり、ボウエンの幼いころと同じになった。読むことへの入門は、さまざまな家族の不安を明らかにしただけでなく、絵と画像にさらされた彼女を魅惑することになり、それが彼女を支え、のちに彼女が書くものに流れ込んだ。

結局のところボウエンは本を読む者へと発展を遂げ、そうなると彼女が言うとおり、彼女の人生は「フィクションにとり憑かれた」。そして彼女はやがて、もし子供時代の本を通して今来た道を読むことができたら、「あらゆるものの手掛かりが見付けられるだろう」と書いている。本は彼女の想像力にとって、「実力試験」だった[*5]。彼女は「あらゆる本の登場人物に『なりきる』ことで自分が感じられること」がわかり、それが「さもなければ収縮したままだった［自分の］人生で起きたあらゆることの意味を二重にした」[*6]。書くことが同じく二重性を刺激し、「戻ってくること」になるだろう。ボウエンはこう語ったことがある、作家を作るものは決して成長しないその人の一部で、その早期の原型が寝ずに番をしている書く目によって明るみに出されるのだと。

「幼い少女のころ」とボウエンは言う、「私はエドワード朝風のやり方で素描や絵画を描くのがうまく早熟なところがあった。私は画家になろうと思った」[*7]。この活動は、絵本がそうだったように、彼女の視覚的な感受性を刺激した。そしてダブリンでW・B・イエーツの妹エリザベス・イエーツが主催するクラスに通い、「自由な絵筆遣いに興奮して、大きなテーブルの周囲に座った子供たちは生き生きと咲き出るクロッカスの上に頭を傾け、一筆ごとに白い紙を埋めていた」[*8]。当時のボウエンはメイニー・ジェレット――このボウエンの幼馴染は著名なアングロ－アイリッシュ一家の娘で、後日、コスモポリタンとなり、かつアイルランドにおけるキュービスト派の革新的な画家になった――の家で絵のレッスンを日々しただけでなく、ダブリンで散歩を楽しみ、モールスワース・ホールにあった教室でダンスのレッスンを受けていた[*9]。彼女は最初の七年間は特権階級の子供として、何人もの家庭教師によって育てられ、家庭教師はおおむねボウエンを「しつける」ことを仕事とし、しつけはボウエンの母にはどうしてもできなかった。

画像につねに敏感だったボウエンは、ハーバート・プレイスの寝室にあった恐ろしい二枚の絵画を覚えている。炎上するカサブランカと、ほとばしる洪水に微笑むように浮かぶ揺り籠の中の赤ん坊である。絵画は警鐘を鳴らしていた。

## 家庭生活

もとよりボウエンは一八九九年にダブリンの幸福な家族に生まれた、結婚して九年になる両親が待ち望んでいた子供だった。彼女は母方の家族コリー家とともに暮らし、マウント・テンプル、クロンターフなど、ダブリン湾を見晴らす場所で、二、三歳までを過ごした。父親のヘンリ・ボウエンが一九〇一年にはコリー家の居住者だったことを人口調査が記録している。その頃、母親のフローレンス・イザベラ・ポメロイ・コリーは病気だった。二、三年後彼らはハーバート・ストリート十五番地に移転して次の四年間そこに住み、夏の間はボウエンズ・コートすなわちコーク州の北東部のキルドラリにある父親の家族の私有地で過ごした。ボウエンはフローレンスとヘンリの一人っ子である。ちやほやと大事にされたエリザベスは、短編 The Little Girl's Room（少女の部屋）のジェラルディンに似た少女だった。「芽を出した巻きひげは針金が待っているのを知ると、それに巻き付いて花を咲かせた」[*10]。

ボウエンは、自分は誰よりも幼少時の思い出が少ない人間だと言うが、*Seven Winters*（七たびの冬）でいくつか話している。母と父を反逆児と描写し、母親のことを「気違い（mad）」少女と想像している。フローレンスはコリー家の環境には合わない子で、牧歌的で通っていた。幻視を見ることがあり、嵐のような狼藉が定期的に起きた。ときどき部屋にこもって鍵をかけて泣いた。良い行いと悪い行いに陶酔している気配があり、フローレンスには複雑な聖人のような性分があったかもしれないと、ボウエンは憶測している。静粛さを身に着けるまでに何年もかかった。彼女にはまた「炎のような気質」があり、いつも本を読んでいて、溢れるほど意見があった。[*11] しかし、ボウエンが言うには、当時はやりのブルーストッキングのような、文学的で知的だという自意識はなかった。そしてドレスには無頓着だったのに、ウェディング・ドレスを買いに行くときには母親の同行すら拒否した。フローレンスは「見た目に愛らしく、鋭角と曲線を見せる顔には激流を［走る］光のような表情があった」。彼女の気質には明滅するものがあり、「戸惑わせるように精妙で、曖昧さのベールに覆われ、曖昧さでないとすれば、無頓着よりも温和ななにかがあった」。精妙さと「曖昧さ」は、彼女の魅力の一部であり、奇妙なことにヴィクトリア時代の資質であって、世界といわゆる「男性の（マスキュリン）」論調とは縁を切ったある種のアイリッシュの若き女性たちによって習得された女性という謎（フェミニン・ミスティーク）を育てた資質だった。その言葉は一八四七年には、女性を男性から識別するために用いられた。「世界の激動は曖昧な男たちにある種の論調を叩きこんだ。女性はそういう教育は受けていない」[*12]。フローレンス・コリーのこの世ならぬ、精神的な、炎のような気質は、ボウエンの気質に流れていただろうか？　ボウエンは母親の曖昧さと奇人ぶりを思い出しただろうか、彼女が学校にやられてしつけられ、辛辣な知識人として名を知られ、ある種のジャンルで明晰に光を放つ文章を書く激務の作家に発展した時になって？　彼女は、母とは違い、現実が土台だった。

ボウエンの両親は自立を尊び、「互いに思索の私的な王国があり、ときには連絡しないでもいい」というルールがあった。[*13] ヘンリは法律家としての仕事があった。フローレンスは家政の仕事があった。ダブリンにいた多くのアングロ－アイリッシュの文化人と同様、彼らはカトリックから離れて暮らし、トリニティ・コレジ、法曹界、アイルランド教会と、ビッグ・ハウスに住む人からなる小さなサークル内にいた。アイルランドの言語と劇場に対する自負心を推進したアイリッシュ文芸復興とかゲール語連盟のような重要な文化運動の外に身を置いていた。彼らはジョン・ミドルトン・シングの戯曲をもって一九〇四年に創立されたアビー劇場にも近づかなかった。シングは特権的なアングロ－アイリッシュの家族に生まれ、カトリックの農夫のことをしばしば書いている。あるいはレディ・グレゴリーやショーン・オケイシーにも、評判の高いウィリアム・バトラー・イェーツにも引き付けられなかった。イェーツはアングロ－アイリッシュやプロテスタントとカトリックの宗教的な伝統からも自身を切り離し、神話的な古代のアイルランドに居場所を見出していた。エリザベスも自分の世界を建設するために早々に切り離しをはじめ、部屋、本、絵画、会話に居場所を見つけた。

## ブレイクダウン

だが「一撃を食らった」のは、ボウエンが六歳の時だった。父親の精神状態——混濁した怒声と極端な沈黙という二極症状——

が家庭内に警戒すべき気分をもたらした。母親の弟のジョージは、当時未婚で聴力障碍があり、すぐ近くに住んでいた。彼らはお互いの家に出入りして、助け合っていた。レティシア・ルフロイはジョージの孫娘で、家族でジョージを保護の中心と考え、同時に彼らはエリザベスとフローレンスの安全がしばしば心配だったと言っている。ジョージは不安定な期間、定期的に訪問してきて、交流を楽しんでいた。[*14]やがて医者たちがエリザベスとフローレンスに立ち去るように命じた。彼女らがヘンリの激怒の犠牲になるだけでなく、彼女らの存在が彼を挑発するからだった。ボウエンが六歳の時に生じた騒乱で、彼女は真夜中に家から追い出された。

図5　エリザベス、6歳
Rights, Courtesy The Beneficiaries of the Estate of Elizabeth Bowen, 2019

父親は怒鳴りたて、怒り狂い、親戚が助けに入り、彼女は暗闇にまぎれて慌てて逃げだし、二度とハーバート・プレイスに戻らなかった。そして母親の家族の所領に連れていかれ、それからボウエンズ・コートへ行った。「底流が［…］この場所にいつも流れている」[*15]。流れはその夜、ハーバート・プレイスの自宅まで流れた。ボウエンの父と祖父は、彼女の人生には不在に近い人物だが、彼らの亡霊は彼女の子供時代を暗黙裡に形作り、彼らの「狂気」が彼女のストーリーや少女や女性にあてどなく流れ込んでいる。

父の病気は幼児の彼女の周囲を取りまいていたが、彼女は初期の回顧録で彼女特有の元気を出して断言している、私は「あの極端な沈黙と混濁した怒声」から逃げ出したが、父の「もだえるような精神の病は［…］吃音症ほど絶望的ではなかった」[*16]。この説明にはなるほど感情的には一時の慰めがあるが、近年の医学的な研究に照らしてみると、吃音は遺伝的な原因に帰せられることが分かっている。それでもなお、ボウエンはこの疾病に人生を通して付き合っている。ボウエンは認めている、『日ざかり』に見るロバートの戦傷による足の傷害には「吃音のように心的（サイキック）な芯がある」と。[*17]

父の病気は一九〇五年に始まり、ボウエンと母のダブリン逃亡を一九〇六年に引き起こし、二人がケント州のコリー家の親戚の元で暮らすことにつながった。彼女はイングランドで育ったただ一人のボウエン家の子供である。彼女がフィクションで書く少女の一人のように、エリザベスは「しばしばいきなり震えだし」、この年月の間は「万華鏡（カレイドスコープ）のよう」だった。[*18]しかし彼女は熟練工だったから、ガラスの色を少し調整して人生のこの困難な時代をぼやかして断片的な回想録に記し、そこにある裂け目が人生の痛ましい瞬間をしるしている。彼女は目敏いがときに内気な子供で、こうした変化が意味することを完全に理解はしていなかったが、感情的な奈落がいつでも口を開けるのを感じ取っていた。のちに彼女は、神経衰弱におちいった父を独りアイルランドに残すことが、いかに母の心を裂く決断だったかを理解している。母は別居後の最初の一年、ダブリンへの往復を繰り返して夫を介護したが、最終的には彼の入院が決まり、やむを得ずハーバート・プレイスの家を手放し、海を渡ってケントに向かったのだ。ボウエンと母が新しい住居に転居するたびに、ダブリンの家具も一緒に旅をした。家具の中には過去が入っている、と『心の死』の使用人マチェットがもらしている。ケント州のフォークストンで過ごした後、彼女らはライミンジのエリン・コテジに住み、それからハイズに戻った、母が愛した街である。

　ボウエンは母にストレスの兆候のないことに目を見張った。母はボウエンズ・コートに要する金銭的な負担とイングランドにおける経費のことで苦闘していたからだ。父の兄弟のチャーリー、コリー家の叔父のジョージが金銭的な援助をし、フローレンスはボウエンズ・コートと夫の病院の経費に対処した。[*19] さらには、ボウエンによれば、母は心中の乱れも孤独の兆候も見せなかった、若く美しい一人暮らしの母親として彼女はゴシップの種になっていたに違いないのに。ボウエンは、母親のように、感情を抑えることを学んだ。何度も場所を移され、あの叔母やこの伯母の世話になりながら、ボウエンは徐々に外交官のような態度と、物事に「気づかない（not noticing）」習慣を身に着け、吃音症になっていた。

## 吃音症（スタマー）

　ボウエンは言う、天使がしばしば彼女の手を、哀しみ、秘密、不安のある唇に押し当てたと。彼女には吃音（スタマー）があり、気後れがあり、言いよどみ（スタター）とは明らかに違っていたが、言葉を出そうとすると一気に始まるのがスタマーで、彼女の意見では、さらに深刻な症状だった。父親の暴力的な発作あるいは沈黙という感情的な苦痛――のちの医学では双極性障害のこと――のせいで、いつ話すかいつ黙るかが分からなくなったとボウエンは言う。そして吃音に関わる痛ましい経験について詳述している。父をダブリンに残した後、ケント州で学校に入ったときのことだ。彼女は感情を表すのが上手で、一見、外向型だが、弁論にはいつも亀裂が入った。八、九歳の時オールド・チェリントンでサーモン家の少女たちと家庭教育を受けた時、家庭教師のミス・クラークが嫌いだったと打ち明けている、「彼女は皮肉屋で、私の吃音のことで私を名指しして、吃音は短気やうぬぼれが強いという性格の欠陥が大きな原因だと私は思う」と言ったが、それが当時のどもりに対する処罰的な意味を持つ一般的な見解だった。[*20] スタマーを精神病とみなす見方もあり、意図した病疾であるとされた。「あなたは」ミス・クラークは言った。「同時にものを言い過ぎるの、［…］一つのことに集中するのよ、一回深呼吸してから、その事をゆっくり言いなさい」。数年後、ボウエンの母が他界したとき、「愚鈍」が一時期降りてきて、自己分析するまれな一瞬があり、これまで避けてきた何かにふいに襲われ、ボウエンはこう述べている、この沈黙の期間は「悲しみを否定したこと」に起因しているのではないかと。[21]

ボウエンはまた自覚があった、思春期の少女だった頃、吃音のせいで内気症は長引いたが、のちに「私は攻撃的になり、人をいじめるようになった。[…]私のおばさんたちは、ハイズに来るたびに、私がどんどん無礼になっていると言っていた」ことを認めている。[22]

母と育児係の伯母・叔母たちは、それでも、ハイズでは健康な戸外生活をするよう激励し、従妹のオードリー・フィネスによれば、ボウエンは身体的に頑丈で、思うことも話した。ジョン・ベイリーは、一九六〇年代以降の友人だが、ボウエンにとても同情を寄せ、彼自身の子供時代に吃音症で辛かったことを打ち明けている。四歳から八歳までの間、彼は「それにひどく打ちのめされた――愛する父が良かれと願って吃音ととことん付き合うようになった時より、はるかに苦しかった」[23]。ボウエンは吃音に関する家族の関心には一切触れていない。

ハイズで気楽な日々を送り、のちにダウンハウス校で思春期の女子としての会話社会に入り、彼女の言語障害は軽減した。進歩的な学校は会話術を奨励し、会話チームに分けて生徒同士を戦わせ、おしゃべりと魅力を競わせた。社交的談話の週間プログラムで訓練を重ね、自信が付き、ボウエンとクラスメートは熟練して座談の名手となり、成人して名ホステスになった。内気症もまた、ボウエンによれば、アングロ-アイリッシュの文化では障害とみなされていたのだ。

ボウエンは自分の言語障害について自分で語っただけにとどまらない狼狽を感じていた。成人したころ、彼女の吃音は、一見、社会生活にも恋愛生活にも、または公的な知識人として会話するべき衝動にも、支障はなかった。彼女は才能と強い個性の翼に乗って世を渡っていた。彼女が会話したオクスフォード・サークルの男たちは、彼女の強い知性、社交上の優雅さ、煌めくような会話を賞賛し、彼女の吃音のことは言葉少なに述べるだけだった。それがおそらく当時のオクソニアンのスタイルの一部だったと考えられる。ボウエンは名門の人みたいで、ブリティッシュ英語に聞こえる声で、彼女の吃音はイヴリン・ウォーの登場人物の語りを思い出させたかもしれない――彼らの吃音は一種のアパークラスの気取りだった。彼女は話すのが好きで話しが上手だった。彼女の友人ロザモンド・レーマンによれば、ボウエンの声は低く音楽的で、吃音は彼女の魅力の一部で、圧倒的な機知と皮肉と会話の辛辣さにコミカルで人好きのする味を添えていた。[24] ユードラ・ウェルティはボウエンの声の調子が変わるのに気づき、ウィリアム・マクスウェルに語っている、ボウエンは彼に割く時間がないことの言い訳に、「声を影が覆うと、わかるでしょ、私は気分次第で調子が変わるのよ」[25]とボウエンが言ったことを。

レオ・マルクスは、批評家で友人だったが、一九五七年にノッティンガムで出席したカンファレンスでのボウエンを覚えている。カントリーハウスで開催された学問的な議論の一環だった。彼は英国とアメリカの小説についてボウエンと議論し、互いに良き友となった。彼は彼女の作品を称賛し、小説という芸術に彼女が真剣にコミットしていることを知っただけでなく、「それ以上に、深刻な言語障害に勇気をもって挑戦していることに触発された。その週末は彼女にとってとても荷が重かった――我々はグループになって二十四時間話し合った――しかし彼女の熱意は一度も揺らがなかった。小説に対する知的な責任感を明確にして尊敬を集めた」[*26]。

だが彼女は、その強いエゴにもかかわらず、彼らとは違う聞き手と聴衆に与える吃音症の影響に気づかないではいられなかった。友人たちは、それが「チャーミングだ」とか「気が散る」とか「ユーモラスだ」などと言う者もあったと述べている。彼女の公開講演会では「戸惑いながら」周囲を見回していた人もいたと。ヴァージニア・ウルフは、痛烈な人らしく、ある機会にボウエンを見て、「静かにもぐもぐやっているキリンみたいで目立った」と言った[*27]。それでもボウエンはブリティッシュ・カウンシルのために講演し、カウンシルの書類にあるメモには「彼女の吃音は気が散る」どころか「心を引き付ける」とあり、「大成功に終わった講演であり、大成功に終わった吃音だった」と記載されている[*28]。のちの文脈では、友人のチャールズ・リッチーに宛てた手紙で彼女は、もっと絶望して正直に書いている、自分の吃音に「奇形」というレッテルを貼り、リッチーの記録では、一九四二年にボウエンは吃音症に新しいアプローチを見せたオーストリアの心理学者の助けを乞うた。訪問のあと彼女がリッチーに報告した、その専門家は彼女に惹かれ、自分の個人的な悩みを彼女に打ち明け、彼女の用件に触れることを忘れ、面白いがよく分からない話をして、ボウエンとしては吃音症の重大さを否定され取り上げてもらえなかったと。

言語矯正クリニックでは、一九四〇年代、南カリフォルニア大学のドクタ・リー・エドワード・トラヴィスのような専門家によって考案された簡単な治療法が唱導されていた。採用された治療法では唇のストレッチ、顔の筋肉の手動操作、演説を蓄音機で録音する、電流による脳波測定などがあった。そのすべてを観察し診断したのが頭脳における「静止状態」または「神経症状」という用語で説明された[*29]。一九三八年、吃音症は英国の国民的な問題となった。言語障害に苦しんでいたジョージ六世が予想に反して国王になった。兄のエドワード八世が退位したからだった[*30]。ボウエンは国王の内気な性格は共有してはいなかったが、子供時代から思春期にわたる王の辛苦を彼女が経験したことは容易に想像がつく。ボウエンの最初の伝記作家ヴィクトリア・グレンディニングは、ボウエンの晩年がそうだったように、彼女が一人でいて話し相手が自分だったら、どもらなかった、そして人生の最後の数日、衰弱していたが、「彼女の吃音は完全に消えていた」と報告している[*31]。

アン・バーソフ教授は、アメリカの女子大学ブリンマーで教えていた時、ボウエンを招き、ドネル訪問教授として、「創作演習」のクラスで講義するよう求めた。彼女が見るボウエンは、二度目か三度目の文章の始めに吃音が入り、「スタマーを乗りこなすときに彼女の腕が大きくアーチを描き」、その仕草が吃音を食い止めていた[*32]。ほかの人もボウエンが正式な講演をするときに、吃音はしばらくすると収まったと言っている。彼女が自作の小説、『リトル・ガールズ』をBBCで朗読したのは一九五〇年代だったが、吃音は単語の最初の音に出たが、「社会と芸術家」という文芸パネル・ディスカッションの放送では、グレアム・グリーンやV・S・プリチェットと自由に話し合い、さらに滑らかな演説もこなした。しかし、知られなかった部分があり、BBCの技術が発揮されて言いよどみを削除したこと、あるいは、ボウエンが話す間にほかのパネリストは二倍長く話せたことが分かったかもしれない。

ボウエンはまた気管支炎の発作があり、吃音症を悪化させた喫煙がその原因だった。喉頭炎と声の消失は早くは一九三四年に診断され、ついでスティーヴン・スペンダーへの一九三六年の手紙で三十七歳の彼女が書いている、つながりが断ち切られたように感じます、「喫煙をやめました——一生の間。私は何年もチェイン・スモーカーで、悪い影響がありました。能力の半分がなくなったみたいです」[*33]。ダンスの友達アニエス・ド・ミルは、一九三六年に母親に手紙を書いて、「エリザベス・ボウエンは声が出なくなりました。文字どおりよ。一か月口をきいておらず、煙草は二度と吸ってはならないと言われました。全神経が二重に剥奪され、ほとんど来客に会いません。彼女と連絡を取ろうとしていますが。問題はどうやら慢性的な喉頭炎にあるようです」[*34]。ボウエンは過度な喫煙をやめる決心はしたものの、喫煙癖は一生消えなかった。ボウエンズ・コートのアイリッシュの若い使用人メアリ・ドウェインによれば、ボウエンはミッチェルズタウンの店で三日ごとに煙草を百本買うように言いつけていた[*35]。ボウエンの小説にはモダンな女性が指にはさんだ煙草をくゆらせているシーンがよく出てくる。

こういう声の支障にもかかわらず、ボウエンはBBCで話し、一九四〇年代にはブリティッシュ・カウンシルの求めでハンガリーとチェコスロヴァキアで講演し、一九五〇年代にはアメリカ全土で講演した。そしてユードラ・ウェルティとともに一九六一年二月に、ブリンマー・コレジで最長で最善だった訪問を経験し、ウェルティによれば、彼女らは学部長室で「猛烈に素晴らしい」時を過ごした。学部長室は四十六室もある凝った装飾が施された大邸宅（マンション）にあり、当時は重要なゲストのもてなしに使われていた[*36]。

批評家で友人のジョン・ベイリーはボウエンに書いた手紙で驚いている、「吃音者たちは文体と書かれた言葉から格別な楽しみを得ているだろうか。演説は僕には退屈でしかないが」と[*37]。ボウエンは社交を楽しみ、こうしたコメントには乗らなかったが、書かれた言葉で実験するのをとくに楽しみ、ひとり執筆する日が多かった。「私が書くのは」と彼女はエッセイに書いている、「私が持たずに生まれてきた何かの、いわゆる社会との正常な関係の代替え品かもしれない」[*38]。人生の終わりまでつねにあった自分の言語障害について彼女はおおかた沈黙を通した。

## ボウエン一族の「狂気」

沈黙に関わるもう一つの問題は、彼女の父方の家族にある「狂気」の底流だった。母方の家族コリー家のように、彼らはアイリッシュ－プロテスタント・アセンダンシーに属し、統一主義者（ユニオニスト）に共鳴していた。親戚の一人ヒューバート・バトラーは、大筋で述べている、ボウエン家は「文学的ではなく、知的でもなく」、もっぱら土地の獲得に熱心だった[*39]。ボウエンの父ヘンリは、伝統を破って弁護士になり、この選択で祖父は激怒、それが祖父の憂鬱症の起因となった。ボウエンが述べている、彼は息子であり家業の跡継ぎとの「絶え間ない争いによって発症した暴力的な躁病の苦悶の中で死んだ」と。近隣の人たちは彼が狂っていると思っていた。

　ボウエンの父について長い沈黙があったこの初期のころ、ボウエンの子供時代に父は不在だったが、彼女の人生と作品には依然として存在し出没している。彼の精神病の最初の兆候は、一九〇五年の夏に親戚たちの気づくところとなり、彼は進んでイングランドの病院に入院した。この地の治療はアイルランドよりも進歩していると信じられていて、患者の慰安と理解が主張され、「鎖と暗闇と鎮痛剤」という前世紀の治療に代わるものだった。[*40] その夏ボウエンは家庭教師とその頃寄宿していたいガーティという名の幼い少女とボウエンズ・コートにいて、ボウエンの母は父に付き添っていたとヴィクトリア・グレンディニングが伝えている。冬になると父はイングランドから帰ったが、暴力の発作が続いたので、彼はまた入院させられ、今回はダブリン郊外だった。ボウエンは家族の一代記で、父がミッチェルズタウンの親戚とともに滞在し、友人の数名は彼の回復したい「意志」を称賛したと記している。しかし彼女は父が施設に入った事実については何も言っていない。一九〇八年の春、父はダブリンに戻り、医者たちの命令でセント・パトリック病院に送られ、この私立精神病院で彼は一九〇八年三月から一九〇九年九月まで、一年半を過ごした。[*41] 当病院に入院した患者の記録は以下のとおり。

　　五十五番　ボウエン、ヘンリ・コール
　　年齢四十六歳　男性　プロテスタント
　　入院　一九〇八年三月二十日
　　法廷弁護士　ダブリン　ハーバート・プレイス十五番
　　大法官勲位（ロード・チャンセラー・オーダー）（審問による）
　　疾病の予想される原因、遺伝
　　疾病の種類、亜急性躁病（？）［ママ］
　　恢復　一九〇九年九月二十三日
　　大法官令により自宅に移送[*42]

この病院はジョナサン・スイフトによって創立された。『ガリヴァー旅行記』で知らぬ者もいないスイフトはボウエンも敬愛していたアングロ－アイリッシュの作家で、一万二千ポンドの所領から一万一千ポンドを建物に寄付した。スイフトは風刺的な「ドクタ・スイフトの死にのぞみて Verses on the Death of Dr. Swift」という詩を書いている。

　彼は持てる富を与えて
　〈愚か者〉と〈狂人〉の家を建て
　風刺的なタッチで曰く
　国家には無用なりと

アイルランドは病院と精神病治療法の現代化を緊急の課題とする国家であると、アイルランド・ワーク・ハウス（当時の治療施設）と身障者収容施設（アサイラム）の研究書でジョゼフ・ロビンズが指摘している。「一九〇一年までに本来は五千人以下の収容とされたアサイラムに一万七千人の入院患者がおり、当時、施設に収容された精神異常者の総人数ないし統計にあがった人数は二万五千人だった」[*43]。医師たちは精神病と患者の治療法について医学的な知識に乏しく、医薬品はまだなく、フロイトもまだおらず、治療法もまだない時代にあって、精神病を表す通常の医学用語は「気違い（マッド）」、「愚者（フール）」または「気が触れた者（ルナティック）」だった。レティシア・ルフロイは、アイルランドの人たちは概して異常な行動をとる人を怖れていて、精神病（吃音症も）は道徳的な弱さとか性格上の落ち度のしるしと信じていた、と述べている。

一九〇八年九月、ヘンリには「頭脳の無気力症」と「亜急性躁病」というあいまいな診断が下され、原因はおそらく「遺伝」とされた。当時のその他の診断と同じように、「躁病（マニア）、偏執狂（モノマニア）、痴呆（ディメンティア）、憂鬱症（メランコリア）、痴愚（インベシリティ）、その他異常な完全麻痺（パラリシス）」には科学的な根拠はなかった。だがヘンリの憤怒の発作と沈黙と絶望が交差する症状は、ボウエンが回想で主張するように、双極性症状とするのが当たるようだ。セント・パトリック病院は当時の例に漏れず、矯正器具による強制、ショック療法、瀉血（しゃけつ）、冷水浴、回転椅子、拘束服を使っていた。一九〇六年、ヘンリ入院の二年前に、視察委員会が訪問した時に目にしたのは、一五〇人の患者を数か月間、壊れたままの風呂で入浴させ、不十分な暖房、粗末な換気という現状だった。フローレンスとヘンリの家族は、おそらく彼の状態に不安があり、精神の病との六年間の戦いに彼が疑いなく一人で堪えたことに、無知であり無力だった。

スイフトのぼろぼろに古ぼけた十八世紀の病院にヘンリが滞在した皮肉を無視してはならない。作家になった彼の娘は生涯スイフトにあこがれ、一九四九年に学位を与えられた折に、ボウエンは彼をたずねトリニティ・コレジに表敬訪問している。狂気が自分の家をノックするのを聞いた六歳の時、ボウエンは混乱した。彼女と母は退院後も父と合流せず、退院の日付は知られていないが、セント・パトリック病院の記録には、一九〇九年九月に父は当施設を出て「帰宅」を許されたとある。ヘンリは様々な方法で病と闘い、一九一一年にはダブリン中央の運河によって隔てられたリーソン・ストリートの下宿屋に彼の住所があったことを国勢調査が示している。

ボウエンは三人の人の目を通して父を理解するにいたった。自分の母、セント・コロンバ校のクラスメート、スティーヴン・グウィン、そしてボウエンズ・コートの家事使用人、サラ・カーティの三人である。母フローレンスによればヘンリは「無垢で高貴」だった。彼の家族、とくに彼の父がヘンリを例外的に頑固者とみなしたのは、父の抱く「成功統治体制」に彼が子供時代から反抗の姿勢を見せたからだった。早くから彼は「世間の慣習」と家督相続という家族の計画から距離を置いた。憂鬱症と罪悪感に見舞われた一八八二年、ヘンリが慕っていた母が、彼が海外旅行で感染した天然痘の看病中に他界した。母親の死後「黒いカラス」のようになったヘンリと子供たちを従兄弟の一人が覚えている[*44]。

家族が繰り返した嵐のようないさかいにもかかわらず、ボウエンの父は法律の勉強に戻り、父親の独裁体制に公然と逆らい、一八八七年にはアイルランド法曹界に呼ばれた。ヘンリは法律に引き寄せられ、キャリアの始めには議会の仕事で実践を積み、のちには土地収容委員会に携わった。彼の娘によれば、彼の強情ぶりは、「馬、男性使用人、社会的な差別、農業関係のアイデア、そして見せびらかしのあらゆる形を嫌う終生変わらぬ傾向」にことごとく出ていた。ボウエンは、よく似たそのままの性格があり、露出と自惚れに対する嫌悪感を父と共有していた。父の自立心と民主的な姿勢は、父親との確執だけでなく、彼の階級との確執も招いた。防御しようとしたのか、彼は「孤高の道徳的な在り方」を発展させ、ボウエンもグウィンもそれを感じとっていた。父の自立心と父が苦しんだその結果は、ボウエンの家族史に記されている。

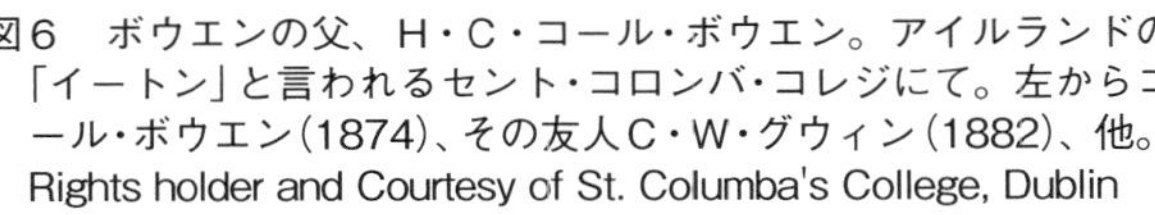

図6　ボウエンの父、H・C・コール・ボウエン。アイルランドの「イートン」と言われるセント・コロンバ・コレジにて。左からコール・ボウエン（1874）、その友人C・W・グウィン（1882）、他。
Rights holder and Courtesy of St. Columba's College, Dublin

父が通ったアングローアイリッシュ・スクール、セント・コロンバ校は「アイルランドのイートン校」で、経験にではなく記憶に残る慰めをヘンリにもたらした、とスティーヴン・グウィンは言う。のちに有能なジャーナリスト、詩人、国家主義の政治家になったグウィンはヘンリのことを「長身で、ひょろりとした、だらしない、赤毛の十五歳の若者」で、学校の最優等生の二番手だったと記憶している。[*45] ヘンリはクリケットにもフットボールにも手を出さず、裕福な地主一家の特権を手にしながら、多くの者には謎だった陰鬱な気配と非社交的な態度が明らかだった。彼は六フィート二インチ（約一九〇センチ）あって、ボウエンが言うには、「金赤色の針金のようなくしゃくしゃの髪の毛」をしていた。[*46] グウィンはヘンリの不器用さを知っていた。絶えず何かを落としたり失くしたり、彼の娘に言わせると、「父の毎度の迂闊さはコメディになり、堅苦しい人間にならないで済んだ」。彼はのろまで、手が不器用だったが、人々が相手の時はそうでなかったとボウエンは言う。公平さと慈悲心が彼の資質だった。グウィンは彼を気の弱いスポーツマンで、ひらめきも即興の才もない「鈍い人」と見ていたが、ボウエンが見る父は学識のある教養人で、「自身の生来の計画があったので」、自分の父が要請したボウエンズ・コートともう一つの家族所領であるカミラの地主と経営者という役割を演じるのが向かなかったのだ。彼の憂鬱症は、深刻な失望観と初期の精神病を告げる早い兆候だったのだろう。

セント・コロンバ・コレジでのヘンリは、パブリック・スクールの伝統である監督生の一人を務め、一八八〇年代の学業では最優等生として受賞している（図6）。コレジの入学者数が減少したのは、所領にまつわる一八七九～八二年の〈土地戦争〉の経済変動と、一八八六年に成立した〈自治法〉の意気を阻喪させるような影響にアングロ－アイリッシュがいっせいに反応したからだった。アングロ－アイリッシュはアイルランドにおける地位にかつての自信が持てなくなり、息子たちをセント・コロンバに送る代わりにイギリスの学校を選ぶようになり、そこで学習してイギリス本国または帝国全域でキャリアにつなげようと考えた。これに先立つ頃から、アセンダンシーの息子たちがイングランドのパブリック・スクールに行ってケンブリッジ大学へという進路は自然な流れとなっていて、ときには、ウィンキー伯父のように神学大学にも進んだ。しかしながらボウエンの父はトリニティ・コレジで倫理学、ラテン語、ギリシャ語に優れていたが、社交やクラブを避けた。グウィンは、アイルランドの苦難の時代、パーネル（1846-92）が指揮を握らんとしていた時に、ボウエンの父は政治的には何のかかわりも持たなかったと言っている。ヘンリはどちらかといえば地元の大義に関心を持ち、一九一〇年から一九三〇年まで、セント・コロンバの評議員としてコレジに忠誠をつくした。ヘンリの種々の功績について、教育主任、司書、ギリシャ語とラテン語の教師だったリチャード・ブレットは、ヘンリの死後の一九三二年に、ヘンリを「哀悼する友達」が彼の学業と厚意を称えてキャンパスに記念碑を建立したと伝えている。

　いくつかの病院での六年におよぶ治療を終え、姉妹のサラの支えと、グウィンのような献身的な友達のおかげでヘンリは施設を出て、一九一〇年には仕事に復帰できた。一九一〇年にはダブリンで土地購入の弁護士となり、一九一八年、妻の死後六年のころ、グウィンの妹メアリ・キャサリンと再婚した。彼はグウィン一家に歓迎され、温かい支援を受けた。仕事では、土地改革法を擁護し、アイルランドにおける土地の所有を英国の地主からアイリッシュの小作農に移す方法に取りくみ、一八七〇年に始まる政府の経済援助を受けたこともある。皮肉なき行きである、ボウエンが浮かび上がったアングロ－アイリッシュの岸辺を回想すると、ヘンリは父が生涯をかけて保持しようと努めた所領を解体するために働いたとは、そしてそれはボウエンが共有した心と精神の自立を実証している。

　彼は他界する数年前に、革表紙で装丁した八〇三ページの労作、『一九二三年以前のアイルランドにおける土地購入法（*Statutory Land Purchase in Ireland Prior to 1923*）』を完成させた。その序文に説明して曰く、条約の主旨は、「アイルランドの土地購入測定のシステムの進展を支え条件づけてきた法的な主張が順調に発展した足跡をたどるため」であった。[*47] この大著は各セクションに別れて、古来の記念碑、賃料の未払い、破産、不使用の水車、私有地の義務、相続人、アイリッシュ土地購入基金、精神異常者および精神不健全者と既婚女性の私有地の売却、砂と砂利、海藻、石材、粘土、小作人、木材の売却等々。一九三〇年代にボウエンの恋人だったハンフリー・ハウスは、ボウエンの父親の本をブラックウェル書店から受け取り、感謝して、つまり結果として土地法がよく分かったと書き、「恐るべき書物で［…］、間違いなく弁護士の実務の本だ」と書いた。[*48]

　ヘンリ・ボウエンはまたダブリン南部にあるペンブルック家の

私有地も受け持っており、それはカウンティ・ダブリンにある家族所有の最大の所領だった。[*49] ヘンリは教会法の知識があり、アイルランド教会の筆頭メンバーの一人になり、ダブリン主教区の一般教会会議法廷の裁判官として尊敬されていた。桁外れの知識を持った教養人で、それがボウエンに受け継がれている。ボウエンズ・コートの隣人ネリー・ゲイツはヘンリのことを「静かなる巨人の男」と要約している。[*50] 彼の回復後にグウィンが言っている、ヘンリの主な興味は、才能を伸ばし、「最新の飛翔を見せる小説家として」娘のエリザベスを知ることだった。一九三〇年五月三十日の『アイリッシュ・タイムズ』紙に出た彼の蓋棺録(がいかんろく)は、アイルランド教会における傑出した働きを強調し、この専心ぶりはボウエンその人に影響し、彼女は生涯を通じて教会に通う信者で、オクスフォードにいた時はボウエンズ・コートのそばのファラヒ教会に通い、のちに、ハイズのセント・レオナード教会に通ったと、従妹のレティシア・ルフロイが伝えている。

ボウエンはもう一人、ボウエンズ・コートの女中頭だったサラ・カーティの目を通して父を見ている。サラは子供だった父を知っていて、「赤毛頭の生徒で、一家の心配の種で、誇らしい花婿で、長い間神経衰弱と戦った孤独な人」を見てきた。[*51] 彼女は、口には出さずとも、ボウエンが彼女の家族に感謝して告げているように、ヘンリの「勝利者の威厳」を感じとった人だった。ボウエンによれば、ヘンリは一九三〇年に再度精神病にやられ、その後まもなく他界した。サラ・カーティは彼の体の始末をして、ボウエンを呼んだ。「おいでになって彼を見てください」彼女は誇らしげに言った。「愛しいお顔をしておられます」。ボウエンは一礼して同意を示し、サラの「指が彼の体を覆うリネンに襞(ひだ)を作り、それが大理石のような模様になり、芸術品になった」のを見て、そこにプルーストの『スワンの方へ』のマルセルの祖母のイメージが重なった。彼女の父の遺体と葬儀のリネンの描写は、生死は芸術によって高められるというボウエンとプルーストの美意識の反映である。グウィンの説明ではヘンリはボウエンズ・コートの小作賃借人に愛され、彼らのことを「私の隣人たち」と呼んでいた。[*52] プロテスタントとカトリックは、ともに彼が彼らのそれぞれの役に立ち、寛大で、正義感をもって対したことを讃えて、何百人もの人が葬列に連なった。ボウエンが礼拝しているファラヒのセント・コールマン教会まで、彼らは彼の棺を肩に担いで運び、その小さな教会墓地に埋葬した。

ヘンリの精神病は、彼の父から遺伝した疾患で、彼の父はボウエンズ・コートとカミラという二か所の私有地の経営という強いストレスのもとにあった。人々はこのボウエンの祖父を恐れていた。彼は「事実、物事が適切に処理されるのを見届け、一つでも落ち度があると、鋭い叫び声を上げて合図した」。[*53] ボウエンの子供時代に潜んでいたこの「狂乱の人」は、のちの彼女の作品のいくつかに出てくる。『心の死』のセント・クウェンティンは通俗小説の作家だが、人間性について観察し、「我々はそれぞれ自分の中に抑え込んだ、一種の巨人を飼っている、社会的にはあり得ないがフル・サイズでね――それがときどき暴れ出すのを互いに聞いて、我々の交際を最悪の陳腐さから守ってくれる」と言う。[*54] 抑制できない必要に駆られた「狂乱の巨人」とは、ボウエンが女性の登場人物エヴァ・トラウトに投影した狂気のもう一つの側面で、のし歩く巨富の相続人で育児放棄されたこの孤児は、すべての人の人生を悪夢に変じる。エヴァは先生のイズーの家庭に受け入れられるが、エヴァは謀反を起こしてイズーの結婚を壊し、イズーが叫ぶ、「私は自分の人生を殺した」と。エヴァの人間関係は全て壊れて小説に散らばっている。彼女の意思は、「忍耐強く取りかこむ怪物の意思」で、爆弾のように家庭を壊し、爆弾はこの小説の第一のメタファーである。[*55] ボウエンの子供時代の家庭は、父と祖父の狂気の振る舞いによって変調をきたしたものだった。

## コリー家の正気

コリー家はボウエン家同様アングロ－アイリッシュの家系だったが、両家は違っていた。コリー家はボウエン家のような土地への執着はなく、陰鬱な気分、予測できない「狂気」の振る舞いも発作もなかった。[*56] ボウエン家は資産家で、とくに私有地の取得と保持に熱心だった。一方コリー家は強い女性による母系制の傾向があり、彼女らは家庭と庭園を愛したが、特定の場所に愛着することはなかった。ボウエンはコリー家のことを「本道をはずれない正気」と述べて家族生活の素質を示した。コリー家のヴィクトリア様式の屋敷は当時ダブリン湾にのぞみ、ボウエンは「あの家は魔法のガラスの下にあった」としている。彼女は幼いころに経験した日曜訪問と温かく緊密な家庭を思い出している。ヘンリ・フィッツ－ジョージ・コリーはエリザベス・イザベラと一八五二年に結婚し、六人の男児と四人の女児をもうけた。フローレンス（ボウエンの母）、ベッシー、モード、ジョージ（ヘンリの精神病の初期のころにフローレンスとエリザベスの面倒を見た）、ローラ、（フローレンスの死後、ウィングフィールドとともにボウエンの世話をした）、ウィングフィールド、ジェラルド、コンスタンス、ガートルード、エドワードの十人である（図7）。彼女の祖母が、ヴィクトリア朝の女家長らしく、「よこしまな」高圧的な才能で支配したが、ボウエンによれば、祖父のヘンリ・フィッツ－ジョージ・コリーは病気がちで静かで悲しげだった。ボウエンは、彼らに交じって育った時期もあり、「彼らは現在を愛し、思い出をため込む力があって、無垢の感覚に支配されていた」と記している。[*57] 友達がみな言うには、この進取の気質と瞬時に生きる素質はボウエンも共有しており、その資質は、母親の早い死去に伴うように出てきたボウエン家の憂鬱症に対抗し、「誇り高い細い糸で場所に縛られた神経症」にも対抗した。[*58] 自発性と機智に富んだ対話はコリー家の輝く光明だったが、ボウエン家の偏執狂的な情熱は暗さを広げるようだった。ボウエンの父のヘンリはコリー家の進取の気性に引き付けられ、賑やかな姉妹たちの中から自分の妻に活発なフローレンスを選んだ。ボウエンが見るフローレンスは「当たり前な人ではなく――気紛れで、捉え難く、自分自身の考えに静かに集中していた」。[*59] さらに言えば彼女は田舎娘ではなく、カーベリー城出身の富裕な地主の教育を受けた娘だった。マウント・テンプル近くのコリー家の屋敷は一家が一八六〇年から一九〇四年まで住んだ家で、今その面影は一八六三年にさかのぼる建物一つに残されている。伝統的な様式の時計塔が、トリニティ・コレジの鐘楼に似せてデザインされ、学校塔に似ており、クリストファー・ノーランの小説 *Under the Eye of the clock*（時計塔の目の下で）に不滅の姿をとどめている。[*60]

一家の系統を辿るとウォルター・カウリー（またはコリー）に行きつき、彼は一五三七年にアイルランドで事務弁護士をしていた。一家はカウンティ・キルデアに土地と荘園屋敷を付与され、エリザベス女王治下における王党派への忠実な貢献の見返りだった。

図７　コリー一家。前列右端にボウエンの母、フローレンス・コリー。
Rights holder, Courtesy: Laetitia Lefroy

彼らはほかにも土地を獲得し、カーベリー（Carburyまたは Carbery）にある城の近くに家を建て、果樹園と庭園を作り、農場を貸し出して、アイリッシュの賃借人から賃借料を集めた。アングロ－アイリッシュの典型である。これらの所有物でコリー家は――一時代――アイルランドの北西部第一の広大な土地を所有し権勢を誇った。[*61] コリー家の祖先はカーベリー・ヒルの墓地に埋葬されている。しかしフローレンスは姉妹ともどもルーカン・ロッジで生まれ、一家が所有していたカーベリーの土地は一部分貸し出してあった。この歴史はあってもボウエンは、コリー家を他のアングロ－アイリッシュの家族とは違うと見ており、コリー家は一か所の土地に縛られた家族ではなかった。[*62] 彼女は、自分の人生では同じように移動を繰り返したが、根はボウエンズ・コートにあった。

ボウエンは滅多に語らなかったが、コリー家とボウエンズ・コートでの平和な時を断ち切った痛ましい出来事が子供時代に数々あった。父が一九〇六年にハーバート・プレイスの家を出て精神病院に行った時の思い出を彼女はほとんど口にしない。彼の不在とその後六年間にわたりイングランドとダブリンの施設を出入りした父の苦闘、一九一二年、ボウエンが十三歳の時に母がハイズで死去した後の「耐えられない一年」も同様に語らない。堰き止められたものは、しかし、彼女のフィクションに、変化する色彩、種々のパタン、様々な感情となって再現されている。過去の感情と感覚がそこに反映し、孤独で親のいないまたは「狂った」少女と女性（ときに少年）の感情と思いに対する同情が彼女の作品すべてを覆っている。ボウエンがその犠牲になったかもしれない遺伝性の狂気の亡霊が、母の心配そうなまなざしに暗く出ていて、レティシア・ルフロイによれば、コリー家の人々はボウエンを幼時の父の喪失と母の死によって「きずあとがついた」と見ていた。しかしながら最初の伝記を書いたヴィクトリア・グレンディニングは同意していない。「きずあとがついたエリザベスを見るのは簡単だ」、しかしそれは当たらないと反論している。[*63]

　ボウエンのてんやわんやの子供時代に一貫してコリー家は安定を与え、彼女のダブリン時代ものちのイングランド時代もそれは変わらなかった。彼らはボウエンに沈着平静さを身に着けさせた。ボウエンはアイルランドとイングランドを行き来して様々な家族の集団を出入りしたが、「彼女のマナーは先見の明を彷彿とさせる良識を感じさせた、不思議の国のアリスのように」[*64]。だが良識はあっても狂った世界に手を焼いたアリスとは違い、ボウエンはこれに立ち向かい、彼女の小説では女性の役割に不満のある思春期の少女や大人の女性も立ち向った。アイルランドの家を根こそぎ失った時など、感情的に井戸の底まで墜ちたことはあった。しかしボウエンは基本的に「新しい要素を持った存在で、手品師の少女のように」、心をくじく経験の上に浮上することができた。その想像力は根無し草の人生を人々の家に入ったことでその姿を変えた。決まった場所がない家だったから、彼女は安定性と揺るがぬ感覚を内に携えていた。

　ボウエンは、ボウエンズ・コートを取り巻く平和なバリウラの山々から、「白亜の土と落雷と潮の干満のある」ハイズとフォークストンへ肉体も感情も一緒に移動したと言う。到着が嬉しかったようだ。「晴れた日で、この一帯が視野に入る。秘密はない」[*65]。そして自分のことを「社交的な外向型」、「おてんば娘」と語り、解放的な日の当たる空間での遊びや冒険では粗暴で無礼講だった。お気に入りの従妹で一緒だったのは、ボウエンより十歳若いノリーン・コリーと同い年のオードリー・フィニーの二人だった。彼女らが徒党を組んでしたゲームは「肝だめし」、これは木や屋根の一番上まで登る、目隠しをして自転車に乗って曲芸をする、一本足で壁の上を跳ぶ、鉄道の上にある手すり壁の上でバランスをとるなどだった[*66]。この乱暴な子供時代がのちに彼女の自転車と自動車を猛烈なスピードでぶっ飛ばす大胆さを形作った。一年後にフォークストンを移るときは「法を守る」ところも出てきたが、彼女は子供を引退するつもりはなかった。「魔法使いの少女」らしく、チャレンジを続け、傷つきやすさにはマスクをかけた。

　ボウエンは、コリーの祖母は頭の回転が速かったが、「頑固な反インテリ主義者で、屋敷の階下で本を見付けると、『いったい誰の本なの?』と鳴り響く声で文句を言った」と伝えている[*67]。彼女の娘たちは本を階上の自室で読んだ。ヴァレリー・コリーの息子、クリストファ・ホーンは、一族には作家がいると言っている。ジヨゼフ・(マンセル)・ホーンはイエーツの優れた伝記作家で、ジョージ・ムアと共にイエーツのサークルにいて、ときにはジェイムズ・ジョイスのサークルにもいた。ボウエンは一九三九年にホーンの歴史書『ムア・ホールのムア一族（*The Moores of Moore's Hall*）』について書評を書いたが、この歴史書でホーンは、カトリックとアングロ－アイリッシュの家系にあるアイリッシュの地主一家の悲運の実地調査を行い、そこには、家督相続をした子孫のディレンマがうかがわれる。遺産相続はここでは存在理由と重荷の中間にあるものと見られており、ボウエンも同じ見解を取っている。ムア・ホールは、一七九二年に建てられ、一九二三年にＩＲＡによって炎上した。[*68]ジョイスのすぐれた伝記を書いたリチャード・エルマンによれば、ジョゼフ・ホーンは、「ダーモット」・シュネヴィクス・トレンチ（ゲール語連盟の立役者だった従兄弟）といった若い人たちと、ジェイムズ・ジョイスをマーテロ・タワーに訪れている。アイリッシュとアングロ－アイリッシュの作家間の橋渡しが感じられる。ホーンは同時に、演劇と文学作品のダブリンの出版社、モーンセル株式会社のジョージ・ロバーツと金銭面でのパートナーだった。この会社は『ダブリナーズ』の出版を巡って何年もジョイスともめた挙句、出版を拒否、自警同盟の影響と誹謗を怖れたからだと言う人もいた。[*69]コリー－ボウエン家から出た作家はほかに、著名な知識人で、エッセイストのヒューバート・バトラー、そして今日の歴史家で紀行作家のタートル・バンベリーがおり、彼はボウエンの従妹のジェシカ・ラスドネルの息子である。[*70]

　コリー家はダブリン郊外の所領を保持し、一九三六年の父親の死後、ボウエンの伯母エディが相続した。男子の相続人が戦争で全員死亡したからだった（伯母の兄弟ロバートとガイは第一次大戦で）。ボウエンはよくそこにエディとジョージ夫妻と一緒に滞在した。エディとジョージの結婚は型通りではなく、というのもジョージは子供の時の病気から聾者になり、口唇術と身振りで人と話した。とはいえ彼は農場の経営と家政の経費問題に対処するに足るコミュニケーションができ、巧みな鋳掛屋で機械類に長じ、彼らがコーカーに移動するときは車を運転した。レティシア・ルフロイはエディとジョージの孫娘で、子供時代に十歳までコーカーで暮らした思い出があり、のちにそこへ戻ってアレクサンドラ・コレジに入った（ボウエンの母も通った）、これはのちにトリニティ・コレジになった。コーカーは居心地が悪かった――使い古した家具と寒い教室――といわれる一方、感情的に安らぐ場所で、ボウエンも母の死後そこで過ごしたこともあり、同世代の者たちも一時的な住まいとして利用した場所である。エディ伯母は活動的な人で、ガーデニングと近所のニュースに熱心で、諦めを知らぬ仲人役という「キャラクター」、エリザベスとその世代は仲人に材料をたくさん提供したとレティシアが言う。この伯母はいつもエリザベスに関心を持ち、からかったり叱ったり、家族同然に扱った。一九二一年にボウエンを「不適切な」求婚者から遠ざけたのは、彼女だった。そしてボウエンと夫と子供たちをイタリアに連れて行った。[*71]ボウエンの従兄妹たちは一九六〇年代、アラン・キャメロンの死後にボウエンとよく会っていた。リッチーは一九四一年以来ボウエンの恋人だった人で、コーカーとキルマテッドを訪問し、家族と一緒に落ち着いているボウエンを見ている。コリー家はボウエンの親密な関係者たちについてあまり知らず、彼らの年代と社会的な立場上、知らないでいい事は知らなかった。ボウエンの伯母はコーカーを息子のダドリー・コリーに譲り、彼が若くして他界すると売却された。のちにボウエンは、近くにあったミル・ハウスによく滞在した。ここで彼女はフィンリーの母方の伯母ノリーン・バーンズ（「トディ」）との間に親しい関係を築いた。彼女は料理と配膳を仕事にしていて、有能さと忠誠心と控えめな態度で家族の宝であった。この伯母はボウエンズ・コートでの集まりでボウエンをしばしば助けた。ボウエンはアイルランドの海岸のはずれのヴァレンシアにあるホリデーホームに移動する伯母とフィンリーと母親の手助けをした。この大家族との友情は職業上狂乱の生活にあるボウエンの隠れ家となり、「彼女が人々との関係で見せたゆとりとなって［…］彼女は文学的な豪胆さと知性とを軽々と身にまとったのだ」とクリストファ・ホーンが言っている。[*72]

コリー家は母系制で、女性の教育に進んで関与した。ボウエンの母は、アイルランド教会（英国国教（アングリカン））の精神で女子教育を目的として一八六六年に創立されたアレクサンドラ・コレジで学んだ。彼女はここで英語、文学、自然科学、聖書、数学、哲学〈精神と道徳の哲学〉、そしておそらくラテン語、ギリシャ語、フランス語も少し学んだ。このコレジはロンドンのクイーンズ・コレジの方針を踏襲しており、一八四八年にイングランドで初めて女性の高等教育を目指したコレジだった。創立者かつアレクサンドラ・コレジの学長アン・ジェリコーは、ボウエンの大叔父リチャード・シュネヴィクス－トレンチから運営上のアドバイスを受けた。フローレンスは開学と同時に入学し、コリー家のほかの女性もそれに続いた。ある階級に属するアングロ－アイリッシュの女性たちがうけた私的なエリート教育の典型だった。[*73]

### 耐え難い一年

一九一二年の夏に、とボウエンが書いている、「私の母フローレンスはダブリンの医者から、あなたは六か月後には天国にいるだろうと言われて、喜んだ」と。「喜んだ」とはフローレンスの安堵の気持ちで、そのとき四十七歳、癌の手術を何度も繰り返した後で疲れ果てていた。コリー一家はボウエンを取り囲み、母がついに死んだとき彼女は十三歳だった。「耐え難い一年」と彼女は書いた。「私は母を思い出せず、母のことを考えられず、彼女について口に出せず、彼女のことが話されても苦しまなかった」。[*74]ボウエンは母との触れ合い、母との肉体的な親密さを生涯忘れなかったが、もはや「母の頬を自分の頬」に感じなくなり、『心の死』のポーシャのように、母なしで生きることを学んだと言った。[*75]彼女の感情的な生活と世界に生じたこの裂け目に匹敵するのは、一九〇六年に父親の精神病の発症でダブリンから逃走した時くらいだ。母の死はコンスタンス伯母が結核で死んだのと、叔父のエドワードがタイタニック号の沈没で死んだのと同じ年だった。[*76]モード・エルマンが書いている、母の死後ボウエンは「マザー」という単語をほとんど発言できなかった。[*77]これはボウエンのエージェントで編集者のカーティス・ブラウンも実際に確認していて、死は「あまりにも圧倒的で、彼女は終生自らそれに言及しようとはしなかった」。[*78]

その年はボウエンの父にとっても憂鬱な一年だった。彼は回復を実感するようになり、病院を出たら家族を再びまとめようとした。レティシア・ルフロイによれば、コリー家としてはこの再集合を気持ちよく見ていたが、フローレンスは足が前に進まず、ハイズが気に入ってしまい、自分に癌が見つかってからも、ダブリンに戻るのを嫌がった。一家は母の最後の数日だけ再び集まり、ボウエンはこうした夜を「息苦しく不吉で［…］、爆撃機のように唸りながら旋回し、そのたびに容赦なく近づいてきた」と描写し、個人の脅威を時代の脅威に重ねている。[*79] 従姉妹のオードリーは夜間にボウエンが泣いているのをよく耳にした。ボウエンは母の葬儀には参列しなかった。彼女が自ら言う「呆然自失」の状態にあって、悲哀を言い表す力もなく、ボウエンは黒いタイを付けて出来事の印とし、ハーペンデン・ホールに登校した。彼女は学校ではサボるふりをして「劣等生」になり、それで自分の悲しみを隠した。それでも彼女は父の訪問と、ウィンキー伯父ことウィングフィールド・コリー牧師の家に慰めを得た。伯父の「理解と無言の安らぎ」があり、彼の妹ローラ伯母がいたからだった。ボウエンが若い人たちに書いた童話 The Unromantic Princess（ロマンティックでないプリンセス）では母を亡くしたばかりの若きプリンセスのアンジェリカが、フェアリ・ゴッドマザーから常識と時間厳守の贈りもの（ギフト）をもらい、ゴッドマザーから独り立ちし、自分の人生を自分で負うことを学ぶ。ボウエンも同じギフトだけでなくほかのギフトも持っていた。[*80] この童話の挿絵では、馬に乗ったショートヘアの若い女性がパーティで出会った少年と話しながら追跡し、自分の運命に向かっている。

ボウエンは母のことはほとんど書いていないが、母親との関係は彼女の人生の中心にある関係で、喪失感に圧倒されるあまり、自伝というジャンルには不信感を覚えたからだ。彼女の家族史 *Bowen's Court*（ボウエンズ・コート）では、父とその一族に焦点を当てている。母親にはフィクションを通してのみ近づくことができた。フィクションなら、母と距離を保ち、母を喪失した感情を変容させることができた。彼女の小説の子供らは――ポーシャ、レオポルド、ヘンリエッタ、シオドラたちはとくに――ボウエンと同様に、突然起きた悲劇的な重大事を経験する。『パリの家』のヘンリエッタはレオポルドの暗い秘密に出会って、「黒い大きな羽のついた帽子が頭に斜めにかぶさったように感じ」、自分の秘密を思い出している。[*81] 静かな対話の中でレオポルドはヘンリエッタを彼女自身の母の死に残酷に向き合わせるが、ヘンリエッタは彼の喪失に同情を寄せている。「君はお母さんのことで今もまだ不幸なの？」レオポルドが尋ねる。ヘンリエッタは顔を壁の方に向けて、「お母さまのことは考えないの」と抗弁し、レオポルドの気分を転じて列車の話題に誘導する。彼のあざけりが語り手の観察を追認している。「子供が子供に加える暴虐には終わりがない」。レオポルドはそこで宣言する、僕は母を覚えていないが、また母に会う「つもり」だと。ヘンリエッタは秘密を隠す名人で、「目を下に向けて、ドレスの皺（しわ）を直して」、部屋の反対側に歩いて行き、何も調べないで、退屈していることだけを見せる。

ボウエンの同時代人たちは、母親の死を扱う別の方法を示している。ウィリアム・マクスウェルは、ボウエンの友人で『ニューヨーカー』誌のためにボウエンの短篇をいくつか編集しているが、彼が母を失ったのは十歳のとき、しかし彼はボウエンのように間接法で書くのではなく、彼が感じた空隙をいかに表現するか自伝の中で探り、当時彼は絶望のあまり自殺を企てそれが彼の作家として立つ契機になった。ただし、「ほかの子供たちは耐えたとしても、自分には耐えられなかった」[*82] と記している。彼はボウエンを称賛し愛する友人となって、ユードラ・ウェルティとアイルランドやニューヨークで妻のエミーを交えて合流したが、彼が六十歳半ばになると、ボウエンはウェルティに彼に割く時間がなくなったと言い、彼は退場した。ボウエンは友人にそうすることがあった。

ヴァージニア・ウルフもまた十三歳で母を失い、以来、四十二歳になるまで母の死にとり憑かれていたと打ち明けている。四十二歳の時に小説『灯台へ』のミセス・ラムジーという人物を創って、やっと母を安置することができた。ボウエンもまた哀しみを自作のいろいろな人物に託している。短編 The Little Girl's Room（少女の部屋）の子供たち、『心の死』のポーシャ、『パリの家』のレオポルドは、母親なしで生きることを学ぶ。ボウエンが残したわずかな自伝の一片に、彼女がケント州で家々を渡り歩いた生活を親しく母とともに過ごしたことに触れ、白いバルコニーが付いた海辺のヴィラに暮らしたい、でもそれができなかったと書いている。親戚の家で暮らさない時、母と娘はホテルに紛れ込んだり、空室のヴィラの鍵を業者に借りておとぎの国の住まいとし、「愛のパビリオン」ごっこで遊んだ。だが、「こうしたヴィラについに住めるようになった時、母が死んだ」。[*83]

この「口にすることができない事件」の少し前に、父がアイルランドの病院を退院した。ボウエンはボウエンズ・コートに父を訪ねて夏を過ごしてきたが、一方、ボウエンはイングランドとアイルランドのおばや従兄妹と一緒に育ってきた。まず子供のいない貴族の未亡人リリア・チチェスターと、次いで未亡人になったイザベル・シュネヴィックス－トレンチと。母の死後は、母の姉ローラ伯母と「ウィンキー伯父さん」に大事にしてもらい――この穏やかで内気なウィングフィールド・コリーは母の未婚の兄――彼らとケント州サウスビューのハーペンデンで暮らしていた。彼らとしばらく暮らした後、ボウエンはハートフォードシャーにあるハーペンデン・ホール校に入学した。十七世紀に建てられたロマンティックな建物が校舎だった。だがボウエンは「ショック状態にあり、何も言わないほうが気分が落ち着いた。死滅、変貌、無念、不面目」。殉職を思わせるこれらの不思議な語句は「耐え難い一年」にある彼女の感覚を伝え、その一年が彼女の気質に及ぼした影響のほどが見える。のちに彼女は「非存在」でいたい時があり、別の局面では「有名人」でいたい時があった。ハーペンデンには二年間通い、その間父が休暇に訪ねてきた。最終的に、付きまとう伯母委員会に騒がれないほうがよくなり、一九一四年にはダウンハウス寄宿校に送られた。進歩主義の素晴らしい女子校だった。ウィンキー伯父は一九一五年にヘレン・ブラウンローと結婚し、思春期のボウエンとの縁は続いた。レティシアによれば、「穏やかで静かで内気な」伯父は家族に愛された人だった。[*84]ボウエンは母の兄ジョージとその妻エディと過ごすこともあって、一九一六年まで彼らはダブリン郊外のラスガーのファノウに住んだ後、コーカーに引っ越した。一九一六年の夏、ボウエンはヘンリ伯父とサラ伯母にボウエンズ・コートで世話になった。レティシアがその様子を伝えている、「エリザベスはたらい回しだった。子供たちは両親がいなかった」。

ボウエンは、クラスメートの数名は進学したが、大学には行かなかった。盛んに読書をし、おもにイタリアなど海外旅行をした。詩を書き、絵を描こうと努力したが、アートスクールで力不足を経験し、ストーリーを書く方に方向転換した。この若い勇気、人生を通じて彼女を支えるこの資質は、母の死が引き起こした感情のこわばりと裏腹である。

## 歴訪教育

母の死と父の不在とケント州への移住の結果、ボウエンの教育は歴訪した各地で受けるものになった。母とともに最初にケント州にわたった時、ボウエンはフォークストン、ライミンジ、ハイズの三か所を起点とする三角地帯に散在する学校に通った。一九〇九年の人口調査ではボウエンは未亡人のイザベル・シュネヴィックス－トレンチとラドノア・プレイス九番に住んでいた。一九一一年にはそこから引っ越して母親と住む、とある。フローレンス・コリー（四十六歳）、エリザベス・ドロシア・コール（十一歳）［ボウエン自身――父はコールの一人］エレン・グレアム　使用人（四十歳）チャーチ・ヴィラ一番地、ライミンジ、フォークストン在。ボウエンはリンダム・スクールに通うが、母が授業を過重と判断、ボウエンの頭の使いすぎを恐れ、それが家族の「狂気」の恐れを思い出させたのだ。母はサーモン家の少女たちとの家庭教育にボウエンを送り出した。ボウエンは、彼女らはオールド・チェリトン（現在はフォークストンの一部）のシーブルックにあるセント・マーティン教会のロバート・セシル・サーモン牧師の美しい娘たちのことだと説明している。[*85] だがボウエンに嫉妬心が芽生える、サーモン家のヴェロニカとメイジー姉妹の理想的な家庭生活を見るにつけ、私は「まだ愛らしさと光を取り入れるに相応しくない」と感じ始めた。そしてこの慣習に沿った家庭で「ならず者のように」振舞い始め、『友達と親戚』の人物アナのようなタフなところを見せはじめた。[*86]「安定した小さなさや」の中にいる「元気なクロッカスのように」。ボウエンは従姉妹のオードリー・フィネスとともに大胆にアウトドアに出た。オードリーは年に二度ハイズを訪れ、ボウエンはオードリーと一緒に物語を書き、「空想家族」を演じたこともあった。[*87] ボウエンは洋服のデザイン画を描くのが好きで、これは終生ファッションに興味があったことにつながる。音楽のセンスはあまりなかったがダンスが好きで、のちにボウエンズ・コートでフィネスと一緒に模擬ダンスパーティを開いた。

ケント州のダウンハウス校へのボウエンの入学は一九一四年九月、母の死の一年後のことで、彼女の自信を強め、文学的な興味を形成した。学校は小さく四、五〇名の女子学生がいて、地域でもっともすぐれた寄宿学校とみなされ、富裕層のために一九〇六年に女性教育の開拓者で進歩的なオリーヴ・ウィリスによって創立された。「この学校は文学的でアカデミックな両親を識別して運営されていた」。[*88] 図書館や教育施設から閉め出されたことに怒りを覚えたオリーヴ・ウィリスは学校創立に動くことを思い立ち、一八七〇年代にはグラッドストンの小学校教育制度実施の法律によって、同様の学校が徐々に生まれていた。この学校が開学する二十年前、ウルフはオクスブリッジの図書館から閉め出されたことに立腹したと、ケンブリッジのニューナム・コレジでの談話、『自分だけの部屋』で述べている。女学校や、ガートンとニューナムのような女子のコレジの設置には莫大な努力と女性には欠けていた資金的な裏付けが必要だった。[*89] ウルフは、ボウエンの十七年前にエリートの文学的な家庭に生まれ、家庭教師と父親の図書館で家庭教育を受けたが、ボウエンは、次世代の生まれ、パブリック・スクールに通い、そこでは女性に考えること、大学に進学すること、キャリアを持つことを奨励した。ダウンハウス校のスローガンは、女性は「L・O・P・H（Left on Pa's Hands——パパの世話になる）」であってはならぬ、だった。[*90]（図2・4）

ボウエンは十五歳で学校に入り、大戦の戦況は激化していた。彼女は学校で、従軍している兄弟がいて、ニュース報道にかかりきりの少女たちとの会話には加わらなかった。戦争から一歩離れ、戦況には耳をふさぎ、『日ざかり』のステラのように、「第一次大戦が終わった後に成長し、その世代は一つの世代として、きっかけをつかまえ損ねたと感じさせられるにいたる世代だった。その時代は、若い彼女の周辺で八方から言われていた、前例のない時代だった」[*91]。

ボウエンは早いころの印象を一九五七年の『ダウンハウス・スクラップブック』に記録している。すべての少女たちは——ある理由から、外部からの侵入者を「確信しているようだった。これは警戒させるのではなく安心させるのだと」。この雰囲気の中でそれぞれが夢中になって、「一人は何かの真ん中めがけて飛び込んだ」。思春期の唯一の悪夢は、「移り変わる宇宙だ」、そしてボウエンは母の死と父の不在から今なお逃げていた。学校は移動時期にある彼女に安定性と方向性を与えた[*92]。彼女のスケッチが描いた絵は、場所、風景、建築物に早くから関心があったことを物語っている。学校は白いジョージアン様式の建物で、三階建てで、まばらな芝生の前庭があり、

> 七月にはドロシー・パーキンズ種の薔薇が乱れ咲き［それは］ケント州の村ダウンを取り巻くタルマック道路から一歩入った所にあった。［…］アザレアの花壇が上級生の書斎のフレンチドアの外にあって、そのせいで夏学期はエキゾチックに見えた。この芝生の風景の特徴は一本の古い桑（マルベリーツリー）の木で、鉄製の帯で囲まれ、セイヨウヒイラギカシ（アイレックス）の大木のある小山の上でシェイクスピアが上演された[*93]。

この建物はチャールズ・ダーウィンの以前の屋敷で、ロンドンのチャリング・クロスから十四マイル南にある。

オリーヴ・ウィリスは一風変わった陽気な精神を学校にもたらし、女学生に呼び掛ける方法にそれが出ている。「するな」と言わないで「必要なの？」と言った。ウィリスは、ボウエンによれば、誘導する力があったが、行き過ぎた「管理」をすることはなかった。彼女は雰囲気に自由を持ち込み、生徒と教師の間で気楽に会話するように励まし、少女たちのそれぞれの個性に敬意を抱いていた。そして試験をしないでいいことにし、その代わりに学問を愛するように仕向けた。ボウエンは一九一六年の学校マガジンに詩を三篇書き、のちに一九五七年の『記念祭雑記帳（ジュビリー・スクラップブック）』でこの学校についてエッセイを書いた。「春」という詩はパロディで、彼女の生涯続くユーモアが見える。

> 悲しいかな、あらゆる虚栄は我ら嘆くを許さず
> 厳しき冬が過ぎ去り春来たらば

我ら溢れんばかりの微笑を春に浴びせ歓迎して贈るは
さくら草(プリムローズ)、そして――あとは――さくら草と――ええと
しかり、かくのごときものを季節はもたらすなり。

図8　1915年、ダウンハウス校でのボウエン。B. Bowen（上から二列目、左から四人目／「B」はボウエンが好まなかった愛称「ビタ」）。Rights holder and courtesy, Downe House Archives, Downe House School.

擬古体の語句をここにも「田園交響曲(パストラル・シンフォニー)」、あるいはカダム宴会の回想」（ロンドンのブロムレーにある村で、毎年八月に開かれる祭事のこと）にも用いながら、The Enchanted Garden（魅せられたる庭）では新鮮な決まり文句(クリシェ)をまじえている。

吹き上げる泉水のそばの小道のほとりの四阿(あづまや)で
長い木の葉がざわめくあたり、庭の精は物思う、
とこしえに続く黄昏の中で宵の光は薄れゆき、
小枝を揺らして音もなく足音が通り過ぎる。

ボウエンはこの学校の文学的な空気を胸一杯に吸い込む一方、学校は音楽の指導でも有名だった。ウィリスは文学とフランス語を教え、文芸サークルの長として少女たちに朗読を進め、フランス語で芝居を演じることを教えた。ボウエンはここでフランス語に親しみ、それはのちにさらにフランスに旅をすることでプルーストを愛読することに結実した。プルーストの『失われた時を求めて』に出てくる小説家ベルゴットについてエッセイ（Bergotte）を書き、フロベール、モーパッサン、ヘンリ・ド・モーテルランを愛読したと述べている。ボウエンはここでほかに「もしできるなら、いかに態度に出さないか、いかに感情を現わさないか」について学んだ。[*94] 母が永眠した後の、ことに多感な時期に感情を抑えることを彼女は学校で体得したのだ。家族、文化、階級、そして気質が、「抑制された感情」が習慣となることに貢献した。

ウィリスは女学生たちが制服ではなく私服を着るのを許し、「引っつめに結った私たちの髪の毛に皮膚が引っ張られて、両目を閉じることもできなかった」が――一九一五年の写真を見ると、こ

れも緩められたようだ。ウィリスはまた心の自立を促し、自分の出身校であるオクスフォードのサマヴィル・コレジのような学校を目指して準備するよう彼女たちを真剣に励ました。一九三〇年代には、ダウンハウス校の十六%の女学生が結婚以外のキャリアを持ったという報告がある。ボウエンは一九一八年に卒業すると、コレジには進まなかった。彼女はリッチーに書いた。「私は自分が学生時代にいるという考えに強く反発した。私には理論があった――ともあれ『自然』がいくつあろうが、私には一つ、私の自然があるだけだ――経験したということで学習を受容できる……。私が知識欲を持ちはじめたのは、人生から見てもう遅いくらいだった」[*95]。彼女は十九歳の時に、父が再婚した年でもあったが、ロンドン・カウンティ・カウンシル・オブ・アートに入学した。だが本望は作家になることであり、初期のころのエッセイで、アートスクールに通ったのは一種のカモフラージュだった、と書いている。父がメアリ・グウィンと結婚した一九一八年に、ボウエンはメアリの弟で、詩人でジャーナリストのスティーヴンと出会った。彼はボウエンの信念、作家はたいていロンドンに住んでいるという考えに賛成し、一九一八年にボウエンがロンドンに行くと決めたことに影響があったかもしれない[*96]。

ボウエンはよく覚えていた、ウィリスが心から少女たちに「成長しなさい」、そして「ガーリッシュ」であることを直ちにやめるよう熱心に説き、彼女たちに「未来の母親」などと呼びかけたことは一度もなかったことを。ボウエンはこの学校で自立するよう育まれ、人生は彼女を自分自身の感情という方便にあずけたが、それは両親の不在がつちかったものだった。母親になることを予想した友達はほとんどいなかったと彼女は書いている。一九三四年、ボウエンがキャメロンと結婚して十一年たっていたが、ダウンハウス校について述べた時に、友達の数名は「結婚していたが、それだけでは物足りないように思える」と書いている。彼女は男性について学友たちと議論したかどうか覚えていないと言う。戦争のせいで、「おそらく性の全体が混然としていたのだ」。彼女の学校の校長は、将来保護者になる親に向かって「親愛なるミセスX、私はこれを義務として言うのですが、私どもでお預かりする少女たちはうまく結婚できませんよ」と打ち明ける人で、ボウエンはこういう学校の卒業生だった。とはいえ、ボウエンはとても結婚したがっていた。彼女の同級生たちは、これが済むまでは、何も手に付かないと言っていた。ボウエンの小説では、登場人物が結婚について様々な意見を口にしている。『最後の九月』ではレディ・ネイラーが相応しくない関係に反対して若いロイスに進歩的な考えを示して助言している。「近年若い女性には結婚以外の未来が開けている」と。一方、『パリの家』ではイギリス中流階級のカレンの母、ミセス・マイクリスは、「女性にとって本当の人生は唯一結婚から始まるのよ〔…〕。だから少女時代とは特権的な見物席ということになるわね」と言っている[*97]。ボウエンは一九二三年にアラン・キャメロンと結婚した。彼は当時オクスフォード市の教育委員会の代表を務めており、彼は三十歳、彼女は二十四歳、それで止まり木を持ち、「一件落着した」結婚だった。サリー・フィップスの話によると、ボウエンはモリー・キーンに、「若い時は、結婚はどうしても摑まえなくてはならない列車のように思うのよ。走って、走って、飛び乗って、座席に座ってから窓の外を見ると、退屈してることに気が付くの」[98]。

　ボウエンは、マンネリズム、親愛の情、無邪気な呪物崇拝、セクシュアリティーズ、女学生が覚える退屈のことを、ダウンハウス校について書いたエッセイで巧みに表現し、小説『リトル・ガールズ』のセント・アガサ校の描写にも同様なことを書いている。彼女は子供たちがときどき犯す過ちを無視することはない。『心の死』のポーシャは、観察眼があって、無邪気な日記を書く少女だが、彼女には異母兄トマスの家庭を破壊する力があり、偽善者的なブルジョワたちの生活を暴露する存在となっている。トマスの妻のアナは、「ポーシャか私のどちらかがモンスターだわ」と述懐している。[99]さらに『パリの家』の早熟な子供、ヘンリエッタとレオポルドを見ると、語り手が子供同士の非情さに触れていることがわかる。ダウンハウス校におけるボウエンの日々は一見すると平穏だったようだが、最初の頃の学校生活の描写を見ると――たとえば、完璧にしつけられたサーモン家の子供たちと一緒に家庭教育を受けた時の居場所のない感じや、ハーペンデン・ホール校での重圧感との戦いなど――子供時代に受けた傷や戸惑いがほのめかされている。

　ボウエンは戦争のない女学校は自分には想像がつかないと言い、学校の近くにあったビギン・ヒル飛行場から聞こえたのは戦争の音だったと書いている。最初の日の夜、校長のウィリスが少女たちに向かって勃発を告げた戦争は、彼女らの卒業後もなお一年続いた。少女たちは空を泳ぐ飛行船ツェッペリンを目撃し、夏の夜に「ベルギー北部フランダースの集中砲火の爆音が鈍く響く」のが聞こえたと書いた少女もいた。[100]ボウエンは書いている、「心のストレスはすさまじかった。私たちは自分たちのために戦いが続いているという耐え難い自覚のもとで成長し、我々のために死んでいく人々を想起せずに生きることはできなかった」と。[101]私たちの世代は成熟していた、と彼女は言う、「無駄なスープ」つまり「穀(ごく)つぶし」なのだという恐怖を心に覚え、ブリッツ（ロンドン大空襲）の続く間、これを戒めとして奉仕活動に従事した。[102]女学生だった時の彼女の戦争経験は怖いもの知らずの冒険小説に早くから親しんでピークに達し、第二次世界大戦時の遁走に行きつくことになる。

　ボウエンはまた、ダウンハウス校でオリーヴ・ウィリス校長が「どのように書いてはいけないかを、はっきり教えてくれた」ことに感謝している。ボウエンは読書家で読むだけでなく詩作も行い、ウィリス校長の友人であるローズ・マコーレイから一九二三年に重要な激励を受けた。マコーレイはボウエンの書いたものを読み、才能に気づき、大学女性倶楽部のお茶に彼女を招き、『サタデー・ウェストミンスター』誌の編集者ナオミ・ロイス－スミスに紹介した。そしてロイス－スミスはボウエンの最初の短篇を出版した。マコーレイはその後もボウエンの「精妙」な詩的な文体について繰り返し賞賛している。『愛の世界』について彼女は「その肌触り、その光、その色彩、その気候風土、その風景に私は称賛を惜しまない――透き通った淡緑色の流れを行く水の精を見ているようで[…]水と温度と舞台が感じられる。これぞ私の文章だ！」と書いている。[103]マコーレイは個人的にボウエンの本について一貫して洞察力に富んだ手紙を書き、公の場ではＢＢＣの「批評家」という番組で『日ざかり』を取り上げている。ボウエンは、同業者として、マコーレイの小説に好意的な書評を寄せているが、二人は友人とまでいかない関係だった。

　ボウエンには傾向として「人見知り、内気さ（ファルーシュ）」があり、飼い慣らされなかった。我が道を行く彼女は、制限されないことと、自身がそうだった野性的な少女に愛着を持ち続けた執筆人生を生き、ストーリー作家であり続けた。「私は制限されない孤独な［社会］で人見知りになり」、ケントの原野を「動き回る少女たちのように、自ら自由に走り回る［…］、頑健な子供だった」[*104]。このきわどさと非行めいた素ぶりは、大人になるにつれて成熟を見せ、冒険的な語りの手法を新規に開拓しただけでなく、短篇 Summer Night（夏の夜）のエマのように、既婚女性が夜中に車を飛ばして情事に赴くという恋愛関係を大胆に描き出した。エマは愛人宅の居間に入るときに一瞬立ち止まる。「人見知りがちに、ためらいがちな足取りがいかにも幼稚で、それが非行少女めいた技巧になっていた」。これはボウエンの人生と彼女が描く女性の登場人物に見え隠れする資質で、のちに説明して曰く、書くことが「初期の孤独で人見知りする感覚を振り払う助けになった。孤独で人見知りする人間は人間関係がなく、関係を築けない」[*105]。ボウエンのストーリーに出てくる服従しない少女たちは自分のことを声に出して説明する言葉や理解してもらう言葉が見つけられず、行動に出る——あるいは日記や手紙または身体に書く。Summer Night では子供が、一世一代の身振りとして、自分の体に色を塗りつける。ダイはエマの娘、ある夜、自分が感じた「アナーキー」を行動に移す、その夜ダイの母は恋人との逢引きに出かけ、暴力的な空気がいたるところで戦争を引き起こす。ダイはベッドからこっそりと出て、寝間着を脱いで、「チョークの箱を取り出すと、胸と腹と太ももに赤と黄色と青色を塗りたくり、星と蛇の入れ墨をした」[*106]。周囲に漂う戦争の恐怖と母親の不在が、彼女の肉体に書かれた乱心と認識に表れている。

　子供だった時ボウエンは表現を求めて、いとこのオードリーとストーリーを書いて演じていた。彼女はボニー・プリンス・チャーリー（チャールズ・エドワード・スチュアート、1720-88、英国王位僭称者の愛称。スチュアート朝復興を狙ってジャコバイトの反乱を起こしたが撃破された。）に関する小説の別ヴァージョンを隣家の友達ヒラリーと書いたこともある。彼女は早くから珍しい語彙を試していて、オードリーによれば間違って使っていたが、ハッとするような言葉や書物や芝居に興味がある兆しだった[*107]。ハワード・モスは、変わった語彙や同意語に対するボウエンの関心は、どもりを出し抜くための策略ではなかったかと推測している。

## 読書

　知識の習得期間が終わると、ボウエンの若き日々は読書によって補足強化された。彼女はむさぼるように読み、一人の作家を吸収すると、次の作家にうつった。彼女が早くに読んだルイス・キャロルの『不思議の国のアリス』は、大人の世界の、意味をなさないルールに反発した幼い少女の勇気と機転でボウエンを刺激して、称賛の想いを掻き立てた。こうして会得した共感はのちに『心の死』のポーシャのような思春期の少女を描くボウエンの素地になる。ナンセンス抜きでまともに人生と向き合うアリスの姿勢はボウエンにも共有され、彼女のフェミニスト童話 The Unromantic Princess（ロマンティックでないプリンセス）で最大限にその価値を発揮している。プリンセスが生まれると女王は洗礼式にフェアリ・ゴッドマザーたちを招待し、贈りものを与えさせるが、女王は失望する。彼女らは勤労日の気分で到着し、「常識」と「時間厳守」の資質をプリンセスに贈ったのだ。プリンセスは「美」が欲しかった――「巻き毛」と「明るい青い瞳」――「常識的な瞳」では求婚者を惹き付けられないからである。母、女王の死後、プリンセスは気づく、「フェアリ・ゴッドマザーたちはもっと台無しにしたかもしれない……わたしのチャンスをいくつも、だがゴッドマザーたちも干渉できない、父母から受け継いだいい性格と、自分が育てられた正しい道は」と。プリンセスは自分の人生に責任を持ち、かつて出会ったことがある青年詩人を自分で探す。彼らが出会うと、彼は、童話風に、彼女に求婚し、彼女は彼を宮廷詩人に任命することにする。彼は、しかしながら、できたら王国を常識と時間厳守で支配したいと言う。彼らは結婚し、ナンセンス抜きのやり方で決める、彼らの子供たちにはフェアリ・ゴッドマザーは要らないと。

　ボウエンはまた不思議の国のアリスの問いを共有して、「挿絵も会話もない本が何の役に立つの？」と問う。この思いはアリスが川辺でお姉さんのそばに座っているときに浮かんだもので、退屈したアリスはお姉さんが読んでいる本を覗きこむ。そこには挿絵も会話もなく、アリスには面白くもなんともない。作家になったボウエンは、「挿絵」を生き生きと再現することになる――風景、家々、場所、雰囲気とイメージの鮮明な描写――彼女の強烈な視覚的な想像力に導かれて。またテニエルの描いた挿絵にも魅了され、アリスの忠告を思い出し、人生の終わりになって書いたが未完に終わった自伝のタイトルを *Pictures and Conversations*（挿絵と会話）とした。

　ボウエンは十二歳の時に、こぎれいで活気のないアリスの裏庭と世界が不満になった。ダウンハウス寄宿学校の外に彼女は見ていた、「一九一四年には破裂する雷雲が［…］地平線に湧き上がっていた――しかし私の目には入らなかった。絶対に安全と見えたものに取り囲まれて、私は退屈で邪魔されるのが迷惑、という態度だった。私は今でもその感じをはっきりと思い出す。さらに悪いことに、私には子供時代の神話がもう種切れしていた」[*108]。そこで、彼女の子供時代を形成する最も重要なストーリー、ライダー・ハガードの *She*（邦訳では『洞窟の女王』）が定位置につく。この物語でボウエンは神話的な暴力の世界に踏み込み、女性の力と思い切った冒険からなる寓話に目覚める。想像を絶する肉体的な恐怖を思わせるサドマゾ的な虐待を加える女王が、男性の冒険の裏を掻くといった軌跡を残す。彼女はさらにゲフェナンの挿絵に心を奪われ、とりわけ好んだのは、ライオンと鰐（わに）が死闘を繰り広げる凄惨なもの。ボウエンは人格として自分の世界をコントロールしている点でアリスではない。アリスは運が悪く、ボウエンによれば、小さな庭でつまらないゲームをしている。ボウエンの視界に新たに入ったのは、この血みどろの童話の中で女性が振るう力だけでなく――彼女がのちに強い性格を持った女性に託す力――読者を動かす言葉の力だった。彼女は子供時代の童話を卒業し、冒険を怖れぬ性格の女性に注目することになる。

　勇気のあるアリスとスーパーウーマンの「彼女（She）」の板挟みになったボウエンは、暴力的にスリルのある物語に惹かれながら、ミステリーにも魅了されていく。岩の間に隠れ住む不思議な精霊に関するケルトの古典的な物語を読んだ彼女は、自身の作品の中で霊感を与える事物にその力を蘇らせる。親戚のおばたちに「ワイルド」と思われ、呆れるほど丈夫な身体をしたエリザベスは、その一方で、スーザン・クーリッジの『*What Katy did*（ケティ物語）』のような同時代の物語にも親しんでいた。一八六〇年代のアメリカの「ボーイッシュ」な少女の話なのだが（ロマンティックでないプリンセスのように）、美人になって愛されたい少女の話である。ボウエンは頭脳明晰で常識のある役柄の女性を好んだ——アリスやロマンティックでないプリンセスのような——そして勇敢な「彼女」も好んだ。同時に十字軍の遠征で試練に遭遇するヘンティ（ジョージ・アルフレッド・ヘンティ、1832-1902）の『*The Boy Knight*（少年の騎士）』の少年や、『*The Sheer Pluck*（これぞ勇気）』の主人公、著名な自然主義者とアフリカに旅立つ若き学徒も好んだ。彼女はまたフランス革命時のスパイ・スリラーであるエマ・オルツィの『紅はこべ（*The Scarlet Pimpernel*）』にも言及して、自分は一生トーリー党員であることに決めたと言っている。それはのちの彼女の小説『日ざかり』に通じる精神であるだろう。

彼女はまたルイザ・メイ・オルコット、アーノルド・ベネット、チャールズ・ディケンズを読んだ。彼女のディケンズ愛はダウンハウス校で培養され、学校行事では好きな作家ディケンズとスコットが選ばれ、生徒たちは一学期を通して、議論と文学戦争の応酬に明け暮れた。彼女は生涯を通じてディケンズを愛読し、自分が見たり感じたりする多くの事物の根底につねにディケンズがいると告白している。ディケンズに見習ってボウエンは見捨てられた子供や思春期の男子女子の生きた声をストーリーに織り込んだ。彼女は歴史、地理、自然科学の本も読み、常識を豊かにした。八歳の誕生日が過ぎて間もなく、まだハイズに暮らしていた頃について、こう言っている。「私は長い官能的な時期に入った、そこで私は人生を見た、終わりのない歴史小説として、モダンなドレス（私の時代の）の薄絹をまとった小説として」[*109]。子供時代と思春期の頃に書物がなしうることを学んだボウエンは、のちの創作にそれが生きた。初期の本や物語を通してボウエンは想像することに深く習熟していく——視覚的な文学的なイメージで世界を感知する想像力——それがそのまま、作家として生きた生涯を通して残った、と彼女は言う[*110]。

## 蘇る部屋たち

初期の経験からボウエンは情景を素描したり、好きな作家の一人であるマルセル・プルーストのように、子供時代に住んだ記憶にある家々を再訪するようになった。彼女はこれらの経験を心に抱いて、部屋や場所たちを「蘇らせる」のがいかに難しいかを知りつつ、作品を通してこれらの部屋に再び足を踏み入れるのを生涯の楽しみとした。「つまり」とプルーストのマルセルは宣言する、「僕は覚めやらぬ我が夢うつつの中でそれらを再訪し［…］、外界からシャット・インされて心満たされたものだ」[*111]と。ボウエンもまた懐かしい部屋に閉じ込められる感じを楽しみ、それは各地を渡り歩いた子供時代からの退却だった。作家として彼女が持つ天賦の才の一つは、初期の物語や小説で孤独な少女が秘密の部屋に入ることで、そこには母親のいない少女、学校で独りになる少女、あるいは少女たちがその下で秘密を分け合う桑の木（マルベリーツリー）に引き寄せられる少女がいる。これらの場面を読むと、子供時代の彼女の人となりを垣間見ることができる、それは異なった場所で過ごした人生の時を二つともに持ってくることだ。子供時代を連想させる感情がつねにある大人なのである。

ボウエンのフィクションは回想された場所に原点がある。「ストーリーを組み立てるのに使われた煉瓦は」と彼女は言う。「自分が生きてきた人生からのみ獲得できる経験と観察から積みあがるはずである」[*112]。視覚的な作家であるボウエンは彼女の家族史である *Bowen's Court*（ボウエンズ・コート）にあった部屋たちを覚えていて、魔法使いのようにそれらを呼び出す。表現力のある品々、家具、絵画に満ちた屋敷で、外には風景が広がっている[*113]。景色、感覚に訴える雰囲気、それに建物と部屋等々の建築物は、おのおのが感情的で心理的な余韻を残している。彼女の小説『リトル・ガールズ』では、かつて愛した品々が成人した三人組に過去をもたらしている。秘密の箱、思い出の部屋にあった絵画、そしてブランコ。自分の部屋でボウエンは、孤独に親しんでいた。しかしながら彼女は肉体的には頑健で、ときには原野を駆け回り、部屋の外に自然な場所を魔法のように見つけていた。大地（テラ・ファルマ）は手に触れられる現実の場所で、彼女の創作を刺激する土台であり、壁に浮かんだ抽象的なマークに刺激される想像力に頼ったヴァージニア・ウルフとは違った作家だった[*114]。

彼女の自叙伝 *Seven Winters*（七たびの冬）に見る彼女の最初の視覚的な思い出はダブリンのハーバート・ストリートにあるテラスハウスであり、彼女は七歳になるまでそこで暮らした。彼女はその部屋たちを印象派の絵画のように描き出す、「部屋は水のような特性があった、運河から上がる反射光を受けて」と[*115]。屋敷に漂う感情は同じように不安定にたゆたい、「独特で強烈で穏やかに現象的」で、彼女の両親の孤独で独立した様式そのものだった。彼女は素描としてときには家庭を幸福に描き、ときに閉所恐怖症的に描いた。五歳前後まで一年の半分はハーバート・プレイスで過ごし、五月から十月半ばまで、そしてクリスマスには、ボウエンズ・コートで過ごした。日曜日の午後はいつもクロンターフにあるコリー家の荘園マウント・テンプルで過ごした。後日の回想録 *Pictures and Conversations*（挿絵と会話）では、ダブリンの家は「暗くて気が滅入る」となり、時が移ると同じ部屋が父親の病の思い出の色に染まった。彼女を憂鬱にしたのは父の病が原因だっただけでなく、自分と母に訪れた悲哀も相まって、試練となったからだ。ボウエンは書いている、十八世紀の屋敷の部屋は想像力に逆らい、「理性的なプロポーションと欠点のない塑像は、日光が当たっても影がなく、奇妙というか人目につかなかった」[*116]。一九六〇年代後半に思い出を書いたときは、幾何学で区画された道路にある部屋と屋敷に陰翳とパラリシスを照射している。

誤解された少女たちはしばしば自室に引きこもり、偽善的なまたは鈍感な大人の世界について書く。秘密の想いや怒りは、夢や日記や手紙に浮上する。The Little Girl's Room（少女の部屋）という短編では、母親の死が思春期前の少女にとり憑き、可愛い装飾をほどこした部屋で少女は夢を通して死に直面する。甘い祖母によって飾り立てられた部屋は、「繊細さと甘美な影が生きている螺旋と、貝殻の内側の渦巻きと、花の芯に」閉じ込められる引退場所だ。[*117] ジョージア・オキーフを思わせるイメージで、肉体的な繊細さと女性らしさと現実的な部屋の親密さが伝わり、部屋は少女の内なる生活の渦巻きのメタファーになっている。部屋は「壁という物質以上のもので密閉され」、子供の心の中には、「幼い少女時代の秘密の形」がある。その部屋は中で少女が孤独になることを学んできた場所で、彼女はつまり「物事への気遣い」を学ぶ。ベッド、ランプ、衣装戸棚、ラグ等々への気遣い。部屋で「時」が「蛾の羽を震わせ」、狂おしい夢と死んだ母との会話の形を取って死すべき運命の影が部屋に入り、愛と怒りの感情を暴発させる。「想像上の怒れる人々」が夢の中に出てくる。少女は空想で自分を取り巻いていると思う怒れる女たちに向かって「この敵ども」と叫び、「赤い情熱の夜ごとの教科」は、『ジェイン・エア』のもう一人の孤児の怒りを思い出させる。少女は「共謀している」が、他の少女たちとではなく自分自身と共謀して、母親の死を許さない。祖母のわざとらしい配慮で人生を堰き止められ、彼女は思う、「姿見からはみ出している」、祖母はどこか勘違いしているのだ。少女は鏡の前で、夜の自分と昼の自分を映す、女性に変身していく少女のように。「これで終わり」と夢の中で母が言い、ジェラルディンは眠りに落ちる、「狭いベッド」の中で、それはつまり、「早い墓のように無垢で……墓碑銘にある少女のように」。眠れるこの無垢の少女のベッドに覆いかぶさるのは、カルパッチョ描く「聖ウルスラの夢」を写したダマスク織りの布、のちの殉教者（四世紀にフン族によって殺された二〇〇〇人の処女と共に殺された英国の伝説的殉教者聖ウルスラのこと）、のちに矢で射抜かれる眠れる殉教者のそばに天使が舞い降りている。

子供の頃のボウエンは、守護天使が金箔の額に入ってベッドの上を飛んでいると感じていて、ユードラ・ウェルティは自分とボウエンはどちらもそういう天使がいるのを大人になっても信じていると主張した。ボウエンの母はボウエンが子供の頃に信じたことを尊重したが、彼女らの回りを取り巻く妖精やアイルランドの民間伝承には注意を促し、「鬼火（will-o'-the-wisp 人をまどわすものの意）」に類するものがボウエンを理性的な道から遠ざけて、ボウエン一族の狂気に繋がることを案じていた。ボウエンのフィクションでは『パリの家』で天使が出てくる、ヘンリエッタが不在の母のことで悩み絶望しているレオポルドを慰めようとしている、

ヘンリエッタは自分の額も大理石に付けて休ませた。顔はうつむいていたので、湧いてきた涙はドレスの前に滴った。手を唇に当てた天使が彼女の中で立ち上がり、ヘンリエッタは言葉を口に出そうとはしなかった。[*118]

守護天使はボウエンの物語では親のいない子供のために現れて、肉体と精神の両方で存在し、ミルトンの『失楽園』で「手を唇に当てている」天使と同じである。

だがボウエンは数名の思春期の少女の手にペンを持たせ、思春期に特有の危険信号を発信させている。彼女の作品の中で何人かの少女たち——ポーシャ、シオドラ、マリア、ヴィヴィ——には、もう一人の自身を出している。家族から割り振られた家族的な役割よりもむしろ、自分の内側で練り上げた自分自身なのである——ボウエンが実際の人生で行ったように。短篇「マリア」の悪

魔のような十三歳のマリアは、牧師補のミスタ・ハモンドについてウソの手紙を書いて挑発する。そうすることでマリアは、『エヴァ・トラウト』のエヴァのように、自分が世話を受けているドーズリー家で騒ぎを起こし、魔女（ヘル・キャット）のごときシーンを繰り広げる。『友達と親戚』のシオドラは十五歳、寄宿学校に入って家を離れているときに、ある一家——二組の夫婦、スタダート家とティルニー家——に疑惑に満ちたまなざしを注ぐ。物事の真実を探りたくて、ゴシップめいた手紙を書き、ジャネット・ティルニーが姉の夫であるエドワード・スタダートを密かに愛しているという疑いをそこに織り込む。シオドラは、マリアのように、イギリスのミドルクラスの沈滞と偽善を察知している少女である。同様にSummer Night（夏の夜）のヴィヴィは、戦時下の緊張と愛欲の混乱を自分の体に表象し、チョークで恐ろしい蛇と星を刺青のように体中に書きなぐる。これらの少女は、自分が書くもので秘密を表面に押し出している。無意識なのかもしれないが、ボウエンにとってこれはフェミニスト的な身振りである。書くことで声を得た思春期の少女にペンの力を授与している。彼女たちは無垢ではあるが鋭い「真実な」視線をミドルクラスの情景に注ぎ、そこに居場所がない彼女たちは、書くことを通して、故意に騒動を引き越している。見る目のあるポーシャがいい例である。

　多くの人がボウエンの最高傑作と考えている『心の死』では、孤児で思春期にあるポーシャが、養女になった家族で恐怖を覚え、鋭く感じたことを秘密の日記に記録する。この日記が発見されて読まれると、その「怪物じみた」観察眼によって一家はヒステリー症状におちいる。ポーシャの異母兄であるトマスと彼の妻アナは、トマスの父の再婚で生まれた子供で十六歳になったポーシャを受け入れた。ポーシャは、「どんな場所にも歓迎されないような瞳をしていて、その瞳が促す警戒心から内向性を学んだ瞳をしていた」と描写される。小説はアナの憤りで幕を開ける。「日記になっていない」日記を書く思春期の少女の「意味の取り違え」に服従させられる憤懣である。ポーシャは少女たちと共謀しているのではなく、冷酷な大人の世界に反抗している。ウルフは問うている、「自己が自己に話しかける時、話しているのは誰か?」と。この小説では、ボウエンが少女時代の自身、「もう一人の私」と対話してフィクションにしている。

　アナの作家の友達サン・クウェンティンはアナの迫害妄想を受けて、先に日記を見てこう言っている。「書き始めたように紙の上に到着したものはなく、書き始めなかったので何も到着しないのだ」と。[*119] この一節はデリダの公式見解、言葉は「できそこない」で、欠けていて、しばしば誤解され、我々を書くこととテクスト言語（テクスチュアリティ）の特性に誘い込むが、これはベネットとロイルが見事に解き明かしたとおりである。サン・クウェンティンとアナは、思春期の少女には「怪物じみた」ところがあるという点で意見が合う、人生経験がほとんどないのに、彼らのことをあえて書くと思う点で。ポーシャは書いて問い詰め、アナは読んで防衛する。「そのとき私たち三人は居間に座っていたが、彼らは私がいないといいと思っている、この家は感情の匂いがする」。ボウエンは思春期にある女子の満たされぬ声をこの小説で解き放ち、書くことの栄光と危険を読者に警告している。我々は書くことに表れた少女の声に近づくのはありがたいが、彼女の言いたいことを聞きたくないかもしれない。サン・クウェンティンは、洗練された小説を書く売れっ子作家で、ポーシャには皮肉にも日記を書くなと忠告する。「書き留めることは狂気だよ」と彼は言う。「君は隠す、神さまのスパイなんだから」。ポーシャが「私は起きたことを書いているの。発明していないわ」と応じると、サン・クウェンティンが彼女を訂正して、「君は物事を組み立てている。大いに危険な少女だよ」と言う。彼が示唆しているのは、ポーシャは自分の周囲の大人の世界を間違って捉えているか、あるいは彼女を受け入れた人々を観察して判断する立場にポーシャはいないのだということ。ポーシャはウィンザー・テラスの塵一つない無人の部屋に入ったとき、周囲を見回して、「ものを映す黒い目で、一つ一つ時計を見つめ、電話も全部目にとめた」——それらは春の大掃除にかかっている物たちだった。鏡はクウェイン家にいる彼女の立場を、実際よりももっと現実を見せて映していた。「青い精神が鏡から冬の膜を取り外していた。そしてそこに映る鋭く飛び出してくる映像は目に痛かった。映像は現実を見せているようだった」。書かれたことも同じく、大人の目から膜を取り除く。ポーシャの書くことにある「映像」は、鏡と同様に、「現実」を映し、大人たちの「目に痛い」、これが人生を描くボウエンのアートである。

　ボウエンにとって問題なのは、子供の現実や思春期に起きた事件や、ボウエンが自叙伝や伝記で明らかにしている回想ではなく、そうした事件をフィクションに変容することである。ボウエンはポーシャを発明し、思春期の実際上の感情をアートに変えた。ボウエンが書く少女たちは、大人の世界の裏切りや偽善を暴くと、しばしば「怪物じみた」または「狂っている」と感知される。書くことと狂気はボウエンの人生で早くから結びついていて、架空の少女たちのみならず、作家になることを選んだ女性たちについてもそのことがいえる。彼女がときに「狂っている」と感じたり、みなされたりするのは、作家のキャリアを選んだことが異例だったからであり、ボウエン家に流れる血筋があったからでもある。彼女は最初の短編集 *Encounters*（出会い）の出版によって承認されるまでは、初期に書いた短篇が何度も拒否されて落胆し、「さらなる行動に出られなかった。大学にも行かなかったし、知的な生活とは縁がなかった。広く読んできたが、でたらめに読んだだけだ」と回顧している。[*120] この苦闘の期間に彼女は思った、作家のキャリアを選んだことが「狂気」だったと。彼女は「物書きの女」を疑問視するセンスもあり、その種の女性は二十世紀の初期には野蛮で、愚かで、理屈に合わず、「狂っている」とみなされ、それは彼女らが女性としての鋳型を壊したからだった。[*121] 彼女は物事の慣例に激しく抵抗した。

　ボウエンが書いたのはモダニストの懐疑が問われたころで、言語の妥当性と人間の経験を捕らえるその能力について、そして第二次世界大戦の勃発から終焉に起きた世界的な事件の不条理性を捕らえる能力が疑われていた。二十世紀の初期には女性の文学的なサブカルチャーが見られたものの、女性作家に対する偏見の存在をボウエンが見逃すことはなかった。一九二三年に *Encounters* の出版で公的に認められると、彼女はこれを自分が文芸界から孤立して一心腐乱に書く「狂った」変わり者ではないサインであると感じることができた。サンドラ・ギルバートとスーザン・グーバーが言うように、「圧倒的な男性支配の社会構造」に囲まれて、ボウエンは他の女性作家のように、「ガートルード・スタインがのちに呼ぶところの『父権的な詩』の特殊な文学構造に囚われの身」だった。[*122] 女性作家の社会的な地位は十九世紀を通して前進してきたが、「ペンを執ろうとする」女性の苦闘は続いていて、期待と一定の基準を再定義しなければならなかった。一九三七年、アイリッシュ湾の向こうで、アイルランド憲法が女性の位置は「家庭にある」と公認したことは、ボウエンの目を逃れるはずもなかった。彼女は自立した人生を生きるために苦闘し、自覚して考えたことを手紙に託し、女性として作家として社会的な規制から自分を解き放つ努力を続けたと述べている。

『心の死』の中でボウエンは、思春期のポーシャの手にペンを持たせ、日記で自分を表現させただけでなく、小説を書く「真の」作家とは誰か、そして女性の視点を誰が代表しているか、とする重要な問題提起をしている。それは著名な職業作家サン・クウェンティンなのか、「無垢な」知りたがり屋で日記を書くポーシャなのか？　小説が示唆しているのは、サン・クウェンティンは、すでに名を成した他の作家と同じく、世界中のポーシャたちを理解しているふりをするが、ポーシャは自分が判断した世界を自分の記録に書き付ける――シェイクスピアの芝居のあのポーシャのように。サン・クウェンティンは、ボウエンが言うように彼女を不正確に伝え、彼の女性観の色に染まった「悪意」をちらつかせてポーシャを裏切る。この小説でボウエンは、少女の心を大人の裏切りで打ちくだいている。ポーシャは自分の人生で書くことに役割があることを理解してほしいと乞い願う。彼女の周囲の大人たちは少女の正直な査定に動揺する危険があること、そして少女には、偽善的な大人社会への判断を口に出せないので書くことが慰めになることを認めてほしいという願いである。ポーシャの苦闘はボウエン自身の執筆歴の過程を反映している。書くというアートは、ときには人見知りする怒り戸惑う子供であり、父親の精神的な病と母親の早い死去に見舞われた思春期の少女であるボウエンを助けた。早くからしていた読書が彼女の慰めになった。

ボウエンがプルーストと共有している見解は、「思春期は我々が何かを学ぶ一度しかない時間である」ことであって、彼女は無数の思春期を書いてきた――ポーシャ、レオポルド、ヘンリエッタ、シオドラなど――それぞれが学んできたプロセスとして。[*123] ボウエンはおばたちによって「横柄な」、闘争的な、そして尊大なというレッテルを貼られ、他人の家の自分の居場所について思春期のポーシャの混乱を味わい、そして孤児になって家から家へ、学校から学校へ移動した。書くことは、彼女によれば、自分と社会と人々との「関係」であった。書くことの中に彼女は「視覚の喜び」を再創造し、それを彼女は自分の喜びとした。[*124]

ウィリアム・トレヴァーは、観察眼があって「狂った」少女に興味を持つ点でボウエンと共通している。そして *The Story of Lucy Gault*（ルーシー・ゴールトの物語）で、両親を審判する立場にいる少女を描いている。ルーシーは変わった方法で行動し、周囲の人から「狂っている」というレッテルを貼られるが、トレヴァーの作品では、少女の想いと感情は明瞭に表現されず、そこがボウエンとは違っている。ルーシーは両親と姉妹二人とともに大きなアングロ－アイリッシュの屋敷に住んでいたが、その屋敷がＩＲＡの犯行によって焼き討ちに遭う。両親がその地を離れようと決めた時、ルーシーが言い張る、「私は行かない［…］私たち、どうして行かなくちゃならないの?」。父が答える、「彼らは我々がここにいるのが嫌なんだ」と、それはアングロ－アイリッシュに対する敵意を意味し、アイルランドから彼らが逃走することを想定していた。[*125] ある夜、父はローマン・カトリック教徒の侵入者を射殺、ルーシーは恐ろしさのあまり半狂乱になって逃げだす。長い時間をかけてもルーシーを見つけることができず、両親は出発しヨーロッパに向かい、「紛争（ザ・トラブルズ）」を避ける。ルーシーは屋敷に一人残り、両親を審判する立場にいる彼女を人々は「狂った」少女と定義する。語り手は批判するような調子で、「ゴールト家は長く留まりすぎた」と言い、彼らのビッグ・ハウスに言及し、アイルランドから追い出されるため息を無視している。ルーシーは彼らの地位を拒否し、自らの存在の「空白」を耕す。トレヴァーはルーシーを外から描き、他の人々の視点で描いている。一方ボウエンは『心の死』で日記という手段を使い、秘めた思いを表現する声をポーシャに与えた。

　ボウエンは大人の世界に声を聞かせたい思春期の少女のくぐもった声を増幅させる独特な作家で——ポーシャにペンを持たせて彼女自身が見た現実の有様の中にフェミニストの警報をこめた。ポーシャやその他の思春期の少女たちはボウエンの先見を映す鏡である、書いて読む力があれば、少女であり女性であるもう一つのやり方を彼女らに想像させられると考えていた。[*126]

**原注**

＊1　*SW(Seven Winters)*, 10-11, 18.
＊2　*BC(Bowen's Court)*, 417.
＊3　*BC*, 417.
＊4　*DH(The Death of the Heart)*, 140-141.
＊5　*PC(Pictures and Conversation)*, 51.
＊6　Bowen, "Out of a Book," 51.
＊7　Bowen, "Frankly Speaking."
＊8　Bowen, "Mainie Jellet," 115.
＊9　Bowen, "We Write Novels," 26.
＊10　Bowen, "Little Girl's Room,"125.
＊11　*BC*, 389, 391.
＊12　*Oxford English Dictionary*, "vague" について、ヴィクトリア朝専門家キャシー・チェンバレンと論議。
＊13　*SW*, 9.
＊14　レティシア・ルフロイ、ボウエンのいとこ。二〇一一年六月、著者によるインタビュー。
＊15　*PC*, 12, 10, 12.
＊16　*PC*, 12.
＊17　*HD*, 97.
＊18　*HP(The House in Paris)*, 48, 46.
＊19　*BC*, 415.
＊20　*PC*, 15-16.
＊21　キャロル・ギリガンによれば、少女の吃音症または失声症は父親の支配力に関係がある。ボウエンは父の病気によるストレスから、いつ口を開いたらいいのか分からなくなり、吃音に至

ったかもしれない。声の獲得は生涯模索された。

＊22 *BC*, 420.

＊23 ジョン・ベイリーからエリザベス・ボウエンへ n.d. (ca. 1968), HRC 10.6

＊24 ロザモンド・レーマンの蓋棺録。

＊25 一九六八年十月、ウェルティからマルクスへ「言いたいことが…」248-249

＊26 レオ・マルクスから著者へEメール、二〇〇八年三月二十六日。

＊27 April 19, 1934. *D* 4, 208.

＊28 British Council Report, 1954, HRC 10.4.24.

＊29 ド・ウィット・ミラー「吃音の治療」。

＊30 映画『英国王のスピーチ』、国王の葛藤を描いている。

＊31 Glendinning, *Elizabeth Bowen*, 240.

＊32 Ann Berthoff, interview by PL, Concord, MA, February 10, 2008.

＊33 EB to SS, May 20, 1936, BOD, MS. Spender 39.

＊34 Agnes de Mille to Anna George de Mille, November 17, 1936, SC.

＊35 Mary Dwane, interview by PL, Farahy, Ireland, May 2011.

＊36 Welty, *What There is to Say...*, June 1951.

＊37 John Bayley to EB, n.d. (ca. 1968), HRC 10 6.

＊38 Bowen, "Artist in Society."

＊39 Butler, *Independent Spirit*, 155.

＊40 Robins, *Madman and the Fool*, 63.

＊41 ボウエンのいとこ、ヴェロニカからの情報、ルフロイ経由。

＊42 セント・パトリックの大学病院文書課アンドルー・ホワイトサイドの医療レポート、二〇一三年十月十五日。

＊43 See Robins, *Madman and the Fool*, 77, 112.

＊44 *BC*, 373.

＊45 "Stephen Gwynn, Obituary."

＊46 *BC*, 367.

＊47 Bowen, *Statutory Land Purchase*. With Permission from the Literary Estate of Humphry House.

＊48 HH to EB, June 1933, HHC. With permission from the Literary Estate of Humphry House.

＊49 ペンブルックの私有地はアイルランドでも最も価値のある領地の一つ。

＊50 Glendinning, *Elizabeth Bowen*, 26.

＊51 Bowen, "Most Unforgettable Character," *MT*, 26.

＊52 "Stephen Gwynn, Obituary."

＊53 *BC*, 345.

＊54 *DH*, 407.

＊55 *ET*, 91, 95.

＊56 *PC*, 10-11.

＊57 *BC*, 384.

＊58 *BC*, 384-385.

＊59 *SW*, 8.

＊60 Ruth Potterson, librarian, Trinity College, Dublin.

＊61 Kelly, "Last Days of the Colleys," 96.

＊62 *BC*, 384.

＊63 Glendinning, *Elizabeth Bowen*, 23.

＊64 *HP*, 16.

＊65 *PC*, 3-4.

＊66 Bowen, "On Not Rising to the Occasion" in Hepburn, *LI*(*Listening In*), 109.

＊67 *BC*, 387.

＊68 Bowen, review, *The Moores of Moore Hall*, *SIW*(*Selected Irish*

Writings), 42ff.

＊69 See Ellmann 276-277, 288, 290, 321, 335.

＊70 Butler, *The Children of Drancy, Independent Spirit;* Chenevix- Trench, "What is the Use of Reviving Irish? "; Bunbury, historian, *Vanishing Ireland: Recollections of our Changing Times.*

＊71 Lefroy interview.

＊72 Christopher Hone to PL, April 6, 2011.

＊73 アレクサンドラ・コレジ、一八六〇年代のカリキュラム。コレジ図書士アイリーン・アイヴォリ、二〇一三年十月、ダブリン。

＊74 *MT,* 290.

＊75 *DH,* 191.

＊76 Melchers, *Hytrh Civic Society Newsletter 99,* December 1999-January 2000.

＊77 See Maud Ellmann, 218ff.

＊78 Curtis Brown, *PC,* xx.

＊79 *PC,* 48-49, 50, 52.

＊80 Bowen, "Unromantic Princess."

＊81 *HP,* 46.

＊82 Maxwell, *So Long, See You Tomorrow,* 7, 130.

＊83 *PC,* 28-29, 57.

＊84 Lefroy interview.

＊85 アン・チャーリアから文書係ジャネット・アダムソンに送られた情報。一九一一年の人口調査では牧師には娘が二人いて、メアリ十歳、ルーシー十三歳とある（ボウエンは*BC*でこの人をヴェロニカとメイジーとしている)。

＊86 *FR,* 61.

＊87 Glendinning, *Elizabeth Bowen,* 119.

＊88 *Dictionary of National Biography,* 384.

＊89 See Woolfe, *Room of One's Own* and *Three Guineas.*

＊90 Information from Diana Williams（nee Temple）, Downe House alumna, 1960-1965, e-mail to PL, April, 2015.

＊91 *HD,* 24.

＊92 Essay, *Downe House Scrapbook,* 1957.

＊93 *MT,* 15.

＊94 *MT,* 21.

＊95 EB to CR, June 29, 1958, *LCW,* 297.

＊96 Bowen, "Coming to London," 77.

＊97 *HP,* 68.

＊98 Sally Kean Phipps, *Molly Kean.*

＊99 *DH,* 7.

＊100 *Downe House Scrapbook,* 1957.

＊101 *MT,* 17.

＊102 *Downe House Scrapbook,* 1957.

＊103 RM to EB, undated, possibly late 30s, HRC.

＊104 *PC,* 9-12.

＊105 Bowen, "Artist in Society."

＊106 "Summer Night," *CS,* 596.

＊107 Glendinning, *Elizabeth Bowen,* 25.

＊108 "She," broadcast February28, 1947.  In *MT,* 246-250.

＊109 Kenny, 25.

＊110 "We Write Novels,"26.

＊111 Proust, *Swann's Way,* 7.

＊112 Curtis Brown Introduction, *PC,* xlii.

＊113 Discussed in Ellmann, 8.

＊114 Woolf, "Mark on the Wall," *Complete Shorter Fiction,* 77-83.

＊115 *SW*, 10-11.

＊116 *PC*, 28.

＊117 Bowen, "Little Girl's Room," 131.

＊118 *HP*, 219-220.

＊119 *DH*, 10, 111, 113, 248, 328, 201, 302.

＊120 *ES*, viii.

＊121 See Gilbert and Gubar.

＊122 Gilbert and Gubar, *Madwoman in the Attic*, xii.

＊123 Proust, *Within a Budding Grove*, 423.

＊124 Bowen, "Out of a Book," 53.

＊125 Trevor, *Story of Lucy Gault*, 17, 22.

＊126 コーコラン、エルマン、ベネットとロイルは手紙と文書の重要さに注目している。

# 第三章　想像の領域

## ボウエンズ・コート

ユードラ・ウェルティは、ボウエンの家族の肖像と*Bowen's Court*（ボウエンズ・コート）に描かれた彼らの所領がボウエンの作品の核心にあるとしている。その屋敷の彼女の歴史は——景色とアングロ－アイリッシュの支配体制が、彼女の調べた書物、手紙、日記、遺書、家族の肖像を通して再度見出され——一つの場所に対する家族の感情の歴史となっている。それはボウエンの子供時代、家族の「狂気」の思い出、作家となった彼女自身、ホステス役を果たした彼女の人生、ロマンティックな彼女の無数の夢、そしてその保存の不安が含まれた屋敷である。屋敷を閉める時が来るたびにボウエンは自分の内部で何かが死に、無人の屋敷に戻るたびに何かを新たにしなくてはならない感じがした。彼女はイングランドで死んだら、二度とこの家に戻れないという不安を抱えていた。

　もし景色が言語だとしたら、ボウエンはそう信じていたが、一九五〇年代に友人だったユードラ・ウェルティとボウエンは、同じ言語で話していた。ボウエンはチャールズ・リッチーに打ち明けている、「彼女は私みたいよ、人間よりも場所のほうが好きなの……。場所がなければ何も起きないわ[*1]（Nothing can happen nowhere）」。ウェルティはボウエンと見解を共にしていて、「場所」は、感じることや歴史や書くことに、具体的な信頼できる「集会場」を備え付けてくれる[*2]。ボウエンはさらに補足している、場所には魔法もあると。

　ボウエンはこの所領とその位置のことで恩恵を受けたオリヴァー・クロムウェルの肖像画を、屋敷の正面階段の最上部に置いていた。一六四九—五〇年、英国によるアイルランド遠征の長としてクロムウェルは冷酷無残な侵略を果たし、土地を没収した。ボウエンはウェールズ人の初代ボウエンに始まる屋敷の感情の歴史をひも解き、褒賞として与えられる土地を一羽の鷹が神話のように範囲を決めたその土地にボウエン家のヘンリ三世が一七七六年に足を踏み入れ、そこに荘厳なジョージアン様式の屋敷が建てられたと続ける。ボウエンの資産は拡大を続け、一八七〇年代には、コーク州に一六八〇エーカーの土地と、ティッペラリ郡に五〇〇〇エーカーの土地を所有し、その上に一族の所領が建設された[*3]。ボウエンはヘンリ三世の夢のような決意、すなわちボウエンズ・コートのどの窓からも外を見る子供をもうけようという決意を記録し、さらにヘンリ・コール・ボウエンと美しきジェイン・コールとの結婚を、子守歌に名高い老王コールに結び付けて伝えている。ウェルティは、「総体的に見て過去は痛ましく」、家族の土地を横領したことに起因する「内在する悪」を明らかにするボウエンを称賛している。[*4] ボウエンは認めている、「アングロ－アイリッシュの社会構造は殉教した国家の上に積み上げられた」。自衛しつつ思案する、先祖たちはアイルランドの人々に対する感情を押し殺して、自分自身を守ったのだと。

　彼女の子供時代の家ハーバート・プレイス十五番地をボウエンズ・コートと比較して彼女が言うには、「冬はいつもダブリンで暮らし、夏の間はいつもコーク州で暮らした」[*5]。彼女は父親が精神を病んだあとにハーバート・ストリートの陰気さから解放され、長じてからは移動と変化の人生を送る中で、始終思い出したのは、静寂と平和な所領のこと、彼女はそこで中断しないで書き続けられた。クリスマス、春、そして夏はそこで長く過ごし、「窓の外を見ると［…］草原、空、木々だけが、ほとんど完璧な静寂に包まれている環境に馴染んで育った」。彼女はその「鏡のような魔法の気分」について述べ、一九六二年に思い起こして、「私がアイルランドでただ一つ愛したのは、ボウエンズ・コートだった」とした。[*6]「我々の高揚した感情ではなく、我々の感傷が必要とする屋敷を造った」と書いている。[*7] 彼女の夫が一九五二年に他界した後は、仕事がボウエンズ・コートと同意語になった。彼女は旅をしているときを除いて一年のうち九か月をそこで過ごすようになった。ジョージア朝様式の三階建ての城館――高くてむき出しのまま――は、遠くバリウラとゴルティ山麓に連なる三〇〇エーカーの芝生、原野、樹林の中央に座し、絶えず移り変わる空が頭上にあった。紫色の山々が見えるだけでなく樹木の森林があり、石灰岩（ライムストーン）の崖、見張りの塔、水車小屋、窯、砕石場、石橋、農場、聖堂、そして教会の尖塔がある。向こうに見える木立は父が愛したもので、特別なもの。父親もボウエンも無人の空間の感じを好み、見渡す限り芝生の広がる情景を好んだ。これは子供時代の風景で、のちの作品の中に力強く入ってくる。その美しさは彼女に土台を与え、そこにボウエン家の十世代を庇護してきた歴史がある。

　子供時代のボウエンズ・コートの雰囲気は、彼女の母と家政婦サラ・カーティの存在によって作り出された。ボウエンの母は夢見がちで観察眼がなく、家族が過ごす夏の間、ボウエンズ・コートを切りまわす手腕がなかった。ボウエンは祖母がボウエンの母フローレンスと姉妹に家政の技術を教えようとしたと語っている。彼らの実家マウント・テンプルで一週間ごとに交代で姉妹たちが家事に当たった。フローレンスの当番になって三日後のこと、ほかの娘たちが願い出た、フローレンスを当番から外してほしいと。ボウエンズ・コートでのエリザベスの楽しみは、階下の好きな部屋の一つ、洗濯部屋に逃げ込むことで、ティペラリーの若い娘サラを仲間にして、母を困らせた家政の雑事を引き受けた。「幸福が私のそばに、石鹸の泡の温かな匂いの辺りにある。サラの短い丈夫な腕が水を使って真っ赤に熱くなったのを、そして、絞り機を回すときに彼女が張り切って出す力を、私は憶えている」[*8]。それにサラのウィットも楽しかった。サラの思い出が屋敷を魔法にかけ、「錫（スズ）のトレーに乗って中央階段の手すりをがらがらいわせて滑り降り、『ナイアガラの滝』のつもりになった」思い出もある。[*9] 幸せな夏だった。

屋敷には心和む儀式がいくつかあった。ボウエンの友人であり恋人だったハンフリー・ハウスが一九三三年の六月に訪れて、果物の大判振る舞いを報告している。「桃のいいのと、ラズベリの美味しいのが七十五ポンド、ファーモイに送られ、その前は三百ポンド、あなたがまた来るために誰もが家に磨きをかけている」[*10]。モリー・オブライエンはボウエンの忠実なコックで、この自給自足、果物がいかにビン詰めにされたか——とくにラズベリを——そして庭園から新鮮な野菜が山のように届いたかを回顧している。ボウエンはジャガイモを皮のままグリーンピース、そら豆、ほうれん草と一緒に料理したものが好物だった。外側にはそれを見つめる田地が広がっていた。

だが屋敷には不安な歴史もあった。ボウエンはつとに承知していた、屋敷が上に建てられている土地は英国の植民政策を通じて「不正に獲得した」[*11]もので、それはいまだにアイルランド人を刺激していた。ボウエンはいつもこう認めていた、

> すべての絵画と同じく、それはどんな現実とも一致しない。あるいは国家を魔法の鏡と呼んでもいい、本当には存在しえないものを映している鏡だと。［…］思うに、誰もが闘いながら、あるいはじっと耐えながら、個人的なイメージ——平和な情景の場面——を心の中に一枚持っている。私のそれはボウエンズ・コートだ。戦争がこのイメージを私に与えた、不安な歴史から建てられた屋敷というイメージを。[*12]

不安な歴史は植民政策に起源を持ち、ボウエン一族の狂気に繋がる。ボウエンによれば、ユードラ・ウェルティがこのとり憑かれた資質を、自分で撮ってボウエンズ・コート訪問後に送った写真に捉えていたという。ボウエンはその写真の奇妙さをチャールズ・リッチーに書いている、「この特別な角度から見た屋敷は、見たこともないし、思い浮かんだこともないし、記憶にもない。これはむしろ夢の中の屋敷または物語の中の屋敷のようだ」[*13]。（図9）

こうした歴史的、経済的、心理的な攻撃が、誇らしげな静寂さの下に走っている。ボウエンの友人で傍観者的なウィリアム・プルーマーが訪問した後で、底流になっている暴力を強調して忠告したように、「無知、偏見、不寛容、不正、愚行、飢饉が英国のアイルランド占領に付随している」[*14]。彼は不審に思っている、なぜ英国人は「彼らに反抗者とかテロリストというレッテルを貼るのか」、彼らの感情を理解する努力もせずに。ボウエンはポスト・コロニアルの苦闘や十九世紀半ばのアイルランドの飢饉や移民の絶望についてほとんど書いていない。コークの飢饉の犠牲者はセント・コールマン教会の墓地の一角に埋葬されていて、同じ墓地にボウエンと父と夫も土台を少し高くして横たわっている。そしてコークの住人を二つのグループに分けている。プロテスタントの家督相続者およびアングロ＝アイリッシュのグループと、地元のカトリック教徒の農夫と召使らのグループの二つである。教会墓地の別の一角には一八四五—五〇年におよぶアイリッシュ飢饉の百万人の犠牲者を偲ぶ石碑があって、同じ時期にイングランドへ年季奉公に出された五万人のアイリッシュの強制出国も同時に回想される。（図10）二つの世界の変わりゆく関係は、ボウエンが『最後

図9　ボウエンズ・コート、ユードラ・ウェルティ撮影
Reproduced courtesy of the Eudora Welty Collection, Mississippi Department of Archives and History, and Russell & Volkening as agents for the author's estate.

図10　1845-1847 アイルランド飢饉犠牲者の墓、ファラヒ教会墓地。Rights holder and Courtesy of P. Laurence

の九月』、『愛の世界』といくつかの短篇の主題として扱い、彼女が書いた *Nativity Play*（降誕劇）の舞台にもなった。だが彼女の語りの手法は、エミリ・ディキンソンの「真実のすべてを語れ、されど斜めに／成功は循環にあり」に従おうとしている。

そう、彼女は広大なアングロ－アイリッシュの館を「裂けた心」──イングランドとアイルランドに分裂した主体性──に駆り立てられて評定したが、ショーン・オフェイロンが見たとおりだった。*Bowen's Court*（ボウエンズ・コート）において彼女は記している、新たな定住者たちは彼らの生活を美的価値観で高く見たがり、「手に入れた安定は十八世紀に卑劣にも獲得したが、卑劣に利用することは全くなかった。彼らはヨーロッパ的な考えを感じて行使し始めた──人間的で統制のとれたものを求めたのだ」[*15]。何エーカーもの緑地の中のこの大きな館が、近隣の同様の館のように、いくらか文化的に脚色されて見えたとしたら、それはこれらの館は、ヴェラ・クレイルカンプが目敏く記したように、「意志で脚色している」ものだからだ[*16]。これらのアングロ－アイリッシュの屋敷はぽつんと一棟建っていて、彼らを取り巻くカトリックのコミュニティの大半から離れ、社会的には彼らだけでつながっていて、イングランドとヨーロッパから派生した美学とマナーの精神を保っていた。ボウエンはこれらの屋敷の孤立ぶりを、自分と同じように「孤独で、独立心が強く、秘密主義で［…］どれほど寂しい思いをしているかわからない」[*17]一人っ子に例えた。一九二二―二三年の内戦に生き残ったアングロ－アイリッシュの屋敷は、ボウエンズ・コートもその一つだったが、包囲された少数派で、暴力が荒れ狂う中、廃墟を守り支えた。独立から二十五年、一九二一年から一九四六年までの間に、アングロ－アイリッシュは逃亡し、その数は十％から六％に減少した。

ボウエンが見るに、これらの豪壮な屋敷はその起源はともかく、伝えることに事欠かない。居住者たちは社交的で歓待する人たちで、少なくともお互いの間でそれを楽しんだ。屋敷は、ボウエンが言うには、ローマのドームのようで、性格とマナーと振舞いを育て、より広い社会を照らす礼儀を育てた。「あら、どうして礼儀正しくしないの――人のマナーは人間であることの栄誉の冠でしょうに? 礼儀正しくあることは堅苦しいことではない。優雅であることだ。他の人々を思って想像力を働かせることにほかならない」[18]。ボウエンはこれらの価値――屋敷内にそのままの形で保たれてきたとボウエンは言う――を隣人であるアイリッシュの攻撃から守ってきた、若者、反逆者、相続者でない者、啓蒙されていない者だったアイリッシュから。ボウエンは断言する、「障壁には二面あった」。包囲されたアングロ－アイリシュの屋敷は、外には消極的な意味を、内には積極的な意味を保持してきた。だがボウエンは賢明だからこの神話を無批判に抱きしめることはなく、洞察力に富んでいたのでノスタルジアを崇拝することもなく、知性的だったのでアングロ－アイリッシュによるアイルランド侵略として記録することもしなかった[19]。ボウエンは、自分が書いたものの中に保持したある種の伝統に心を寄せていたが、ビッグ・ハウスの意味を自覚していた住人であり、自分たちの階級が享受している特権をアイルランドで果たすべき奉仕と責任感との間でバランスが取れなかったことは認めている。

## 所有権の代価

ボウエンはボウエンズ・コートを相続する初めての女性になった。父のヘンリは所有地の経営者であることに神経をすり減らしたが、一九三〇年に他界するまでボウエンズ・コートを経済的に維持してきた。ボウエンはまたもや異例だった、女性に財産を遺贈するのはアイルランドでは異常なことだったからだ。以前召使だったメアリ・ドゥェインは、ボウエンの夫キャメロンが所有地を運営した時、彼は「抜け目なく」て、そこがボウエンとは違っていた。一九五二年に彼が死去すると、ボウエンは彼の年金を失い、経済的な苦闘が始まった。六年間、彼女は所有地の維持に努め、アメリカを訪れ講演旅行を熱心に繰り返した、金を使うよりも稼ぐことができた唯一の国がアメリカだったと彼女は言う。それでも彼女はキャメロンの死後も、相変わらず客を豪勢にもてなした。費用はかさみ、収入を生み出すために急ぎの評論を書き、講演をし、アメリカの雑誌に短篇を再版することを許可した。ウェルティは当時、ボウエンの心と体の健康が不安になった、講演して回り、書くことをほとんどしなかったからだ。ウェルティは『ニューヨーカー』誌に短篇を送り、そこでもっとレートを稼ぐように強く勧め、当時ウェルティは *The Bride of Innisfallen*（イニスフォーレンの花嫁）一作で、二七六〇ドルを得ていた[20]。ボウエンの経済的な危機は一九五〇年代にはさらに悪化した。彼女はチャールズ・リッチーに手紙で「百ドル私に送ってもらえる?」と哀しみを訴えている。それは一九五八年六月のことで、所有地を売る一年前、そして彼女は同じ手紙で、いまはコークにいて銀器の多くと上等な宝石をいくつか売るつもりだと書いている。[21] 彼女にとっての屋敷の「価値」は、彼女が言うには、リッチーがヨーロッパにいてすぐ飛んでこられた最後の数年間は、「私たちの家」だったことだ。リッチーはボウエンの妄想に困惑したと日記に書いている。彼にとって問題は、「屋敷を維持させるために金を出せるかどうかである。困るのはあれはたしかに僕らの家だが、僕はその楽しみを金銭と苦労の両方で彼女に負担させている」。それから彼は「もし僕らが結婚したら……」と曖昧なことを書き、自分が彼女に「害」を及ぼしていると付け足している。彼はボウエンが屋敷を維持するといいと思うが、何が解決になるか？　「一万ドルをポンドにして提供するか？　彼女は受け取るだろうか？　僕にそんな金があるか？」[22]。ボウエンズ・コートの喪失について罪悪感が波のようにリッチーに押し寄せるが、彼は金銭的な責任を負うこともなく――一般的に見て――自分の人生を彼女とともに過ごすことも申し出なかった。

　彼女が屋敷を相続した時、それはもう傾いていた。ヴァージニア・ウルフはレナードとともに一九三四年四月に訪問し、情け容赦なく屋敷を記述している、「尊大に気取って、模造的で破滅的な――灰色の石の大きな殺風景な建物で――四階建てで地下一階、タウンハウスのような屋敷は、天井の高い空っぽの部屋がいくつもあり、イタリアの漆喰細工が散らしてあり［…］、死者が横たわる通夜のソファ、カーペットが縮んだ大きな部屋、田舎娘が何人も仕えていて［…］、九十歳にもなる老人が小屋にいて、我々を通してくれない」[23]。ウルフが価値を認めたのは、ヴァネッサ・ベルとダンカン・グラントがブルームズベリとチャールストンを装飾したアバンギャルドの反対立命題（アンチテーゼ）だった。それにボウエンズ・コートは居心地が悪かった。基礎工事は原始的で、訪問客を助ける使用人は不足、風呂の湯を上や下へと運び、それから湯を窓から外の庭に投げ捨てた。屋敷は中傷する者がいて、彼らは忠実なコックのモリー・オブライエンの感情を大いに害した。モリーは十五歳の時から屋敷が売却されるその日まで、ボウエンズ・コートのコックだった。両眼にゴーストたちを浮かべて、モリーはボウエンが提供した美しいもてなしぶりを回想する。「ディナーの前に寝室からの火で通路を温め――そうですよ、汚水は午前中に下へ運ぶ。寒いかって？　どうして寒いんですか？　熱した石の壺が夜にはベッドに入っていて、その部屋にも火が燃えているんですから。そして無数の銀の燭台と錫の燭台が階段の下に並んでいて、みなさん、それを持って寝室に行くんです」[24]。彼女は伝統を回想し、毎朝早くに焼く茶色のパン、パーティにはサーモン・ムース、大きな銀のソース容れには特別製のホースラディッシュのソースを、そして小さなポテト・ケーキは「二シリング硬貨の大きさ」でした。四〇年代の後期、ボウエンが『日ざかり』で巨額の印税の小切手を受け取った時、彼女は贅沢品のことを思って夫に言った、「ジャガーの車は買わないけど、でも木製のバスタブを放り投げて、ボウエンズ・コートに浴室をいくつも設けましょう」[25]。

　ボウエンは外観を保持するのにも苦心した。しかし修理費やそのための人員を確保するのに疲れ果てた。彼女は書いている、「どなたもご存じだろうが、人生はビッグ・ハウスでは、すべて楽しいわけではない」、だが多くが不思議に思った、なぜ彼女は苦闘しているのか[26]。屋敷は前から未完成だったし、部屋も二、三室使うだけだった。祖父のヴィクトリア朝の家具を売り、二、三の優雅な調度品を入れ、居間にはピアノも入れた。風通しのいい玄関ホール、ロビー、そして部屋に色どりを添え、訪問客には居間について、「フラミンゴ・オイスター・カラーなのよ。それはこの屋敷では完全に調度が整った二、三個の部屋の一つなんです。三階のヴィクトリアン様式の客間は、薔薇色と白色で飾られていて、未完成の舞踏室に続いています——作業員がそこで「［興味が失せてしまって］——床が仕上がっていませんの」[*27]とボウエンは言う。三十年にわたる所有権の苦労と、「心ない金持ち」の一人とみなされた末に、ボウエンはついに諦めて、ボウエンズ・コートを隣人のコーネリアス・オキーフに売却した、一九五九年、千二百ポンド（今日の相当額三十六万ポンド）で、弁護士のジョン・キャロルを通して。[*28]この決定は悲痛だった。弁護士にあなたの最近親者はときかれてボウエンは、十五人いるいとこのうち親しいのは二人か三人であることに気付いた。彼女は弁護士に言った、最近親者はボウエンズ・コートです。そこにまたチャールズ・リッチーと一緒に暮らす妄想があった。一九四五年の八月、彼らの関係が始まったころ、彼女は書いた、「この屋敷は遥か昔、無意識なボウエンによって、あなたと私の幸福のために建てられたのよ。この七月、あなたと私がここに来た時、屋敷は高みについたのね。またそうなるわ、あなたが戻って来れば」[*29]。ボウエンは家族内では所有地の売却計画をほとんど漏らさず、いとこのノリーンと彼女の夫のギルバートがそれを聞き、キルドラリに行って、屋敷の購入を考えた。彼らが弁護士のオフィスに行くと、「彼はノリーン夫婦にドアを見せた」。すでにオキーフに売られていた。ボウエンはオキーフが屋敷を保持すると信じていた。R・B・マカーシ牧師はしかし、オキーフの性格について、ボウエンの画家の友人デレク・ヒルに書いた手紙で疑念を漏らしている。「今日私は聞いたのですが、E・Bがあの所領を売ったオキーフという名のならず者は、セント・レジャー家の庶子で、カントリー・ハウス（その建材）の入手を専門にしていて、おそらく悪意が主な動機だと思われます。実際の問題で彼女はなんと悲惨な判断をしたのだろう、一種の死への願望だろうか」[*30]。パトリック・ヘネシーが描いた肖像画のボウエンはやや緊張気味で——らしからぬ透き通ったドレスを着て——窓の前に立ち、ボウエンズ・コートの超自然的な空が見え、その文化的な風景の最後に立つ彼女の不安が捉えられている（図11）。屋敷と土地を売らなくてはならなかったが、彼女は心に決めていた、人生で失われる物は、芸術で形を保つ、と。「残る物はない。すべてが変わる」。ウルフの『灯台へ』の画家、リリー・ブリスコーは回想する、「しかし、言葉は変わらない、絵具は変わらない」[*31]。ボウエンズ・コートは——今も緑に、三方を美しい山々に囲まれ、紛争の歴史に囲まれている——彼女の家族の一代記 *Bowen's Court*（ボウエンズ・コート）の中に、デレク・ヒルの委託された絵画の中に生きている。小説『最後の九月』、そして彼女の小説を読んだ人、または今は何もない邸宅付随地（ドメイン）を訪れる者の豊かな想像の中に。

## 壁の外側

小石の道——元は壮麗な馬車道——を歩いてボウエンズ・コー

トに行く人には、廃墟になったドメインの壁が行く手にそびえ、美しい原野と樹木の広がりのほかにたどり着くところはない。元は八フィートの高さがあった外壁はアングロ－アイリッシュによって築かれ、地元のアイリッシュを排除してきた。カトリックのアイリッシュ社会は外壁の外側に住み、地元民の中には壁も屋敷もボウエン一族も嫌いな者がいた。他の者たちは、家のために働き、家族を称賛していた。ボウエンは屋敷内や所有地で働く召使たちを疑いもなく愛していて、とりわけサラ・バリーとのちにはバリーに躾けられたモリー・オブライエンを大事にした。モリーはボウエンが不在の時は屋敷を規律正しく有能に切り回し、地元のファラヒの家族とバリー家とゲイツ家ともうまくできた。しかしながら彼女は他の使用人との関係についてほとんど記録しておらず、例外はバリーで、彼女はThe Most Unforgettable Character I Ever Met（私が出会った最も忘れがたい人）というボウエンのエッセイになり、やがてオブライエンはバリーのあとを継ぐ人になった。フィクションの中で、使用人に対するボウエンの信頼と敬意が明かされているのは、『心の死』のマチェットの性格においてである。「膝をついて寝室の火をおこし、かがみこんで湯たんぽをシーツの間に差し込み、夜が来るのに夢中になっているようだった。準備する彼女の受け身に徹した厳かさは、ベッド一つ一つを祭壇とみなしているようだった。大邸宅で物事が適切になされる有様には、宗教的な要素を感じさせるものがある。昼間に行われるルーティーン・サイクルは、仕事に当たる召使がいるといっそう感情がこもる」[*32]。美学と聖なる要素が、信奉者の奉仕によって維持されたビッグ・ハウスの儀式にその跡をとどめている。モリー・キーンがインタビューに答えて、アイルランドのビッグ・ハウスでは召使――彼らの人格が尊敬されていた――が重要な位置を占めていて、イングランドの召使のように口をきかない遠い存在ではなかった。『心の死』ではアナがポーシャに注意して「召使の言うことに耳を貸してはいけない」と言ってマチェットのことをほのめかすが、ポーシャは無垢そのものの率直さで答える、「どうしてかな。マチェットは本当に起きたことを見ている人でしょ」。

　モリー・オブライエンは主料理人として屋敷の心であり本質だったが、彼女について、一九八三年にキルドラリに移ってきた友人のブレンダ・ヘネシーはボウエンズ・コートを頻繁に訪れた人として、こう書いている。「モリーは本当に驚くべき人だ。綺麗で年齢を感じさせず、有能で、エリザベスに尽くす彼女の奉仕は深い愛情から出たもので、プライドと大きな喜びが感じられた。ゆ

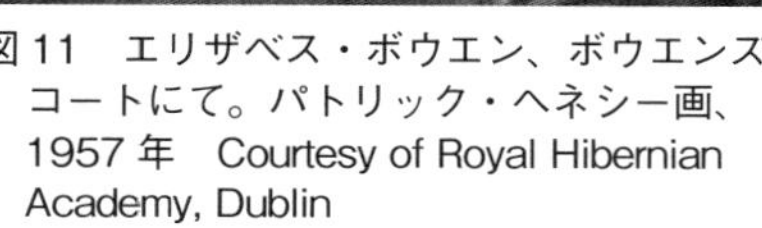

図11　エリザベス・ボウエン、ボウエンズ・コートにて。パトリック・ヘネシー画、1957年　Courtesy of Royal Hibernian Academy, Dublin

とりもあって──楽しかった」。モリーは、毎朝ボウエンとメニューの計画を立て、アランの好きな骨付きチョップを三十年間「ウスター・ソースを一度も使わずに」調理してきたプライドがあった。モリーは言う、ボウエンは人々を丁寧に扱い、「機嫌が良くて、何事にも対処できた」と。モリーは結婚に際してボウエン家より与えられた素敵な白いコテージに住み、グレイハウンド犬を飼っていた。ファラヒに住んでいたメアリ・ドウェインは十三歳になって、オブライエンのしつけの元で屋敷に働きに入ったとき、「興奮して橋を渡り、広い馬車道をボウエンズ・コートに向かった」。[*33] アランのことは、ドウェインがよく覚えていて、「厳しくて静か」で、尊敬されていた、「なぜなら彼は第一次世界大戦時にソンムの戦いを経験したから」、そして「自宅にいる男」で、旅に出ることが多いボウエンとは違っていた。アランはメアリが着いた三か月後に他界し、その間アランは自室で病床に伏せていた。家を訪ねてくるリッチーについて訊かれると、ドウェインは言った、召使たちは「何かが起きていることは承知していて」、彼のことを「カナダの外交官で、素敵な男性で、背が高く浅黒くて、面長な顔をしている」と言っていると。彼女が言うには、ボウエンは強い個性があり、「よそよそしい」人ではなかった。昼の間、ドウェインはベッドを整え、木材の床を磨き、キッチンではほかの二人の少女ハナ・ハンリーとキャスリーン・シャノンと部屋付き女中（パーラーメイド）とともにオブライエンの手伝いをした。三日ごとにドウェインはファラヒの店に行き、ボウエン用に煙草を百本買った。一九九四年にメアリ・マーフィーのインタビューを受けて、オブライエンが語っている、近隣の人たちはボウエンに「とても好意を持ち」、ボウエンは──身分ある者の義務感（ノブレス・オブリージュ）をにじませて──地元のカトリック教会に花束を寄進したり、クリスマスには隣人に聖日用の蠟燭（ろうそく）を配り、窓辺には蠟燭を一本灯して置いていた。[*34] さらに鐘が毎週鳴らされて、壁の外側では農場からの果物や野菜が売られたり振舞われたりした。そして「キツネ狩りの舞踏会」の夕べには、ボウエンが窓を全部開けて、村落全体に音楽が聞こえるようにした。

だがボウエン家はアングロ-アイリッシュとしては別種の一族で、互いに作家同士で友人であるモリー・キーンのような、乗馬やキツネ狩りをするプロテスタントではなかった。ボウエンも彼女の父親もスポーツに興味はなかった。キーンの人生のほうがアイルランドの消えゆくアングロ-アイリッシュの様式に近かった。キーンは乗馬の名手で、競馬や狩り、パーティや娯楽を楽しみ、このすべてが彼女の小説 *Good Behavior*（お行儀）にある階級制度の厳しい描写に出ている。ボウエンが成長期にたどった道とイングランドに住んだこと──ボウエンズ・コートへの年二回の訪問の機会を除くとアイルランド文化から遠ざかったこと──が他と違っていた。ボウエンは二十代の頃は執筆に本気で取りくみ、二十四歳で著書を出す作家になり、結婚したが子供はなく、熱心な作家であり、オクスフォードのインテリサークルの一員だった。モリー・キーンはもっと遊んで二十代を過ごした。『最後の九月』を書いた時、ボウエンはビッグ・ハウスが伝える文化の優雅さと同時にそれを待ち構える宿命をとらえたが、さらに辛辣なキーンは、ビッグ・ハウス内部の怠惰な大人たちと乱れた関係を厳しく糾弾した。にもかかわらずモリーは機転に富み（冷酷ともみなされた）、楽しませるものがあり、ボウエンは執筆に理解のあるアングロ-

アイリッシュの友人として彼女を歓迎していた。モリーはフレッド・アステア、ペギー・アシュクロフト、ジョン・ギールグッドなど、有名人を友に持ち、一時はM・J・ファレルの名で劇場のことを書いていた。さらに彼女はボウエンズ・コートのボウエンのクリスマスの招待状をもらうのが嬉しくて、デコレーションと燃え盛る炎を楽しみに、一九四六年早くも夫に先立たれたモリーは、娘二人ヴァージニアとサリーを連れて行った。モリーの娘ヴァージニア・ブラウンロウによれば、彼女らは人々との約束によって互いに結ばれ、「美とユーモアとお酒と会話を愛した」。

図12 レディ・アーシュラ・ヴァーノン、第2代ウェストミンスター公爵の娘、ジム・イーガン少佐、メアリ・クラリス、レディ・デラメア、エリザベス・ボウエン（中央）、スティーヴン・ヴァーノン少佐、アイリス・マードック　Rights holder and Courtesy of Finlay Colley

スタッフ四名と庭師と雑用係が屋敷の運営に当たっていて、ボウエンは書斎か図書室で終日書くことにしており、短い休憩は食事だった。彼女は主として屋敷の二階の三室で生活していた。寝室は子供の頃から寝ていた部屋で、そこに書斎と化粧室が付属していた。ボウエンが主催する頻繁な晩餐会とダンスパーティは、正面ホールで開かれていた。テーブルとサイドボードが来客用に置かれ、食事のあとは全員が居間（図書室と呼ばれていた）に移動し、デザートと食後酒になった（図12）。応接間は使用されず、最上階にはスタッフ用の寝室がいくつかあり、青色、緑色、黄色に塗られていた。ボウエンは手紙で、カーテン、ラグ、内装、家具についてプルーマーやウルフらの友人と相談していて、そのこだわりのほどは彼女が編集したエッセイ集 *These Simple Things: Some Small Joys Rediscovered*（シンプルなこと――小さな喜び再発見）に出ている。

マリアン・ムーアは The Knife（ナイフ）、ルーマー・ゴッデンは Bread（パン）、そしてアラン・プライス‐ジョーンズは Glass（鏡）をこの本に寄稿している。同じ本にボウエンは The Teakettle（ティーケトル）を書き、「高貴で必需品のケトルが軽視され」と書いている。[*35] 彼女の友人たちは一斉に声を上げ、「ティーポットのことでしょう」と抗議しても、ボウエンはティーケトルのことを書いたと主張し、湯をわかすケトルがなければお茶はないのだとした。そして説明して曰く、ティーポットはお茶のお湯をケトルに頼っているのだと。その一方でボウエンはティーポットの豊かな種類を列挙している、「実用本位の伝来の農家に見る茶色のティーポット、壊れやすい磁器のティーポット、骨董的な価値のある銀製のもの、クイーン・アン様式のもの。曲線状のジョージアン様式、縦溝堀りのリージェンシー様式、丸いヴィクトリアン様式など」、客間に置かれたティーテーブルは、おしゃべりと噂話のかっこうの舞台であると付記している。

彼女が雇った人々はおおむね評判が良かったが、解雇された数人はボウエンを「利用していた」という噂もあった。ボウエンはジム・ゲイツとのドライブ、食事、交際について言及しているが、ジム・ゲイツは二世代目に当たる地元の人で、地所の管理を手伝っていた。隣人のマイケル・コリンズはゲイツと交流があり、後年、ゲイツを共同運営者に選んだボウエンに疑問を抱いた。ゲイツには道徳的に問題があり不品行だという噂があったからだ。その他の地元民はボウエンとボウエンズ・コートが刺激の元だと見ていた。ジャック・モームは、かつてはファラヒの隣人だったが、彼の父親は土地同盟（ランド・リーグ）のさなかに主義に違反して刑務所に送られたという事情があり、モームが言うには、ボウエン一家とその同類を嫌悪するように育てられた。彼らは「クロムウェルの呪い」に結びついているというのだ。コークの研究家エミリ・マーフィの話では、彼女の祖父がベッドタイムに彼女に語ったお話しでよく出てきたのは、「角があって尾が二股に裂けた悪魔みたいな」クロムウェルのことだった。[*36] 今日でも「クロムウェルの呪い」とは、コークでは蔑視の意味であり、神話でも民話でも嫌悪される対象となっている。モームは近隣におけるボウエン家の地位をおとしめて、彼らはキングストン家とセント・レジャー家（両家ともにビッグ・ハウス）の間の緩衝材として働き、「クロムウェルの厩舎のただの小僧」として見下されてきたと主張している。[*37] モームはボウエンズ・コートとそれが表象するものすべてを切り捨てたが、もう一人のファラヒの住民マイク・グールドはボウエンズ・コートを称賛し、取り壊された時を知っていて、悲しい日だったとしている。[*38] ボウエンズ・コートが完全に倒壊した時のことをブレンダ・ヘネシーが伝えている、「彼らは帯状のひもを建物に回して縛り、引くと、建物は自ら倒れた。私たちが着いた時は、大きな山一つになっていた」[*39]。最後についてメアリ・ドウェインが言う、ほとんどが消却された——手紙と書類は——その他の所有物は地所内の井戸に放り込まれた。ボウエンズ・コートの石材は掘り出されて、売却されたと。

ボウエンズ・コートから道路を下ると、ファラヒ教区のセント・コールマン教会の教会墓地があり、ボウエンと夫と父親が埋葬されている。教会はいまボウエンとボウエン作品の記念碑の働きをしている。モリー・キーンによれば、ボウエンは「厳格な主義を守る宗教的な一面」があった。日曜日の朝、十一時になると、彼女はボウエンズ・コートの玄関ホールに入ってくる。カントリー風の服装で、馬車路を歩いて家族が私有地の入り口に建てた小さな教会に着く。「彼女は同行者を強いて求めたことはなかった。彼女は祈祷し、讃美歌を歌った。説教に必ず耳を傾けた」[*40]。

## フィクションの家

ダニエルズタウンは彼女の小説『最後の九月』に出てくるビッグ・ハウスで、四面楚歌のアングロ－アイリッシュ・ジェントリー階級の歴史的な語りを表象している。ボウエンはこうした屋敷に育った娘で、廃墟となった屋敷を再現しようと、ＩＲＡによるコークの邸宅焼き討ちの狂乱の八年後、一九二八年にこうした屋敷の再構築に務めた。その小説に見るネイラー一家は、彼らの家を取り巻くカントリー周辺をパトロールする英国軍隊を支持し、IRA軍には報復的行動をとる用意があった。だが彼らは、彼らの居住地を取りまく地元民、すなわちカトリック教徒の農夫らの抵抗にも同情を示した。ボウエンはこの小説が気に入っている、場所が持つ雰囲気の周囲に建てられたと言っている。[*41]その設定には破壊の予兆が顕れている。「屋敷は不安におののいてうつむいて、顔を隠しているように見え……。恐怖にかられて木々を寄せ集め、広大で明るく愛らしくも愛情のない田園地帯に目を見張り、歓迎されない胸に抱かれている」[*42]。品格のある描写の下に「暗黙」の暴力があり、それをジョン・バンヴィルが直感し、彼の映画脚本が伝えている。[*43]最後には空の色が恐ろしい真紅に変わり、「二月には、これらの木々の葉が目に見えて芽吹く前に、死滅——むしろ処刑——が襲い、ダニエルズタウン、カースル・トレント、マウント・イザベルの三つの邸宅が一晩のうちに焼失する。……扉は開いて、焦熱地獄を歓迎するかのようだった」[*44]。サー・リチャードとレディ・ネイラーは空に舞い上がる火炎を絶望的な目で見つめながら、ビッグ・ハウスの炎上は次世代のロイス、ロレンス、そしてローラを死に瀕したアセンダンシーの夢から解き放つ。フィリス・ラスナーが述べるように、彼らは別の人の土地で生きる限度を悟ることになる。[*45]ジョン・バンヴィルの劇的な脚本では、この暴挙はビッグ・ハウスの「処刑」を現出しただけでなく、レディ・ネイラーが、ふらちにもロイスを求めていた英国の兵士を無残に追放したことをあからさまにしている。ボウエンは平行線を引いている。アイルランド自由国の誕生と共に成長する若い女性を描く。若い女性とその他の人物は、アイルランドの田園地帯に位置するビッグ・ハウスの歴史の呪文に魅せられ、隠されてきたアイリッシュの反抗という暴力的な運命に流されていく。内側では、閉所恐怖症に罹ったように、家族は「ランプライトの笠に守られ、安全で明るく、文鎮の花模様のようだった」[*46]。瀕死の屋敷の予兆は、「上空高く鳥が一羽するどく鳴いてから、木を裂いて下の暗闇に消える。静寂が癒されても、恐怖(ホラー)の裂け目を残した」。ロイスはビッグ・ハウスが抱えている政治的な意味合い、目の前で起きるIRAの反抗、英国兵士とのロマンスの意味をわきまえておらず、それは英国軍大佐のアンダソンとデートしていた頃のボウエンと同じだった。

ブライアン・フリールの作 *Home Place*（ホーム・プレイス）に出てくる初期のアングロ‐アイリッシュのゴア一家のように、生き残りにうまく適応できなかったネイラー家は、伝統の影を保持している。ボウエンの父親は燃えさかる瀕死の家々の恐怖のさなかに生きた。彼は一九二〇年代の初めにボウエンに書いている、「君には次のニュースを聞く準備をして、勇気を持っていてほしい。私はすぐ手紙を書くつもりだ」[*47]。ボウエンもあらゆる恐怖と共に生きていた。「私は心の目で何度も何度も」と彼女は書いている。「『ボウエンズ・コート』が燃えるのをはっきり見た、『最後の九月』の恐るべきラスト・シーンは私の生涯で起きた何にも増してリアルなものである」[*48]。

アングロ‐アイリッシュの家族は文化と伝統に引きずられて、あの四面楚歌の時代に囚われていたのだ。ボウエンはビッグ・ハウスの一つ、シリル・コノリーのおばのアナ・ブリンクリーが所有するミッチェルズタウン・カースルで、第一次世界大戦が勃発したときに一同が集った会合について書いている。コーク州の北東部全域から参集したアングロ‐アイリッシュは、アイルランドにおける彼らの立ち位置を確認するために集まったことと、その集会に参加したブルース・アーノルドが語っていたことを。危機に直面して家族たちは、ヨーロッパにおける緊張感と、イングランドで軍務についている彼らの兄弟への忠誠心について語った。「もしアングロ‐アイリッシュが生き続けてそれが神話のためだと言うなら、その神話のために彼らは絶えず血を流してきたのだ」とボウエンは言う。ビッグ・ハウスに住んできたアングロ‐アイリッシュの後継者の多くがその戦争で死んだ。彼らの参加が分割の終わりに役立つという約束を信じて戦ったアイリッシュも同様だった、だが約束は裏切られた。「独立戦争」ののち、イングランドの管理によって、アイルランドは二十六の州に分割されて「エール」となり、北の六州は「北アイルランド」となった。

ボウエンの父は、ボウエンズ・コートの相続者だったが、王政主義者でもなければ反アイルランドでもなかった。ボウエンは言う、彼女は「この家で聞いたことは一度もない――聞くはずもなかろう?――パニックに駆られるとか、『アイリッシュ』のことで軽蔑したくて何か口走ったこともない。そうした意味の言及がなかっただけでなく、父はそれに触れようともしなかった――まして、これは嘘ではない、常軌を逸しているが、父以前のボウエンたちも一人として」[*49]。セント・パトリック病院から退院した後の歳月、父はアイルランド教会に力を注ぎ、「英国国教会総会議」の判事となり、アイルランドにおける「土地法」の広範な歴史について書いた。ボウエン自身は、父の土地法に関する調査研究がどこまで進んでいたか、知っていただろうか? ハンフリー・ハウスはこれを読んで、法的に進んだ考えと調査を称賛し、それが転変するアイルランドの社会と文化と環境に彼がいかに関心を払っていたかを物語っている、としている。他のアングロ‐アイリッシュの家族とは違い、ボウエンと父は土地に対して別の感情を持ち、利益を得るために木の一本すら切ったことはない。女中の一人メアリ・ドゥェインは「ボウエンは木に一度もさわりませんでした。木が倒れたり、嵐で木に雷が落ちたりすると彼女はただ寝室に向かい、一日中おろおろしていました」と語っている[*50]。

## 土地と樹木

ヘンリは樹木を愛しただけでなく、彼の膨大な法律文書の中に、アイルランドにおける樹木伐採への歴史上の意見とその制限について記録し、あわせて一九〇三年に制定された土地売却法の付加部分として慣習法の「木材」の意味を記録している。付加部分はイングランド人占領者によるアイルランドの森林破壊反対を意図したものだった。ビッグ・ハウス建設のため森林破壊が起きる地域だけでなく、所領内でさらに利益を上げるために樹木が伐採されることで景観が損なわれる地域の反対も根強かった[*51]。森林の復興はアイルランド独立派の夢であった。

ボウエンの祖父ロバートは、しかし、この保存政策に例外をもうけた。ボウエンズ・コートを長男のヘンリに譲るときに、彼は次男のロバートに限嗣相続の形でヘンリの相続に干渉する意志を託した。彼は植林して愛した樹木の伐採を命じたが、それは所領の管理者になることを受け入れなかった長男ヘンリへの復讐だった。ボウエンは書いている、祖父の暗い遺書には、「彼は決めた、ヘンリが森林を楽しまぬよう、樹木は斧で次々と斬り倒されること」とあったと。次男のロバートは、樹木と林を滅ぼせという命令を実行し、ついにヘンリはロバートに反対する命令を出すことを認められた。ボウエンの歴史では、ロバートは「画家ジョットの描く怒りの人物で、我と我が胸を掻きむしっている人物」と描かれている。[*52] この場面に我々が見るのは、破壊的な家族の病歴であって、ヘンリはそこに生い立ち、ごく初期のこの出来事に狂気の恐れが見受けられ、彼の母はそれを感じ取っていた。ヘンリは、しかし、一九一〇年に退院してからも所領の管理を続け、一九三〇年に他界するまで変わらなかった。ボウエンは父について、「彼は木が歩いているように人々を見て、木にお辞儀していた」と書いている。「何にもまして」と彼女は続ける。「ボウエンズ・コートは父の人生の永遠の（abiding）事物だった――もっとも彼の父ヘンリ五世のボウエンズ・コートに対する感情について、彼が容認したという言葉はどこにもない」。「容認する countenance」という言葉は、demeanor や bearing（物腰、振舞い）といった古いフランス語の意味を帯びており、一度は弁護士になるキャリアのためにその管理を拒絶したものの、ボウエンの父の所領に対する忠実な愛情の響きがある。ヘンリが父の怒りから所領と樹木を守ったことは、ボウエンズ・コートが経済的損失を生んでいても、ボウエンもまた樹木を売らなかったことの説明になっている、所領を残せたかもしれなかったからだ。批評家のデクラン・カイバードは言っている、木を一本斬ることはボウエンには「死」に等しかっただろうと。[*53] 彼はまた言っている、「彼女は、自認している以上にケルト的（ゲーリック）だったことを別にしても、ボウエンには信じられないほど文化的な感受性があり、樹木をとり除くことはアングロ－アイリッシュ［…］に対して抱いていた嫌悪感の一つだった」。大きな所領を建てるために、または樹木を売って利益を得るために、イングランド人が樹木を伐採する斧の音は、アイルランドの歴史のいたるところで響いている。カイバードの思い出には、一六〇〇年代と一七〇〇年代に謡われたケルトの詩がよみがえる、「イングランドの征服者によって倒される樹木を悲しむ絶えざる哀歌がある。彼らは文字通り糾弾される、一本六ペンスで材木を売り払ったのだから。それが価格だった。ケルトの詩人たちの心が感じたことはボウエンと同じだったことだろう」。カイバードは十九世紀の詩を憶えている、アイリッシュの子供たちが学校で斉唱していた、「材木なしでどうしたらいいのだろう？ 最後の森も斬り倒された」。アイルランドの歴史の多くの局面を通して、ジェイムズ一世、エリザベス一世、とくにヘンリ八世の治世を通して、森林破壊は植民地政策の一環だった。これと並んで導入されたのがイングランドの法律、言語、そして文化であり、ゲール語とゲール文化は排除された。切り開かれた土地は植民者たちがアングロ－アイリッシュの所領を建てるだけでなく農場にされ、それを不在地主が国外から管理し、アイリッシュたちが働くことになる。

樹木はしばしばボウエンの文章の中で、見る者を「慰撫」するか、あるいは「不毛」となった空間をなしている。樹木の存在は気持ちを豊かにし慰める。樹木の不在は、風景の傷口であり、経済的な動機がのさばり、環境上の美学的、歴史的な価値を覆っている。『最後の九月』において樹木はヒロインのロイスを抱きしめる温かな腕を持っている。ビッグ・ハウス、ダニエルズタウンの窓に彼女がもたれるとき、「並び立つ樹木は屋敷の後ろから腕を伸ばし——芝生と土手と緩やかに登る台地を囲む——暮れなずんで森の奥に入っていく。暗闇を裂くように、大枝が落ち葉の暗がりを突き刺している。夕闇に森が溺れていく」[*54]。風景の中の木々はロイスを包み、森へと変身して、深まる彼女の意識のメタファーとなる。樹木は歴史に無知ではない。樹木は戦争の破壊の猛威と社会の分断を露わにする。『愛の世界』では、小さな倒れかかった荘園屋敷は「今にも倒れそうに見える。斬り倒された樹木が散乱していることで、空き地と長い低層屋根のラインが空を背景に目立ちすぎるからだ」[*55]。風景と補修不足の屋敷の現状とビッグ・ハウスの文化の終焉が画面を構成している。場所はボウエンにおいては感情と政治と歴史を同時に物語っている。

ボウエンの風景は政治的な事件の跡を巧妙に辿っている。『愛の世界』にある荘園屋敷を囲む荒廃した風景はＩＲＡの破壊工作によるもので、彼らはビッグ・ハウス周辺の森林を滅ぼしてしまった。独立戦争当時、ＩＲＡの対アングロ゠アイリッシュのゲリラ戦もまた、「没収された」土地への侵攻であり、焼き払われた穀物、木材の伐採または焼却、そしてロイスが住んでいたようなビッグ・ハウスの焼き討ちだった。「夕闇に樹木は溺れた。ブナの木は音のない瀑布(たき)のようだった。樹木の背後には、開けた無人の田園地帯が侵略者のように迫り、オレンジ色の明るい空が忍び寄りくすぶっている」[*56]。

ボウエンは物語と樹木の観察の描写にアイリッシュ作家と風景描写の伝統を共有している。シェイマス・ヒーニーは、中世アイリッシュ民話スウィニーの翻訳 Sweeney Astray（さ迷えるスウィニー）で、木のてっぺんまで追い立てられた野性の狂気の姿を活写している[*57]。ボウエンはスウィーニーが称賛する原野、丘陵、山々、峡谷に心惹かれているが、森林に付きまとう「暗闇」にも惹かれていて、それはアイルランドの政治・文化的な精神の抑圧されつつも沈静しない部分を示している。ジョイスは『ユリシーズ』の中の「キュークロープス（一つ目の巨人族）」の章で、アイルランドの森林の伐採を嘆き悲しみ、アイリッシュの結婚式を謡って、「エールの国の美しき丘陵に立つアイルランドの男たちの将来のためにアイルランドの樹木を守れ、ああ」と祈願し、結婚式の招待客たちのリストをすべて樹木で作成している、すなわち、パイン（松の木）・ヴァレーのミス・フィット・コニファ（針葉樹）、ミス・ポール・アッシュ（トネリコ）、ミス・バーバラ・ラヴバーチ（ケヤキ）」という風に[*58]。イエーツの詩の中でも樹木は文化と唱和している。だが一八九三年の彼の詩「二本の木」は、すでに荒野と化したアイルランドの風景が描かれ、彼の心を映している。ボウエンは荒れ果てた風景を描きつつも、木々をメタファーとして残し、伐採を許さないことを証している。彼女はイングランドがアイリッシュの土地を荒廃させることに、現代の環境保護者を追い出すことに断固反対している[*59]。樹木とビッグ・ハウスの価値との間に見られる調和した関係性に留意することで、ボウエンと父はともにアングロ゠アイリッシュ文化が持つ有機的な自然を明らかにしてきた。樹木の保全は、人々と家屋と自然間に存続してきたケルトの伝統的精神の血縁関係の一端なのだ。

## ホスピタリティ

ホスピタリティの優雅さは、ビッグ・ハウスが誇るべきもう一つの価値で、『最後の九月』のハイライトになっている。ここでボウエンはアセンダンシーの流儀、香気、そして快楽――家族の恒例行事としてのパーティ、テニス、ダンス、男女の戯れと小競り合い――を描き出し、ビッグ・ハウス同士とその周囲にあるアイルランドの人々との関係図を書いた。ボウエンはこうして修正された人生図を提示してきたが、一九五〇年代半ばに来て、優雅さをあれこれ並べ立てるのは無駄な犠牲だと感じ始めた。外界では新しい現代的なアイルランドが自らの流儀と階級制度に冷静な覚めた視線を注いでいた。古い秩序は崩壊していた。税金と維持費の高騰によって広大な占領は消滅の一途をたどり、より平等主義的な価値観に基づいた新しい社会がそれと入れ替わっていた。

スチュアート・ハンプシャーは、オクスフォード時代のボウエンの友人の一人だが、それはそれとして、ボウエンがアイルランドになしえた事として、イングランドとアメリカの多くの文学仲間にボウエンズ・コートとその美しさを守り伝えたことを挙げている。ボウエンのホスピタリティは彼女がボウエンズ・コートを継承した一九三〇年代にもっとも華やぎ、一九五〇年代後半までは屋敷と所領と、周囲の風光明媚なアイルランドをいつもの寛大なもてなしで提供しようとしていた。彼女は警告している、「私たちは時間にして八〇年遅れており、最も近い駅から三〇マイル離れ、迷信に頼っている」と。[*60] 彼女は光り輝くホステスだった。彼女の生きる力とボウエンズ・コートへの愛情は、招待された客たちの手紙に反映していて、彼らは極上の食事と彼女の得意な贅沢なデザートで過ごした週末に満足し幸せだった、ロシアのバレリーナ、パヴロバにちなんだデザートの「パヴロバ」は、アイスクリームとイチゴと生クリームのメレンゲ菓子である。主催するパーティの段取りに骨身を惜しまず、ボウエンはコックのモリー・オブライエンと、秘書のミスタ・バリーと相談し、正装での出席を望み、レディたちはブランディのあとは客間に引き下がるのであった。冬季の数か月は暖炉に薪がくべられ、招待客にはオイルストーヴが一台ずつ配置された。こうした流儀を遥かに上回ったのが、ボウエンの天分(タレント)だった。

L・P・ハートリーは、礼状で、客の一人ひとりを互いに紹介する彼女の「素晴らしい天賦の才(ギフト)」を称賛している。「それはまるで一人ひとりに他の人々の個性を知らせる旅券を交付するようなもので、えも言われぬ独特な一体感をもたらしていた」。[*61] ボウエンは「社交的な本能」のある人をつねに称賛していた。「それはもっとも人を惹き付ける、人生において美徳とさえ思われる才能である。さらに言えば、キリスト教精神の現代版のようなものでもあろう」。[*62] ハワード・モスは、エリザベスと共に訪れたボウエンズ・コートを思い出し、目的地に着いた彼女が、「我々訪問者と一緒になって喜んでいる様子には特別な魅力があった。図書館があり――マントルピースに映ったシルエット、本箱のガラスの輝き、暖炉の前の茶色のベルベットのソファ――ある部屋は作家エリザベス・ボウエンの部屋だった。私は忘れない、ある日、本箱を覗き見ていて、『心の死』のタイプ原稿を見つけたときのことを。心臓がひっくり返った」。

　批評家のデクラン・カイバードはしかしながら、ボウエンがこうして遺憾なくホスピタリティを発揮するのは、アングロ－アイリッシュのマナーを見せようとするパフォーマンスに結びついていて、「流儀（スタイル）だけが彼らに遺されたもの——シェルボーン・ホテルでトーストとティーをとる人々だった」としている[63]。だが彼女の友人、訪問客、同僚の作家たちの多くにとって、彼女は消えんとする型式とマナーをそのまま維持した人で、それが持つ美を彼女は信じ、彼女自身にとってそれらは文化と一体になった切り離せないものだった。アングロ－アイリッシュという階級とその形式の消滅を書きながら、彼女はその衰微と維持の双方に関わっていた。彼女の祖先の刻印は眼前にありありと今に残り、彼女は文化的な潮流に逆らうこの関係を勇敢に肯定し、ビッグ・ハウスに残る過去の存在を弁護している——ただし、その最盛期については自身がよくわきまえていた。彼女の祖先の「絶滅せんとする感覚は光と型式の中に存在する」と彼女は言う。「ボウエンズ・コートの窓の外の土地は、私の祖先のまなざしに刻まれ、そのまなざしは今も外を見ている。おそらく彼らのまなざしは、風景そのものにも刻印されているのではないか？　もしそうなら、それらの刻印は私にとって風景の一部なのだ」[64]。

　それでも彼女が見つめる景色を外におくボウエンズ・コートの窓は、過去と祖先から彼女を切り離すことで、芸術に不可欠の距離を生み出す。ベルギーの批評家ジョルジュ・プーレが記するように、「夢はガラスすなわち［距離］という道理のみによって存在する。［距離］は我々が夢に近づくのを妨げる障害物たるにとどまらない。それは養護する手段でもある——装い、ベールをかけ、窓枠に嵌めるなど——それで死に至るつながりから人間を守る」[65]。ボウエンは人生のほとんどの時間をイングランドで過ごし、ボウエンズ・コートは距離と時間に守られた憩いの場であり平和な夢であり、それはちょうど『日ざかり』のマウント・モリスが戦争から遠く離れていたのと同じだった。

　彼女には、ボウエンズ・コートの眺望は、息を飲むシーンだった——取り巻く樹木の輪、三〇〇エーカーの領地、山々が所領を囲んでいた。だが彼女は戦中戦後を通じてロンドンの現代的な流れに身を任せ、階級間の障壁は英国に吹いた民主的な風によって低くなった。にもかかわらず、彼女の友人ウィリアム・プルーマーは観察している、「ボウエンは一階級に、つまりアングロ－アイリッシュのジェントリー階級に属していた、すでに時代錯誤に陥った、城壁に囲まれた占有地に建つ常軌を逸したカントリーハウスにまだ生き残っているが急速に死に絶えつつある旧式な変人たちから成る階級に」。そして彼はなぜボウエンがアイルランドの屋敷を必死に守るのかはよく分からなかった[66]。

　だがひとたび訪問した彼は週末のゲストたちを列挙している——デヴィッド・セシル、ノリーンといとこたち、そしてロンドンから来たキャメロン、彼の南アフリカの友人デレク・ヴァースコイル、予定客のジョン・レーマンとロバート・センハウス[67]。ボウエンは夏の季節の空気を読むバロメターだった。

六月が一歩遅れてこの地を訪れ、快晴の夏のおかげでやっと干し草刈りが始まった。驟雨の間隙を縫って干し草造りにみな余念がない。雑木林の合間に見える屋敷の前の草原に農機具の音や歓声が響き、干し草の良い匂いが流れてくる。干し草だけでなくライムの木も夜間には強い芳香を放つ。湯気が立ちそうな湿った熱気が早朝の冷気に突然晒されるからだ。色彩と太陽がカントリー一帯にこぼれる合間を見透かして、夏はまた雨に濡れる。スイートピーが大幅に遅れ、桃の実はやっと熟し始めたところだ。[*68]

ボウエンはボウエンズ・コートで行う季節ごとの式典を愛したが、ボウエンズ・コートを走らせ続けているのは召使たち一同だった、ボウエンがコートに不在の時も、とくに一九五〇年代には彼女がアメリカにいることが多くなっても変わらなかった。

歓迎する客と歓迎できない客の区別は、ボウエンの短篇にも小説にもよく出てくるテーマである。両親が他界した後、『心の死』のポーシャは、異母兄とその妻の家庭で冷遇され、それと対照的なのが、海の近くにあるミセス・ヘカムが歓迎する温かい家庭である。登場人物によっては歓迎できない家もある。自信たっぷりで意図的なダヴィナが、内気な友人のマリアンを他人の家を占領している見知らぬ人たちのパーティに誘う短篇 The Disinherited（相続ならず）がある。マリアンは「亡命者であるかのように見え、彼女が入ってくるとある種の緊急事態が生まれたように思われた」[*69]。個人的な地位は時代の不安をかき立てる政策で縁取られ、相続ならずに終わったアングロ－アイリッシュのみならず、ヨーロッパの「亡命者」とアイルランドの「緊急事態」も同様だった。ボウエンの最期の小説で冒頭部のみに終わった *Moving On*（引っ越し）は恐るべきもので、無防備な高齢者の住まいに押し入って乱暴狼藉を働く若者の集団を描いている。この物語の疎外された若者は、彼女が *Bowen's Court*（ボウエンズ・コート）に記した「相続できなかった者の恐怖」に発展し[*70]、ホームレス現象という現在の社会問題を先取りしている。ボウエンが叙述している家々は人が歴史の混沌から身を守ろうとする住まいであって、家庭と社会の恐怖を含んでいる。彼女の登場人物の内側を彼らの住まいとアイルランドの変わりゆく歴史に沿って語りの中に瞬時に捉えるのは、彼女の語りの天賦の才である。

## 海辺のヴィラ　イングランド、ケント州

一九〇六年、父の神経障害を機に、ボウエンはダブリンのハーバート・プレイス十五番地とボウエンズ・コートを去り、イングランドはケント州の日光が射す明るい部屋に移った。彼女は母とともに親戚の家や海辺の家を借りて住み、それは両親とともにフランスの海岸を渡り歩いた『心の死』のポーシャのようだった。ボウエンが最初に住んだのはハイズのオーク・パーク・ヴィラで、一九〇七年の春にはフォークストンに移り、未亡人のおば、イザベル・シュネヴィクス－トレンチとその二人の娘、セスカとマーゴットと一緒に住んだ。イザベルはダブリンの大主教リチャード・シュネヴィクス－トレンチの義理の娘だった。[*71] ここで驚くべき関係が浮上する、すなわち、コリー－シュネヴィクス－トレン

チの分家とボウエンの家族とジェイムズ・ジョイスとの関係である。フォークストンでアイリッシュのいとこ姉妹と暮らし、「真紅と緑色のケルト風の長いドレスにタラのブローチを両肩に付けて」街に出るとき「国籍が露見していた」と、ボウエンは不快そうに語った。彼女らがこの服装で身分証明することを励ましたのがいとこのダーモット・シュネヴィクス＝トレンチで、彼がジョイスとつながっていた。[*72]「ダーモット」は「サミュエル」を意味するアイリッシュ・ネームで、オクスフォードを出た後に、アイルランドの言語と文化を維持すべく創立されたゲール語連盟に熱心に共感する者が受け継ぐ名前だった。一九〇七年は、ボウエンがおばの家に移った年で、ダーモットがそこに住んで、いとこたちにゲール語を教えながら、「アイリッシュを復活させる意義はどこに？」というパンフレットを用意していた。[*73]ダーモットはジョイスと会っていて、『ユリシーズ』に出てくる挑発的なイングランド人、ハインズのモデルがダーモットだったかもしれない。ハインズはジョイスによって、「鈍重なサクソン［…］の神で、金と消化不良で破裂寸前のイングランド人のクソ野郎」と描かれている。[*74]リチャード・エルマンによれば、ダーモットは「我慢のならない」奴で、ジョイスは顔を見たとたんに彼が嫌いになった。彼がジョイスのハインズ造型に関わったというのは憶測にすぎないが、ボウエンの母はこれらの従兄妹について辛辣に、「トレンチ一族はそこまでアイリッシュではなかった」と述べている。[*75]さりとて、彼女のいとこたちが抱えているアイルランドとの同一性（アイデンティティ）と彼女自身のイングランドとのそれの複雑さは、「時として、あり得ないほどおしゃれで正しい服装でイングランドからイングランド性を脱ぎ去りたいと願い」、アイリッシュの独立以前にイングランドに住んでいたアングロ＝アイリッシュのアイデンティティの葛藤がそこに出ている。

ケント州で母と暮らしながら、ボウエンは広々とした持ち場を自由に走り、ダブリンとそこでの一家のトラブルから解き放たれた。民主的で社交的になり、外交的な子供になった。彼女のいとこヴェロニカは見ていた、ボウエンは「いつもだらしなくて、そのまま成長し……髪の毛はザンバラ、ブラウスはスカートからはみ出ている、そういう風だった」[*76]。この秩序無視は渡り歩く生活から来たものだった。ボウエンの『友達と親戚』では、難しい十五歳のシオドラは文句をつける、安定しない彼女の家族は列車の駅でスーツケースの上に座っているだけだと言って。スイスの寄宿学校で誰かがシオドラに言う、「あなた、ホームシックじゃないといいけど？」。シオドラは答えて曰く、「私はいまのところホームがないのよ」[*77]。ボウエンは、移動、変化、沈黙、観察の訓練を積んだ子供で、家から家に引っ越しても一切質問しなかった。漏らしてはならない秘密があって、父の精神的な病と母の死のことは言わない。頻繁な引っ越しで何が分かったか、と彼女は言う、「人生の最初の理解は、人生は私のものではない」ということだった。[*78]

ボウエンは「取り入れ口（インテイク）」だと、かつてユードラ・ウェルティが言った、そして『心の死』のポーシャのように、つねに大人をじっと見ていたと。ボウエンはひとたびイングランドに移ると、目に映る過去を仕分けた。ダブリンとハイズは彼女の心中では正反対の土地になる。彼女がよく口にしている、私はイングランド人よりもイングランド性をよく見ている、子供の時に到着した際の印象が新鮮だったからだと。彼女には移民した者が抱く馴染みのない感覚があった。ハイズの戸外の海浜の新鮮さと、コリー家のおばたちの抱擁が、いろいろな娘の活動に相変わらずつきまとう不安な母親との暮らしからボウエンを救い出した。ボウエンはのちにリッチーに語っている、「人を苛立たせたボウエンの人たちはすべて（実際に多くいた）、チェックもしないままで鬱状態にいたからだった。だから母は私にそうならぬよう忠告していた」[*79]。一人っ子ではあったが、彼女はよるべない子供ではなく、楽しいことが好きな仲間や従兄妹や学校友達と多くの時間を過ごし、ホリデーで知り合った友達もいた。フォークストンでは、「空気が明るいと感じ、景色全体が絵筆に白い絵の具を付けるのが好きな芸術家の作品のようだった」[*80]。「晴れた日には」と彼女は続ける。「この場所全体が目に映っていた。見えない秘密はなかった」[*81]。フォークストンは広い海原によって白日夢を喚起しただけでなく、イタリア風のヴィラ群へのあこがれを引きずり出した。

> 私は自分が天国にいることを知った、白いバルコニーと装飾されたポーチ、ドロシーパーキンズ（薔薇）が絡むベランダ、風船のように膨らんだ張り出し窓、テントのような天井のある夢のように子どもっぽい屋根裏の寝室、気高い象牙の雷文細工の大型暖炉の隅のナツメをはめ込んだ色ガラス、炉棚の上に建付けになった張り出し棚の階段が楕円形の鏡の周囲を囲み、いぶしブロンズのドアのハンドルには花の模様が付いていた。

エリザベス・ハードウィックは彼女の「物品の神学」を詳細に論じ、馴染んだ物品には聖なる感覚があり、もう一つの世界を辿っていることを「天国」、「夢」、「気高い」、「階段」といった言葉に見ている。ボウエンの戦後の短篇 Ivy Gripped the Steps（蔦がとらえた階段）と小説『リトル・ガールズ』――どちらもフォークストンを思わせる架空の街サウストンを舞台にしている――で我々は、ボウエンのさまよう瞳がこれらの物品に留まるのが分かる。

だがケント州での暮らしは、こうした目に見える風景だけでなく、読むこととその結果書くことによって縁取られていた。思春期にあった彼女は、H・G・ウェルズの *Kipps: The Story of a Simple Soul*（キップス・単純な魂の話）に出てくるハイズとフォークストンに自分が何年も住んでいたということに気づいてめまいを覚える。すなわち、そこではアーティ・キップスがケント州の南の海辺でおばさんに育てられている。彼女が作家に成長するには、場所だけが要因ではなく、読んで書くことで幼いころの場所や風景や感情を取り戻すことを知ることももう一つの要因だった。

イングランドのこうした広々とした光景に受けた印象にふさわしい言葉を見つけようと努め、それが自分を作家にした、とボウエンはのちに語っている。ハイズは対岸にフランスをのぞみ、ボウエンはイギリス海峡のディエップの祝祭の街を愛したことを一九三五年にウルフに宛てて書いている。「さまざまな色の旗を掲げた蒸気船の楽しげなこと、婦人たちは大きな白い帽子をかぶり、将校たちは鮮やかな軍服を着ている」[*82]。海に面した部屋で眠ると、海辺で過ごした子供時代を彷彿とするとボウエンは語る。ハイズではどの部屋も光が溢れていた。

フォークストンとハイズの風景を目前にして、キルドラリとのあまりの相違に、視覚的な想像力が掻き立てられた。ケント州の海岸線の海と石灰岩の白い崖は、ダブリンの都会とボウエンズ・コートを取り囲む何エーカーもの緑地を対照的に思い出させた。すべてが視覚の貯水池に入り、大人になってから何度も訪れたローマのイメージと通りがそこに連なった。ハイズでは英国海軍が海岸線をパトロールした記念碑をいくつも見かけた。英国の歴史が目の前に開け、「ミュージカルの巨編のように、一人ひとりが姿をあらわに、古代のローマ人までもが登場した」と彼女は言う。そこにはアイルランドの歴史が、英国の植民地であり抑圧された経験のゆえに、まま軽く扱われた。[*83] 歴史がボウエンを「陶酔」させた。ハイズ、ボウエンズ・コート、そしてローマがテクストとなって、彼女は作品の中でこれらのシーンを再創造して維持し、小説の中に歴史を底流として、『最後の九月』、『パリの家』、『日ざかり』を書いた。

彼女は自分がアイルランドの歴史と同時代を生きたことは十分に承知していた、一九二〇年代の初期にはさほどの自覚はなかったが。「一九二〇年代は私という人間にとって満ち足りた十年だった。パーティに継ぐパーティを思い出す」[*84]。『最後の九月』のロイスは若い女性らしく、アイルランド独立戦争の重圧とは関係なく、自分の人生と将来に集中して一九一八年と一九年をロンドンで過ごし、一九二一年のある期間をイタリアで過ごす。それでも騒乱はボウエンズ・コートへの脅威となって跳ね返ってきた。近隣の家々は日毎IRAによって焼き払われた。

ボウエンは晩年になってハイズに帰り、一九六六年にチャーチ・ヒルにある質素な煉瓦造りの家を買った。向い側の丘の下に彼女が母と礼拝に通ったセント・レオナード教会がある。家は二階建てのモダン建築で、小さな寝室が三つ、一九五〇年代に建てられ、丘の上のもっと大きな古い家々の陰にこじんまりとしている。ボウエンお得意のホスピタリティは続いたが、家が小さかったので、友人たちは町の大通りのホワイト・ハート・ホテルでもてなしを受け、彼らが泊まるゲスト・ルームにはガスのメーターに支払うためにコインの山を置いていたという噂話が残っている。ハイズの道路案内にはチャーチ・ストリートにあるボウエンの家の所在が一九六六年、一九六八年、一九七〇年に掲載され、彼女が他界する前の一九七一年から七三年にも掲載された。[*85] 彼女はその家を母の実家のビッグ・ハウスにちなんで「カーベリー」と名付け、ボウエンの死後はコリー家のいとこのアリス・バードウッドがボウエンの家を相続した。一九八八年に青いプラークが取り付けられ、作家ボウエンを記念している。母方の親戚の数人がイングランドに渡り、教育や軍務や職業に就いたが、多くはアイルランドに残った。ボウエンと母親は型破りだったが、結婚によって一族に入ったヒューバート・バトラーは、アングロ－アイリッシュのその後の世代の飛散について記している。「私のアセンダンシーの両親にとって、アイルランドに住むことは容易で自然なことだったが、我々のような［後裔群（デセンダンシー）］は家を焼かれる一九二〇年代にあって［…］イングランドは我々を招き、余計者の頑固な若者だけが故国に残りたがったようだ」[*86]。

## ロンドンとパリ

その他の場所が生涯にわたってボウエンを招いてきた。若き日にケント州の海辺で育ったボウエンは、ロンドンに住むことを夢見ていた。一九一八年から一九年の一年間、彼女はアートスチューデントとしてロンドンで暮らしたが、ロンドンの街のシティライフを存分に楽しんだのは、夫とともにロンドンに行ってからだった。夫アランがBBCの仕事を得て夫婦はロンドンに移り住んだ。彼女はこの新居、クラレンス・テラス二番地で、文学的な才能を開花させ、ホステスとしても花開いた。リージェント・パークは本から抜け出してきた場所のように心を打った。エレガントな化粧漆喰のテラスはジョン・ナッシュ設計で、華やかな薔薇の庭がある。ロイヤル・パークにある彼女のタウンハウスには書籍と著書が入り、十七年間そこに住んだ。周囲の樹木、芝生、そして湖に、ボウエンはカントリーにいるような錯覚を覚えた。このアパートに入る人々は、質問したかもしれない、「私はまだロンドンにいるの?」と。キャメロン夫妻は上階を友人のビリー・バカンに貸し、バカンは当時アルフレッド・ヒッチコックと一緒に働いていた。「ありのままに見て」とボウエンが語っている。「樹木の反映で室内に入る緑色はとても好ましく、それはカントリーハウスでしか見られないものだ」。ボウエンは静かに執筆できる点でカントリーのほうが好きだったが、ロンドンはしばしば彼女のフィクションで中心部を占めた。[*87]

『心の死』では、いかにも上流階級らしいウィンザー・テラスとそこで暮らすクウェイン家の日常と、サウストンにあるヘカム家のバンガロー、ワイキキ荘での海辺の生活が、あれこれと並行している。ハイズとクラレンス・テラスは、二つの世界のはっきりと目に見える細かな描写が背後に控えていて、クラレンス・テラスにポーシャが入っていく。[*88] 取り澄ました華麗なフラットの色調が、孤児ポーシャへの心ない待遇を代弁している。

春の大掃除（スプリング・クリーニング）は徹底していた。洗浄され磨かれた物品は一つひとつが立って見えない空気の円陣を描いていた。大理石は白砂糖のように光って象牙仕上げは象牙よりも滑らかだった。青い溶剤が固まった煤（すす）を窓の横棒から根こそぎ洗い落とした。[*89]

リージェント・パークのテラス群はエレガンスさを維持し、ロンドン中に雨後の筍（たけのこ）のように建てられたアパート群とははっきりと自らを区別していた。『日ざかり』のステラが住んだ戦時のアパートとは別格だった。ボウエンはレナード・ウルフがブルームズベリ一帯に出現した醜悪なフラット群に抗議しているのと同じエッセイ集で、同様の醜いフラットを罵（ののし）っている。彼女は「より上品な」ロンドン、つまり、リージェント・パークを臨むテラスを三面持つ彼女のフラットのように、「より上品な」ロンドンを維持しようとするジョン・サマーソンらの建築家の努力を支持していた。[*90] ボウエンの記憶は、建築物に関しては正確で、パークに入る四つの入り口について記している。すなわち、ボートハウス、子供用プール、ティー・ガーデン、そしてイナー・サークルについて、最後のイナー・サークルは薔薇の花壇が有名で、彼女はリッチーとともにここを愛してよく歩いた。ボウエンはセント・ジョンズ・ウッド近辺をほっつき歩き、化粧漆喰（スタッコ）、鋳物の細工物、それにドア周辺の鋳造物、そしてクラシック調とロマンティック調が入り混じった様式を目にとめた。だが彼女は多くのヴィラの「時代のカラー」を観察して読者を驚かす、「十九世紀に入ると、ラバーナム、ライラック、アカシアが定着してきた」と言って。[*91]「メトロポリタン改善都市計画」の最も大胆な特徴はテラスにあるとみなされており、ナッシュは十九世紀の初頭、「貴族階級のためのプライベート・ガーデン・シティ」を構想した二十棟の住居のうち八棟を完成させた。だがナッシュの想像図は、ボウエンによれば、「文化が富と趣味と育ちとリンクした時代の白鳥の歌(スワン・ソング)」だった。[*92] ボウエンはこれらのテラスハウスに住む新しい居住者について記し、俳優、画家、歌手、劇場経営者、批評家、編集者、詩人、そして自身のような作家たちは、良いワイン、省察、そして広い部屋で交わすトークを知っていたとしている。ボウエンズ・コートのように、これらの家々はこれ見よがしに堂々としていたが、北からの光を浴びていた、とボウエンは言う。

　リージェント・パークのタウンハウスとボウエンズ・コートはボウエンの基礎を築いたが、彼女が描いたのは落ち着かない人々のことだった。一九五一年の短篇 Attractive Modern Homes では、二戸連結住宅(セミデタッチト・ハウス)に引っ越してきたワトソン家は、落ち着く間もなくミセス・ワトソンが「憂鬱症にかかる」[*93]。工事の人でいっぱいの新居で「本物の異邦人」のように感じ、「所領(エステート)なんて」と彼女が言う、「村じゃないのね、心がないわ」と。エリートの価値観と美学のあるボウエンは、一九四〇年代の都市建築計画に関する市政の決定に恐れをなした――ロンドンのシティは戦後の労働者階級のためにどんどん郊外に広がっていた。ワトソン家は新しく開発された郊外の「エステート」に建つ家に「生き埋めになって」住んでおり、そこにはヴィレッジが持っていたコミュニティがなかった。ミセス・ワトソンは疎外感を口にして、近所のアルバート・ロードにあった美しいヴィクトリア様式の家々に取って代わった二十世紀のフラット区画を嘆く。[*94] 彼女は、それらは満たされない根無し草の人々を生み出し、彼らはそこでかつてなかった犯罪に走り、戦後に居場所を失った貧しいロンドン人の要求を拒否し、同時に彼らに対する偏見と無関心をあからさまにする。ローズ・ヒルに建つ家で、ベントレー殺人事件が起きるのは、一九六五年の短篇「The Cat Jumps(猫が跳ぶとき)」である。これはその家の所有者となったライト家の新居お披露目パーティで始まり、そこで二年前に起きたむごたらしい殺人事件が話題になる。彼らの声が「暗い中から」漏れ聞こえ……居合わせた人それぞれが変質していく」[*95]。家の過去が人物を決めるのは、ボウエンの短篇と小説に共通している。

　パリの街もまた記憶された部屋がボウエンのロマンティックな想像力をいやが上にも騒がせた。パリの街の記憶は、彼女とチャールズ・リッチーとの入り組んだ関係と絡み合っていて、彼女は彼が結婚する前の一九四七年に書いている。「私はほかのどの場所も愛したことはないと思う、つまり、ブールヴァール・サン・ジェルマン二一八の室内すべてを愛したほどに……私は必死で書き……作品の強い推進力に励まされた……そのすべてはあなたのおかげ、私は生涯でこれほど幸せだったことはない」。彼女は彼と共にいた日々と場所を憶えている――フォンテーヌブロー、センリス、シャルトル――そして自分に劣らずそれらをはっきり覚えるよう彼に要求した。リッチーは憶えていたが、違った風に憶えていた。彼はユーモラスな手紙をカナダ人の同僚のレスター・ピアソンに書いている。それは彼がサン・ジェルマンのアパートをハントした冒険談で、彼がハンガリーの公爵夫人と、中国の大使に巻き込まれた話だった。彼の手紙は、「だが僕は、フラットを見つけたよ、僕には高すぎるし、大きすぎるし、寒すぎるが、ともかくとても素晴らしいフラットで、ブールヴァール・サン・ジェルマンの左岸にある」で結ばれている。[*96]

パリは、『パリの家』で彼女の作品になったときは、狭い静かな通りのはっきりしない場所で、セーヌ川からブールヴァール・モンパルナスに向かう上り坂にあった。少女ヘンリエッタは、フランス南東部のマントンに向かう途中で、パリのその近辺のフィッシャー家に立ち寄って一泊するのだが、その一帯の物理的また感情的な環境が伝えられる。

> フィッシャー家の屋敷は、タクシーが止まった反対側にあり、ミニチュアのように見え、ドールハウスのようだった。バルコニーが付いた六階建てのビルにくっついて立っていた［…］。上り坂の左右には同じ高さの家々があった。フィッシャー家の家ほど小さいのはなく……。明るくない照明が家々の両側についていていて、その不均衡がよけいに奇妙だった。何軒かはこじんまりとしており、何軒かは薄暗く、狂っているのか悲しいのか。[*97]

ヘンリエッタがナオミの案内で二階へ上がっていくとき、二人は「泥棒」のようにこっそり行った。内部は外部の近隣の不気味さを反映していた。「どんなストーリーも」とボウエンは言う。「私はしっかり摑めない……もしその背景——何かが起きるその環境——が不明確で、抽象的というかどこにでもあるものだとしたら」。そんな空虚なところにいる登場人物は「肉体がない」と彼女は明言している。その結果、彼女の登場人物はある特別な場所の感情的な物理的な痕跡を背負って登場する。[*98] 実際の部屋、アパート、屋敷、風景、それからアイルランドやイングランドやヨーロッパのいろいろな場所がボウエンの想像力と作品の視覚的な領域になる。

## 原注

*1 Bowen, "Notes on Writing a Novel," 177.
*2 Welty, "Place in Fiction," 117,122.
*3 National University of Ireland, Galway, Landed Estates Database, http://landedestates.nuigalway.ie/LandedEstates/jsp/family-show.jsp?id=2664（二〇一五年十二月時点）
*4 *BC*, 453, 248.
*5 *SW*, 4.
*6 EB to CR, May 7, 1962, *LCW*, 231.
*7 *DH*, 140.
*8 Bowen, "Most Unforgettable Character," *MT*, 258-259.
*9 Bennett, "House,"173.
*10 HH to EB, June (ca.1933), HHC. With permission from the Literary Estate of Humphry House.
*11 *BC*, 27.
*12 *BC*, 457.
*13 EB to CR, May 14, 1950, *LCW*, 173.
*14 Plomer, *At Home*, 138.
*15 Bowen, "The Big House," *PC*, 27.
*16 Kreilkamp, 17.
*17 *PC*, 25.
*18 Bowen, "The Big House," *PC*, 29.
*19 *BC*, 453.
*20 EW to EB, August 5, 1951, HRC 12.3.
*21 EB to CR, June 16, 1958, *LCW*, 30.
*22 CR journal, July 2, 1958, *LCW*, 311-312.
*23 Woolf, April 30, 1934, Diary 4, 210. The "old man," Patsy Hennessy, St. Geoffrey's Well.
*24 Kean, "Elizabeth of Bowen's Court."
*25 Bennett, "House,"177.
*26 Bowen, "The Big House," *PC*, 28.
*27 Bennett, "House," 172.
*28 Donnelly, "Big House Burnings,"147-148. ドネリーは今日の評価で査定した金額を示している。一九二〇年から一九二一年時点の英国通貨は現価ではその三十倍に相当する。彼はまた http://www.measuringworth.com/ukcompare/ に問い合わせるよう進言（二〇一一年五月時点）。
*29 EB to CR, August 24, 1945, *LCW*, 57.
*30 R. B. MacCarthy to *DH*, April 1, 1973, PRONI D/4400/C/2/28.
*31 Woolf, *To the Lighthouse*, 267.
*32 *DH*, 90, 291.
*33 Dwane interview.
*34 Molly O'brien: see Murphy, "Regionalism and Nationalism," 146ff.
*35 *TST*, 11-17.
*36 Brenda Hennessy's reported remarks on Michael Collins and Molly O'birien, in Murphy, "Regionalism and Nationalism,"32ff.
*37 ファラヒ市街地協定法の十八世紀の記録では、ロード・キングストンに二二二七エーカーが割り当てられ、ジョン・ボウエンの六五五エーカーと比較、モーム査定による。Farahy Parish history: http://www.corkpastandpresent.ie/places/northcorkcounty/grovewhitenotes/fairyhilltokanturkcaste/gw3-103-119.pdf（二〇一五年十一月時点）
*38 Interview with Mike Gould, January 24, 1993, Murphy, "Regionalismuand Nationalism."

＊39 Brenda Hennessy, interview by PL, Farahy, Ireland, May 2011.
＊40 Keane, "Elizabeth of Bowen's Court."
＊41 "Elizabeth Bowen and Jocelyn Brooke".
＊42 *LS*, 60.
＊43 Banville, BBC Sunday Feature: Radio 3, 1999, NSA.
＊44 *LS*, 302-303.
＊45 Lassner, *Elizabeth Bowen*, 46.
＊46 *LS*, 41-42.
＊47 Padraig O Maiden, "The End of Bowen's Court," September 28, (ca.1959), in Hennessy's Miscellaneous Files.
＊48 Preface, second edition of *LS*, 204.
＊49 *BC*, 278.
＊50 Mary Dwane interview.
＊51 As reported on Donnelly, "Big House Burnings," 149.
＊52 *BC*, 376, 365, 371.
＊53 Kiberd interview.
＊54 *LS*, 25-26.
＊55 *WL*, 11.
＊56 *LS*, 25-26.
＊57 Heaney, *Sweeney Astray*.
＊58 Joyce, *Ulysses*, 268.
＊59 ボウエンの樹木に関する考えは最近の環境問題と密接に関係している。Wohlleben, *Hidden Life of Trees*.
＊60 Bennett, "House," 2.
＊61 L. P. Hartley to EB, March 12, 1934, HRC 11.5.
＊62 EB to CR, September 7, 2948, *LCW*, 134.
＊63 Kiberd, *Inventing Ireland*, 367.
＊64 Bowen "Culture to Nostalgia," 451.
＊65 Poulet, *Interior Distance*, 244.
＊66 Alexander, September 10-18, 1935, from "Notes on a Visit to Ireland," 197-198.
＊67 WP to EB, August 17, n.d., HRC 11.8.
＊68 EB to WP, August 17, n.d., DUR 19.
＊69 "Disinherited," *CS*, 387.
＊70 *BC*, 172.
＊71 Janet Adamson, archivist, Folkestone, England, 1909 Irish census.
＊72 *BC*, 420.
＊73 Trench, "Dermot Chenevix Trench," 39ff.
＊74 Reference by Peter Reichenberg, member of *Ulysses* reading group.
＊75 *BC*, 420.
＊76 Documentary, *The Death of the Heart*.
＊77 *FR*, 41.
＊78 *SW*, 55.
＊79 EB to CR, January 29, 1957, *LCW*, 260.
＊80 *SW*, 20.
＊81 *PC*, 3, 28.
＊82 EB to VW, August 26, 1935, SU.
＊83 *PC*, 26.
＊84 Bowen, "Coming to London,"80.
＊85 ジャネット・アダムソンなる英国フォークストン歴史協会文書係が地元の住所録で調査、ミセス・E・キャメロンが一九六六年、一九六八年、一九七〇年、一九七一年－一九七三年までチャーチ・ヒルの「路傍」のカーベリー（Carbery）に居住、を確認した。
＊86 Hubert Butler, 85.
＊87 Bowen, "Autobiographical Note."

＊88 Correspondence, Miss Beckett, *Harper's Bazaar*, Grosvenor Square, July 1, 1945, HL, 52742-52813.

＊89 *DH*, 303-304, 34.

＊90 ジョン・サマーソンはボウエンズ・コートとリージェント・パークを訪れ、ジョージ朝ロンドンのナッシュによる建築物について書いた。

＊91 Bowen, "Regent's Park and St. John's Wood,"156, 152.

＊92 Ibid, 152.

＊93 "Attractive Modern Homes," *CS*, 525.

＊94 Bowen, "Regent's Park and St. John's Wood,"154.

＊95 Bowen, "The Cat Jumps," *CS*, 367.

＊96 CR to McIntosh, Feb. 27, 1947, Robertson personal collection.

＊97 *HP*, 9.

＊98 *PC*, 26-35.

# 第四章　アウトサイダー

## 生まれながらの外国人

ダブリン、キルドラリ、ハイズに帰属しながら、ボウエンは文化的にイングランドとアイルランドの両方の間を漂流していた。ある場所から他の場所に旅する感じを愉しみつつ、一九三三年にアメリカから友人のアイザイア・バーリンに書いている。「私はつねに移動して多くの場所に住めたらいいと思います。それらの場所の一部になるのです、そう、一時的に」。そして補足している。「私は生まれながらの外国人なのです」[*1]。ボウエンの落ち着きのなさと移動したい欲望は、つねに不動の地点、ホームを求める願いと拮抗している。一九二三年にキャメロンと結婚するとすぐ彼女は書いている、「私の作品に対する彼の信頼」と彼の「作家の妻に対する忍耐、私は彼にすべてを負っている」[*2]。キャメロンとの結婚、知的で親切で教養豊かな彼との結婚が、ボウエンの執筆のために初めて静かな安定したホームを造った。

　結婚して数年を経ても外国人だという感情は残り、旅をしているときだけでなく、社会的に教育者がいない若いアングロ－アイリッシュの女性として、年長で教育ある戦争経験者の夫とオクスフォードに住んでいるときも、その気持は変わらなかった。彼女はときおり同じことを感じていた、アイルランドで育ちながらも自分と家族はアウトサイダーで、カトリックの国で暮らすアングロ－アイリッシュ・プロテスタントのジェントリーだとみなされていたと。彼らは自らをアイリッシュのインサイダーだと考えていたとはいえ、元来はウェールズの出身で、「アイルランド定住の最初から混血種（ハイブリッド）であること」は認めていた[*3]。『日ざかり』のステラのように、ボウエンは「ハイブリッドの不確実性」を感じていた[*4]。取り消そうとすると同時に維持しようとするのはよくあるパタンだが、彼女は一九三七年に明言していた。「私はイングランドを愛するふりをしたことはないし、私とイングランドは何の関係もない、どう見ても」。それより以前、彼女はイングランドを評価して、イングランドは自分を小説家にしてくれたと述べている[*5]。ではアイルランドは？　作家としての生涯を通じて、アイルランドは基礎と風景と「想像の領域」を与えてくれたと言いながら、はっきりとアイルランドを舞台にした小説は二作品『最後の九月』と『愛の世界』にとどまり、もう一つは『日ざかり』で、アイルランドにある屋敷は背景に出てくる。短篇は七篇だけである[*6]。彼女は異なった文化、場所、そして国家の外側、または境界線上にあると理解され、自ら言うとおり、イングランドとアイルランドの社会にあって「外国人」と感じさせるアングロ－アイリッシュのアイデンティティから一歩を踏み出した作家として理解されるだろう。

ボウエンはつねに言っていた、アウトサイダーであることで私は最も奮い立ったと。彼女の気質と執筆は、変化、チャンス、対照、または「転位（ディスロケーション）」によって最大の刺激を受けた。転位に対して彼女がとった手法は、自身を「理想的なノー・プレイス、完全に透明な泡のようなものの中で非実在」にとじこもることだった、つまり『最後の九月』のロイスのように。ノー・プレイスはボウエンにとって書くことだった。愛や人生において落ち着かない決められない感情は、書き物机に向かうと消散した。習慣上の関係、揺らぐことのない執着、固定した自我、敏感な境界線、ジェンダーによる明確な役割感、そして変わらない国家への忠誠心を要求する人から解き放たれた。彼女はオリジナルな作家で、特異なアイリッシュであり、通常でない女性だった。

彼女の行動は亡命者の時代を反映していることを、友人のウィリアム・プルーマーはよく認識していた。彼は彼らの時代の絶望と宙吊り状態を広げ、今日について語っている。

より多くの人々の運命は、見るところ、前の時代よりこの二十世紀では、動き回り、亡命生活の中で生き、ほとんど共通性もなければコミュニティの感覚すらないあるコミュニティの物質的な有利さを共有している――ことに都市部や郊外の一帯では。強い宗教心や政治的な好みがない人々は、手に入れられる資産や子供や、家族生活と言えるものなしに、自営業、臨時傭い、無職のどれかについている。

人口は変遷し、国家の境界線は引き直され、多くが感情を乱され、根こそぎにされて放置される。第一次世界大戦後の連合軍の苦難の決着は厳しい平和条約に終わり、ドイツは納得もせず、安定もしなかった。ボウエンの見るところ、アンソニー・パウエル、イヴリン・ウォー、シリル・コノリー、ヘンリー・グリーンらは「濃密な一団となって創作的な人生にコミットして」、戦間期を過ごした。彼らはすべて世界大戦後にオクスフォードにいて、次なる世界戦争に自らの役割を知って準備し、戦間期について書いた。[*7]

ボウエンの短篇「相続ならず」はオクスフォードで書かれ、一九二〇年代と一九三〇年代の異なる階級の動きを探り出している。感情の断面図が捉えられている。労働者階級の社会的・経済的絶望がある。ダヴィナのような登場人物の苦い現実、彼女は古来の秩序の元にあった生き方のもつ「堂々たるマナー」から何一つ「相続ならず」に終わる。それはまた同時に、都市郊外の住まいに引っ越して来たマリアンと公務員の夫のような人々の幼児性と不安を映し、逃亡中の人間の絶望は冷酷な召使プロセロに出ている。ダヴィナとオリヴァーは自堕落なエリートで、「社会の敵であり、［自分たちが］得ていないものを期待するしか能のない人間」になっている。オリヴァーには「生まれ」があるが、収入はなきに等しく、能力はなく、金のかかる趣味がある。ダヴィナのような彼の元恋人や、ボウエンの多くの友人にとって、「古い秩序は彼を追い出し、新しい秩序は彼に居場所を与えなかった」。オリヴァーはできるだけのことをして、金にしがみつき、貴族の館に住み、その図書館のカタログを作っている。「無駄に特権階級に生まれてはいないとして、彼は、ダヴィナ同様、まったく美徳を顧みない」[*8]。ダヴィナは、おばのミセス・アーチワースの家に住み、同じく不機嫌で、傲慢で、自活するすべもなく、自活を期待されていることに腹を立てている。

ボウエンはこの階級の凋落の勢いが止まらないのを観察している。アイルランドでビッグ・ハウスが焼き討ちされる遥か以前から、あるいは戦後のイングランド人の転位の以前から、「非相続」が味わう感情を記録している。子供の時にアイルランドを去ったあとの空虚感は、一九五二年の夫の死後に再発し、一九五九年にボウエンズ・コートを売却した時にまた戻ってきた。

> 私は外国籍だという感情に縮み上がる――誰でもそうだ。私の世代は順応したい、どこかでつねに誰かと同一化していたいという特別な欲求がある世代なのかもしれないが、よそ者だという疑念に捉えられる人もいるかもしれない――だから名目上の外国の場所にいると分かると安心するのだ。おかげで重荷が移る。ローマは生まれながらの異邦人には理想的な環境である。[*9]

ボウエンは、批評家たちが繰り広げる議論、彼女の混乱した同一性つまりイングランド、アイルランド、アングロ-アイリッシュ、ウェルシュ、アメリカ、そしてヨーロッパへの忠節と愛情についての議論を回避してきた。彼女は境界線上で生きた。一九三三年にアメリカを旅した時に、彼女はアイザイア・バーリンに書いた、私は英国嫌いになったと。しかし戦前と戦中にあっては、彼女はイングランドに同一化していた。その後、政治的な変化とロンドンでの窮乏を経験して、彼女はアイルランドに住むことに大きな慰安を覚えた。彼女の恋人ショーン・オフェイロンは彼女のことを「二つに分かれた心と分裂した心情」と描写している――アイリッシュとして生まれ育ち、人生のほとんどをイングランドで過ごし、文学的なスタイルをアングロ-アイリッシュ、アイリッシュ、イングリッシュ、そしてユーロピアンの伝統をパッチワークにして仕上げたのだ。子供の時にイングランドに行くと、間もなく他者性に襲われ、他者性は去らず、危機的な確信を重ねながらも、転位と移動は一時的な騒動に終わることなく、彼女の現代性とモダニストであることの一部であり続けた。子供時代のイングランド移住は、彼女によれば、「私の遺伝形質と環境の間に裂け目を造った――前者は私の場合、より力強く残った」とのことである。だが彼女は彼女の人物たちの社会的な資格や権利の感覚は共有しなかった。イングランドにあっては、彼女は自らの人生を切り開く活発なエージェントになった。

彼女は年に二度ボウエンズ・コートに帰り、父親に会った。そしてイタリアには毎春と言っていいくらい行き、そのスタイルと精神に同化した。それにパリには何度も行って、チャールズ・リッチーと同宿した。アメリカに行って教えたり講演したりした。ボウエンズ・コートを売却した後は、ローマに旅して自身に「集中した」。これはデクラン・カイバードの観測を裏付けている、すなわち、ボウエンの「真の自信は移動を始めると戻ってきて、一つの国からもう一つの国へと横切っていく」。[*10] このパーソナリティ、アイデンティティ、そして場所の宙づり状態――彼女自身が「瓦解した」というレッテルを貼ったもの――は、女性と作家に自らを造り上げたことの一部である。狭い祖国、ジェンダー、文学の枠内に位置づけようとする人々をはぐらかしてきた。

一九三〇年代になると彼女は自身に似た友人たち、イングランドと出生地の文化の「中間」にある人々に心惹かれている。ボウエンは――アイルランドに生まれ、人生のほとんどをイングランドで暮らした――しばしば漏らしている、アイデンティティの入れ替わりが視覚的にメビウスの帯つまり始まりが辿れない帯に反映していると。異なる色合いの文化で曖昧になったアイデンティティを共有する重要な友人には、アイザイア・バーリンとウィリアム・プルーマーがいる。アイザイア・バーリンはロシアから亡命してきたユダヤ人で、オクスフォードの有名な歴史家になったが、熱烈な思想家で、巧みな語り手だった。ウィリアム・プルーマーは南アフリカの急進的な詩人で、短篇と小説も書いたリベラリストで、ジョナサン・ケイプ社の編集者をしていた。二人ともボウエンの生涯の友だった。バーリンはラトヴィアの首都だったリガにいたユダヤ人の富裕な材木業者の唯一生き残った子供で、両親とともに十一歳でロンドンに移民としてきた。両親は十月革命で実権を握ったボルシェヴィキの政的な弾圧と反ユダヤ主義に苦しんだ。プルーマーは南アフリカの人種差別政策の混乱を逃れて一九二六年にイングランドにたどり着いた。その後レナードとヴァージニア・ウルフが始めたホガース・プレスから彼の最初の小説 *Turbott Wolfe*（ターボット・ウルフ）が出版された。異人種間のロマンスを描いたものである。二人とも祖国を離れてイングランドに移住し、残してきた奪われた人々と同一化した。バーリンはユダヤ人と同一化し、とくに第二次世界大戦勃発前に起きた反ユダヤ主義台頭の時期と、その後イスラエル国家の樹立の時期に活発に動いた。プルーマーは南アフリカの黒人に対する非道な行為を自身の問題と受け止め、ジャーナリズムと創作に寄与し、文化間の干渉と異文化間のロマンスについて書いた。一九四〇年から五〇年にかけて、南アフリカに対する彼の関心が再燃すると祖国に戻り、ナディン・ゴーディマーらの作家を支援した。

ボウエンはレディ・オットリン・モレルとも友達になった。著名な社交家としてホステス兼パトロン役をこなし、文学と芸術と自由恋愛に情熱を注いだ女性である。そして創造的な人々のためのサロンを造った。筋金入りの個の人で、会話、ゴシップ、友情に天与の才があり、オクスフォード近くのガーシントン・マナーとロンドンのガウア・ストリートに文学サロンを持っていた。モレルはバーリンやプルーマーらのアウトサイダーとともに、ボウエンの個性と才能の側面を浮き彫りにしている。モレルはボウエンの独自性を認め、文学と芸術家のサークルに彼女を招いた、ボウエンが最初に入ったサークルはオクスフォード・サークルで、一九二五年に彼女がオクスフォードに夫アラン・キャメロンと共に来たときだった。アランは当時、ノーサンプトンシャーとオクスフォードの教育委員会の会長補佐だった。

## オクスフォード・サークル

ボウエンをオクスフォードの社交サークルに紹介したのは夫の友人のエリック・ジレットだった。彼女はその華々しいサークルに歓迎され、ユードラ・ウェルティが彼女の器量を確言している。

ボウエンは私が出会った作家の中でも、作家にとって必須の書くことに関する最高の分析力を持っていると思う。驚嘆すべき心を持っており、そう、フィクションを書くのに必要な想像力と感受性はさて置くとしても。ボウエンが夫とともに暮らしたオクスフォードで、彼らがそれを感じ取ったことが分かる。オクスフォードの人々にとって、彼女と過ごす夕刻は驚嘆すべき仲間との一刻だった。彼女はまったくアカデミックではなかったが、彼らの心は一緒に楽しむことができた。[*11]

サークルの中の人々は、のちのチャールズ・リッチーのように、ボウエンには快適な「固さ」が漂い、繊細な切っ先を持った心があることに気づいた。デヴィッド・セシルは当時卓越した批評家でワダム・コレジのフェロウでボウエンを刺激的な新しい小説家として受け入れ、ヴィクトリア朝文学の講義への出席を歓迎した。そしていま一人の重要な批評家シリル・コノリーに彼女を紹介した。彼は彼女の文学上の知識（リーディング）の師となり、著書*Enemies of Promise*（約束の敵）に、ある種の実力者（マンダリン・ライターズ）の作者がその当時彼の心を占めていたと、そして彼の会話の相手となれたかもしれない人物として、リットン・ストレイチー、ウルフ、D・H・ロレンス、オルダス・ハクスリー、ジョージ・ムア、ジェイムズ・ジョイス、イエーツを挙げている。[*12]のちにボウエンはそうした作家について論評するプロの書評家になり、『タトラー』、『スペクテイター』、『TLS（タイムズ・リテラリー・サプルメント）』、『オブザーヴァー』、『ニュー・ステイツマン』、『ザ・リスナー』、『コーンヒル』、『コーク・エグザミナー』などに寄稿した。[*13]

ボウエンとコノリーは祖先をコークに持つという共通点があった。彼の家族は十八世紀のゴシック・ミッチェルズタウン城と関係があり、この城は一九二一年に共和国軍隊によって焼き討ちにあった。八マイル離れた所にボウエンズ・コートが立っていて、焼失しなかったのは、ボウエン一族が大飢饉の際に近隣に食料補給をしたからだ、というのが噂になっている。彼らはともにアングロ-アイリッシュの世襲財産があったが、コノリーが、イートンからオクスフォードに進むにあたり、「青年時代とアイリッシュ由来の痕跡のほとんどを明け渡した」と述べるのは、ジャーナリストで美術品収集家のブルース・アーノルドである。コノリーはボウエンと同様、生涯のほとんどをイングランドで過ごし、文学上のキャリアを追求した。彼は戦争中に『ホライゾン』を創設し、『オブザーヴァー』の編集者となり、『サンデー・タイムズ』の書評家になった。[*14]コノリー家は一九四五年に、ロンドンのリージェント・パークにあるボウエンの住まいの隣りに引っ越してきた。ボウエンは彼らのことを「人生最良の友」と呼んだ。しかし一九三四年にボウエンズ・コートで彼らに会ったヴァージニア・ウルフのコメントは「チェルシー気取りね」というスノビッシュなものだった。[*15]コノリー家はマナーも服装もボヘミアンだったが、ボウエンの友達は通常もっと正式なマナーで通し、ブルームズベリの一派はその礼儀作法をからかっていた。

ボウエンにとって最も重要なオクスフォード・サークルのメンバーは、オール・ソウルズ・コレジにいた明晰な思想家で歴史家のアイザイア・バーリンだった。彼は、それまでほとんど女性を排除していた恐るべきインテリ集団にボウエンを喜んで迎え入れた。寄宿学校の学歴しかない若い作家として入ったボウエンは、一九二三年に最初の短編集 *Encounters* を出版して、好評を得ていた。とはいえ、当時は短篇小説にほとんど関心がない時代であって、唯一の例外がボウエンも賞賛するキャサリン・マンスフィールドだった。ボウエンの初期の短篇の多くが拒否され、彼女は「時代の動きから閉め出されている」と感じ、知的な生活への正式加入には程遠いものがあった。[*16] しかし *Encounters* から三年、ボウエンはもう一冊の短編集 *Ann Lee's and Other Stories* その一年後に小説『ホテル』を出した。それから『最後の九月』を書き、彼女のもっともアイリッシュらしいこの小説は、アイルランド独立戦争時のイングランドとアイルランドの戦乱を描いた作品だった。彼女の創作はオクスフォードで花開いた。

　オクスフォードで彼女はその情景の一部となり、その心情にある明らかな「男性性」、気力、主義に基づく生活習慣が十年間居住する間に陶冶された。モーリス・バウラは注目すべき若手作家として彼女を歓迎し、彼らの周囲で彼女が果たす活力ある役割を認めていた。彼はその頃目覚ましかったギリシャ関連の学者で、のちにワダム・コレジのフェローとなり、その後寮監（ウォーデン）になった。話術者として機知に富んだワダムのフェローとして名を上げた。バーリンは彼を評して、「気質的に反抗者で、[…] 知的に恵まれた同時代の者たちの自然なリーダーとなり、社会通念と、戦前のオクスフォードを支配していた人々の道徳律に断固反対を唱えた」[*17]。ボウエンは、社会規範の反抗に惹かれ、彼らの「過激」を好んだ。バウラには両方があった。彼はボウエンの知性を好んだだけでなく、彼女の威厳あるマナー、アングロ-アイリッシュの傲慢性を好み、バーリンの伝記を書いたレズリー・ミッチェルは特記している、バーリンは「貴族的な価値観と安定感の中に生まれながら、歴史的に繰り返された洪水によって地位を奪われた人々に深い同情を寄せていた」[*18]と。ボウエンもその一人で、オクスフォードで未来ある若い人々に囲まれ、作家としての知的な社会的な土台を得ることができた。バーリンはボウエンのことを、「あまり例のない端正な容貌の人で、精神と性格を物語る顔をしている」と述べ、彼女の直観力の素早さと臨機応変の対応力が彼女をアカデミックではないクリエイティブな作家にしていると称賛している。オクスフォード・サークルはその世代における最高の精神を持った数人と交わるという非公式な教育、すなわち、アイデア、文学、倫理、文化、個性、私的な生活について話し合うという教育をボウエンに施した。男性社会にあって広範な知識と自由な討議に揉まれたボウエンは、知的な領域で定着した地位に挑戦し、女性の社会的な役割を考えるようになった。自分の知的な生き方に自信を持つようになり、その現代的な自己認識と傲慢さは、『最後の九月』のマルダ・ノートンのような人物に表れている。「派手なきっちりとしたコートとスカート」を身に着けたマルダは、物事に対するに「冷静で厳粛な愉しみ」をもって応じる。

　ボウエンが一九二七年に『ホテル』を出版した時に、レズリー・ハートリーがそれを「言葉に対する細やかで力強い感情と、それを乱す洞察の煌めきで書かれた」と称賛し、その他の作品が続いた。[*19] バウラは、ボウエンの「男性的な知性を［…］手中にして大問題と一般的な考えに取り組む」力量が、サークルの他の者たちに匹敵し、彼らのジェンダー的な偏見とジェンダーの規範に挑戦する姿勢が自然に出ている、としている。彼はさらに、室内装飾、ホスピタリティ、そして歴史に対してボウエンが抱いていた関心にも注目している。「彼女はしばしばローマのことを話し、オクスフォードの過去に愛情を持ち、オクスフォードに例がないほど親しく定着できたのは、彼女がオクスフォードの過去を信じ、それをもとにして、歴史家の多くが欠いている歴史的な洞察ができたからだ。かの地における古来の建物や伝統的な生活様式の遺風が、学びとは基本的に人間的な必要に根差しているという彼女の確信を裏付けていたからだ」。[*20] 彼女はオクスフォード・サークルの中でさらに「イギリス」を感じたが、ボウエンは周知のとおりのアイリッシュで、サークルのメンバーは、ボウエンズ・コートで彼女が見せた寛大なアイリッシュ・ホスピタリティを称賛したのだ。

ボウエンは、共産主義者のスパイ行為や対抗的スパイ活動と連携した動きがあったそのネットワークにあって、政治的な関心を深めた。アイザイア・バーリン、シリル・コノリー、ゴロンウィ・リーズらは当時ガイ・バージェスと交友関係にあり、バージェスはリーズを二重スパイになるよう誘い、バーリンをリーズのロシア行きのメンバーのリストに加えていた。彼らは一九五一年まで、バージェスが共産主義スパイ団の一員であることに気づかなかった。このグループには陰謀の嫌疑が付きまとっていたが、ボウエンがこのサークル内で政治的に左傾した動きをしたという証拠はほとんどない。

ボウエンはこのサークルに「ミセス・キャメロン」と名乗って加わったが、夫を帯同したことはない。彼女の人生のこの段階で、友人の多くはキャメロンを「我慢するしかない」――太り過ぎで、しゃべり過ぎ――と判断したが、ボウエンはその人間関係にコミットしていた。バウラがボウエンにサークルのもう一人、一九三一年にハンサムなゴロンウィ・リーズを紹介、ボウエンは彼に心惹かれた。彼女は彼のもの柔らかなマナー、素早い機転、美しい容貌を称賛した。リーズは、ボウエンと同じようにオクスフォードではアウトサイダーで、ウエールズ出身者でオール・ソウルズ・コレジのフェローになった最初の人だった。ボウエンは父によって自らの出自を尊敬するように育てられ、ウェールズの血があり、リーズとその気質に親近感を覚えた。

バーリンはまた彼女をハンフリー・ハウスにも紹介した、ハウスは、ボウエンの最初の恋人の一人になり、やがてディケンズの高名な研究家になった。彼はワダム・コレジの礼拝堂付き司祭（チャプレン）で、彼らが出会ったときは英国国教会の聖職者にならんとしていた時に当たっていたが、彼は信仰を失い、こころざしを棄てた。ボウエンは彼が信仰的に疑念を抱いていた頃に出会い、彼とロマンティックな相克に巻き込まれた。彼女はバーリンのオール・ソウルズの同僚のスチュアート・ハンプシャーの友達でもあって、哲学、文学、音楽について活発な議論を交わし、場所をボウエンズ・コートに移すこともあった。全員が血気盛んな学者で、オクスフォードの学位論文を終えていて、のちにはそれぞれが影響力のある公人、学者、文芸批評家、作家、学寮長、外交官、ジャーナリストになった。

ボウエンはこうした知的で社交的なグループによく適合していたが、中には疑問に感じた向きもあり、小説家のマーガレット・ケネディは、ボウエンのインテリジェンスを称賛しながらも、文学的なキャリアとしては「アマチュア的な素地しかない」と見ていた。ボウエンのいとこのクリストファ・ホーンは、ケネディがかつてボウエンの夫に、ボウエンはいい教育を受けたのかと訊いた時のことを述べている。夫のキャメロンは「いいえ。だがそれを得る手段はいくらでもありますよ」と答えた。[*21] ボウエンは父親のトリニティ・コレジでの長期に及んだ教育と異例ともいえるその初志貫徹について、法律のみならず古典と倫理とで優秀な成績を収め、知的な生活に傾注し、学習を実らせたことに触れている。モーリス・バウラはボウエンがアイリッシュにありがちな傾向を見せないで、「話を飾らず、会話を高いレベルにおいて十分に観察し、十分それに傾注していた」、そして「彼女は立派なレディとしてのスタイルがあったが［…］、彼女の出身は、十九世紀の厳格な礼儀作法を［アイリッシュ・フランクネス］によって和らげた社会だった」と述べている。[*22] このサークルの男たちはこの「率直さ」を好み、彼女の加入を歓迎した。

一九二〇年代のオクスフォードの内実は、女性とホモセクシャリティに対する敵意の証跡を露わにしている。当時オール・ソウルズ・コレジの学生だったG・リーズによれば、ホモセクシャルたちは、体育系のパブリック・スクールの少年たちとは異なる芸術系の同士で作るグループを成していて、審美的で知的な価値の誘惑を避けていた。リーズは、男たちがオクスフォードで愛し称賛したのは、「男性的なイメージの中に見出されるもの」という一般的な見解を要約した。[*23] 吃音症の独学者は――『回想のブライズヘッド』に見る審美主義者のアントニー・ブランシュのように――魅力的とされていた。ボウエンの気取りのない吃音と独特のスタイルが風潮に適応していたのだろう。吃音を耳障りに感じる者もいたが、バウラとロザモンド・レーマンは、吃音が彼女の会話に力を添えていると信じていた。オクスフォードのこのグループは、ボウエンがときどき顔を出すその他の文学サークルへの序奏となって、彼女の評判は一九三〇年代には高まっていった。オットリン・モレルの夜会やウルフのモンクス・ハウスの午餐会などである。ボウエンは男性中心のオクスフォード・サークルに迎えられ、喜び、一九四〇―五〇年代の男性優位の文脈で作家として名を成したが、女性としての経験というもう一つの面が彼女の思索と執筆に蓄積されていた。

## アイザイア・バーリン

オクスフォード・サークルでバーリンに出会ってから三年、ボウエンが書いている、「自分にとって永遠に価値があること、というか、（客観的に）私にとってリアルに見えるものを私はほとんど考えられないのです。あなたを知っているということもその一つです」。[*24] 彼らの関係は、一九二五年から一九四〇年にかけてさらに親しくなり、その後彼らが戦争に関わるまで、彼女の知性のかなめになっていた。バーリンはオクスフォードにいる最も輝かしい男の一人であり、多くの人が立ち去ったボウエンの友人関係の中でも上位にあった。メイ・サートンやエディ・サックヴィル－ウエストのような友人は、ボウエンは警告なしで友人を切り捨てると文句を言った。バーリンは友人で最高裁判所裁判官の妻マリオン・フランクファーターに一九三六年に書いている、自分との関係ではボウエンは「つねに愉快な人で、人の言うことをすべて理解し、低い生活、タフな人、流血、そして乱暴なことを何でも愛した」[*25]。彼は直感的に察知していた、多くの者が彼女の個性と作品の中に見逃している彼女の一面を、つまり人見知りする一面を。馴れ馴れしくできない、直線型の、解放的な、慣行無視志向が、ベニヤ板張りの礼儀正しさの下に隠されていた。バーリンもこの気質を共有していた。ヴァージニア・ウルフが述べているが、「アイザイアと論議したが、彼は非常に頭が良いというより良すぎる人で、若い頃のメイナード［ケインズ］のような特別研究員（ドン）で、乱暴なユダヤ人だった」[*26]。同様にゴロンウィ・リーズはボウエンの内的な相克について書いた手紙で「彼女の内的な善良さは欲望と感情の奇妙な混合物から発している。彼女がボウエンズ・コートで造りだす平静さと平安に釣り合うものは、彼女の内部にはほとんどない――そこにあるのはスタイルと完璧主義とあらゆる俗悪を排除する本能という誤りなき感覚だった」[*27]。彼女の相克の苦しみは神経質な気質、逃げ出せない執筆活動、公的な知性としての生活、そして緊張を強いると同時に押しつぶされそうな数回の恋愛沙汰（ロマンス）から来ていた。

彼女は五フィート八インチ（約一七六センチ）近い身長があり、バウラは彼女のマナーについて、「カントリーに暮らしその習慣を知っている人のマナーだ」としている[*28]。メイ・サートンは彼女をホルバインの絵と比べて、「彼女の顔は整ったハンサム顔で、美しいというよりはハンサムである、立派な鼻、高い頬骨、そして秀でた額。だが色つやはデリケートで骨格は強固――赤金色の素晴らしい髪の毛は後ろにかき上げられてうなじのところで巻かれている。うっすらとした眉毛の下に青白い瞳」[*29]。「ハンサム」とは表現的な言葉で使われて、「美しい」という意味はない。モリー・キーンは述べている、ボウエンには「エリザベス朝の表情があり、美しくはないが、正装をすると目立ち、部屋に歩いて入ってくると、男性たちが一斉に振り向いて見る、すっかり魅せられている」[*30]。彼女は伝統的な女性性を発揮することはなく、オクスフォード・サークルの男性陣によって時には嘲笑された資質があった。彼らはボウエンのエネルギッシュなマナー、同情、機知、そしてボウエンズ・コートで見せた寛大なホスピタリティについて述べることも忘れていない。

良い話し合いをすることがすべてで、ボウエンはバーリンとバウラに惹かれ、二人はサークル内で一、二を争う機知の持ち主だった。バーリンは通常の四倍の速さでしゃべると言われ――バウラ譲りの「おしゃべり」で、母語のロシア語を克服したオクソニアン・アクセントで話した[*31]。ボウエンとバーリンは例を見ないペアだった。彼女は幼少期からの吃音者、この立て板に水のような男に、彼の言語の才とユーモアに引き付けられた。彼は彼女の鋭い知性、反応の良さ、そして耳を傾ける才能に引き付けられた。彼はあるインタビューで、彼女は「素晴らしい話し手で、優れて知的、同情心に富み、チャーミングで興味があり、気が合うんだ

［…］。生命力がある［…］。私たちは本について話し、人間について話し」、それが「化学変化を起こしたのさ」[32]。彼らは友達になった。

バーリンの会話力について人々が憶えていることをバーリンの伝記を書いたマイケル・イグナティエフは、「それは彼が何を言ったかではなく［…］彼の心のサロンに引き寄せられた経験のことなのだ」と要約している[33]。バーリンは愚かな人間が耐えられず、彼が言うには、ボウエンは、「人を実際以上に賢くし、同情心をより深くし、居心地をもっとよくして、人が話せないことはなくなって標準に達し、そこで彼女はすべてに応答しないわけではないが、人がしたり言ったりすることに相応に反応している」[34]。彼は彼女の知性と「筋金入りの抜け目のなさと貴族的な英気」を称賛している[35]。彼女は彼の「凡庸さの大海に逆らって水準を維持する」という認識を共有していた[36]。哲学の重要な働きは、バーリンによれば、文化的な野蛮人を防ぐことにあった。だが彼らには相違もあった。彼女は政治的には保守的で、性的には冒険者だが、抽象や哲学に関心はなかった。彼は左翼のユダヤ人で、女性には臆病、そして彼女の書いたものには引かれなかった。彼はマイケル・イグナティエフとのインタビューで、「彼女はクリスチャンで、宗教的で、おもに男性を好み、冗談が好きで、保守党に投票し、人々が男性的になって馬鹿を言わないことを願い、戦役忌避者や菜食主義者などという連中を嫌った」と語った。

彼女はジョークが好きで、彼らは一緒に面白がった。彼は彼女のふざける一面を愛した――彼女はゴシップやたくらみが面白くてたまらなかった――さらに彼は告白している、「親しい友達と分別抜きで付き合うことがなかったら、人生は生きるに値しない」[37]。ボウエンとバウラは互いのユーモア、談話、付き合い、価値観、そして話をすることを愉しんだ。バーリンはボウエンがその一部だったオール・ソウルズ・コレジでの歳月が、人生で最も幸せな時だったと書いている。彼らが交わした通信文は、一九三二年から一九三八年にかけて最も親密となり、彼らの親しい関係を証している。一九三五年にボウエンがオクスフォードを離れてロンドンに行った後も、彼らは親友だった。彼らは知的な話題を交わしただけでなく、彼の恋愛や彼女とハンフリー・ハウスやゴロンウィ・リーズとの親しい関係についても話し合った。一九四〇年以降は、彼らが戦争に没入したことでやや疎遠になったとはいえ、一九六〇年には再び行き来して、彼女がボウエンズ・コートを売却してホームレスになると、バーリンはオールド・ヘディントンの自宅近くの家を彼女に提供した。そこでボウエンはバーリンの妻アライン・ハブランと友達になった、このロシア系ユダヤ人の出自の女性と、一九五六年に彼は結婚していたのだった。その後の歳月を経たボウエンは、ロンドンは恋しくはないが、オクスフォードはときおりとても恋しくなる、そこには話し合う時間があったと述懐している。

バーリンは書くより話す方が好きだった。そしてボウエンの断固とした主義に基づく執筆を称賛していた。彼は『パリの家』を愛したが、彼女の本は二、三冊しか読んでおらず、「ほどほど楽しかっただけだ。いい会話のようではあるが、まるで動きがなく、方向性もなく、人工的に構成された宇宙みたい［…］で、つねに秘事が暴かれ、ほとんど死の舞踏になっている」[38]。ボウエンズ・コートで歓迎される客人は、ボウエンの厳格な執筆スケジュールを中断させない人々で、一九三八年に訪問したバーリンは、この決まりが嬉しかった。膨大な量になるマルクスの原稿を減らすよう編集者から要請されて苦闘していた彼に、ボウエンは一部屋をあてがって便宜を図った。彼は労作を仕上げ、のちに書いた、「かつて［…］これほど感謝したのは生涯にもないことだった」[*39]。この本*Karl Marx: His Life and Environment, 1939*（カール・マルクス　その生涯と環境）は、彼を新たな知的な潮流に投じるきっかけになった。ウルフソンの学生だったヘンリ・ハーディは、一九七〇年代半ばにバーリンの書いたものとトークの類を集めるべく申し出て、バーリンとは二十三年におよぶ編集者の関係に入った。編集の専門家の手になる選集が出て、世紀の主導的思想家としてバーリンの名声が確立した。ボウエンとバウラの往復書簡は、文化人である彼らの顔を明らかにしている。ボウエンはイングランドに対する彼の愛情と尊敬の念が高まるのを喜んだ。彼の文学への関心、とくにプルーストとジェイン・オースティンへの傾倒、ロシアとその言語と文学、とくにトルストイへのノスタルジア、そしてオクスフォードのクリスチャンの世界におけるユダヤ人の感性において。彼の異邦人性はヴァージニア・ウルフによって論じられ、ウルフの見る彼は「偉大なるアイザイア・バーリン、その相貌はポルトガル系ユダヤ人、オクスフォードの道しるべ、共産主義者、と私は思うが、美食家だった」[*40]。ひるむことなき声高な会話と討論によってバーリンは知的サークルの矢面に立ったが、強固な非共産主義者だった。

## 亡命者とユダヤ人

一九三〇年代初頭からバーリンは、オクスフォードの多くの者と同様に、政治に目を向けた。だが一九三一年の初めに、スペンダーがドイツから暗いニュースを持ち帰り、ユダヤ人に対する連日の威嚇と暴力とナチスの恐怖政治を伝えてきた。バーリンはユダヤ人としてのアイデンティティを保持し、オクスフォードにもあった反ユダヤ主義に気付いていた。彼は当のオクスフォードで一九三二年に二十三歳で、オール・ソウルズで最初のフェローに選ばれたユダヤ人だった。しかしドイツの選挙とその他の世界情勢でヒトラーが手にした成功によって彼は、大学を超える国際間の政治へと視野を広げた[*41]。一九三九年に戦争が布告されると、バーリンはオクスフォードの生活に個人としての取り組みを開始、従来没頭してきた教授の仕事はあと回しにされ、政治がさらに前面に出てきた。ヘンリ・ハーディがバーリンの書簡集の序文に書いたように、ジョフリー・ドーソン、ライオネル・カーティス、その他オール・ソウルズの先輩で学者ではないフェローたちが支持して、一九三〇年代にはドイツを懐柔した。「彼らは『ヒトラー、万歳』とは言わなかった」とバーリンは言ったが、より若くて好戦的なドンたちは（クインティン・ホッグを除いて）レジスタンスは失敗するであろうと感じ、「彼らの部屋ではそう話していた」。ハーディが記したように、バーリンの「反応は曖昧ではなかった」[*42]。一九三二年以降になると、彼はナチの恐怖に気づき、歴史的に「ユニークである」と認めた。ボウエンは一九五二年に彼に書き、「ナチスとロシア人のゆえに」沈黙して消えた人についてどこまで知っているのかと訊いている。[43]

一九四〇年五月、フランスがドイツに降伏した時、バーリンは述べた、「フランスで起きた出来事は、人々の生活の中心を移動させた――たとえばエリザベス・キャメロンもその一人――彼女は明らかに自分の想像力でパリに向かった」[44]。だがバーリンはボウエンの認識について誤解している。一九三三年になると亡命者がパリとロンドンの通りになだれ込んできた、ユダヤ人の仕事と職業のボイコットが始まったからだ――「ダビデの星」が窓にペンキで塗られ始めた――同時にベルリンでは焚書が始まった。フランスが長年掲げてきた財産を奪われた者たちへの隠れ家としての啓蒙精神は、亡命者たちが増加するにつれて経済面の財源が脅かされ、加えて、アイデンティティ、人種、国家意識に疑義が生じ、フランスが先陣を切った自由民主主義にも影が射した。ユダヤ人に対する偏見が出てきた[45]。一九三五年にプルーマーはボウエンに書いた、「君が今いるアイルランドではイングランドよりも物事がもう少しなだらかだといいが、イングランドではヒトラーの政策がロンドンの通りに溢れる移民の波にあおられて鳴り響いている」[46]。バーリンは亡命者を目にして、「彼らは陰気な存在だ」と感じている[47]。ボウエンも陰気だと感じ、そのことを書いている。

アイルランドは、ロバート・フィスクによれば、戦争の初期は反ユダヤ主義だったが、当時アイルランドはその他の国以上にそうであったわけではない[48]。フィスクは、アイリッシュ政府はユダヤ人医師の多くを亡命させよというヴァティカンの要請を拒否し、シン・フェイン党（一九〇五年創設、アイルランド独立を目指す政治結社）は反ユダヤ主義、ドイツ支持のパンフレットをダブリンで配布した。一九四二年一月のナチ・ワンシー・コンファレンスでは、アイルランド侵攻計画の発覚で、四千人のユダヤ人が処刑リストに載せられた。ボウエンは一九四〇年のMOI（英国情報局）のもう一つの報告書に書いている「エール（アイルランド自由国の当時の国名）における反ユダヤ主義は確実に増殖傾向にある。商取引上の嫉妬に起因していると言われている――海外の一連の作戦の避けられない結果でもある。ビジネスの世界の醜さが露呈している」[49]。

『パリの家』に見られる好奇心をそそる一面は、マックスがフレンチ－アングロ－ジュウイッシュの背景を持っていることだ。この小説の背景が戦間期にあることは、マックスがパリとロンドン間を移動してホームを探すことで記録され、彼の息子レオポルドはアメリカ人家族の養子になってアメリカからパリに移動し、イングランド生まれの実母と一緒に暮らしたいと望んでいる。両者の境界線上の存在とホームレス状況は、ボウエンのユダヤ人、アウトサイダーに対する密かな関心、そして一九三〇年代のヨーロッパで顕著になった反移民と反ユダヤ感情への関心を示している。ボウエンは、レベッカ・ウェスト、フィリス・ボトム、ストーム・ジェイムソン、ナオミ・ミチスン、ウィニフレッド・ホルトビーら、当時の歴史と政治にかかわっていた人々と歩を共にしていた。一九三三年初め、ドイツ反ユダヤ律法措置と作戦がヒトラーによって着手されると、とくに専門職階級にある人々――ビジネスマン、法律家、裁判官、ジャーナリストらを標的に、ひいては思想統制・禁書を伴った。その結果、ユダヤ人の亡命者は、パリとロンドンの通りに逃げ込み、ポーランドとロシアの通りで迫害された他の亡命者と一緒になった。こうした文化的な祖国喪失者がボウエンを取り巻いていて、ボウエンはその間一九三二年から一九三五年にかけて小説を書いている。

時代に即応して、彼女はフレンチ－ジュウイッシュの人物、一九三〇年代にパリに住んでいたマックスという人物を創造し、文化的な風土を反映する小説に新しい素材を導入した。反ユダヤ主義の痕跡はイングランドの上流階級の既婚女性、ミセス・マイクリスとマダム・フィッシャーがナオミとマックスの婚約時に発した言葉に伺うことができる。「彼は自分の人種の能力を持っているわ、でも彼に同情するのが難しいと思う人もいるわね」。マックスの「鋭い切れ味」は特筆され、「その感触は――ユダヤ人特有だろうが――女性らしさだ」[*50]。この遠回しの表現はオットー・ヴァイニンガーの反ユダヤ主義理論を思わせるものがある――ボウエンはそれを自覚している――彼はその中でドイツ人の「男性らしさ」とユダヤ人の男性的な弱点と「女性性」に対する考えを述べている。彼の著書 *Sex and Character*（性と性格）は、「反ユダヤ主義と反フェミニスト主義の一八九〇年代から一九二〇年代と一九三〇年代に、すなわち、モダニストのウイーンからモダニストのロンドンにいたる論議」、そしてパリにいたる論議を伝えている[*51]。だがボウエンの描写では、マックスは悪魔的に男性的で魅惑的で、「知性、感情、勢力は彼の全身にみなぎっている」[*52]。彼は人を惹き付ける人物ではあるが、根無し草を思わせる空気がある。イングランドとフランスに属しておらず、したがって両方の社会で怪しまれている。ミセス・マイクリスとマダム・フィッシャーの語りには、恐怖心が個人のレベルで入り込んでいて、ユダヤ人の、DP（Displaced Person 強制移住者）の、その他一九三〇年代のロンドンとパリにいたアウトサイダーへの募る一方の警戒心が出ている。ボウエンはさまよう作家の目を、この新たな主題に転じている。

## フィクションの中の歴史　『パリの家』

『パリの家』はバーリンに強烈な影響を及ぼした。「僕は『パリの家』をまた読んだ。これは何かと何かに関わっていて、かつて読んだものの中で僕を文字どおり、最も感動させ、苛んだ。それは極めて重大な事件なのだ」[*53]。バーリンはボウエンに少なくとも三度手紙を書き、A・S・バイアットの言う、この小説は心の中で時間を超えて増幅するという観察を確信する。これは単なる「時代を語るモダニストの寓話」ではないと言ったジーン・ラドフォードが正しく見たように（過去―現在―過去という構造がモダニストを思わせるとして）、「その時代の小説で、歴史的な小説であり、戦間期のイングランドとヨーロッパについて、一七八九年以来のフランスの政治的性質についてのものとなっている」[*54]。これは課せられた選択をしたかさせられた人々についての小説で、孤児になった人、家を失った人、感情が断たれた人、そして裏切られた人の小説である。異邦人であるとはどういうことかが語られた小説である。

ボウエンの登場人物たちは、歴史にあまり関わっていない人が多い――彼らは新聞を読まない――が、個人的な痛みのありようと非個人的な歴史がパリとロンドンの現場から小説に侵入している[*55]。ボウエン自身が言っている、私は歴史という織物でフィクションを書いている、と、だが、これはしばしば批評家たちが見逃してきたことだ。「亡命者」、「異国の」、「敵」、「人種」、「ユダヤ人」など、アウトサイダーを示唆する国家的な語彙から特定の言葉が使われていることは注目に値する。である。時は人物を決定し、人々の相互関係は、移り変わる時代に起きることに服従している。言葉は感情に後光を与え、小説をおびやかす、「用心」、「疑心」、「裏切り」など。そこには一貫してアウトサイダーとホームレスのライトモチーフが流れている。個人と国家の状況を混合することで、ボウエンは時代を膨らませている。たとえばマダム・フィッシャーのパリの家は重苦しく、敵意に満ち、狭苦しくて、ヘンリエッタが攻撃する。この少女は孤児で、マントンにいる祖母の家に行く途中でこの家で一晩を過ごす[56]。振動がこの家の背筋を這いあがり、家は暗く、痙攣している。狭い通りにあるこの押し潰された家は、その向こうにある公道と空間とは違って知られることもなく、自分の運命も知らない亡命者で溢れている。閉所恐怖症めいた家は暴力を宿していて、マックスの絶望と手首をカットする現場となり、時代の衝撃を証拠立てる深い裂け目になっている。

ボウエンの政治的な風土への思い入れは、小説家として人間個人のロマンスから離れる動きに表れており、彼女はそれを小説の中の登場人物にぶつけたと感じている。一九三六年に彼女は、「人々はただそこにいて、何かを行い、何かを発するのみ」とスティーヴン・スペンダーに書いている。そして宣言している、「私は特殊化、てらい、派手な細工が本当に嫌いです。そこにいる人々の中にある独自なものは、私には興味がありません（本の問題として）」[57]。彼女は読者を心理学から遠ざけて哲学、歴史、詩的な分野へ向かわせ、彼女が創造する人物は、その時代が摑んだ力を具体化している。彼女は戦時小説について言う、「個々人を通して私は一般道に流れる高電圧を感じた」[58]。

ボウエンはつねに、想像的な作品は同時に歴史に寄り道するという考えに傾いていた。『日ざかり』のステラとケルウェイに見るように、「彼らの時代がテーブルの三つ目の座席に着いていた。彼らは歴史の被造物だった」[59]。戦間期にある登場人物の根無し草状態と個人的な痛みは『パリの家』に染み通っていて、「押し寄せる幻覚の高波」がIvy Gripped the Steps（蔦がとらえた階段）のような戦時の短篇や『日ざかり』に浸み込み[60]、アイルランド市民の不安が『最後の九月』に浸み込んでいる。戦時ストーリーに付けた序文で彼女はこの立場を取ったことに触れている。それらは伝統的に了解されているような戦争ストーリーではない、戦闘も「実戦」もないし、「空襲」もない。むしろこれらはと彼女が言う、「そこにあるのは風土、戦争の風土、そしてそれが引き起こした未知の発生物のさらなる研究である。私が戦争を見るに（戦争に感じるに、と言うべきか）、それは歴史の一ページというよりは領域なのである。その非個人的な行動の歴史的な一面は、私には分かるが、私は書き記していない」[61]。ボウエンは私たちに思い起こさせる、公式な歴史書や新聞に見られる語りは、戦争の個人の語りをしばしば押し殺していることを――人々の「感じる戦争」を彼女は作品の中で捉えようとしている[62]。歴史は「登場人物」と別個に観察されるものではなく、登場人物の願望と相克が分かちがたく絡み合ったものとして見るべきなのである。

ボウエンが精細に描き出した人物、カレン・マイクリスとマックス・エバートに見るロマンティックな不協和音――一方は注意深く育てられたアパーミドル階級のイングランドのお嬢さんで、他方は根無し草のフランス・イングランド系ユダヤ人――は、歴史的な緊張感と同時に個人的な裏切りに染められている。カレンは、マックスに再会するまでは、快適な生活と争うこともなかった。彼女は守られ「受け継がれてきた世界を外側から見て、それが続かないかもしれない」、その世界は彼女の「飢えた怒れる友達には耐えられない」と見ていた。だが、「おそらくこの理由から、彼女は頑固にそれを守っていた」[*63]。彼女とマックスのロマンティックな密通は、異なった「人種」（ボウエンの用語）、または歴史を無視する文化のナイーブな恋人たちという問題を投げかけている。ボウエンにとって、「第三帝国」のユダヤ人に関する人種理論は不吉なもので、彼女の小説は一九三五年に上梓され、同じ年にドイツはニュルンベルグ人種法を発令し、解放政策をくつがえした。以来、ユダヤ人は、祖父母の代に見られるユダヤ人の血縁の割合によって定義されることになった。ボウエンは小説の中で時代に逆らうように「人種」としてユダヤ人に言及し、遺伝学的なアイデンティティを匂わせている[*64]。

この小説に対するバーリンの最初の激しい反応は驚くにはあたらない。レイチェル・ウォーカーと彼の一方的なロマンティックな関係を露呈していたからだ。レイチェルは明るいお洒落な学生で、バーリンにお熱を上げていた。彼はボウエンに書いた、彼の経験が彼女の小説に溶け込んでいて、「恐るべき鋭さをもって現実の出来事と君の本の描写が混じり合い、非常に高度な、しかし非常に痛ましい意識を呈している」[*65]。彼は言う、カレンとマックスの対話は「まったく血も凍りそうで陶酔させる。ミスWと僕の未来は、この本に直接的にまた深く影響される」。マックスのことを彼は、「ありがたいことに僕には似ていない死を思わせる人物（マカーブ）で、僕に与えた影響は演劇としてのもので、人は状況と登場人物を自分に重ね、人はそれを悪夢か夢で見るのである」[*66]としている。マックスについてその違いを言えば、ウォーカーをロマンティックな関係に引きずり込んだのは、バーリンだった。ユダヤ人はときに外国人と見られ、それは肌色が浅黒いからで[*67]、バーリンはさらに「ヨーロッパの人道上の一掃、ドン・ジョバンニ、ブダペスト、エリオット（ママ）、エル・グレコ――大理石の階段を青きドナウ川まで転がり落ちる貴族」に言及する[*68]。彼はウォーカーの幻想から自分を解き放そうとして、一九三五年、彼らのやりとりの失敗についてボウエンに手紙を書いた。ボウエンが言及した人種間の会話［…］の深刻さそのものを思い出しながら。「僕らは互いに目指したものだね、ほとんど的外れだったが、ものすごく真面目に。ディア・ミー。僕なんか、彼女と結婚できるわけがないよ」[*69]。小説の語り手が観測するように、「異人種の人々が交わす会話は真剣である。恋人たちが使う優しいたわごとは、役に立たないのだ」、自身が関わっている歴史への自覚のないあどけなさには[*70]。（図13）

マックスがカレンをまどわす魅惑は、彼の「らしくないこと」である。カレンはミドルクラスの婚約者を退け、彼の姉のアンジエラの見解、「クラスの外に出て結婚するよりも内部にいる方がいいわ。対話でも、そうでしょ、できる限り特別でいましょうよ」、にも合意しない。カレンがレイと結婚するのは、「結婚の将来を約束する同系交配の気味があろう」[*71]。バーリンの私生活はボウエンの

図13　アイザイア・バーリンと友達。ニュー・コレジ・ガーデンでの記念舞踏会。下段右端バーリン、右から三人目レイチェル・ウォーカー。
Courtesy of the Family of John Ward-Parkins

小説のマックスとカレンのロマンスに溶け込んでいたのだった。

　ユダヤ人には不安な所属物があると打ち明けてマックスはカレンに言う、「僕はイングリッシュじゃない。分かるだろう、僕にはユーモアがないから、自分の願いをソフトに言えない。僕の神経は、四六時中苛立っている」。彼はまたフランス人としても居心地がいいわけではない。彼はヨーロッパ中のユダヤ人の張りつめた神経を背負っているからだ。「僕は恋愛生活に浸って生きることはできないんだ。あくせくと働かないといけないからね」[*72]。彼は性的な侵害者となって別の異なる文化の境界線を越える。つまり、自分の婚約者ナオミの親友カレンと肉体的な逸脱を冒す。結局のところ、マックスは野心的で、銀行家である。そこには周知のユダヤ人のステレオタイプが窺われるが、ボウエンの小説では強烈な人の心を奪う人物として立ち現れる[*73]。とり憑かれた姿をしていても人を揺さぶる人物で、ボウエンが好む賛辞を与えられている、「彼は本当に影響を与えた（カット・アイス）」。だがマックスはカレンを動揺させる。カレンは彼と一緒にいると「異国」を感じる、「彼らがペルーにいたとしても、これほど自分の故国から切り離されはしない」。彼女は彼と遭遇して以来、感情的に、論理的に、文化的に浮遊してしまい、「恋人同士ではあれ、マックスと彼女は亡命者の二人であり、どこでもいいから場所さえあれば嬉しかった」。彼らはフランスからイギリスへ国境を超えて関係を結び、彼らが自ら「亡命者」という言葉を使うことが、当時の事情を表象している。カレンの母が二人の関係を知った時、母は皮肉にも思い出させて娘に言う、マックスはナオミよりあなたがどのくらい金持ちであるかを知っているのだと。「そうは言いたくないけど［…］。でもあなたは思慮のない女のように、『安っぽい』女のように振る舞ったけど、彼は目先が利く男ですよ。目先の利かないユダヤ人はいないわ」[*74]。カレンは母親が出した遠回しの忠告と型式通りの生き方を拒否する。

　レオポルドはマックスとカレンの息子で、マックスの死後に生まれた。「瞳は黒く、ほっそりした小柄な少年で、フランス人にもユダヤ人にも見えた。鼻は高く美しい鼻梁をしている」。彼がもう一人の子供ヘンリエッタにマダム・フィッシャーの家で出会ったとき、彼らがともに味わう孤立無援の感情は、ボウエンの子供によく見られるもので、両親のない天涯孤独な子供のそれである。

痛々しく苦しい場面でレオポルドは母の到着を待っている。「レオポルドは振り向いてマントルピースを前にすると、いきなり額を大理石にこすりつけた。片方の肩が持ち上がり、セーラー服の襟がゆがむ。両腕が彼の胸とマントルピースに挟まれている。一分経って、片方の足が、蔦がからみついて木を閉め殺すように、もう一方の足に巻き付く」。レオポルドはカレンとマックスの関係に対する「敵」であるだけでなく——同じく「敵」であるマックスを絶えず想起させる存在であり[75]——感情的で文化的な意味でも孤児であって、レイは小説の終幕で回想する、「この小柄でか弱いユダヤ人の少年は［…］敵だ」[76]。「敵」または「敵意ある異邦人」としてユダヤ人のことを耳にするのは、世紀の変わり目にフランスで起きたドレフュス事件以降では、けして異常なことではない[77]。レオポルドのミシュリング（mischling アーリア人とユダヤ人がミックスした人を指すのにナチスドイツで使われた法律用語）という血統は、彼を「隠れユダヤ人」の疑いのもとに置く[78]。レオポルドは、所属、同化、「混交種（ハイブリッド）」、といった議論を呼ぶ問題をボウエンの小説に導入した。レオポルドは、見捨てられて、カレンに再帰してとり憑くのみならずイングランドにも回帰する、二つの文化に居場所を失った存在として。ヴィクター・ゴランツは『パリの家』を出版した人だが、ボウエンに訊いている、「君は気づいているのかな、これがいかにイギリス的でないかということに。マックス、フランス人、ユダヤ人のことで大いに称賛されるだろうが」[79]。ボウエンはこれを自分のもっとも「ヨーロッパ的な」小説で、すべての愛と歴史をこめて送り出したものだと考えていた。カレンとマックスの個人的な関係、そして『日ざかり』におけるステラとロバートの関係は、「戦争と協定と処刑」という緊張のさなかにこそ存在していると[80]。歴史の翼がボウエンの人物をかすっている。

　この小説では、異邦人であるマックスとレオポルドに遭遇したあと、以前と同じ場所に属している人は一人もいない。家は抑圧的で、反感を抱いており、転置（displacement）と暴力がある。ヘンリエッタは、母のいない十一歳の少女で、フィッシャー家の中では「万華鏡のようにしょっちゅう激しく揺さぶられている」と感じる。カレンは情熱的で破壊的なマックスとの関係と望まぬ子どもの誕生にとり憑かれる。レオポルドはサリンジャーのような特殊な才能を持つ鬼っ子（サヴァント）に、つまり、両親の行為によって感情的に傷ついた早熟な未成年となる。マックスは、ナオミへの裏切り、カレンへの情熱、そしてマダム・フィッシャーへの不可解な愛着によって、不安定な、釘が抜けた状態になっている[81]。こうしたさまざまな転位（dislocations）が起きているパリの家は、内部は静かで不動だが、マックスの蛮行で影におおわれ、沈黙の亡命者がヒトラーの権力掌握以来フランスに出没している。

　この小説には感情的な終わりも文化的な終わりもない。ボウエンがレオポルドを連れて行った家庭は「イングリッシュ」とはどういうことかを、個人的に文化的に政治的に再定義している。レオポルドの帰還は、ホメロスが『オデュッセイア』で見せた洞察を再度証明している、つまり、ホームは、また戻るには危険な場所だということである。カレンとレイの無難なホームは、なるほどイングランドで、フィッシャー家の外人恐怖症を放棄して、この見知らぬ貧しい少年レオポルドを抱きしめる。それは「他者」を受け入れることであろうから[82]。ボウエンは、一九三五年の小説に深刻なユダヤ人の人物を送り込むことで、アウトサイダーにとって人生は、いかに居心地の悪いものか、いかに脅されているものかに光を当てたのだった。

## ウィリアム・プルーマー

ボウエンはバーリンに惹かれたようにウィリアム・プルーマーにも惹かれた。プルーマーは移民で、二人はお互いの相違とインテリジェンスとウィットによって結ばれていた。両者ともにそれぞれの専門分野で非常に才能があり、ボウエンの友情関係には不可欠と言うべき、人を逸らせぬ対話者であった。二人とも因習にはまらずにいたが、バーリンは尊敬されている機関内で高度に知的な生活を送っていた。一方プルーマーはブルームズベリ——レナードとヴァージニア・ウルフ夫妻のホガース・プレスから出版していた——のはずれで批評家または作家としてフリーランスの文芸家生活を送り、同時にホモセクシャルのサークルで反文化的な生活をしていた。セクシャリティについて倫理的だったことは耐えてなく、プルーマーはボウエンのホモセクシャルな数名の友人の一人で、彼女は彼の面白い話、下品な詩、鋭いウィットに惹き付けられ、彼女の個性の野蛮な一面が解放されたのだろう。彼らは刺激的な文芸サークルにいるのを好み、彼には若き日の南アフリカ経験の蓄積があり、日本とギリシャを旅した経験、そして文学への熱情が彼の会話に火をつけた。若い頃、彼は南アフリカの政治的扇動者で非協調主義者だった。そういう自己演出と勢いがしばしばボウエンには魅力的に見えた。もしボウエンの声に抑制や吃音があったとしたら、プルーマーの声にはいつも含み笑いがあったと、彼の伝記作者ピーター・アレクサンダーは語っている。プルーマーの親しい友であるE・M・フォースターは、彼の明るさ、ウィット、果てしない物語をみなが愛したと言っている。ボウエンもそうだった。

彼らが出会ったのは、一九三四年に彼の小説 *The Invaders*（侵入者）をボウエンが誉めた手紙を書いた後のことで、彼は南アフリカから移民して九年たっていた。小説の中の「侵入者」は、労働者階級の男でホモセクシャルである。[*83] 彼の彼女との友情は、彼の一方の文学的な個人的な関係とはまったくの別物で、彼らはお茶やディナーや、ミュージアムやギャラリー訪問、映画や、カレドニアン・フリー・マーケットを出会いの場所とし、話し合うためだけに会うこともあった。一九三五年から三六年に交わした彼らの手紙は楽しげで、文学界のゴシップ、印税に関する文句、書物談義、互いの執筆への応答などがあった。彼らの友達の噂やゴシップが二人の友情のタペストリーの一部になった。プルーマーが見るボウエンは、主として、「感受性が豊かで、賢くて、チャーミング」で、天賦の文才があるというものだった。彼は彼女の温かい心情とマナーに惹かれ、彼女の中に彼自身の非協調主義をも感じた。ボウエンは彼の面白い話と悪童精神のかけらをもてはやし、彼の陽気な精神、親切心、会話の冴えを、彼の文学的な才能と同じように大切にした。（図14）

## その他の人生

図14　ウィリアム・プルーマーとヴァージニア・ウルフ。ロドメルのモンクス・ハウスにて1934年8月。
Rights holder and Courtesy: Reproduced by permission of Durham University Library,（PLO/Ph/A5/11）

ボウエンとプルーマーはロンドンで過ごす作家同士の付き合いの愉しみで親しかっただけでなく、私的なエロティックな友情と関係を築いていた。日本にこの諺がある。もし秘密を洩らしたかったら、家のふすまと障子を広く開け、風通しを良くして空気を逃してやる。ボウエンとプルーマーはドアを全開にしなかったし、共に隠してきた気質があった。だが彼らは、二度の大戦時には、変化の風を吹くに任せ、通信をふるいにかけた。二人はともに、不安定だった子供時代のことと彼らを取り巻く社会的・啓発的な奔流について書くことに専念していた。プルーマーは一九二六年にイングランドに帰国できたことを喜びつつ、海外での様々な関係は振り切れていなかった。彼は日本で愛人と数年暮らし、それからギリシャでハンサムな水兵との情事に散々苦しみ、フランスに行き、トニー・バッツと一緒にギリシャに戻り、この才能ある画家のおかげで贅沢な生活を送った。彼はボウエンと同様に秘密を守る人だったが、彼自らが呼んだ「快楽生活」を彼女に打ち明けている。時とともに、快楽は彼の生活の中で脅迫的な、ときには、自堕落なものとなった。彼がボウエンと会った時、彼は梅毒の治療を受けてやっと病床を離れた時だった。ボウエンは代わりに既婚者の恋人ハンフリー・ハウスとの関係を打ち明けた。その頃ハウスはプルーマーと知り合い友達になっていた。プルーマーはホモセクシャルであることをオープンにしていなかったが、一九三一年の彼の小説 *Sado*（佐渡）でそれを取り上げていた。友人のハロルド・ニコルソンは、そのテーマをもっとオープンにして掘り下げてほしいと思った。プルーマーは沈黙を守り、自伝の中で問うた、「僕が責められるべきなのか、フランスやギリシャや中国と同様に、この国で率直にすることができないからといって？」[*84]。にも関わらずプルーマーは、ボウエンが明らかに喜ぶ世界に彼女を誘い入れて、彼の性的な啓発的な放埒なストーリーを共有した。彼女は、ハウスとリーズとの情事、そして女性との関係にも触れている。彼らには戦争中の諜報活動では影の部分もある。

プルーマーは友情関係を結ぶ天賦の才があった。イアン・フレミングは、何よりもジェイムズ・ボンドという人物を造りだしたことで有名だが、プルーマーを海軍情報部局（ＮＩＤ）に採用し、そこで彼らはオフィスを共用し、活発な情報活動を共有した。フレミングはボンドを創造した——ボンドはのちに映画の世界で大当たりする——「僕が戦争中に出会った秘密情報員と英国突撃隊員のタイプを総合した人物として」である。フレミングは実体験をフィクションの冒険に注ぎ込み、プルーマーはこれに興をいだき、のちに歓迎してケイプ社のために編集した。[*85]『ゴールドフィンガー』はプルーマーに捧げられている。ボウエンとプルーマーはこの時期文通していて、この歳月が「ベスト」だったとボウエンは考えていたが、プルーマーは、そうではなく、NIDの強いプレッシャーの下で働き、この六年間の勤務時間中、「囚人」のように感じていた。フレミングは、プルーマーは「人々に配慮があった」としている。だがフレミングの女性観は不可解であり、ボウエンは削除されている。

フレミングはときに女性に怒りを表し、沈黙を保つ、とするのは、彼の伝記作者ピーター・アレクサンダーである。ボウエンは例外的な女性で、彼のホモセクシャルな男性世界を「通り抜ける」、ちょうど彼女がオクスフォード・サークルを通り抜けたように、彼女はそれを、才気煥発な会話力、思いやり、マナー、強烈な知性でやり遂げた。彼女はプルーマーの女嫌い(ミソジニー)をかわすことができた。[*86]彼女は心情を語り、「相続ならず」のダヴィナのように、「生まれつき存在を感じさせる女性」だった。[*87]プルーマーに宛てた手紙で、ボウエンは一九四五年九月のある週末に、ボウエンズ・コートに到着したときのことを書いている。

ここまで来て、私は死んだような気持ちです、苛立ちと反感でいっぱいよ、でも、気分はずっとよくなりました。戸外で奴隷のように働きました(イラクサと下生えを刈り取り、雑木林を整理して)、それを私はやりたかったわけで、ペンを手にするとか、タイプを打つといった気にもなれません[…]。私は庭師というよりは林務管の素質があり、力強さと攻撃的な本能はあっても、園芸の才はありません——実際のところ、私が植えるものはみな死んでしまいます。[*88]

彼女は父親と同様、コリー家の多くとは違ってガーデニングに関心がなく、もっと大きな風景に心惹かれた。

## 時代の記録者

ボウエンは、プルーマーは時代の記録者だと考えていた。彼の自伝 *At Home*(故郷にて)を読んだ後、彼女はそれを誉めそやした、「この本はあなただわ、私たちが知るとおりの愛するあなただわ(どうしてかしら、一人称複数形を使って、一人称単数形を使わないなんて)。何度も繰り返し読んで、あなたが部屋の中にいるように感じました。それと同時に、友達の中に人が気づく非個人的な偉大さに畏敬の念を覚えました」。[*89]彼らの世代の特徴として抑制された精神とともに「移植された」人々の「志向精神」と彼が表現した洞察力を認めたのだ。[*90]その世代とは、彼女が『日ざかり』に書いたように、「人生から解雇された」世代のことで、非永遠性に馴染んでしまい、「大勢の人を知りながら、ほとんど知らなくて、一つ一つのことがまるで偶然の出来事のように起きていた」。[*91]

ボウエンとプルーマーは彼らの時代の感受性豊かな目撃者であり、人生の各地点で行動してきた人間であった。プルーマーは十代の頃、家族とともに南アフリカに住んでいて、ジャーナリズムと文学に興味を惹かれ、二十代になると「色の問題」に照明が当たった。アパルトヘイト政策に反対して、ロイ・キャンベルとロレンス・ヴァン・デル・ポストとともに定期刊行物 *Voorslag*（鞭ひも）を刊行したが、二回しか発行できなかった。スポンサーが植民主義政策に対するこの雑誌の批評姿勢に異議を唱えたからだった。一九七三年、プルーマーの追悼礼拝の時にヴァン・デル・ポストが言った、「彼は古典的な意味で怒るという特異な才能を持っていた――揺るがぬ情熱、だが情熱はいっそう明らかになる。彼は南アフリカでこの怒りを愛情と関連づけて英文で出版した最初の人で、アフリカにおける従来の移民政策を変えた」[*92]。プルーマーは国内の騒動と自らのホモセクシャリティを、その他の騒動すなわちアパルトヘイトと関連させた。個人の苦悩と国家的な憤激がプルーマーの小説に「絶叫の効果」を与えたとアレクサンダーは捉えている――ただし反抗の叫びはボウエンの小説では聞かれない。彼と彼女は政治については断じて合意できなかった――彼は急進的、彼女は保守的だった。それでも彼らは気質で通じ合っていた。プルーマーはラジオでイギリスの帝国主義的な植民政策に抗議し、一方ボウエンは資産のある保守的な、反労働党で、トーリー階級にいた。しかし彼女は大邸宅の植民主義は認めていたし、第二次世界大戦ではファシストの勢力に強く反抗した。だが植民地主義と大英帝国の理念の害悪は、一九三五年九月にボウエンズ・コートを訪れたプルーマーを引き続き鼓舞させていた。彼の多血質が出た見解を以下に。

天国のような場所を訪れたが、住んでみると天国より劣るようだ。とても陰鬱で、不和と飢饉の亡霊がたくさんいて、雲の流れは低く、降りやまぬ雨の下で木々はぐっしょりと濡れて垂れ下がり、何よりも空気そのものが苦情に満ちているようだ。誰が気候風土を追い払えようか、誰がローマ教皇、アルスター、ミスタ・ド・ヴァレラ、ミスタ・J・H・トマス、地代年金支払い契約、検閲制度、将来を遠ざけておけるか、酒びたりになるか、ローマかロンドンに逃げ出すか、自分の喉を切るしかないのでは？[*93]

プルーマーは、イギリスの植民地制度についてボウエンよりもはるかに神経を尖らせていて、シン・フェイン党には同情を感じていたと自伝に書いている。そしてのちにE・M・フォースターに焚きつけられてBBCのために「エンパイア」を演出した。*At Home*（故郷にて）でプルーマーは不和、飢饉、アイルランドの苦情のことを回想している、「イングランドのアイルランド支配にともなう無知、偏見、不寛容、不正、愚行、飢饉、暴力について、年を取るにつれて思い悩む、イングランドは他の人々の感情を理解しようとせずに、彼らに「反逆者」とか「テロリスト」というレッテルを貼ったのだろうか」[*94]。プルーマーは先見の明でもう一つの問題に取り組んだ。「イングランドの学校では［アイルランドの］歴史を、このウィット、詩人、ヒーロー、美、そして無為（容認しよう）の名手を生んだプロデューサーのことが、教科として我々に教えられてこなかった。黙殺されたか、見逃されたか、オレンジ色に染められたか」[*95]。ボウエンはアイルランドの苦情の風土とは一歩置いていたが、とはいえ安閑としていたのではない。戦後彼女はプルーマーに書いている、私はイングリッシュよりももっとアイリッシュに感じている、ウィンストン・チャーチルのスマートさ（スタイリッシュネス）が消えてしまったからだ」と。彼女にとってこれは彼の富、貴族的な背景とマナーを意味するだけでなく、彼の戦う言葉の天賦の才を意味した。あのブリッツの間イングランドの人々に魂を吹き込んだ言葉だった。チャーチルの流儀（スタイル）と弁論術（レトリック）がボウエンを情報局（ＭＯＩ）との契約に誘い込んだのだろう。だがボウエンは、労働党の動きに関わる女性たちとイングランドの耐乏生活に一撃を加えた。

> 私は一九四〇年以来イングランドを崇めてきました、ミスタ・チャーチルがイングランドに与えた流儀がその理由です。しかし、私は常に考えていました、ミスタ・チャーチルが去ったら、私も去ると。私は我慢がなりません、ミドルクラスの労働党の小物たちがオールド・ロンドン・スクール・オブ・エコノミックのネクタイを締めて女性たちと一緒にいるなんて。かわい子ちゃんを一皮むけば、女家庭教師が出てくる。なに、私はいつもそれが分かっていました。[*96]

政治とスタイルを合成したこの発言は、デクラン・カイバードを刺激し、彼は彼女にオスカー・ワイルドの伝統に繋がる「ダンディ」というレッテルを貼った。彼はさらに言う、スタイルはある程度彼女に必要であり、「貴族的な尊大さと礼儀正しさを維持するためには、そういう身振りを練習し演じるために利用できる宮廷がないことを埋め合わせなくてはならなかったのだ」と。[*97]

ボウエンの恋人、チャールズ・リッチーは、ときに彼女の貴族崇拝（スノバリー）と保守主義を共有した。彼はまたイングランド社会主義の巻き返しを遺憾に思い、彼が目にした労働党の陰気な労働者階級スタイルが戦後のロンドン生活に導入されたのも残念に思った。リッチーは、ボウエンに出会って五か月の時点で知り合ったあるガールフレンドをもてなして、日記に書いている、私は金で買えるものが好きだ。「スマートな女たち、ファッショナブルな煌めき、目につく浅はかさ」と。[*98]彼が真に恐れたのは、「木綿のストッキングのきびしい見通し」で、彼は絹のストッキングに入れ替わると言った。「酔いが醒めた社会主義の将来はスタイルが光彩を失い、際立つことが消えていく――我らの時代の低俗さの雑種と交配物が快楽、飾り物、娯楽向きの人や物を生き返らせる［…］。知的階級は全く気にしない、彼らは裕福な生活の煌めきと見かけ倒しを侮蔑してきたから。しかし、審美家たちは――私もその一人――危惧している」[*99]。これはリッチーという人のより明確な姿を我々に示している。彼は享楽家（ボンヴィヴァン）で、エリートの資質があり、ボウエンはそれに惹き付けられて彼と社交的なロマンティックな世界に入ったが、彼女はときにそれに反目した。彼女自身スタイリッシュで魅力的で、彼とは熱烈な恋愛関係にあったが、彼女は煌めくような生活は送ったこともなく、執筆と公的な目的のために奮闘していた。夫の死後には自由に結婚できたのに、ボウエンは色恋沙汰が嬉しいリッチーを知っていたので、彼と人生を共にするつもりはなかった。

労働党政府が一九六〇年代に賑やかだったころ、ボウエンは記録している、「この国で起きたとてつもなく元気が出る結果を呼んだのは、政府の交代だった。私はいつもエドワード・ヒースの世界を思っていました。陰鬱な労働党内閣が五年続くというあり得たかもしれないこの考え（先の六月まで）は、悪夢になっていた。我々は我々なりに、『不安材料』の山を抱えているが」[*100]。保守党の首相としてのヒースの在任期間一九七〇―七四年の間、彼はボウエンには人気があったが、アイリッシュにはなかった。彼女は様々な価値が急速に衰退している階級に属していても、例えば遺産相続にはこだわっていた。キャメロンの死後、友達はボウエンにボウエンズ・コートの売却を勧めたが、ボウエンは、そこは無人であっても孤独ではないと主張した。一九五七年、売却の二、三年前に、彼女は認めていた、自身が相続者になってからほぼ三十年になる歳月、三十ある屋敷の寝室の調度が完璧に整ったことはないと。だが彼女はこれを「上手に利用し、ペンを執ってあらゆる部屋を順に書き留めた。[…]とったメモは私の著作にいい材料を提供してくれている」[*101]。プルーマーは、彼女の複雑な愛着心を十分理解できず、彼女が何年も苦労して屋敷を維持する真意が摑めなくて、彼女が作品の中に描く抒情的な「紙の屋敷」に満足しなかった。

彼らのつながりは疑わしく見えることはあっても、彼らは生涯の友達同士だった。政治的に社会的にプルーマーより穏健な作風だったボウエンは、それでもなお、一九二〇年代初頭の文化の堅い表皮の下にうごめく歴史的な暴力性を『最後の九月』で、第二次世界大戦の前、ヴィシー政権以前のロンドンとパリの緊張と秩序の崩壊を『パリの家』で、そして第二次世界大戦時の国家的な謀反と個人的な裏切りを『日ざかり』で記録している。彼女はまたロンドンで自身を取り巻く階級間の確執を、不誠実な男女の交際を、女同士の新しいつながりを、新しいアイルランドとアングロ－アイリッシュとイングランドの同盟に――政治的・宗教的に異なった人々の同盟に――光を当てて戦時物語に描き、生涯の終わりには戯曲 *Nativity Play*（降誕劇）を書いている。

## 編集者プルーマー

プルーマーはボウエンの著作アドバイザーになり編集者になった。「全出版社の原稿閲読者が認める長老」デヴィッド・ガーネットは、彼の一九三二年の投稿 The Child of Queen Victoria（ヴィクトリア女王の子供）を読んだ上で、若い世代のもっとも才能ある書き手としてプルーマーを買っていた。文芸誌『ニューヨーカー』の編集者ウィリアム・マクスウェルは同意して彼の文章を「コンラッドのようだ、もしコンラッドがウィリアム・プルーマーだったら」と言って褒めた[*102]。才能ある若いボウエンにとって、プルーマー以上にいい友達、いい話し相手で編集者がいるだろうか？ガーネットはこの件について、ケイプに宛てて一筆書いている。

プルーマーは確かに若い世代についてもっとも独創的でもっとも鋭い心情があり[…]。彼はどう見ても少数派である――つまり、作家、本物の知性派、伝統に囚われない批評精神の文芸家の区分において、英国の大衆は総じて彼らを嫌っている、だから、限られた部数しか売れない。彼は人気のある左翼だ。

彼はつけ加えて、「プルーマーはもちろん何年も前に〈今月の本〉を獲得するはずだった、独創的な卓越した文学を相手にするなら。だが彼はあまりにも伝統から離れていて、鋭かった」[*103]。その眼識をもってプルーマーはボウエンの小説『日ざかり』と『リトル・ガールズ』を出す道を整え、ケイプ社の編集上の口論を押しのけた。

ヴェロニカ・ウェッジウッドがプルーマーについて語っている、「出版史上、彼に並ぶ原稿閲読者はいない。私は彼に勝る人は一人もいないと確信している」[*104]と。プルーマーは先見の明、ウィット、掘り出す能力でケイプ社に長く感謝されている。それはボウエンのみならず、デレク・ウォルコット、アーサー・ケストラー、アラン・ペイトン、ジョン・ファウルズ、スティーヴィー・スミス、そしてイアン・フレミングがその中にいるし、出版社が後悔するウラジミル・ナボコフ、ジョン・ベッチマンも含まれる。アラン・ペイトンが書いている、プルーマーの最高傑作は、彼の小説でも詩でもなく、彼が四十年にわたり出版社のための原稿閲読者、批評家、相談役、書評家であったことだ、そして、ボウエンは彼の衰えを知らぬ天賦の批評の才について、「あなたの決断を私は重んじています」と。クノッフ社とケイプ社の双方を悩ませた『リトル・ガールズ』の終わり方について、彼が考慮した時、ボウエンは書いた。

とても嬉しいことでした、あなたが私の小説について書いてくれた手紙は——私の心を温かくしたというだけでなく、格調高い論評でもあったから——私はお歴々がどう見たかがよく分かります。私は何に嚙みつくこともなくハミングしている気分です。なすべきことは一つ、もっと大きな厚切りに嚙みつくことで〔…〕お手紙は何よりも雄弁です——あの本の意図をまさに探り当ててくれています。[*105]

プルーマーの編集方針の独立性と非習慣性はボウエンの独創性に訴えるものがあった。彼は原稿校閲者として非常勤で働いていた。「私の気質とタレントは本を書くことで生計を立てるよう強要するものではない。本を書く気になるのは、私が書きたいと思うことがあれば、の話だ」[*106]。彼は多面的な作家で、興味の幅は異例なほど広く、物語、詩集、自伝など半ダースの本を出版し、のちには戯曲や劇場用の台本も書いた。

ボウエンが出版社をゴランツ社からケイプ社に切り替えようとしたのは一九四〇年代の初めだったが、『日ざかり』と『リトル・ガールズ』を出す前に、彼女の文体（スタイル）がケイプの編集者たちによって議論され、彼女の構文法（シンタックス）の「軽業みたいな芸当（アクロバティックス）」について今なお批評界で継続している会話が持ち上がった。[*107] プルーマーはその会社の片隅にいるだけだったが、ケイプ社で彼女を弁護する側に立ち、ときには原稿校閲者のチーフになったダニエル・バンティング（ダニエル・ジョージの筆名）と対立した。伝統主義によらないボウエンのことで興奮したプルーマーが、彼の書いた数通の手紙に出ている。彼女の新しい主題、アイロニカルな切れ味、ブルジョアジーへの締め付け、失恋の描写、女性の人生、捉え難い雰囲気と戦時に流れた歴史をとらえる彼女の能力、そして彼女の文体上の実験等々についてである。この小説は、と彼は申し述べる、一九三〇年代の女性作家の伝達媒体であると、そして女性による田舎暮らしの「真実にもとる年代記」と彼が命名したものを皮肉にも批判し誤読している。「その女性たちは『素敵な』方法で上品で洗練されていることを示すのに躍起になっているように見え、巡回図書館を利用している無数の仲間にこれが疑いなくアピールするものと期待されている」[*108]と。だがボウエンはそうではなかった。

## 散文が詩の働きもするべきとき

ボウエンの文体は散文と詩の境界線上にあるだけでなく、物語的で映像的であって、それを彼女はフィクションの背景と前景の語りのパタンを解く鍵とし、オランダの室内画のおもむきがそこにそなわっている。[*109]ボウエンがジョナサン・ケイプ社に移った時、彼女はすでに作家として名を成してはいても、ケイプ社は彼女の作品に統一した編集方針を提案し、ジョーン・ハセルにデザインさせて、注意して表紙を選定した。これが当時イングランドでは最高の会社の一つだったケイプ社の典型的な仕事の流れだった。「適切な出版物であり、珠玉の製品だが、小型の体裁で人気が出るものと予定している」とジョナサン・ケイプのビジネス・パートナー、レン・ハワードの息子のマイケル・ハワードが言っていた。ボウエンは、戦時中に出版したのは短編集だけで、一九四二年に『日ざかり』を書き始めた。ケイプ社は彼女を喜んで迎えたものの、かつてケイプ社の編集者だったウェッジウッドは「その小説は惨めな状態にある」と見ていた。

敬意は表したが、ボウエンを受け入れたことでケイプ社のほうに彼女の文体について批判的な疑問が持ち上がった。外部の原稿校閲者プルーマーが関与していたが、チーフ原稿校閲者のジョージは、一九四八年五月に『日ざかり』について四ページのノートを取り、彼女の散文の「澄み切った流れを遮る障害」をリストに挙げた。彼は構文法の奇妙さに疑問を感じた。例えば、「アンは、ラウンジに半ば根を下ろしながら、彼に、人が見れば直感的とは言えないような、視線をすえた」。ボウエンが「視線」を心理的に強調したかったのかと感じることはできても、ジョージは当然不満だった。そして、この無作法な文章はその意味を探るのにそうとうな時間を読者に使わせると思った。ボウエンは、注意深い校閲に感謝しながらも、自分の文体について水も漏らさぬ答弁書を送った。[*110]彼女は書いた、「あなたとウィリアム「プルーマー」の共同提案策と数点の質問事項に記された」すべての省略と反復された言葉を訂正しました。彼女は対話の中のいくつかのフレーズについて、「あなたのご指摘のとおり、朦朧とした、誤解を招くものでした」とした。だが、やや反感を招く文章だとする非難に対するボウエンの妥協は、そこで終わっている。彼女が自分の語順と文体を弁護する主眼は、「散文も時に詩の働きもするべきだ」である。

［私は］あなた方が疑問視する私の様々な語順について断固として自説を通しています。私自身、文章に空想的（ファンシフル）な言葉をちりばめるのは我慢できません。しかしこの小説で、語順が奇妙で作為的な文章が多いのは意図的なことで、なぜなら（私が見るに）普通の文章では正確な意味が伝わらず、さらに重要なのは、これ以外の方法で私が強く望む心理的な正確なインパクトを与えられないからです。

彼女は例として『日ざかり』の第一章から文章を一つ選んでいる。"And, at the start of the concert, this tarnished bosky theater, *in which no plays had been acted for some time,* held a feeling of sequestration, of emptiness the music had not had time to fill."（そして、コンサートは始まったものの、うす汚れた林の中の劇場は、久しく芝居の上演がなく、見放された感じがあり、空虚な感じは音楽が始まっても消えなかった。*111（拙訳『日ざかり』八頁、一部変更））校閲者はこの文章の第二節、"this tarnished open air theater in which no plays had been acted for some time [emphasis added]"の語順に疑問があった。ボウエンは答えた、「しかし私が求めたのは、心理的な強調を上演にではなく時間に置くことでした。だから、私は二つのうち時間のほうにもっとよく響く位置を与えたいのです」。最終的な校正を経た文章に彼女は見慣れない言葉"bosky"（"woody"〈森の〉または"sylvan"〈森林の〉を意味する）を付け加え、劇場の新しい歩みに起きるかもしれない何か期待できるものを示唆して、"tarnished"という言葉が意味する「使われない（unused）」ないしは「役立たず（spoiled）」という意味とバランスを取りたかったと。彼女の文体は、意味が濃密で、難かしいと言える。

彼女はジョージに書いた同じ手紙で確認している、私は、「見苦しく見える、または、つまずきそうに感じる［…］、騒音、雑音、みっともなさをキープしたかった。それらは私の心に対して何かを表わしている。ある場合、私はぎくしゃくするリズムが欲しくて――よほどの場合は、読者を不快にすることもあるだろう」と。*112

彼女は別に言ってるわけではない、騒音や亀裂や割れ目が、語順や省略や、または、途中に入る二重否定や三重否定、意味を宙づりにする仮定法等々が、詩になるとか現代精神の音楽になるとまでは。戦争と現代性（モダニティ）が爆発し、日常生活の不安定さが、途切れがちなボウエンの文章のリズムと構文に働きかけてくるのだ。電話のベルが短篇 Summer Night（夏の夜）では「対話を引き裂き」、戦争中の会話にはもっと多くの中断があり、したがって、休止、沈黙、ギクッとする、停止、がボウエンとその他の現代作家の構文と対話に出てきて、現代という時代の「雑音（ジャー）」になっている。リズムという言葉のボウエンの使い方は、文章の音楽性に関心があることを思わせ、新しい種類の文章へ、効果的な文章へと彼女を脱皮させている――多くの場合は。彼女はこう書いている。

私は「詩的な」散文が大嫌いだ。しかし、執筆中で散文がときに詩の働きをするべきだと思うことがある――事実、詩は言葉が理性を通して到達するより多くのことをする――ある種の詩の免許証が散文にも要るかもしれない。危険だ、と私は認めるし、細心の熟慮をもってなされるべきだが、責任は自分でとること！　もし私がそれらのせいで批評家に攻撃さ

れたり馬鹿にされたりしたら、私は忘れないことにする、（あなたとウィリアムが親切にも思い出させてくれるだろうから）、
私は警告を受けたことを！

もう一通の手紙で彼女は言っている、「私は目のためというよりは音のために書いている。文章を声に出して読んだ後、小声で、詩句の一行を試すかのように。強調（ストレス）とリズムは詩におけると同様、散文においても重要だと私は思う――ともあれ私の目的のためには」[*113]。おそらく戦時中と戦後の間に――このコメントは一九四六年に出た――彼女は考えることと感じることの「新しい型式」を模索していた。そして音が彼女の視覚的な想像力に新しく浮上し絡まってきたのだ[*114]。彼女は一九五〇年に、戦争が終わり、自分の「文体」についてジョージとプルーマーと意見交換した後に書いたエッセイ「詩的な要素」で、その立場を表明している。そこで彼女が弁護するのは、小説の詩的な広がりとは、一九二七年のエッセイでウルフが宣言したことにならい、現代小説は詩の持質、つまり詩が持つ曖昧性と明暗度を組み込もうとしていること、だった[*115]。彼女たちの文章のリズムは異なっているが――ボウエンは「大地（テラ・ファルマ）」、場所の感覚、ストーリー、そして時間に土台を置き、それがウルフとの違いになっている――二人はともに小説の文章の形式とジャンルをもっと伸縮自在にしようと試みている。

ジョージが確認する、間違いだと私は思うが、ボウエンは「あまりにも口語風に書くし、とりわけ談話のリズムにそれが出て［…］文章のキーワードにストレスを置いている」と。だが彼女が読者に届くのは、「口語風」だからというよりも、語順にある詩的な聴覚または視覚に訴える効果ではないか。ボウエンはもう一つ『心の死』から例を引いて自分の文章を正当化している。「擬人化には（ポーシャが気づいたように）その後ろに怒りがあった」ボウエンは、これは「雑音を立てる（ジャーリング）」文章で、エディの常軌を逸した気分に合わせるために使ったと認めている。そしてフランク・ラウダへの手紙に書いた、「私は文体をコントロールして時には美のすべてを言葉にしたい――阿鼻叫喚に転じる潜在性を」[*116]と書いた。

そういう効果は伝統的な構文法と語りには「含まれ得ない」ので、彼女はもう一つの構文法を試みている[*117]。ボウエンの「拷問めかした構文法」と判断したジョージは、新しい意味を表現したい彼女の実験を見逃している。文体と語彙はときに意表を突き、無視される語順、新しい強調法、記号の省略等々、どれにも詩と散文と何か新しいものが境界線上にうろついている[*118]。彼女はこの文体を『日ざかり』でロバート・ケルウェイおよびその他に対する査定、「言語は死んだ通貨だ」を迎え撃つのに活用している。戦争中はこれがプロパガンダと修辞法になって掲示板に貼り出され、新聞や雑誌に出回り、ラジオで報道された。ボウエンは、戦時中のコラージュ、洗練された言葉の選択、ユニークな強調を駆使した奇をてらった構文をもって、編集者、読者、批評家を、戦争とメディアと詩の言語と感覚と文書を統合して直線的な物語を壊す文章へと導き入れる。一九五〇年にジョスリン・ブルックと文体について交わした対話の中で、彼女は、「死んだ木――とにかく知的過ぎるもの、混乱が過ぎるもの――、センセイションを伝えていないのもちょん切った」と認めている。そしてまた、彼女は分

析をイメージとセンセイションに振り替えた──詩でするように。哲学では、ポストモダニストの遠近法に方針を転換し──デヴィッド・フォスター・ウォレスのそれのように、純文学と大衆文学の境界線を壊す目的で、知的なものを脱ぎ捨て、テレビ世代の皮肉屋を相手に、新しい言語とセンセイションを小説に注入し革新した。[*119]

ボウエンの友人で編集者のA・E・コパードが『パリの家』を「サン・フランシスコから来た年配のレディに、人間百科全書として」貸したところ、彼女は「話がとても気に入ったが、文法的に書けていなくてとても残念！」と言ってきた。[*120] キングズリー・エイミスは、ボウエンの一世代後に生まれたが、彼女の文章の構文法に出てくる急変を歓迎し、ペネロピ・ライヴリーは、「ギョッとするような言葉」が読者の注意を逸らせないと言っている。だが、彼女の文体に飛び出てくる奇妙な言葉を誉めない人もいて、ピーター・デ・フリースは、一九五二年の『ニューヨーカー』誌にパロディを載せた。

「誰か、テニス？」図書室のドアからのぞいた顔は、四角い動物的な美男子で、男たちの写真の中で、ニブリック［アイアン・ヘッドのゴルフクラブ］を調べている、下着のままで。[*121]

もっとも激しい声の反論は、オリヴィア・マニングからだった。彼女はボウエンとは違い、公に明かすのを好んだ。「私はE・Bの〈文体〉の試みに耐えられません［…］、彼女は何と疲れる作家なのでしょう。文体の態度とグロテスクさは、およそ何一つ語っていない。逆立ちして両足を組んでパンとミルクを食べている人みたいだ」[*122]。不発弾もあり、見知らぬ言葉、そして朦朧(もうろう)とした文章もあって、ボウエンの感受性を共有する読者は、彼女が文章に溶け込ませた新たな急変とリズムに応えている。そういう読者は彼らが散文に寄せる伝統的な期待を調整して、彼女の詩に、ときには心にひびく音楽や奇妙な言葉に、耳を傾けている。

ジョージは、本来はケイプ社の反抗的な編集者だが、最終的には『日ざかり』の文体上の懸案事項を撤回した。一九四八年三月、彼は「私が持ち出した問題点は、とるに足りないまたは教条主義(ペダンティック)なたわごとだ」と認め、ただし曖昧なままに残された省略や変更は認められないとした。彼はボウエンの強い姿勢にもその他のケイプ社の読者にも、おそらくプルーマーにも責任があった。彼は神秘めかして、私は文体上の問題点は取り上げない、「もし私が、いわば、そそのかされていなければ」と提案した。誰に？ 彼は引き続き『日ざかり』を誉め、ボウエンの最高傑作であるだけでなく、「より広い一般読者にも最高のストーリーだ」と言った。これは一九四九年二月に出版され、四万五千部の売り上げを記録し、当初の編集上のたわごとを出しぬいた。

詩人のスティーヴン・スペンダーは彼女の文体を寵愛した。彼は彼女の登場人物の身の上に起きる「秩序の崩壊」に注目した。彼らが話すと、「会話が登場人物にとって無関係のオブジェクトとなっている」。これは小説家の「登場人物」ではなく、「だが実際『登場人物から出たなにか』」であり、批評家ベネットとロイルもそのように示唆している。スペンダーは、自分が文章を書くにあたって気を付けているのはひとえに、「光の感触、いかに期待に反する会話に切りかえるか、いかに大きいか、いかに居心地が悪い人生か、登場人物の役割または描写にほとんどそれが適合していないか、である」[*123]としている。ローズ・マコーレイはBBCの番組「クリティクス（批評）」で、「文学作品のたんなる手触り」にこそ陶酔がある、書物の価値として私が最も愛しているものがこれだと思うと述べている。マコーレイとスペンダーはここで一致して、ボウエンが、ウルフが苦心したように、詩の属性を取り入れた語りを書こうとする野心を支持している。一九五〇年のトーク番組でボウエンはナラティブな散文の限界と可能性に言及している。小説というものは進化すると「ストーリーが詩から遠ざかり、高さを失い、些細な事に巻きこまれてしまう」、あるいは状況的なことに巻きこまれる。分析と説明の機能を引き受ける小説は、「詩に反するとは言わずとも、詩的ではなくなる」。彼女は詩を保存し、非理性的で心理的な奔流、「古典的で首尾一貫したストーリーの堅い定型がない場合には含まれ得る人類と人間性にある非統制的な要素」を含めることを模索した。これが彼女の異例な言葉と文章にこぼれている。[*124]彼女は、これらの文章が「ときに読者を面倒なことに引き込み、読者を妨害する」ことに気付いているが、彼女は文章をあえて変容させる挑戦をやめない。[*125]

同じエッセイ The Poetic Element（詩的な要素）でボウエンはフロベール、スタンダール、エミリ・ブロンテ、ハーディ、さらにはプルースト、ヘンリ・ジェイムズ、ジェイムズ・ジョイスらへの賞賛を表明する、なぜなら彼らは小説の形式を「こじ開けて」、詩的で非理性的なものをジャンルの中に浸透させたからだとしている。ボウエンは彼らとともに現代小説の開拓線上に自らを置き、自分の新しい文章が、人間がいかに考え、感じ、見て、聞いて、知覚するかを反映するように形作った――つまり、センセーションと視覚効果を強調して。そして新しい言語によって立つ。エッセイで述べるように、彼女の文体は「順応性も表面も純粋にはそのままの働きをしない」。彼女の狙いは「男性性と力強さ」である。彼女が憧れる文章は詩を持ち、「ガラスの透明性を持つこと」で、散文もまた、「その価値に従って、重い、反響しない、磁器が持つ曖昧性から何でも引き揚げられる」[*126]。そしてエミリ・ディキンソンをこだまして、彼女の実験を「語りの言語を白熱状態で用いる」と説明している。彼女は危険を承知している。「もし我々の実験において、ヘマをしたり失敗したら、もし我々の言語が反感を招き、理解不能だったら［…］、ストーリーのための新しい地位、新しい基地が準備されねばならない」。実験的な書く仕事は実験的な読者を必要とする、そして彼女も知るとおり、期待した成果が上がらないこともあり得る。

## スタイル

「スタイル」は、ボウエンが好んだ言葉の一つで、彼女のこだわりを共有していたプルーマーとの交信によく出てくる。「スタイル」を持つことは敬意の一種であり、上記したような作家の刻印であるだけでなく、自身のファッション、装飾家具、愛用しているペンの種類（ボウエンはバイローを愛用）、話し方と生き方のマナー、さては政策でもある。ボウエンは、「スタイリッシュな」人、「スタイリッシュな」フランス、「スタイリッシュな」フォックス・ボール、または「スタイリッシュな」建築装飾などに気づいていた。彼女には独自の衣服の着方があり、友人がそれに気づいていた。彼女はニューヨークではオーバック（手頃な価格の装飾品を扱うデパート）で買い物をし、アイリッシュのデザイナー、アイリーン・ギルバートにドレスをオーダーしていた。プルーマーも同様にスタイルに関心があり、友人たちは見せかけの気取りに注目するようになる。彼は「パック（英国民話に出てくるいたずら好きな妖精）と仏陀」のミックスみたいに見えると言われ、よく帽子をかぶり、変人とか「店員（ショピー）」とみなされていた。一九三〇年代には店の店員だけがそういう身なりをしていた。スタイルは筆跡にも影響する。プルーマーは、タイプライターが欠かせないものとなった時代に、アマチュアの筆跡鑑定家だった。彼は自分の巧みな手書き文字に誇りを示し、ボウエンは、三十年代半ばにタイプを習い、謝罪するように手紙に、「私の筆跡のことであなたが言った驚くべき素晴らしいこと――あなたはかつて『スタイリッシュ』だと言ったのよ、私はその印象を忘れないわ――だからあなたに［手紙を］タイプするのは申し訳ないわ」*127と書いている。これは彼女が『日ざかり』を書いている時で、彼女はタイプで原稿の数章を書いていた。

ボウエンはまたプルーマーの反抗的で変人の友人の一人アンソニー・バッツの「スタイル」にも心惹かれ、バッツは画家で、一九三八年に彼女の肖像画を描いている。彼の魅力を知ったボウエンは彼の野性味とユニークな歩き方を、とくに彼の家族を称賛した。彼はウィリアム・ブレイクのパトロンだったトマス・バッツを祖先に持っている。一九四一年三月にウルフが自殺、その二か月後に彼が自殺した後、ボウエンはプルーマーに、いなくなると寂しくなる、彼らは私にはたった二人の人だったと打ち明けている。彼女は彼らの社会規範の拒否を重んじながら、ロンドンとボウエンズ・コートで夫と過ごす生活の安全性を大事にした。その一方でボウエンは友情と恋愛に憧れ続け、慣習の外に出た想像的な事実上の冒険を愛した。バーリン、プルーマー、バッツとの関係が、「適切な」ボウエン神話の表面に飛びかっている。彼女はオリジナルな人だった。ときにアウトサイダーと感じ、同じように感じる人々との間に友人関係を築いた。

## 原注

＊1 EB to IB, December 18, 1933, BOD, MS. Berlin 245, folio 14.
＊2 Autobiographical note for *Mademoiselle*, August 17, 1954, HRC 1.5.
＊3 *BC*, 277.
＊4 *HD*, 125.
＊5 EB to IB, August 19, 1937, BOD, MS. Berlin 245.
＊6 Bowen, "Frankly Speaking."
＊7 See journal, *The Space Between: Literature and Culture*, also, Bluemel, *Intermodernism*.
＊8 *FBMS*, 59.
＊9 *TR*, 19.
＊10 Kiberd, *Inventing Ireland*, 367.
＊11 Devlin and Whitman-Prenshaw, *Welty*, 7.
＊12 Connolly, *Enemies of Promise*, 21.
＊13 See *WWF*.
＊14 Arnold interview.
＊15 Woolf, *Letters* 5, October 18, 1932, 111.
＊16 *ES*, viii.
＊17 Lloyd-Jones, *Maurice Bowra*, 16.
＊18 Mitchell, Maurice Bowra, 73.
＊19 Bowra, *Memories*, 190-191.
＊20 Ibid.
＊21 Hone interview.
＊22 Bowra, *Memories*, 190-191.
＊23 Rees, *Looking for Mr. Nobody*, 40.
＊24 EB to IB, shortly after September 23, 1936, BOD, MS. Berlin 245, 70r-v.
＊25 IB to Marion Frankfurter, June 3, 1936, Berlin, *Flourishing*, 170.
＊26 Woolf, *Letters*, vol. 5, July 3, 1935, 410-411.
＊27 GR to IB, September 26, 1936, BOD, MS. Berlin 274, folio 27r.
＊28 Bowra, *Memories*, 190.
＊29 *World of Light*, 192-193.
＊30 Keane, in "Life with the Lid Off," September 28, 1983, BBC, NSA.
＊31 Ignatieff, 65, 51.
＊32 Interview with IB by Ignatieff, 7 May, 1991, MI Tape 13, p. 15.
＊33 Ignatieff, 4.
＊34 IB to Marion Frankfurter, June 3, 1936, Berlin, *Flourishing*, 170.
＊35 Ignatieff, 65.
＊36 IB to EB, ca. October 3, 1938, Berlin, *Flourishing*, 289.
＊37 IB to Morton White, May 7, 1970 (copy held by the Isaiah Berlin Literary Trust.
＊38 IB to Marion Frankfurter, June 3, 1936, Berlin, *Flourishing*, 170.
＊39 IB to EB, after September 15, 1938, Berlin *Flourishing*, 282.
＊40 VW to Quentin Bell, December 3, 1933, Letters 5,255.
＊41 Ignatieff, 52-53.
＊42 Berlin *Flourishing*, 289.
＊43 EB to IB, October 8, 1952, BOD, MS. Berlin 245, folio 146r.
＊44 IB to Marion Frankfurter, June 23, 1940, Berlin, *Flourishing*, 304.
＊45 See Paxton and Marrus, Vichy France and the Jews, 34-44.
一九三三年の終わりころにフランスは規制を強化し始めていた、国家の不景気がユダヤ人に対する偏見を助長していたからである。
＊46 WP to EB, September 29, 1935, HRC 11.8.
＊47 IB to Marion Frankfurter, June 23, 1940, Berlin, *Flourishing*, 304.

＊48 Fisk, *In Time of War*, 431.

＊49 SIW, 60.

＊50 *HP*, 139, 111, 124.

＊51 Radford, "Woman and the Jew," 103. Also Cheyette and Marcus, "Some Methodological Anxieties."
オットー・ヴァイニンガーは一九〇三年の *Sex and Character* で、女性性とユダヤ人男性とのリンクを最初に創造し、ドイツ人の男性らしさと当時蔓延していた英雄主義と比較した。この考えは反ユダヤ主義的な見解を育て、思想と文章法と文学に浸透した。「もっとも男らしいユダヤ人は、およそ男性らしくないアーリア人より女性的である」（ヴァイニンガー *Sex and Character*, 306）。サンダー・ギルマンはユダヤ人男性を取り巻いてきた歴史的文章法の著書 *The Jew's Body*（ユダヤ人の身体）において、ユダヤ人は「ヒステリックとみなされる、ユダヤ人は女性化された他者である」としている（七六）。これらの認識された本質に関するより高度な論議には、同書 *The Jew's Body* の "The Jewish Psyche" の章を参照。

＊52 *HP*, 111.

＊53 IB to EB, before August 26, 1936, Berlin, *Flourishing*, 192.

＊54 Radford, "Late Modernism and the Politics of History," 39.

＊55 A. S. Byatt, introduction to *HP*, ix;「ロンドンの通り近辺の外国風の顔は個人的な痛みと非個人的な歴史を視線の後ろに持っている」。

＊56 *HP*, 9-11.

＊57 EB to SS, May 20, 1936, BOD, MS. Spender 39.

＊58 *IGS*, xiv.

＊59 *HD*, 217.

＊60 *IGS*, iv.

＊61 *IGS*, viii.

＊62 See Chatterjee, *The Nation and Its Fragments*, 138ff.

＊63 *HP*, 69.

＊64 *HP*, 139, 171, 214.

＊65 IB to EB, shortly before September 27, 1935, Berlin, *Flourishing*, 133.

＊66 Ibid.

＊67 See Gilman.

＊68 Rachel Walker to Barbara Standcliff, postmarked March 25, 1935, Berlin, *Flourishing*, 720.

＊69 IB to EB, shortly before September 27, 1935, Berlin, *Flourishing*, 133.

＊70 *HP*, 171.

＊71 *HP*, 134, 69.

＊72 *HP*, 150.

＊73 ギルマンの *The Jew's Body* は、ユダヤ人の身体とサイキについて歴史的、医学的、市民的な文章法で詳述している。

＊74 *HP*, 111, 172, 119, 195.

＊75 *HP*, 150, 167.

＊76 *HP*, 242.

＊77 ドレフュス事件はフランス社会を舞台にした法的な犯罪で、ユダヤ人大尉のアルフレッド・ドレフュスが誤って反逆罪とされた。

＊78 See Horowitz, "Lovin' Me, Lovin Jew."

＊79 Glendinning, *Elizabeth Bowen*, 97.

＊80 *HP*, 156.

＊81 *HP* 48.

＊82 See Zadie asmith, *White Teeth & NW: A Novel*; Salman Rushdie,

*Midnight's Children*; Chimamanda Ngozi, *Half a Yellow Sun*; Jhumpa Lahiri, *Interpreter of Maladies*; Karin Desai, The Inheritance of Loss; J. M. Coetzee, *Disgrace*; Cary Phillips, *Cambridge*.

＊83 いまは同性愛小説とみなされている。

＊84 Simon Nowell Smith, Postscript to Plomer, *Autobiography*, 477.

＊85 EB to WP, September 24, 1945, DUR 19.

＊86 例外 プルーマーは一九三二年に貴族のリリアン・ボウズ・ライオンに結婚を申し込んだ。彼は革新的で反帝国主義な見解にも関わらず、血統、貴族制度、忠誠心に惹かれていた。Alexander, *William Plomer*, 188-189.

＊87 Bowen, "The Disinherited," *CS*, 378.

＊88 EB to WP, September 23, 1945, DUR 19.

＊89 Ibid., May 6, 1958.

＊90 Plomer, *Double Lives*, 13.

＊91 *HD*, [Page?]

＊92 Alexander, *William Plomer*, 320, 83.

＊93 Plomer, "Notes,"93.

＊94 Plomer, *Autobiography*, 138-139.

＊95 Plomer, *At Home*, 137. British literature courses now catching up to Plomer's criticism.

＊96 EB to WP, September 24, 1945, DUR 19.

＊97 Ritchie *Siren Years*, 374.

＊98 SY or LCW.

＊99 Ritchie, *Siren Years*, 112.

＊100 EB to WP, September 1, 1970, DUR 19.

＊101 Bennett, "House," 177.

＊102 Maxwell to Welty, "What There is to Say ...." January 9, 1983, 375.

＊103 Alexander, *William Plomer*, 192.

＊104 Howard, *Jonathan Cape*, 170, 432.

＊105 EB to WP, October 24, n. d. (ca. 1963-1964), DUR 19.

＊106 Plomer, *At Home*, 154.

＊107 See Teekell, "Elizabeth Bowen: *Language at War*" and Osborn, "Reconsidering Elizabeth Bowen" and *Elizabeth Bowen: New Critical Perspectives*.

＊108 Howard, *Jonathan Cape*, 170-171, 216, 182.

＊109 See P.225-26 for a fuller description of her method.

＊110 EB to Daniel George, June 2, 1948, HRC 10.4

＊111 *HD*, 4.

＊112 EB to Daniel George, June 2, 1948, HRC 10.4.

＊113 EB to Frank Rouda, March 1, 1946, HL, Box 1.

＊114 Bowen, "Summer Night," in *CS*, 389.

＊115 Woolf, "Narrow Bridge of Art," 20.

＊116 EB to Frank Rouda, March 1, 1946, HL, Box 1.

＊117 Bowen, "Poetic Element," 18.

＊118 ニール・コーコラン、モード・エルマン、ハーマイオニー・リーらは、ボウエンの文体の「異様さ」を最初に指摘した批評家で、最近ではスーザン・オズボーンとアナ・ティーケルがボウエンの「逸脱」と奇妙な構文法に挑戦している。

＊119 "Elizabeth Bowen and Jocelyn Brooke　An Interview,"December 15, 1950, NSA.

＊120 A. E. Coppard to EB, September 5, 1935, HRC 10.6.

＊121 DeVries, "Touch and Go."

＊122 David, *Olivia Manning*, 11.

＊123 SS to EB, April 19, 1935, HRC 12. 1.

＊124 Bowen, "Poetic Element,"4.

＊125 Bowen, "We Write Novels," 28.

* 126 Bowen, “Poetic Element,” 13, 14.

* 127 EB to WO, June 27, 1936, DUR 19.

# 第五章　恋愛と恋人たち

## 「偉大な灰色の鳩」　アラン・キャメロン

パラドックスかもしれないが、ボウエンは家庭生活の絶対安定を望み、結果として結婚を望んだが、同時に自主独立に憧れ、「家庭の外に」自由な恋愛を望んだ。彼女の友人デヴィッド・セシルもこれを認め、彼女は結婚という制度に忠実だが、並行して別のロマンチックな関係を求める冒険心があると証言した。[*1] 判明している彼女の恋人は、ハンフリー・ハウス、ゴロンウィ・リーズ、ショーン・オフェイロン、メイ・サートン、そしてチャールズ・リッチーである。ボウエンの必要と「天才」に及ぼしたアラン・キャメロンの恩恵は、彼らの結婚の初期の段階で確立しており、彼は忠誠を尽くす一方、彼女は感情的な知的な性的な経験をもっと広い領域で追求した。ショーン・オフェイロンは皮肉をこめて、ボウエンは「賢者のように」結婚したと書いている。アイザイア・バーリンは記している、彼女は「他の男たちと関係を持ったが、それほど頻繁ではなかった。彼女の夫は気に掛けなかった、彼は自分が天才と結婚したと考えていた。彼女は望む通りのことをするのを許されるべきだ」と。[*2] 知的で養育者のようなキャメロンは安定と思いやりを提供したものの、通常は退屈な男と見られていた。ボウエンの友人ジョン・ベイリーは、ボウエンは「幸せな結婚をした、鈍感だが親切な、そして嫉妬しない男と」。[*3] キャメロンはボウエンの男友達すなわち黒い帽子――並んだ帽子がクラレンス・テラスの住まいに入るキャメロンに挨拶した――にしばしば言及した。そしてボウエンのいとこのオードリー・フィネスに打ち明けた「分かるでしょう、このすべてがエリザベスの何かに役立ったのだ」。[*4] ボウエンの増える一方の別居生活は妻の天才を信じる夫の気持ちに拍車をかけた。この状況を一世代あとの女性のレンズを通して見たのはペネロピ・ライヴリーで、彼女はこれを「不幸な結婚だわ、安定していてもロマンスがない」とした。ハーマイオニー・リーはさらに、キャメロンは「誰もが離れたくない人だった」、彼は面倒を見る人だったからだと。[*5] この二人は、ボウエンはキャメロンの揺るがぬ支援と親切と忠誠を多としたが、社交的な知的な性的な必要のほうは満たされなかった、と見ている。彼女の恋愛関係のいくつかは生々しく、感情的な傷跡を残したが、飼い慣らされない彼女の個性の一面が見え、留保・沈黙は彼女の神話になっている。これらの恋愛経験は彼女の小説を新しい目で読む熱い牽引力になっている。

図15　エリザベスとアラン・キャメロン。ブリスワース教区教会、ノーサンプトンシャー、イングランドにて。1923.4.4　Rights holder and courtesy of Laetitia Lefroy.

だがアラン・キャメロンと結婚した当初、彼は保護する役割からボウエンの目で「偉大な灰色の鳩」と見られていた。[*6] ボウエンのおばガートルードに紹介されたキャメロンは、「相応しい」相手と考えられた。第一次世界大戦の退役軍人で、毒ガス兵器を生き残り、オクスフォード大学出身、そしてオクスフォード州の教育局補佐の地位にあった。短い求婚期間のあと、ボウエンは彼に「天使の顔」と呼びかけ、長身でハンサムな顔立ちに心惹かれた。ボウエンは結婚前に彼に書いた手紙で、自分の愛情は「とても子供じみて――セックスレスで想像ばかりです。ご存じのとおり、私は長い間あなたを友達として愛してきました、それはとても深い所に通じていて、さほど変わっていないと思います」[*7] と書いた。彼女は二十四歳、彼は三十歳で、一九二三年八月四日に、ノーサンプトンシャーのブリスワースで彼女のおじウィングフィールド牧師の司式で結婚した。知り合って一年後のことだった（図15、16）。彼女の最初の短篇集 *Encounters* が出版された年に当たり、キャメロンに励まされ、作家として精進することになった。彼女の最初の小説 *The Hotel* は一九二七年に出版され、二番目の小説 *The Last September* は一九二九年に、その間彼ら二人はオクスフォードシャーに住んだ。キャメロンは結婚後の数年間、妻より年長者で、良い教育を受け、世間に通じた夫として、社交的に不案内な妻を教育した。ボウエンは自身の経験不足を認めていた。「分かりますね――最悪の意味で――私がどんなに若かったか？　あなたは本物の人間で、本物と関わってきた人よ、私は自分自身の内部に引きこもって生きてきたのね、私の経験のすべては全く主観的で［…］あなたは私を成長させてくれる」。

ボウエンは知っていた、自分は「生まれつき骨まで祖先と同様の田舎者で、ねじれた思い上がった気持ちでそれを誇っていた」[*8] のを。ジョン・ベイリーはこの告白に心打たれ、「彼女は靴一足買えないんだ［キャメロン］なしでは」としている。[*9] ボウエンは化粧下（ヴァニシング）にぬるクリームと洋服に関心が向き、十四歳の時に素敵でいることも素敵に見えることも大事なのだと学んでいた。彼女は当時、ファッションは十代の子供には意味がなく、様々な間違いを犯したと書いている。クリケットの試合では、開いたピンクの傘は誰かの目を突っつきそうだった、浜辺のピクニックに着ていった青いリボンが付いたモスリンのドレスは、石を海に落とすみたいに脱がなくてはならなかった。[*10] のちになってから彼女は楽しかった買い物旅行のことを友人で恋人のチャールズ・リッチーへの手紙に書いて、ものすごくカッコいい明るいグリーン・ブルー

図16　ボウエンの結婚式のメンバー、挙式の司式はボウエンの叔父ウィングフィールド・ボウエン牧師（左端）。
Rights holder and courtesy of Laetitia Lefroy.

のツイードのスーツを買ったと報告、見たことのない色だと書いた。彼の承諾を得たい彼女は、新しいスマートな帽子のことを付け足して、「色は黒で（普通の）奇妙なグリーン・ブルーの羽が二枚ついていて頬のところでカールしているの」[*11]。彼女はエレガントなのが好みで、パリから完璧なバッグが贈られてきてリッチーに感謝している。「あのバッグを持ってパーティに行くたびに、あなたも来ているという感覚に囚われます。私には何も思いつかないわ、どんな物も、あなたが下さった物でこれ以上幸せになれる物はないの」[*12]。そして告白している、「私の着るものがどんなだったか、もし私がずっとアイルランドに住んでいたら。私の目はきっとダサい場ちがいなスタイルを探していたでしょう」[*13]。それでも彼女には傷つきやすい面があり、友人のモリー・キーンはこう言ったことがある、ボウエンは自分が外観のいい女だと思ったことはない、男性や女性の注目をいくら引いてもと[*14]。恋人のリッチーに五十一歳のボウエンが書いている、「私を見て——もっと美人だったらよかった——見たくなくても」[*15]。

キャメロンは彼女の六歳年長で、ボウエンがダウンハウス校の近くで爆弾の音を聞きながら寝ていた歳月の間、兵士として過ごした。彼は英国デヴォンシャー連隊で戦闘に参加し、一九一四年四月、ドイツがフランスを攻撃した際にフランス戦域に入った。西部戦線は当時もっとも重要な戦場で、キャメロンはその後ソンムの戦い（The Battle of the Somme）で戦い、デヴォン連隊大尉から曹長の位についた。勲章は三個受領、一つはスター・メダルで外地の戦線に赴いた兵士に与えられる勲章で、記録によれば、A・C・キャメロン大尉は一九一四—五年に申請され、一九二〇年に受領している。そしてその他の兵士同様、彼は機械的にブリティッシュ・メダルに続いてヴィクトリ・メダルを受領した[*16]。ボウエンはキャメロンが戦闘中に毒ガスで受けた眼病のこと、これが彼の生涯を苦しめた元凶であったことを何通もの手紙に書いている。ある友人は彼の戦争体験が彼のトラウマとなり、鬱病とアルコール中毒の兆しが生涯残ったと言っている。ボウエンはこれらについて沈黙を通した。だが彼の戦時記録と苦しみは、今日、ボウエンの友人や批評家たちのお座なりな評価をしりぞけている。

一九二五年のオクスフォードでボウエンは居場所を見つけ、結婚し、「一家の主婦」となり、彼女には「どこかに住むという感激は［…］新しかった」。結婚は彼女に社会的な止まり木を与え、そこから人生に飛び立つことができた。キャメロンはアカデミックなアパーミドルクラスの出身で、経済的な社会的な安定を彼女に与えた。ボウエンは安寧と書き物机がある家庭にしがみつき、*Encounters* の出版と良い批評にこぎつけた。キャメロンは妻を信頼した、メイ・サートンが回顧している、キャメロンがときどきボウエンの小説から抜粋して朗読しながら部屋を歩きまわったことを。キャメロンは女性の大義を支え、戦後に女性の労働党の候補者を支持したこともあるが、ボウエンは支持しなかった。ボウエンは夫との関係をあまり書かず、全体的に見て夫を作品に含めることもしなかった。だが初期のボウエン自身の恋愛関係が知られる前の一九三一年に書かれた小説、『友達と親戚』では、結婚の混乱と複雑な関係について書いている。ボウエンが書いたのは婚外の秘密の恋愛について、そして、エドワードは母親と家族の友達であるコンシダインとの情事を認めず、その一方で彼は妻の妹ジャネットを密かに愛しているという皮肉がここにある。ジャネットとエドワードの間には張り詰めた感情があるのに、彼らは感情を抑え、互いの心が惹かれ合うのを隠し、肉体関係をからくも回避する。ヴィクトリア朝の解決策だ。おそらくボウエンは当時の人生の途上にあって、登場人物のジャネットの立場にあり、「力なく自分の人生を見つめ［…］心の習慣すべてを見つめた。長く人が住まない家は、感情もなくたちまち空き家になるように」[*17]。

エリザベス・ボウエンは――ロザモンド・レーマンのような――女性作家進出の世代に属していて、ロマンティック・ラヴとその喜びのすべてを信じながらも、ロマンスは「唇に死をくわえている」といった辛辣な皮肉を添えて書いた。『パリの家』のマックスと、『北へ』のエメラインとマーキーがそれに当たる。ボウエンは懐疑論者で、ロマンスの情熱と結婚愛の優雅さはしばしばストーリー性にとぼしく、短篇 Firelight in the Flat（フラットの炉火）もその一つである。とはいえ、恋人たちに宛てた彼女の正直な、愛情ある、失意の、ときに苦しみぬいた手紙は、もう一人のエリザベス・ボウエンを見せる。自制した立ち居振舞いの下に、ある緊張感、不協和音、そしてもって生まれた情熱が執筆の源泉となり、初期の頃の批評家や伝記作者がこぞって伝えたような、居場所を知らない作家ではなかった。

だがこの入り組んだ女性は誰だったのか？　しばしば語られる彼女は、赤銅色の髪を後ろにきつく束ねた「人目を引く」存在で、「古典的な面立ちは、力強く、巫女のようにユニーク」だった[*18]。父親に似て背が高く、骨格は大きく、高い頬骨をしていた。ある者は、彼女はハンサムで男性的に見えるが、けっして美人ではなかったという。作家で友達のモリー・キーンは、「正確に言えば彼女は美人ではないが、どんな美人にもできない見事な服装を無頓着に着こなす人だった」[*19]という。彼女は服装に気を使い、彼女が入ってくると部屋の雰囲気が変わった。男も女も注目した。彼女はパリッとしたスーツを好んで身につけ、ときどき羽のついた黒い帽子に、ドスキンの白い手袋を愛用し、ルネサンススタイルの重い安物の宝石をつけた。隙のないスタイルと自制の裏に、不安な、冒険好きの、華やかな、才能ある女性がいた。キーンはさらに、彼女には「貴族的なエリザベス朝の冒険家の風格」があり、小説を一冊書き終えると、海路の捜索旅行から帰国したような感じがしたと続ける。多く人が彼女の若々しい精神力と肉体的な頑強さが後年まで衰えなかったこと、そして日常と蛮勇の両方を愉しむ能力を認めていた。

彼女は男にも女にも魅力のあった人で、彼女の恋愛沙汰は一九六七年のマイケル・ホルロイドが明らかにしたブルームズベリの密通関係で提示され、伝記で途切れた箇所を補っている。こうした開示は、性的革命の一部だが、ボウエンの人生と伝記のみならず、彼女と他の作家が書いた現代小説のテーマを示すものでもある。結婚して十年、一九三三年になると彼女はじっとしていられず、文芸評論家ハンフリー・ハウスとの情事に臆面もなくのめりこんでいく。これがパトリシア・クレイグの言う「友愛的な」結婚との別離の始まりだった。飽きてしまった、とボウエンは一九四五年にはリッチーに語っている、夫はチェホフの芝居に出てくる人物のように、「登場のときも退場のときも同じ台詞を繰り返している」と。[20] しかし彼女の日常生活は彼のそれに絡まっていて――散歩や談話で――彼女は彼がいつも歓迎してくれる家庭に依存していた、まずノーザンプトン州のナイツ・レイン（一九二三～二五）、そしてオクスフォードのオールド・ヘディントン（一九二五～三五）、ロンドンのリージェント・パーク（一九三五～五二）であり、アイルランドのキルドラリのボウエンズ・コート（一九五二～五四）である。いろいろな関係を発展させる中で彼女は女性、妻、知識人、そして作家という役割のバランスを注意深く取っていた。一九三五年に妻らしい感情をヴァージニア・ウルフに打ち明けたのは、キャメロンと一緒に参加するカンファレンスがあるとしてロドメル訪問を取り消した後だった。ボウエンは憂いとともに、私は「アランにとって役に立つ妻だったことはほとんどない」、だから一週間を彼と共に過ごし――「ものすごく」ウルフを訪問したいのに、心の中で感じていた、「彼を放り出して出かけるのは卑劣なことだ、彼は際限なく愛想よく人と付き合う羽目になるのだから」と記している。[21] ボウエンの友達の多くは彼女の結婚をミステリーと見ていた。ピーター・ケネルは、クラレンス・テラスの下の階にあるキャメロン家の一角を訪ねた時のことを描写して、「大きな薄暗い部屋で、パイプ立てと、ゴルフクラブのバッグと、コレジの紋章が付いた木製の盾と、旧式なマホガニーのタンタラス（酒を容れるキャビネット）」を目にした。部屋中に猫の絵が無数にあって、ヴィクトリア朝様式で描かれていたと彼は意地悪く述べている。ケネルが褒めるとキャメロンは彼に次から次へと絵の解説をし、猫たちの「喉をゴロゴロ言わせる音の深さ」についてどれもみな特別なのだと言うのだった。「彼は卓越したネズミ捕りでねえ！　年取ったジンジャーがあそこに、あんな元気者は見たことがないよ」。[22] 彼らはタンタラスから取り出して酒を飲んだ。エディ・サックヴィル＝ウェストがキャメロンの後年の飲酒について訊かれた時、「朝食後すぐにボトルとグラスの音がした」と言っている。[23] キャメロンとケネルはそのあと二階へ行って、ボウエンの客間で文学談義をし、レーマン、ウルフ、マードックの最新作を取り上げ、会話中のキャメロンは居心地が悪そうにしていたと言っている。それでもボウエンの友達の中には、キャメロンが妻のことを誇りに思い溺愛している夫であると見る者もいた。バウラが見たキャメロンは、「行き届いたホストで、アカデミックで知的な事柄には大いに関心があり、それを誰よりもよく知っていた、彼は大学には執着していなかったからだ」とのこと。[*24]

離別状態と性格の不一致にも関わらず、ボウエンは一九五二年のキャメロンの死に打ちのめされ、とり憑かれた。彼女はアイザイア・バーリンに書いた、泣くのをとめられないと。夫婦関係がいかに貴重だったか、彼女は良き友レズリー・ハートリーに打ち明けている、「とても奇妙なのですが、この経験は夫と語り合えない経験の一つです」[*25]。彼らの結婚生活は二十九年に及び、それがボウエンに与えた自主独立は習慣にはないことだった。ボウエンズ・コートの家政婦だったモリー・オブライエンは、ロマンティックな逸話「エリザベスとハイランドスコット」を温め、ボウエンとキャメロンが、手をつないでボウエンズ・コートの奥の私有地を歩いていたとうわさ話に伝えている[*26]。この話は小説的なエリザベス、ボウエンズ・コートのホステス、スコットランド人の夫と結婚した愛しい新妻の姿がそのまま保存されていて、キルドラリの隣人や召使たちの憧憬に満ちた視線を物語っている。だがボウエンの人生はそんなものではなかった。ボウエンにとってキャメロンはロマンティックな存在にとどまらない、個人的な文学的な彼女の目くるめくばかりの世界における静止点だった。「私たちの感情、私たちの感覚ですら、しがみつける何か不動のものを探し求めていないだろうか」とボウエンは書く。「私たちは探さずにはいられない、何らかの形のある、永遠の都市(an abiding city)を？　私たちは呼びまわり続ける、名のある人を、慰め主を、愛しい人を、魂を取り囲む防護壁を求めて」[*27]。子供時代に渡り歩いた人生、結婚、そして家庭は、移動から離れられる歓迎すべき休止だった。彼女はバーリンに打ち明けて、キャメロンの死によって失ったのは、「居場所があり、固定した、誰かに支えられているという感覚、それは愛着心というだけでないリアルな感覚だった」[*28]と述べる。これは感情的な鍵であって、ボウエンがなぜキャメロンと離婚しなかったかという問いに対する答えになる。彼は彼女にとって母親のような父親のような存在で、同世代という意味ではもっと親しい関係だったと彼女は言う。一人っ子だったから、十五人のいとこのほかに近親者がなく、彼女はキャメロン一筋だった。そしてメイ・サートンに書いた、「彼は家の中でいつもとても身近にいるけれど、問題は悲しいことに話すことが何もないの。でも彼がいないと私はとても寒い。彼ほど暖かい人は一人もいないと思う」[*29]。彼はまた世間的な「道徳的な正しさ」という保証を、いわば「良識」という立場を与えていた。彼は毎朝『ザ・タイムズ』を読む人だった、と彼女は言う。哀悼という状態に置かれたことについて、はぐらかすように彼女は言う、「ありのままの気候も風景もふくめて地理学的な感覚にいる」と[*30]。感情は感覚に居場所を見つける。一年後、彼女はスペンダーに、「喪失感の一年」だった、「感覚の家」は、周知のとおり、幽霊がよく出入りします」と書いた[*31]。彼女は罪を打ち明けた、それは他者が見た関係における不平等な配慮のことで、彼女自身の配慮は、「あまりにも不注意な、あまりにも利己的なもの」だったからだ。ボウエンは友達がするキャメロンの批判に悩まなかった。結婚の維持は、彼女の側に防御的な沈黙を誘い、彼のことは少数の忠実な友にのみ話した。いとこでキャメロンとも友達だったオードリ・フィネスには何でも話した。思いを伝えたのは、サートン、リッチー、ベイリー、プルーマー、ハウスたちだった。サートンはキャメロンを誉めた数少ない友達の一人であったが、彼女の小説 *A Shower of Summer Days*（夏の驟雨）の登場人物を、ボウエンの許可なしで、キャメロンとボウエンをモデルにしたことで、ボウエンの激しい怒りをかった。この小説ではチャールズは愛情ある支えになる夫として描かれ、ディーンズ・コートの経営と維持に喜びを感じている。彼はヴァイオレット（ボウエン？）の気分に合わせて、所領の実際的な運営面に集中し、一方、ヴァイオレットは、過去から這い上がってくる「力と感情が張り巡らす緊密な網」を表している。[*32]ボウエンの知られている最初の恋人ハンフリー・ハウスは彼女の結婚を重く見ていて、一九三三年には自分はキャメロンと「一戦交える」つもりはなく、「君の人生の全領域で彼は君の望むすべてだ」と総括している。しかし、「とはいってもそのすべてで僕は救いようもなく間違っているかもしれない」と付け足している。[*33]ヴァージニア・ウルフは、棘のあるコメントで有名だが、キャメロンを優しく受け止めている。一九三四年にボウエンズ・コートを訪問した後に、「ボウエン夫妻と一夜を過ごした［…］、Ｅはとても素敵で、彼女の夫は元気でよくしゃべったが、噂よりずっとましだった」としている。[*34]旅全体がおしゃべり一色で、「みんなしゃべり続けた。アイリッシュの人々はその面で最高に天分に恵まれている」。それでも一九三六年にはアイザイア・バーリンはマリオン・フランクファーターへの手紙に、「アラン・キャメロンは日毎に親切になり、日毎に耐えられなくなる」と書いた。[*35]

　ここで憶測が持ち上がる、なぜボウエンはキャメロンと暮らし続けたのか、ボウエンが生涯の恋人リッチーと一九四一年に出会い、彼は当時未婚で、才能があり、豪勢にもカナダの外交官だった。この時期にリッチーはボウエンに求婚したのか？　ボウエンのキャリアは順調で、文学仲間は周囲に増え、ボウエンの人生は社会的また知的な意味でキャメロンから離れて拡大していた。引っ越しばかりの子供時代、家は二か所にあり、祖国も二つ、そして両親は別居、成人後は異なった愛情関係の中間に住み、ロマンティックでセクシャルな関係に飢え、知的な経験ゆえに他人の家庭に踏み込むこともありながら、彼女だけの安定した関係に固執していた。

　キャメロン自身の手紙やコメントはほとんど残っていない。沈黙のパートナーとして、他者の手紙では哀れまれて同情されて出てくるだけだ。しかし彼が成し遂げたことを無視してはならない。栄えある軍功記録はもとより、学校教育報道部門の中央教育委員会で副書記を務め、ＢＢＣ（英国放送協会）で新しい教育フィルムの作成に貢献し、その後は蓄音機（グラモフォン）部門に移り、英国の伝説的レーベルＥＭＩ（Electric and Musical Industries Ltd は一九三一年創立、現在は Thorn EMI、英国最大手のレコード会社）の立ち上げに関わった。ＥＭＩは英国の主たるアーティストを束ねるものになった。一九五二年、キャメロンの退職に際し、ボウエンはこれらの功績のこととオクスフォードでの教育委員長にあったことを同時に褒めたたえた。ボウエンが自ら言う「変転人生」を通して、キャメロンはボウエンの成功を誇りとし、彼女が社会的に職業的に翼を広げることを誇りにした。ヴァージニアの天才を認めていたレナード・ウルフのように、キャメロンは彼に倣ってボウエンが人生をフルに楽しむように持っていき、彼女の歓びに応え卓越した現代作家として花開く手助けを果たした。キャメロンはさらに妻のビジネス・マネジャーであり、日常生活の家政を引き受け、リージェント・パークのクラレンス・テラスとボウエンズ・コートの運営（会計、ガーデニング、樹木管理）を一九三〇年から一手に引き受け、死去するまでそれを続けた。その上彼はボウエンの出版契約のすべてに目を通し、カーティス・ブラウン社との連絡に当たり、ファイルを見るとその多くを彼が処理に当たっていたことが分かる。[*36]

キャメロンの不調の報は、一九四〇年代の初めに出ていて、その頃ボウエンはリッチーとの恋にのぼせていて、素晴らしい戦時小説『日ざかり』を執筆中だった。彼女はウォールデンコートからリッチーに宛てて、「[キャメロン]の様子を見て、連れ出して、元気づけたりしないと」と書き、義務を果たす妻を演じている。一九四四年にはサートンへの手紙で、キャメロンの心臓のことを書き、一九四八年には再びその件に触れている。ボウエンは「目の治療のために」キャメロンが入院すると告げ――第一次大戦時の毒ガスの後遺症――、視力の衰えで一九四七年にはBBCから引退を余儀なくされたとしている。一九四九年にはキャメロンがロンドンから戻り、また発症し、一九五一年の八月には、「ひどい糖尿病」の症状で治療を受けた。キャメロンの不調は一九五一年の春には心臓発作を誘発した。一九五二年には経済的なストレスもあって、彼らはロンドンのアパートメントを売り、ボウエンズ・コートに移ることを決めた。夫の最期の年にボウエンはリッチーに書いている、「誰かが死にかけていることが分かりますが、なお死に物狂いでその真実と戦っていて、戦争で陣地を死守しているみたいです」。ボウエンによるキャメロンの絶妙なスケッチがある。「彼は心に響くような優しい人で、てらいがなく、その辺を歩くときは夢の中だと思っている。猫が遠ざけられて、彼は今や樹木に恋している、ここの樹木に。とても興味深い進展である」。[*37]ボウエンは認識していた、キャメロンが人生で苦しんでいたのを、病気だけのことではなく、妻と過ごす人生で彼が払った犠牲のことで。彼は「急にこう言って私の心をかき乱した、『君は知っているね、このところ僕が生涯で最も幸福な数か月を過ごしているのを』」。一九六二年にリッチーがカナダの国連大使に任命された時、彼女は奇妙なことを書いた、きっとキャメロンも喜んだだろうと。夫の死について書きながら、ボウエンは夫の寛大な精神を思い、彼女の恋人の出世を夫も誇りに思ったことだろうと憶測している。

## 恋愛について

ボウエンの作品の中に恋をしている女はいるが、彼女らはD・H・ロレンスの作品に見るように肉体と精神の恍惚状態に没することなく、もっと微妙な陰影のある知的で感情的な絡み合いをしている。セクシャリティは作品で一瞬光るが、大部分が読者の想像にまかされている。『パリの家』でカレンとマックスが、互いに長く惹かれ合ってきた後で、ブーローニュの森で逢引きした時、彼らは「心ならぬ恋」を論じ合い、マックスの婚約者でカレンの友達であるナオミという陰の存在を取り上げる。感情が激したカレンは会話を断って叫ぶ、「『どうしてこんなこと聞かされなきゃならないの、あなたは一度も君を愛していると言わないのに？』マックスの視線が彼女の目から彼女の胸に落ちた」[*38]。マックスは女性経験のある男で、快楽に行きつくまでの道筋を見るのが好きなのだと告白する。彼らは手すり壁(パラペット)まで階段を登り、彼らの密会は、省略による抑制と沈黙で描写される。

木々の葉が背後と下方で、旗をだらりと垂らしている不安定な空気の中で、ちらちらと光と影をふるいにかけていた。距離感が上げ潮のようにマックスとカレンの間に忍び込み、しつこい夢から逃れられない人のような動作で、彼は彼女の指の間から煙草を取り上げ、遊歩道の方に投げ捨てた。そして手すり壁の上で彼女ににじり寄ると彼女にキスし、指は彼女の手をまさぐっていた。彼らの動きは、すぐ下が崖なので用心深く、動きをとめて静止したまま長く続いた。互いに催眠術にかかり、高さと、木々の葉と……。やがて階段の音が耳に入ってきた。

お互いに自分自身の裏切りを意識しながら、自制することを放棄している。一週間後、彼らはハイズで会い、ホテルで一夜を過ごす。「雨がその日を暗くしていたが、遅くなっても光は変わらなかった。土曜日が居座り、濡れた屋根と濡れた真っすぐな坂道に映っていた。［…］九時に彼らは外に出た」。現代小説であからさまに性の描写をすることについて書いた手紙で、ジョン・ベイリーはボウエンに、「性のことを述べるにあたり、現に見るごとく、彼らは読者に想像の余地を与えない」[*39]と言っている。彼が問う、「小説は後手に回ることにしているのか？　形式が歴史的に徹底して縛られたまま、想像できることすら隠したいように見える」と。ベイリーはこう認めている、ディケンズはセックスがいっぱいで、ボウエンも同じだと。だが「いわば、想像は自由にされる」として。彼は結論として、「いつもベッドに入っている」現代作家は「私には退屈で、ときに嫌になる」とする。一方彼には特別なセックス感があり、妻のアイリス・マードックの他界後になって、彼にはさほどエロティックな感情がなく、アイリスとの関係で情熱(パッション)の出番はまるでなかったとしている。ベイリーはボウエンが現代小説に果たした貢献に賛辞を送り続けた、セックスとその他の問題について新しい「隠匿の習慣」を発明したとして。セックスは危険で、彼女の小説では実人生とは逆に表現が抑制されている。彼女は手紙では性の快楽と失望をあっけらかんと書いた。彼女の往復文書は、「女性の歯止めがかかった謎めいた人生は、知性だけがその先のゆがんだパタンを与える」とする自らとなえた考えを屈折させている。知的で恵まれた才能を持つ女性であるボウエンは、彼女が必要としているものを与えられる男性を見つけるのが困難だった。ジョージ・エリオットがその間のジレンマを『ミドルマーチ』で喝破している。リドゲイトは二人の女の間で引き裂かれている。美人で物質主義のロザモンド・ヴィンシーと自立した知的な不器量な女ドロシア・ブルックである。彼はロザモンドを妻に選び、ドロシアがいかに慣習的でない心情と関心によって「歯止めをかけられている」か、それが彼女を結婚できなくしているかを明らかにした。ボウエンも慣習的でなく、聡明で、才能と同様に心理分析の鋭さによって、他者には「近寄りがたい」人だった。それでも彼女の経験は小説の中の恋する知的な女に電流を通す。

結婚して十年、ボウエンは情事を求めた。噂によれば、彼女の結婚は性的に成就していなかった。世に知られた彼女の初めての関係は、一九三三年のハンフリー・ハウスとの関係で、彼の文学的なセンスと性格と強い男性性に惹かれて始まった。ハウスはワダム・コレジの出身で、オクスフォードのフェローであり、教会付属牧師チャプレンとなる修業中で、マデリン・チャーチとの結婚を控えていて、ボウエンは「彼の中にある説教者」の気質が消えないとまで言っていた時だった[*40]。ボウエンは三年間ハウスと関わった、一九三三年の春から一九三六年の春までである。この情事が終わると、彼女はゴロンウィ・リーズに向かった。情事はショーン・オフェイロンに引き継がれ、一九三七年の夏から一九三九年まで、ハウスにその模様を伝え、「ラヴ・アフェアという感じはなく、結婚のような感じです」[*41]と告げている。これと同じ時期にボウエンはボストン在住の若いアメリカ人の詩人メイ・サートンと断続的な関係を持ち、確実視されていない他の女性との関係もあった。そして夫の死後の苦しかった時期で、リッチーとの関係も色褪せたころの一九五五年から五六年に、ボウエンは親密で性的でない友情関係を、貴族的なエディ・サックヴィル＝ウェストとの間に築いている。だが彼女の人生の情熱は、有能で国際人のリッチーにあり、彼女は戦争中の四十二歳の時に彼と出会い、一九四一年に始まったこの関係は、彼女が死ぬ一九七三年まで続いた。

「物事に執着がなくなっても、物事に執着していたのは大事なことだ」とプルーストのマルセルは言う、「なぜならそれは他人には摑めない理由があってのことだから」[*42]。ボウエンの友達はボウエンの「執着」あるいは結婚の感情的な、知的な、官能的な理由が必ずしも摑めていないが、彼女が書いたものは、高揚する会話のみならず情熱を提供できる男性に惹かれることを明らかにし、情熱はときに妄執（オブセッション）に近づき、それは、彼女の小説を読んでも探り切れない。プルーストが記すように、フィクションにはないとしても、人生にある時間と習慣がそうした関係の明暗度に浸食する。落ち着いて、よくやるように、ボウエンは恋人たちを自分の人生に組み込んで、執筆時間と晩餐会をこなした。こうした関係こそ「快楽」の土台であり、快楽は彼女の手紙で繰り返される単語で、彼女のストーリーの多くは、「ガラスの飾り戸棚（ヴィトリン）」のように、誇り高い知的な女性が発見したこと、すなわち、「婚外の恋愛はホームレスだ」[*43]という考えをオープンにする。彼女はロマンスの悦楽と幻滅の両方を描く。同様にリッチーもまた彼の女性関係の錯綜を、彼の一人の女性に対する愛と――おそらくは彼の妻シルヴィアのこと――そして、「その愛を裏切る必要つまり私が恐れ、欲するしがらみを書く、なぜなら結婚という「果てしない対話」のゆえに。[*44]

ボウエンの相手はほとんどが輝かしい男だった。彼女の小説家の友達マーガレット・ケネディは、クラレンス・テラス、彼女が「ミューズの寺院」と呼ぶ場所に男性の訪問者を呼び入れることを非難していた、「軽率なフォロワー」が入り混じっているとして。[45]だが彼らが何だというのか、むしろ彼らは「関心を呼ぶ（カットアイス）」男たちで、知的に機敏で、やや「野蛮」だっただけだ。ボウエンは彼らを冷めた目とアイロニーで眺め、人生で起きたロマンティックな関係も同様で、例外はリッチーとの他を圧する関係だった。

　キャメロンにとって、クラレンス・テラスの玄関ホールの帽子掛けに並ぶ「黒い帽子」は、ボウエンのファンのみならず友達の存在の印だった。デヴィッド・セシル、プルーマー、バーリンのほか、もっと著名な知識人T・S・エリオットもいた。マーガレット・ケネディは、キャメロン夫妻は社会的な行事にカップルでは招待されず、それはおそらくアランの声が大きすぎるからだと言っている。彼は当時ロンドンのBBCで働いていて、自分の声が絶大なのを知っていて、ケネディに、「人から二フィート以上離れて立っていても、マイクロフォンを三個壊した」と語っている。[46]通常招待されなくても、キャメロンはときにバーリンやセシルと同席し、君たちは「馬鹿じゃない」から大好きだと言った。

　自分なりにキャメロンに忠実だったボウエンは、アングローアイリッシュの品行とマナーが表わしている振舞いの規範の宣伝役だった。それでも彼女はその他の男たち、その他の交際を好み、モリー・キーンが見たように、恋愛は「必要な」ことだった。リッチーは日記に書いている、『日ざかり』について一九四一年に語り合ったとき、ボウエンが自分の二重性は認識していると認めていたと。彼が概観したところでは、作中の二人の女性、思春期のポーシャとトマスの妻アナは、自分にある二面性だということ。ポーシャが隠されたボウエンで、傷つきやすい思春期の少女で、「子供時代または天性の純粋さ」があり、アナの方はもっと無情で成人した自我があり、自身の事件に浸っている。十六歳のポーシャは無邪気にも頓着しない「不良（a cad）」のエディにのぼせ上り、彼の愛の告白を信じている。アナは、ポーシャの異母兄の妻で、エディとは遊び半分の仲になり、彼と一緒になってポーシャに対する罠を仕掛ける。

　ボウエンは自分の行為に関して品行ある見せかけを保ち、色々な関係を別の部屋に振り分けていた。だが境界線は穴だらけだった。ハウスに手紙を書いている部屋に夫が入ってくると、「アランがカンファレンスにやって来て、部屋をうろついているので、もう書けません」と書いた。[47]リッチーに手紙を書きながら彼が贈ってきた黄色い花束をうっとり見ていても、キャメロンと散歩に出ると言って手紙を途中でやめたりした。彼女は日常生活を夫と送りながら、その他のロマンスの波に乗っていた。

## 「哀れな無能な天使」ハンフリー・ハウス

　批評家で学者であるハンフリー・ハウスとの初期の関係の頃、ボウエンは彼の指導者（メンター）であり恋人だった。彼女には人間性に対する洞察力があり、ハウスは――そのあとに続く愛人たち、ゴロンウィ・リーズ、メイ・サートン、ショーン・オフェイロン、チャールズ・リッチーと同じように――自分が相手にしているのは例外的で、明晰で、官能的で、才能ある女性であり、自分の欲望を相手に分からせる女と付き合っているのは承知していた。そこに浮上したのが彼女自身の中にいるちらつく「私」だった――新たな情事に対するナイーヴなエリザベスに、自分の欲望を追求するもっと無情なエリザベスがいた。情事は一九三三年春に始まり、官能的に満たされない結婚後十年が経ち、経験が広く待っていて、一九三三年十二月二十一日にハウスが結婚する九か月前だった。この関係は一九三六年六月に彼が妻子とともにインドに行くことではっきり終わった。彼らが交わした手紙には彼女の暗部が垣間見える、彼女はハウスに哀しみを認めて言う、「利口と言われる女は自身という殻に隠れて盲目的に酔ったようにつねに振る舞っているのだ」と。[*48] そして、「私は一部分は利口な女だが、それ以上であり、それ以下なのです」と続ける。ボウエンの注意深い読者は、一見常識的な女性の登場人物の下にそれを発見している。

ボウエンがハウスに出会った時、彼は二十四歳、将来ある学者で、気分屋で不器用だった。コレジに進んだのは一家で彼が初めてで、オクスフォードで彼は人文学と古典で一等、現代史で二等を取ったのが一九二九年だった。[*49] ワダムの特別研究員（フェロー）と教会執事（ディーコン）を一年後に辞めたのは、彼が言うには、聖職者の位階を受けるには、神学上の確信が欠如しているからだった。この決定の重みは彼の全人生の安定した雇用を代価にした。彼は不安定なキャリアに甘んじ、アカデミックな仕事を次々と追い求め、のちに芸術史家となった彼の息子ジョン・ハウスによれば、人生の最後になってワダムのシニア特別研究員として威厳をもって戻った。だが彼らが出会ったとき、ボウエンは十歳年長で、自信と実績に富む作家であり、小説四作品と短篇集三冊を出していた。彼はまだ成果がなく、将来的な専門職も不安定で、情事にあたっても未経験、ボウエンも言うように、イングランドをリードする女性作家の一人の水準に合わせるには無理があった。彼女は彼よりも大胆に発言したが、彼女もまた婚外の関係を学びつつある段階だった。とはいうものの彼は性的な経験に執着し、文学的な興味は根を張って揺るがなかった。これらの情熱が二人を結びつけた。彼らはウェルギリウスの叙事詩『アイネーイス』から引用して朗読し、スペンダーの詩を引用し、文学について特にジェイン・オースティンとチャールズ・ディケンズについて話した。オクスフォードでセシルやコノリーがしたように、ハウスはボウエンの文学的な背景を高めた。彼女は手紙で、オースティンのエッセイで彼の助けがあったと述べ、自分は「心の訓練が足りなかった」としている。[*50]

ボウエンは二人の関係のために道徳的な美学的な官能的な仕切りを設け、「もしあなたができないなら［…］あなたと私に未来はない」というリフレインを繰り返した。これはハウスの不満を招き、彼女は「横柄だ」として、他の男たち――オフェイロンとリッチー――も彼女を責めた。この脅しの背後にあるのは、芸術家には芸術家の方法があるということ。知的な会話は必要だった。キャメロンとの家と家庭は重んじられた。結婚は別格で、その他の出来事とは一緒にしない。妻たちとその要求は度外視される。彼女は責めを負わない。だが、この居丈高な調子は弱気と欲望の間で揺らぎ、ハウスが彼女を見限るかという不安を伴った。彼女は自分との知的な交際と性的な適合性の価値を彼に思い起こさせ、彼女を失うと彼は座礁して、結婚も満たされないと警告した。「あなたがもし私が去るのを許し、あなたの家庭生活と結婚があなたの全性格を満足させないなら、あなたの手に残るのは微々たる混乱と煩悩だけである」[*51]。この状況にも関わらず、ボウエンはハウスの「偉大さ」を認め、これは彼女が愛人すべてに大判振る舞いしたお世辞だった。それはこの関係の初期の彼女の野心の予兆であり、彼女の想像になる「芸術的なカップル」の祖型だった。それでも彼女はハウスに先に進むように言った、彼はしばしば「不安に駆られ馬鹿にされたと悩む思春期症状」を呈していたからだ[*52]。彼らの最初の出会いはロマンティックだった。彼は自分が住んでいるアビンドンの近くのアプルトンでのランチョンに彼女を招待した。彼は日記にその第一印象を書き留めて、あなたはしゃべり過ぎだと彼女に思い知らせ、しかも彼女の「猛烈な必要」と彼女を女として認知したことを知らせたと書いた[*53]。ハウスが彼女の女性らしさが光るのを察知したように、ボウエンは彼の男性性の力を感じ取った。一か月後に彼女は後日談を手紙にして、同じシュロの木の下に立って、彼の中の「男」を思い出すと書いた[*54]。だが彼らのロマンスは、早くも起きた危機に直面した。ハウスが謎めいた手紙で、出会って最初の親密な朝食のあとで彼女が沈黙し「暗かった」と書いてきた。何が誤解だったにせよ、ボウエンはハウスの情熱的で涙ながらの、彼女との経験に感動したという手紙を受け取った。

それでも肉体的な問題にボウエンが言及することはなかった。出会った後のハウスの手紙は、情熱的で涙ながらで、彼と過ごした彼女との経験（処女喪失？）に感動していた。彼女は彼に、私は火をつけていない煙草を持って部屋中をうろつき、見当たらない灰皿を探したと返事に書き、あなたの手紙を読んだ後に、「滅多にないことだけど、心臓が奇妙に鳴った」と打ち明けている[*55]。恋するエリザベス・ボウエンである。しかしハウスは、彼の経験不足に気づいていて、以前に書いた手紙でスタンダールの見解、若い男の最初の愛人は通常個性的に彼を上回り、彼自身を飲み込んでしまう、ということをほのめかしている。ハウスとボウエンの関係は、ハウスが言うとおり心的な資質と、ボウエンが言う、「感情の時計に目を注ぎ配慮することで」続く関係にベースがあった。ボウエンとの経験のあと、ハウスは、「若い男は内気で家庭的な女の方を向く」と書いた。

彼はマデリン・チャーチと結婚する段取りをつけていて、内気で知的なこの女性と性的な関係にあった。ボウエンとの関係が緊張する時期に当たり、彼は悩んだ。過去の関係からマデリンと結婚したと感じていたが、同時に、ボウエンとボウエンズ・コートに「たまらなく縛られていて」、それが一九三三年のことだった。結婚式の前日にボウエンに書いた手紙で、ハウスは僕らの関係は決して変わらない、二人は「互いの真実」で固くつながっているのだからと書いた[*56]。彼女はすべての関係を定義するのに使う言葉「正直さ」にこだわりつつも、情報を差し止める本能があった。彼女は説明を嫌い、行き過ぎた分析をされる状態が嫌だった――大騒ぎ、危機、メロドラマ――それでも彼女はハウスをけしかけて本音を言わせた挙句、不公平にも「思春期」だからと非難したこともある。ハウスの手紙は多くの場合、関係が危機にあるときに書かれたが、ボウエンに言わせると、メロドラマのようで自己憐憫に傾いていたが、ある時はきわめて説得力があり、洞察に富み、アイロニーと距離感が彼女のいうロマンティックな水準に達していた。彼女のハウスに対する知られた手紙は十一通あり、一九三四年から一九三七年に及んでいるが、率直で、長くて、四ページから十ページあり、彼女の振る舞いや彼女の分析する彼の「思春期的な」行動に対する彼の誤った考えを列挙している。[*57] ハウスの子どもじみた性格は、ボウエンズ・コート訪問の時期にアイザイア・バーリンがもらしている。バーリンはニュー・コレジの学寮長H・A・L・フィッシャーの娘メアリ・フィッシャーとフィッシャー家に住んでいるマリー・リンドと共にボウエンズ・コートに来ていた。彼らの滞在中に、ハウスはリンドに付きまとい、「大きな愛情に飢えた犬みたい」なハウスにバーリンは困り果て、「戻れないほど深く恋に溺れ」、まるで呪文にかかったようだと文句を付けた。[*58]

一九三四年八月のボウエンズ・コート訪問の際のこと、ハウスは結婚後だったが、ボウエンはハウスのことで怒ってプルーマーに書いた、マデリンの体調のせいで、ハウスは家に帰るように言われた、妊娠したのだった。マデリンを敵視したボウエンは決意を固め、その年はハウスとほとんど会わないことにした。愛人の妻に対しては自分本位で高飛車なボウエンは、のちにハウスにあの時は大いに自制心を働かせたと強調した。そしてプルーマーには嫌味たっぷりに書いた、私は彼に電報を打ちました、「あのおかしな彼らの閉所恐怖症の家に宛てて。本当にまあ心が痛みました、あの小さな心配性の大人しい（ブランド）女と、小さな［無垢の？］金髪（ブロンド）の赤ちゃんと、小さなかすれ声の金髪のナース——人形の家とウサギ小屋の中間みたいな家［…］」、哀れな無能な天使」と。最後の句はハウスに繋がっている。[*59] ハウスの結婚に際してバーリンがボウエンに書いている、間もなくハウスから聞くだろう、「マデリン・Cと次の木曜日にエクセターで結婚する。ニュースの先走りはよくないと思うので、彼が話すまで知らないことにしてください。僕らで何とか最善のかたちに。まだ尾を引いています——少なくとも僕には——彼の中の聖職者が。自分が正しいと思うことをする人の心の高揚は手の打ちようがありません」と。[*60] バーリンはボウエンが受けた印象を、結婚して一年たった一九三四年にマデリンに会って直感し、マデリンは前より元気で安定していて、まるで母親のようだと書いた。他方、ハウスの方は、小さくなって暗くなった感じだと書いた。

官能的な想像力と肉体と心の快楽がこれらの手紙に溢れていて、自制的というボウエンの世間の評判とは異なった印象がある。『北へ』のエメライン、『パリの家』のカレン、『エヴァ・トラウト』のエヴァたちの性格の下にある無分別と情熱が出ている。彼女はしばしばハウスに喚起している、「何という大きな快楽の力だろう、私にとって、あらゆる面で、あらゆるやり方で、この悦びはある程度、自然発生です」と。[*61] ボウエンに天賦の伝達能力があるというなら、まさにこれだ。彼女の友達の多くが彼女の享受の感覚のことを語り、肉体的な健康と若々しい精力で彼女は輝いているとする。

彼らの関係は時代の様々な困難のために風化して、ハウスはインドに行く決心をする。手紙のやり取りはロマンティックに始まったが、ハウスとボウエンの気質の違いが浮き出してくる。社交的であることはボウエンには重要で、彼女は一九四八年にリッチーに書いている、「十分に発達した社会的な本能を思えば思うほど、それが人生で最も魅力的で道徳的でさえあることの一つだと思います」[*62]。ハウスにはこの本能がなかった。もっと真面目な、内省的な、学者らしい気質があった——それを彼女は暗いと評した。彼は一人でいるのが好きで、外に呼ばれた時だけ社交的になるとボウエンに言っている。一方ボウエンはサロン派で、知識人や作家をクラレンス・テラスやボウエンズ・コートに招き、会話、ディナー、宴会に大きな喜びを味わうように育てられていた。ホステスとして万全であり、ハウスは時々彼女の社交的な「トーク」とマナーに不誠実を感じた。彼はボウエンの自発性を敬遠し、彼女の「限りない感情表現」にうんざりした。彼女の「外交官のようなマナー、お得意の熱意と興奮は社交的な場合に発揮されるが、僕には無縁の世界、それに君の社交的な熱意の調子とスタイルと君の僕に対するあらわな感情表現の違いが判らなくなる。感情が同じでないことはよく知っているが、スタイルはそれほど違うものじゃない」。ハウスは彼女にはウソがあり、演技者であることをほのめかしている。ボウエンは「演技者」であり、演じているこ と、「ホステス」役を演じる名手を自認している。彼女のスタイルに反発したハウスは、彼女の社交的なペルソナは二人の関係を損なっていると申し入れている。一九三六年の手紙でボウエンは彼らの相違に焦点を当て、ハウスには自発性と社交的なマナーがないとした。しかし彼は変わりつつあり、ボウエンと面と向かっても自信が持てるようになった。彼はその月末に挑戦するように書いた手紙で、エクセターの北東に新しい家を借り、そう、僕は非社交的で、正真正銘自分の人生を送るつもりだと書いた。彼のボウエンとの相違点は気質的な意味だけでなく、文化的・スタイル的に違っていた。彼女の調子とマナーで彼は不安になった——オフェイロンの妻が名付けた「ラ・ボウエン(見よ、ボウエンだ)」になる傾向のことである。

ボウエンは彼らの関係において重要と認識したことを言葉にしている。「私たちが共に送った生活は、知的というより官能的だった。私たちが互いを相手にするときには知性が必ず入ってきたが、それは私たちが知的な人間だったからだが、友達としてあるときの知的な関心と追及とはそれぞれ相当にかけ離れている」[*63]。これは、彼らが共有した文学上の関心や執筆を見ると、むしろ不正直な言葉である。彼女は続けて、「もし互いに対する官能的な感情を切り離したら、何も残らないだろう」としている。

時の流れとともにハウスはボウエンから遠くなり、マデリンとの関係は同志として学者らしく近くなった。ハウスとオクスフォードで出会った親友で相談相手のC・コールダー=マーシャルは、ハウスが入院中にマデリンを訪問した後でボウエンに書いた、「あなたはマデリンを誤解していると思う。ハンフリーから離れていると、マデリンは結婚した自分との折り合いがうまくつくようです」[*64]。ハウスが早世した後、ハウスの出版者ルパート・ハート=デイヴィスはマデリンの静かな美徳を称え、それがハウスの気質と文学的な仕事に合っていたとしている。二十二年間の結婚生活のあと、ハウスは四十七歳の時に血栓症で一九五五年二月十四日にケンブリッジで没した。マデリンは二百ポンドの年金と共に残され、子供は三人にいた。レイチェル二十一歳、ヘレン十九歳、ジョン十歳である。彼女は苦しい生活を続けながら、ロイヤル・ホロウェイ・コレジで英語の学位を取り、ハウスの文学作品の編集に取り掛かった。政治学と文学の研究に親しみを見出していたハウスは、マデリンの平穏な気質によって、ボウエンの再三の要求から救われていた。

彼は多産な学者で、一九三七年の *Notebooks and Papers of G・M・Hopkins*（G・M・ホプキンスのノートと書類）は好評を受け、一九四一年の *The Dickens World*（ディケンズの世界）は、ディケンズの小説の歴史的・社会的な背景について書かれた重要な著作である。彼はさらにディケンズの手紙と小説を集めて注を付け始めていた。彼の死後、マデリンはこれらの企画を引き継ぎ、ディケンズの手紙の伝説的な注釈版をまとめ、ハウスの文書の体系化も行った。彼女はボウエンの手紙のいくつかを削除している。マデリンはグレアム・ストーリが編集した *G・M・Hopkins* の改訂版にも目を通した。彼女の偉業はそれだけでなく、ピルグリム版 *The Letters of Charles Dickens*（チャールズ・ディケンズの手紙全十巻、一九六五－二〇〇二年）ではストーリと共に編集陣の一員だった。彼らの息子ジョン・ハウスは、母に同情して、父とその知的な人生と仲間に「波長」を合わせなくてはならなかった母の当初の困難を語っている。母は何でも読む雑食型の読書家で、自転車のハンドルに本を一冊立てかけてキャットフォードのカルヴェリ・ロードを走る姿をよく見かけた。彼はさらに、両親の文学上の共同作業は年々積み重ねられ、ハンフリーとマデリンは社会主義者としての連帯感を共有し、それはボウエンには縁のないものだったと言う。[*65]

近年、ジョン・ハウスの蓋棺録では、彼の父ハンフリーは豊かな才能があったが「厳格な」と描写されている。「近づきがたい」人だったと言う人もいる。作家ジョージ・スタイナーによれば、「陽気な［…］、というのは［ハンフリーの］強みではない」。スタイナーはむしろ彼の「生真面目な高潔さ」と「火山に蓄積されたマグマのような自己鍛錬」がホプキンスとディケンズに関する膨大な著作に明らかに出ているとしている。[*66] かつてワダムで同僚だったバウラは、もう一人のハウスをスケッチして、議論しながら「突如として血に飢える」のが好きな彼を語り、彼の同僚たちはみなろくでなしだと言う彼の言い方がそれに当たるとしている。[*67] 学者のこうした資質――高潔さ、勤勉、主義に基づく性格――は、彼のボウエンとマデリンとの関係に「道徳的」なこだわりとして結びついていた。「まさにそのまま」とか「快楽」という言葉が彼らの文通の多くに出てきて、彼らの関係の感情的な支柱になっている。ボウエンはためらうことなく「そのまま」といえる態度を取って、彼の暗さ、疑い深さ、メロドラマ仕立て、自発性の欠如、他者への依存、とくに女性への依存を攻撃し、彼を強化しようとした。ボウエンは嫉妬深くなく、「あなたはもう一人のもっといいエリザベス」が分かるかもしれないと言ってハウスをからかうことすらあった。関係に入って三年、彼女は彼に無名の「B」という女に会うように励まして、彼女が「自然」なのを見て楽しんだらいいと言った。

一九三五年五月にボウエンは『パリの家』を三週間かけて改訂しているとハウスに言った。彼女が自ら決めた執筆態度は、キャメロンとの結婚生活を調整しながら、オクスフォードからロンドンに引っ越し、ハウスとの関係があっても、揺らがなかった。彼女はハウスに告げている、「(女である前に作家である) 私には辛いことです、何か――友情とくに愛情――の中で私が想像的に参加しているのは一冊の本ですらない、と気づくのは」と。[68] プロットを動かすことに慣れた彼女は、『パリの家』を書きながら審美的なカップルの人生のことも書いていた。ひび割れた鏡である彼女のフィクションには、ハウスとの複雑な関係の破片がたくさんある。小説ではカレンは親友ナオミの婚約者マックスとブーローニュで逢う。二人とも、ボウエンとハウスのように、沈黙の中にいる第三者から逃げてきた。彼らの経験に影を射すマデリンがいる。マックスとカレンの夢のような情熱は詩的に描かれ、マックスの婚約者ナオミは黙って背景にいる、「暗闇の中の家具のように」[69]。ナオミは穏やかに落ち着いていて、ボウエンとの関係が始まる前にすでにハウスと婚約していたマデリンのようだ。マデリンは小説の人物ナオミのように黙って背景にいて、ハウスが彼女との結婚で求めているはずの静けさを表している。一方、マックスとカレンは欲望に従って情熱に挑む。「誰も真実を語らない、どうしても手に入れたい何かがあるときは」――ハウスに書いた手紙の言葉は我々を、ボウエンの大胆な欲望の表現に引き戻す。[70] 短篇 A Love Story（ラヴ・ストーリー）で、登場人物のフランクが同じことを言う、「恋愛では、正否などない、あるのは欲望だけ」と。[71] ボウエンは欲が深く、マデリンのことでさげすむようなことを言い、自分自身の権利を認め、ハウスの間近な結婚を無視し、ラヴレターを書いている。私は自分の中の「女」が嫌いだとハウスに書き、一人の「男」を掴もうとする自分の気質を顧みる。それは『北へ』の冷酷な恋人マーキーがエメラインの中に探り当てる気質と同じものだ。ボウエンは書く、「私が『北へ』で書いたのは、マーキーが女の中に探り当てた貪欲な気質のことで、私は――小説の他の部分でも書いたが――私が自分の中にいる女に感じる深い嫌悪感を彼の中に置き換えました」と。[72] ボウエンは「貪欲な」資質をエメラインに注ぎ込み、それを自分とハウスの関係の中に出した。彼ら二人はやり方を知っていたが、ボウエンは、この女性的な資質は遠ざけていた。

　ボウエンは、自分はキャメロンがいるいい家庭を持っていると自認しながら、「私の精神はホームレスのままだ。それでも私はまだ生きている」と言った。そして「婚外の恋愛ですぐ不倫に見えるのは、じっさいは大打撃で、ホームがないことである」[73]。手紙からは、ボウエンとハウスの会合は、ボウエンズ・コートで会うこともあり、「ホームのない恋愛」を探していると聞くが、小説や短篇 The Mysterious Kor（幻のコー）の中の恋人たちに似ている。ホームレスとは独立独歩のことだ。彼女は人生を通して、恋人を探し彼と一緒にいられる場所を探し、その人生は、短編に出てくる彷徨う恋人たちのように、ロマンティックな関係のはかなさをするしている。

　ハウスがインドへ行くと告げた時、ボウエンは呆然となった。プルーマーにハウスと喧嘩したと書き、彼の出発と彼が下り坂なので残念だとも。ハウスはカルカッタで大変な時を過ごし、ボウエンによれば、インフルエンザと赤痢とインド警察が彼の手紙を開封して「訴追」したのが元で通風になった。彼は英国の植民地主義者に対して国家主義者に組みし、息子ジョンが報告している――インド滞在の英国人亡命者にしては異例な立場だったと。ハウスの反植民地主義の立場は、社会主義に接近し、ディケンズの社会改良に賛同し、労働党支持とも関連しており、ボウエンは労働党の文化を受け入れず、LSE（ロンドン・スクール・オブ・エコノミクス）の側についた。[*74] 不思議なことに同じ手紙でボウエンは、いつもの政治論に反して、ハウスとの関係がもたらした奇妙な余禄のことを、「私を共産主義者にしました」と書いている。自分の保守的な政治の見方に疑問を感じ始めていた。ファシズムと国家をおのれの神とする独裁者の絶対主義についてハウスと議論した後、ボウエンはファシズムが防御する自身の人生の価値を信じられなくなる。ファシズムのいう「〈心〉の武装防備」、国内外を問わず物質的に所有されたものを養分とするエゴの感覚、喧伝される「家庭と家族のための恐ろしいプロパガンダ」。ボウエンは説明できなくて途方に暮れた、所有欲が人々ともろもろの関係をいかに堕落させるか、これが彼女の心の中でいかにハウスと関わっているか、その認識の説明ができなかった。それでも彼女はそう感じた。彼女は一年半が過ぎた時点でハウスに認めている、「政治的な信条が心理的にあれほど深い根を持っているとは知らなかった」。彼女の疑問は、しかし、続かなかった。

## 演じる自身　アーティスト、ボウエン

ハウスとの歳月の間、ボウエンはもう一つのペルソナ、作家、を彼に忘れさせなかった。「あなたはエリザベス・ボウエンを相手にしているのよ——つまり認められた作家と。外からの反対なしに彼女自身または彼自身になるのに慣れている人のことよ」。[*75] ボウエンはわざと再帰代名詞 himself を使い、いわゆる「積極的な資質」である伝統的な「男性（male）」には下線を引く。彼女は、自分は支配的であり、自立した女に進化して、伝統的なジェンダー区分と旧弊な決まり文句に挑戦してきたと繰り返し彼にわからせてきた。なるほど、ハウスだけでなくのちにオフェイロンも彼女の横柄な個性のことに触れている。その有無を言わせぬ「男性らしさ」は魅力的だったが、別の時には、彼らは二人ともその高飛車な態度に辟易し、それでも彼女は、年齢と個性と作家としての地位のゆえに、命令してきた。つまり彼女は女だった。「芸術家（アーティスト）の忍耐を誤解しないでね、みんなのために生きて欲しいなんて、普通の（あるいはもっといい）生活には女性の行き届いた愛情があって……私にはできないし、たぶんそういう感情を持つことはないと思う。それに私は正直でないし、あなたがあるいは私が知る以上に私は演技しています」。[*76] 彼女は意見も立場も強いことを自覚しており、「フェミニン」な策略や方法を利用したことはないとする。新しい「フェミニン」という考えはボウエンの人物を刺激している、『最後の九月』のマルダ・ノートンは意志が強く、自立心がある女性で、そのマナーでホストのミセス・ネイラーを悩ませる。だがマルダは若いヒロイン、ロイスの憧れを呼び、ロイスと散歩の途中で出会った他人のIRAから受けた傷を隠す気丈さを見せる。

ボウエンはハウスに作家としての苦難も見せている。「（およそ苦悩というのは、執筆に関する限り、自身‐作家の中に明晰な思考と絶対的な感情を求めることです。）人の内部にある人生を客観視するのに、人の思考と感情を形に——本に映し出すのに、時間をかけています」。内側の苦難をいったん乗り越えると、「堰き止められない力が湧いてきます」と言っている。[*77] 彼女は確信してい

た、作家であるということは、一見無関係のように見える彼らの関係と無関係ではなく、彼女はハウスとフィクションに造形した彼という人物との違いをぼやかしている。「もしあなたが日常生活から想像の中で浮上して、想像的に私と向き合って想像的な私たちの関係を維持できないなら、あなたと私には将来がない」。語彙は審美的で、趣味と想像によるロマンスの形成は、彼は日常性から自由でいるべきだという警告を含んでいる。

これはボウエンの人生の謎に行きあたる発言である。彼女はハウスに結婚生活とは別個にして彼らの関係を維持するよう励ましながら、彼女は、ニューヨークで講演中だったが、ハウスがマデリンとの結婚を報告しないと決めたのを知って怒った。その知らせはバーリンの手紙でボウエンに静かに届いた。のちになってハウスが妻の妊娠を告げそこなったとき、一九三四年十月だったが、そのショックはボウエンを打ちのめし、滅多に口にしない子供が欲しいという欲望を表明した。ハウスの娘レイチェルが生後九か月になった時、ボウエンはマデリン妊娠というニュースがいかに激しい打撃だったかを過小評価していたハウスを非難した。彼女は「あなたも知るとおり、どこを見ても悲しいです、私は子供が欲しくてたまらないのに」とし、『最後の九月』でマルダが結婚しそうになった時に「私は不妊でいるのは嫌だ」と言うマルダの感傷にそれが出ている。[*78] ボウエンの怒りの手紙が情報を流せば済む単純さを欠いていると責めていたのに対し、ハウスは果敢に答えた、避妊に関することはマデリンに任せている、それに「自分のベッドライフも報告しなくちゃならないのか」とやり返した。彼が子供を望んでいないとボウエンがほのめかしたことに彼は反発し、彼女が傷つくことが分かっていたので子供の話はしなかったとしている。ボウエンには子供がいないことがあからさまになった痛い瞬間だったが、批評家のディアドレ・トーミーによれば、それは選択だった。ボウエンはアイリス・マードックに、夫と決めたのだ、子供を持たないことに、私は書くことに献身、キャメロンは「現代社会のホラーにおののいた」からだと伝えている。それが選択であり、トゥーミーは、マードックによれば、彼らはやがて後悔している、と報告している。[*79] ボウエンは、当時のアングロ－アイリッシュの若い女性とは違って、結婚と育児に進むように社会化されていなかった。二十世紀に入ったいまは女性には他の選択肢があると、ダウンハウス校の女性校長から教えられていて、校長は女性の自己依存と達成を激励していた。ボウエンは回想して、「私たちは未来の母親と呼ばれたことはない」としている。その学校の歴史を書いたアン・リドラーは、一九二二年の卒業生調査では、ボウエンが卒業した五年後だったが、学生の十六％が結婚以外のキャリアを持ち、その他の寄宿制女学校の卒業生よりも多くなっている。[*80]

ボウエンが作家としてのキャリアを始めたのは二十歳台前半のことで、彼女は子供のことは滅多に言わなかったが、友達の作家ロザモンド・レーマンとマーガレット・ケネディは、執筆と母親業のはざまで見せる家庭的な離れ業をよく描き、とくに戦争中はそうだった。本がボウエンの子供になった。一九三五年七月、この重要な希求が手紙に浮上してくる。ボウエンは想像上の子供をたくさん産んだ、とくに孤独な、ときには狂った、そして怒る少女たちで、批評家も読者も注目している。ボウエンが魔法使いのように呼び出した子供たちは、『心の死』のポーシャ、『パリの家』のヘンリエッタとレオポルド、『友達と親戚』のシオドラ、『リトル・ガールズ』の女学生、そして多くの短篇の中の多くの子供たちである。

手紙にはマスクを取ったセクシャルなボウエン、つまり女の情熱が出ている。ハウスとの関係は安定していると言いながら、手紙の方は彼女がいつも盤石ではなかったことを示している。ハウスと出会ったときのボウエンは、年齢も高く、社会経験があり、名のある作家だったが、性的には未経験で、自分より若い男との密通（リエゾン）の快楽に夢中になった。ハウスも快楽を与え、受け取る関係を楽しんだものの、作家ボウエンを意識して、関係の初期には彼女から来る膨大な手紙にお礼を言い、内心、ときとして「平等でない」と感じていた。のちになって彼は彼女の厚かましさと気取ったマナーを批判し、支配的な彼女が疎ましくなり、マデリンとの親密な関係の醸成に傾いていく。ハウスがインドへ発った後、ボウエンの自立した精神は漂泊する。そしてあてどない視線はゴロンウィ・リーズに向かった。

## ゴロンウィ・リーズ、気紛れなウェールズ男

ボウエンは一九三一年にリーズと出会った。彼は作家で、『スペクテイター』誌の編集者で、マルキストで、英国におけるソヴィエト・スパイ網の一部だった。ガイ・バージェス、ドナルド・マクレアン、アンソニー・ブラントらの一派で、一九三九年のナチス・ソヴィエト条約のあと、一派からは離脱した。ボウエンは彼に一時ひどく魅了され、彼は彼女の親しい友達の一人になった。一九三六年九月にボウエンズ・コートにアイザイア・バーリン、スチュアート・ハンプシャー、美貌で名高いロザモンド・レーマンと共に彼も招かれると、よりによって、ハンサムなリーズが問題を起こした。ボウエンは彼に惹かれていた。ウェールズ人であり、憧れの的だった、電撃的な怪しい「人種」の一員だった。ボウエンにはウェールズの血が流れており、彼女の作品に「ウェールズ人らしき」人物が少なからず出てくる。ウェールズ人は切れ味、野性味があり、『北へ』[*81]のマーキーのような暗さがあった。リーズも同じだった。

欲望が礼儀を出し抜いたボウエンズ・コートの悪名高い出来事は、一九三六年九月に起きた。その週末のあとになって、ボウエンは二階の寝室で起きた美貌のロザモンド・レーマンとハンサムなリーズの間で起きたエロティックな出来事のことを知らされた。ボウエンズ・コートはボウエンがときに愛人を招く場所だったが、他人がそこを愛の巣として使うなどと思ったこともなかったし、愛人の一人が当面自分のお目当ての時はなおさらだった。ボウエンズ・コートはボウエンにとって「美化された現実」で、そこに住む人と訪れた人のマナーには「正しさ」があり、屋敷の人格によって規定された振舞いのコードがあった。[*82]だがそれは時のマナーと道徳に侵食される運命にあった。「ブルームズベリ・ナンセンス」の一角に変じたとしたのはアイザイア・バーリンで、彼はのちにこの事件の無関心な観測者とみなされて、それぞれが唱える「勝手な言い分」の聞き手になった。[*83]リーズとレーマンの出会いの夜、スチュアート・ハンプシャーは、ボウエンが苛々して、煙草

を次から次にふかしているのを見ている。ゴロンウィ・リーズが到着し、バーリンによれば、『カルメン』の闘牛士の登場のようだった。レーマンは客間に座っていて、「頭を冒険者風に傾げ［…］まなざしにには驚嘆したような色が浮かんでいた」[84]。ハンプシャーは称賛の面持ちでレーマンを見つめながら、ボウエンがリーズに目をとめ、彼に恋していると思い、リーズはレーマンから目が離せなかった、「背が高く彫像のようで、アーモンド型の目、そして熱い直情的なマナー」のゆえに[85]。リーズは誰にでも愛想が良く、みんなの注目を浴び、ハンプシャーによれば、他の多くの客は「沈みゆく船」を去った[86]。バーリンは「その場の魅せられたる空気」のことを思い出し、リーズの小説から「トゥールーズ－ロートレックの時間を忘れたポーズ」を借りて表現し、「アランの飛び出した青い目と奇妙にも興奮したエリザベス」のことを当惑気味に伝えている[87]。ボウエンの怒りは感情としてもはや抑えられなくなり、のちに姪のノリーンから聞いた彼らのリエゾンの詳細を知って、ボウエンは燃え上がった。ノリーンは最上階の寝室から聞こえてくる物音を聞いた。ボウエンはとりあえず傷つくことはなかった。その恋愛沙汰は「私とは無関係です」とバーリンに書いた。それは屋敷の「尊厳」を冒す犯罪だとボウエンは書き、同時に姪に対する「侮辱」だと書いた。バーリンに書いた手紙とバウラにも書いた数通の手紙でボウエンはレーマンに厳しく——彼女らの関係は十年間途絶えた——リーズにはそれほど厳しくなかった。起きたことすべてを知ったあともボウエンは、「自分は彼［リーズ］には憂慮と愛着を持っている、モーリス・バウラが私の声でそう聞いたとおりです」としている[88]。さらに彼女は十月六日にバーリンに、リーズから親しみのこもった手紙を多数受け取ったと書いた。状況をまず無知と決めこむボウエンの態度は彼女の「気づかないことにする（not noticing）」習慣（彼女の一種のポーズないしは眼鏡をかけないで近視を通す作戦）に起因していて、アングロ－アイリッシュの邸宅としての在り方、否定する能力、性的な段取りにおける分別を信じる気持ち、そしてある程度は感情的なイノセンスがそこに働いている。次の日レーマンは去ったが、ノリーンはバーリンに報告した、「私は聞きました、ミス・レーマンとミスタ・リーズのことで聞いてはならないことを。おばさまに話すべきでしょうか？」[89]。バーリンは答えた、「もちろん話さないで、もちろんダメだ。一言も、ああ、ダメダメ」。

その後の手紙でボウエンはバーリンに驚くべき報告をした、レーマンが去ったあと、リーズは「私に愛情を実地に示し、奇妙ではあるけれど私はそれが彼の本当の気持ちだったと思います、私の彼への愛情も同じです」[90]と書いて。肉欲（リビディナス）が尾を引いているのか？　一週間は通常通りに過ぎたが、次の土曜日に、リーズとボウエンはまた別の深夜に熱弁を交わし、「神経が逆立つ嵐に巻き込まれ、［彼］が泣きだし、叫び、部屋中を転げまわって、私には彼を滅ぼす不浄な力があって、私の物の見方が彼を殺すというか彼を狂わせると言いだした」。グレンディニングによれば、のちにボウエンはリーズに、私の父はボウエンズ・コートで発狂したのよ、あなたもそうなるかもしれないわ、私と一緒に此処にいたら、と言った、という。リーズは負けを認め、ボウエンは、同じ手紙で、この屋敷は「恐怖の美しい貝殻」となったと書いた。さらに彼女らしい婉曲表現でバーリンに話した、嵐の一夜のあと、「その日が土曜日だったので、みんなでお茶に行った」と。

ボウエンは化粧板(ベニヤ)と沈黙を用心深く維持して、仕事仲間には「ミセス・キャメロン」で通していた。ローマ流の美徳の理想は家庭内の私的な場所に始まる――静穏、バランス、知恵、忍耐――と彼女は確信し、さざ波は外の社会に立つと。『北へ』の登場人物ジュリアンとセシリアがこの清廉さを「維持するために」結婚するが、ボウエン自身の場合は「美徳」と「家庭」に裂け目があった。レーマンはボウエンの蓋棺録で、彼女には社交的な伝統とアングロ-アイリッシュのジェントルウーマンとしての水準が染みついている、これを無視する者に「災いあれ」と警告した。[*91] 女の友情にある裏切り感情は、ボウエンの作品でナオミの傷ついた感情に出ている、カレンが、ロマンティックな冒険者レーマンのように、親友のナオミのフィアンセと落ち合ってマックスと性的関係に走った時のがそれである。『友達と親戚』では、一人の男が姉妹二人を愛し、彼女らの人生を複雑にした。レーマンのほうは、同じ男に恋した姉妹の反感と嫉妬を取り上げて *The Echoing Grove*(反響する森)を書き、ボウエンがその小説の書評をした。既婚者とのその後の関係でボウエンはふたたび嫉妬と怒りの感情を抑えようと努めている。しかし、彼女はリッチーに、諦めの悪さが「複雑怪奇な形」になって、いつそれが虎になって襲いかかってくるかが分かりませんと書いたこともある。[*92] あの悪名高い週末にこの虎が襲ったのだ。

彼女はバーリンにプライバシーに関する自分の考えを書き、他人の情事を好む世間に憤慨している。「私と誰かの関りがあからさまになったら、きっと私は気が狂います。だから私は自分の愛着の対象をけなして防御的プロパガンダを張るべきで、脅威となる同情を辛辣な言葉で消しています。繊細な観察者にはすべてが明らかでしょうが、観察者が繊細でないのは毎度のことわかっています」。[*93] フランシス・キングがボウエンにインタビューしたとき、ボウエンは自分の作品と自分のロマンスのどんなつながりも、「広く知られたらダメージになるだろう」と語っている。[*94] ここで明らかになっているのは、ボウエンはダメージ防止の算段をして、「私は自分の愛着の対象をけなすことによって」人々の追跡をかわして、ゴシップや噂から自分を守る方策を取っているのだと。

レーマン-リーズのロマンスはボウエンを傷つけたが、初期の伝記作家グレンディニングやクレイグは、レーマンの伝記作家セリーナ・ヘイスティングズも同様に、この事件の重要度を下げている。友達が指摘するのは、ボウエンはフィクションでリベンジを果たしている、すなわち、エディ――この悪名高い週末の二年後に発表された『心の死』でダフネといちゃつく男――の性格を「不良(the cad)」に設定して、リーズの痕跡を見せた。同一性はほとんどないのに、リーズはバーリンにボウエンを名誉棄損で告訴したいと書いたが、すべてはフィクションになっていた。

ボウエンは自分への「侮辱」をボウエンズ・コートに置き換えようとしたのかもしれないが、リーズが見たように、気質的に彼女は荒れ狂った感情にかき回されていた。リーズはその週末のあとバーリンに、「僕は彼女が恐ろしくて、今までに人があんなに恐ろしいとは思ったことはありません」と書いた。[*95] リッチーもボウエンの人を震撼させるような性格を経験していて、リーズの場合を「憑依(ポゼッション)」に喩えて、彼女は「彼に呪文をかけた魔女だ」とした。[*96]

リーズは、彼女がボウエンズ・コートで造りだした平和を自分で楽しむどころか、レーマン事件がボウエンの個性の荒々しい一面――憤怒――を解き放ったが、それは批評家や伝記作家が記録しなかったものだと言っている。バーリンに書いた手紙でリーズはボウエンの「欲望と感情の不思議なうねり」を持ち出して、彼はあの色々あった週の間、それに振り回されたとしている。[*97] 彼女の友達L・P・ハートリーは同じことを察知して、他者の心に静寂をもたらすのはボウエンの天賦の才能だと言いながら、彼女自身がその恩恵を受けているかは分からないと言っている。この荒れ狂う精神がフィクションで解き放たれたのが、『北へ』のエメラインの死のカー・クラッシュであり、『パリの家』のマックスの戦慄の自殺であり、『エヴァ・トラウト』のエヴァ、すなわち情熱と放縦に駆り立てられた「狂える巨人」である。この反抗心と非行心が『心の死』のポーシャの不幸な駆け落ちにも燃え立っている。そして『パリの家』の母のいない艱難（かんなん）を背負ったレオポルドにも。

## 仮想恋愛　ショーン・オフェイロン

ハウスとの初めての性的な関係でボウエンは、自分は「女」である前に「作家」だと悟った。才能ある短編作家オフェイロンと彼女が出会ったときは、そんな宣言は不要だった。彼は作家ボウエンと出会ったからだ。彼は『パリの家』を一九三七年に遅れて読み、これを愛した。彼女はその時『心の死』を出すばかりになっていて、彼はアイルランドという限られた文学の分野で苦労していた。彼らは互いの作品に魅せられていたあとで出会い、ショーンの娘ジュリア・オフェイロンは、だから彼らの関係は仮想恋愛だったと主張した。だがオフェイロンの改訂された自叙伝で、そうではないと示唆している。彼にとって、ボウエンの魅力は、女性としても作家としても「抵抗できないもの」だった。

ボウエンに会いたくて彼は作家で編集者のデレク・ヴァースコイルに紹介の機会を求めた。彼がロンドンに到着した四十八時間後に、ボウエンとオフェイロンはデレクのクラブで会った。何年も経過した後でオフェイロンは思い出すだろう、その午後に自分が「面倒で奇怪な旅路」を歩き始めるとは予想もしなかったことを。それは張り詰めた断続的な二年半、つまり一九三七年五月から一九三九年十月までの恋愛で、その後は友情が続いた。彼は最初の出会いでボウエンに惹きつけられ、ランチが終わる前に、「作家」というよりは「女性」という異なった役割を彼女のためにこしらえていた。ヴァーショイルの妻はボウエンを描写するのに「馬のような」という形容詞を使ったが、彼が最初に見たボウエンは、「背が高くて、たくましく、宝石だらけで、流行の身なりをし、少し洒落過ぎだが、有能そうな顔をした女で、僕を見て微笑みながら、やや堅苦しいが感じが良くて、金髪の髪は真ん中で分けてあって、優雅に波打ち、手はむしろ男みたいで、目はあまりないほど小さくて、我々三人をひたと見つめる様子は、混みあった港にいるヨットの水先案内人のようだった」。[*98] この第一印象はすぐに薄れて別のイメージになった。ものを知らない身を守るすべもない女性で、『最後の九月』から迷い出てきた人物のようだった。「若いアイリッシュの少女の一人で、十五歳かそのくらい」で、それから「もっと若い人で、女性というよりは少女、傷つきやすく、もっと感じやすく、私的で……まったく違う人物だ」と。

ボウエンもまた会う前から彼に惹かれていた。彼が書いたものに最初に出会ったのは、フェイバー社の選集 *Best Short Stories of the Present Days* のために短篇を採用するべく査読している時だった。疲れて休憩に入ろうとした時に彼女が読んだのが、彼女の表現でオフェイロンの「華麗なる」Midsummer Night Madness（夏の夜の狂気）だった。彼のアイルランド内戦の経験について書いたもので、彼の短篇 The Small Lady と Bomb Stop の二篇もあった。彼女はプルーマーに宛てて一九三六年に書いた。

そう、私は忌まわしい短編をやっつけています（短篇集です、もちろん）。ここまで読んできただけで、ほかには何も読んでいません。査読した五分の四がまったく月並みなレベルです。芸術家ぶったのや、吐き気がするほど心温まるやつで……まったくもって地獄です……ますます選集が編みたくなります、*Great Middlebrow Prose* というやつを。これでいけるでしょうか？[*99]

プルーマーはその短篇集では、オフェイロン、リアム・オフラハティ、フランク・オコナーがアイルランドの最優秀作家だと同意している。だがもう少し個人的なレベルでボウエンはプルーマーにオフェイロンのことを訊いている、「彼に会ったことあるの？　素敵な人？　もしかしたら彼は鈍いかもしれません」と。彼は鈍いどころか、才能があり、「後進国の」アイルランドから出た若手作家では最優秀の一人として歓迎されていた。アイルランドは一九三二年には辛辣な批評家デヴィッド・ガーネットによって、文学、芸術、批評の水準に対して無関心を運命づけられているとされていた。オフェイロンは『ザ・ベル *The Bell*』の編集者でもあって、この進歩的な文芸誌は、アイリッシュの生活と文化に集中しており、ヨーロッパとゲールの影響も受容できる作家を探していた。それにオフェイロンはハンサムだった。ボウエンは彼の才能のほどが分かり、彼と会うと、彼は自分と同じく「ベールを剝ぐ人」で、少なくとも彼女と誠実でロマンティックな関係を求めていることも分かった。彼は女性が好きだったし、ボウエンの男性の好みも道楽者に傾いていて、彼女は彼の遊び人気質が気に入り、リーズの場合ものちのリッチーの場合も同様だったと言えよう。彼女はいつものようにこの情事についてプライバシーを守り、遠くインドにいるハウスと、のちにはメイ・サートンにだけ打ち明けている。オフェイロンは結婚して十年、子供も一人いて、その関係を守りたく、ボウエンがキャメロンとの関係を守りたいのも同じだった。ボウエンはハウスに書いた、「楽なことは何もなく[…]だから私たちは幸福の代償として善人でいることにしています」とし、彼らは二人とも生まれつき「極端な秘密主義」だと書いて。[*100]

彼らの逢引き（ランデブー）は主としてボウエンズ・コートかダブリンで、ときどきロンドンだった。二人の友情関係は一九四一年まで続き、その間彼女には秘密の任務として情報局（Ministry of Information＝ＭＯＩ）の仕事があり、アイルランドに行き、家族の年代記 *Bowen's Court* を書くという理由で、実際はＭＯＩのための「アイリッシュ業務」で、アイルランド中立策の調査をしていた。この頃ボウエンは、オフェイロンのアイルランドに対する強い思い入れと、アイルランドの文学と文化を開拓せんとする彼の精神に深く同調していた。これはエイブハー・ウォルシュがボウエンのアイルランド文書について著書で論じている。[*101]だが彼女には独特な気質からくる特徴があり、ユードラ・ウェルティが「アイリッシュらしさ、周囲に対する感度、感じるすべてに対する非常な感受性」と定義したとおり、気分と場所に対する素早い反応があった。ウェルティはボウエンの若々しい精神と後年になっても衰えない頑丈な身体を称賛し、楽しみの受容能力と大胆な行動も称賛の的だった。ボウエンはオフェイロンの急進的な過去を知ってもひるまなかった。彼はIRAで爆弾製造に従事し、一九二二年から二三年のアイルランド内戦の戦士だった。だがボウエンはハウスに書いた手紙で、彼は誰かが思うような銃撃兵には見えないし、金髪のとても穏やかな人で、髪の毛は、少なくとも私の髪の色に近いです。私たちは同い年で――人生の同じ時間に互いに何と違ったことをしてきたのでしょう」と書いた。[*102]オフェイロンと会っている間に彼女がした異種のことの一つに、メイ・サートンとの親密な付き合いがあった。サートンはアメリカに住んでいたが、ロンドンやザルツブルグやボウエンズ・コートにボウエンを訪れることがあった。サートンは著名な文芸人を探し出す人で、一九三七年四月に出したファンレターで関係の始まったのが、ボウエンがオフェイロンに出会う一か月前だった。

　ボウエンとアイルランドが誇る短編作家とのロマンスは、彼女が自らMOIの局員に志願するころ、もっとも激しかった。これが再びボウエンのアイデンティティの複雑さの証左にもなっていて、というかオフェイロンの言葉では、アイルランド、イングランド、ヨーロッパへの忠誠心で彼女は「分裂した心」の状態にあった。[*103]彼はまた、「見定めるのに何度も親しく会う必要があった、彼女の強さと弱さは少なくとも彼女の個性にある生まれた時からの分裂の一部であろうことを。私は最終的に決定するだろう、彼女は何者か、夢見る人で懐疑論者なのか、ロマンティストでリアリストなのか、ときには憧れる人でありながら同時に無法者なのか」[*104]。彼女の一部はオフェイロンとの情事の間、必然的にアイルランドに、その風景と文学に引き寄せられた。戦争の間に多くのアイリッシュ作家と知識人が持つ文化的な閉塞感と不安定感を彼らはわかちあった。

　情事が終わった後、ボウエンは短編 Summer Night（夏の夜）を書いた。一九四〇年の夏の頃に、中立国アイルランドに侵攻があるという噂が流れた。この短篇は、ヨーロッパの戦争に対するアイルランドの国家的な無関心と裏切りの存在を照射している。それはオフェイロンが感じていた閉所恐怖症を伝える。知的なアイルランド人ロビンソンはヨーロッパから文化的に切り離され、彼の客ジャスティンは戦争中はアイルランドに「閉じ込められ」て旅行もできない。ジャスティンは聾者の姉クウィーニーと一緒にロビンソン宅に来ていて――聞こえないという姉の設定はアイルランドの戦争を遮断する決断のことかもしれない――その時ロビンソンはエマを待っていた。エマは既婚女性でロビンソンと取り決めをしてアイリッシュの夜陰に乗じてやってくる。アイリッシュの中立策への苛立ちを思わせることがよくあって、ボウエンとオフェイロンの心痛が「戦争で破壊されたヨーロッパのあまたの塔」

に紛れて示唆され、「中立策のアイリッシュマンの心中には、ねじ曲がった刃に突き刺されたような痛みがある」[*105]。確執に関わっていなくても、戦争の苦難を覚え、アイリッシュの中には戦時の困窮だけでなく、欧州全土の都市と人生の破壊に反応する者もいた——そうしたニュースがアイルランドにも漏れてきていた。確執の外にいると罪悪感が生まれ、こうした発動しない情緒が短篇 *A Love Story* でアイルランドが恥ずかしいと言うミセス・マッシーに出ている。アイルランドは「非感染地帯」で、国家の風土が恋人たちの道徳的な無関心にあぶりだされている。*Summer Night* のロビンソンは家族と離れて住んでいて、エマは途中でこそこそとウソの電話をして家族を裏切っている。同時にそこには中立策に反対する感情が流れ、ボウエンは英国情報局のためにスパイとなってファシズムに挑戦し、その反面、中立策の軍事的な経済的な理由を理解して、*Notes from Eire* を書いた。オフェイロンは国家主義者で、緊急時に取ったアイルランドの中立策が作り出した政治的文化的な孤立について哀しみの声を上げ、反ファシストキャンペーンの不参加を悔いている。

ボウエンとオフェイロンの関係は、それでも彼女をアイルランドにいっそう引き寄せ、望郷（ホームシックネス）の念が目を覚まし、一方、オフェイロンは一九三七年の情事の感動でアイルランドから引き離されたことを喜び、イングランドとヨーロッパの文学サークルのことを語り合った。彼はアイリッシュ感情、国際政治、現代アイルランド文学について彼女の試金石となり、世界戦争の初期に彼女がMOIの秘密任務のためにアイルランドを訪れた年月にあって、あと二、三年間はそのまま続くはずだった。オフェイロンにとっては、戦時にアイルランドが中立を宣言する前にしばしば孤立していたが、ロンドン文芸協会と契約し、ヨーロッパ流の自由な見解を持った確立した作家となり、つまり、キャリアの転換期に来ていた。彼はもっと広い経験がどうしても欲しかった。世界の市民となり、ポストコロニアルの枠内の存在や、英国統治後の文化的な残存物であることから離れたかった。彼のために取った彼女の行為は、ヴァージニア・ウルフに紹介したことがその実証になった。互恵関係から彼は彼女をイエーツに紹介し、イエーツは地主階級の出身で作家でもある彼女に引き付けられた。オフェイロンは、自身を含む将来ある若手作家の多くを禁止した一九二九年の出版物検閲法に表れたカトリック教会の国家主義と教皇主義によってくすぶったアイルランドの孤立に不満だった。オフェイロンはカトリック教会を重んじることを拒否し、教会のせいでアイルランドにおける人生と文学と性が麻痺しているとした。ボウエンと同様、彼の想像力もヨーロッパを抱くもので、彼は短編を書くことになる、登場人物の夢はちっぽけな地方社会の言い分で潰される、そこではセクシャリティ、不義密通、避妊、中絶、売春の文字的表現を拒否する。

もう一つ、オフェイロンは出版されて八年後に初めて読んだ『最後の九月』の作者に「ぞっこん惚れ込んで」しまった。彼がウィックロウ州からロンドンへ行く道すがら、この作者に激しく揺さぶられた。

その人は私にとってリアリティを表現するツルゲーネフのトリプル・トリックがあり、ボールが彼女の五本の指の先でバランスを取り……すべての人について憐れみ深くて無情にも、どの芸術家もやるように、彼女は彼らの中に本質的な鏡を見出している。[*106]

オフェイロンは彼女が使う言葉にも小説に表れた彼女とアイルランドの関係にも叩きのめされた。彼女の抑制する力と「小さなことにドラマを見る感覚」を称賛し、彼女が作り出す雰囲気を欲しがり、「干し草の、湿気の、山並みの匂いがする」と主張した。それは彼の透視図（パースペクティブ）に挑戦し、「神聖な、単純な、敬虔な、農夫の、沼地に住む、ヤンセン主義で、下層中産階級の農業国アイルランドを書いてツルゲーネフになれる」ことを立証していた。彼はボウエンの農夫の普通の生活と、アングロ－アイリッシュのビッグ・ハウスの隣りで威勢をあげるＩＲＡの描写に支えられ、ボウエンとの関係が終わるとすぐに、国内で育ったアイリッシュ文化と文学を激励するために、ピーダー・オドネルと一緒に雑誌『ザ・ベル』を発行し、彼はその初期の五年間、編集の任に当たった。アイルランドは中立国で、ヨーロッパの軋轢と破壊から地理的に離れていて、文学に集中する余裕があった。戦争のニュースはあまり伝わっていなかった。オフェイロンはアイリッシュの才能を開拓し、その一方で、アングロ－アイリッシュの背景を持つ数名の作家は海の向こうの文学と文化に目を向けていた。オスカー・ワイルド、Ｇ・Ｂ・ショー、イエーツ、ジョイスらである。『ザ・ベル』の創刊号は一九四〇年十月に出版され、アイルランド文学の社会的・政治的な諸問題に焦点を当てており、イングランドではほとんど注目されなかった。ロンドンの通りに聞こえるのは、サイレンだけだった。オフェイロンはロマンティックなアイルランドから新しい「リアリズム」に方向転換していた。イエーツが代表するロマンティックで神秘的なアイリッシュ文学の伝統には共感できなかった。『ザ・ベル』は文化的にはヨーロッパ精神に立場があり、それでもクレア・ウィルズが注意したように、戦火の中にあるヨーロッパから一歩離れていた。オフェイロンは文学的な知識人のサークルで働き続け、アイルランドの文化と文学の視野を広げようとする一方、ボウエンは戦争に向かった。『ザ・ベル』誌はカトリックの影響と著者の検閲制度と戦いながら、アイルランドで議論されているタブーを包括していた。制度化している女性蔑視、未婚の母、避妊、庶子問題、同性愛、離婚、精神病、売春、禁固、犯罪といった問題を受け止めていた。そしてアイリッシュの「リアリズム」とアイリッシュの日常生活を見る目を養い、ヨーロッパ流のモダニズムを拒絶したが、そこがボウエンとの違いで、彼女は内向する語りにモダニストのテクニックを使うことで意識の把握に腐心した。[*107]オフェイロンは言った、自分ならエリオットの『荒地』もジョイスの『ユリシーズ』も出版を拒否しただろうと、もっとものちに彼は考えを変えたが。彼が自ら述べた使命は簡単なことで、アイリッシュの作家たちを励まして、「我ら自身の人々、我らの世代、我ら自身の諸制度」について、「まっとうで、友達らしく、興奮してもいいが礼儀を忘れず、建設的に」書かせることだった。[*108]彼は一九四〇年から一九四六年まで『ザ・ベル』の編集長を務め、出版するためにボウエン（メアリ・ラヴィンも）から書いたものをもらい受け、カトリック作家の合唱に女性とアングロ－アイリッシュの声を加味し、ボウエンをアイリッシュの文芸界に引き入れた。当時ボウエンの批評家をもって任じ、『最後の九月』を「これこそアイリッシュだ――ナンセンスだとしても」と確信していた。それから彼は自身とボウエンが共有しているより広範な文学的展望に触れるようになった。「(国家主義者たちがアイリッシュ文学を求めるのを聞くのはうんざり――欲しいのは文学そのものなのだ)」[*109]。

## 別々のアイルランド

ボウエンはアイルランドの「紛争（ザ・トラブルズ）」を、主として『最後の九月』のビッグ・ハウスの視点から見ていた。オフェイロンの衝撃的な短編 Midsummer Night Madness は、そのような大邸宅に放火した男の視点から書かれている。オフェイロンが見る『最後の九月』は、「アイルランドが、ある意味で、まだボウエンの家庭だった時に」書かれた[*110]。一九三七年春の手ごたえのある感動的な手紙で彼はボウエンを容認しながら、「彼女は道化（フール）のように包囲された都市の歴史を書いた」が、「今や包囲は終わった」とする[*111]。「城壁はかってなく高かったか？　おそらく高かっただろう」と追記している。彼女の小説にはその背景に歴史のノイズが聞こえるが、今はアイリッシュの小説が「敵」を引き出す時、アングロ－アイリッシュを前面に連れ出す時だ、ダニエルズタウンとピーター・コナーズの農場という二つに分かれた世界を一つにする時だ。彼は彼女にもう一つの話を書くように迫り、「少なくとも［ビッグ・ハウスの］外にあるアイルランドを見せるような、分裂を嘆き、分裂があることを認める小説を」と[*112]。文化的な分裂は手の施しようもなくなり、「作家はそれを作り替えたり感傷的に書いてはならない」。彼はここで訊いている、「どこか共感できますか？」と。彼女はできた。彼は彼女に知らせた、彼女は包囲された少数派、アングロ－アイリッシュを代表しており、その文化的政治的影響力は衰えている、どちらの側も損失を埋め合わせるべきだと迫った。ボウエンは『最後の九月』の中で分裂を観察しており、*Bowen's Court* ではそれを認めているが、オフェイロンが求めるような文化的対話の著者になろうとしてはいない。境界を横断するのは他者に、例えばカトリックの詩人シェイマス・ヒーニーのような人にまかされるだろう。ボウエンはアイルランドの分割に直接言及したことはない――北アイルランドは連合王国に属し、南アイルランド自由国が一九二二年に誕生した。

オフェイロン自身はビッグ・ハウスのもう一つの階級と文化からは「スパイ」のように見られていると感じており、先述した短篇 Midsummer Night Madness ではそう書いている。彼はのちになるとボウエン以上にビッグ・ハウスの歴史的な局面を提示して、要塞（ギャリック・ハウス）――ブラック・アンド・タンズの襲撃に備えた一種の要塞――になったビッグ・ハウスの当主を不道徳で堕落した狂人として描き出し、そこにＩＲＡの党員を登場させ、彼らの道徳性も明らかにしている。ボウエンとオフェイロンは別々の異なったアイルランドの出身である。彼女は、アングロ－アイリッシュ・プロテスタントのエリートの娘で、人生の多くをイングランドで過ごし、今や熟練の著名な作家になっている。オフェイロンは、アイリッシュの農民と敬虔なカトリックの母親の息子で、質素な背景を持ちながら、アイルランドの最良の短編作家になった。彼の家族の同盟にはパラドックスがあった。彼の父親は誇りある王立アイルランド警察隊、すなわち、アイルランドの連合の武装警官隊に一九二二年まで属し、ある種の風土ではこの軍隊はアイルランド国内では「反王制」とみなされていた。それでもオフェイロンはアイルランドに英国が存在することに強く反対し、ＩＲＡの活動家として爆弾を製造し、独立戦争のときは英国軍の爆破を狙った。

　こうしたアイリッシュ－イングリッシュの緊張関係は、オフェイロンの娘ジュリアによれば、ボウエンの情事にスリルを与えた。ジュリアは一九七〇年代の初めにボウエンが彼らのロンドンの家を訪れてきたのを覚えていて、ボウエンはショーンという名は彼女には「ジョニー」だと「楽しげに」言い、ちなみにジョニーは歴史的にイングリッシュとつながる名前である。ジュリアは、これは「ちょっとした小部屋の帝国主義」ではないか?といぶかった。そして父が彼女を「イーリス」と呼ぶのも気になった、それはエリザベスのゲール語の変形である。しかし、リズ、リザ、その他の愛称も彼の手紙には出てきていた。

　ジュリア・オフェイロンは父親の「選ばれた」愛人たちを査定して、父の自叙伝 *Vive Moi*（我が人生）のあとがきに、彼女らは「傷ついた個性」の持ち主で、「その不器量さ」は彼女には驚きだったとしている、ジュリアは父親のグッドルックスを受け継いでいた。ボウエン、オナー・トレイシー（「カースル・カトリック」、この表現は親英国派（アングロフィリック）に運悪く生まれ付いたアイリッシュを意味する）、それにキック・アーランガーである。[113] ジュリアは舌鋒鋭く、「気が狂った父親と没落する運命にある一家が吃音のエリザベス・ボウエンを俗物根性とフィクションに駆り立てたのだ」としている。そして父オフェイロンの「心」は情事とは無縁だったとも。

　だがオフェイロンはこれに同意せず、何年もあとになって「マイ・エライザ」と温かく呼びかけている。オフェイロンはボウエンと出会ってすぐ彼女の傷つきやすさ（攻撃性）を見抜いたが、やがてのことに彼女の性格には臆病さの片鱗すらないことが分かるようになった。そして決断力を生み出すその資質に言及して、他の友達と同様に、ロンドン大空襲（ブリッツ）の時もロンドンに住み、クラレンス・テラスの自宅が爆撃にあったあともボウエンズ・コートに引っ込まなかったことを挙げている。結局のところ彼は、彼女の性格は「強すぎて、独断的な慎重さと、頑固すぎることが弱点になっている」とし、ミルトンの語句、彼女の「強さは彼女の災いである」を使って彼女を分析している。[114] 一九七〇年代の初めにランチで彼女と会った時、彼女は癌で瀕死の状態にあり、「情熱は消え失せ」ていて、かつて彼に強く訴えてきた「男性的な勢力」は枯渇していたと語っている。

　ジュリア・オフェイロンの見解にも一理あって、オフェイロンは「意図してアイリッシュ・ツルゲーネフ」と出会い、その人は『最後の九月』に失われた世界への郷愁の念を書いた。彼はまだ花開いたばかりの作家で三十七歳、地方の「基礎的な」社会で足踏み状態にあり、文化的・知的に孤立していた。「アイリッシュの生活は——遥か昔の私の頃は基本の段階にあって、〈小説〉を生むに至らなかった。植木鉢の中に大きな庭園を造ろうと望んでいた」。[115] 彼はデヴィッド・ガーネットに見い出され自信を与えられた。ガーネットは先見性のあるイングランド人の編集者で、オフェイロ

ンの執筆と短篇集 *Midsummer Night Madness* の一九三三年の出版を支えたが、オフェイロンはアイルランドの検閲と自国で生計を立てる苦労もあった。短篇という型式が彼の必要にマッチしていて、二十世紀初頭のアイルランドの生活の断片を切り取ることができ、「その後になって我々の社会は、バラバラのジグソーパズルのようだったものがまとまり始めた」。

オフェイロンとボウエンは生き生きした魂の持ち主で、結婚と情事をはっきりわけて維持してきた。しかしジュリア・オフェイロンは父が後年になって彼の情事のいくつかについて明らかにしたことを、オフェイロンがボウエンの死後二十年たって書いた自叙伝 *Vive Moi* の補遺に抜け目なく記した。ここでオフェイロンは、リッチー以外のどの恋人よりも鋭く雄弁に「ラ・ボウエン」について書いた。ジュリアは父の情事の時はまだわずか五歳だったので、父が言ったことにバイアスをかけて語る。自身も作家であるジュリアは、アイルランドの内側と外側の女性の歴史的に制限された役割について強く感じたことを明らかにしている。小説としては *Not in God's Image: Women in History from the Greeks to the Victorians*, 1973 と *The Obedient Wife*, 1982 と *The Irish Signorina*, 1984 などがある。ジュリアは子供時代を通して、「ラ・ボウエン――私の母がエリザベス・ボウエンをこう呼んでいた――は、ハウスパーティにあなたを招待したのにアイリーンを招待しなかったという点で、舞台裏で論争の的となっていた。『おそらくプロの集まりでだろう！』と、あなたは高慢な背信をもって反論し、バッグに荷物をまとめた」[*116]と振り返っている。ラ・ボウエンはオフェイロンの結婚の不調の元凶だったし、ハウスの時もリッチーの時もそうだったが、ボウエンはそれもやむなしとする公的な存在だった。

オフェイロンは告白している、「我々の親密さが状況から見てこれ以上ないくらい完璧になった時に」、彼は彼女に質問した、彼女の分裂した個性を彼がどう見ているかについて。彼女のオフェイロンへの回答は、「作家なら誰でも作家であって、世慣れていてはいけない理由はない」であった。別の言葉でいうと、女性作家は想像力を使う仕事に関わっているし、知的に文化的に政治的に時代とも関わっている、ということになる。二重性は男性作家には無条件で認められている。後年になってオフェイロンは自分の査定の愚かしさを認めた。ボウエンの複雑性を称賛し、才能ある女性が愛されることも求めたのだと。「分裂した個性。それはあらゆる詩人、政治家、哲学者、理論家、演技者、作家、つまり偏執狂ではないすべての人の根本にあるものだ」[*117]。

## 情事の終わり

情事は、オフェイロンによれば、彼がクラレンス・テラスを最後に訪れた一九三九年八月三十一日に終わった。その日、「僕らは寝そべって――、情熱に飽いていると、アランがオフィスから電話してきて、英国艦隊の出動命令が発せられた、『つまり戦争だ』と告げた」[*118]。彼女とオフェイロンとアイルランドの関係は夫からの戦争勃発の報告によって変わった、彼らの忠誠心の分裂だった。彼はのちにこの説明を改訂し、その他ボウエン関連のものも改訂したように、戦争が布告されたとき、彼はメイヨ州にいたと。それでも彼らはそれぞれ味方に付いた。ボウエンは戦時体制の英国に従事し、オフェイロンは急遽アイルランドに戻った。一九四〇年以降、ボウエンは事実上二、三年は消えたと彼は述べるが、彼女が戦争中の「アイリッシュ案件」で訪れた時に彼らは会うこともあったが、オフェイロンは当時何も知らなかった。彼らの会話はボウエンの *Reports from Eire to the Dominions Office* に入っているようである。共有する意見が『ザ・ベル』とボウエンの報告書に散見される。アイルランドの地方性、アイリッシュの知識人と作家のヨーロッパ文壇からの孤立、そして、オフェイロンには、戦時ヴィザの取得が難航し、ヨーロッパに行ってイングランドとヨーロッパの作家と連絡することができなかった。

一九三六年と一九三七年はボウエンがオフェイロンに出会って関わった年で、ボウエンには激動の年になった。作家としては多くを書いたが、個人的には漂流していた。彼女は一九三五年出版の『パリの家』で大成功をおさめ、『心の死』に取り掛かっていたが、ハウスに見捨てられ、リーズに拒否されたと感じていた。また夫キャメロンがBBCの業務上のごたごたのせいで憂鬱症になっており、それが一九三五年にオクスフォードからロンドンに引っ越すきっかけとなった。ボウエンも体調不良で、一九三六年十一月の初めには喉頭炎で一か月、血痰が出て、医者に喫煙をやめるように言われた。ところが一九三七年の春には元気になり、メイ・サートンと付き合い始め、オフェイロンとのロマンスと二本立てだった。二種類の恋愛。こうした多様な、ときには掛け持ち状態の関係は、ボウエンの真実の複雑さと、小説を書きながら関係を維持した驚くべき能力を裏書きしている。彼らはボウエンのさらけだし、隠し、自身の様々な側面を手玉に取って見せる能力のことを口にする。女性、愛人、作家、公的な知識人、宴会のホステス、出世主義者、政治的スパイの彼女を。

## リヴィアの微笑み

これと同じアイロニーがボウエンの書いたものとメイ・サートンとの関係に織り込まれている。ボウエンは他の女性とも親密だったかもしれないが、サートンはボウエンのタブーを破り、それを書き残した少数の女性の一人である。[*119] 自らの関係のほかに、サートンが言うには――批評家アン・ウォールデンによれば――ボウエンは別の女性の愛人と緊密な友情関係の嗜好があり、「彼女らを無情にも捨てた」とのことである。

女性に関心がある人なら、誰でもリヴィアに関心を持つに違いないとボウエンは思った。ローマを訪れて彼女は「リヴィアの微笑み」に心を打たれた。シーザー・オーガスタスの妻の語り継がれた彫刻像で、彼女は力ある男性と真っ向勝負した女性である。まず皇帝ネロ、二度目の夫シーザー、息子のティベリウス、そして孫息子のカリギュラと続き、政治的な混乱状態のさなかであった。ボウエンはこの情け無用の女性の秘密に分け入って読み、落ち着いて冷静にこの不快きわまる状況に生き残った女性を知った。ボウエンはこの女性のアイロニックな微笑みを称賛した。ウルフはサートンのことを「青白い綺麗なシェリーを真似たアメリカ娘」と言っている。[*120] ボウエンとサートンのロマンティックなエピソードは、心地よいのはボウエン、というパタンに従っている、年長の女性の精神的指導者と憧憬する若い弟子という構図である。ボウエンは女性で三十九歳、サートンは二十六歳だった。一九四二年にリッチーと女性の友情について語り合い、ボウエンはこの種の関係を「レズビアン」とくくることはしないと言っている。ウルフとその姪アンジェリカ（ウルフの姉ヴァネッサ・ベルとダンカン・グラントの娘。*Deceived with kindness—A Bloomsbury Childhood*, 1984 を書いた）との親密さを考え、ジェイン・オースティンと姪のファニー・ナイトとの親密さと合わせて、ボウエンは「ごく若い女性はみなそうした友情関係を持ち、年配の方の女性は彼女らを、自分の性質の抒情的な側に立たせ、もう一度若さに生きるのだ」と言う。[*121] さらに「少女というものは［年長の女性に］愛と称賛の目を通して見られることが望外の歓びで、男性にモテたりすると、それを他の女性に言うのがたんに嬉しいのだ」と続ける。そういう関係があるのが『最後の九月』で、年長でさらに辛辣なマルダは、恋に目覚めたばかりのロイスに接近する。もっと危険なのは『ホテル』の中年の未亡人ミセス・カーで、若いシドニー・ウォレンが狙われる。ブリンマーで講義中にボウエンに出会ったアン・バーソフは、ボウエンが若い女性に惹かれ、先生としてあがめられ、ときには内緒話をする仲になったのを見ている。バーソフはさらに具体的に、ボウエンが若い詩人シンシア・ラヴレス・シアーズに惹かれ、「いい子でとても美しい」と言ったと述べる。[*122] シアーズはインタビューで自分がボウエンの会話によって催眠状態になったと語っている。シアーズはロンドンに戻った後でボウエンに手紙を書き、帰路で出会ったパイロットの青年にいかにモテたかについて書いた——若い方の女性から年長の女性に送る内緒話で、ボウエンは面白がった。

似たような腹心の友の関係がメイ・サートンとの間で発展した。ボウエンとサートンのやりとりから、とくに一九三六年から一九三八年を頂点として、断続的に親密だった関係が伝わってくる。ボウエンからは楽しげな優しい言葉が発せられ、子供かペットに話しかけているようにも取れる。ボウエンの手紙は皮肉で、遊び半分で、回数は少なく、ときに罪悪感や謝罪が調子に出ている。「マイ・スイート、あなたが不幸だと、私は苦しいです。もうあれはいけませんよ、私を撃つのはやめて、もう二度と嫌ですよ」[*123]。こう書いてボウエンは、サートンの何通もの手紙に返事をしなかったことを謝るように書いている。ボウエンは『心の死』の仕上げの重圧を感じていて、その時期、ウルフはボウエンに警告して、「あの間抜けなメイ・サートンを」処分しなさい、「彼女は私にジュリアン・ハクスレーが拾ったリンドウを送ってきました」と書いて、ボウエンの取り巻きをお払い箱にした。[*124] ボウエンは同じ月にオフェイロンが気になっており、その関係は原則としてサートンには隠していたが、ボウエンはいまからブーローニュに行って自分の恋人になりそうな人と会うのだとサートンに匂わせていた。ボウエンはご機嫌取りをするサートンが気に入って、執筆やキャリアについてアドバイスしていた。サートンは、才能のある詩人で、一九三七年には『ハーパース・バザー』誌に四篇の詩を発表しており、初めての小説 *The Single Hound* に着手していた。

リッチーは、ボウエンは若い女性のおべっかが好きだと日記に書いている。一九六〇年、ボウエンがヴァッサー女子大でセミナーを開いたとき、彼は想像して、「若き創造者たちが行列になってキャンパスをのし歩き、少女たちは、農場で卵を拾いに行くように、手紙を集めに行き、一人の少女が戻ってきて自分に来た手紙を歩きながら読んでひとり微笑んでいる。その場所全体にたくさんの物語が糸をつむいでいる。ER（彼の姪エリザベス・リッチー）にはこの段階でEを知ってほしい、Eの人生がすでに多すぎる少女たちに囲まれていなくても。Eは感化力のある魔女だと思う」[125]と記している。存在感と外観と知力と個性が相まって、そそられるとか「魔法にかかりそうな」という言葉が彼女の友達から寄せられる単語になっている。男も女も引き寄せる力である。リッチーはもう一人の若い崇拝者マーシャル・バーランドを挙げている。彼はボウエンがウィスコンシン大学で教えた時に刺激を受けた学生だった。リッチーは、「彼は愛し愛されている。かつての僕のように」と述べて[126]。

　サートンは年長の確立した女性作家の認可と支持を求めることが多かった。サートンは、ボウエンのほか、H・D・ウィニフレッド・ブライアーとウルフにも好意を抱き、文通していた。ボウエンが『ニュー・ステイツマン』誌に書いた一九三五年のマナーに関するやや地味なエッセイを読んだサートンはそれを誉めちぎり、「私はあなたの品格の輝きとスタイルと視点に完全に打ちのめされました」と書いた[127]。サートンによれば、ナッシュが建てたテラス（ボウエンのリージェント・パークのテラスハウスもその一つ）について本を書いた建築家ジョン・サマーソンがサートンをボウエンと夫アランに紹介した。一九三六年五月のボウエン・ディナーにサートン、セシル、バーリンが顔を揃え、サートンは「あまりの輝きに蛾のように目がくらみ……輝かしい一夜だった」とした[128]。サートンがおずおずと観察したボウエンは「ホルバインの絵画のようだった。ととのったハンサムな容貌の彼女は、美しいというよりはハンサムで、堂々とした鼻、高い頬骨、秀でた額をしている。しかし顔色は微妙で骨格はがっしり――見事な金赤色の髪の毛は後ろに撫で上げられてうなじで緩やかに巻かれ、仄かな眉毛の下に淡い青白い瞳」。一九三六年八月、サートンはボウエンにPortrait by Holbein（ホルバインの肖像画）という称賛する詩を書いて送った。「鉛筆で描かれたあなたの素描は、目が覚めるようだ」。

　この出会いのあと、サートンはボウエンに囚われてしまい、アメリカに住んでいるのに、ロンドンに何度も旅してきた。アメリカからはファンレターを書き、ボウエンの出版物と自分の孤独感、無益感、絶望、愉悦、人間関係、詩と小説を巡る苦悩について書いた。一九三八年、『心の死』を読んだ後に、フロベールを思ったと書き、「香り、部屋や家の好み、実在する人より忘れることのない人々。蒸留されたホラーとともに取り残されたと感じました、炎が燃え尽きたあとに残った灰のように、その味を口から追い出すことができません」とした[129]。関係は続き、一九三八年一月十六日にサートンはボウエンの新しい小説を待ちわびて、例によってお世辞交じりに書いた、「あなたの愛読者にとって革命が起きるでしょう」。

　友達の多くが不平を言うように、ボウエンは几帳面に返事をする人ではなく、サートンとは長い間離れたままだった。ボウエンはおそらくその距離に救われ、お世辞に感謝し、サートンの未熟な愛の悩みにはユーモア交じりに対応していた。だがサートンには才能があり、日常を描くスケッチにはドラマがあって、ボウエンにはそれが喜びだった。最初の頃の手紙の一つ、日付は一九三六年七月二十五日だが、サートンはボウエンから送られた『パリの家』のお礼状にスケッチを添えてきた。サートンは自叙伝 *A World of Light* では、関係が一九三七年五月に始まり、出会いはたったの一度としているが、手紙ではもっと頻繁に会ったことが示唆されている。サートンはボウエンに憧れながら、一九三七年の春まで再会できず、その春にサートンは友達とともにイーストサセックス州の港町ライにジークス・ハウスを借りた。先生になれそうな女性に必ず引き寄せられ、おべっか使い（サイコファント）かもしれないが、サートンはボウエンの人生に入りたかった。のちにボウエンを新しい家でディナーに招き、二人は自分たちが「即座に親しくなる才能」を持っていることを発見する。サートンが書いている。

　彼女がジークス・ハウスで過ごした夜は満月が出ていた、五月の下旬のことだ。私の書斎は上にあって、大きな窓から無数の屋根と煙突が孤独な沼地まで続くのが見え、月光を浴びて霧が降りたようだった。我々は食後に長い間そこに座って話し、ときには黙って、そしてついにエリザベスが、雰囲気と、場所と、瞬時の総体的な趣きに動かされて、彼女に捧げる私の情熱に応えてくれた。私たちは、大いなるやさしさに溢れた交換のあと、私の大きなベッドで一緒に眠った。[*130]

　このロマンティックな会合の後、ボウエンは開放的なメモをサートンに書くようになり、エロティックな仄めかしもあった。ボウエンはあまりにも来ない返事にサートンが腹を立てることを認め、説明して、「私は誰とも連絡ができないの、とても返事がしたいのに——ある意味で返事をしたくないのね。アイリッシュはとてつもなく人を狂わせる人種だと思う」[*131]。驚くほどあけすけに——彼女ならではの言葉を「でたらめに（craggily）」使っている——サートンには親しく書き、リッチーへの手紙を除けば、めったにない表現を使う、もっとも程度は違えているが。一九三七年六月八日、サートンとロンドンで会った一週間後、ボウエンはフランスから親しみをこめて綴る「先週末のあなたはとても愛らしかった。完璧な天使だった。あなたはプーッとむくれている方が愛らしい……。いまはさようなら、愛らしい人。あなたを何と呼べばいいかしら。XXE（Xはキスマーク）」[*132]。同じ手紙で窓から見た薔薇園のことを述べてサートンに訊いている、「あなたの窓は何を見てる？　まだすごく暑くて、ライオンも虎もおなかを見せてあえいでいる」と。一九三七年の日付のないクラレンス・テラスからの手紙では、次の逢引きを予告して、「明日は会う、ダーリン？　六時頃かそのへんで？　夜は泊っていく？　ラヴ、ラヴ、ラヴ」。二、三か月後、また謝って、『心の死』の仕上げの作業を詳しく書き、臨時の報道関係の仕事でザルツブルグに行くのでそこでサートンに会うつもりだ、そして「花びらが落ちてくるあなたの手紙が大好き」と[*133]。そしてボストンではサートンに会えないと続けている。「許して愛しい子よ。この長いご無沙汰は愛情のない恐ろしいものと思うでしょうが、実際はそうじゃないのよ。私の愛しい人。E」。一か月後、一九三七年八月の末に、ザルツブルグでボウエンはサートンと会った。アメリカ人の友達トム・ハワード、プルーマーの親友トニー・バッツと一緒に。ボウエンはその旅の思い出を手紙に書いた、「素敵な旅で夢のようだった」[*134]。

ボウエンはサートンとウルフをクラレンス・テラスのディナーに誘った、一九三七年四月のことで、ウルフによれば、サートンは「私の足元の床の上に座り、不運にも、私に憧れ、崇拝し、冬の日にプリムローズと詩を送ってくれた」[*135]。ディナーのあとサートンはボウエンを追いかけたようにウルフを追いかけ、彼女がウルフを「怖かった」と言ったあと、ウルフにユーモラスにたしなめられた。「どうしてあなたが怖がる必要があるの、私はおいぼれのキリンのように飼い慣らされて大人しいのに。部屋は湖（リージェント・パークの）を見渡せて目が回るけど、キリンが怖がるのは光でしょ」と[*136]。ウルフはサートンの崇拝を意地悪いユーモアで潰してやろうとしたのだ。のちにサートンが自分の小説 *The Single Hound* を送ったところ、ウルフはまたもや彼女のおべっかを撥ねつけて、「この先もしあなたがロンドンにいて、乱暴な口から出まかせの印象が欲しいなら、何とか段取りを付けますよ。私の判断についてサスペンスを味わいたいなら――それはあまりにも馬鹿げているように思いますが」。サートンはボウエンに宛てた手紙で大胆にも記した、ウルフの言葉には「笑いました、もし私が二十六歳で鉄壁の自制心がなかったら、ウルフにものすごく熱烈なファンレターを書くでしょう。でもゴーゴルのマダムのように、『沈黙、沈黙』です」と[*137]。だがウルフを遠ざけたおべっか、感情過多、スケッチ、詩、花びらが落ちる手紙は、ボウエンを惹きつけた――いっときだったが。

サートンはウルフとの出会いを「痛ましい」と書き、「彼女は人の仕事について何か言わねばという病的恐怖症があり、だから私たちは何気ない話をしてお開きにしようとしたら、彼女がいきなりものすごい勢いでしゃべりだしたので、解散するほかなかった！」と書いた[*138]。会話に出てきたサートンの小説 *The Single Hound* のことで、ウルフは物語があると言い、第二部が一番好きだと言った。しかしウルフは補足して、「私が何か本当に言うことがあるかどうか、興味を持って見るでしょう」と。ウルフはさらに警告して、「感じることが多すぎる危険があり、十分に考えて尽くしていない」という。サートンはアタマに来て、「何て変な人なのかしら――私は、お願いだからもっとはっきり言ってと思うだけ――渦巻貝の殻の中をのぞいているみたいです」。サートンがボウエンとする会話はもっと長くて気楽だった。一か月前の一九三八年十二月にサートンは親密な一シーンをスケッチして、部屋に入ったらボウエンがいて、「ソファの隅に丸くなり、半ば微笑していて」、ボッティチェリの十五世紀の処女、「プリマヴェーラのようだった」と記した[*139]。通常は自制して手紙を書いたボウエンだったが、サートンには自分の人格を率直に皮肉に査定して見せている。

あなたは事を勝手に大きくしてはいけません。不幸の深淵が突然開くと、私はめまいに襲われます。私をもっとも恐ろしい古株のミヤマガラスか不良（cad）と思っているに決まっているわ――何もかもが、もっと悪いのよ。分かってくれないと、私は大体のところ、女性にはほとんど何も感じないということを。家の中に、またはそんな場合に、きれいで愛らしい誰かがいるのが好きなだけ。私は皮肉屋で百戦錬磨の老ホステスよ。分かる？――ああ、もちろん分かるわね――それとこれとの違いが？[*140]。

これでボウエンの愛らしい若い女性への心の傾斜と、当時の文化の要点にあった伝統的な役割の女性を温存していることが分かる。ボウエンは、アン・バーソフによれば、一九五三年の春にサートンと同時期にシアーズをボウエンズ・コートに招いた。シアーズは「喜び勇んで」到着し、ボウエンの興味に火が付いた。この訪問でボウエンはサートンに対する関心が冷え、サートンは嫉妬した。インタビューでシアーズは心躍る訪問のことを、シャノン空港で拾ってもらい、ボウエンズ・コートまで車で走り、小雨の中夕刻に到着したと描写している。[*141] 屋敷は、シアーズの目には、「豊かに暗く、陰鬱ではなく、質感が豊かで、あの子供の魔法の本『秘密の花園』のようだった」。彼女はキッチンの大きなテーブル、毛くず入りの壁紙、図書室、本が山済みになった無数のテーブル、それと寝室の窓から見える眺望、夕刻は月光、昼間は四階の舞踏室のそばのハリエニシダと花々。いつものツイードのスーツと厚手のセーターを着てきらめく宝石をつけたボウエンに優雅に迎えられ、シアーズは感極まる、「彼女を崇拝しています」。だがシアーズはサートンのあからさまな嫉妬に仰天して、あとでサートンと二人だけになった時にサートンがボウエンのどもりを真似たので、サートンが長年ボウエンの愛する友達であることがシアーズは信じられなかった。シアーズは、ボウエンが「要点を外さない良き聴き手」であり、「比類なく魅力的だ」と述べている。ボウエンは取り立ててシアーズに愛情があるような振る舞いはしなかったが、彼女はボウエンが女性と関係を持ったとしても驚かないと言っている。

ボウエンは最初オフェイロンとの関係をサートンに秘していたが、サートンはボウエンと女友達の関係に嫉妬して苦しんでいた。一九三八年七月にサートンはボウエンと三度会ったことを「天の恵み」と言い、親密さをほのめかした。ボウエンはサートンとの友情を回復し、一九四四年六月には、キャメロンの心臓のトラブルについて書いた。歳月を通じてサートンはボウエンズ・コートやクラレンス・テラスを訪れ、キャメロンの友達になっていた。彼女は彼の「温かさ」、ボウエンへの献身を裏付ける資質に気づいた。ボウエンの友達でキャメロンが好きな人はなきに等しく、ボウエンはサートンの配慮を喜び、シリー・パティの贈り物に感謝している。一九五二年に、ボウエンはサートンにキャメロンの死去について手紙を書き、「とても穏やかに逝った、可哀そうな人」と書いた。[*142]

キャメロンの死後まもなくボウエンはサートンを訪れ、サートンの家庭の理解ある幸せな雰囲気がありがたかった。ボウエンはサートンの様子を辛辣に描写して、「目の見えない大きな鳥が無駄に羽をバタバタやるように、鷲でもないのに翼をバタバタするめんどりか何か、窓のところでキーキー言っている」[*143] とした。サートンとパートナーのジュディを疲れさせたのを心配して、ごめんなさいとボウエンが謝っている。それでもボウエンは、そこでシルヴィア・プラスとの会合に苛立ちを示した。一年後の一九五三年五月に、その有望な若手の詩人が『マドモワゼル』誌の客員編集者としてボウエンにインタビューして記事を求めた。インタビューするシルヴィア・プラスの晴れやかな笑顔の写真は、ボウエンが会った若い女性たちの憧憬の念を捉えているが、プラスの絶望状態は、数か月後に躁鬱病の治療のためにＥＴＣ（電気痙攣療法）を受けるまでになっていた。

ボウエンはサートンの小説 *Shadow of a Man*（男の影）を誉めた。しかし *A Shower of Summer Days* が一九五二年に出版されると、亀裂が入った。サートンはチャールズ・ゴードンという人物をアラン・キャメロンを土台にして造り、ビッグ・ハウスにボウエンズ・コートを使った。これが転換点になり、サートンはボウエンの批評家の友ハワード・モスから、ボウエンが相談なしに書いたことでサートンを「厚かましい」と見ていると聞いた。サートンは謝ったが、一九六五年の手紙で不埒にも書いてきた、「あなたと私が友達ではなくなったとは信じられません」と。そしてニュー・ハンプシャーの自宅への招待状を添えて、「あなたの人生はほとんど分かりません、これを誰に宛てたらいいのかも確かでなく［…］白鳥のような人に私は恋していたのです、三十年前に」[*144]とした。

ボウエンと女性たちとの熱い友情関係は、リッチーへの手紙にヒントがあるが、彼らの往復書簡の編集者ヴィクトリア・グレンディニングとジュディス・ロバートソンは、ボウエンが必ずしもそうした個人的な関係のすべてを彼に明らかにしているとは見ていない。編集者たちは出版されただけではないことを往復書簡で摑んでいたが、全体をまとめて、「彼女は一定の年齢のたくさんの〈ガール・フレンド〉を主としてサセックス州とケント州に持っていて、そのうちに何人かは感情的につながっていて、ボウエンは彼女らとよく会っていた。Ｃ・リッチーはボウエンのこの方面の社交については、あまり聞かされていない」[*145]としている。サートンはつとに見ていた、ボウエンは女性との熱い関係に型があり、彼女らを「無情にも」捨てている。サートンもその一人、ナンシー・スペインもしかり――愉快だったが関係について自己顕示欲が強く、影のような（shadowy）「Ｂ」ことベアトリス・ホートンは親友だった。カーソン・マッカラーズもボウエンに言い寄ったが、拒絶された。ナンシー・スペインはボウエンにのぼせ上り、クラレンス・テラスを何度も訪れてアランを困らせたとローズ・コリスが伝えているが、ナンシーは派手過ぎて「捨てられ」た。ボウエンは「レズビアン」というレッテルを一切受け付けず、そういう関係にありがちな感傷的なあるいは甘ったるい感情表現は不愉快だった。個人的な自己開示や感傷癖や公表は気質的に合わないのがボウエンだった。

ユードラ・ウェルティとの友情も熱烈だった、一時ウェルティが熱心だったことが、一九五一年のウェルティの手紙にある高揚した言葉から判断できる。これはキャメロンが他界する一年前に当たり、ウェルティは春にボウエンズ・コートを訪れ、ボウエンは秋の感謝祭にウェルティを訪れている。ウェルティに宛てたボウエンの手紙は一通も残っていないが（目下のところ）、ウェルティのボウエンズ・コート滞在は彼女が小説『イニスファーレンの花嫁』を書いていた時期だということが分かっている。ウェルティがボウエンの元に戻りたいと切望していたことが、訪問後に書いた一連の切ない手紙に表れている。一九五一年の春にヨーロッパに渡ったウェルティはイル・ド・フランスから九ページに及ぶ手紙を書き、ボウエンに会いたい、声が聞きたくてたまらない、どんなドレスを着ているかすら気になっている」とある。ボウエンがウェルティに送った電報と黄色い薔薇のことまでもそれとなく持ち出して。まさにラヴレターで、ウェルティの熱弁は、「あなたはスイート——あなたは言葉に尽くせぬ方で、あなたの思いと行為と知恵と存在——そこまであなたはしたわね。したいようにして、愛する喜びを。意のままにして、私はあなたを愛する——そして想像して、あなたのために何でもしたい私を［…］、あの昼も夜も何もかも絶対に忘れない」[*146]。船上にいても訪問の感動が反響し、「一度か二度、馬車道を駆け下った時に頭上を過ぎる木々のリズムが感じられました」、あの狂ったドライブの時のこと。その後の手紙で彼女はボウエンにアメリカ南部を訪問するよう強要し、ニューヨークで会いましょう、とか、コニー・アイランドに行くのよ、秋にはイースト・リバーを歩こうなどと、思いに耽っている。彼女らは何年もの間頻繁に会った。一九五一年十二月にウェルティがシカゴで講演した時は、ボウエンもそこで講演し、キャメロンの死後二年目の一九五四年九月にはウェルティが訪問して二週間滞在した。一九五一年の感謝祭にはミシシッピ・デルタへの旅にも同行した。一九六一年の初めに二人はブリンマー女子大で会い、一緒に教えてから、ニューヨークで一緒に過ごした。長い親しい友情関係が続いたが、往復書簡はあまり残っておらず、彼女らの交流は一九六〇年代の半ばには途絶えた[*147]。ウェルティは次第に分かってきた、ボウエンの崇拝者たちは彼女の注目を求め、一九六八年にクノッフの社主ビル・コシュランドがボウエンのためにNYCで開いたパーティの際に、ボウエンに一目会おうと算段した話をしている。ウェルティは「ボウエン参りのモザイク画」を描き、自分自身は彼女との貴重な数分間をつかみ取っただけで、「あまりにも多くの人がいて刺激がなかった」と[*148]。ボウエンのユニークさは注目されないはずがない」と書いたのは友達のハワード・モスで、「というのも彼女は一瞬も退屈させないからだ。彼女はいるだけでその熱気があたりに及び、彼女に認められて有頂天になり、彼女に無理に言わせた言葉に刺激され、その言い方を愉しんだ」と。彼はさらにもう一人の良き友アイザイア・バーリンの台詞を繰り返して、「彼女はあなたが今絶好調だという気持ちにさせる人だ」。ウェルティは、それでも、ボウエンへの献身のほどをウィリアム・マクスウェルへの手紙に何回も記し、一九七〇年に病気だったボウエンに会えてとても「ラッキー」だったと興奮した口調で書いた。そして一九七三年の夏、ボウエンの死後に、ボウエンの手書きの修正がはいった一章をマクスウェルが贈ってくれたことで、「あれは大事な宝物です、心の底から感謝していま す」としている。ウェルティは、一九五六年にティペラリ州のカヒールの小さなホテルの裏のポーチで撮ったボウエンの写真を、マクスウェルに送った。マクスウェルもまた崇拝者で友達だったから、「自分のためにこの一枚を、見えるところに飾っておけることが嬉しい」と返答し、ボウエンは「あなたに、彼女のすべてを知ってもらうために」写真の中でポーズをとっている、とウェルティの愛情をたたえた[*149]。ボウエンの関係がセクシャルであろうとなかろうと、彼女には天与の親密性があり、それはユニークで才能ある彼女の個性に与えられたものだった。彼女は女性たちを惹きつけ、近しい関係を作っていた、たとえ一時の間であれ。

ボウエンと若い少女たちとの関係は手紙とフィクションに出ている。一九四五年、彼女はリッチーにボウエンズ・コートから書いた、「読みましたか――私は読んだところです――レ・ファニュの『カーミラ』を、最初のヴァンパイア・ストーリーですが？　とても精妙で、デリケートで、美しい恋物語で、若い娘二人の間で、一人がヴァンパイアになるのです。私はこれまでにないエロティックな影響を受け――長い間読んできた本の中では一番です。私にはヴァンパイア・コンプレックスがあると思いますか？」[*150]。ヴァンパイアのカーミラは、無垢の少女ローラに惹かれてゆく。

負いきれない侮蔑の極みにあって、私はあなたの熱い生活の中で生き、あなたは死に死んで、甘やかに死に――私の中に。なすすべはありません。あなたに近くなるにつけ、あなたは、順番に他の人に近くなり、その残虐さの極みを知り、それが愛だと学ぶ。だから、しばらくの間、私と私のすべてをもっと知ろうとしないで、私を信じて、あなたの愛情のスピリットのすべてをかけて。[*151]

ローラは無邪気にカーミラの名誉を信頼するが、彼女の魔手に掛かるのを医師によって救われた。ボウエンを惹きつけたこのゴシックとエロティックの融合は、『エヴァ・トラウト』のエヴァとエルシノアとの関係に影を落としている。ボウエンがこの小説を書いたのは、リッチーが奇妙にも「反レズビアン」の頃と名付けた時期に書かれた。小説の中で、エヴァは、思春期の頃、父が愛人のために買った城にできた学校に通っていた。ここでエヴァは妖精のような、自殺願望の瀕死のエルシノアに出会い、やがて彼女らの部屋が小さな塔のてっぺんに浮揚して「婚姻の部屋」となる映像を見る。[*152] エルシノアの苦しみに情熱をもって応じたエヴァが経験するのは、「この別個の存在を気遣う感覚だった。愛情を禁じるものは何もない。この生死を分かたぬ静止状態は、二つの存在の静止状態であり、この不即不離の関係は、願望のすべての報償となった」。ボウエンはエルシノアでレズビアン・ラヴを語り、エルシノアはあるときに、エヴァに懇願する、「一緒に連れて行って、トラウト、あなたは今まで私を置き去りにしたことはなかった［…］、できない、エルシノアを説得するなど［…］できるはずもないではないか？　［…］頑固な自己決定［…］二人はともに凍り付いた」。エヴァの関係がもっとオープンに女性同性愛（サフィック）のくすぶりになっているのが、四十年前のボウエンの最初の小説『ホテル』のシドニー・ウォレンとミセス・カー、ミス・フィッツジェラルドとミス・ピムの関係に見てとれる。その数年後の一九三一年の『友達と親戚』には、シオドラと「強烈な友達」マリーズがいる。『エヴァ・トラウト』でボウエンはゴシックの要素を同性愛のテーマを茶化すようにミックスして、伝統的なスタイルを踏襲しながら新しい手法に転用し、のちにはゴシックとシュルレアリズムを絡み合わせて見せている。[*153] エヴァの心には時間と空間が閉ざされていて、それらは分断された絵画のピースのようにあたりに散らばっている。エヴァは憶えていた、それは、手足を殺がれた状態（記憶の分散）だった。絵画を元に戻すのは不可能なことで、あまりに多くのピースが失われ、欠けていたからだ」[*154]。モダニストの、あるいはシュルレアリストの技術で、エヴァの人生と心とを語りのコラージュにしている。それはとりもなおさずボウエンの身体的な感情的な戯画であり、風景の絶え間ない移動、そして母親、父親、恋人、子供、ほかならぬ家庭を乞い求めるくじかれた願望なのだ。

イングランドにおけるホモセクシャルな行為を犯罪とする「ウォルフェンデン法」が廃止された一年後の一九六八年に、ボウエンの小説『エヴァ・トラウト』が出版されたことは重要である。この改定は市民の私的な性生活を守っただけでなく、一種の環境を作り、作家たちを解き放ち、かつてはタブーだったトピックと関係についてもっと自由に書けるようになった。ボウエンが『エヴァ・トラウト』に書いたホモセクシャルな人物と関係図――ウィリー・トラウト、コンスタンティン・オーミュ、トニー・クレイヴァリン＝ハイト、ケネスら――はこの文学上の解放の結果と見られる。そのような関係を抑圧的な空気の中で小説に書くのは醜聞とみなされ、告発もあり得ることだった。それでも同性愛の話題は、一九三〇年代に始まるボウエンの手紙には浮上している。ラドクリフ・ホールのレズビアニズムと異性装の小説 *The Well of Loneliness*（孤独の井戸）は一九二八年に出版され、人々を激怒と検閲に駆り立てた。文学サークルで同性愛と性転換と言論の自由についての議論に油を注いだ。ヴァージニアとレナード・ウルフは法廷に立って、彼女の本が禁止処分になった時に、ラドクリフ・ホールの表現の自由の権利を弁護し、一方、その小説の彼らの文学的評価は「法的には勝利する退屈な本」だった。[*155] ボウエンは介入して彼らとT・S・エリオットに賛同した。その小説はつまらないプロパガンダで、テーマを正直に探求したものではなかった。ここで特記しておきたいのは、*The Well of Loneliness* を含む公判が決着した後の一九二九年に、ボウエンは同性愛について書こうと思い、ゴールデン・コッカレル出版社のA・C・コパードにその旨申し出た。コパードの返事。

もし *Barren Love*（不毛の愛）を書くなら、なぜあなたがそれをGC社（Golden Cockerel Press）にお持ちになろうとするのかが分かりません――お分かりでしょう。それにあなたがなぜそれを不毛の愛と呼ぶのか、そんな関係では意味をなさない出産能力という意味ではないなら。美しく運べるかもしれないテーマですが、私としてはこれを唯一、芸術にとって実りある結婚を意味する言葉として使います。ロレンス風の、または孤独な底なし井戸のレディのプロパガンダでなく。さもなければこれをきちんとしたポルノグラフィのスタイルにして処理されたらいかがでしょうか、素ぶりだけ見せていないで。[*156]

ボウエンがホモセクシャルの愛を描写するのに聖書的な「不毛（barren）」という言葉を使い、それが当時人気のあったリヒャルト・フォン・クラフト＝エビングの性理論の影響を知る手掛かりになる。彼の発展させた見解は、出産能力が性衝動の起源であり、その他の性の表現は倒錯であるというものだった。*Barren Love*（不毛の愛）は書かれなかったが、ボウエンは他の作家のように、その感興、経験、男女間のそして女同士の種々の関係のパラドックスにふさわしい語彙を探すのに苦労していた。しかしプルーストのように、そしてウルフとは違って、ボウエンは自分の人生と執筆を再定義するのに必要なジェンダー問題をわきに置いた。ボウエンはただそれを生きた。自身にレッテルを貼ることを許さなかった――「レズビアン、フェミニスト、異性愛者、同性愛者、または倒錯者と」――人生と執筆においてウルフが「まだ音節に表されていない言葉」と呼んだものを人生と執筆をかけて探していた。手紙で彼女はしばしば自分を「男（a man）」としたり、アイロニカルに代名詞の「彼（he）」を使って、伝統的な「フェミニン」な役割を回避し、第一次世界大戦後に持ち上がったジェンダーやセクシャリティについて社会的にできあがった考えを先見的に変換しようとした。ボウエンはポストモダンの流動するセクシャリティを生きて書いた。

　とはいえ、ホールの小説が出版される一年前に、ロザモンド・レーマンが一九二七年に小説 *Dusty Answer*（灰色の答え）でその分野に参入してきた。男と女の両方に惹かれる女の話である。この小説はスキャンダルで有名になった問題作だった。レズビアンのテーマは文化的に受容され、いっそう公開されるようになった――ラドクリフ・ホールは一九二八年に検閲を受けたことで有名になったが、同じ年にウルフは同じトピックで、偽の自叙伝『オーランドー』を発表した。ヴィタ・サックヴィル＝ウェストに宛てたラヴレターだった。ウルフのこの小説はベストセラーとなり、検閲網をかいくぐってこれが出たのは、周到なお遊び精神とオーランドが男から女に変身する際の婉曲表現がその理由になっている。

　オーランドの恋愛は、人間の枠を習慣に順応させる許されざる遅延を通して、すべて女性だったが、彼女自身は女で、彼女が愛したのも女だった。そしてもし同性だという意識に何らかの影響があれば、彼女が男として持った感情はもっと早くもっと深くなっただろう。[*157]

*Dusty Answer* を書いたころ、レーマンはケンブリッジとオクスフォードで「ホモセクシャルの大きな波」があったのを覚えていた。誰もが「ホモセクシャルかまたはその振りをしていた」。レーマンは自分の最初の夫レスリー・ランシマンは、彼らが結婚した時にケンブリッジの友達に書いた、「君は僕が格落ちしたと思ったかもしれないね、女と落ち着いたことで。だが彼女は違うんだ――彼女は男の心を持っているのだ」[*158]。これはボウエンにも使われた「お世辞」だった。

　ホモセクシャリティをマスクで隠すのはどの社交クラブでも必要がなくなり、一九二〇年代にボウエンが加わったオクスフォード・サークルも、ブルームズベリのフランクなサークルと同じだった。一九二〇年代には「社交クラブの会員（アナルセックスをするギリシャ人）」となる流行がケンブリッジでもオクスフォードでも尊重され、レーマンによれば、「ホモセクシャルの大きな波」の始まりはとてもオープンだった。その他のウルフのような人は、ボウエンが男にも女にも惹かれていることを察していた。ウルフは一九三二年にエセル・スミスに書いている、[*159]「ミス・ボウエン」が「吃音と頬の紅潮」と一緒に訪問してきたと。ウルフはまたその訪問を使ってヴィタ・サックヴィル＝ウェストに嫉妬心を持たせようとしている、ウルフはヴィタとの間にエロティックな関係があり、一九三二年十月に彼女に宛てて書いた。

私のエリザベス［ボウエン］が私に会いに一人で来ます、明日。でもやはり、あなたに話したとおり、彼女の感情はある方向（エレジー調で）に揺れています。それを見つけ出そうとして彼女の小説を読んでいます［『北へ』］。何がそんなに面白いのかしら、本人が、彼女自身も、疑ってもいない感情を明らかにしたからって。一種の義務だと、あなたも思わないかしら——本当の自分を人々に明らかにすることは？　私はこういう眠りの森の姫が嫌いです。[*160]

悪賢いヴァージニア。だがボウエンは「眠れる姫」か？

『エヴァ・トラウト』出版の一年前、チャールズ・リッチーは「目下、Eの新しい小説『エヴァ・トラウト』のきっかけとなった反クウィアの局面に共感している、もうほとんど仕上がっている」と述べた。この小説においてホモセクシャリティの表現が許されていることを考えると、謎めいた意見だが、このトピックについてのボウエンの関心を示している。

一九六八年出版の『エヴァ・トラウト』にはホモセクシャルなエピソードが盛り込まれていて、リッチーは一九六七年に「Eの反クウィアの局面」について、それは『エヴァ・トラウト』への沈殿物だったとしている。これは一九七六年のウォルフェンデン報告書の撤退に応じたものなのか？　それとももっと個人的なものだったのか？　ボウエンはかつてフランシス・キングに語っている、もし自分の情事のどれかが噂によってほかの人に知れたら、彼女は保身のために「毒舌（acid）」を使って、広まった疑いを排除するだろうと。その頃ボウエンは『エヴァ・トラウト』を書きながら、当時の彼女の性癖を疑うリッチーを納得させようとしていたのか？　一九五〇年代の初め、ボウエンはジャーナリスト、放送記者、探偵小説作家として輝けるナンシー・スペインとの友情を発展させていて、彼女はメディア界のセレブで、レズビアンの崇拝の的でもあった。ボウエンはその年の一月、「新しい友達」とパーティに行った、とリッチーに書いた。[*161]「彼女は私よりもずっと若くて」、十九歳もであり、以後、ボウエンの女性関係はこの形を好む。彼女はさらに続けて、「今はガール・フレンドが空室になっていて、彼女はそこを埋めてくれる、いい子で陽気でおしゃべりです」。ボウエンはスペインがアングロ－アイリッシュだと思い（実際は違う）、アングロ－アイリッシュの女性が好きだと言うようになり、「片側だけメーキャップして、普通はボタンを一つ二つ外したままにして、イアリングを片方忘れたりする」が、知的で金持ちのイングリッシュ女性よりいいと。ボウエンの友人で小説家のジェイン・ハワードはボウエンの関係を確認し、一九五〇年から五一年の夏に、スペインが訪ねてきてボウエンズ・コートに行こうと誘ったが、ハワードは躊躇した、まだその時はボウエンを知らなかった。[*162]ボウエンはまたレズビアン・サークルの「B」に入り、「B」ことベアトリス・ホートンは文芸エージェントのカーティス・ブラウンの姉妹で、フリーランスの作家として働き、彼女が書いた歴史小説をボウエンが気に入り、子供向けの作品も気に入った。そして戦争中は英国行政機関に勤め、BBCのラジオ3に一九四七年から一九五六年まで在局し、その間ボウエンにインタビューしている。一九六〇年、ボウエンがオクスフォードのオールド・ヘディントンに移るときに、ボウエンはB・ホートンと一緒にイースト・サセックス州のルイスに滞在し、オクスフォードの住まいが整うのを待った。ホートンはリッチーの命名であるサークル「ガール・フレンズ」の一員だった。こうした経験がボウエンの短編と小説にちらちらと出ている。しかしボウエンの人生で持続した愛情は、チャールズ・リッチーだった。

## 「連結する心と心」チャールズ・リッチー

「彼女への私の愛は、徐々に集まって一冊の本になる」とは、プルーストの著作におけるマルセルのジルベルトへの愛を反映している。同じことがボウエンの三十二年間のチャールズ・リッチーへの情熱についても言えるかもしれない。[*163] その他の面では自制心に富むボウエンの書いた灼熱の手紙は、彼女がリッチーに強く惹かれたことと、彼女が人生を彼ともに一冊の本（彼女の作品群）に「作り上げた」道程を明らかにすると同時に、ロマンティックな愛が彼女の人生と執筆において重要な没我の感情だったという無視されてきた事実も明らかにしている。リッチーにとってボウエンは姿見（a looking glass）の資質があって、ヴァージニア・ウルフの皮肉交じりの名言、「魔法の甘美な力があって、男の姿を実物の二倍にして映す」に相当するものがあった。彼は言う、ボウエンの能力によって自身の感覚が高められ、栄えある社会的な外交官の生活の裏に隠された、想像的で詩的な秘密の自分を思い出させてくれた。彼が言うには、彼女は彼の感受性に点火して火花を散らせ、ほかの女にはできない無類の会話を造り上げた（普通の会話ならほかにもあった）。ボウエンは芸術と人生を二つ並べてまとめることに専心し、この二つの間に慣習的な線を引かなかった。手紙に表れた情熱と感情のほどは、一見したところ、彼の手紙を上回っている。ボウエンは人生の終わりに彼のすべての手紙を彼に返したが、グレンディニングとロバートソンによれば、彼はそのほとんどを破棄し、我々に残されたのは彼女の手紙と彼の私的な日記である。ボウエンの感情は、「死んで」も「歪んで」も「抑制されて」もいないが、これらの判定は彼女の熱烈な頻繁な手紙と、彼からの「愛する青い封筒」を待ち焦がれることから見た批評家の下したものだ。ボウエンとリッチーが会うのはひそやかで回数は少なく、一回に一週間しかない時もあって、アイルランドのボウエンズ・コート、ロンドンのクラレンス・テラス、または外交官の彼の任地、パリ、ベルリン、ニューヨーク、ワシントン、またはカナダだった。だが彼女の日ごろの思いと執筆は彼と絡み合っていて、とくに「ロンドン大空襲（the Blitz）」の時の逢引きは高揚し、「結婚できない感」がボウエンには空中に見えて、『日ざかり』のルウイのような女にそれが出ている。[*164] 緊張した官能的な感情の波が男と女、女と女の関係に流れ込み、ボウエンが描く女性は恐れもせず、感情を引っ込めることもない。彼らの溢れんばかりの感情が繰り出す親密な張り詰めた語りは、ボウエンとリッチーの関係のように、関わった男女を圧倒した。『パリの家』のマックスに対するカレンとナオミの情熱、『心の死』のポーシャとエディ、『愛の世界』のガイに対するアントニアとリリア、『日ざかり』のステラとケルウェイ、『エヴァ・トラウト』のエヴァは、彼らの生きている（時には死んでいる）パートナーを超越している。

愛は、失望、フラストレーション、憤怒、幻滅、難破、ときには死滅、に連れて行く。しかし利口なジェイン・オースティンのヒロインのように、ボウエンは人生でリッチーのような男、天賦の才能があり、知識があり、言葉が巧みで、ある程度文学的で想像的で、彼女のように渇望し、相互の理解と良き会話があって、「連動する心と心」そして体と体の絆を強めてくれる男を探し求めた。[*165]

彼女がカナダの外交官チャールズ・リッチーと初めて会ったのは、一九四一年二月十日だった。ジョン・バカンの娘パーディタの洗礼式の場で、ボウエンは彼女のゴッドマザーだった。バカンはその時カナダの行政長官で、その後に冒険小説で著名な作家になった。当時ボウエンはアラン・キャメロンと十八年間の結婚生活があり、六冊の小説、四冊の短篇集を出した作家だった。ボウエンと会った後リッチーが日記に書いている、彼女は「服装が立派で、知的で、整った顔、見逃さないまなざし」だったと。[*166] 彼が予期していたのは、「もう少しアイルランド人らしくて憂鬱症みたいな手応えのない人だった。私は少なからず驚いた、彼女はまさに『当意即妙』だったからだ」。六か月後、彼女は「ロマンスいっぱいの少女らしい真剣さ」と見えたが、リッチーはすぐ気が付いた、彼女は「剃刀の刃のように鋭く、しかも情け深い」[*167] ことに。彼は早くから彼女の中の硬さを探り当て、彼もその他の恋人も彼らの関係と会話でそれに悩むか、あるいは楽しむかだと見た。『ホテル』のヴェロニカのように、「彼女には愉快な硬さがあるわね。接触するたびに刃を意識するわ、彼女の奥深い所で鋭い切っ先を研いでいるのよ」。リッチーが彼女の心に目をとめたか、彼女の体を無視しなかったか、彼らが会った八か月後に彼はまた日記に書いた、「彼女の顔と体の間にあるコントラストはシンボリックに見える［…］。力がみなぎり、端正というより成熟した顔。だが身体は若い女のそれだ。私がこれまでに見た中で最高に美しい身体をしている。線と曲線が純粋で、美しい長い脚、そして小さなほとんど成熟していない固い乳房。裸体の彼女は詩になり、無情で若い」。[*168] これより先、彼の感情は揺らぎ、情事が終わるといいと思っていたが、一年半後には、彼はこれが一時的な関係ではないことを知った。クラレンス・テラスの鏡と花と本でいっぱいの部屋にいる彼女を見て、彼は訊いた、「あなたの魔法は何でできているのか?」、そして彼女が呪文をかけ、そのまなざしが何一つ見逃さないことを銘記した。彼はボウエンの輝きを彼らしく捉えて言う、「彼女の尋常でない直感力、夏の稲妻のような洞察力は魅了されると同時に困惑させる。今や日毎に彼女の物惜しみしない性質を次々と見出している、機知と可笑しさ、盛んにどもりながら、人の心を躍らせるトーク、特異性、自由に変転する気質等々」。[*169] 彼は彼女の六歳年少、これはボウエンの恋愛のパタンと言える。ハンフリー・ハウス十歳年少、ゴロンウィ・リーズ十歳年少、メイ・サートン十五歳年少、ショーン・オフェイロンは一歳年少だった。

さらにリッチーはすでに高名な作家としての彼女に満足するほかなく、彼らが逢うときも、ボウエンはロンドンの社交界と文学界の中心人物だった。彼は日記で疑問を呈している、彼はボウエンに恋しただろうか、もし彼女の本がなかったらと。「僕は大いにそれを疑う。しかしもはや彼女と文学の彼女は区別できない。僕が『愛した』女はいつも底抜けの付き合い精神と共にいて、現実のE自身よりももっとエキサイティングで詩的で奥深い」[*170]。おそらくこの二重性が魅力を高め、芸術家との関係の本質にあり、作家とその仲間に資したのだ。彼らが出会ったとき、彼はカナダの下級外交官で、彼女は著名な作家で、小説六冊と短篇集五冊を出版していた。彼女の想像力が小説を活気づけ、関係を高めて燃えるものにした。彼女の執筆、とくに『日ざかり』は、戦時の彼らのロンドンでの歳月をフィクションに変え、リッチーが書いて高く評価された思い出の記 *The Siren Years*（空襲警報の歳月）と同じく、彼らが過ごした年月を図示している。彼もまた絶えず書く人で、正式な外交書類だけでなく手紙と日記を書き、ボウエンはこの方面の彼の才能も大切にした。「そうよ、あなたの効果的な生産的な一面にともなっているのが想像力に訴える性質なのよ——それは確かに重荷だけど、与えられた才能でもあるの、天才と言ってもいいものよ」[*171]。彼女は彼の想像力の面を育て、彼の社会的な外交官的な面と戦わせた。そして彼の才能と執筆を信頼し、それは出版された三冊の本によって証明された。才知溢れる日記と戦時中と彼女の死後の彼の外交官としての人生の記録である。[*172]

　ボウエンとリッチーには共通した感情があった、イングランドではアウトサイダーで、彼ら自身の相続遺産があるアイルランドとカナダではインサイダーだという感覚である。彼らはともに斜めの角度からイングランドを見ていた。リッチーはノヴァスコシアのハリファックスに定住した富裕な一家に生まれ、イングランド由来の血統を誇り、オクスフォードのペンブルック・コレジに学んだ。ボウエンは三百年続いたアングロ‐アイリッシュの一族で、アイルランドのボウエン家とコリー家の血統にあり、人生のほとんどをイングランドで暮らした。彼らはイングランドに「いた」が、イングランド「出身」ではなかった。彼らはともに移動生活を送り、イングランド、フランス、ドイツ、イタリア、カナダ、アメリカに何度も出かけた。ボウエンはそうした巡歴生活について、「私たちは奇妙にも自己形成した人間だと思う、個人的な世界を運んで回り、殻を背負って歩くカタツムリみたいだ。私は強烈な特異なアイリッシュで、同じようにあなたはカナダ人で、用心深く、反抗的で、奔走中で、人には見せない自制と傲慢さを抱えている」[*173]。

　ボウエンとリッチーはたまの逢瀬を様変わりした状態で経験し、戦争中に周囲で爆発する爆弾にロマンスは高まり、ロンドン大空襲の日々をボウエンは鮮やかな戦時小説『日ざかり』と回顧録とエッセイに結晶させた。リッチーは生気溢れる *The Siren Years* に。彼らの書簡は彼らが自意識をもって互いの言葉を読んでいたことを物語っている。リッチーはボウエンに恋して自らの官能的な情熱を知り、他方、彼女のアーティストとしての付き合い精神をつねに称賛していた。「僕はEに恋していると想像している。彼女はタペストリーに描かれた女性のように不思議な美しさを持っている」[*174]。彼はまた別の時に感じる、「彼女の短篇の中の人物のように——ロマンティックな人物で恋を患い、愚行と悪徳によって生きる活気に引き戻される」と[*175]。彼らが出会ってから二年後に書かれた日記の記事で、彼は「彼女の恋人になってそのままでいる覚悟を決めた」としている。ボウエンも同じ覚悟で、彼の結婚やその他の恋愛、とくにアン・ペインとの恋愛には気づかない（not noticing）ことをやめた。彼はペインにパリで一九二九年か一九三〇年に会っていて、彼女との関係は長く続き、その他の関係も断続的に続

図17　チャールズ・リッチー
Rights holder and courtesy of Estate of Judith Robertson.

いていた。ボウエンはリッチーを崇めていて、彼女の小説の登場人物のように、リッチーを想像力で脚色した。ボウエンは一九五〇年代にマドリッドにいた時に彼に書いた、部屋いっぱいのエル・グレコに囲まれて立っていたら気づいた、「あなたは私がいつも言うように、エル・グレコにどこか似ています。エル・グレコを見れば見るほど、私にはますますそれが分かります」と。[*176]この指摘にリッチーは喜び、「彼女のおかしな明快な視覚的なトークが炸裂した」としている。[*177]（図17）

彼らの関係は、リッチーも認めるとおり、「アルコールに浮かんでいた」。ボウエンのいとこレティシアはボウエンズ・コートでのボウエンの飲酒癖の目撃者で、「日も早いうちからグラスがチリンチリンと鳴り始め、お茶が四時、それからジンのオン・ザ・ロックになった」。彼女のボウエンの思い出は、煙草とドリンクを手に、よく咳き込みながら、彼女やリッチーやほかの人たちに話しかけ、ボウエンには彼らがみな「ダーリン」だったのだ。

ボウエンの思慕は続き、一九四六年にはリッチーの愛情は婚約者シルヴィア、ボウエン、その他の女の間でよろめいた。一九四六年四月に彼は日記に別の人との性的な過剰について記した、「事後十二時間の症状——心臓の動悸、罪悪感、熱に浮かれたような性的発作、苛立ちと暴行」[*178]。彼は快楽を好み、異なる愛があることをよく知っている。結婚から逃げているのか、ときに恐れているのか、シルヴィアが「従属のシンボルになり、それが彼女の魅力を消してしまう［…］。他人の人生や自分の人生を台無しにする、移ろいやすい優柔不断な性格をどうしたらいいのだろうか」[*179]。それでもリッチーはボウエンとの関係で、いつも背景にあって粘り強く控えている失恋の瞬間に気づいていた。彼の嘆き節は、「愛と疑いの不決定に恍惚となって」、凍り付いて動けない、と続く。ある手紙で彼はサマセット・モームの小説 *The Narrow Corner*（片隅の人生）の人物に自分をなぞらえている。二人の男が、美しく悲劇的な同じ女のために、遠くマレーシアの温泉地に島流しにあっている。リッチーは一九四七年の彼の気分にぴったりの小説だと感じる、いつも二人（またはそれ以上）の女との間で宙づりになっていたからだ。ボウエンは彼の結婚との三角関係を受け入れ、彼のその他の関係も直感でとらえていた。

一九四六年十一月、シルヴィア・スメリーと結婚するリッチーの宣言が初めて届き、ボウエンは正論を通した。「チャールズ、私があなたの結婚を「壮大なる悲劇」と受け取るなどと思わないで。私はあなたがそう取って欲しいのだと受け取ったから、そうします」[*180]と書いて。一九四八年の結婚式の前夜にボウエンは書いた。

あなたは異常だ、私は異常だ、私たちは共にずっと異常だったわね。私は（あなたがそれをいかに感じるかは分かっています）もう一つ異常な事（あなたの結婚）を受け入れなければなりません。この思いがけない事は哀しみです――人を撃ち殺します。悲しい時、人は普通です。[*181]

ボウエンは、リッチーが彼女から離れ、シルヴィアのもとカナダへと去る事態に仰天したものの、「悲しむ」のはやめよう、自己憐憫に落ち込む人にはならないと自分に言い聞かせた。彼女はリッチーと自分自身を「異常な」人々と持ち上げて、習慣的な結婚を彼らの関係に割り込ませまいとした。ボウエンの何が異常かというと、それは彼女の決意、想像力、自信、リッチーとの絆であり、関係継続に見せた勇気でもあった。ボウエンはリッチーの結婚に出没する。一九四七年一月の初め、リッチーはカナダ大使館の参事官として三年間パリにいて、彼らはサン・ジェルマン・ブールバード二一八番で、断続的に会った、ボウエンが愛した場所だった。リッチーは魅力的な手紙を書き、カナダの外交官レスター・ピアソンに彼の天与の才能を見せる結果になったのだが、左岸にあるこのフラットは「私には賃料が高すぎるし、広すぎるし、寒すぎるが、にもかかわらずとても魅力的だ」と記した。[*182] ここでだった、彼の結婚の八か月前に、ボウエンがリッチーに指輪を与えようと決めたのは。指輪には彼の家紋――"Virtute Aquiretur Honos" すなわち、名誉に美徳をもたらしめよ――を彫って「指輪はあなたの指につけて、ポストに入れておかないで」。[*183] 指輪が渡されたのかどうか不明だが、これは痛切なファンタジーで、ボウエンはシンボリックに結婚したかったことが察しられる。だがこの時期、リッチーの性的な興味は他所にあり、一九四七年四月から六月まで「M」と情を通じていた。[*184] ボウエンの変わらぬ情熱は続いていた。彼女は入院中に手紙を書き、同年に起きた労働者と郵便制度のストライキで、連絡が取れなくてフラストレーションに陥っていると書いた。

怒り心頭に発したようです、あなたとの一体感がないと……あなたと動けないくらい包まれていないと。あなたを日夜ここで身近に感じるのは、あなたが去ってから、尋常ではありません。あなたは私の人生に色を付けて占領してしまいました。

その九か月後の一九四八年一月十六日に、彼はシルヴィアと結婚した。ボウエンのリッチー宛の手紙は、結婚後八か月目の一九四八年九月から一九四九年三月まで、一通も残っていない。彼はまだパリにいてシルヴィアも一緒だったが、ボウエンが彼の不在に苦しんだ別離状態がそれだけ長く続いたわけだ。つねに防御の姿勢で、ストイックに、わざと明るくしながら、彼女は自分を兵士の妻と比べてみて、戦争中はどれほど多くの妻が夫との別離に耐えたかとしている。彼女は自分の別離はそれほどのものではない、願いを誇張していると断言している。一方、リッチーは相変わらずの両面性で、一九四八年の日記に書いている、こうやってボウエンと離れているのは一種の「死」だと。

ショーン・オフェイロンはキャメロンに嫉妬がなかったことがボウエンに自由をもたらし、罪悪感なしにリッチーとの恋愛生活その他を可能にしたと示唆している。リッチーとの関係が最高潮にあった一九四一年から一九四六年にかけて、ボウエンは両方の男性との生活のバランスをとっていた。キャメロンとの安定した生活を捨てる気はなく、リッチーも結婚を申し込まなかった。しかしリッチーの結婚後一年で、ボウエンの「普通でないこと」の色が褪せ始め、何も変わらないという信念にもたれていられなくなった。彼の結婚を受け入れられないのは自分の落ち度だとし、マゾヒスティックな面をさらけだした手紙をリッチーに書いている。「私に欠点があるのは分かっているし、あなたの赦しと理解は私にはお恵みです。私は、あなたが知らないほどあなたに依存して［…］。私の無能力——ときどきバレていますが——あなたが別の人と結婚しているという事実を受け入れられないことは、私の一種の欠陥で、私のどもりのようなものです。それでも助けてほしい。要は——諦めないこと——非常に複雑な形になります。それがいつ虎のように襲い掛かってくるか分かりません」[*185]。彼らの三十二年になる関係の中でボウエンは、自己否定と諦念を強制された期間にもがき苦しみ、彼が結婚しているだけでなく、彼はもう一つの国にいて、もう一人の女といるからだった。

リッチーは気分にむらがなく、異なった愛の形でバランスを取る能力もあり、同時に過酷な外交官のキャリアを積んでいた。分別があり、危機に動揺せず、ボウエンが良しとする個人的な魅力があった。知性、想像力、才能、社交術、機知に富む会話、そしてセクシーだった。ジョン・バンヴィルが命名した結婚の「罪」とは、習慣的で不必要な感情として査定したものだが、ボウエンがそれに抱いた不快感を共有しながらも、リッチーは、独立した恋愛生活を送った。彼は日記に告白して、「女性への愛は僕にとって、いつもその愛を裏切ることとつながっている。僕が恐れ必要とする抑えがたい欲望だ」[*186]。しかし彼のボウエンに対する愛情は持続し、彼のより真実な、創造的な、より成熟した彼自身を彼女が引き出していると彼は信じた。ボウエンは彼の陽気な付き合いが好きで、彼が一九五五年の「独身時代」にいたころに、彼女はローマから書いた、「マイ・ダーリン［…］。あなた知ってますか、一人で出歩くときのあなたはまるで別人よ［…］。あなたの自然な姿なのでしょう——陽気さ、鋭気、娯楽」[*187]。だが彼らが別れていると、彼に会えない寂しさは苦悩となり、「募るばかりの執拗な寂しさ」は、とくに一九五〇年代の終わりには彼女を繰り返し打ちのめした。

ボウエンのリッチーへの手紙は一九五七–五八年にかけて活気がなく、その間リッチーはニューヨークに遠隔赴任中だった。おりしもヴィタ・サックヴィル–ウェストのいとこで、ボウエンに惹かれていた音楽評論家、小説家のエディ・サックヴィル–ウェストがボウエンのそばにいる目的でアイルランドに移住してきた。行き届いたプラトニックな関係が始まり、彼はホモセクシャルで、ときどき強い女性との付き合いを求めていた。ボウエンはこの時期リッチーからは間遠な便りしかなく、サックヴィル–ウェストの注目を歓迎したが、この関係は彼の頻繁な病気、ボウエンズ・コートの売却、リッチーへの愛情で、結局は行き詰まった。

リッチーについて異常なのは、女性を惹きつける楽天的（*bon*

*vivant*）個性に加えて、政治家と作家を両立させる才能である。ボウエンは、鍛錬された個性の持ち主で、彼のこうした才能だけでなく彼の「素質と自制心」を称賛していた。[*188] グレンディニングは彼のことを「ヒステリーとは最も縁のない男」と見ている。だが見識を誇りながらボウエンは彼を飼い慣らそうと試み、彼は彼らの関係の早い時期に「彼女が僕を捨てたら、僕は永遠の思春期から抜け出して成長するかもしれない」と認識していた。[*189] いろいろな変化が彼らの長い関係を揺り動かしたが、彼は観念していた、ボウエンは「僕の深奥にある、最も個人的な僕の性質が目指すゴールで、つねにそこに引き寄せられてきた」と。[*190] ほかにも関係を持ったがリッチーは、ボウエンを常ならぬ知性、先見の明、才能の持ち主と知り、生涯を通じて他に類を見ない交わりだと認識していた。だが彼の結婚、彼のさまよう欲望、外交官としての出世街道、ボウエンの作家・知識人として確かな成功が、彼らの結婚の妨げになった。

リッチーと知り合った初めの年月を通して、ボウエンは彼が官能的な男で、結婚前にも結婚後にも「独身生活」を楽しむことを見抜いていた。彼はボウエンと結婚するつもりなどと言ったことはなく、彼女も一九五二年のキャメロンの死まで、彼に迫ることもなかった。リッチーは、人生の色々な手触りやさまざまな女性を好む男で、時には記録している、「趣味に合わないショックだ、やり手で知的に正直な女がそばにいるのは。僕はとんでもない女、約束に遅れてくる、気まぐれで、派手な衣装と社交を好み、曖昧で、浮かれていて、夢見心地の女がいい」と。[*191] 一九四七年、彼はフランスでパーティを開き、グレタ・ガルボ、レディ・ダイアナ・クーパー、ナンシー・ミットフォードと一緒だった。一年後、ボウエンは彼に警告する、「パリで開いた侘しいパーティ。もしあなたが犬みたいににやにや笑いながら街中を走り回るなら」とリッチーに言った、あなたは見た目も悪くなり、髪の毛も魅惑もなくすわよ、と。[*192] またある時彼はバレリーナと付き合っていて、彼はボウエンと反対のものを求めることもあった。彼女はあまりにも有能で、情熱も直球で、愛情は見え見えであった。関係が始まって一年経った一九四二年、「無関心」が彼と女性が長続きする方法だとリッチーが宣言した。[*193]『北へ』のマーキーがエメラインに同じことを言っている、彼女の感情と情熱は彼を飛び越していて、それが彼を不愉快にした。

ボウエンは人生ではコントロールできないものをフィクションにして形を与え、とくに一九五二年の夫の死後に感情生活が傾いた時がそうだった。彼女の経験は、リッチーとの長い関係と時期を同じくして書かれた小説に描かれた恋愛に出ている。『日ざかり』では愛が裏切られ失望したステラに、『愛の世界』では同じ男を愛したアントニアとリリアのライバル同士の嫉妬に、『エヴァ・トラウト』のエヴァのミスタ・アーブルへの行き場のない愛、である。一九五二年以降はバランスが狂ってくる。キャメロンの死後、ボウエンは独り身の孤独な女になる。リッチーは結婚していて、街を行く道楽者だ。リッチーとの結婚を最終的に諦めた時、彼女は路頭に迷った。一九五四年に口論して、彼は彼女と共にいると幸福が現実でなくなり、彼女は彼と共にいないと人生が現実でなくなると言った。彼の防衛法はいつも自分の感情を封じることだった。それでも彼女の頻繁な手紙は彼を引き寄せ、彼女の暴言で生じた「断絶」でキャメロン亡きあとの様々な経緯を経た関係が毒された後も、彼は愛着を断てなかった。リッチーは、何の説明もない手紙で、彼らの関係を危うく終わらせそうになったボンでの暴言を記している。「我々は同じ主題（「結婚」とあるのが消されている）に何度も何度も戻ったが、彼女が期待するものは何もなく、僕の感情は麻痺するばかり――でもまだ不幸ではない」と。[194] こうした対話は何度も出てくるが、リッチーはボウエンが追い詰められた感情を地下に潜らせることに絶句した――それらが「彼女の執筆に火を注いだ」――そして書き続けた。彼は一九五四年のボン訪問中に彼女が書いていた『愛の世界』を読み、「彼女の勝利」を知った。[195]「この本は僕を駆け巡る、この幸福な朝」と彼。彼はここでも唖然とする、孤独と絶望を抱えながら彼女が集中し、最後の一章を「ボン訪問の悪夢のような動揺の中で……気が狂うほど不幸の中で」書き上げたことに。彼女の感情はフィクションで書き表され、一方、人生では感情を抑え、気質、習慣、社会的訓練によって耐えた。だが感情の深淵が、時折、文章の底に横たわっている。

　リッチーは彼女の文学的な気迫に「刺激」され、作家ボウエンを愛した。彼は彼女の人生に貢献したことを記録し、抜け目なく補足して、この本は「彼女が支払った代価によってなったが、僕の支払った代価の方が大きい、これは僕らの本で、僕らが共有した人生の幻影があり、序文にあるように、僕がいなかったら書かれなかっただろう」とする。ときどきリッチーは自分が文中にいるように感じ、彼女の創作に関わっているように感じていた。彼らが出会って一年後、キューガーデンの辺りを散策していた時の夢のような状態を、一緒に「漂っていた」としてリッチーは何度も述べている、「彼女の小説から抜け出した二頁のような一日で、花壇を縫ってさ迷っている二人の恋人の間には入り組んだ関係」があったと。[196] 彼の言う「彼女の想像力の波に乗って運ばれ、文学に没入していく、肖像画のために座っている、生きたまま飲み込まれるめまいのような感じ」である。彼はときに利用され、ボウエンによって想像的に形作られる。彼は一九四二年のその日のことを結論して、関係は不毛と化して、「欲望は死んだ」と書いた。彼らが出会って一年後のことである。だが彼の感情は臘（ろう）細工で、その他の関係に紛れて薄れていく。彼が自ら言う決断できない性質を思わせて。

　書くことはボウエンにとって、リッチーのいないギャップを埋めるものだった。彼の人生はほとんどカナダにあって妻と暮らし、彼女はキャメロンとロンドンだった。「私は何をするだろう（現状の下で）、もし書いていなかったら。考えることすらできない。書くことは［…］あなたがいないことを補って余りある。私たちの延長であり、私たちの一部である」。[197] だから彼女が書くことと彼の、とくに彼らの手紙は、ともに想像力、知力、そして才能に富む彼らの手紙は、彼らのロマンティックな人生という織物の一部だった。この資質がフィクションと人生の境界線を曖昧に滲ませている。ボウエンも出会いから十五年を経て、勢いに乗る。「私は話しかけている、あなたがここにいるように。だってあなたはここにいるからだ。人一人でこれほど満たされた家はない」。[198] ボウエンにとって、想像は不在を認めない。

　ボウエンとリッチーの手紙、回想録、そして本は、彼らの関係を引き延ばし、不朽のものにする。ボウエンは一九四八年に『日ざかり』を完成させ、リッチーに捧げて書いた、「あなたが私の小説について書いたもう一通の手紙を愛しています。驚くべきことに、あれはあなたの本であり私の本です。二人の子供時代を欠いていますが、あなたらしいあなた、私らしい私は、このほかにありません」[199]。彼女の書評、序文、放送番組を集めたエッセイ集 *Collected Impressions* が一九五〇年に出た時、彼女はもう一度「母親」になったと書いた。一九五〇年、五十一歳になったボウエンは、人が若い時に子供を持つことを思いめぐらせて、リッチーに書いた、「あなたはまだ若い……もしあなたが子供、息子をもったら、とても自然で平等な（内面的）関係を築く……と私は感じます。私がどれほどそれを願うか分かりますか……私が感じるあなたの性質には天分があって、それはどうしても続けないと」と[200]。

だが彼女の人生はほかの場所にもあって、「小説『日ざかり』を書く仕事の合間があった。一日八時間はそれに充てた（夕食後の二、三時間も含めて）」[201]。それでもロマンスは自分の存在に必要だと言い、「昇華させる」とか「仕事だけに生きる」など絶対にできなかった[202]。人生と書くことはリッチーの不定期な訪問、言葉、手紙で支えられた。手紙が来ないと人生に穴が開き、一通来ると、一九四五年九月、彼女は思い返す。

> 手紙がなかったら、どうやって生きられるだろう。（あなたの言うとおり）手紙という大切な証拠がなかったら、愛とそれを取り巻く全世界が幻影で、主観で、頭脳の疲労にすぎないという恐怖にいかにして対処すればいいのか。あなたの手紙は未開封のうちから、書かれたことを読み始めてもいないのに、紙面の形と筆跡が与える近接感に戦慄が走ります[203]。

数年後彼女はリッチーが新しい力と進展を彼女の筆に与えたことを認め、彼女の本は同時に彼の本だとしている。「あなたは私が持っていたよりも大きな理解ともっと明晰な視野を与え、私は恐れなくなりました。いま感じています、もしこれが私の書くもののどこかにある程度現れなかったら、それはおかしい」[204]。

ボウエンとリッチーは宴会には引っ張りだこのペアで、ボウエンと夫の場合の反対だった。リッチーは重要な人やセレブをたくさん知っていて、パーティと会話と楽しむことが好きで、それは彼の回想録 *Undiplomatic Diaries* によく出ている。そこにはナンシー・ミットフォード、マレーネ・ディートリッヒ、アンソニー・パウエル、アンジー・ビドル・デューク、ウエストミンスター公爵夫人らがいる。ボウエンは名うてのホステスで、気合が入っていて、ときには大判振る舞いをした。女性誌 *Housewife* のインタビューで聞き手に語っている、正式なドレス、蠟燭の明かり、優雅な晩餐会の花々が私の愛するものであると。

彼女が会食した著名な作家や知識人は、バーリン、バウラ、コノリー、セシルらで、彼らはリッチーのお気に入りだった。ブルームズベリに何度か出かけたこともあったが、リッチーには独創性がほとんど感じられなかった。文化的に話の合う人々の集まりで、思うことも似ているのだと彼は思った。オットリン・モレルの夜会にも出たし、奇矯な作家スティーヴン・テナントと魔法の週末を共に過ごしたこともあった。ボウエンとリッチーは二人だけでも楽しかったし、仲間と一緒でも楽しめた。五〇年代の終わり、彼らの関係が退潮気味になったころも、リッチーは「Eのトークの魔法のような流れ、絵に見るような情景と人々の描写に感銘を受け、彼女の言葉のチョイス、可笑しさ、詩情、そして人間と社会的事件を観察する彼女の残酷さ」に打たれている。[*205]

二人はそれぞれに全人生について、個人的または歴史的な危機の時期を通して書き続けた。彼女は彼の創造的な才を励まし、それが外交官のキャリアに注ぐ勢力で消えることを怖れ、また彼女は何度も絶望を味わいながらも書き続けた。一九五六年五月、リッチーの熱意が冷め、彼女のエディ・サックヴィル－ウエストとの関係が発展していたが、彼はそれでもボウエンをボウエンズ・コートに訪れている。彼女の趣味のいい会話は楽しく、「彼女の若々しいこと、子供っぽいところ、追随を許さぬ精気」に彼は感動し、しかも老いゆく健康オタクのような感じに打たれた。彼は、なすすべもなかった。[*206] 彼自身の感情を知りつつ、彼は引き下がった、失望にかぶせた彼女の勇気ある表情が分かったから。アランの死後四年を経て、リッチーが妻と別れてボウエンズ・コートでボウエンと一緒に暮らす夢は叶わなかった。彼は何の行動もとらなかった。そして日記に、「この寝室の大きな窓の外の天候は、強烈な光からまたもや一片の雲に変わった。この家にまたこの人にあるのは破れたハートだ[*207]」。不在は彼女の官能的な想像力や彼を慕う想いに何の曇りも与えなかった、彼女は一九六七年に短期間彼と会っただけだったが。一九六九年には、彼女の死の数年前のことだが、彼女はまた彼に指輪を買った、ボンド・ストリートにあった赤玉髄（カーネリアン）のシグネット・リングで、思い出のよすがに、と彼女は言った。[*208] 彼との人生を親しくボウエンズ・コートにことよせて、この家を永久に離れるのは、内なる彼との人生が死んだときだとして。晩年になってハイズにある小さな家に移った時も、リッチーの訪問用に部屋を一つ取り置いていた。彼とともに暮らす願いは、最期まで消えなかった。

何物にも勝るこの関係はその他の恋愛関係と同じように、知的で誇り高い皮肉な自身によって判断され表現された。または、感情が解き放たれた時は、自分の思い通りに行かないで追い詰められた思い悩む女によって表現された。フィクションではこうした関係は創造的に粉飾されている。女性の複雑な願い、情熱、フラストレーション、失望に煽られて、ボウエンのフィクションは、女性の人物の遠近法に照らした価値観の世界を反映している。たとえば、彼女はレズビアンの愛情を『ホテル』、『エヴァ・トラウト』といくつかの短篇で追及している。『心の死』のアナで結婚の不調とポーシャで思春期の愛の破綻を、『パリの家』でカレンが親友の婚約者マックスとの恋愛で見せる密かな恋愛の冷酷さを、『愛の世界』の死んだ兵士ガイへのアントニアの断ち切れぬ愛を、『友達と親戚』の緊迫する結婚を。人生と執筆でボウエンは、明敏な、冒険を怖れぬ、皮肉な、そして時には盲目になった現代女性のレンズを通してロマンスとセックスを投射している。『パリの家』でマックスの不在の時、カレンが泣きながら繰り返す「マックス、マックス、マックス！　この時に会い、ここに人生がその高みにあって、彼が入ってくることを彼女は求めた」というのは、ボウエンが手紙で繰り返し叫んだ「チャールズ、チャールズ、チャールズ[*209]」のエコーである。ボウエンの恋人たちは、結婚への道筋とジェンダーの範疇を迂回して、ときに死を抱きしめている。マックスとカレンの結婚はないだろうし、マックスは自殺するだろう。エメラインとマーキーのセクシャルなドライブは、暗い路上での死に二人を誘う。オフェイロンはボウエンのロマンスの下に潜む愛と死のもつれと脅威を捉えて、「エライザの揺らぎは恐ろしいテーマに傾き、恋は確かに称えられるべき価値ある経験だが、恋の仮面は唇の間に死をくわえている」と言っている。[*210]

## 原注

＊1 CR Journal, November 20, 1967, LCW,446.
＊2 Berlin, interview by Michael Ignatieff, May 7, 1991, MI Tape 13, p. 16. バーリンは八十一歳だった。
＊3 Corcoran, "Sunday Feature: Radio 3," April 2, 2000, BBC, NSA.
＊4 Glendinning, *Elizabeth Bowen*, 106.
＊5 "Woman's Hour," Lee and Lively.
＊6 Glendinning, *Elizabeth Bowe*, 51.
＊7 *MT*, 194-195.
＊8 EB to CR, November 18, 1945, *LCW*, 45.
＊9 Corcoran, "Sunday Feature: Radio 3," April 2, 2000, BBC, NSA/
＊10 "Horrors of Cjildhood," 111—see Hepbur, Essays?*
＊11 EB to CR, November 23, 1946, *LCW*, 101-102.
＊12 Bowen, letter to Charles Ritchie, December 20, 1957, Glendinning *LCW*, 192.
＊13 *BC*, 75.
＊14 Molly Keane, "Life with the Lid Off," September 28, 1983, BBC, NSA.
＊15 EB to CR, January 5, 1950, *LCW*, 149.
＊16 National Archive sources and National Archive Medal Cards(WO372), MNL.
＊17 *FR*, 91.
＊18 Lehmann, "Elizabeth Bowen –Obituary."
＊19 Molly Keane, "Elizabeth of Bowen's Court," *The Irish Times* [ca 1973]*.
＊20 EB to CR, January 30, 1945, *LCW*, 42.

*21 EB to VW, August 26, 1935, SU.
*22 Quennell, *Customs and Characters*, 89.
*23 Glendinning, *Elizabeth Bowen*, 210.
*24 Bowra, *Memories*, 190.
*25 EB to Leslie Hartley, October 21, 1952, JRUL, MS Letters.
*26 "Elizabeth and Her Highland Scot," Hennessy, Miscellaneous Files.
*27 Bowen, "The Culture of Nostalgia," in Hepburn, *Listening In*, 98.
"An abiding City," Bowen's recurrent Phrase from Hebrews 13:14.
*28 EB to IB October 8, 1952, BOD, MS.Berlin 145v.
*29 EB to MS, October 6, 1952, NYPL, MS. Sarton.
*30 EB to IB, October 8, 1952, BOD, MS Berlin 145r.
*31 EB to SS, August 2, 1953, BOD, MS. Spender 39.
*32 Sarton, *Shower of Summer Days*, 49.
*33 HH, letter to Bowen July 12, 1933, HHC. With permission from the Literary Estate of Humphry House.
*34 Woolf, letter to Vanessa Bell, May 4, 1934, *Letters* 5, 299.
*35 IB to Marion Frankfuter, June 3, 1936, Berlin, *Flourishing*, 171.
*36 See Curtis Brown files, HRC 10.5, January 28, and 46 other instances.
*37 EB to CR, April 14, 1949, *LCW*, 136.
*38 *HP*, 153, 157, 164.
*39 John Baylay to EB (ca. 1698), about *ET*, HRC, Bowen, 10.6.
*40 EB, December 18, 1933, BOD, MS. Berlin 292, folio 14r.
*41 EB to HH, fragment, 1937, HHC.
*42 Proust, *Sodom and Gomorrah*, 139.
*43 EB to HH, November 8, 1934, HHC.
*44 CR journal, August 18, 1952, *LCW* 182.
*45 Powel, *Constant Novelists*, 120-21, 8.
*46 Ibid., 8.
*47 EB to HH, July 13, 1937, HHC.
*48 Ibid., July 12, 1933.
*49 *Dictionary of National Biography*, s. v. "Humphry House."
*50 Ibid., June 3, 1936.
*51 EB to HH, March 16, 1955, HHC.
*52 Ibid., January 20, 1936.
*53 HH to EB, June 14, 1933, HHC. With permission from the Literary Estate of Humphry House.
*54 EB to HH, July 12, 1933, HHC.
*55 EB to HH, July 12, 1933, HHC.
*56 HH to EB, December 20, 1933, HHC. With permission from the Literary Estate of Humphry House.
*57 ボウエンのハウス宛の手紙は一九三四年以降は紛失。ハウスの死後マデリンの所有となり、一九五五年、おそらく差し押さえないしは破棄された。
*58 IB to Maire Gaster nee Lynd, January 11, 1982, Berlin, *Flourishing*, 52nl.
*59 EB to WP, August 3, 1927, DUR 19.
*60 IB to EB, December 1933, BOD MS Berlin 245, folio 14.
*61 EB to HH, January 20, 1936, HHC.
*62 EB to CR, September 7, 1948, *LCW*, 134.
*63 EB to HH, January 20, 1936, HHC.
*64 Arthur Calder-Marshall to EB (n. d.), HRC, 10.6.
*65 John House, interview by PL, London, June, 2011.
*66 Masters, "John House—Obituary."
*67 Maurice Bowra to EB, February 24, 1955, HRC 10.6.
*68 Ibid., November 8, 1934.

＊69 *HP,* 159, 55.
＊70 Ibid., 55.
＊71 *CS,* 510.
＊72 EB to HH, July 12, 1933, HHC.
＊73 Ibid., November 8, 1934.
＊74 Ibid.
＊75 Ibid.
＊76 Ibid., May 18, 1935.
＊77 Ibid., June 6, 1934.
＊78 *LS,* 128.
＊79 *Dictionary of National Biography,* s.v. "Humphry House."
＊80 Ridler, *Olive Willis and Downe House.*
＊81 EB to CR, November 18, 1945, *LCW,* 74.
＊82 Kreilkamp, in Walshe, *Elizabeth Bowen: Visions and Revisions,* 11.
＊83 IB to Mary Fisher, October 23, 1936, Berlin, *Flourishing,* 210.
＊84 Plomer, sketch from *At Home,* 52.
＊85 Rees, *Looking for Mr. Nobody,* 83-84.
＊86 Ibid., 85.
＊87 IB to Rosamond Lehmann, early October 1936, Berlin, *Flourishing,* 203-204.
＊88 EB to IB, shortly after September 23, 1936, BOD, MS. Berlin 245, fols. 64-5.
＊89 Berlin, interview by Michael Ignatieff, May 7, 1991, MI, Tape 13, P. 17.
＊90 Ibid.
＊91 Lehmann, "Elizabeth Bowen—Obituary,"
＊92 EB to CR, October 24, 1949, *LCW,* 142-143.
＊93 EB to IB, September [n. d.] 1936, BOC, MS. Berlin 245.
＊94 See David, *Olivia Manning,* 11.
＊95 GR to IB, September 26, 1936, BOD, MS. Berlin 274, folio 27.
＊96 CR journal, January 30, 1943, *LCW,* 36.
＊97 GR to IB, September 26, 1936, BOD, MS. Berlin, 274, folio 27.
＊98 O'Faolain, *Vive Moi,* 301-303.
＊99 EB to WP, August 17, 1936, DUR 19.
＊100 EB to HH, May [n.,d.], 1937, HHC.
＊101 *SIW,* preface.
＊102 EB to HH, May [n., d.], 1937, HHC.
＊103 SOF to EB, July 1939, HRC 11.7.
＊104 O'Faolain, *Vive Moi,* 304.
＊105 Bowen, "Summer Night," *CS,* 588.
＊106 Ibid., 300-301.
＊107 See Heather Ingman, 96ff.
＊108 O'Faolain, ed., *The Bell,* February 1941.
＊109 SOF to EB, April 22, 1937, HRC 11.6.
＊110 O'Faolain, *Vive Moi,* 311.
＊111 SOF to EB, April 22, 1937, HRC 11.6.
＊112 Ibid.
＊113 Julia O'Faolain, afterword to *Vive Moi,* xiii.
＊114 Ibid., 304-305.
＊115 Ibid., 301.
＊116 Ibid., xi.
＊117 Ibid., 304-307.
＊118 Ibid., 310.
＊119 EB to MS, 1936-1956, NYPL, MSS Sarton.
＊120 Woolf, April 9, 1937, Letters 6, 118n2.
＊121 EB to CR, January 11, 1942, in, Ritchie, *Siren Years,* 13i.

*122 Berthoff interview.
*123 EB to MS, May 31, 1937, NYPL, MSS, Sarton.
*124 Woolf October 9, 1937, *Letters* 6, 181.
*125 CR t0 EB, April 22, 1960, *LCW,* 396.
*126 CR journal, June 28, 1959, *LCW,* 324-325.
*127 MS to EB, November 20, 1935, NYPL, MSS, Sarton.
*128 Sarton, *World of Light,* 192-193.
*129 MS to EB, December 11, 1938, NYPL, MSS Sarton.
*130 Sarton, *World of Light,* 197.
*131 EB to MS, n., d. 1937, NYPL. MSS, Sarton.
*132 Ibid., June 8, 1937.
*133 Ibid., August 1, 1937.
*134 Ibid., August 30, 1937.
*135 VW to EB, April 9, 1937. See *Letters* 6, 119n2.
*13 VE to MS, June 16, 1937, *Letters* 6, 137.
*137 MS to EB, May 26, 1939, HRC, 12.2.
*138 Ibid., January 16, 1938.
*139 Ibid., December 11, 1938.
*140 EB to MS, May 31, 1937, HRC 12.2.
*141 Cinthia Lovelace Sears, interview by PL, New York, May 8, 2008.
*142 EB to MS, October 6, 1952, NYPL, MSS Sarton.
*143 EB to MS, June 9, 1952, HRC 12.2.
*144 MS to EB, August 25, 1965, HRC 12.3.
*145 *LCW,* Comment, 358.
*146 EW to EB, n., d. (ca spring 1951), HRC, 12.2.
*147 Marrs, *Eudora Welty,* 190^202.
*148 Welty to Maxwell, *What There is to Say...,* March 30, 1968, 248-249.
*149 Ibid., September 4, 1983, 386.
*150 EB to CR, October 22, 1945, *LCW,* 7.1.
*151 LeFanu, *Carmilla,* 32.
*152 *ET,* 54.
*153 Lassner and Derdiger, "Domestic Gothic," 195-214.
*154 *ET,* 54.
*155 Woolf Diary, 3, 193.
*156 A. E. Coppard to EB, August 12, 1932, HRC 10.6.
*157 Woolf, *Orlando,* 161.
*158 Lehmann, "Rosamond Lehmann—Interview," *Paris Review.*
*159 VW to Ethel Smyth, March 17, 1932, *Letters* 5, 35.
*160 VW to Vita Sackville-West, October 18, 1932, *Letters* 5, 111.
*161 EB to CR, January 7, 1950, *LCW,* 152-153.
*162 Howard, *Slipstream,* 218.
*163 Proust, *Swann's Way,* 571.
*164 *HD,* 49. フィーゲルの *The Love Charms of Bombs* は、ロンドン空爆（London Blitz）、ボウエンを含めて時の五人の作家の恋愛について書いている。
*165 EB to CR, May 7, 1962, *LCW,* 385.
*166 Ritchie, *Siren Years,* 88.
*167 Ibid.
*168 CR journal, September 29, 1941, *LCW,* 24.
*169 Ritchie, *Siren Years,* 143.
*170 Fiegel, *Love Charm of Bombs,* 176-177.
*171 EB to CR, January 1958, *LCW,* 13.
*172 *The Siren Years: A Canadian Diplomat Abroard, 1937-1945; An Appetite for Life: The Education of a Young Diplomat, 1924-1927; Diplomatic Passport: More Unpublished Diaries, 1946-1962.*
*173 Glendinning, *Elizabeth Bowen.*

＊174 Ritchie, *Siren Years*, May 25, 1982, 177.
＊175 CR journal, January 30, 1943, *LCW*, 36.
＊176 Ibid., October 6, 1954, 193.
＊177 CR journal, October 29, 1967, *LCW*, 445.
＊178 Ibid., April 7, 1946, 89.
＊179 Ibid., December 25, 1945, 81.
＊180 EB to CR, November 18, 1946, *LCW*, 99-100.
＊181 Ibid., January 16, 1948, 121.
＊182 CR to Lester Pearson, Fbruary 24, 1947.
＊183 EB to CR, April 2, 1947, *LCW*, 11.
＊184 CR journal, April 1, 1947, *LCW*, 107.
＊185 EB to CR, October 24, 1949, *LCW*, 141.
＊186 CR journal, August 18, 1953, *LCW*, 182.
＊187 EB to CR, March 16, 1955, *LCW*, 207-208.
＊188 Ibid., January 1958, 13.
＊189 CR journal, June 13, 1942, *LCW*, 33.
＊190 Ibid., September 19, 1948, 133.
＊191 Ibid., May 1, 1947, 108.
＊192 EB to CR, August 1, 1948, *LCW*, 128.
＊193 CR journal, April 21, 1942, *LCW*, 32.
＊194 Ibid., December 9, 9954, 198.
＊195 Ibid.
＊196 Ibid., May 24, 1942, 32.
＊197 EB to CR, June 6, 1964, *LCW*, 424.
＊198 Ibid., May 15, 1956, 233.
＊199 EB to CR, June 17, 1948, *LCW*, 124.
＊200 Ibid., April 11, 1950, 166.
＊201 Ibid., December 6, 1947, 112-113.
＊202 Ibid., August 1, 1950, 175.
＊203 Ibid., September 2, 1945, 58-60.
＊204 EB to CR, December 6, 1947, *LCW*, 11.
＊205 CR journal, May 9, 1955, *LCW*, 212-213.
＊206 Ibid., May 12, 1956, 232.
＊207 Ibid.
＊208 WB to CR, April 14, 1969, *LCW*, 454.
＊209 *HP*, 137.
＊210 O'Faolain, *Vive Moi*, 309.

# 第六章　戦争のスナップショット

## 戦争の世紀

ボウエンは戦争の乱世と共に成長した。自らよく言うように二十世紀と同い年で、第一次世界大戦（グレート・ウォー）の激震を十代で感じたあと、一九一九年にダブリンに行き、従軍して外傷後ストレス障害を発症して帰還したアイリッシュ兵士の介護士に志願した。ブリティッシュが約束した分離の終わりを胸に——参戦の報償として——アイリッシュはイングリッシュと共に戦った、だがこれは一切果たされず、多くのアイリッシュは煮え湯を飲まされた。ボウエンはこれらの兵士の心理的な痛みを見ただけでなく、のちにはアイルランド独立戦争の激変と分裂を見た。[*1]

ボウエンは、十二歳の時に「本はすべて爆弾のように扱う」準備があったと語る。この張りつめた言葉は、ライダー・ハガードの『洞窟の女王 *She*』を読んだことを言い表したもので、彼女を取り巻く世界大戦のように炸裂している。彼女に「殴られたような衝撃」を与えたこの本は、戦争の情景とつねに絡み合うものとなって残った。[*2] ボウエンがこの本をむさぼるように読んだケント州オーピントンのダウンハウス校から一マイルと離れていない場所で、英国軍の飛行機がビギン・ヒル飛行場から飛び立って、ドイツの飛行船ツェッペリンを迎え撃った。一九一五年五月のことで、歴史上初めてロンドンが——ホーム・カウンティ一帯も——空から爆撃された。ボウエンの学校から六十マイル離れたケント州の海岸の町ラムズゲイトも同年に爆撃された。[*3] 第一次世界大戦の勃発だった。「ある朝、時計が刻むのを聞き、いつにない意味を聞き取り、私は、正面観覧席の途中で立ち止まり、時間が戦争を捉えたことに気づいた。その時間は私の時間以上のものだった」。[*4] 外界の蛮行の噂は生徒たちに「道徳的なストレス」をもたらしたと彼女は言う。ボウエンには従軍した兄弟はなく、新聞もほとんど読まないでいたが、これらの年月は彼女の知覚を研ぎ澄ませ、自分の世界を超えた世界があることを知り、歴史を生きていると感じた。歴史を意識した高揚感は、彼女の行動と執筆の生涯を特徴づけるものとなった。彼女の人生は第一次世界大戦、アイルランド独立戦争、第二次世界大戦、冷戦、ヴェトナム戦争、その他の歴史的大事件にまたがり、その結果生じた植民地主義、ポスト植民地主義、ファシズム、ナチズム、頻発する騒乱問題が含まれる。ボウエンは四面楚歌の少数派のアングロ-アイリッシュの一員として、これらの力に対する階級の反応だけでなく個人的な対応を明らかにしており、そこに文化を横断する今日の我々の考え方を多くの点で先取りしていたことが読める。ボウエンがアイルランドに戻った時、IRAとブラック・アンド・タンズ間に緊張が高まっていた。[*5] ボウエンズ・コートへの脅威を感じ、アイルランドに住んでいた十九歳の時の感情がよみがえった。若い頃にアイルランドに暮らしたことがイングランドに対する「客観的な視線」を与え、それが作品に出ていると彼女は言う。[*6]

のちにイタリアを旅した時、彼女はファシズムのデモ行進を目撃した。彼女は一九三〇年代後半にスペイン市民戦争で共和党の側に立ち、後年の彼女の戦争報告ではフランコを支持するカトリックのことを、「カトリック・ファシズム」あるいは「パリサイ派」としている。[*7] これらの経験を受け継いだ世代の争乱と絶望を回想して、『日ざかり』の語り手は、人々の「閉じこめられた」無感覚についてコメントしている。[*8] ボウエンは短篇 Ivy Gripped the Steps（蔦がとらえた階段）のギャヴィンと同世代で、そこには「すでに死んだ人間がまだいる場面があり――完全に停止した感情のメカニズムのせいで、冷たい幕の下で老いるばかり」なのだ。[*9]

第二次世界大戦中もロンドンに住んだボウエンは、再び空中戦に悩まされ、彼女が「ブンブン爆撃機」と呼んだのはナチスドイツ空軍が使用したミサイルに誘導された爆撃機のこと、小説の執筆がしばしば妨げられた。戦争は彼女の価値観を再編成し、キャメロンと共に爆弾がクラレンス・テラスに投下される恐怖を抱え、戦争の終わり頃に実際に一部が破壊された。彼女は戦時の激動の影響について、それが都市だけでなく人間の気質との関係にも影響すると指摘している。読者と批評家は、ボウエンが書き物机に戻るたびに騒乱がいかに執筆を切り裂くかを理解する。

ボウエンは子供たちの生活に及ぶ戦争の結果を知っていた。戦争が始まってすぐ、作家で友達のマーガレット・ケネディは、子供たちをロンドンから疎開させたことを詳述している。ロザモンド・レーマンも子供たちと愛人のセシル・デイ－ルイスとともにカントリーに移ったことを書いた。「子供たちが疎開して戦後に戻ってきても、失われた年月は戻らない？」と彼女はエッセイ Opening up the House に書いている、「幼稚園にいた子供たちは学校にきて、学校にいた子供たちは成長した」と。彼らの生活は中断され、戻ってみても、過去は彼らには失われている。彼らの家は馴染みがなく、戦争中によそで生まれた子供たちには、「それは見知らぬ家になる。その歴史を求めて鼻をくんくんさせる」。[*10] この理解のもとにボウエンは、カレーの対岸の海浜の町に疎開した子供たちと老人たちを描き、いかにして戦争を生き延びたかをエッセイ Dover（ドーヴァー）と Folkestone（フォークストン）に書いた。幼い子供の人生を通して戦争が立てたさざ波を短篇 Tears, Idle Tears（涙よ、空しい涙よ）で描き出した。戦時下の子供たちの地理的・心理的な転位（dislocation）に調子を合わせている。脅すような短篇 Summer Night（夏の夜）では、「世界の血が毒された……子供たちはもういない、子供たちは知って生まれてくる」。[*11] この短篇では、「なぜ、どこに」と言わずに恋人に会いに飛んでいく母親は、子供たちを家に置き去りにする。そして「燃える子供」ヴィヴィは、家庭と世界で身をもってアナーキーに走る。母が出ていった夜、ヴィヴィはチョークの箱を取り出して、自分の裸体に蛇と星を入れ墨して、動物のように夜陰に流れ込む。ヴィヴィのおばが裸体に羽根布団をまとう彼女を見て「包んで、包んで」と叫ぶ。ヨーロッパ大陸の全域で子供たちが死に瀕していて、「燃える子供を包んでも、火は消えない」、戦争の黒い潮流の火は消えない。

『愛の世界』は再び戦争にとり憑かれている。美しい十代の少女ジェインは戦後に生まれたが、若い兵士が彼女の人生に影を落とす、母親とアントニアが過去に彼を愛したことを手紙を通して知ったからだ。母親またはアントニアに宛てた彼の手紙の束が（誰に宛てた手紙なのか？）「歴史のもの」で、それらを通して「過去が残した漂着物」がジェインの意識に訴えた。[*12] 彼女は戦争の「悪臭」を知覚して――興奮した――不均衡と重さを感じ、「極限状態と狂乱のさなかに育った彼女は」、よく知っていた、「彼女と同世代以外の人で、偽りの信心であれ苦しみであれ、誰もがそれを口外しないことを」。同じように、戦後に書かれた小説『リトル・ガールズ』では、サウストンで過ごした子供時代を取り戻そうと、三人の元クラスメートが集まる。サウストンはボウエンの子供時代の懐かしい思い出の地フォークストンを土台にしていて、イングランド南東部にあるフォークストンは戦時にはロンドン大空襲（ブリッツ）を経験している。

## 想像と執筆と歴史

ボウエンの作家の友人マーガレット・ケネディは、「爆弾の威力にもかかわらず」文学はなおも重要だったと書いた。[*13] 彼女はボウエンの『心の死』の出版に賛辞を呈し、これは「文明化された人生の愉しみを示したもので、我々が先週早々に永遠に手放したものがそれだと思う」と記した。爆撃にもかかわらず、彼女は確信する、「次に何が起きようと、私は最悪の予想をする、いくつかのことは、消え去ったとしても、続いている」。ボウエンは戦争中も書き続け、短篇集 *Ivy Gripped the Steps*（蔦がとらえた階段その他）の序文で、これらは「合間に書かれた短篇」――主たる事件の合間の中断か感慨から書いたもの」としている。[*14]

この十年の間、ボウエンは一九四一年の世界作家会議の公的な知識人として活動を続け、一九四六年のパリ平和会議ではフリーランスの報道官を務め、戦後の英国政府の大使として文化報道官として働いた。一九四一年二月にリッチーと会い、戦時下のロンドンで長期間共に過ごした。その時期に出た『日ざかり』は、「長期間にわたる戦時にこそ書かれた」のだった。[*15] 個人と国家の争乱の底流を捉えたこの小説を書きながら、彼女は一族の年代記 *Bowen's Court* の執筆も続けていた。アングロ－アイリッシュのビッグ・ハウスは、これらの作品でポジティヴかつネガティヴな象徴となっている。そしてとりわけクレア・ウィルズによれば、*Bowen's Court* はボウエンが英国情報局（ＭＯＩ）のためにアイルランドで仕事をするためのカモフラージュで、彼女はヴィザを取得して、アイルランドの中立政策、軍事使用の港湾問題、イングランドとドイツの対アイルランド政策の均衡状態を調査することができた。だがボウエンがＭＯＩに参画する一年前に、彼女はハンフリー・ハウスに書いている、一族の年代記を書くことにオブセッションがあり、約束したディケンズのエッセイに着手できず、「ディケンズの本を巡る遅延と沈黙と進展なしをすまなく思っています［…］私はアイルランドにいて、もう一つの本、ボウエンズ・コートの本のことで、雑用と大作に挟まれて、それがオブセッションになってしまいました――小説よりも大変です」。[16]

彼女は第二次世界大戦中に *Bowen's Court* を書くまで植民地にあった家族の歴史に焦点を合わせたことはなく、この時期にＭＯＩの仕事に就いたことで、自分の政治的な役割に目覚めたものと思われる。十七世紀に始まるアングロ＝アイリッシュによるアイルランドの植民政策は今日のファシズム政策にいたり、彼女の父祖たちのアイルランド制圧の意思とヒトラーの欧州全土の征服慾との比較に繋がった。彼女は言う、どちらも「幻想に支配され、権力掌握熱に思慮を失ったこと」が明らかになったと。どちらの衝動も、クロムウェルなり、ヒトラーなり、ムッソリーニなりの「激した頭脳」に始まったと彼女は言う。[17]だが彼女のフィクション『日ざかり』では、ビッグ・ハウス、マウント・モリスは平和な牧歌的な場所で、包囲されたロンドンから隔絶していた。

ボウエンはどんな想像的な文章でも、つねに歴史と共にあると言う。Ivy Gripped the Steps（蔦がとらえた階段）は歴史がもたらした腐食していく屋敷を記録し、若者が子供時代を過ごしたサウストンの街を歩き、「全滅地帯ツアー」を体験する。冒頭にあるイメージは、「蔦が階段をとらえ、吸い付いて上まで這い上がり、一見すると荒野が滝になって流れ落ちているような錯覚があった」。これら戦争のメタファーが町と人々の命を吸い上げている。蔦が閉ざされたゴシック屋敷をとらえ、もはや墓にしている。[18]ボウエンは子供時代の日が当たったフォークストンのイメージを暗転し、歴史が彼女の戦後の想像力に入り込んだ。朽ちかけた屋敷と町を徘徊する人影によって不気味な空気を醸し出し、一九四四年の「廃絶（desuetude）と零落」を描いた。兵士たちと戦時の女子奉仕団体がまだ街を占めていて、うろつく人影ギャヴィンは、もう一軒の屋敷コンカノン家に行く。カーキ色のシャツを着た奉仕団の女が一人、「若さゆえに顔は抽象的」で、灯火管制のカーテンを引こうとして窓辺に座っている。ギャヴィンが声をかけて、ここに住んでいた人を知っていたんだと言うと、彼女は「そこに人が住んでいたの？　ウソでしょ、私ならお墓に住むほうがいいわ」。そしてそれは町中のどこにも当てはまった。一九四五年、これらの短編集の序文でボウエンは、戦時下の女性の文章と戦闘時の合間の家庭と銃後の生活について、フェミニスト的な展望を導入している。「これらはすべて戦時の物語で、戦争の物語は一つもない」と言う。「戦闘状態を描写したものはないと承知している――たとえば空襲も出てこない。ただ一つ The Mysterious Kor（幻のコー）では兵士が登場するが、彼はロンドン市内をホームレスのように徘徊するだけである」。

ボウエンの言う「我ら」は、リッチーや他の男女の戦争作家たちのそれとは違う。『日ざかり』では逆スパイのハリソンの戦争の「つねにある我ら」という言い方に反発する。あなたの「我ら」は戦時の共同体意識を言い表していて、私には「彼ら」のことだと。[19]ステラは銃後の母親であり女性であるという立場を鮮明にしていて、「戦争が我らを一つの大きな家族にした」とは感じていない。[20]彼女は戦争と、「彼ら」すなわち陸軍とハリソンも該当する戦争の道具が彼女の息子ロデリックに「した」ことに対して行動する。つまり彼らは息子を彼女の目には別の人間にしてしまい、情緒的に劣化させたと主張する。息子が一時休暇で帰国して、彼には

「馴染みのない」母親のフラットに来た時、息子は母が憶えているあのロデリックではなかった。「陸軍が出動して、計画の工程で［彼を］消しても、彼女にはそれをとめるすべはなかった」。ロデリックが投影する用心深さは、戦争が育てた「感情の消費」の恐れであり、彼女が感じる彼の言葉の「消滅」だった。ステラは彼の言語に陸軍の影響を見て、劣化ないしは矮小化を感知し、同じ流れで、ハリソンの「強制」に反発し、逆スパイの言語、彼の言葉が警察または軍隊の残酷さを響かせる。ボウエンのかろうじて知覚できる境界線は、外側と内側の線をぼかし（メビウスの輪のように表面はつねに同じ側）、戦争がいかに人々を、場所を、言葉を個人的に縮小したかを描写している。ステラが息子と会う部屋は「空っぽ」で、時間と聴覚が遮断されている。部屋にはどれも名前がなく、口をきくものもない――「沈黙が削除され、聞くことによって記録される」――ベケットの大脳部屋を思い出させる。それは「環境がなく」、ステラは自分の人生から一時休止が出たような興奮を覚える。ボウエンは戦争は戦わなければならないと感じていたが、小説では人間の感情、部屋、関係、言語の代価を記録し、小説の中では戦争の話の多くは語られていない。

ステラは愛にも裏切られる。恋人のロバート・ケルウェイは何とナチスのスパイだった。彼はダンケルクの生き残りで、中流の出身に不満を感じている。彼女は彼をののしる、「もしあなただけが私を愛しているなら、お返しにあなたを愛さないことよりもひどいことはできないわ。でももっとひどいことがあるの――あなたはどこか愛を歪めている」と、彼女を彼の政治的な裏切りに巻き込んだからだ。彼女は彼にスパイかと敢えて訊かないことで、スパイになる。「スパイになるとどんな気がするかあなたは感じないかもしれない。私は感じるの――あなたが私のところにその話をもって来てからずっと。あなたは私を当てにしたのね、私があなたに一つの質問をする勇気がないだろうと、あなたはそれで正しかったのよ、目下のところ」。個人的な崩壊と政治的な崩壊の間に区別があり、彼女はさらに逆スパイのハリソンによって行き場を失う。ハリソンは不愉快きわまる提案をして、ステラが彼と寝れば、反逆罪で罰を受ける恋人ケルウェイを助けてやると脅してくる。ボウエンは母、女、スパイであるステラを一触即発の戦争経験に晒している。女性における戦争を知覚させ「感じ」させている。

ルウイは『日ざかり』に出ている元気のいい労働者階級出身の女で、新聞のニュースで戦争のことを毎日読むことで、戦時感情の「我ら」の仲間に入ってくる。彼女は夫が戦場から帰還するのを待っているので、ステラとは違った「我ら」を感じているかもしれないが、文化的なつながりを「女たちはみな同じ一つのボートに乗ってるのよ」と言って表わしている。この「我ら」がボウエンとその他の戦時中の作家が戦争について描いている対象である。リッチーとその他の人は、もう一つの「我ら」に気づき、彼の思い出の記 *The Siren Years* には、戦時下のロンドンの日常的なショッキングなケースが書かれている。彼はかつて自分の日記があまりにも個人的に日の当たるものを見ようとしているのではと恐れていたが、三十年後の一九七四年には、「個人的なこと」として、「戦時下のロンドンの日々の『我ら』に同化したように見える」と言っている。日記は「刹那の空気」を戦争にもたらし、その反面、彼の日記では人生が芸術に変形されてはいない。それは、と彼は言う、「天才の仕事」、ボウエンの『日ざかり』のみに見出されることだと。ボウエンは日記をつけたことがなく、彼女の戦時のフィクションが彼女の戦争体験になっている。

「戦争がすべてを変えた」とジョン・ベイリーは言う。[*21] リッチーの *The Siren Years* は目を奪うまでの日毎の変化と破局を詳述し、同時にボウエンとの初期のロマンスの日々が、「破壊的な危機と束の間の楽しみと重苦しい停滞状態をないまぜにして、増強された戦争状態に」あることを伝えている。[*22] 彼はロンドン市民が経験した日毎の空襲を記録している。無人の静かな道路が衝撃を待ち受けている。一日後の一九四〇年九月十六日に彼は書いた、「ロンドン攻撃は十日間続いただけだった。今までのところ人々は落着いていて、パニックは起きていない。だがみんな憂鬱である。一人ひとりが不眠と神経の疲れに悩んでいる。貧困層の打撃の受け止め方が最も深刻で、防空壕が足りない事に文句をつけている」。頻発する一方の爆撃について、「明日また会えるという確信を持てる人がいなくなり、一行の中に隙間を探し始める。爆弾が雨あられと降ってくる。バークレイ・スクウェア、パーク・レイン、リージエント・ストリートにも。セント・ジェイムズ・パークとペル・メルには誰もおらず、これはまったくの幸運にほかならず、来週には我々も幸運にあずかるチャンスが一回ならずある。人生は『厄介で、野蛮で、短い』」。戦争がリッチーに教えたのは、これまで経験したことのない共同体の一員なのだという自覚だった。自分は「コスモポリタン」だと空想し、デヴィッド・ロウの漫画で揶揄された「保守党かぶれの愛国者」をあざ笑っていたが、今や自分が「クラッカーのおみくじ（モットー）」の仲間で、そのモットーは「永遠の真実」であると知る。リッチーはまた自分の気質がボウエンとその他の人々に似ていることを明らかにする、彼らは戦争が美を消し去ることを拒否する人々である。ある日記の記述に、ロンドンの破壊を目にしながら、そこにランチタイムのバレエ上演を同時に記録して、『レ・シルフィード』を鑑賞する素晴らしさを称えている。「芸術の上演の永久性を、何トンもの高性能爆弾のやかましい破裂音と比べるがいい。審美的な水準こそ、この有事に掲げられるべき唯一の基準である」。彼はまた『日ざかり』を指して、彼がボウエンと生き抜いたことがフィクションになった「輝かしい変身」だとしている。ボウエンは戦時中に執筆しつつも、戦争経験を表現する言語の可能性に疑問があった。旧式の言葉――「豪胆」、「名誉」、「愛国心」――などが、戦争の暴力的な大変動に飲み込まれてしまった。

　ボウエンは言葉で表現されないことを言う方法を発明して、喪失、不在、沈黙を記録しようとした。言葉または言葉の不足は彼女のテーマになった。ヴァージニア・ウルフは、第一次大戦後の人々の会話には違った音楽があると信じていた。ボウエンもまた「なつかしい音楽」が第二次大戦中から戦後にかけて消滅したと知って、この「拘束されたハミング」では「ハミングの声を言葉にする」のはもはやできないと考えた。ステラが頭の中の「拘束されたハミング」のことを言ったのは、一九四〇年の秋だった。[*23] 音楽がハーモニーを奏でなくなった。こうした言葉、中断、沈黙のパタンを通してボウエンはフィクションが戦争を表す方法を変形させた。彼女は歴史的な、個人的でない、「男性の」伝統だった報告書の外側で書き、亡命、謀反、戦時の恋の裏切りを、「内側」から書くことを思いついた。この変換点のことを一九三九年にインドにいるハウスに書いている、作家として興味があるのは歴史の総合的な力であって、個人の個性には興味がなくなったと。彼女の人物造型の着想は、人々の不可知性の方に立つことで変遷していった。ハウスに宛てたもう一通の手紙で、人生と創作において私たちが「個性」と思ったものに価値を置き過ぎていたと書いている。[24] 彼女は思った、その見解は見当はずれで、感情的にも知的にも混乱していると。オーバーに書き過ぎた感情の「ゴシックの二日酔い」である。「新しいアートは」と彼女は注意している、「個性を飛び越す傾向があるようだが、私はいいことだと感じる。つまり、人々をもっとありのままに、同時にもっと流動的に見るようになっている」と。さらに補足して、「情熱（パッション）[と]誠実さを含む興味はますます私の興味を引き、私にはロマンティックな個人主義は疲れ果てたように見えると[25]言う。『日ざかり』は、ボウエンの新たな視座を表している。忠誠心と裏切りがステラとハリソンとケルウェイの国家的かつ個人的な情熱のなかで描出され、ルウイは当時の「一般の」風潮と雰囲気を描出している。ケルウェイは、ナチのスパイ活動と政治的にも個人的にもステラを利用したことで、イングランドを裏切り、彼女への愛も裏切っている。ハリソンは性的に感情的にステラを脅迫したことで道徳的に彼女を裏切っている。ルウイは兵士の夫を裏切って、「未婚」のつもりで行動している。ボウエンの「新しい」アートでは、人物は流動的で、ときにはありのままに、そして（モダニストがやるように）感情の表現をしないで――別の予想をしていた批評家を困らせた。批評家は今では『日ざかり』では、人間の次元、人物の詳細、明確な動機が欠けていることで反論する。ステラはボウエンの女性の多くのように、最大限はっきりと発展した人物である。知識人で中産階級に属する未亡人で、母親で、アングロ-アイリッシュの地主階級に通じているスパイである。その他の人物はタイプとして輪郭が描かれているだけである。ハリソンは手ぬるい逆スパイ、ケルウェイは中産階級出身のナチのスパイ、ルウイは労働者階級の既婚女性である。

エリザベス・テイラーは小説家でボウエンの友達だが、自分の発言に反して、『日ざかり』の登場人物は「全員がリアルで、しかも存在感としてリアルである」ことが分かるのだろう。「彼らが手を挙げたり笑ったりすると、本当にあったことだとわかる」と。事実、彼女は思う、「ロバートは中でも最もいい」と、だがそれに反対する批評家もいる、ステラの恋人ロバート・ケルウェイは「リアルでなく」、陰気で、彼の対ナチとの身分証明が輪郭だけに終わっているとして。[26]「リアル」という言葉は、戦後になって作家たちの間である種の付帯的意味（オーバートーン）を持つようになり、テイラーは「戦前のモダニストあるいはハイ・モダニストは〈リアル〉について書かなかったと示唆している。それでもヴァージニア・ウルフが、「何がリアルで、誰にとってリアルなのか」と問うている。これはとくに一九三〇年代に論争の的になった言葉で、いわゆる文学者の文章に記録用の文章と事実に基づいた文章が混入していた。「リアル」という言葉は、インターモダニストの批評によって余儀なく再検討された。テイラーは、無意識のうちに、戦中と戦後の壊滅状態にあった後期モダニストの文章を読むのに分析用の道具を作り直し、労働者階級と中間階級について、政治的な大義を支持することについて、大衆的なことと文学的なことの定義と価値について、さらには男性性と女性性に関して考えることについて、作家たちの見解の変化を考察した。

ボウエンは誠実さと裏切りに光を当て、個人と国家をつねに絡ませている。英国の居間に最初に闖入《ちんにゅう》してきた裏切り者は、ナチスの布教者ウィリアム・ジョイスで、アメリカ生まれのアイリッシュの彼は、ドイツの対英宣伝放送でロード・ホー・ホーとして知られた人物で、一九四〇年にドイツから偽のニュースを流し始めた。ＢＢＣはただちに自らの宣伝報道「追伸《ポストスクリプト》」で応戦し、夜間放送の解説で、聴衆にスイッチを切らぬように伝えた。レベッカ・ウエストは *The Meaning of Treason*（叛逆の意味）で、一九四五年に公判中のジョイスの個性を鮮やかに記しているが、それが『日ざかり』のボウエンのスパイ、ロバート・ケルウェイに浸透している。同じように、ストーム・ジェイムソンは議論を呼んだ小説 *A Cup of Tea for Mr. Thorgill* で共産主義者のスパイの人生を追求した。ボウエンとジェイミソンは（他の作品ではウエストも共に）ダイアナ・トリリングの一九四八年の告発、近年の最も才能ある良心的な女性作家たちは、内的な主観的なことにのみ集中していて、外にあるリアリティを無視しているという説には反対した。[*27] ボウエンとジェイミソンは、「小説の根本的な関心事は、〈我が世の春〉をうたう男女のことである」と、そして、伝統的に女性作家といえば連想されてきたように、「感情」または主観性を表現するだけではないと主張している。[*28]

戦争、謀反、スパイ活動の雰囲気はボウエンを包んできた。だがそれは多くが語られない性質のものだった——loose lips sink ships（口は災いのもと）——彼女の作品の声と文体は秘匿を旨としていた。一九三〇年代から秘密の政治的会話が彼女の周囲に張り巡らされ、ＭＯＩやその他の宣伝活動への自主的な参加を容易にした。短篇 A Love Story では、二重の顔を持つ二人の男が非常事態宣言の間アイルランドの同じホテルに身をひそめながら、お互いにほとんど無口で通している。『日ざかり』は沈黙についての小説でもある。耳を澄ますことと（くぐもった音、鼻歌《ハム》に）見張ること（灯火管制にもかかわらず）、口に出たことと出なかったことを見逃さない。休暇で帰宅したステラの息子ロデリックが、会話のメモを取ることについて質問されて、「『だって母さん』と叫び、『会話はこの戦争をリードしているよ。［…］母さんと僕がしていることは、どれももう口に出たことの結果なんだ。僕らは会話なしでどこまで来たと思う？』」と言う。ステラは、自身スパイなので、これが真実であることを知る、彼女は「戦争の派閥の先端にいて、何事も言う必要はないという一種の言語統制があるのを誰も知る必要はないと知っていたのだ」。ボウエンも「戦争批判の一角」に生きていたので、第二次世界大戦の経験を『日ざかり』と、戦時の短篇集 *Ivy Gripped the Steps* に綴っている、これは七章「芸術と知性」でより詳しく紹介する。彼女の情報活動の記録 *Reports from Eire, 1940-1942* には、彼女の多面的な、ときには倫理的な愛国的な忠誠心への傾斜が出ていて、イングランドまたはアイルランドへの偏向ないしは、どちらにも偏向しない態度を示している。いろいろな時に、今日も含めて、批評家と読者は彼女がどちらかに忠誠の義務を果たしていることを見て取っている。そのような共存するアイデンティティの複雑さを批評家は、しばしば否定したり、単純化したり、黙殺したりしている。

**原注**

＊1　アイルランドの二十六の州は英国から独立して「エール（Eire）」となり、北部の六州は英国に忠実にとどまった。

＊2　BBC Interview, February 28, 1947, Ryder Haggard's *She*, BBC, NSA.

＊3　ビギン・ヒル飛行場は、第一次世界大戦時に王立飛行軍団によって開かれ、ドイツ軍のツェッペリン飛行船の防衛に当たった。http//rdcamsgatehistory.com/zoomify/zeppelins-1915-viewr.htm *Daily Mail*, May 18, 1915.

＊4　*SW*, 26.

＊5　「ブラック・アンド・タンズ（The Black and Tans）」は英国で補充された軍隊で、アイルランド独立戦争に応戦した。

＊6　Bowen, "Frankly Speaking."

＊7　Edby Fisk in "Turning One's Back on the Fire of Life."

＊8　EB to VW, February 1941, SU.

＊9　*IGS*, 182.

＊10　*PPT*, 134.

＊11　Bowen "Summer Night," *CS*, 599.

＊12　*WL*, 34, 43.

＊13　Margaret Kennedy to EB, n., d., 1938, HRC 11.6.

＊14　*IGS*, xii.

＊15　*HD*, Knopf Records, NYPL, box 102, folder 18.

＊16　EB to HH, July 9, 1939, HHC.

＊17　*BC*, 455.

＊18　*IGS*, 138, 182.

＊19　*HD*, 40, 152-3, 50, 156.

*20 Ibid., 152-3.

*21 John Bayley to EB, n., d.(ca. 1965), HRC 10.6.

*22 Ritchie, *Siren Years*, 8, 66, 67, 74, 67, 100.

*23 *HD*, 100.

*24 EB to HH, June 29, 1936, HHC.

*25 Ibid., January 20, 1936.

*26 Elizabeth Taylor to EB, February 24, and March 14, 1949, HRC 12.2.

*27 Trilling, "Fiction in Review," 254.

*28 Jameson, *Novel in Contemporary Life*, 2.

# 第七章　芸術と知性

## 芸術と政策

Ｈ・Ｇ・ウェルズには有名な言葉がある、「政府のプロパガンダに寄与するなど、クソくらえ！」である。[*1] ボウエンもそうだった。第二次世界大戦で芸術（アート）と政策（ポリティクス）を統合する国家に疑いを抱きつつ、ファシズムに対して道徳的なスタンスを取る英国に連帯している。作家として何をすべきか積極的に寄与してきた。重大な困難と一大事に臨んで中立国アイルランドにスパイとして入り、ＭＯＩのために報告書を書いた。戦時にも作家だった。その後には、平和会議の報告をし、英国文化振興会（ブリティッシュ・カウンシル）のために講演をした。彼女は文化大使であり、映画の脚本の道徳尊重の宣伝に貢献し、戦後の現状を報告した。ＢＢＣの第三プログラムの討論会に一般知識人として参加し、死刑に関する王立委員会のメンバーだった。[*2] 同時に彼女は一九四〇年代から一九五〇年代にかけてイギリスとアメリカでもっとも人気のある作家の一人だった。一九六〇年のインタビューで、彼女は自分の作品と宣伝活動は、どちらも重要だったと弁明した。「空襲の最中に、空襲監視人だったら、私もその一員として、履いている長靴を鳴らしながら道路を行ったり来たりした［…］、そうよ、爆弾の投下は防止できないけれど、でも思うの、『何はともあれ私はこれに参加しているのだ。何かいいことをしているのかもしれない』[*3]」。そしてウェルズの確信、すなわち、危機に瀕した国家と共同作業する声望ある作家は、「世界における自身の真の意義を摑むべきだ」に賛同する。[*4] 彼女は自主独立を失わなかったし、「低位の仲間」にも入らなかったし、「自己の職業の基本的な貴族制度」に遜色なく、ウェルズの警告を守った。シリル・コノリーは、芸術家と宣伝報道と国家の誘惑について、文芸誌『ホライゾン』で同様の警告をしている。

> 戦争芸術家は芸術ではなく［…］ＢＢＣはアートではない、あらゆるペンギンも［ジョン・レーマンの文芸連載も］、すべてのＣＥＭＡ（Council for the Encouragement of Music and Art）のショー、すべてのＡＢＣＡ（Army Bureau of Current Affairs）の講演、あらゆる対話集会、ＭＯＩの映画とパンフレットは何の役にも立たない、もし我々が芸術家自身に対する独立、レジャー、プライヴァシーを認めないなら。[*5]

ボウエンは独立した思想家と作家であり続けた——芸術（アート）だけで

なく輝く知性（インテリジェンス）でも群を抜いていた――公的な識者として時代と共に生き、ときに活動家として、フィクションの書き手として生きた。彼女は社会における芸術家としての責任を真剣に考えていた。

彼女は短靴を履いて立ち、頭にはヘルメットをかぶって、ロンドン大空襲を迎え、夫とともに志願して空襲監視人になった。ロンドンの通りを巡回し、「市民として作家として暮らし、毛穴を全部開いて、多くの人生を生き、何千という他者の人生の反響を身に受け、つねにすべてのストレスを身に負っていた」[*6]。リッチーに書いている。空襲訓練の講演会に行って、ガスマスクの配布、防空壕として地下鉄の駅や防護壁に行くこと、爆撃のあとの救援策、ナチスの空爆が激化した一九四〇年九月七日から一九四一年五月十一日まで灯火管制を守ることについて講義を受けた。これは彼女のフィクションに濾過されている。「ある短篇を再読して、私はそれが生み出された瞬間を再度生きた。場面が自然に私の中で燃え上がり建物が磁石のように私を引き寄せ、「大自然」の気分または季節に浸されると、突然歴史が小さな行為のように見えてきて、私が見つめるより先に一つの顔がとり憑き始めた」[*7]。彼女は短篇と小説にこの歴史的な瞬間と策謀を染み混ませた。一九四八年にBBCのパネルディスカッションで、グレアム・グリーン、V・S・プリチェットと同席し、社会における芸術家の役割はと問われて、彼女はこう答えた、「私の本が私と社会の関係です。この関係とは何かと、なぜ人は聞きに来るのでしょう？　ほかの人たち、読者は、知っていることですよ」。

## 味方に付く

ボウエンは、いかに混迷した時期でも、芸術家は口を開き、行動し、書く責任があると固く信じていた。一九三九年、英国は、英国情報とアイルランドの権威ユーナン・オハルピンが観測したように、独立したアイルランドが、「ヒベルニア・インコグニータ（匿名のアイルランド）」になっていたことに気づいた[*8]。そして一九四〇年のフランス陥落のあと、英国の不安は一九三八年に割譲した無防備なアイルランドの港湾――コブ、ブレンヘイヴン、ラフ・スウィリー――と、徘徊するドイツの北大西洋艦隊に絞られた。つまり、アイルランドはドイツの侵攻に晒され、英国への踏み石となる危険があった。アイルランドは戦争には中立を宣言したが、開戦時、アイルランドがドイツのナチよりもイングランドの占領者のほうを嫌っていることは知られていなかった。

ドイツ陸軍の機甲師団はオランダ、ベルギーに進駐し、一九四〇年の春・夏にはフランスを占領して国際的な警告が発せられ、英国の人々は戦時体制に入った。さらに、アイルランドは「内なる敵」を抱えていると見られており[*9]、ドイツ支持の同情心が一九四〇年五月には高まり[*10]、歴史学者ポール・マクマホンによれば、ドイツのプロパガンダの嵐がアイルランドに吹き荒れていて、英国軍事情報部は警戒した、とのことである[*11]。英国は無防備なアイルランドを大いに危惧し、ヒトラーは海と空の戦いをエスカレートして、イングランドの全船舶に対して海上封鎖に出た。ボウエンは憂慮した。イングランドとアイルランドへの忠誠心は、ドイツ空軍の攻撃によって破壊されるロンドンを目撃することで、揺き立てられた。ナチズムの占領もあり得るという恐れが募った。
　中立策をとったアイルランドは潜行する侵入者に備えているか？　英国は監視体制を取って見極めようと、情報局（Ministry of Information）を創設した、「より低いレベルの情報関連組織」である。反プロパガンダは南イングランドで必須だったが、MOIはエール（アイルランド共和国をこのゲール語で国名としていた）の報道武官ジョン・ベッチマンと共に戦略を立てた。彼らはエリート間で個人的な連絡をとり、ある種の文化的なグループが最も効果的なプロパガンダになると助言した。[*12] 一九四〇年の夏にエリザベス・ボウエンと四名の代表が選ばれて、アイルランドに派遣され、反ドイツ感情を喚起するプロパガンダ担当者、作家、ラジオ報道官の選定をした。ほとんど来歴不明のイアン・モロウ、カトリック雑誌『ザ・タブレット（*The Tablet*）』の記者アーノルド・ラン、そしてミス・マクスウェルはアングロ－アイリッシュで、MOIの局員であり、ダブリンに家があった。エリザベス・ボウエンは、名乗りあげると知識人組織の一員となり、ジョン・ベッチマンのような代理人に任命された作家の情報網に入った。ヘザー・ジョーダンによれば、「国家の生存を目的として顕著な詳細を集めること」と安全確保に当たったとされている。[*13] 彼らは影の部隊で、イングランドの安全に直接重要な情報を集めたが、MOIは価値観などを共有することで相手を説得する「ソフト・パワー」を使うよう勧められた。ロンドン大学の評議員会館に本拠を置き、四部署に別れていた。第一部署は、ボウエンが所属したが、国内と海外の国々へのプロパガンダ担当だった。ほかは検閲、ニュース、報道関係、また公表資料の作成、そして管理だった。ボウエンはイングランドへの義務感に引っ張られたに相違なく、一九四〇年七月のヴァージニア・ウルフに宛てた手紙には、MOIの仕事は「必要とされている」と断言している。[*14] その役目の第一は、英国の視点を彼女が出会う知識人、国会議員、聖職者、市民に周知徹底することだった。第二が「聴取すること」で、アイリッシュの意見を統治機関に送り、効果的なプロパガンダ作戦の選定に役立てることだった。彼女は多くの報告書を書き、ドイツがイングランドをしのぐかもしれない不安定な要素について報告した。
　ボウエンのウルフ宛の手紙はボウエンの政治的なネットワークに対する最初の手掛かりを示している、つまり、外交官にして政治家、作家でありヴィタ・サックヴィル－ウエストの夫であるハロルド・ニコルソンに会う計画を明らかにしている。彼は当時、戦時内閣の内相であり、MOIの正式な検閲官であって、戦争中にアイルランドを訪問することで自身が強力なプロパガンディストになるわけだった。ボウエンは自分の役割をウルフに控え目に伝え、自分の仕事は聴取してアイリッシュの「トーク」を意見書として公式な報告書にすることだと言った。のちの報告書でボウエンは、自分のような人間をもっとアイルランドに送り、うわさを否定するべきだと書いた。「〈トーク〉とは普通の会話のことで、この国では、これほど役に立つものはほかにない」と。[*15]
　ボウエンは、世のスパイのように投げ矢や手裏剣は使わなかったが、ときどきいなくなって、ダブリンやコークで情報を集め、中立策、英国人、ドイツ人について世間の意見を調査し、南と西のアイルランドの協定、港湾をイングランドに貸す可能性ついて調査した。彼女は知識人と政治家たちのサークルに自由に出入りし、高名な作家が一族の年代記を書いているという理由でそれができた。ＭＯＩは彼女を歓迎し、彼女はこの機関の新しい顔になった。一九四一年七月、政府の役人以外のところで新人を発掘することが決まった、ＭＯＩ設立当時に社会的な関係で雇われた人は、専門家ではないという批判があったからだ。ＭＯＩはいまやジャーナリズム、執筆、プロパガンダができて、公的な注目度がある諜報員が必要だった。[*16]ボウエンは一見して分かる成功した作家であって、知的で政治的なサークルにもアイルランドの文化にも通じていた。その熟練した観測眼――待ち、見張り、聴きとる天性の能力は彼女を作家にしたものである――が求められた。彼女の多くのＭＯＩレポートは結果的に機構に称賛された、観察が行き届き、判断が的確で、よく書かれていて面白いからだった。歴史的に見て彼女は、スパイで作家という文化の境界もしくは中間に位置する女性の組織に加わった。[*17]

ジャーナリストで作家のブルース・アーノルドは述べている、ボウエンの形成期がイングランドにあり、併せて彼女のアングロ－アイリッシュの背景が自然に英国のための報告書に向かわせた、実際に彼女はアイルランドの人々の大多数の意見が英国支持であることをそのまま反映している。だが不幸にも、アイルランド政府は英国支持ではなかった。中立の立場を取りながらドイツ贔屓に偏っていた、アイルランド独立戦争その他を戦った老人の政府だったからだ」。[*18]ヴィクトリア・グレンディニングは、ボウエンはＭＯＩに志願したとしているが、ＭＯＩの記録ではボウエンは一九四四―四五年まで有給の諜報員で、その仕事で一一五ポンド十シリングを得ている。[*19]

「だから彼女はスパイになった。もともとスパイだったのではない。

ポール・マクマホンは、英国はシン・フェイン党とＩＲＡの活動を承知しており、彼らの活動が最も激化した時に南アイルランドへの進撃の先行準備があったと報告している。[*20]一九四〇年、ボウエンが通報したように、英国政府はド・ヴァレラ（De Valera, 1982-1975 アイルランドの政治家、首相、大統領をつとめた）と対話して、進攻の際には英国軍の受け入れと港湾の割譲を認めることになっていた。英国側はアイリッシュ側の防衛相のフランク・エイキンと外務省次官のジョー・ウォルシュの影響を知っており、両者ともに強烈な反英国主義でドイツ支持の立場にあり、戦争の初期の段階でＩＲＡの過激派と連絡を取っているのを知っていた。ベッチマン主導下の英国の作戦の何割かは、アイルランドで強力なプロパガンダ作戦を行って対抗することにあった。これにはビジネススキームや経済制裁などがあり、一般人の考えを揺さぶり、とくに農民に経済的な不利益を感じさせ、英国側につくことを働きかけ、さらにはド・ヴァレラにすら反旗を掲げ、英国支持、連合支持の立場をとらせることまで含まれていた。ベッチマンの計画はエールのビジネス界に圧力をかけ、経済関係と英国、大英帝国、米国への借款を知らしめ、このことを広くアイルランド全土に広げることだった。[*21]一九四一年七月七日のメモで彼は、ビジネス界に支持された宣伝パンフレットを提案し（南アイルランドの同様のキャンペーンにも緩やかに接触して）、労働者たちに彼らの生活の安定は大英帝国にかかっていると納得させたかった。ロード・デイヴィソンによれば、三億ポンドがアイルランドのビジネス界に投資された。[*22]計画の主旨は、エール国内にある組織を創設し、商業上のチャンネルを使って、アーサー・ギネス・サン&カンパニーのようなビジネスを人々に印象付けることだった。ベッチマンはMOIのジョン・ロジャースに提案し、アイルランドにおける英国の微妙な立場をもって、彼に警告した、もしこの件がエールにおける「敵」の手に落ちた場合の危険について。にもかかわらず、プロパガンダに使う経済的なチャンネルについて無数の連絡がベッチマンとダブリン駐在の最も重要な英国代表のジョン・マフェイの間で取り交わされた。マフェイは彼が北西部インドとスーダンで学んだ国家主義と英国の間接的支配の教訓をアイルランドにもたらした人物で、ド・ヴァレラの国家主義と帝国主義者チャーチルの間にあって、一九三九年から一九四九年の彼のアイルランド主導の十年間、両者のバランスを巧みにとって成功に導いたと言われている。

ベッチマンは奇人でアイルランドでは人気があり、ジョン・マフェイとラジオ放送で共演した時は、ニコラス・マンサーのアシストで報道官を装った。マンサーはMOIの帝国部門の主任で、アイルランドの中立策を強く支持していた。ジョン・ベッチマンは——この任務のために「ショーン」と改名していた——大英帝国とアイルランド間の緊張を減少させる任務に就き、ラジオ放送を通じてエールにおけるドイツ放送局の高度なプロパガンダ作戦に対抗した——アイリッシュ・フリー・ラジオの創設に関わっていた。彼は談話やジャーナリズムのスポンサーになり、スティーヴン・スペンダーのように、戦争中のMOIの仕事の範囲については秘匿し、秘密はないと主張していた。アイリッシュの報道機関、ドイツの放送、そしてロード・ホー・ホーには熱心に対抗し、人気のある文芸家で友達のフランク・オコナー、短編の名手ショーン・オフェイロン——ジョン・マフェイの要求で詩人のパトリック・カヴァナまでも入れて——トーク、短篇、詩を放送してもらった。

ベッチマンもボウエンとは知り合いで、『心の死』を誉め、一九三八年十月に、この本は「勝利者である——圧倒的な勝利者で、絶句するほどの出来、最高峰である」[*23]としている。彼は彼女の文章にある彼の好きな古いフレーズ、「急いだポーチト・エッグみたいな目」について述べ、彼女をサッカリーに並べて、二人は雰囲気の「豊かさ」と階級の上下の区別を心得ている点で共通しているとした。「ディア・ゴッド」と彼は叫び、「私はどんなにこれが好きか［…］、アングロ-アイリッシュは西洋文化の中でもっとも偉大な種族だという僕の信念を証明する本だ」と続ける。ベッチマンはアイルランドで過ごすうちに、多くのアングロ-アイリッシュたちと友情を結んだことが想起される。彼自身はカトリックからアングリカン（英国国教）に改宗したのだが。

ルイ・マクニースは、詩人で劇作家だが、戦争中にBBCのロンドンのプロパガンダの仕事に加わった。BBCアーカイブスの備忘録の一九四一年一月九日に、彼が対アメリカのプロパガンダの仕事ができないか問い合わせたとある。[*24]彼はBBCの準政府プロパガンダ部署である特集記事部門に雇われて、二十年間働いた（当時の多くの作家のように）、ラジオのプロパガンダの仕事が彼の抒情的な詩的な声を消してしまうのではと恐れながら。実際に、エミリ・ブルームが証言しているように、ラジオの仕事は彼をそんな狭い見方から救い出して彼に勢力をつけた。詩的な「私(アイ)」と共同の「我ら(ウィ)」の区別が戦争の進展とともに消えて、彼の演劇的なＢＢＣの仕事にその効果が出た。彼の新しい声の風合いにはドキュメンタリーの要素が加わり、歴史と戦争が一本になって、モダニスト半ばの作家たちも同様だった。彼は自分の声を、女性作家の多くのように、戦場ではなく銃後（国内）で発揮した。ラジオ放送は詩の響きを変化させた、聴覚によく訴え、新しい音響効果があり、一般聴取者との距離が縮まったからだ。歴史が新しい方法で詩に入った。たとえばマクニースはアイルランドの中立の立場に同意せず、それが苦々しい詩行にしみ出している。「離れよ、お前の海岸を、サバが太ってお前の腹の肉になっている」[*25]。彼はアイリッシュの漁師が海岸一帯で不注意だと非難している、彼が北大西洋で商船と敵艦の監視中に、海岸一帯がドイツ海軍に攻撃されていたからだ。漁師たちは連合軍によって防御され救出されたはずだった、もしアイルランドが中立策を捨ててファシズムとの戦争に加わっていたら。マクニースは国家にも宗教にも自分の位置を見つけられなかった——アングロ－アイリッシュの一族に生まれ、人生のほとんどをアメリカかイングランドで過ごしたからだ。それにプロパガンダと詩の空間に一線を画すことができなかった。その代わりに彼は彼の詩のセキセイインコのように立ち、「無駄に生まれたわけじゃない、燃える止まり木を定位置にして／Ａｍ（アメリカ）とさえずる——そしてテレビの役者のように覗いて／モニターで彼を称賛した」[*26]。戦争の悲劇を知って、人類が後退し衰えるのを見た彼は、それでも自己の歌を詩にうたった。さらに彼はＢＢＣの特集記事部門の美学を打ち立て、The Stones Cry Out（石は叫ぶ）を連載して、士気を高める脚本を書き、ブリッツで破壊され損傷したロンドンの建物を取りまく歴史とストーリーを記し、演劇面での企画でも成功をおさめた。

戦争と文学がマクニースの作品では一つになり、ボウエンもそうだった。彼女の愛国心は英国の文化と文学におよび、ジェイン・オースティン協会の創立メンバーの一人になったのは、彼女がＭＯＩの諜報員になったのと同年同月だった。彼女はイングランド、英国文学、そして英国の伝統遺産の保存に尽くした。チョートンのジェイン・オースティン・ハウスを購入して保存する計画は、一部の人には戦争中を思えば愚行であるとされたが、ボウエンはそれに同意できなかった。オースティン協会のＲ・Ｗ・チェムバーズは、戦争は国家の伝統遺産保存のために戦われているのだと論じた。ジェイン・オースティン協会の一九五一年の年次総会で述べたボウエンの言葉は、「ジェイン・オースティンの芸術に対する見事な式辞だった」と協会の代表会員が語っている[*27]。一九四九年には最終的にチョートンがミスタ・トマス・エドワード・カーペンターによって買い取られ、ミスタ・カーペンターは一九四四年に戦死した息子を祈念してトラストを立てた。数年ほどさかのぼる一九四二年にボウエンは、文学的伝統の重要さを説いて、*English Novelists*（英国の小説家）を著し、名前だけで知られている作家のことを書いた。「今や英国の精神が最大限発揮されているときに当たり」、二重の損失になりはしないか、「芸術における英国の過去は、歴史的にも同様に、英国の英雄的な今日を築く助けになっているのだから。我々の傍らに作家が欲しいのは自然である、人間の経験が新しい位相に入ったのだから」。ボウエンのこの本はコリンズ社の英国文化と歴史に関する挿絵入り草書シリーズの一巻で——国家的プロパガンダとして戦争中と戦後に出版された。芸術と知性は一致して協力した。だが忘れてはならない、ボウエンの忠誠心と好みはアイリッシュ、フランス、アメリカの文学にも発揮されたことを。

## 戦時ストーリーズ

ボウエンの英国に対する献身は、政府報告書、ジャーナリズム、映画の脚本、ＢＢＣ放送の形を造ったのみならず、少なくとも十年間、フィクションにも影響した。英国、アイルランド、ヨーロッパが執筆の文化的歴史的な持ち場となった。複雑で輝かしい短篇Summer Night（夏の夜）は、戦争中のアイルランドの中立策への不寛容がジャスティンの耐え難い思いに表れている。ジャスティンは聾者である姉を訪ねてアイルランドに「監禁され」、禁令によってヨーロッパに行くことができない。「ヨーロッパの破壊された多くの塔」が彼にとり憑き、アイルランドが中立策を選択したことに不能感とおそらく罪悪感を抱いている。「中立の立場にいるアイリッシュマンの心中には、間接的な苦悩があり、曲がったナイフのように刺さっている」としている。[*28] 彼はアイルランドの「汚染ゾーン」に人々と住んでいて、「瞬間はどこにでもあって、戦争を水晶球の中に置き、ほかに場所はなく……敵はその中にあり、這い回っている」。[*29] 戦争の雰囲気が中立のアイルランドまで旅をしたが、おそらくはその外側で終わり、「感覚停止」をもたらし、個人とか国家などに対して道徳的な無関心をもたらした。この短篇の中のエマとロビンソンは「結婚していない」と感じ、国や家庭への反響を無視して情事に走っている。その背景ではジャスティンの聾者の姉クイーニーは微笑みながらティーを注ぎ、ヨーロッパの戦争に対するアイルランドがとるべき恵み深い聾者性を表しているのかもしれない。アイルランドの無関心はボウエンの短篇Sunday Afternoonにも表れている。ヘンリはロンドンのブリッツを生き抜いてアイルランドの家に帰ってきたが、友達がみな「ガラスの向こうに固まっていて」、ロンドンの戦火の話をあまり聞きたがらないのを知る。

ボウエンはこの「少し話して多くは語らない」という雰囲気に生きてきて、情報を抑えて出さない力を知っていた。この絡み合いが短篇だけでなく、個人間と国家間の秘密と裏切り、またその両者の曖昧さを描く戦時の小説『日ざかり』にも出ている。『日ざかり』は愛と諜報活動の説得力のある小説で、ヒロインのステラ・ロドニーは英国の諜報員から恋人がナチのスパイと知らされるが、その諜報員から恋人を自由にするために取引をもちかけられる。ボウエンは戦争の初期の頃は様々なアイデンティティの宙吊り状態にあり、作家、スパイ、恋人とその混同が小説に入っている。

## 「私が」と言うことの困難

ボウエンのフィクション上の人物は、彼女と同様、恋愛と戦争における人々の動機の多くは知ることができないと知るに至った。彼女は自分が「十分知っている」と感じるのは書いているときだけとのこと、一九五一年のエッセイDisloyaltiesでグレアム・グリーンの手紙のことで、二種類の作家について述べている。「アイデアの枠」に基づいて積み上げる作家と、「美的霊感でおもに記憶と印象」によって書く作家の二種である。前者にあっては、「主役の座は頭脳にあり、後者にあっては感情にある」[*30]。彼女は、時事問題や政治的危機に関わる作品で両方の傾向を合流させ、公的な報告書や文書と同時にノン・フィクションのエッセイも書いた。また、歴史と政治をフィクションに変容させた。『日ざかり』のステラにとって、言語は「死んだ通貨」となる。恋人がナチのスパイとして自分と国家を裏切り、逆スパイのハリソンが脅迫によって裏切るとき、空白が意味をなす[*31]。彼女はハリソンを聞き、「静寂が［…］階段を上がるのを聴き」、彼女の心は「半透明の濁り水に」。また同じエッセイで、彼女は、「不忠実（disloyalty）」の責務から自分を含めて作家たちを赦免する。彼らは「五番目の寄稿家（コラムニスト）」で、国や国家ではなく、もっと大きなもっと知られていない想像的な地政学的な領域に忠実を約束しているのだから[*32]。ボウエンはこの論題をさらに広げてグリーンの意見を引用している、「不忠実」は作家の美徳であると。このエッセイはある意味で彼女の *Reports from Eire* を密かに正当化するもので、一部のアイリッシュによって彼女もまた不忠実であるというレッテルを貼られたからだ。彼女のグリーンの引用。

> 忠実さは受け入れられた意見に我々を閉じ込める。忠実さは意見の違う仲間を共感をもって理解することを禁じる。だが不忠実はあらゆる人間の心を通して経験的に徘徊するよう激励する。これで小説にもう一つ共感する次元が増える[*33]。

ボウエンは、想像力を使う作家は人間の価値を勇気をもって守り——たくさんの「私」を持ち——つねに動き移動するべきであるというG・グリーンの主張を忠実に支持し、人生と芸術における探求が制限されることを拒否した。

ボウエンの作品の批評的なスクリーンに浮かぶ不忠実の主張は、単独で孤独な「自身」という人気のある考え方を含むが、彼女は他の視点と作家を勇気づける「自身たち」に共感することを勧め、「あらゆる人間の心を通して経験的に徘徊すること」を勧めている。忠実性は、アリストテレスやプラトンや宗教または国家に限定した愛国精神に見られる単純なモラリティではなく、もっと織り合わさった多面的なことである。戦乱期の連合は、個人または公的な生活を見れば分かるように、変化するもので、アイルランド内戦を戦った人々は「紛争（ザ・トラブルズ）」の一部になった。『最後の九月』では若いヒロイン、ロイスがアイルランドでの自分の将来の複雑さについて沈思黙考する——ビッグ・ハウスの外に出て、「彼女は、［ミセス・モンモランシーやレディ・ネイラーの］世代の二倍の複雑さでこの状態に適応してきた。なぜなら彼女が形成される過程で二倍多くの人々と関わってきたはずだからだ」[*34]。同じことがエリザベス・ボウエンにも言えるだろう。

彼女はある価値を守る知的な作家の「選択」を弁護する——この場合はアンチ・ファシズム——作家は「休息所から逃げ、明かりのついた戸口から逃げ、もう一つの面倒な悔恨を追いかける」[*35]。ボウエンはあるレビューで自分の選択を微妙に主張する。彼女はおそらく「公的秘密条例」に署名しており、自分の行動をごくたまに認めており、*Collected Impressions* に見る英国情報局のドーヴァーのエッセイに署名している。彼女はそれを意図して行い、経験をフィクションに変え、恋とスパイの小説『日ざかり』では、ドイツの著名な作家クリスタ・ヴォルフが弁護するように、「裏返しに」書いた。

ヴォルフとボウエンは、スパイ活動中に、統治の定まらない分断された国に住んでいた。クリスタ・ヴォルフの *Perpetrator's File*（犯罪者のファイル）が一九九三年にＳＴＡＳＩ（シュタージ、東ドイツの国家公安局）によって発表されたとき（ベルリンの壁は一九八九年に崩壊）、彼女は——その前に仲間の作家についてスパイしていた——仰天した、思い出したのだと彼女は言う、「たくさんの『私』が私の中で移動していた、場合に応じてあちこちに急いでまたはゆっくりと」[*36]。ボウエンは、諜報員だった間もその後も、内部で移動するアイデンティティに公に遭遇してはいない。クリスタ・ヴォルフも仲間の作家たちをスパイしていたことを公には認めないで、代わりに語っている、自分自身のことで読んだＳＴＡＳＩの報告によって「汚された」と感じ、とくに秘密警察が彼女を描いた言語によって、「彼らがあなたがたの命を奪い彼らを陳腐にした残酷な方法が何百ページにも続く」と。ボウエンは同じように感じただろうか、「オーベイン歴史協会」が彼女のエールに関するＭＯＩへの報告書を二〇〇七年に彼らのパンフレットであからさまにしたときに。クリスタ・ヴォルフは目ざとく注目している、もしボウエンの活動について学ぶものがあるなら、「それは原語が真実に対して何ができるかである。秘密警察の言語になるこれらの文書は、本物の人生の報告者をまったく捉えていない」と[*37]。しかしながらヴォルフは、ことの深層を知ってショックを受ける——それでもやや間接的に四十八年という空白を経て——断片的に書いたストーリーを通して、小説 *The Quest for Christa T*（クリスタＴの探求）と *The City of Angels*（天使の都）で、彼女は初期の諜報活動について説明しようとしている。「フロイト博士のオーバーコート」は、「そう、コートは温かくしてくれるけど隠すこともできる、裏返しにすれば。目に見えないものを見えるようにする」[*38]。ボウエンの小説の通訳スパイ、ステラは、脅迫的な英国のスパイ、ハリソンと接触して「汚された」と感じる——彼の性的なたくらみ、ロバートとの私生活の監視、そして彼の粗野な言葉遣いによって。ステラは彼が「いつもの僕ら」と言うのに腹を立てる。あなたの言う「僕ら」は——戦争中の連帯感のことだが——、私には「彼ら」よ、と。ステラは個人の一体性を失わない、母親であり女性であることは、「戦争が作る大きな一家族」とは違うとする[*39]。

彼女は戦争と「彼ら」——戦争機器と組織——が息子に「した」ことに反発する、息子は別の人間に作り替えられ、疎外され、崩壊する。彼女は戦争が恋人にしたこと、英国のスパイ、ハリソンにしたことを知る。女性として彼女は個人的な関係を壊す戦争の影響を痛感する。一方、労働者階級の女ルウイもまた、毎日読むプロパガンダや新聞のニュースから発生した戦時の「我ら」という感情に取り込まれる。ボウエンは、クリスタ・ヴォルフが駆り立てたように、裏返しにしたコートを垣間見せ、ボウエンのフィクションでは、見えないものが見える。戦争は分裂した自己を見せる新しいレンズになる。

ボウエンは戦争が付きつける自己分裂なるものを予見できなかった。恋人の一人ショーン・オフェイロンが戦争の始まる前の一九三九年八月三十一日にボウエンと会った最後のドラマティックな逢引きの際の軋轢を描写している。ボウエンのクラレンス・テラスを訪れた時の彼の告白、「僕らはベッドに横になり、情熱にも飽きた時、アランが彼のオフィスから電話してきて、英国艦隊に出撃命令が下された、『つまり戦争だ』と言ったと。[*40] この布告によってオフェイロンはアイルランドと妻のもとに帰り、ボウエンとは地理的にも政治的にもはなればなれになり、実際に戦争が終わるまでそれは続いた。[*41] 彼は二、三年後に一度彼女とダブリンで会い、レストラン、ジャメッツのランチに彼女を連れて行き、「わざと陽気に」言った、「どうなの、エリザベス？ 世界戦争は我々を離婚させるかい？」。ボウエンは感情的ではなかったが、オフェイロンは書いている、彼女は述懐した、「今まで自分がこれほどリーダーになるとは思わなかった」と。彼女が示唆したのは、二十年後にならないと明かされなかったが、彼女はＭＯＩのスパイになってイングランドのために活動し報告書を書く契約をしたということだった。場所は離れていたが彼らの友情は継続し、彼女のエッセイ、レビュー、短篇等々がオフェイロンが編集長だった『ザ・ベル』に発表された。彼は彼女の見解をまとめるよう努めた。一九四一年三月に彼女はジェイムズ・ジョイスについて短く書いた、一九四二年八月、オフェイロンは *Bowen's Court* のレビューを、一九四二年九月に「エリザベス・ボウエンに会う」を、そして一九四〇—四一年にかけて彼女の短篇三作を出した。彼女は彼の一九四〇年十二月の *Come Back to Erin*（エリンに帰れ）のレビューを書き、彼は一九四六年四月に『ザ・ベル』に出た *The Demon Lover*（恋人は悪魔）のレビューを書いた。そしてこれらの見解のいくつかがＭＯＩの報告書に浸透している。彼らは中立策の否定的な影響について同意している、アイルランドの文学と思想のこと、国家の閉所恐怖症の深刻な症状、カトリック教会の抑止力、文学と政治の検閲の否定的な影響、戦争中のアイリッシュ作家へのヴィザ発行停止などについてである。オフェイロンは彼の自叙伝 *Vive Moi* の一九九三年の改訂版で、四十年にさかのぼる彼とボウエンの人生を率直に振り返っている。彼らの関係が終わった直後の一九四〇—四二年にボウエンが陸軍省と自治領省のために報告書を書いていたというダブリンの噂について述べている。しかしオフェイロンは、他の者と違って、ボウエンの行動を許し、アイリッシュたちの間にあった訴えとは逆に、ボウエンはアイルランドに対して心からの愛情を持っていたことを確認している。

> このすべては四十年前の事だが、私は今もまだ顔をしかめている、我々すべてに——エリザベスと僕自身、無害な客に扮したスパイ訪問についてマスコミに通報した愛国的な女性、ハロルド・ニコルソン、ＢＭＩ（the British Ministry of Information）に。さもなくば、私はこの些細な事件全てを、戦争がもたらす類のものの小さな象徴と見ている。文明化した価値感のバランスに終止符が打たれた、通常ならあらゆる人のジレンマを別の角度から見るよう激励するバランス感覚が……。もし英国が我々の港湾を、男たちを、銃砲を、飛行機を奪うことが必要と分かっていたなら、彼らはそれができたはずだ、そしてそうしなければならなかった、ドイツが彼らを出し抜いていたとしても。アイルランドが戦争状態にあ

ると考えるだけでエリザベスの心は引き裂かれただろう。[*42]

「戦争は何を人にするのか」はボウエンのアイルランドにおける情報活動を弁護するオフェイロンの言葉である。

ボウエンはオフェイロンの魅力、性格、美男子ぶりに惹かれ——彼も彼女に同様に——一方彼の目もあやな抒情的な文章にも惹かれていた。『アトランティック・マンスリー』で彼の編集をしていたピーター・デヴィッドソンとその妻ペギーは——ウィリアム・アブラハムのボウエンに関する一文を読んだあとで——彼女の文学上の立場を確信する、「私は彼女をウォー、ジョイス、フォースターと共に今世紀の四分の三が過ぎた現時点で英国作家のベスト・フォーだと。彼女は不機嫌な振りをして『私はアイリッシュよ』と言う」——愛すべきひねくれ者よ！」。[*43] これは今なおアイルランドのある一帯でしつこく生きている賛辞である。

戦争は、オフェイロンの確信どおり、人を変えた。ボウエンは英国に対するナチスの脅威を強く感じていたが、ドイツのアイルランド侵攻も同時に恐れていた。この両方が彼女を動かした。もし「人物が行為によって孤立化させられるなら」とイエーツが主張したように、「ボウエンのシルエットは一九四〇年七月で明らかだった」。[*44] まだオフェイロンの友達であり彼の雑誌に短文を書いていた間、ボウエンはコークとダブリンでMOIのために情報を集め、アイリッシュと話し、自治領省へ報告していた。ボウエンはオフェイロンの言葉を借りれば「文明化されたバランス」を失ったのか、スパイ、友達、恋人であり、アイリッシュであり、イングリッシュであり、アンチ‐ファシストであり、国家主義者であることにおいて？　戦時下の厳しい選択を認めた上でボウエンは、自分のような芸術家や思想家がファシズムの迫りくる波に対していかに無力であるかを苦い思いで観測している。「我々の素晴らしい感情、芸術に対する関心、互いの親密さ、刺激的な会話、万人に公平であろうとする意志は、我々をどこに導いたのでしょうか？　一九三九年でしょうか？」。[*45] 戦争は一九三九年九月一日に布告された。

## ある国のペン・ポートレート　*Reports from Eire, 1940-42*

ボウエンの英国MOIへの報告書は歴史的な文書で、アイルランドの中立策と日常生活の実態を伝えている。報告書は九本しか残っていないが、それらはエールの「ペン・ポートレート」で、小説『日ざかり』、すなわち一九四〇年八月に始まったブリッツ下の「交戦中」のイングランドの変容譚とバランスを取っている。オーベイン歴史協会は九本の報告書を出版した。エイブハー・ウォルシュはボウエンのアイリッシュ関係の文書の選集で、七個の相違点をあげている。[*46] ボウエンは政治家、アイリッシュ議会のメンバー、知識人、作家、聖職者、市民たちと、コークとダブリンの路上で面談している。二年余に及ぶ断続的な使命の間、ボウエンはセント・スティーヴンズ・グリーンにある小さなフラットに住み、「この状況下で、彼女が他所で会った人々とお茶やシェリーを飲みながらまた会うことができ、確実に面白い会話をまた続けることができた」のだ。

二百あるとされる彼女の報告書はほとんど回復されていない。[*47]

ロバート・フィスクによればロンドンにある大半の書類は「法令下で破棄」された。ボウエンの報告書はアイルランドでは一切開示されず、「一九四五年にアイルランドの権威機関が安全の観点から敏感すぎるとみなした七十トンの書類が裁断機に掛けられ」、北アイルランドでは報告書が削除された。[*48] 歴史家アンドルー・クリストファーの言葉を借りれば、ボウエンが派遣されたダブリンの自治省またはロンドンの陸軍省への報告書の全容は、「歴史の失われた局面」となるだろう。[*49] さらに、英国公文書局いまのTNAは、従来の三十年ではなく五十年を経過した政府文書は開示するようにと一九六七年に決定した。TNAの調査員サイモン・ファウラーによれば、各省はこれで多忙になり、一九七二年の開示に間に合うように、PRO（Public Record Office）に戦時の材料を提出することになった。文字になった報告書にくわえて、文字になっていない様々な役人とのトークがあり、ボウエンはそれを一九四二年のV・ウルフへの手紙に仄めかしている。自治領省のオフィスを訪ねたのは、「書くことができないけど話したいことが無数にあったからだ」と書いている。[*50] 彼女はロード・クランボーンに話した。「私は話したと言っておくわ、だって彼は非常に同情して耳を傾けてくれた。魅力的なセシル（デヴィッド）の礼儀をもって。私が送った報告書を彼が見たのはたしかよ」。そしてボウエンは、ウルフへの手紙でいつもするように、隠密行動の場面を飾り立てて描写する——自治領省への入省を果たしたものの、ボウエンとタクシー運転士はどこへ行くのか知らなかった。ついに通路を見つけ、ボウエンは疑いを持った——「我々は銃剣を向けられ、私はそのたびに震えを増したが気合も増した声で、アポイントがあると言った」。[*51] いったん中に入ると、建物は想像したとおりだった。「記入すべき書類があって、長い廊下は暑かったがまだ石の匂いがした。外の広場には紳士用の秘書室と書類部屋があり、トルコ絨毯が敷かれ、火が燃えていた」。彼女の報告書が主として自治領省に送られたのは、アイルランド自由国がまだ、ある程度、英国の統治下にあったからで、その他の書類はロンドンの戦争省に追いやられた。ウルフへのもう一通の手紙でボウエンは、先にロンドンにいた時、戦争省に行き、「アイリッシュの用件」もあったと書いている。十一時に行くと、面白いことに、みなグラスでミルクを飲んでいた。

ボウエンの報告の方法は、公式発表のサンプルから見ると、アイリッシュの見方を「外側」からと「内側」からで変えている。外側からは、英国政府のアイリッシュの中立策に対する失望感と南アイルランドへのドイツの侵攻と、その結果として英国侵攻の恐れがあった。そしてアイルランドの「内側」からは、ボウエンの見るところ、アイリッシュの人々の大半は、ド・ヴァレラの戦争中の現実的な立場に賛成している、国家の経済的な軍事的な脆弱さはあっても。[*52] 彼女は戦争中のコークとダブリンを描写している。もろい経済、軍事資源と熟練部隊の不足、紅茶、ラジオのバッテリー、紙、ガスの払底、新聞と映画の検閲、爆撃と孤立化の恐怖。ボウエンにできた最後の報告は一九四二年七月二十五日から三十一日のもので、これらの欠乏を述べ、日々の「安楽」を思わせた英国の宣伝報道を攻撃している。そしてジョン・ベッチマンとともに、もっと工夫して、アイルランドに向けた反アイリッシュの英国放送をいっそう削るように迫った。

言語の政治について敏感だったボウエンは、アイリッシュたちの「トーク」が英語より興味深く生き生きしていることを見出した。新聞や映画の厳しい検閲で孤立したアイリッシュは、疑問を呈するのに熱心で、より身近な戦争のニュースを集めたからだ。英語の会話には定型があり、予想が付きやすく、メディアが作ったスローガンをちりばめて、ブリッツ下のロンドン市民の士気を上げようとした。[*53] ボウエンは、アイリッシュが宗教的なレトリックを用い、英国人は実利主義のために「神から離れた」と批判的に見ていると気づいた。彼女は――おそらく近視眼的に――アイルランドの犠牲にのみ集中し、報告書にはその他の国を取り上げていない。ノルウェイは、たとえば、中立策を宣言した国でありながら、一九四〇年にドイツ軍に占領された。ロンドンデリー侯爵夫人はアルスターの新聞に宛てた手紙で、アイルランドへの不信感を述べ、「アイルランドの古めかしい中立策は、第一次大戦時のドイツ人の一顧だにしないものだろう」と。[*54] ノルウェイが侵略されたという事実は、英国にアイルランドの脆弱さについて再考を促した。だがボウエンがノルウェイに関する映画の脚本に貢献して共通性を認識するのは、一九四二年になってからだった。断片的ではあれ、ボウエンの報告書はあるジャーナリストが確信したように、「国家のペン・ポートレート」を示している。

ボウエンの報告書は、アイルランドのドイツに対する共感を軽視しているものの、ロバート・フィスクやその他の歴史家が確言するように、とくに戦争の初期段階のアイリッシュ文化の中に、ドイツ支持と反ユダヤ主義の態度が見られた。MOIの文書の一つが記述している、アイルランドの人口の七十五％が「熱狂的に」反英国主義で、とくにミッドランド中部地方、ケリー州、メイヨー州、ドニゴール州に観察された。ボウエンのさらに柔軟でおそらく未報告の見解は、アイリッシュは疑いなく連合国の味方であるということだった。報道機関やラジオ放送のアイリッシュの不忠の姿勢は、裏付けがないだけでなく焚きつけられたアイリッシュ感情であり、「本来の性分である『反ナチズム』の国家」を侮辱するものだった。[*55] ボウエンは一九四一年にこの意見をジェームズ・フェランの著書 *Ireland-Atlantic Gateway* のレビューで繰り返し述べている。[*56] このレビューは彼女の秘密のMOI報告書とほぼ同時に書かれ、ナチスのプロパガンダはアイルランドでは足場を得ていないと強調し、フィーラン自身が別の機会に確約したが（イースター決起とアイルランド自治権獲得運動を支持するという約束）、実際にはそれが伝えられなかった。ヒューバート・バトラーは、もっと希望に燃えて、考えを述べている、アイルランドの市民たちは、ドイツ軍が「甘やかされている」のを知り、「暴動を煽動されて」、もしかしたら「簡単に乗せられて安易な共同作業」に走るかもしれない、信心と愛国主義を巧妙に操作されてと。[*57] ロバート・フィスクは述べている、戦争の初期の頃には、反ユダヤ主義とドイツ支持のパンフレットがシン・フェイン党によってダブリンで配られ、シン・フェイン党は歴史的にはIRAと連合している。[*58] フィスクによれば、IRAは時間の経過とともに受動的になり、それはド・ヴァレラが一九三九年の初めごろからそのメンバーの多くを刑務所に送ったからだ。ボウエンのある報告書は、しかしながら、アイリッシュの反ユダヤ主義は新局面に入ったことを認め、ダブリンのビジネス界に嫉妬があり、ヨーロッパの反ユダヤ主義のプロパガンダの結果がそれをもたらしたとしている。[*59]

ボウエンは英国の反プロパガンダとアイルランドの参戦に反対する意見を出している。彼女が望むこと――「私は［…］英国にはもっと歴史を意識してほしい。アイリッシュはあまり意識しないで欲しい」――は、彼女の意見を反映している、すなわち、英国はアイルランドを残酷に植民地としたことを無視する傾向があり、一方、アイルランドは英国の抑圧に対抗する苦情を期待している。[*60]ボウエンは英国への苛立ちを表明し、アイルランドが負わされた「不忠実」を弁護して、「ありのままの歴史の事実」を英国に振り返らせる。また英国の報道機関にアイリッシュの立場に対する「無策」、「ささやき作戦」の悪影響、アイルランドのスパイによる噂のばらまきを合図を出して知らせた。英国はボウエンやその他の報告によって、アイルランドにおける英国よりの意見を過小評価していたことに気づく。

説得の作戦として、ボウエンや他の英国のスパイは、個人的な接触と、非公式な外交的なトークを、つまり彼女が実践していたやり方を取っていた。一方、アイリッシュの用件のことでボウエンは、アイルランド共和国南東部一帯を総括するレンスター・ハウスのアイリッシュ議会の唯一のメンバーであるジェイムズ・ディロンと都合よく友達になった、彼はアイルランドの中立の立場に反対だった。[*61]それより先、ボウエンはディロンを英国の支持者と見ており、「この国の敏感な人々はすべてミスタ・ジェイムズ・ディロンの選択した方針に従っている」と報告した。[*62]彼女の見る彼は、当時英国とアメリカが考えていた港湾条約を維持する「交戦中」の立場からアイリッシュを連れ出せる力があると見ていた。彼女は偽って主張した、「ミスタ・チャーチルは機知としての港湾の喪失を嘆いているだけで、要求も脅しもしない」と。ボウエンはディロンが最も有能な議員の一人だとしていて、ヴァレラの政策を継承するのは彼かもしれないと考えていた。勇敢で、有能で、ダイナミックだった。[*63]だがボウエンは彼と風土を読み違えていた。彼の立場は人気がなく、一九四二年にリーダーの代理として行った熱烈な演説で、政府に中立策を放棄し連合国側について参戦するよう懇請すると、彼は辞任を余儀なくされた。一九七〇年代に入り、歴史家ロバート・フィスクが、ボウエンが彼の意見をアイルランドの自治領省と英国の戦争省に送っていたことを打ち明けると、ディロンは愕然とした。フィスクによれば、ディロンは秘密のメモを読んでも怒りは見せなかったが、ただ「彼女は一九四〇年の彼の好意を悪用した、会合は秘密裏だったのに」と言った。[*64]そして彼女の報告書に「宗教的な熱狂」とあるのを見て、彼女の「みじめな不可知論」と言い返した。ボウエンの英国に対する忠誠心とアンチ・ファシズムの大義は、アイルランドの一角で察知されていたように、ボウエンがアイリッシュの信頼を失うきっかけになった。

ボウエンは知的で鋭い観察者であり、先が見える作家だった。小説家としての天賦の才は、彼女の報告書の読みやすさに貢献した、広く人を読む力があり、性格のスケッチができたからだ。ロード・クランボーンが彼女の仕事を誉めている、「彼女の先の報告書は、その感受性とバランスの良さで我々は心を打たれた。この今の報告書もまた情勢の抜け目ない評価で人を驚かす」。[*65]（図18）アイリッシュ文化の知識、情報通、作家としての評判が止まり木になって、そこから公式な意見の発言ができた。一九四一年に書いた *New Statesman and Nation* のための報告書 Eire（エール）を凝縮したエッセイで、ボウエンはMOIへの報告書から抜粋して政治的な複雑さを概観し、アイリッシュの中立政策を弁護している。そして英国のアイルランドに対する非難「石あたま、排斥主義、子供っぽさ、さらには文明の運命と不名誉な臆病さに対する無感覚」をリストアップしているが、それでもアイルランドの姿勢を信頼できるものと認めている。「英国が戦争における自国の役割について感じているのと同等に、エールは、宗教的とも思えるほど頑固に中立を保っている」[*66]。英国の見解をこだま返しにして、彼女はアイリッシュが政治には純朴で、「市民としても未成熟」だと認めている。そして強く関心を寄せたのは、戦争中の孤立政策がアイルランド文化の将来に「矮小化（わいしょうか）」の影響をもたらすことだった。アイルランドの検閲制度は戦争のニュースを遮断した。それでも、エールから七万人の兵士が、北アイルランドから五万人の兵士が戦争で戦い、戦死者はアイルランドの新聞には掲載されず、英国の新聞は新聞売り場に姿がなく、ニュース映画に戦争シーンは禁止された。ボウエンが言った「矮小化」は進展に反対するカトリック教会によって進み、オフェイロンのような「啓蒙されたカトリック教徒」は不満だった。彼はアイリッシュの宗教をめぐる不可解な精神構造に注目し、「矛盾、深い信心、真の道徳の不在、欲望と宗教の衝突――半端なタイプ、英国国教（アングリカニズム）、信仰を見出だす者、信心を説く理論家、愛と苦悩に満ちたフランシスコ会」をあげている。ボウエンもアングロ-アイリッシュには批判的で、彼らはアイリッシュとは離れ、戦争に対しては「敗北主義」の態度を取った。

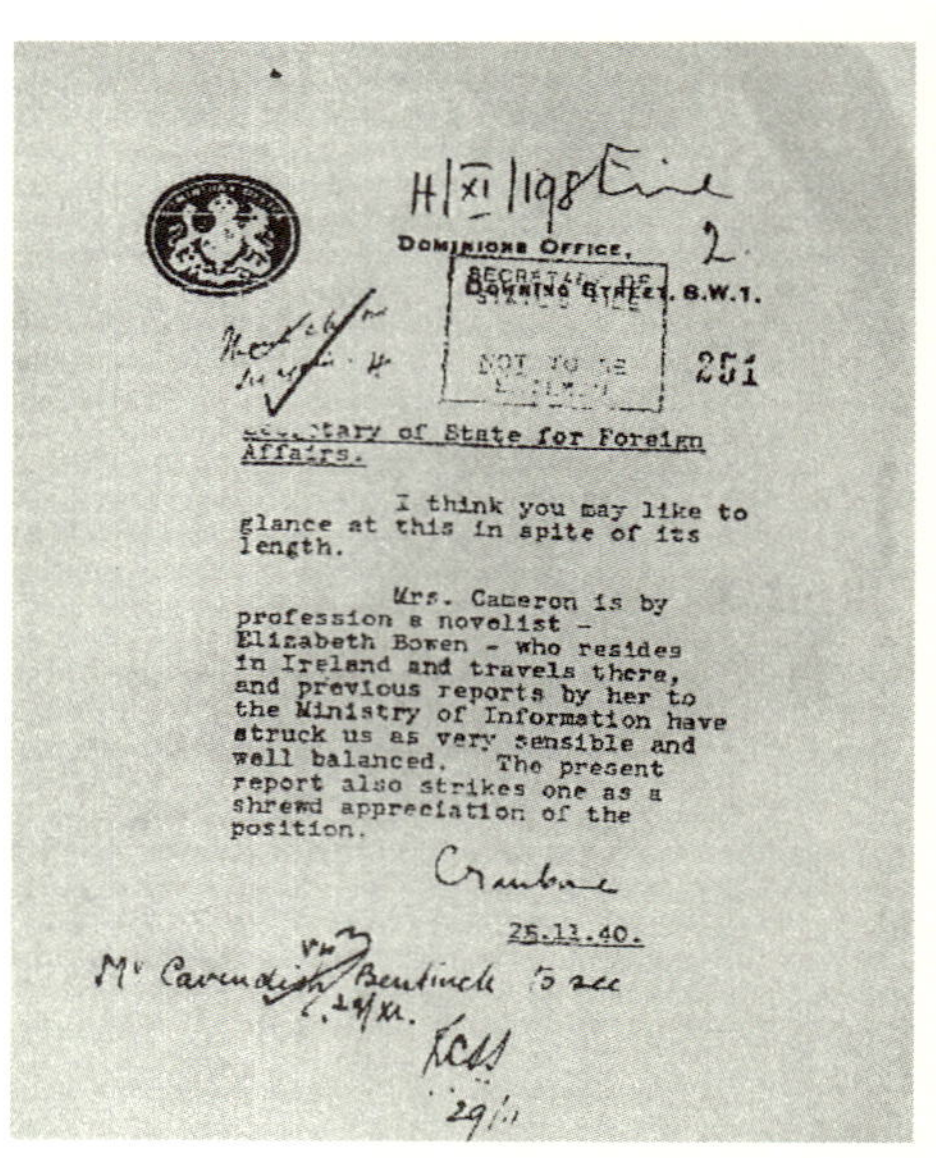
H/XI/1198 Eire
2.
DOMINIONS OFFICE,
DOWNING STREET, S.W.1.
SECRETARY OF STATE'S SIDE
NOT TO BE ...
251
...etary of State for Foreign Affairs.

I think you may like to glance at this in spite of its length.

Mrs. Cameron is by profession a novelist - Elizabeth Bowen - who resides in Ireland and travels there, and previous reports by her to the Ministry of Information have struck us as very sensible and well balanced. The present report also strikes one as a shrewd appreciation of the position.

Cranborne

25.11.40.

Mr Cavendish Bentinck to see

図18　ロード・クランボーンよりMOIでのボウエンの貢献への賞賛状。1940年11月25日。Rights holder and Courtesy of TNA(The National Archives, Kew, England)

報告書を通して深く錯綜していた問題は、ボウエンの「私」が随時点滅することで、「私」と言うことの難しさが続く。英国、アイリッシュ、そしてヨーロッパの主体性に関する彼女の見方は、連合国、アングロ-アイリッシュ、アイリッシュに関する見解と同様、順に反映し合っている。そしてついには、宗教、文化、政治的なライバルとアイルランドが和解した方向に傾く。彼女は父親の母校であるセント・コロンバへの報告書で、統合のモデルとして、プロテスタントの機関がローマン・カトリックの学生を受け入れたことを挙げている。彼女はまた『ザ・ベル』に投稿したエッセイ The Big House（ビッグ・ハウス）で、アイリッシュとアングローアイリッシュの和解を要請している。「残念なこと」に、「二つのアイルランド」の間に深い溝があって、一九四〇年代の若い人たちもそれを経験している。[*67] 一九四二年のあるMOI報告書には、アイリッシュは第三の党になって内戦が遺した分裂を消す体制づくりをしようとしている、とある。[*68] ボウエンが危惧し、オフェイロンもマクニースも同意したのは、エールがヨーロッパの思想や文化から孤立して、新聞、作家、知識人の検閲と、カトリック教会の教会主義の影響で、「国家的な子供っぽさ」を育む可能性だった。[*69]

ボウエンの感受性は戦争の間に成熟し、一九四〇年秋のロンドンのメンタルな、道徳的な、感情的な風土を摑んで、それを『日ざかり』に出している。「波も立たず、催眠状態の、特徴のない日々の人生」として。感情的な緊張は戦争で高まるが、死と破壊が直接描かれることはない。ステラは四十歳台の離婚女性で、「人生と幸福な官能的な関係」にあり、ボウエンの見解を代弁している、「この戦争では会話が主導権を持っている」、だから「おしゃべり（トーク）」は避けるべきだと。[*70] ステラはボウエンのように、戦争が始まった時に、「役立つことをする」かもしれないという直感が働き、秘密機関Y・X・Dのスパイになって、連合国を支援する仕事に就く。そして戦争が続く数年間に旅をして、「誰に応募書類を出す手助けをしてもらえるかを知り」、スパイ活動に出る時がくる。ボウエンもそうした。彼女が描くステラやその他の女性――労働者階級のルウイやコニー――中産階級のロバートの母親と姉――の絶妙なポートレイトは、小説の陰の中にいる愛されない鈍い男たちよりも光彩を放ち、その他の小説の女性の多くも同様である。沈黙と黙秘のテーマは短篇 Careless Talk（不注意なおしゃべり）に引き継がれ、戦争省で働くエリックはランチョンにやって来て、彼の友達ジョアナは無邪気にも「戦争がどうなると思う？」と訊く。「あら、彼に色々と訊いちゃいけないのよ」とメアリが急いで言う。「彼はものすごく秘密の仕事をしているんだから」。[*71] これは国家の姿勢で、とくに女性を対象にして、守りの習慣を促していて、短篇の中のメアリと友達のみならず、ボウエンと他の作家たちにも共有された。

## 文化的な副産物

一九九三年、コーク州のオーベイン歴史協会のフランク・クリフォードとジャック・レインは、一九七九年のロバート・フィスクが行った暴露のあと、ボウエンのスパイ活動に初めて焦点を当てた。削除（sous rature）しながら執筆するデリダと同じ急場しのぎ――一語書いてからそれをクロスで削除して、単語と削除を両方印刷する方法――がヒントになってクリフォードとレインはボウエンを *The North Cork Anthology* に掲載した。彼らは『最後の九月』から二、三節をアンソロジーに含めたが、目次に書かれた彼女の名前には黒い横線が引かれ、彼女が除外されたことを示している（図19）。ボウエンと彼女の文章はあるのに、北コークの市民の立場も（ボウエンはコークの生まれであるにもかかわらず）、さらにはアイリッシュの作家であることも否定され、彼女は英国の文化からテーマと人物を持ってきたと非難された。アイルランドにいる英国のスパイというボウエンの過去の「形跡」はないのに、

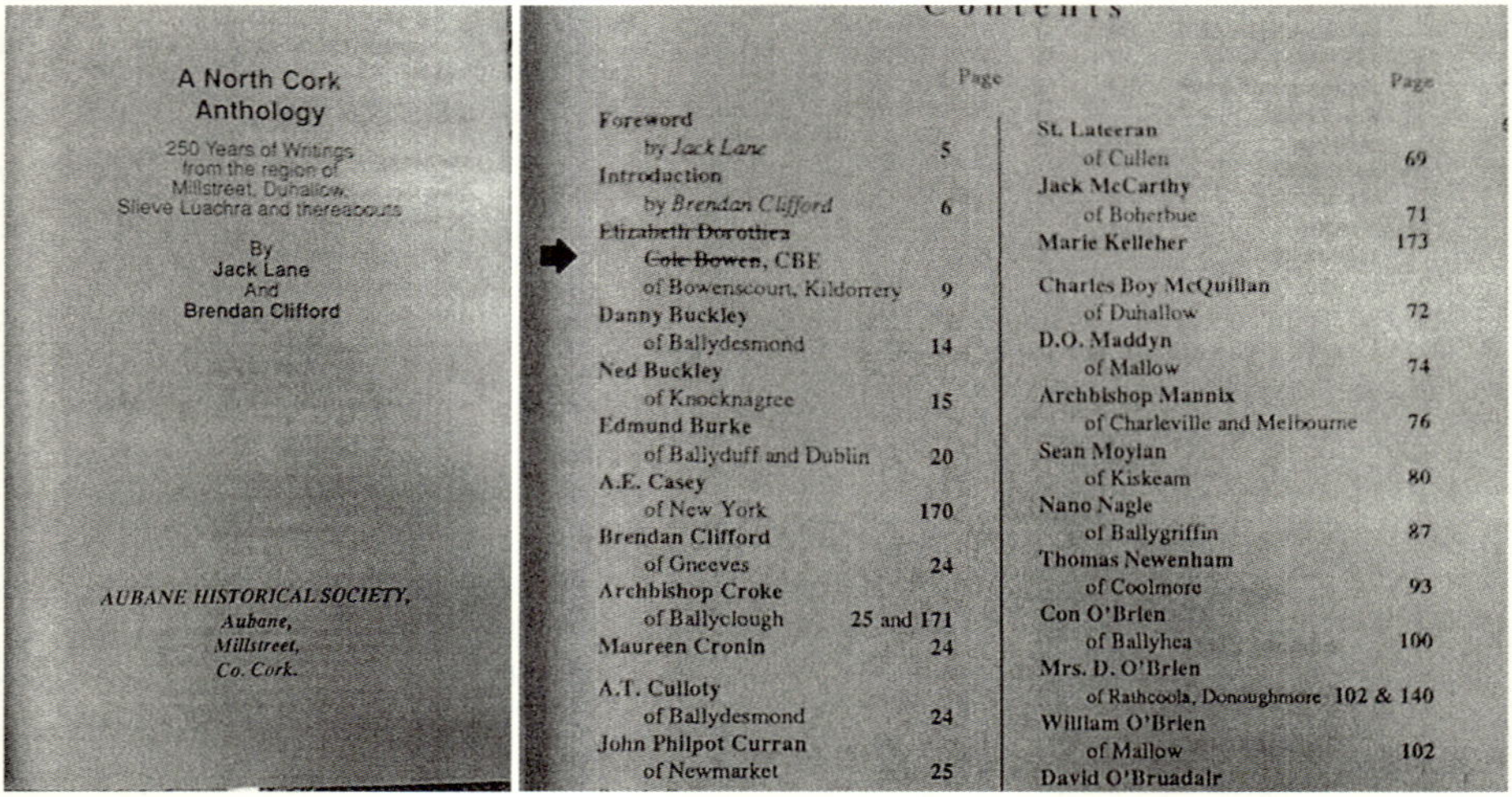

A North Cork Anthology

250 Years of Writings from the region of Millstreet, Duhallow, Slieve Luachra and thereabouts

By
Jack Lane
And
Brendan Clifford

*AUBANE HISTORICAL SOCIETY,*
*Aubane,*
*Millstreet,*
*Co. Cork.*

Contents



図 19　『ノース・コーク・アンソロジー』ボウエンの名が削除されている。
Table of Contents Rights and Courtesy, Jack Lane, Aubane Historical Society, Ireland

彼らの理解には存在しており、彼らの宣伝行為は信用を失っている。地方のこの複雑怪奇さをどうしたら国際間に持ち込めるか、そして新たな生命を再考してそれをこの議論にどうしたら吹き込めるだろうか？　ダブリンのメディアはレインとクリフォードの主張に憤慨して反論し、フィスクは、この示威行為は一九九九年にコークの大学の創立百年の祝賀を表したもので、そこでクリフォードとレインはボウエンの報告書のいくつかをパンフレット、*Notes on Eire: Reports to Winston Churchill, 1940-42* にして配布した。二〇〇九年に報告書がさらに出た。こうしたいさかいはしつこく続き、二〇〇七年にはボウエンの戦時中の活動について討論会があり、『アイリッシュ・エグザミナー』紙上で、英国とアイリッシュの作家や政治家がどちらかについた。デクラン・カイバードはラジオ放送でレインとクリフォードを「まるでネアンデルタール人だ」と言って非難し、彼はのちにこれを謝罪した。イングランドにいるアイルランド文学の大家ロイ・フォスターはこれをパロディにして、小説 *Paddy and Mr.Punch* を書いた。クリフォードとレインはパンフレット Aubaen vs Oxford で反撃し、彼ら自身のようなアイルランドの「小男」に敵対する学者たちに挑戦している。オーベイン・グループの国家主義はもっと進む。「世界をざわつかせているのはケント州の辺りだ」[*72]。一方、ニコルソンはボウエンをアイリッシュだと主張し、彼女に「非公式の通報者」というレッテルを貼ることで、あのMOI活動を酌量して、彼女の仕事は「両方の国にとって有益だった［…］、ある意味で彼女は両方のスパイだった」とみている。事実、彼女は英国の有給の「正式な諜報員」だった。ある先見の明のある歴史家によれば、「もし英国が南アイルランドを再度攻めていたら、ボウエンの情報の相当な量のものが利用されただろう」とのこと。他の者たちは、「彼女はただ一般的なムードを報告しただけだ」とする。しかし、報告書には「極秘」の印があり、彼女の死後まで調査の手は届くことがなく、意味があると思われた秘密情報が含まれていた可能性を示している。この論議は、国家とそれに属する人間という認識を正確に言い表す言語の二重性と不全を浮き彫りにしている。ボウエンにとって、女性であり作家であることが巧みに境界をかわさせ——ヴァージニア・ウルフの指摘のごとく、「彼女には国がない」のだ。

ボウエンのカレイドスコープのような人間性と行動が、アイリッシュの作家に固定した人間と安定した立場を求めるクリフォードやレイルのようなナショナリストをすり抜けたように、ボウエンは自ら言うように、決まった国家や場所に「張り付かなかった」。いろいろな場所に引き寄せられた——イングランド、アイルランド、アメリカ、イタリア、フランス等々、そして一九六二年に結論している、「結局のところ、私は執着しない分裂した人生を送ってきたのだ、子供時代から、ずっとじゃないか？　とくに規範もなく、だからこそ私はその時の環境に馴染んで、その瞬間だけはほぼ完全に生きているのだ」[*73]。

図20　戦意高揚映画「ノルウェイ・ファイティング」、1943年、脚本の一部をボウエンが担当。Public Domain and Courtesy National Film Board of Canada

## プロパガンダ

ノルマはなかったとはいえ、ボウエンは英国と連合国の大義への忠誠を様々な形で、映画も含めて表明してきた。ＭＯＩの諜報員としての制限はあったが、戦争のプロパガンダ映画制作会社ストランドフィルム社と脚本を書く契約に署名した[*74]。ボウエンは、夫が携わっていたＢＢＣの教育映画の仕事に関心があり、プロパガンダについて知っていたし、反ファシズムの立場でもあり、脚本を書くことで得られる収入も欲しかった。ディラン・トマスもストランド社の脚本家に名を連ねていた。一九四三年の映画 *All for Norway* に果たしたボウエンの協力は、一九四〇年四月のナチス占領のあとロンドンに亡命していたノルウェイ政府の士気を再建するための英国のプロパガンダ活動の一部だった。彼女の脚本は上映された映画 Fighting Norway（図20）の一部になり、国家の占領に対するノルウェイの商業団体と学校の抵抗運動に焦点を当てている。ボウエンは他の作家たちと三か月かけて脚本を書き、一九四二年にストランド社のドナルド・テイラーから手紙を受け取った。手紙には「この映画は作家のそうとうなる仕事の成果であろう」として、五〇ポンドを支払うとあった[*75]。

ボウエンは戦後もそのままＭＯＩに雇われていて、海岸の町、ドーヴァー、ハイズ、フォークストンの戦争の末期を向えた状況を報告書にしていた。そのうちの何篇かがエッセイになってMOI文書と署名されてジャーナルに掲載され、のちに、彼女のエッセイ集（*Collected Impressions*）に収録された。MOIが一九四四年から一九四七年までボウエンに払った印税の記録をアラン・ヘプバーンが報告している。[*76]その頃彼女は子供時代を過ごしたこれらの町々を訪れ、町々はドイツ軍によって激しい空爆に晒されていた。ドーヴァーはナチスに屈服したフランスのカレーからわずか二十一マイルのところにあり、彼女が伝えたその空気は、「フランスがナチスに下って四年の間、ドーヴァーは期の熟すのをじっと見ている」とある。一九四四年、子供と高齢者を疎開させて、町はまだ海峡を越えてくる連合国の爆撃音に聞き耳を立てている。彼女はさらに町のハイ・ストリートの損害を詳述する、「陽気な、亀裂の入った、揺れ動く建物」を通りすぎ、トンネルをくぐり、坂を下り、橋を渡りながら。下を見ると侵攻してきた艦艇が浮かぶ湾は、「ペンキを塗った船のように［…］ペンキを塗った帆布が歴史の運び手となって待っている」。ドーヴァーは「秘密をたくさん」抱えた町、港湾には爆弾が隠され、銃は海峡に向けられ、波止場はパトロールされている。「ロンドンはまだベルリンがどうなるかも知らないように、ドーヴァーでは何が起きるかも知らない」。Dーデイを待っているのだ。[*77]

彼女のエッセイ、一九四五年七月のFolkeston（フォークストン）は*Collected Impressions*に掲載されたが、アラン・ヘプバーンの注意深い調査で明らかになったのは、出版されたこのエッセイは、戦争の危険に子供たちを呼び覚ます文章で終わっている。「一九四五年の子供にはフォークストンは鉄条網に張り巡らされている」。ランサムアーカイヴにあるもっと前の原稿では、この意見とは少し違い、もっと穏やかに終わっている。「一九四五年の子供には——数十年前にさかのぼっても——フォークストンは、海岸にあるので、欲求不満で波立っている」。[*78]ヘプバーンは注視している、エッセイの初めの草稿は、将来の可能性を示唆しているが、戦後になって出版されたほうの文章は町が破壊された状態を描いていることを。

## 戦後の執筆と非ナチ化運動

戦争が終わると、英国の監視網は英国文化の中心部に移り、情報局（MOI）は情報中央局（the Central Office of Information）になった。ボウエンの政治的焦点は反ナチズムから文化戦争に移り、やがて冷戦に移った。彼女は公的な意見と海外の政治に影響することに協力し、冷戦の台頭の前に民主的な価値を強化しようとした。彼女は、一九四五年から一九四六年に英国情報局（British Office of Information）が海外に出版する「ロンドン・レター」を書く一員になった。そして一九四六年七月から八月のパリ和平会議に出席し、チャールズ・リッチーもいたが、フリーランスのジャーナリストとして認証され、話し合いに参加し、その印象を*Cork Examiner*紙に報告した。幸運にも彼女はリッチーと毎日一緒に食事した。彼女は歴史が造られる瞬間を描くためにその場にいて、彼女が「写真」と呼ぶ多くの記事を生み出した。とくに会議の参加者のポートレイト、会場の雰囲気、そして議論などを記録した。[*79]

ロシア代表のヴィシンスキー氏とモロトフ氏のポートレイトは見事なパロディになっていた。

ボウエンは一九四六年四月にドイツの非ナチ化運動のプログラムにも加わり、英国の書物をドイツとオーストリアのために翻訳することも求められた。第二次世界大戦のあと、サンドラ・シュウェイブによれば、「英国は彼らのゾーン内のドイツ新聞のために世界と現地のニュースを選択し、健全な政治生活と国家の見通しを発展させようとしている、民主的な価値観への誘導である」とし、知的なドイツの精神的地平線を拡張するためでもある、としている。[*80] 音楽、建築、芸術、歴史、社会学、そして英国流の生活の具体例について、「多数派の書物」のためのガイドラインが引かれた。英国は読者大衆には文学のほうが、教訓的な内容の本よりインパクトが強いと信じた。この文化的な作業は、英国とアメリカの総括的な社会の価値を、一九三三年に権力を握ったヒトラー以来、ユダヤ人、ジプシー、同性愛者、障害者に反対して偏見の泥沼にはまった国に伝達するのが不可欠であると考えられた。戦後になってアメリカと英国の作家や芸術家が多くドイツに招待され、書物の文化を創るのを目撃し、記録し、助けることとなり、アメリカの理想を広げることになった。

ボウエンは翻訳の仕事をすすめ、友達の本も数冊含めて、現代の英国とアイルランドの作家活動で文化的に重要と思われることを指し示した。彼女の示唆は価値観の幅を示している。たとえば、ヘンリー・グリーンの一九四三年のブリッツを描いた小説 *Caught* とか、一九二二年のオフェイロンの英国の支配に反抗するアイリッシュを描いた小説 *A Nest of Simple Folk* である。委員会が代わりに選んだのは非政治的な本だった。アイヴィ・コンプトン－バーネットの一九四四年の機知に富んだエドワード朝の家族小説 *Elders & Betters* と、モーリス・バウラの芸術におけるシンボルの研究書 *The Heritage of Symbolism* である。のちに委員会はボウエンの作品をリストに加えた、『恋人は悪魔、その他の短篇』と戦前のパリの雰囲気を伝えている『パリの家』である。[*81]

ゴロンウィ・リーズは委員会の一員だったが、驚くことに、彼は一九三〇年代後半の短期間に共産党の情報提供者だったとされている。スペンダーは、先に共産党のシンパが噂されたボウエンのもう一人の友達だが、ドイツ統制委員会（the Control Commission in Germany）で働いていたことがはっきりしている。[*82] 彼女もそのネットワークに絡んでいた。このことはノエル・バーバー――小説家でマレー半島とモロッコで英国のためのプロパガンダ活動で知られた海外特派員――によって確かめられている。彼は一九四六年四月にボウエンに手紙を書き、パリの『コンティネンタル・デイリー・メイル』紙の留意すべき記事のことを伝えた。[*83] 彼は文中で、ボウエンがＭＯＩに書いた文章を称賛し、そのうちの二通を同封している。[*84]

一九四九年にボウエンは知的な凝視をイングランドに戻した。死刑に関する王立委員会に加わるよう求められ、死刑罪を変えるべきか廃止すべきかを決めるためだった。彼女はイングランド、スコットランド、アメリカの各都市を訪れ、調査の一助とした。委員会が扱う苦悩に満ちた題材を「吐き気をもようす」とか「感情的な」ものと見ないよう学んでいた。ボウエンは刑務所を訪れ、死刑執行のデモンストレーションを見たが、死刑の立ち合いは断った。彼女はメイドストン牢獄を訪れた際に、「悪夢のただ中にいる」と報告し、「それぞれの囚人ははっきりとはしないが［…］、どこか［…］みじめで悪賢い緊張が全員に漂っていた」としている。[*85]委員会は一九五二年に死刑の廃止を勧告したが、殺人に対する死刑罪は一九六五年まで継続され、反逆罪に対しては一九九八年まで適用された。ボウエンは委員会には、法律の二、三の点について心理学的に微妙な助言をした。第一に、現行法の下では「肉体的な挑発だけが挑発とみなされていて、それは殺人（murder）を故殺（manslaughter）または単なる人殺し（homicide）にすることもあり得る」。ボウエンが助言したのは、殺人を故殺に減刑する要素としての「言葉による挑発」で、これは「作家で想像的な人間または女性にとって絶え間ない精神的な拷問も同様な挑発になったかもしれない」ということで、この示唆は受け入れられた。彼女はさらに法律の要点を突き、「処罰の寛容さは妻の不実を発見した男には援用」され、愛人が裏切り行為によって自分を侮辱したことを知った男には適用されないと。ボウエンは、不実な愛人を殺した男は法の裁きを受ける可能性が高いが、制御不能な「情熱と嫉妬は、夫婦関係よりも愛人との性的関係においてより強く生じる可能性が高い」ことを法律は認識すべきと主張した。

これと同じ時期にボウエンは、一九四八年から一九四九年にかけて、ブリティッシュ・カウンシルの東欧および中央欧州の文化大使、講師、プロパガンディストになることに同意して、チェコスロヴァキアとハンガリーを訪問、両国とも共産主義の政変に晒されていた。のちにオーストリアに行って、ナチス占領後の余波と取り組んだ。[*87]ボウエンは文化大使として成功し、講演会、カウンシルへの報告、東欧ツアーのエッセイに成果を出した。エールの報告の時のように、彼女は各国の一般的な印象を描き、生き生きとした場所の描写、人々の心理と士気、性格のスケッチ、一般的な意見の概要、各種の団体やグループの紹介、歴史的な背景、政治的な鋭い観察、それにアドバイスを至るところにちりばめた。チェコスロヴァキアは最も多く書く材料があったが、（おそらくはブリティッシュ・カウンシルの意向もあって）、政治的な危機にある国家には自己検閲が働いた――ボウエンの現地滞在中に政変が萌していた。[*88]英国は東欧における発展を細かく監視していた。一九四八年四月のチェコスロヴァキア訪問は、政変の直前だった。ボウエンは反共産主義の立場を取り、講演をして二週間の滞在時間を過ごした。二、三週間ののち、チェコ共産党がソヴィエトの支援で誕生し支配権を握り、四十年その場にあった。彼女のエッセイ Prague and the Crisis（プラハと危機）は、「最もいいのは」とみなが私に言う、で始まる、「花が咲くときにプラハに来るべきでした」――これが政変の暗号だった。[*89]奇妙なことにディラン・トマスもチェコスロヴァキア作家協会のゲストとして同じ年にプラハに飛んでいる。彼は英国のプロパガンディストにしてスパイとして知られていた。[*90]これらの文学的な訪問は英国のプロパガンダを隠すもので、戦争中にMOIが開発した説得法で、エリート同士の個人的な伝達の利用だった。まぎれもなく文化的な効果は二義的だった。

ボウエンの講演 The Technique of the Novel（小説のテクニック）はチェコ作家シンジケートに向けたもので、The English Novel in the Twentieth Century（英小説と二十世紀）は英国学会とチャールズ大学のメンバー向けに、大勢の聴衆が集まった。一九四八年三月のBBC放送で彼女は述べている、今回の講演で「文学への関心が手に取るように生き生きと真実に感じられた聴衆を今まで前にしたことはない」と。彼女は町内ツアーをして、現代的な建築物を称賛し、風景はいつものとおり彼女の記憶に刷り込まれた。「広々とした見晴らし、神秘的な森、気高い山並み、川面に映る空、丘の上に乗っている教会、峡谷の村々」である。ブリティッシュ・カウンシルは、独創的で斬新的な人形劇作家として国際的に有名なイジー・トルンカの先駆的な映画スタジオを訪問したボウエンのことを報告している。トルンカは子供の絵本の挿絵画家でもあり、民話、文学作品、ヒトラーの政治的衝撃のアニメーション映画も手掛けていて、東欧のウォルト・ディズニーという評判も勝ち取っている――彼の映画のほうが美しく洗練されている。ボウエンは彼の映画 *A Year in Bohemia*（ボヘミアでの一年）を鑑賞して魅せられた午後を送った、この映画は人形が演じるチェコの農夫たちの抵抗へのオマージュである。ボウエンはこれを「偉大な芸術」と称賛し、人形、指人形、映画の可能性にかねてから関心があったと述べた。

彼女はオーストリアでも二週間以上にわたって文学レクチャーを行い、ウイーン協会はその実績を卓越したものとみなし、「明瞭なゆっくりした（意図した）話しぶり」でボウエンの吃音は確かにあったが問題ではなかった、とした。ウイーンでは四百人の聴衆を集め、ザルツブルグでは百二十人、インスブルックでは百六十人を集めた。ブリティッシュ・カウンシルの報告書は彼女が「自分が見たものすべてと自分が会ったすべての人に疲れを知らぬ興味を持ち、用意されたプログラムを愉しみ、文学大使としての務めを忘れることなく、休憩を要求することもなくすべてこなした」とある。[*91] オーストリアの新聞は彼女の存在を文学的なイベントというに留まらぬ称賛をもって迎えた。「ヨーロッパの窓は大きく開いている」として。

ブリティッシュ・カウンシルは、ハンガリーの新聞、*Village Citizen's Democratic Daily* によって「非常に有名な英国作家」として紹介されたボウエンのことを報告している。[*92] 彼女の小説でハンガリー語に翻訳されたものは一冊もなく、彼女はほとんど無名だった。しかし彼女は新奇で、英国の女性作家で、「背が高く、興味深い外観で、色白で［…］、英国小説から抜け出てきた人物」のようで、西欧の理想を代表していると表現された。ボウエンはハンガリーをソ連の影響下にある最も悲惨な「占領国家」として経験し、「そこでは本物の人生が秘密裏に生きられている」とした。[*93] ハンガリーの非共産党の党派は一九四七年に弾圧され、一九四八年に見せかけの民主主義が倒れ、反対派の主導者は亡命するか監獄に入るかとなり、ハンガリーの国旗に赤い星が付け加えられた。この不吉な状況にボウエンはいっそう政治にのめりこみ、チェコスロヴァキアの時よりも共産主義者の抑圧に立ち向かい、彼女のエッセイ Hungary（ハンガリー）は、ときにはプロパガンダと読める。彼女は秘密めいた雰囲気や人々の苛立ちに共鳴し、彼らに話しかけ、彼らが監視されていることを知った。学生との対話では彼らの警戒に気づいたが、アメリカと英国の学生に好奇心があった。彼らは一世代になっていて、その野心は個人的というより深刻に国家的だったと彼女は言う。この不穏な感情は他の伝達方法、たとえば、ボウエンの言葉によれば「視線で語るギャグの好きな」ブダペスト大学の芸術監督らを通じて広まっていた。大きなカフェに入ると、「ささやき声のする広間」に入ったような感じを受け、人々はオーケストラの音響に紛れてこっそり息をしている、としている。彼女が目撃したのはソ連の統治下の「捻じ曲げ、歪める」力だったが、ソ連の統治に対するハンガリアの体質と人々の「系統化されていない抵抗」が感じられ、英国と西洋を受容する空気があった。ボウエンは周到に観察している、ブリティッシュ・カウンシルの講演は、代表団のメンバーにというよりは個人との間にもっと自由な連携を育み、「一人の英国人が文化という切符で、よくもここまで旅してきたものだ」という驚きを彼らは表した。ボウエンはまだ未知に近い存在だったが、ブリティッシュ・カウンシルに関わることで文化的なエリート会員と知り合うきっかけを作り、彼らから集めた情報も少なくなかっただろう。現代英国文学の伝達が人々の西洋理解に影響したことを彼女は確信していた。彼女が言う美しい国に帰還する旅のあと、英国がハンガリーとの絆を緩めぬよう英国に進言し、それは「大損害であると同時に裏切りになる」としている。

ブリティッシュ・カウンシルのハンガリーに対する文学と文化的なチャレンジは、ボウエンによるジェイムズ・ジョイスの講演を含んでいた。ジョイスの『ユリシーズ』はアンドレ・ガスパールが翻訳したハンガリー訳で最大の話題になっていて、一九四七年に出版されるとほぼ同時に禁止された。ハンガリーの高名なマルキスト歴史家ゲオルグ・ルカーチによる果敢な努力によってなされた禁令で、彼はジョイスのモダニストのスタイルを拒否して数十年を費やしていた。[*94] ソヴィエト「リアリズム」のチャンピオンとして、個人の意識、孤立、そして意識の流れに焦点を当てるジョイスを弾劾していた。ガスパールの翻訳とボウエンの講演は初期のジョイス観への挑戦となり、東欧におけるジョイス受容は一九八〇年代を待たねばならなかった。[*95]

## 修復する読書

ボウエンは諜報員だったのか、英国政府のコンサルタント、スパイ、プロパガンディストだったのか？　これらの言葉は重なり合って織り込まれていて、国家または地域の言説、特別な歴史的瞬間、特別な視点という意味合いのある役割なのか。ボウエンは、たとえば、アイルランドのある筋で「不忠実」だと咎められ——戦争の初期（一九四〇—一九四二）に英国ＭＯＩのためにアイリッシュの情報を提供したかどで——彼女のエッセイ Disloyalty（忠誠心を持たないでいること）を読者に思い出させる、そこには国家や国に対する忠実性より大きな地域的政治の連携を人が持ちうると書かれている。ジャスティン・ストーヴァは「忠実性」の捉え難い概念について、忠実性は「長く続いた文化的な要素、同時代の共同体の水準、個人間の相互関係の組み合わせを通して個人の中に形成される」と書いている。大義への「忠実性」は、ときに暴力的な行動につながることがあるかもしれない。「謀反」は英国陸軍へのアイリッシュの参加によって、またはアイリッシュの娘が英国の男とデートすることで、定義されることもあるだろう。「プロパガンディスト」は、大義を巡る共同体の意見によって、肯定的にまたは否定的に捉えられる。したがって、これらの言葉の倫理的なまたは愛国的な感覚における意味は、確定しないままに個人や共同体やその時代の政治の価値とともに推移する。ボウエンは第二次世界大戦中とその後に、行動と執筆を取り巻く文学批評で、これらの言葉の足跡を追っている。言葉は解釈と再解釈を受け入れ、それらの意味とボウエンの受容と執筆は、読者、批評家、そしてボウエンが読まれる国との政治的な倫理的な連携によって推移する。[*96]

クレア・ウィルズは、「ボウエンの活動を語る言葉として、亡命は強すぎると同時にせますぎる」と述べている。なぜならボウエンは、報告書をジャーナリズム、フィクション、今も読まれているノンフィクションに転化することで亡命の通常の意味を越えているからだ。一方、ユーナン・オハルピンは、ボウエンに「スパイ」の任務が課せられると、アイリッシュの意見に関する彼女の報告書は、ダブリンにあった疑似情報機関である自治領省から、英国の軍事作戦を動かしていたロンドンの戦争省のウィンストン・チャーチルへ上奏された。もう一人の歴史家ポール・マクマホンもまた彼のいわゆる広い定義によって、ボウエンをスパイと認定することに異論はなかった。「情報のすべてを、オープンにまたは秘密裏に集めて処理し、国家の安全保障に関わる」者をスパイとしている。[*97] ボウエン自身は「報告する」という言葉をおそらく遠慮がちに用い、一九五九年のインタビューで彼女の活動を和らげて表現したのだろう。彼女は「戦争中は多くの情報収集をMOIや雑多な部署のために行った」と語り、「それがジャーナリズムに相当するのかどうかよく分からない」と補足している。

「修復する読書」、つまりもう一つの文脈でイヴ・コゾフスキー・セジウィックが示唆したアプローチは、ボウエンを再発見し再読することに駆り立てるものがある。[*98] 批評家は、知識人とプロパガンダ活動家が追い詰められているのを無視している。ボウエンのスパイ行為がいったん確認されると、彼女に文化のフラッシュライトが当たり、彼女の時代の文化と政治がより明らかになり、彼女が察知した国もそれは同様だった。この情報が確立した今、ボウエンの戦争中の作品と影響の読解をいかに伝えたらいいか、もっと広義には、彼女の文学的評価と彼女がどの程度読まれているかをいかに伝えたらいいか？　提出された手紙と文書のアーカイヴは我々を過去に、一九四〇年代と一九五〇年代のボウエンの活動に導き、さらに将来に広げる、つまりボウエンのＭＯＩの仕事と、公的な報告書、ジャーナリズム、ノン‐フィクション、フィクションへのその変容に新しい説明がされたからだ。[*99] これらの反応がボウエンのいま示したアーカイヴの一部になり、他のすべての作家と同様に彼女はアイリッシュ、イングリッシュ、さらには世界の見方を変えなくてはならなくなった。アイリッシュの遠近法から見れば、ボウエンの英国支持、アンチ・ファシズム、アイルランドにおけるＭＯＩの活動は、英国のための諜報活動という観点から、「裏切り」とみなされた。英国と連合側の視点から見ると、ボウエンは終始アンチ・ファシズムの立場からアイルランドの中立策の立場に関する情報を集め、彼女の役割は、アイルランドを通してイングランドに侵攻するドイツ軍の恐怖によって正当化された。

英国はアンチ・ファシズムの大義に対する彼女の任務を称賛し

た。スパイとして受け入れられた四週間後、エールに派遣された英国代表M・E・アントロバスは一九四〇年七月二十七日にボウエンの報告書を「正気で面白い」と褒め、もう一人の小説家マージョリ・ボウエンと愚かにも混同し、彼女は英国の外の文学圏にはほとんど知られていないとほのめかした。*100 ロード・クランボーンから一九四〇年十一月にもう一通の手紙が追いかけてきた。

　ＭＯＩ、アイルランドの自治領省、ロンドンの戦争省は、ボウエンの洞察力、落ち着いた見通し、そして政府の報告にありがちな専門用語のない説得力のある文章を書く能力の価値を認めた。アイルランドの報告書、彼女のプロパガンダと戦後の状況報告は、明快で要点が絞られていて、彼女のフィクションにある捉え難さはどこにもない。

**原注**

*1 Butler, "Writer as Independent Spirit," 527.
*2 See Hepburn ed. *Listening In.*
*3 Bowen, "Frankly Speaking."
*4 Butler, "Writer as Independent Spirit," 527.
*5 Connolly, "Comment,"9.
*6 *IGS*, viii.
*7 *MT*, 129.
*8 O'Halpin, *Spying on Ireland*, 2.
*9 アイルランドの港湾が英国と共同運営の関係にあるという戦時の噂は、歴史家トマス・ハチェイによって疑問視された。彼はその問責の証拠はないと断言している（e-mail to PL, December 6, 2014）
*10 Wills, *That Neutral Island*, 148.
*11 Mahon, *British Spies and Irish Rebels*, 378. Examine British nd Irish intelligence Archives, 2011.
*12 Edward Corse.
*13 Jordan, *How Will the Heart Endure?* 98.
*14 EB to VW, July 1940, SU.
*15 *Notes on Eire*, July 13, 1940.
*16 McLaine, *Ministry of Morale*, 39.
*17 See Phylis Lassner, "Women Writers," in *Espionage and Exile.*
*18 Arnold interview.
*19 Jordan, *How Will the Heart Endure?* 210.
*20 McMahon, *British Spies and Irish Rebels*, 375.
*21 Betjeman to Rodgers, (MOI), TNA PRO INF August 10, 1941.

＊22 TNA, INF1/539. Lord Davidson to John Rodgers, July 2, 1941.
＊23 Betjeman, Letters, 216.
＊24 Mahon, “MacNeice, the War and the BBC.”
＊25 MacNeice, “neutrality.”
＊26 “Budgie.”
＊27 Jenkins, introduction to *Collected Reports,* ix.
＊28 Bowen, “Summer Night,” *CS,* 588.
＊29 Ibid., 599.
＊30 Bowen, “Disloyalties,” 61.
＊31 *HD,* 22, 29.
＊32 “Disloyalties,” Lee, The Mulberry Tree, 61.
＊33 Ibid., 60.
＊34 *LS,* 36.
＊35 “Disloyalties,” *The Mulberry Tree,* 61.
＊36 *City of Angels,* 161.
＊37 Ibid., 137.
＊38 Ibid., 197.
＊39 Ibid., 40, 48-49, 152-153.
＊40 O’Faolain, *Vive Moi,* 310, 311.
＊41 See also lively account by Feigel, *Love Charms of Bombs.*
＊42 Ibid., 311.
＊43 SOF to Peter Davidson, *Atlantic Monthly’s editor,* May 7, 1974, UCC, BL/LPD, 1963-1974, 272.
＊44 Yeats, “The Circus Animal’s Desertion,” *Complete Poems,* 336.
＊45 *BC,* 92.
＊46 Clifford and Lane, *Notes on Eire,* eight reports: July 13, 1940 (not in *SIW,* in Aubane supplement “More of Her Espionage Reports”); July 21, 1940 (not in *SIW*); July 31, 1940 (not in *SIW*); November 9, 1940; February 9, 1942; July 12, 1942; and July 31, 1942. SIW: seven reports: November 9, 1940; April 12, 1941 (not in Aubene); February 9, 1942; February 20, 1942 (not in Aubane); July 12, 1942; July 19, 1942 (not in Aubane); and July 25-31, 1942.
これら二種類の組版に見る手紙の番号の違い、ならびにAubane Society による不注意な版組は、さらなる調査の必要を示唆している。
＊47 *SIW,* 52-99.
＊48 Fisk, *In Time of War,* ix.
＊49 Christopher, *Defense of the Realm,* 1.
＊50 EB to VW, n. d. (ca, December) 1941, SU.
＊51 Ibid.
＊52 アイルランドの中立政策については、いくつかの見解がある。トマス・ハチェイはこれをド・ヴァレラの現実的な戦略上の、ときには便法な政策と見ている。ド・ヴァレラの頑迷さをチャーチルが非難して、ド・ヴァレラから回答を引き出した。彼はいまだ傷の癒えぬアイルランドの独立を確約し、「中立策［戦時中の］はアイリッシュ・ナショナリストの輝かしき栄誉を示すシンボルとなるだろう」とした。（”Rhetoric and Reality,”37）。
＊53 See Porcelli, “Between British Commitment and Irish　Neutrality.“
＊54 TNA PREM 453/2.
＊55 *SIW,* 77.
＊56 Bowen, review, Spectator, September 5, 1941, *WWF,* 118.
＊57 Butler, “Invader Wore Slippers,” 375-376, 383-384.
＊58 Fisk, *In Time of War,* 431.
＊59 *SIW,* 60, 59, 81, 67.
＊60 Ibid.
＊61 マクマホンは、フランク・マクダーモットとシナド・エアラ

ンの二人がアイルランドの参戦に賛成した国会議員だったと記している。

*62 *SIW*, 52-53.

*63 Ibid.

*64 Fisk, *In Time of War*, 423.

*65 Bowen, *Notes on Eire*, 11.

*66 Bowen, "Eire."

*67 *SIW*, 59.

*68 Ibid., 81.

*69 Ibid., 67.

*70 *HD*, 63, 23.

*71 Bowen, "Careless Talk," *IGS*, 108. ポーチェリの調査では、「うかつなおしゃべり」というスローガンは一九四〇年以降、二百五十万枚のポスターに表記され、「忘れるな、壁に耳あり」と「帽子を脱ぐな」も同様のスローガンだったことが明らかになった。

*72 Lane and Clifford, "Elizabeth Bowen: A 'Debate' in *The Irish Examiner*." Letters including Those of Martin Mansergh and Jack Lane: http://aubanehistoricalsociety.org/irishexaminerbowendebate.pdf. Accessed May 2015.

*73 *LCW*, 389.

*74 Allan Hepburn also referenced Bowen's participation I "War in the Archives."

*75 Strand Film Co. to EB, December 21, 1942, HRC.

*76 *PPT*, 13. ヘプバーンの調査によれば、ＭＯＩはボウエンに、一九四四年から四五年に二一五ポンド、一九四七年に二一七ポンド一二シリング、一九四六年から四七年に二一ポンド三シリングの支払いをしていたことが判明した。HRC 12.5-6.

*77 *CI*, 221-225.

*78 Bluemel, 136.

*79 Bowen, "*Paris Peace Conference*," 66.

*80 Schwabe, "Literary Criticism." 戦後ドイツの英国書籍印刷計画に関する本文献の一部の翻訳を担当したジョナサン・ロレンスに感謝する。

*81 Bowen's books are listed in Alan Bance, ed., *The Cultural Legacy of the British Occupation in Germany*, 120.

*82 Smith, *British Writers and MI5 Surveillance*, 57.

*83 ノエル・バーバーはマレー緊急事態に関する著書 *The War of the Running Dogs* で、マレーシアにおけるイギリス連邦と共産党間に起きた暴力的な闘争について書いた。彼は内地で英国宣伝作戦に従事していた。

*84 Noel Barber to EB, February 4, 1946, HL.

*85 EB to CR, January 22, 1950, *LCW*, 157-158.

*86 Bowen, "Frankly Speaking."

*87 Watanabe, "Cold War."

*88 ボウエンが訪問した時、冷戦が実体化していた。彼女の訪問後の一九四八年二月、クーデターが続いた。

*89 Bowen, "Impressions of Czechoslovakia," in Hepburn, *Listening In*, 82, 87, 88.

*90 See Stefania Porcelli.

*91 British Council Reports, NGC FW TNA1400990811: Austria BW13; Czechoslovakia BW 27; Hungary BW 36, BNA.

*92 *Village Citizen's Democratic Daily* (ca. 1946), miscellaneous clipping file of Brenda Hennessy.

*93 Bowen, "Hungary," *PPT*, 87, 90.

*94 See Goldman, "Belated Reception."

＊95 See Gula, "Lost a Bob but Found a Tanner," Hungarian translations of Joyce's *Ulysses*.

＊96 http://ak-militaergeschichte.de/stover_allegiances (accessed September 2020)

＊97 McMahon, *British Spies and Irish Rebels*, 2.

＊98 Bowen, "Frankly Speaking."

＊99 Derrida, *Archive Fever*.

＊100 M. E. Antrobus, UK representative in Eire, to John Stephenson, BNA, DO-35/1011/3/001. 178/40.

# 第八章　さまようまなざし

## はかなさ

　ボウエンは見張ることとスパイすることに引き寄せられ、また、まなざしが捉えたものの短命、はかなさに惹きつけられた。作品の中の光の役割について訊かれるとボウエンは言った、「意識したことはありません」と、そして、私は物事を「最初に一目見てまぶしさに目がくらむかあるいは影を見ます」とつけ加えた。彼女が近視であることがこれに関わっているだろう。さらに「アイルランドでは、光は要素（ファクター）で、とても大切な要素であって、絶えず変わり、魔術的で神々しいあらゆることを、打って変わってむごたらしくも醜悪にし［…］、人の気分を決定する」*1。彼女のまなざしは他の芸術に、光だけでなく音波とともに放たれるメディアにうつろっていく。写真、映画、シュルレアリストの藝術運動へ、さらにはラジオと電話は人間の目と耳を超えて異なった意識に導く道具となった。

　彼女は信じていた、作家はつねに「さまようまなざし」を持っていると、「自由に方向を変え、ある種のうつろう能力」があり、ストーリーを見出し、それを語り、語る方法を見つけるのだと*2。ときには書きながらある場面を画家のように深め、画家が創造したセットに人物を浸透させ、まなざしをフィルムが回るように風景の彼方に向け、あるいは、静止画面写真（スチル）を撮る。彼女は道具になり、映写幕（スクリーン）になり、そのうえにイメージが投映される。この探検は彼女を新しい語りのスペースに駆り立てた、そこはその他のモダニストとインターモダニストの作家たちが占めていたスペースだった。

　彼女は、十八歳だった一九一七年九月、芸術家になるという希望をかなえるために、ロンドン・カウンシル・オブ・アーツ・アンド・クラフツに入学した。同じ年にアイリッシュの画家メイニー・ジェレットはロンドンのウェストミンスター・スクールに行き、ウォルター・シッカートと共同で製作し、前衛的なキャムデン・タウン・グループに参加した。それからステンドグラス作家のエヴィ・ホーンとパリに行き、アンドレ・ロートと一緒に学んだ。ホーンは、ジェレットとメアリ・スワンジとともに、モダニズムをアイルランドの潮流とした。ボウエンによればジェレットは、「生まれ故郷［ダブリン］にダイナミズムを再度もたらしたが、最初は、彼女が予期していたように、友好的でないことが分かり、破壊的で、むしろ不愉快だった」。ボウエンはそれらのモダンな衝撃を称賛し、アイルランドはジェレットが紹介した「抽象用語の氷山」に対する準備がまだできていない、と言った。[*3] だがボウエンはこの前衛的な運動には加わっていない。

それにロンドン・カウンシル・スクールにも彼女は用意がなかった。これはデザインの分野で立ち上げた新しい機関で、スレイド（Slade　正式名は Society of Lithographic Artists, Designers, Engravers and Process Workers）とロイヤル・アカデミーが美術に果たした役割を目指していた。ボウエンは一九四八年にハンガリーでインタビューに応えて、本の挿絵家になりたかったが、いざとなると、自分の素質は、商売や工芸に携わる人々に専門的な美術教育を提供するために設立された学校には不十分に思えた。彼女は、本の挿絵とポスター制作の新しい部門が作られた十年後に入門し、二学期通学している。創立者は、その技術を教えなければ、始まったばかりのプライベート・プレス（私家版印刷）運動は先行きがないと認識していた。ボウエンは本の挿絵、ポスターデザイン、素描、銅版画（エッチング）のコースを取り、ホガース、レノルズ、ゲインズバラ、ブレイク、田園風景芸術、ターナーとコンスタブルの自然研究の講義にも出席していたようだ。ボウエンの素描の技術は進歩がなかった。「私は自分が退屈していると知り、アートスクールの劣等生だった。だから諦めた」[*4]。

『パリの家』のカレンのように、ボウエンは「死んだブラシ」で描き、才能にも興味にも動かされなくなった。[*5] だがボウエンの本来の視覚芸術に対する志向は、最先端のアートスクールと本の挿絵に抱いた興味の点で、彼女が世界をどう見るか、のちに彼女が言うように、「目を奪うもの」を宝とする彼女を知る手掛かりとなる。[*6]「失われた才能（ギフト）」を惜しみ、「私は書きながら言葉に線と色の役割をさせようとしている。画家の光に対する感受性が私にはある。多くの（おそらく最善の）私の作品は、言葉の絵画である」[*7]。だが絵画を文章に翻訳するのは至難であると知る。視覚的なイメージの経験の同時性は、結果として得られる書かれた文章では容易に捉えられない。彼女は『愛の世界』で「目に見える文章」を書こうとした語りの試みに注意を引いて、ウォルター・アレンのインタビューに臨んでいる。若い女ジェインは客間に入って気づく、「ピラミッドのような花がピアノの上にある」のを。ボウエンは「ピラミッドのような」という変な言葉を入れたことを弁護して、ピラミッドの形が最初に女が感知したものだったからと言う。それから彼女は花がピアノの上にあるのを見たのだ。[*8] 文体が倒置するのは、多くの場合、視覚的な感知に由来している。

彼女は画家の作家になった。一九五五年の手紙で、ローズ・マコーレイは、コンプトン＝バーネットをひきあいにボウエンを称賛した。「ボウエンは画家の素描のように人物を描かれた風景の中に置き、すべてがかすかに人生を光らせ、臨場感（アンビエンス）は水のようになって、その独自性が生まれている［わかるだろうか？］」[*9]。日光と蠟燭の光がかすかに変わるのは、『ホテル』の共同墓地の場面でも捉えられている。若いヒロインのシドニー・ウォレンはミセス・カーから逃げてきて友達の少女コーデリアと墓地に行く。

> 墓地は完全に無人のようだった。あふれかえる陽光が糸杉の木の間を押し分けて墓地に注いでいた。［…］最近死んだ者の栄光のための蠟燭がひときわ目につき、埋め戻されていない土から突き出ている。曇りガラスのコップに入れた蠟燭の炎

がそこここで身もだえし、日光が当たってくすんでいた。不安げにざわめくこうした思い出の上に、白い天使たちが訓戒するように舞い降りていた。どの墓標銘も隙間なく書かれた最上の賛辞に始まり、死の婦人帽の下から「最高」とか「最上」と囁き合っている。いたるところにあるリボン、大理石、そして磁器製品がサロンを思わせ、死の意味がこれほど衝撃的に公表されている所はなかった。[*10]

この共同墓地の場面は、詩と鮮やかな言葉の選択で、近くのホテルのサロンとエレガンスな社交的な雰囲気を生き生きと写し取っている。にもかかわらず、これは共同墓地で、死の「こすれる音」が人生のまぶしい光の下に潜んでいる。ボウエンは生と死が二重にとり憑いているのを芸術的に捉え、天使はうつむいて訓戒し、墓石の華やかな装飾は有限な命を指し示している。

ボウエンの文章に見る人物と場所の語りのパタンを説明すると、かつて彼女はオランダ派の室内画を画家のように描くことを取り入れた。『日ざかり』の肌触りは、彼女が言うには、設定と場所と人物の相互の語りから発展した。絵画に描かれた人物は、たとえば、ピーター・エリンガの「オランダの室内」（一六六〇）は、ボウエンの小説の人物のように、全体の語りの一部であって、語りの焦点ではない。

本書は、事実、十四世紀のイタリア絵画とは全く違い、遠くにある離れた風景を背景にして前面に人の一群をおくのではなく、オランダの室内画のように、中央に複数の人々がいるが、絵画全体の性格は背景からというよりは人物そのものから出てきている。[*11]

絵画に見る詳細が「リアリズム」を示唆しているとしても——批評家がボウエンの文体を描写しているように——長い目で見るとパタンの焦点は「抽象化」に向かっている。部屋の内部、デザイン、形、パタン、品物や人物は、全体の一部である。ボウエンの文体（人物と設定とプロットと行為の関係）と読解の方法の新しい理解にこの考えが当てはまるかもしれない。彼女が人物を置く外部の風景と部屋の内部は、彼らの人となりと、絵画全体の肌触りにとって、不可欠な部分なのだ。品物、パタン、人物が彼女の文章では「話して」いる。

のちに成熟した作家となったボウエンは、「言葉の絵画」で称賛された。画家のデレク・ヒルがボウエンの文体の本質に光を当てている、「コークについてあなたが言ったことに感謝、また私の言葉の絵についても同様です。しかしながら私は絵を描きたい。色と光が色と光を有らしめるのです。書かれた言葉は重くて冷たい」。[*12] 短篇「死者のための祈り（Requiscat）」で彼女はイタリアの湖畔のスケッチをしている。ここで未亡人が夫の友達と会っている。「いまやアンジェラスの鐘の時刻となり、湖の向こうに群がった村落の鐘塔から時鐘が互いに呼び交わしていた。蒸気船が一艘、まだ金色に日光を浴びて、陰になった湖面を割って長い明るい航跡を従えていた」。ボウエンは言う、「このシーンは情熱のない静澄感があって、ヴィクトリア朝の水彩画のようだ」と。[*13] オーストリアを旅した時、彼女は「金属のように見える木々とベルベットのごとき巨大な山並み」を見て、オーストリア人がなぜ風景画を描かないかが分かる気がする、彼らは代わりにエッチングに惹かれていると。[14]エッチングでは、銀色の木は平面的な「ベルベットのような」山並みの表面に刻印され、絵画ではなかなか達成されない深さのあるシーンを造りだす。

　ボウエンの天与の才能によって、読者は画家のようにものを見る作家ボウエンに魅せられる。小説『リトル・ガールズ』で、クレア、ダイシー、シーキーは、子供時代を過ごした町シール（ハイズの町が神話化されている）で再会し、昔のハイストリートにある窓に出くわす。そして「自分たちがいた場所の絵を見ているような」異常な興奮を覚える。[15]その窓の後ろにはハープを持った「希望」（ジョージ・フレデリック・ワッツの一八八六年の油絵。テート・ギャラリー蔵。地球の上に座った両目に包帯をまいた女が、弦のちぎれた竪琴をつまびいている）のような名画が何枚も飾られていた、窓の表側には自分たちがいま立っているハイストリートの絵画、エッチング、スケッチが出ていた。彼女らは道路にある店の窓とガラスの額縁に入っている絵画の中に、自分たちが二重に映っているのを見る。「反射する映像は大きな絵画のように見えた」。ここにあるのは連続するイメージで、我々が見ているものを反映している絵画の中から外へ動いている。だがそこで、驚いたことに、ハイストリートのメタファーは、現実の目に見える耳に聞こえるものになって、道路が「話す」のだ。「『そうだよ、そのとおり、私はピクチャレスクなのさ！』と道路は言ったに違いない」。物がしゃべる。道路は声を持っている。こうした明滅する目と耳に訴える知覚の提示は、画家または作家が踏み越える「リアル」の入り口の敷居を示している。現実の物質的な場所が芸術に変容する。我々はこの境界線上の空間でボウエンと共に足踏みし、イメージの多重的な有様と「リアリティ」を見出した少女たちを見守り合流する。この空間こそボウエンの繊細な意味合いを持つ多重的な反映との遊びで、カレイドスコープのように、我々が見るパタンと色彩を変容してやまないのだ。[16]見てまた見るというパタンは、彼女の文章にしつこく表れる。ボウエンにとって言語は「ガラス」の壁、経験から彼女を分け遠ざける障壁なのだ。言語はしばしば意に満たない。言葉が捉えられるのは、一瞥のみの感興、色彩、そして人生の経験である。彼女は反映しているのだ、この『リトル・ガールズ』はアメリカ人なら「感覚上の経験本の回想」と呼ぶもので、精妙な文章に浮かぶ子供時代からの彼女自身の「感興のこだまが返る」連想となって。[17]

　日常生活でボウエンはしばしば不在の人が見えた。一九四八年に彼女はボウエンズ・コートからリッチーに書いた、「印象派の画家だったらよかったと思うの、そしてあなたの絵をあなたがここにいるかのように描くの——階段の途中で上がるのか降りるのか、ドアからすっと入ってきて、マントルピースにもたれて立ってるの。あなたについて思うことと私があなたを見るやり方は、話したり書いたりするとバカみたいに聞こえる。私が描くだろう絵をあなたに見せられたらいいのに」[18]。一九五〇年にメキシコのエル・グレコの部屋に立っていた時、彼女は絵の中に見た人物をリッチーの姿と比べている。

## 光とスピード

光は彼女の作品で千差万別の遊びをしている。日光、月光、黄昏、蠟燭の明かり、電気の光、映画の光などである。絵画の陰翳、写真またはレイヨグラフの二重写しの亡霊。彼女はかつて、「私は目から書いていると思う。いつも何か見ているから」と言っている。[19] ボウエンの語彙を使うと、彼女は作家として「見ること」から「状況」に「行動」に移る、ということはある種のムードを意味し、そこから人物とストーリーが出てくるのだ。彼女は「分析」を作品の中で意識する要素とはしない。光は肉体的な高揚感から目には見えない何ものかに拡散する。それでシーンが生まれる、たとえば、『最後の九月』のビッグ・ハウスの馬車道へとつながるように。あるいは光がないときは、『愛の世界』のオベリスクのような暗い線を浮き上がらせ、小説全体を通じてシルエットが繰り返され、記念碑、シンボルとなる。アントニアとリリーは、廃墟のようなビッグ・ハウスのそばのオベリスクの影を愛し、そこで生き、次世代の若いジェインはその物陰で今は亡き兵士のラヴレターを読む。この小説の見どころは、ローズ・マコーレイが見るとおり、文章の肌合いと人々の集まりである。ボウエンの線、オベリスクは、『灯台へ』のリリー・ブリスコーの絵画の中央に引かれた線を反映しているかもしれない、世界を二つに分断する線である。ありふれた日常生活と、亡霊の出るとり憑かれた過去の領地が分断されている。

光は照らし、映し、反射し、偏向し、盲目にする。『愛の世界』では金髪のジェインが金持ちのレディ・ラタリーを訪れ、彼女の豪華に照らされた寝室でディナーの前のひと時を彼女と過ごす。

寝室は非現実味をいっそう増して、昼と夜の間に捕らわれているようだった——大理石と鏡面のトップと鏡面をはめ込んだ万華鏡のような重ね棚は、まぶしい反射光と屈射光がぶつかり合う戦場だった。クリスタルとシャンデリアは日没に浸っている。小さな明かりのランプが桃色の笠の下で、金色の宵にあやかってふわりと浮かんでいた。[20]

寝室の外では、一筋の光がレディ・ラタリーを盲目にし、ジェインを魔法にかけている。

光に加えて、スピードの興奮もボウエンを惹きつけた、それが映像を喚起すると信じたからだ。スピードはボウエンらの作家にとってモダンの中心で、自転車、自動車、飛行機の動きと感動は、視覚的な知覚に訴えてきた。スピードはと彼女は言う、「一緒に成長した興奮がある。映像を変え、刹那に見えただけのものに関して映像をつなぎとめる」[21]。これはカメラのパチリという音のことでもあり、ボウエンが好んだ旅の動きでもあろう。彼女は十三歳で自転車を怖れなかった。おばのローラはバイクを買い与え、こう言った、「さあこれはあなたのものよ」、そしてさらに説明した、「初めてラレー社の自転車にまたがって、落ちてしまい、ただ立って見ているだけだった。これは私の最初のマシーンで、固有の美があった」と。ボウエンは、目隠しをしてバイクにまたがる大胆さを語り、小説の中の少女は「鳥になったような」自由を味わう。彼女は自動車のスピードにも引かれ、一九三六年八月には運転を習っている、とプルーマーに語っている。彼女は運転が楽しくて、「ヘタクソだが、人に危険が及ばないことを願う」[22] と。彼女は自分でスピード運転ができることを知る。「時速三十マイルは退屈だ」。

ユードラ・ウェルティは、一九五三年にボウエンズ・コートを訪れた時、ボウエンが車を田舎道でやたらに走らせて、浮かれていたのを目撃している。いとこのレティシアは運転免許を取るのにボウエンと同乗した時の恐怖を思い出し、他の車を追い払うのにクラクションをどれだけ鳴らしたことかと。もう一人のいとこは、ハイズの隣人たちが大きな郵便ポストを移動させた、ボウエンが何度もぶつけたからだ、という噂もあったと。ヌーフィールド機構の市場調査は、一九二九年のモリス・オクスフォード・ツーリングカーの彼女の意見に関心を持った。その市場調査のアンケートで彼女は高速のドライブを愛し、自分でドライブしたりドライブに同乗することが「ストーリーの創造の刺激になる」と記した。[*23]

スピード、飛行機、自動車が小説『北へ』に姿を見せる。エメラインとマーキーの乱暴な運転と、その後のパリへの飛行は、緊張感と狂気への欲望を反映している。ボウエンはスピードとその快感と危険を想像し、小説の終幕でそれを映画的に表現する、これぞ力わざ（ツール・ド・フォース）だ。車は走り、「上空から輝きは薄れていき、『北部』が最初の冷たい指先を彼らの額に置き、彼の襟元を這いおり、彼女の髪の毛の根元を乱した。給油所（ペトロール・ランプ）の赤と黄色、スピードと危険の動脈が、車のライトに大きく飛び込んでくる。彼らはひたすら坂を上がり、吸い込まれるように暗闇の先端へ向かっていた――街灯が路肩を転々と照らしていたが、道路は真っ暗な川のように先へ先へと続いていた――見慣れた世界につながる冷ややかな轍が彼の空想にとり憑き始め、その淡い投影が前方に映るようだった」。[*24] 暗闇の中にマーキーは、人生の道が終わるのを陶然と見つめる。スピードがエメラインの神経に馬乗りになる。停められない。車のスピードは飛行の興奮を、それに先立つパリへの飛行を呼び覚まし、彼女の身体のとも綱を解く。終わりが銀幕に映るように見える。彼女と共にグレート・ノース・ロードを駆け上がると、思わず目を閉じる、映画館で白い閃光に目がくらみ、車は激突して映画が終わる。差し迫った恋と傷みに捕らわれた女性の物静かな外観の下に、御しがたい殺人願望があるのが分かる。ボウエンの語りの視線は、映画のようなシーンを鋲止めする。彼女は、言葉を忘れて「興奮と視覚的な力の十分な可能性を『言葉』に与え、執筆中の心にある興奮を読者に真っすぐに届けたい」と言う。[*25]

車のスピードに伴う飛行のイメージは、マーキーとエメラインの性的な緊張感の高鳴りを示唆している。批評家ジョン・ベイリーがボウエンを評価する点がこれである。小説ではマーキーが、パリへの飛行を回想するところがある。「まだ飛んでいたらいいのに」〔…〕「私も」と彼女が言い、抑えられない微笑をもらす。「まだあの日だったらいいのに」。[*26] シュルレアリストのイメージがパリ飛行に出ていた。「地面が車輪から滑るように離れていき、高速回転して空中に浮かんだ。離陸した。傾き、平行になり、逆らう運動力から完全に離れ」、そして「音もガラスも機内装置もこの異例の事態から彼女を隔離できなくなった。高く低く光り輝く元素を通過しながら、六月の青い靄に包まれた木々や草原が、もはや物質ではない愛らしさを湛えるのを見つめ、大空に人が期待する異国風な強烈な力を見ていた」。身体が明快なしかし不吉な空を飛ぶこの超自然的な飛行は、パリに向かう彼らのエロティックな道を照らす。ボウエンが車の運転を習い、飛行機で最初に飛んだのは、この小説が一九三六年に出版された四年後のことだった。加速する車と飛行の興奮を想像で描き、それが実際に経験する前だったとは興味深い。

## 写真の目

視覚と音と速度と時間の感覚が、カメラという道具に広がった現代的な推移を経験した。写真のカチリというシャッター音と映写機の回る音である。写真が開拓したのは多様なイメージと瞬間と変化するムードで、動く語りのテクニックに援用でき、人物と社会の一定したイメージを描くことから彼女を解放した。カメラは、ボウエンによれば、「刹那に見えただけのものを保有して映像にとどめることができる」[*27]。カメラアイは人間の目と違って、時間をとめることができる。「アーティストはみな」と彼女は言う、「歩くカメラである――ときには意識して、ときには無意識に、つねに露光して、現像して、心に秘して、結果を出す」[*28]。彼女は記憶を写真板に伸ばして暗室で現像する。光が板にあたり、イメージが浮かび上がる。記憶にある経験が一枚ずつ現われる。ボウエンが戦時中に書いた短篇はフラッシュのような報告ではなく、「引き裂かれたスナップショット［散乱した印象］で――戦乱のただ中で接写で撮られたスナップショットはさらにクロースアップされる」[*29]。ボウエンは他の女性戦時短篇作家のように、出来事を重要視しないで、人物に、感情に、ムードにスポットライトを当てて描き、遅延した時間の語りの感覚を重要視する。Ivy Gripped the Steps（蔦がとらえた階段）では、ギャビンの記憶がクロースアップになっている。

初期の短篇 Recent Photograph は、犯罪現場に来て詳細を欲しがる記者にとって、実際の写真の重要さを語っている。報告には人々のスナップショットが含まれている。何気ない人のスケッチはボウエンの文章に写真のような臨場感を与える。二月の午後の光が「冬に疲れた走馬灯のような都市」に降り注ぐのを見たのは一九四七年のブリティッシュ・カウンシルの時にプラハで見たものである。「幽霊のようなハイパーリアリティがあった。原版の灰褐色が怪しく刷り込まれていた」[*30]。

それでもボウエンは想像力と比べた時に写真の眼には限界があることを明言している。『パリの家』はミセス・マイクリスの偏った先入観に焦点を当て、「顔を顔にし、シーンをシーンにし、当人の欲望や無知の中のナマの対象を浮遊させる出来事に対して、カメラアイは人を盲目にすると記している」[*31]。ミセス・マイクリスはマックスの個性が引き起こす出来事を見過ごして、彼を「本に挟んだ押し花」のように平らにしてしまう。カレンの見るところ、母親がする「人々の明快な解説は、カメラがウソをつけない時に撮られた写真のようだ」が、想像力を封じている[*32]。ボウエンはこのカメラアイに対してカレンの「想像力の目」を上位に置く。カレンはマックスと同調してミステリーと個性を「暗いトンネルに入る道路」と見ている。ボウエンはミセス・マイクリスの固定した反ユダヤ主義の写真のような凝視からマックスを解放し、彼の複雑な性格が秘めた可能性を、想像力を通して許すのである。

写真の考えはさらにボウエンの芸術を巻き込んでいく。写真家のドロシア・ラングに彼女はこう伝えている、いま写真家を主な

図21　プルーマーの王室写真「３人のキングと５人のクイーン」
Rights holder and Courtesy of Durham Library, England

登場人物にした小説を書いていると。ラングはベレニス・アボットに、ボウエンが「我々［写真家］とはどんな人か知りたがっている。写真家であるとはどういうものか」訊いてきたと伝えている。ラングは「彼女［ボウエン］が描くものが我々のしていることにいかに近いかを知って驚いた」と述べ、ボウエンが『タイム』誌に書いたThe Roving Eye（さまようまなざし）に言及した。[*33] ボウエンが描いた簡単なスケッチは、精神が自由な成功した女性のアート写真家で、『愛の世界』のアントニアになる。

## 貴族の写真

ボウエンの写真への関心であまり知られていないのが、ヴィクトリア朝の貴族たちの写真葉書への関心である。ウィリアム・プルーマーへの便りのなかでボウエンは、英国と欧州の王と女王の写真や絵葉書に触れていて、時々貴族を取り巻く性格と血統と慣習を風刺的に扱っていました。一九三六年のボウエンへの手紙でプルーマーは、自分の貴族写真アルバムと似たボウエンの懸案のアルバムに、エリザベス一世の戯画が役立つかもしれないとほのめかしている。[*34] プルーマーの友人達は、こうした他人を中傷するようなアルバムで、彼が英国と欧州の堅苦しい愚かな王や女王や王子や王女がポーズをとるのをからかい、ときには性的な響きを持たせていたと述べている（図21）。プルーマーとボウエンは相反する感情を抱いていた。プルーマーは時々熱烈な王党派となり、ボウエンは感傷的になった。彼女はハンフリー・ハウスに宛てて、ジョージ五世崩御のニュースがあった時、ボウエンは「国民として真に哀悼の意を覚えた」としている。[*35] プルーマーは二人ともジョージ五世の葬儀に参列したことを述べ、思い出した彼女は、朝の四時に起きて葬列を見に行き、あとでプルーマーとT・S・エリオットに会ったことを思い出した。彼女はプルーマーに「あなたは私が感じたり思ったこともないことを結晶にしてくれる」と書いて、自分がこの事件の記念すべき壮麗な葬列に惹かれたことを想起できて感謝していると述べた。[36] ボウエンの貴族制度に対する曖昧さは、多くのカトリック・アイリッシュとの差異となってそこに表れていて、アイリッシュたちはときに女王に一礼しない。

エリザベス二世の戴冠式は、——笏（しゃく）、王冠、ローブ、女王の馬車とあって、作家、写真家、ラジオ放道家にとって一大スペクタクルだった、とりわけテレビ要員は、ウエストミンスター大聖堂での最初の戴冠式をフィルムにおさめた。ボウエンは、畏れ多くも、印象的な文章を『ヴォーグ』誌に寄せている。ロンドン中の道路に何百万と並ぶ人に交じって、彼女は「巨大な期待の通路」を観察する。[37] 大聖堂に向かうエリザベス女王の第一印象は「おとぎ話そのまま」であった。光輝く「祭列」は、「楽しい旅の同伴者のような夫のそばに座る若い美女の跡に続いた」。ボウエンの視線は、しかし、女王としての役割の孤独さに注がれていた。「彼女の献身はどこまで広げられねばならないのか？ 王冠の重さを我々ははたして算出できるのか？」。一九五三年五月のラジオ放送でボウエンはこの「重さ」にとくに着目し、ロンドンに留まりブリッツに耐えて国民の精神を鼓舞した王族の決定を称えた。「女王は王冠によって経年変化するのか、秘教的な記念式によって自らをさらけ出すのか」といぶかった。そしてこの記事を勝利のオマージュで締めくくった、「我らは**エリザベス**を、たぐいなき我らの女王を、この目に」として。

ボウエンは若き女王と、そののちにはエリザベス二世と一体化していた。一九五九年リッチーに書いた慟哭の手紙は、ボウエンズ・コート売却後の絶望を伝えている。

> ある意味で私はエリザベス二世のようです——彼女のように、様々な一連の人々を走り抜けてきた。彼女は驚嘆すべき女優で、演ずるべく与えられた役割にすべてを注いだ。しかし他者が芝居を書かねばならなかった。やや小さな、悲しいがそうとうに小さな意味で、私もそうである。人々は間違いを犯す、彼らが演技を真の私自身と同一視すると。[38]

友人のウィリアム・プルーマーもエリザベス二世と関りがあり、戴冠式に合わせたベンジャミン・ブリトンの祝祭曲『グロリアーナ』のための台本を書くことになっていた。プルーマーは、不都合なことに、それをリットン・ストレイチーの華麗な作品、エリザベス一世とロバート・デヴェルーの困難な関係を描いた『エリザベスとエセックス』を土台にしていた。ローズ・マコーレイはもっと伝統的な立場を取って、一九五三年のＢＢＣ放送、「女王陛下の美徳」に臨み、「いかに君主は人気者か」とトランペットを吹き、国民はつねに王と女王を好んできたと述べた。そしてこの類なきスペクタクルと「皇室熱」を寿ぎ、「最近我らの移民になったアメリカ人」を回心させ、百七十年前に彼らが捨てた君主制を復活させるかもしれない」[39]と続けた。ヴェロニカ・ウェッジウッドも『ヴォーグ』のコーラスに加わり、エリザベスへの国民の信頼は歴史的な記憶の奥に根差していると述べ、一九九三年のＢＢＣ放送で、有名な彼女の家族経営になるウェッジウッド・チャイナ会社は戴冠を記念して、ブルーのジャスパー・ティーポットに白い月桂樹の葉をあしらい、エリザベス女王のプロフィールをベリーの花束で囲むことにしたと述べた。この記念品は伝統となって英国のティーテーブルを優雅に飾り、アウトサイダーであるボウエンとプルーマーが抱いていた貴族制度に対するどっちつかずの見方は払拭された。

### 映画（フィルム）

写真に加えてボウエンは、戦後の時代の新製品、映画とラジオ放送に大いに関心を持った。彼女のさまようまなざしは映画とカメラワークに惹かれ、これらを学ぶのは小説家にとって意義があるとNotes on Writing a Novel（小説執筆についての覚書）に書いている。彼女はエッセイを書いて問う、「カメラアイをどこに置くべきか？」、そして彼女の語りは同じことを問う。[*40] 彼女は文学で見ることができるものを、写真の目――スナップショット――を語りに協力させるのみならず、映画の画面に投映された連続するイメージも利用する。さらに一九二四年、最初の短編集 *Encounters* の出版後すぐに、『スペクテイター』の編集者ジョン・ストレイチーによってシネマに進むよううながされた。彼は彼女に短篇 Ann Lee's（アン・リーの店）を書くよう熱心に説いた人である。無声（サイレント）映画は次第にトーキーになり、映画は「そこで不評から一気に名を上げ」、映画から学ぶ事が多くなった。[*41] 映画の光が点滅する現実味は、彼女の一九二〇年の短篇 Dead Mabelle（死せるメイベル）の語りの目に反映されている。そこでは世間知らずの映画ファンのウィリアムが銀幕の美しい夢の女優と現実を混同し、メディアが造り上げた魅惑の台詞を混同する。ボウエンは小説『友達と親戚』でもテクニックを用いて、非人間的なカメラアイに場面を追わせ、無人の部屋を人間のように「見つめさせ」、我々が映画で見物人としてそんな場面を見ているようにする。エドワードと義理の妹ジャネットの間でいさかいがあり、そのあとジャネットは、エドワードが部屋を出た後に、秘密のままで成就しなかった愛を分かち合っている。彼の母レディ・エルフリーダは、

> 階下に降りるつもりで寝室の踊り場から下を見たら、降りていく彼［エドワード］の頭が見えて驚いた。もちろん彼女は自分を責めた。天井の低い長細い部屋は、ジャネットが一人いるだけ、致命的に侘しいものがあった。ランプだけがギラギラしていた。部屋はたやすく本来の姿を取り戻せない。笑い、矛盾した言葉が主旋律を覚えている。レディ・エルフリーダなら、たちどころに自分を取り戻せただろう。「出ていった？」入ってくるなり彼女が言った。[*42]

ここでボウエンはテクストをいったん止めて、映画の静止画面（スティル・ショット）のようにして、何か事件があった部屋のほうに語らせる。彼女は先行するプロットの動きをとめて室内の感覚を造りだし、読者を部屋の静寂の中に宙づりにする。エドワードとちょっとした口論をしたあとジャネットが一人残った「不安な」部屋に「じっと睨むランプ」があり、いま終わったばかりの口論の余波をたたえている。素早い転換でボウエンは、人間の凝視から非人間的な視線に移行し、物質を通して何かが起きた場所の感覚を露わにしている。部屋の雰囲気は人間のそれほど簡単に回復しない、とボウエ

ンは言いたいようだ。雰囲気はどの部屋にも垂れこめたまま、人物を描き出す。『日ざかり』の語り手は、ホルム・ディーン（Holme Dene）のロバート・ケルウェイの子供時代の部屋の描写を通り越して糸車を回す。「ヴァーシティ・チェア……渦巻ランプ……トルコ絨毯……そして六、七十枚の写真」が壁に、全部ロバートが映っている。これらは独善的で狭量なミドルクラスのスナップショットで、ケルウェイはここで「ミドルのない」階級に対する不満を育てた。これは、エリザベス・ハードウィックが示唆するように、ミドルクラスの育ちと先入観に対するボウエンの偏見の噴出だろうか？　この文化が、とケルウェイは言う、自国への反感を育てスパイにしたと、だがこれは読者には納得のいかない転換である。映画の光学機械は、ケルウェイの部屋で見たように、ボウエンを捉えた。もの言う物質を通して人物を語る新しい源泉を提供したのだ。モダニストの身振りが語りに発展する可能性を浮上させた。「斜角の語り、カット（映画のような）、思いがけない箇所の強調、シンボリズム（物体に自らとイメージを語らせる手法）」である。[*43]

『日ざかり』でボウエンは、映画のように、連続するイメージを造り上げ、ハリソンという人物の変わりやすさを表現した。ハリソンは謎めいた人物で、現われたり消えたり、影のような点滅する出現はスパイとして小説を通して出てくる。ステラは彼の人となりを継続して見ることができず、「フィクションのルールでは、信頼できる人生が必須であるから、彼は『あり得ない』人物になる――彼らが会うたびに、その前に会ったときに続く切れ端も足跡も見せないで……虚空から現れる」のだ。[*44] ステラがロバートの謀反のことで議論しているときに、ハリソンをクロースアップで見るが、彼女は「何がヘンなのか、間違っているのか、ズレているのか、ハリソンの視線の向き」から読みとることができない。彼女が見たのは、「切迫した表情、虹彩に映る小宇宙、暗黒に縮小された世界で、あまりにも内奥なので表情のいかんは見えなかった」。人間の目はこの二重性の世界では捕捉し難く、カメラアイなら、確執、スパイ行為、二重スパイを確保するのに使える。スパイの恋人ロバートですら、ステラは憶えている、人間のまなざしが直視を避けて、「恥ずかしそうに逆らうのを」。映画はハーフライトを提供し、ハリソンの顔が「映画的なハーフライトに照らされて、［同時に］室内を見るのと外気に当たるのが両方分かった」。

ボウエンは『日ざかり』を映画に見るような屋根の上のシーンで終わらせている。ケルウェイが、ナチのスパイと知られて、ステラのアパートから逃げ出すときに屋根に上り、もう持ち時間が切れたと見た上での逃亡だった。彼は言う、「屋根にはいいことが一つある、出口があるということだ」。ボウエンは彼が梯子を使って隠し扉から抜け出すところをスカイラインを背景にして目に見えるように描いている。「その日は暗闇で始まり、ロバートが屋根から落ちたのか飛び降りたのか、暗闇が破られることはなかった」。小説にあるもう一つのシーンは静止画である。ロバートは「親指をライターに掛けたままにしていた。映画では、保身がどこか破綻して、短い一動作を不動にし、スクリーンにフリーズしている」。[*45]

旅行記『ローマ歴史散歩 *A Time in Rome*』では、都市が「無声映画のように繰り出される」[*46]。初期の無声映画が心にあり、彼女は都市の活動に従って動く。そして「大量の言葉と音が説明のないままに、より大きな、より近接した、いわば呪文にかかったように魅せられて都市に注目する」。都市を黙って見物したいのだ。一九三六年のH・G・ウェルズ『来るべき世界』の映画のレビューで彼女は序文で評している、「話し言葉で教訓的で、感傷的と言おうか、語りの部分はたわごとで、カットするよう勧めます」。言葉よりももっと詩的なワンカットを示唆して、視覚に訴えるイメージは「想像力を邪魔する代わりに求婚する」と言う。モリー・キーンの娘サリー・フィップスは、彼女の夫は、ボウエンと一九二〇―三〇年代のアメリカの無声映画の話を彼がしたときに、「彼女は無声映画をこよなく愛し、よく知っていた」のを覚えていると言っていた。

ヴェネチアを一九五三年に訪問したとき、彼女は活発な哲学的なディナーの会話を報告している。ゲストは「人は言葉で考えるかイメージで考えるか」を議論し、彼女は、このトピックは「知的なイタリアを核心まで分裂させた」と言う。議論において彼女は「人はイメージで考え、イメージのために見つかった言語は、翻訳にすぎない」という立場を死守した。その立場は「クローチェもどき」の教授に熱烈に支持された。イタリアの哲学者ベネデット・クローチェは、ボウエンのように、[47]「直感で知覚されたイメージ」は、絵筆の最初の一刷けに先行すると信じていた。ボウエンは執筆時にイメージに惹かれるので、プルーストによく反応する。Bergotte（ベルゴット）というエッセイで彼女はプルーストを描いて、「視覚的な作家である」とする。修辞表現が彼の韻律的な散文を、とりわけ官能的で具体的なものにした。彼の小説のアートは読者に影響する、スペクタクルが見物人に影響するように」[48]。視覚に訴える力に動かされて、ときには言葉を「消す」つもりでも、ボウエンはこうした官能的で具体的な資質を文章の中に溶け込ませようとした。

彼女は映画という新媒体を使う人々と一緒に行動した。彼女の新たな関心と並行して、夫のアランはほとんど知られていない進行状況を報告している。一九三二年のThe Film in National Life（国民生活と映画）は国家が支持する映画について、帝国を称賛し、植民地に対するロンドンの中心性についてまとめている。それにジョン・ヒューストンがボウエンズ・コートを訪問して滞在した。[49] ヒューストンの映画はその芸術性のゆえにボウエンにアピールしていたのだろう、ヒューストンは映画監督になる前は評判の画家だった。ボウエンもまた友達のグレアム・グリーンの*Night and Day*の読者であり演劇批評家で、グリーンのこのハイブラウな文芸雑誌は映画批評をしていた。グリーンは「シネマ」を「映画（ムーヴィー）」に対立するものとして論評したが、この雑誌は六か月後には消滅した。シャーリー・テンプルの映画について書いたグリーンの論評をめぐるスキャンダルが原因だった。[50]

戦争中ボウエンは、映画のプロパガンダ的な台本を書き、それは一九四二年に*All for Norway*という映画になった。そして、アイルランドに関するCBSの感傷的なドキュメンタリー*A Tear and the Smile*の台本を書いた時、彼女の関心が再浮上した。このドキュメンタリーはウォルター・クロンカイトとブレンダン・ビーハンが語り手になり、一九六一年一月に製作された。一九六二年に彼女はリッチーに書いている、セヴィリアに行く途中でピーター・オトゥールが出るデヴィッド・リーンの映画『アラビアのロレンス』

の撮影のことで、雑誌*Shaw*から依頼のあった文を書いていると。彼女は一〇〇〇ドルの支払いを受け、三月にはニューヨークでリッチーを訪ねるので金が必要だったから嬉しかった。[*51] 彼女は自作の小説では、『パリの家』が最も映画にする価値のある小説と信じており、一九五九年九月一日に上映されたジュリアン・エイムズによるBBCテレヴィジョンの制作を称賛した。[*52] そして同じ配役で映画にできたら嬉しいと言い、「小説の持つ緊張感と雰囲気」がよく出ていて、それ以前のドラマティックな演出よりよかったとした。一九九九年にはスコット・オモーダがRTE（アイルランド国営放送協会）のために『心の死』を制作した。

## 肉体を離れた声

ボウエンは銀幕――「細長い始まりがファンタジーの世界の入り口」――にのみ心惹かれていたわけではなく、音響の世界にも関心があった、ラジオとBBCである。見えないもの、知られていないもの、過去の亡霊を感知することができ、ゴシックの伝統、シュルレアリズムの現代的な傾向、現代音楽にも反応している。ウィリアム・プルーマーに、一九四六年にあった戦前感情の「サイキックな波」について書いている。彼女は当時すでに、電波で伝達される肉体を離れた声に親しんでいた。電波は聴覚の対位的手法で、亡霊風なシュルレアリズムへ続き、彼女はそれにも興味を持った。どちらも不在またはゴーストのような足跡を持つ。第二次世界大戦はラジオ放送による最初の戦争だった。ヴェトナム戦争はテレビによる最初の戦争である。無数の声が人々の居間に入ってきた。「ヒトラーがラジオで叫ぶ」と詩人ルイ・マクニースが*Autumn Journal*に書き、人々はときにラジオを切って戦争を締め出す、ボウエンの短篇A Love Storyのように。戦争が終わると、ラジオは報告から移動して、文化に手を伸ばす。BBCは新しい周波数で「第三プログラム」を真剣な聞き手に開き、多くの企画が「月並み」と受け取られる対策とした。一九四六年九月二十九日の放送開始予定時に、BBCのプロデューサーたちは、現代作家の筆頭ボウエンが求める古典（クラシック）作品は、人気のこの新メディアが始まる前の夏には、荷が重いと感じたものだった。貢献者であり聞き手として他の市民同様――戦争中はアイルランドでもイングランドでも「ラジオは神」だった――彼女はますます音に同調していった。BBCのプロデューサー、スティーヴン・ポッターは彼女を励まして台本を書かせた、Return Journey: Elizabeth Bowen in Rye（帰路の旅　エリザベス・ボウエン、ライに）である（Ryeはイングランドの East Sussex にある町）。彼女はこれで音響効果を進言しようと思い立ち、Living Writers（現代の作家）というシリーズに貢献するよう招待された。ボウエンの短篇は順応できると考えられ、たびたび放送され、とくに戦時中に出た短編集*Ivy Gripped the Steps*（蔦がとらえた階段その他）と小説『リトル・ガールズ』は人気があった。友人で編集者のA・E・コパードが注目した短篇は、The Man of the Family（一家のかしら）とThe Cat Jumps（猫が跳ぶとき）で、ラジオにも舞台にも最適の作品とみなされた。ボウエンのエージェント、カーティス・ブラウンは、ラジオで放送する翻案を手紙で求め、これはボウエンの収入を増やすことになった。吃音に悩みながらも彼女は自分で自作の短篇を朗読し、BBCのパネル・ディスカッションにも参加した。ユードラ・ウェルティは詩人で編集者のハワード・モスとニューヨークでボウエンと共に会い、彼らは、「もしボウエンがラジオ局を一つ持ったら、何が起きるか」と議論した。彼女の会話の才あってのことで、吃音のことは話題にもならなかった。[*53] その他のモダニズム作家、エズラ・パウンドやガートルード・スタインもこのメディアを考えていた。パウンドは一九三〇年代にラジオ・オペラをBBCに書き、ガートルード・スタインは新しいラジオの聞き手について語り、批評家によれば彼らはボウエンのファンだと語った。

After November, 1918 というエッセイでボウエンは、「イングランドの小説家は、一個人として、巨大な平和の虚空に直面していることを知った。その効果は、空白の一ページに直面したかのように、威嚇させる」[*54]。だがボウエンは第一次世界大戦の音響でラジオ劇の台本を書いた A Year I remember, 1918 である。銃砲、大砲、高齢男性の声が入る、「お聞きの放送は、あなたが仕事をした工場または会社のもの、あなたが使うか節約する商店かキッチンのもの、銀行か郵便局であなたが買った戦争債です」[*55]。劇に出ている「若い女」は病院の日々を音楽に合わせて送るボランティアで、「猛烈に働き、皿を積み重ね、晩餐を給仕し、洗い物をする。口笛を吹き、歌をうたい、バスには蓄音機」。「二番目の若い女」は、妻にもならずに自分は未亡人になるかと思い、「この割合では私たちにはもう誰一人残らないだろう」。そして芝居にはいつも戦争の歌が織り込まれ、愛唱された行進曲 Tipperary の口笛が流れている。少女たちの声は“Do it for me”“Going Up”“Over There”とうたっている。いくつかの短篇では、ラジオだけが、その声が聞き手もなく流れている。短編 Sunday Afternoon（日曜の午後）の始まりは、「ラジオから六時のニュースを伝える声が流れた。その最中に、ヒイラギの鉢から木の実が三つこぼれて、青銅製のトレーに音を立てて落ちる」。ラジオは家庭における戦争を背景に、戦場を家庭に移している。電話はもう一つの道具で、肉体を離れた声に対するボウエンの関心をいっそう掻き立てた。音と人の声は耳栓またはラジオの箱——隠された場所——から出てきて家庭に入り、世界のニュースまたは電話のベルで会話を断ち切る。短篇 Summer Night（夏の夜）は、中立策を取ったアイルランドで逢引きする不義のカップルの話で、電話が鳴るとエマの家族はドキッとする。エマが途中の道端の電話機からかけてきたのだ。彼女は「共犯者」のように唇を受話器に押し付けて囁く。一語一語が、国際的な語彙、秘密と共謀から反響し、戦争中の際立った国際問題になる。国際的な気分が個人の電話に侵入している。のちにエマが恋人に間もなく着くと電話すると、彼と客人との会話がその電話のベルで断ち切られる。中断、停止、雑音がボウエンの文体の新しいリズムになり、戦時の会話は電話の介入とその間の秘密のやりとりで中断し、ボウエンを刺激したのだ。

## ゴシックからシュルレアリスムへ

肉体を離れた声、影、亡霊、夢、出没は、ボウエンを読むと経験するものの一部である。シュルレアリスムの創設者ブルトンは、十八世紀のゴシックとケルトの図像学から二十世紀のシュルレアリスムの想像力までボウエンが直感で長く捉えてきた糸を初めて言語で表現した。一九三〇年代に国際シュルレアリスト展覧会がロンドンに来た時、彼女はすでにそこにいて、無意識の力と目に見えないものを芸術に解き放つ起点となる新しい力と語彙を受け止めた。彼女の感受性にマッチしていた。そして過去の伝統に水路をつけて、この新しい刺激的な芸術の流れに合流させた。ボウエンの「とり憑くもの」は、アイリッシュの作家という不安な自身の立場に、[56]またゴシックの伝統の亡霊に、フロイトの心理学的な「不気味なもの（uncanny）」に、トラウマにおける「帰還（リターン）」の想いに、[57]物には精神がありそれが生命となるというケルトの神話に、そしてアイリッシュの妖精や、死者が「彼岸」から起き上がってくる物語と民話に、起因すると考えられている。ボウエンにとって、初期のとり憑くもの、怪物、夢は、シュルレアリストの「幽霊現象」に表面化する。レイヨグラフ――写真のプロセスでシルエット、影、人間と物がダブること――の新しい形は彼女の感受性の客観的相関物だった。人生、性格、時間、記憶の彼女の想いは、まとめて言えば、過去が現在に存在していることである。二つの時間と二つの心の状態、夢と現実を一緒にして「超現実性（surreality）」に持ち込むのは、すでにボウエンの捉え難い、ときには謎めいた混成の美学でもあった。死者または夢からの規範なき出没は彼女の作品に染み通っていたもので、一九二三年に出版された最初の短篇集で彼女が拾い集めた糸は、ゴシックの想像力、アイルランドの超自然的な伝統に始まり、シェリダン・レ・ファニュからブラム・ストーカーとイエーツにいたる糸だった。ボウエンはケルトの神話とアイリッシュの妖精物語と共に成長し、彼女の文章はケルト的な信念とともに振動している、つまり、「我々が失った人々の魂は「植物、石、無生物の中に」捉えられているので、現実には失われていても、その日が来て（多くの人には来ないが）、我々がたまたま木のそばを通る、ないしは彼らを閉じこめている物に憑依する」[58]。そのような魂は、プルーストによれば、呼び求める、ボウエンはこの信念を彼と共有し、気づかれると、魂は「我々によって解放され、彼らは死を乗り越えて我々の生命を共有する」。ボウエンの作品は「黄泉から戻った人々」、物の影、対象物、あるいは戻った人間という概念と響き合い、それがボウエンの美学の一部であり、レイヨグラフに視覚化される。

　シュルレアリズムは国際的なアイデアのシステムとなり、イングランドには遅れて到着した。それは彼女を引きこみ、夢の全能性、無意識の力、芸術と人生における不合理性への信奉を土台にしていた。第一回国際シュルレアリスト展覧会が一九三六年夏にロンドンのニュー・バーリントン・ギャラリーで開かれ、ボウエンは出席して、友人のウィリアム・プルーマーに、「シュルレアリストのオープニングであなたに会えませんでした。何たるカオスだったか」[59]。マックス・エルンスト、ジョアン・ミロ、サルバドール・ダリ、ルネ・マグリット、ハンス・ベルメール、ジョルジョ・デ・キリコ、ジャコメッティ、マルセル・デュシャンが特集され、絵画、彫刻、発見物、写真、版画の類、絵葉書、書籍、すべてが詩の中心性と無意識の演技を表象していた。ボウエンはシュルレアリズムのイコン的なイメージに用意があった。裁縫用のミシンと解剖台の上にある雨傘との夢のような出会いである。[60]

　ボウエンの作品は不可解な興奮の世界を様々に描き、死者の存在と過去の戻りを感じさせる。物体の潜在を知り、「目」となった枕が『パリの家』に出てくる。「見つめる」ランプ、「澄まして注視しているような椅子」は『友達と親戚』に、セシリアとジュリアンの話に「聞き耳を立てている」窓、人が入ってくると目に見えて居住まいをただす部屋などが『北へ』に。[61] 彼女はあらゆる物質には潜在する力があると唱えるアーサー・エディントンの科学的な考えにも関心を寄せた。不思議な物がシュルレアリストの展覧会に登場し、ボウエンは興味があった。例えば、杖、見出された物、マスクまたは覆い、アフリカ、アメリカ、ニューギニアの物産、あるいは、おなじみの物、通常食べ物との連想から解放された水切り鍋のような。鑑賞者を驚かして新たな認識に誘う、物質は芸術家によって異化されるから。ボウエンはこの新しいアートに近づき、数年後のロイヤル・アカデミーのショーの伝統的な絵画に失望して、アカデミーの不労所得者の視点について侮蔑的に言及している。彼女は言う、それは保守的な本能が、金はあるが趣味があるとは限らない人の支持に頼り、アカデミー自体の従来通りの旧弊な目的は、「刺激し、高め、慰め、悠長な空想の興をそそること」だったと。[62] アカデミーはボウエンが惹かれた前衛芸術運動の流れまたは熱気とは一切関係がなかった。

もっと前にボウエンは、ロンドンの進歩的な書店兼美術画廊ツヴェマーでシュルレアリストの小さな展覧会に遭遇していた。一九三四年、『心の死』を執筆中に彼女はイギリスで初めてツヴェマーで開かれたサルバドール・ダリの展覧会のことを、ハンフリー・ハウスへの手紙に書いている。[63] 彼女がリージェント・パークについて書いたエッセイにはダリ風の工夫がみられる。日没の光が射し、「ダリの岩の珍奇さを装っている」[64]。ハウスはその展覧会について好奇心を見せている。

> このツヴェマーとは何ものなりや？　刺激的な響きは確かにある。私はシュルレアリズムについてはほとんど無知だ。数年前にロンドンで見た展覧会を覚えている、フォルナリ「イタリアの未来派」（だと思う）とあと一人二人の展覧会で、ある程度の印象はあった。しかし彼らの文学は全然知らない。寡聞にして、いつものように期待するというより面白いだけです。[65]

ハウスは、展覧会の一部だった自動筆記法について疑念を漏らしている。言葉が無意識に読者に向かって書き留められると、その読者は不可思議にも伝達道具になるのか。ボウエンは彼の疑念を共有し、それが短篇 Tommy Crans に見られ、そういう筆記法をパロディにした。魔術のメタファーは、しかしながら、彼女の文章に入りこんで、執筆はときに手が一人でに動くと記されている。短篇 The Disinherited（相続ならず）の運転士は、すでに死んだ恋人に手紙を書いた後、罪悪感から「火が付いたように」ペンを落とすと、「彼の目の前で恐ろしいことにペンが動き、テーブルのはじまで転がっていった」[66]。人生の最終段階で書いた最後の記述のいくつかは、自伝に向けて書かれたが、Witchcraft: A Query（魔術・探求）と題した文で概略を述べている。そしてここで問う、「何か不気味なものが執筆の途中に関わるか？」と。[67] 彼女は執筆中にイメージが蘇ったり、過去の経験が無意識にフラッシュバックしたりすることは、魔術と結びついているのではないかと思いを巡らせている、自動筆記よりも好ましい比喩として。隠されたアートに引き寄せられ、スノーズヒルの降霊術師（necromancer）、ミスタ・ウェイドに魅了され、一九三〇年代にスーザン・トゥイーズミュア・バカンとウルフとともに彼を訪問している。

　機械のオートメイションもボウエンの文章に浸透し、冷たさと非人間性のリズムに生かされている。現代的なオフィスの家具は、心のメタファーである。一九三六年五月にタイプライターを学んだボウエンは、人造人間（オートマトン）のような気がしたと言っている。ボウエンはハウスに「このおかしな機械［つまり］私自身と私の半能力の間で音を立てるスチールの箱」について手紙を書いた。一か月後彼女は幸いにも手書きから「解放され」、物事がオートマティックになり、「文章はそれが紙に打たれると同時に私ではなくなり、同情を感じないキーのカタカタという音は辛辣な何かになる」。だが彼女は何らかの重要なフィクションなり批評文を「ペンを色っぽく撫でることなく」書けるものかどうか疑いがあり、新しい小説[68]『心の死』を、バイロー製のボールペンでゆっくり書き始めている。一年後、プルーマーに宛てて、タイプで手紙を書いて失礼と謝り、以前、私のスタイリッシュな筆跡に、あなたがお世辞を言ってくれたのを思い出すと書いた。まだ打ち間違いがあるけれど、タイプで打つとは「非常にやる気の出る感覚になり、実際に私が何かしているという感じがしないの。手を休めては、もっとも月並みな文章を考えてうっとりしています。あなたもきっと、他の人のように何年もそうしているのではないかしら」[69]。彼女はジョスリン・ブルックに一九五〇年に話している、大好きなバイローのボールペンはタイプに取って代わられ、執筆の行為を変えたと。彼女は真っすぐタイプライターに向かい、タイプは遅くて下手だけど――「想定スピードも」――タイプで書かれた文章とかパラグラフを見ると、「没個性」があって好ましいと言っている[70]。シュルレアリストの手法は、タイプした装幀書法を使い――遊び心でアレンジした言葉で目に訴えるイメージを造る――タイプの技術を習得した彼女の興味を引いた。

　一九三〇年代初期の頃から、ボウエンは冷たい光を浴びた光景に注目し、シュルレアリストの煌めきをそこに見た。その印は『北へ』、『心の死』、その後の短篇集 *Ivy Gripped the Steps*（蔦がとらえた階段その他）、『猫が飛ぶとき、その他』に出ている。『北へ』では、「北」というのは精神または心の中の場所のことだ。ここでボウエンは登場人物を社会的な立場や通常の時間と空間からは解放している。月光の白い光に照らされた小説で、その月は戦後の短篇 The Mysterious Kor（幻のコー）でも輝いているシュルレアリストの月だ。冷たく、抽象的な光は小説の心理的な冷気を造りだし、それはマーキーの動かぬ「バジリスクの瞳」すなわちひと睨みで人を殺す伝説的な生き物の有毒な目に繋がる。マーキーがおよぼすエメラインへの圧力は桁外れに大きく、彼女の静かな瞳は狂い、「氷」のような「ガラス」のような瞳となり、精神または心の「北のほう」の領域を見ている。ある午後マーキーと会ったあと、エメラインは仕事に戻るが、「働いている振り」を続けることができずに、「時計が空しく時を打つ。場所と時間が、輝く電子に振動して、秩序を乱す」。計画したパリ旅行を思いつつ、彼女は心霊術で言うような「空中浮遊」の感覚に襲われる。思わずデスクのはじを摑む。「午後はどこにもなかった。太陽は、没するのを忘れ、真昼の高さで抵抗もできずにコインのように回っていた」[*71]。ダリのどぎつい風景の中にいるようだ、空間と時間は秩序を亡くし、「輝く電子に振動する」。この不可能な愛はシュルレアルなロンドンに、だらしなく広がった郊外と工場群に囲まれたロンドンにスキップする。エメラインが運転する車は、アクスブリッジで「北」へ向かい、彼らの目に入るのは、「草原のバターカップに交じって散らばっている小さな新しい商店で、遠方にはガラスのような工場が空中にあり、不安そうな木々や枝と競うように上に伸びているだけの寂れた庭だった」。夢と現実が織り重なっている。彼女はロンドンを見てうっすらと微笑む。「そこでは彼女の友達が光る煙のもやの下でまだ眠っている」。彼女は「ホワイト・シティの縁（へり）」を迂回していく。そしてシルバーのスリッパでガス・ペダルを踏み、速度計は跳ね上がって助手席のマーキーはパニックに陥る。エメラインのドライブにボウエンは彼女の無意識な逃避行、北、をくみ取っている。エメラインの瞳は、「氷のような、さまようような、狂人のような優しさをたたえ、対象物のない優しさだった」[*72]。しかし、「北は決して止まらない場所だ」とメアリ・アン・コーズは言う、『北』とはつまり、何がないかを知る場所なのだ」[*73]。我々はこの小説の終わりで置き去りになる、エメラインの人を殺すにいたる願望とともに。

ヴァイオレット・ハントはボウエンの友達で文芸サロンの仲間だったが、『北へ』を読んで、「これはモダンな恋愛だ」と書いた。彼女はボウエンに気づかせた、この種の情熱的な報いられぬ恋愛が小説の主題だと、それはボウエンのように結婚の前後に関わらず性の自由を経験している女の人生を映していると。ハントは続けて、「『愛』一筋である――古いのと同じように、ただし、モダンな愛である。それが恐ろしく、破滅的なのは、溺れるほどの感情の捨て場所がないからだ。今日、何もかも気軽な時代は、すべての人が『愛』と呼ぶものを経験し、そのことが自由を攻撃し阻害するのは、慣習の名残りが守ってきた女性たちも同様である」[*74]。モダンな愛は「溺れるほど」かもしれないが、男だけでなく女も彼らの評判と感情を守るために、慣習の切れ端だけは持っている。この小説は一九三二年に書かれ、ボウエンがリッチーに会う前だったが、先見性のある小説になっている。彼女は満たされない愛を早くから洞察していたことが明らかな小説で、自分の性格にある破滅的な状況をエメラインに託したのだ。

シュルレアリストのイメージは、『愛の世界』の途上にも出ている。アントニアと彼女の若い愛弟子ジェインはパーティからの帰途で、不思議な光景に出会う。「ジェインは黙っていたい気持ちにうっとりとなり……アントニアを犠牲にするうちに、夜が揺れて彼らを通り過ぎる。フォードがうねるように走り抜け、ハニーサックル、生け垣に絡まった片方だけの靴、消えた小屋の死体のような煙突の先、幻影のような彷徨う白い馬が潜みから、片方また別の片方から、見える所に出てきた。道すがら、警告が掲示されているようだった」のに、アントニアは言葉に出して言う。

「この道はあなたが生まれる前から知ってるのよ」
「あら、あの白い馬はいつもいたの?」
「どうして?」
「今さっきその白い馬を通り過ぎたと思って」[*75]。

## 戦時におけるシュルレアリストの空模様

戦争中と戦争後にボウエンが見た空模様は、炎に照らされた空か、塵（ちり）の舞う無人の空だった。これらの空模様は彼女の戦時ストーリーに表現され、変化する視界の合図になっている。彼女は戦前にシュルレアリストの演技に親しんでいたが、戦争中の暴力と侵略は、そうした演技の時代は過ぎ、シュルレアリストの光が彼女の文章に姿を変えて入ってくるという合図だった。彼女は書いた、「夜の暗闇を歩いて六年（暗闇は首都の姿を変え、測りがたい谷間の網にした）、人はむき出しの警戒感を発達させた」と[*76]。光景は日毎に変化し、彼女の空模様は、初期の小説には注意深く描かれたのだが、いまは月からくる白い光になっていて、炎上を見るか、建物の破壊から出て空中に舞い上がる埃になった。彼女の戦争ストーリーで最も成功した短篇 The Mysterious Kor は、ブリッツ禍で廃墟となったロンドンから造り出された。ボウエンはこの短篇について、「ロンドンを見る前にコーを見た。私は田舎の子供で……ロンドンを見てつい屋根のあるコーだと思った。つまり、どこであれ首都の生活ははかないに違いないという考えが、待ち受ける運命をともなって私に残った。エドワード朝の子供にしては奇妙な先入観だった」[*77]。都市はみな堅実さがない。永続しない。「場所」の確実さは、戦争中は場所ナシ（ノー・プレイス）になって、戦時のロンドンのシュルレアリストの光は神話的なコーに照射される。

> 明るい月光が塔と方庭と崩壊した壁に注ぎ、その銀色の衣に裂け目と不完全を隠し、夜の特異な栄光でその霜白き威光を包む。目に鮮やかな光景は、満月が廃墟のコーの神殿を見おろしている。心に抱く鮮やかな光景は上なる死んだ球体が下なる死せる都市を何千年にわたり互いに見つめ合いつつ、孤高の空間にあって、互いにに失われた生と去りて久しき栄光の物語をつむいできた。白き光が落ちる。[*78]

白き光は廃墟となった都市を冷たい静寂で包む、さながらデ・キリコの絵画だ。Summer Night のもう一つの空はアイルランドの空で、欧州の戦争の結晶を見せている。エマは回想する、「空を見れば必ず影があるわ、男たちは互いに滅ぼし合っているの。今夜はどうしたのかしら？　戦いでもあるの？」[*79]。ガラスの炎が溶け合った不思議な空で物語が幕を開け、エマは戦争中の多くと同様に、「湧き上がる白日夢の波」に乗って生き、毎日見る空は悪夢か忘我の状態の中にあるようだった。

> 太陽が沈み、残照がゆっくりと風景に溶け込むと、万物が火とガラスから造られたようになった。射るような真昼の視線からようやく解放された干し草の山は、二番刈りが済んだ牧草の上で浮き上がっているように見えた……おそらく人が足を踏み入れたことのないかの地に立つのは天上の悦びであり、木々の間に開けた空き地には金色の粉が柔らかく降っていることだろう。[*80]

ボウエンは確固とした物体や建物がブリッツによって灰燼（かいじん）と帰

しあるいは炎上するのを目撃し、物体の確固さに対する幻想を捨てた。光景は「新しい変化と混じり合い」、それは「不条理な力が解き放たれ、欧州全土をまたにかけたヒトラーの狂信的な行進となった」[*81]。彼女はつねに「永遠の都市を探す」ことを切望し、それは聖書や古代ローマの都市のような心の都市で、文明の力が造り上げた都市だった。ロンドンに住みながら、戦争の大渦に巻き込まれ、彼女はモダンになった。モダンになるとは、「大渦巻のような人生を個人的・社会的に経験し、人生と自分が絶え間ない分解と再生、苦難と苦悶、曖昧性と矛盾に瀕していることを知ることだとすれば」[*82]である。この宣言は彼女の戦前の感情すなわち「建物や家具の破壊は、人間生活の破壊よりも精神に対する恐るべき痛手である」[*83]とする見解と乖離している。物品と建物が文明なのだ。一九三八年の小説『心の死』でメイドのマチェットは、クウエイル家の屋敷の家具との関係を確信し、「家具は、ちゃんと知ってますよ、ええ。部屋にある物を通過できるものはあまりないわ、はっきり言って」。家具は力を持っている[*84]。確固とした安定感にもかかわらず、ボウエンはマチェットに「燐光を発するエプロン」をつけさせ、そのシルエットを驚くべきシュルレアリストの空を背景にして描く。

[彼女は]ベッドに横座りして両膝をポーシャの枕の方に突き出し、その黒いスカートは周囲の暗闇に広がって、エプロンだけが見えていた。上半身は黄褐色の四角い空を背にのし上がって曖昧なシルエットになっていた。顔は暗闇に紛れて、ライトが点灯したままの車のようだった。今まで彼女は背を真っすぐにして座り、どこか裁判官のように、どこかその身体は記憶でいっぱいで、一滴もこぼしてはならない鉢のようだった。

このはっきりしないマチェットのイメージは、シュルレアリストの「レイヨグラフ」と呼ばれ、これは画家で写真家のマン・レイにちなんだ命名だが、彼は普通の物を光に晒して印画紙に落とすことでシルエットを作っていた。マチェットの姿は暗闇に浮き出して、顔は光の風であおがれている。彼女は屋敷の家具の手入れをする信頼できる召使だが、それとは逆の姿、「記憶でいっぱいの鉢」で、真実を語る。通常は静かにじっとしていて、彼女自体がほとんど物体である。しかし怠らぬ警戒の目と配慮のもと、物質的な物品の潜在力がやがて解き放たれる。それらは過去の持ち主との間につながりを秘めているのだ。

ボウエンはつねに物に魅了され、マグパイのようにおしゃべりでハゲタカのように噂をあさる人間であることを自認して、ヴィクトリア時代の小物バザー——ロンドン北部のイスリントンで開かれる掘り出し物や骨董品が出る蚤の市——を見て歩き、家具、カーテン、枕などを買った。小説『リトル・ガールズ』では、子供たちがハイストリートのガラクタ市や骨董店に出かけ、品物を入れて埋めるために金庫を探す。「古びていればいるほどいいのだ」[*85]。窓ガラスに顔を押し付けて覗き込むと、「ナイフとフォーク、半ダースのナプキン・リング、ペッパーとソルト容れのセット、……凝った造りのティ・スプーンが腐ったりボンで束ねられたのが、ごたまぜになった琥珀、名誉を失したメダル、漆器、訪問カードの箱などに交じって置かれていた。そして石像のように垂直の、ドーム入りの、あるいはむき出しの時計の間に、埃が積もったカットグラスのデカンター、グラス、大きなオイルランプ、人食い鬼の薬味瓶などがあった」。ボウエンには目を奪われる物がいつもあった。この所有の世界には目を奪う物がいつもあって、様々な物と現実の間にできるつながりに、彼女は蚤の市とシュルレアリストの展覧会で出会うのである。

## シュルレアリスト・コラージュ

ボウエンは幽霊らしさやゴースト現象――異なった領域と転置（displacement）を見せる異質の物体――に魅了されただけでなく、シュルレアリストの演出、コラージュの形にも惹きつけられた。これは物のかけらや切れ端をつないだり貼ったりしてパタンにすることで、その方法は彼女の語りの形に影響し、とくに第二次世界大戦中とその戦後に現れている。ほとんど知られていない写真だが、そこに映ったボウエンは、書斎でタイプライターを前に座っている――本と紙がデスクに散らかっている――部屋を区切る衝立の横にいて、コラージュになっている。写真の説明は、「朝と午後、エリザベス・ボウエンは二階の寝室に隣接した書斎で執筆中。『シュルレアリスト』の衝立を使って二つの部屋を区切っている」。ボウエンはインタビュアーに説明して、「『ニューヨーカー』の切り抜きと、クリスマス・カードをカンバスに貼り付けて、ニスを掛けてパッチワークに仕上げています[*86]」。コラージュは当時の演出の一つで、文章執筆のテクニックになっていた。一九四八年にハンガリーのインタビューアーに趣味について訊かれた彼女は、カラーの本の頁を切り抜いて、オートミールの容器に貼り付けて、コラージュ・ボックスを作ることだと返答した。

戦争中、ボウエンは、何とか生きていくために、戦争の廃墟から「自ら節約しなければ」という人々を見てきた。彼らは、覚えている物語や詩行から少しずつ集め、一つひとつコラージュのように記憶している物から集めた。短篇 Ivy Gripped the Steps について、彼女は短篇執筆のテクニックを語っている。「私は絵も描けないし写真も撮れない「代わりに」私は発見した。特別な顔にスポットライトをあてたり、仕草から切り抜いて使う方法を[*87]」。ストーリーとは「進行中の何か巨大で未完成な物の飛翔する分子のことだ。それらは経験から発する閃光である[*88]」。同様に彼女は戦争中の小説『日ざかり』の語りにおける分裂を「パッチワーク」と説いている。もし物が戦争中に「吹き飛ばされる」なら、それらの物は自己集合を通して、新しい執筆方法として、吹き戻ってくるはずだと信じていた。「表向きには、我々は、いまの時期、個々の運命は何ら意味がないことを受け入れてきた。内的には個々の運命はそれぞれの心の中で大きな関心事になっていた[*89]」。

コントラストと転位（dislocation）と、場所、記憶、感情のパッチワークは、彼女の語りの実践の哲学的な土台になった。彼女はのちの回想録に書いている。

> 私がいう想像力は、馴染みのないものに大いに捕えられ、大いに燃え、大いに作用される。だから私は、変化とチャンス、いくつもの転位、つまり、私の人生の大半を形成しているさ

まざまなコントラストを生きがいにしている。「私の」世界（作家としての私の世界）がなぜかどこかモザイク調なのはそれが理由なのである。[*90]

　彼女の人生の「モザイク」は、馴染みのない方法で得た経験を結集させた作家になる準備をした。その文章は月並みなものと見知らぬものをくびきでつないだ。彼女はコラージュまたは「スクラップ・スクリーン」について、エッセイ集 *Collected Impressions* の出版に際してリッチーへの手紙でまた言及している。

> いま考えている選集があなたにぼんやりと語っているのは、書評、序文、放送、その他の短文等々で……それぞれの文体は統一がとれていると思います。素材を統一するのは興味深く、自分の作品からスクラップ・スクリーンを作っているようです。[*91]

　語りのコラージュはボウエンの感受性に適合していた。その考えはインドの認識にも表れていて、一九三六年のハウスへの手紙に書いている。

> あなたのおかげでカルカッタがよく見えます――とても正しく、でも私には計り知れないことですが。とても生き生きとしていて、自分で経験したみたいです。でもとても奇妙です、人の内部にある絵を、誰か他人の指示によって――つまり、説明書にあるとおりに――構築する仕事というのは。人が描くイメージのスクラップ描きをするという意味ですが――イメージはおよそ奇妙な道を通ってやってきます。この場合は――客間の水彩画、ミッショナリーの講話のランタン・スライド、ミッション・マガジンの挿絵、アングロ－インディアンの会話にある異様に具体的な語句、アングロ－インディアンの小説、旅行記、旅行した少佐の妻たちのスナップ・アルバムに見られるやや未消化な表現のことです。シュルレアリスト・コラージュを作るのは、店のカタログの珍品用の別刷りからあらゆる物を漁るみたいです。[*92]

　ボウエンはここでハウスのインド経験を明らかにするだけでなく、彼の手紙をシュルレアリストとして「読解」をしたことと、自分の創作過程を明らかにしている。彼女の視覚的な想像力は、子供時代の本の挿絵によって鍛えられていた。絵画と挿絵の正式な習得がロンドンに着いた若い女性をとらえた。アイルランドからイングランドに移った彼女には風景の対比があった。そしてのちに、写真、映画、シュルレアリズム、当時発展していたテクノロジーとアートの対比もあった。現実の二つの層、事実とイメージは、彼女の作品でつねに戯れ、見ることと書くことの間にある空間を裏書きしている。ボウエンにとって、画家の視覚的な想像力が残っていることもあり、問題はつねに感興を――見たり聴いたりしたことを――いかに言葉や画像に変容させるかだった。

## 原注

＊1 "Elizabeth Bowen and Jocelyn Brooke."

＊2 Bowen, "Roving Eye," *MT*, 63.

＊3 Arnold, *Mainie Jellett*, 118.

＊4 Bowen, "Autobiographical Notes," *WWF*, 267.

＊5 *HP*, 86.

＊6 Bowen, "Poetic Element," 9.

＊7 Bowen, "Autobiographical Notes," *WWF*, 267.

＊8 Bowen, "We Write Novels," 28.

＊9 Rose Macaulay to EB, n. d.（ca. 1955）, HRC 11 6.

＊10 Bowen, *Hotel*, 86.

＊11 Bowen, *HD Blurb*, Knopf Records, NYPL, box 102, Folder 18.

＊12 EB to *DH*, December 16, n.d., PRONI D4400/C/2/27.

＊13 Bowen, "Requiescat" *CS*, 45.

＊14 EB to IB, August 19, 1937, BOD, MS. Berlin 245.

＊15 *TLG*, 121, 120-122.

＊16 Barthes, *Pleasure of the Text*. テクストを読むのは「一人」ではない、無数の読者が、文化が、場所が、時間がテクストを受容している。

＊17 EB to WP, June 1, 1963, DUR 19.

＊18 EB to CR, September 4, 1948, *LCW*, 132.

＊19 Bowen, "We Write Novels," 24.

＊20 *WL*, 71-72.

＊21 *PC*, 44, 4.

＊22 From a Nuffield Organization Questionnaire that Bowen responded to, April 12, 1945, HL, HM 52840.

＊23 ボウエンが自動車を買ったその年に、クレア・ウィルズの報告によれば、二〇九名が自動車事故で死亡、一〇、八五二名が危険運転で重傷を負っている。一九三七年時の路上事故における自動車と自転車のライバル関係。Willis, *Neutral Ireland*, 34.

＊24 *TN*, 296-297.

＊25 Bowen, "We write Novels,"28.

＊26 *TN*, 306, 296. 298, 168.

＊27 *PC*, 44.

＊28 Bowen, review, April 28, 1948, *WWF*, 221.

＊29 *IGS*, xiv.

＊30 Bowen, "Prague and the Crisis," *PPT*, 81.

＊31 *HP*, 126.

＊32 *HD*, 125.

＊33 Owe this reference to Julia Van Haaften, author of *Berenice Abbott, Photographer: A Modern Vision* (1989), and a member of the WWWL.

＊34 WP to EB, September 2, n.d. (ca. 1936), HRC 11.8.

＊35 EB to HH, June 12, 1936, HHC.

＊36 EB to WP, May 6, 1958, DUR 19.

＊37 "An Enormous Channel of Expectation," in *PPT*, 366, 368, 369.

＊38 EB to CR, December 8, 1959, *LCW*, 351.

＊39 BBC Broadcast, May 31, 1952.

＊40 Bowen, "Notes on Writing a Novel," 184.

＊41 *ES*, xiv.

＊42 *FR*, 49-50.

＊43 *FBMS*, 7-8.

＊44 *HD*, 155, 254, 9.

＊45 MS of *HD*, HRC, MS V, 7-12: HD 106.

＊46 *TR*, 165.

＊47 EB to CR, March 27, 1953, *LCW*, 187.
＊48 Bowen, "The ART od Bergotte," *PC*, 95-96.
＊49 Hone interview.
＊50 Graham Greene to EB, April 13, 1938, HRC.
＊51 EB to CR, January 28, 1962, *LCW*, 382.
＊52 Ibid., September 2, 1959, 337.
＊53 Maars, *Eudora Welty*, 284.
＊54 Hepburn, LI, 135.
＊55 Hepburn, *Listening In*, 66.
＊56 Roy Forster, *Modern Ireland*, 168.
＊57 See Gildersleeve.
＊58 Proust, *Swann's Way*, 59.
＊59 EB to WP, June 27, 1937, DUR 19.
＊60 フランスの詩人ロートレアモン（Comte de Lautreamont）の詩作品『マルドロールの歌』（*Les Chantes de Maldoror*, 1869）に描かれたイメージは邪悪な厭世的な姿を想起させ、多くのシュルレアリストに影響を与えた。
＊61 *HP*, 39; *FR*, 134; *TN*, 208, 239.
＊62 Bowen, "The 1938 Academy: An Unprofessional View." In Hepburn, *PPT*, 29.
＊63 Halliday, "Gallery and Surrealism." Dali Exhibit, 1934.
＊64 Bowen, "Regent's Park,"150.
＊65 HH to EB, February 5, 1934, HHC.
＊66 Bowen, "Disinherited," *CS*, 398.
＊67 *PC*, 63.
＊68 EB to HH, May 28, and June 1, 1936, HHC.
＊69 EB to WP, June 27, 1937, DUR 19.
＊70 "Elizabeth Bowen and Jocelyn Brooke."
＊71 *TN*, 146, 79.
＊72 Ibid., 284. エメラインのガラスのような瞳は、ボウエンが人形の瞳に見て反発を覚えたもので、そこにはハンス・ベルメールが表わしたシュルレアリズムへの傾倒は見られない。
＊73 Caws, "Thinking North."
＊74 Violet Hueffer Hunt to EB, n.d. (ca.1932), HRC 11.5.
＊75 *WL*, 93.
＊76 *IGS*, xiii.
＊77 Bowen, "Ryder Haggard," *MT*, 247.
＊78 Bowen, "Mysterious Kor," *MT*, 292.
＊79 Bowen, "Summer Night," *CS*, 599.
＊80 Ibid., 583.
＊81 *PC*, xiv.
＊82 Berman, *All That is Solid Melts into Air*, 345-346.
＊83 *DH*, 207, 128, 81, 93.
＊84 See Bennett and Royle, 77ff.
＊85 *LG*, 124, 93.
＊86 Bennett, "House."
＊87 *IGS*, xiv, vii, xi.
＊88 Ibid., viii.
＊89 Ibid., xi.
＊90 *PC*, 37.
＊91 EB to CR, Mat 6, 1950, *LCW*, 169.
＊92 EB to HH, 1936, HHC.

# 第九章　過去から読む

## 文学的足跡

　ボウエンのフィクションはオリジナルな合金（アマルガム）で、伝統的な文学史にある特定の美学や場所にしがみつくものではない。デリダが示唆するように、読むことの法則は、読まれた特定のテクストによって決められるべきであり、この立場を尊重するなら、我々は文学の学校、グループ、サークル等の既存の期待を捨てて、ボウエンの読みと影響の足跡を辿り、それを我々の中に濾過しなくてはならない。ボウエンを読むと、我々が突き当たるのは、彼女の今にいたる「ホームレス状態」で、それは遺産相続できなかったアングロ－アイリッシュから、戦争後または英国の植民地政策との関係にあるアイリッシュの人々の世代の亡命者の場所の喪失を意味する。ビッグ・ハウスの「焼き討ち」は、第二次世界大戦の大火災のテーマにいたる。アイリッシュの伝統であるゴシック風の幽霊の出没はフロイトの「不気味なもの（uncanny）」に通じ、モダニスト芸術のシュルレアリズム運動の夢の陰翳に通じる。彼女はまた「ホーム」という言葉を女性のために再投資して、ヴィクトリア朝の結婚モードにあった動けない場所から、モダンな精神ショックつまり結婚外の恋愛という「ホームレス状態」に導いた。

　彼女は十八世紀から二十世紀にいたるアイリッシュの、イングリッシュの、ヨーロッパの作家を愛し、親交があったのは、ヴァージニア・ウルフ、ロザモンド・レーマン、ユードラ・ウェルティなど――エリザベス・テイラーもいた。読書の幅は広く、盛んに書いた書評はやや甘すぎることで有名になったが、作家としての志は高く、文学的なキャリアのために職業的な作戦を立てようという感覚はなかった。二十歳の若い女として、文学志望を胸に、ロンドンに着いたボウエンは、作家に畏怖の念を抱き、文学と風景を比べた。前景には同時代作家がひしめいていて、どう判断したらいいのか分からなかった。ロンドンの詩の書店で彼女はエズラ・パウンドが「一本の薄暗い蠟燭の光では催眠にかかったように意味不明のもの」を読むのを聴き[*1]、オレンジ色の表紙の『ロンドン・マーキュリー』の文学特集号を飢えたように読んだ。背景には、過去の「選りすぐりの」作家たちが「古典という山並みを見せていた――が、これらも変化するようで、我々の日々の様々な変化する光を浴びて、多かれ少なかれ、遠く、高く、低く見えるのだ」。彼女はアイリッシュ作家のジョナサン・スイフト、シェリダン・レ・ファニュ、リチャード・シェリダン、マライア・エッジワース、サマヴィル&ロス、ブラム・ストーカー、英国の作家のジェイン・オースティン、チャールズ・ディケンズ、モダニスト作家のマルセル・プルースト、ヘンリ・ジェイムズ、ジェイムズ・ジョイス、ヴァージニア・ウルフを愛した。[*2] ボウエンの最初の伝記を書いたヴィクトリア・グレンディニングはボウエンを例外的な作家としてとらえ、その理由として、ボウエンがこれらの人々、文化、そしてイングリッシュとアイリッシュとアングロ－アイリッシュ作家の文化をヨーロッパのモダニズムと共にオリジナルなスタイルに合流させたことに見ている。

　ボウエンはとりわけ三人の女性作家と対話を楽しむ友情関係を築いた。それはヴァージニア・ウルフ、ロザモンド・レーマン、ユードラ・ウェルティであることが手紙によって証言されている。ボウエンはウルフのモダニスト・テーブルにつき、ブルームズベリが提供するものを愉しみながらも、そうした文芸グループでは自ら選んで末席に留まった。手紙で友人のウィリアム・プルーマーに書いている、「何とありがたい人生でしょう、グループにならないでお互いに会えるなんて。おそらく我々の世代は、昔も今も、グループにならない唯一の世代でしょう」[*3]。彼女は主張している、「イングリッシュは大陸の文壇から離れていることを考えると——『グループとかスクール』とか言うのは」誤解をまねくと。[*4] 彼女は今日の作家たちを鼓舞している文学的な反目とか個人的な崇拝には消極的な態度を保ってきた。一九三七年七月にヴァージニア・ウルフに書いている、ある文学的な晩餐会に出て気づいたことですが、「あまりにも長引き……嫌気がさしてしまい、くだらない感じさえしたので、帰宅しました。そのすべては——恐ろしい、新しい——文学です」[*5]。

　ボウエンはダウンハウス校在学中に短篇を書き始め、その後アート・スクールに一年通い、自分には画才がないことを発見する。そして文学に戻り、作家たちに会いたくてたまらなくなった。文学へのキャリアの出発点は、ダウンハウス校の元校長オリーヴ・ウィリスがボウエンをローズ・マコーレイに紹介したことだった。マコーレイがボウエンとともに入った部屋には、イーディス・シットウェル、ウォルター・デ・ラ・メア、オルダス・ハクスリーがいた。マコーレイはボウエンの最初の短編集 *Encounters* をタイプライターで清書するのを手伝った。そしてシジウィック&ジョンソンの社主フランク・シジウィックがボウエンの最初の小説『ホテル』(1927)を拒否した際には同情し、この本は最終的にコンスタブル社から出版された。ボウエンは恩返しに、後年マコーレイの小説の書評を頻繁に手掛けたものの、関係は次第に冷え込み、ウィリアム・プルーマーの不敬な言動に共感した、「ローズ・マコーレイは、わざと私の目を見て息をしながら、彼女のフォースターに関する本を私がどう思っているか知りたがっていた。私はそれを読んでおらず、そこではあなたが批評する際に発揮するのと同じ如才なさが必要でした」[*6]。

## 「比類なき」ヴァージニア・ウルフ

　ヴァージニア・ウルフは、少し早い世代にあたる一八八二年に生まれたが、名声はより確立した作家であり、ボウエンとレーマンには憧れの的だった。二人ともウルフを革新者と見ており、ブルームズベリをイングランドで最も重要な影響力を持つ文学サークルと見ていた。それより先、ボウエンの短篇はウルフとレーマンに注目され、三人は一九三〇年代の初めに友達になっていて、三人ともオクスフォードから遠からぬ辺りに住んでいた。レーマンはイプスデン、ウルフはサセックスにいた。彼女らが出会った時、ボウエンは *Encounters* (1923)、『ホテル』(1927)、『最後の九月』(1929)を、ウルフは『オーランドー』(1928)と『自分だけの部屋』(1929)を、そしてレーマンは *Dusty Answer* (1927)を出版していた。

　オットリン・モレルがボウエンをヴァージニア・ウルフに紹介し、モレルはボウエンの最も大切な友達の一人になった。一九三二年二月に初めて会った時、ウルフは「ミス・ボウエンは内気な吃音の人で、お茶に来た」と書いている。[*7] 四年後、まだボウエンのスタイルとマナーが気になるウルフはロンドンのクラレンス・テラスでボウエンに会った、「ガラス張りの同時代的な部屋で、二人のレディが湖を見ている――フランス絵画のように」[*8]。何年も経った後に、ウルフはボウエンの鋭い知性を認めた。「E・ボウエンをお茶に。色付きのボール紙から切り抜かれていても、真正の鋭角の切れ味」と認めていた。ウルフはボウエンの明晰な知性と率直さを称賛するようになり、ただし文章面はお預けとして。ウルフを通してボウエンは主導的な知識人や作家と出会い、T・S・エリオット、スティーヴン・スペンダー、メイナード・ケインズ、スーザン&ジョン・バカン（ツイードミュアーズ）、オットリン・モレル、ロザモンド&ジョン・レーマン、ドロシー・ストレイチーと知り合った。一九三四年のある夕べ、ボウエンはブルームズベリの会話に加わり、継続性、伝統、そして宗教が話題だった。ヴァージニアは姉の息子の若いジュリアン・ベルに質問した、彼は、ともあれ、中国で荒々しいロマンティックな生活をしていたが、「あなたにはまともな道徳律はないのね？」という質問だった。[*9] ジュリアンは答えた、僕は「我々を精神分析に着地させたあなたの道徳律がなくて寂しいけれど、僕は多彩な人生のほうを好む」と。この時にウルフはボウエンがどもりながら考えを述べるのを観察していた、彼女もまた「道徳的な祖先によって抑鬱されて育てられてきた」と。ボウエンはブルームズベリの話し合いを愉しんだが、チャールズ・リッチーに、この業界の「内向性」についての不安を打ち明けている、「彼らが互いに果てしなく長い手紙を書く唖然とするような習慣、分析し、裏切り、からかい、互いにそねみ合い、こういう彼らの愉しみ、そして彼らが互いにぶつけ合う嫉妬とだまし合いの一種の痛み」に不安を感じていた。[*10] 表向き、ブルームズベリは才能ある、一種独特の、ボヘミアン風の一団で、自己顕示欲を持った人々だったが、ボウエンは惹かれなかった。ブルームズベリの誰よりも自主独立で冒険を怖れなかった――作家としてはロマンティックで、セクシャルで、政治的だった――が、けばけばしい派手さはなかった。ボウエンには別のスタイルと政治性があった。人生の終わり近くなって、ボウエンはグループに対する意表を突く見解をレーマンへの手紙に書いた、「ノーブルであるかもしれないが、彼らはみんな気取り屋です。そして彼らには神がないことが私に与えるのは――絶望感、そして閉所恐怖症以外の何物でもない」[*11]。

　ブルームズベリはボウエンが参加した唯一のサークルではない。

オットリン・モレルは発展家でゴシップ屋で、ボウエンを自分のサロンにも誘い入れ、そこで彼女は名だたる文学者に紹介され、おりしもオクスフォードに住み、のちにロンドンのガワー・ストリートに移ったころに、一九三一年に始まった木曜の夕べサロンに参加することになった。スペンダー、D・H・ロレンス、ホープ・マーリーズ、そしてエリオットなどがいた。[*12] ブルームズベリやその他は、オットリン・モレルの外観と変人ぶりをからかったが（レディ・イモラライン（Immoraline）はイーディス・シットウェルがつけたあだ名）、ボウエンは彼女を文芸界の達人、読者、宴会のホステスとして称賛した。彼女はモレルに言った、あなたの時間と空間はルネサンスにいるようですと。好ましく設定した自宅にいる人々を好んだボウエンは、「私はあなたを見るのが好きです、あなたの家を見るのが好きです、私たちをこよなく幸福にしてくれます」[*13]と言った。ウィリアム・プルーマーは、人物を読む才能があって、モレルの常軌を逸したスタイル、温かさ、娯楽の提供、創造的な個人に抱く関心などを褒め称えた。彼らの多くはモレルのもてなしを喜んだだけでなく、彼女の紹介から職業上の便宜を受けた。ウルフがソファでモレルの隣りに座っているのを見たプルーマーは、「二人の横顔がルネサンス期のメダルに並んでいるようだった――不思議な女王然とした姿は十九世紀の有閑階級の儀式に相応しかった。それぞれが、自分自身で、二十世紀を体現していた」。彼女らはともに「存在感」があり、それをプルーマーは「一種の品位、誠実なうるさくない威厳」と定義した。[*14]

ボウエンは子供じみた遊びのセンスがあり――チャールズ・リッチーとハワード・モスも認めている――ウルフの笑い声といたずら好きに最初から惹かれていた――称賛されている作家としては言うまでもないが。彼女は羽目を外すウルフの喜劇的なところが好きで、二人の友情は「おもに笑いと楽しさで、一緒になるとたちまち夢中になるのは、予想もしない、絵巻物のような、異常な、あり得ない、途方もないことが起きるからだった」[*15]。「彼女のアートの源泉と主義は悦びである」とボウエンは信じていた。[*16] 一九五八年にボウエンはブルームズベリの末席にいたウィリアム・プルーマーに打ち明けている、あなただけでしょうね、「ヴァージニアの笑いがもどせる人は――私はうんざりして苛々していますす、一九四一年以来ウルフについて作り上げられた悲劇じみたフィクションには」[*17]。

彼女らの関係にはときおり中断があった。ウルフは、ときには、日記でボウエンをこき下ろした。ボウエンはブルームズベリの気取りや閉所恐怖症のことを言わずにいた。リッチーとボウエンは一九五六年にウルフについて議論し、彼は日記に、ウルフの未発表の日記から、彼女が「Eを含めて、友人たちが好きだったことはない」ことが明らかになったと残念な思いを記した。彼がこれをボウエンに話した際、ボウエンは腹も立てず、冷静に言った、「ウルフの好意は続かないものなのだ（私も多くの人にそうなのだが）」[*18]。とはいえ、ウルフとボウエンはお互いの付き合いを愉しんだ――多くの場合――一九三〇年代の初めに始まった交際だった。

我々は彼女らが相手と何を話したか、それは想像するしかない――書くことと人生のことか――そして彼女らの手紙は互いに共有した鋭い観察、稚気、知性、機知があっただろう。ウルフは手紙のほうに遊び心が出ている一方、ボウエンは手紙で相手をもてなす努力をしたようで、旅で経験した奇妙な可笑しいことを活写しようと努めるなど、ほかの人の手紙にはあまりないことだった。ボウエンはときおりウルフにもいい加減な便りをして、執筆に忙殺されるようになると、ブルームズベリの手紙の習慣に逆らい、一九三〇年代のように時間を割いて手紙を書くということはなくなった。彼女はウルフのことをアイザイア・バーリンと話し合ったが、彼は一九三三年にフィッシャーズ・オクスフォードの晩餐会でウルフに会い、特筆すべき印象を持ち、彼女は天才であるだけでなく、「今まで見た中で最も美しい人である。そして彼女が発狂したらどんなになるか想像できるし、ときに狂うことがあるのを知っている」としている。[*19] ボウエンのほうは、あれほど美しい人は鏡を見る必要もないだろうという想いであった。そしてリッチーに、「[ウルフ] がどんな外観をしているか、背が高く、しとやかで、モーブ色かグレイの流れるようなドレスを身に着け、比類ない会話をします」[*20] と語っている。従ってボウエンはバーリンがオクスフォードの晩餐会でウルフの隣りに座らなかったことが残念でならず、ウルフは「顔と顔を合わせるべき人で、パーティ嫌いなのよ。彼女は人を呪文に掛けるの。暗闇で話すときの彼女は最高です。ランプを点けなくてはならない時、彼女はランプを床に置きます。頭脳が走り始めます」[*21] と。しかしボウエンの観察力は見逃さなかった、ブルームズベリにかくまわれたウルフは、「一種、妖精の残酷さを持ち、サディスティックになることも辞さない」ことを。「彼女はつねに彼女を崇拝する知的で複雑な人々が造るいわば中国風の世界に住んでいる」とボウエンは言う。彼女はまた政治的・社会的な意味でブルームズベリの同質性も見抜いており、かつ、宗教無視の体質はボウエンを遠ざけるものがあった。ボウエンに宛てたウルフの手紙は刺激的で、ウルフのトラブルの話を聞きに来るようにと誘っていた——トラブルとは例えば、レナードのパジャマに振り掛ける蛾よけパウダー問題など。「アランのパジャマには振り掛けないで。その理由はあなたが来たら話します」[*22]。そして彼女らは贈り物を交換し合った。「あなたはとても危険な友人ね！」ウルフは友情関係の初期段階に当たる一九三三年の手紙でボウエンに通告。「ところで私はショートブレッドが好きです——見よ、ショートブレッド、来たる。で、私は若い象が好きだと言ったかしら、同じことが起きたの？」ウルフは邪悪にも宣言する、「立場を中立にする唯一の道は、あなたが欲しくないもので立場を取り消すことです。だから本がここにあるのよ。でも用心してね——私はしばしば紅茶の缶を甘紫色のフラシ天で造ります、これがあなたの次回の運命になるでしょう。私はそこに勿忘草（わすれなぐさ）を金糸で刺繍します」。ウルフは、ショートブレッドを丸呑みして、戸棚を空っぽにし、病気になるのが運命だったに違いないと書き、でも「とんでもない——私は結婚式の晩のヴィクトリア女王のようにドレスアップして……プリンス・アルバートの腕に倒れこみました。やんごとなき筋の効果のほどはまだ不明です。でもあなたのドアに横たえられるでしょう」[*23]。彼女らの交際の初期の頃に、ときにボウエンはウルフに対し、女性としては、「とてつもない劣等感を感じたと打ち明けている。一九三三年にウルフ宅でアランとともに楽しんだ素晴らしいディナーの後で、ボウエンはこう述べたことがあった、「もしもヴァージニアがあれほどの食べ物の用意ができるなら、なぜ私にはできないのか」、そしてウルフの実際上の日常生活が自分より優っているのを嘆いた。

ヴァージニアはレナードとともに一九三四年にボウエンズ・コートを訪問し、「孤島の誘惑」に対してボウエンに心から感謝した。同時にウルフは他の人々には辛辣に書いた、ボウエンズ・コートは「ジョージアン様式の寒い石の箱だ」と。他方、ボウエンは一九四〇年七月と一九四一年二月の二度に及ぶロドメルにあるウルフのモンクス・ハウス訪問に手放しで魅了され、二度目の訪問はウルフの自殺の一か月前だった。ボウエンは、「人と場所であれほどまでに完璧な幸福感を覚えるとは想像すらできなかった、その間ずっと宙に浮いたように、同時に微笑みたいと思い、犬のように微笑み続けた」[*24]と書いた。

ウルフはボウエンの世間知と肉体的な頑丈さに気づいていて、称賛するように、彼女は「世界中を歩き回っている」と姪のアンジェリカ・ベルに書いている。さらに別の手紙では、ボウエンはロンドンと「うまくやっている」と書いた。ウルフは狂的な鬱病の発作によって人生が限られており、他の人よりもボウエンに宛てた手紙で打ち明けている、ときには何週間もベッドに伏す必要があった頭痛の頻度などを。ボウエンは、父親の精神病を経験していたので、他の多くよりもよく理解できたのだ。ボウエンは、晩年になって癌を発病するまでは、肉体的に壮健で、日々――ウルフとは対照的に――社会的な仕事をこなし――それが人気のある作品、公的な報告、ジャーナリズム、映画の脚本、その他の書類――を生む契機となり、同時に彼女の美学と虚構性の追及を可能にした。彼女はファシズムに反対する（ウルフも同じ）公的かつ道徳的な立場を鮮明にしたが、公的な知識人としての活動は、第二次世界大戦が始まったあとだった。それまでの彼女の日々の在り方は社交と政治が織り交ざっていた――その点ウルフは――気質と病気のために――そうではなかった。とはいえ、この活動は――数名の批評家たちの心情としては――ボウエンをインターモダニズムの形成内に位置づけ、この形成からウルフを省いたことが疑われる。インターモダニズム――価値観、政治、そして戦争中と戦争後に書いた作家たちの主題を強調する新しい文学運動は、これらの作家間に共通する属性を理論化しているのだ。彼らはワーキングクラスの文化、ときには言語への関心を共有していて、政治的に革新的で、大義のために働き、政治的に戦争に従事していた。[*25]ウルフはよくイデオロギーから排除されていて、T・S・エリオットとともに遠く離れたモダニストとして分類されていた。エリオットは、詩人は基本的に「人々（the people）」にではなく言語に責任がある立場だと主張していた。ウルフとボウエンはエリオットの立場に同調することはなく、モダニズム－インターモダニズムの振動範囲に沿うものと見られるだけだ。一九四〇年七月のボウエンのロドメル訪問のあと、ウルフはエッセイ「The Leaning Tower（斜塔）」のコピーをボウエンに与えているが、これは一九三〇年代の政治とアートの関係を論じたものである。エッセイは、どうして「不可能だったか――もしあなたが若くて感受性と想像力があったら――政治に関心がないなんて、哲学よりさらに差し迫った関心を引き起こす公的な大義を見出さないなんて」と啓発している。ウルフがつまびらかにしているのは、戦争が英国にもたらした混乱は教育、ジェンダー、階級の領域に及び、スペンダーやイシャーウッドといった若い作家の文学に反映されているとする。エッセイを読んだボウエンは、自分が若い上流階級の教育を受け、「塔」に書いている作家たちのに一人に数えられるとは思わないが、その塔は今や路上の「深い割れ目」つまり戦争によって斜塔の脅威にさらされているとした。ボウエンはウルフと共通の認識があった、すなわち、これらの人々の上流の立場が歪んだ角度の視野に、すなわち、「大騒ぎの要素」と一種の不毛さに傾いているとする。[*26] 奇妙なことだがボウエンは、ウルフが打ち出した「アウトサイダー」として認められた女性の立場には手紙でも触れていない――アングロ－アイリッシュという自身の「アウトサイダー」の視点にも触れていない。両者が同意したらしいのは――若い特権階級の男性のように十一年間の高価な教育を受けたとは言えなくても、女性は異なった文化的立場にいて、新鮮な外観を社会に向けられるということだった。

第一次世界大戦中にウルフは、しかしながら、社会から離れ、「完全な孤立まで行き、それを説明する唯一の事実は、あの戦争の最初の一年半は、断続的ではあるが、深刻な精神病を患ったということだった」[*27]。しかし戦争と死の黙示録の足跡は、『灯台へ』に現れていて、『自分だけの部屋』と『三ギニー』の革新的な考えは、女性の思索と社会における女性の運動と地位に永続的な影響を与えた。一九三〇年代には他の多くの女性作家と同じようにウルフの「私」は「私たち」になり、戦争前と戦争中に人々は団結した。若い甥ジュリアン・ベルがスペイン市民戦争で死亡、バスク地方の何千人もの子供たち、スペインのビルバオから疎開させられた戦争孤児たちの写真が新聞紙上に踊り、動かされたウルフはスペイン市民戦争につき、接近する第二次世界大戦について書いた。『三ギニー』ではファシズムの危険についてあからさまに書き、この本のためのメモ帳には予感と恐れが綴られている。一九三七年に出た『三ギニー』では全体の議論がインターモダニストの思考に息づいている。この議論においてウルフはフェミニズムとアンチ・ミリタリズムをつなぎ合わせ、戦争を造り出す政治的社会的なシステムが女性の教育と抵抗運動を可能にするとした。彼女はファシストとナチスの詐称行為を告発し、それが彼らと結託するヨーロッパのみならず英国の政治家と知識人を飲み込もうとしていることを告発した。一九四〇年、彼女の死の一年前に、「なだらかな道路の裂け目のように戦争が来た」、そしてウルフは随行する混乱を「斜塔」に銘記した。[*28]

同様にボウエンの書いたものにも無視されたモダニストの重度の緊張があって、それは小説『北へ』、『パリの家』、『日ざかり』、『エヴァ・トラウト』の構成、テーマ、言語、そして雰囲気に出ている。新しい機械のスピードとテクノロジー（タイプライター、加算器、電話、飛行機、自動車）が『北へ』の言語とテーマを際立たせている。現在、過去、現在という三部仕立てが、『パリの家』の時間を際立たせている。戦争の雑音と亀裂が白日夢の雰囲気と一緒になって『日ざかり』のスタイルを成している。認識と意識のゆがみと屈折が『エヴァ・トラウト』に浸透（しんとう）している。線のにじみと、モダニズムとインターモダニズムの間のにじみが、ボウエンとウルフ二人を杓子定規から救っているかもしれない。周知のとおり、ボウエンは他の戦間期の作家ジョージ・オーウェル、ストーム・ジェイムソン、ウイニフレッド・ホルトビー、シルヴィア・タウンゼント・ウォーナー、ローズ・マコーレー、ステラ・ギボンズらとともに高級、中級、低級文化の境界線を緩めていて、これはクリスティン・ブルメルも著作に書いていることである。だがボウエンはアングロ－アイリッシュ・アセンダンシーの階級からも離れていて、アンチ・フェミニズムのレトリック、労働党と労働者階級への同情の欠如、彼女の個人的なマナー、その捉え難い言語、保守的な政治的立場、遺産相続者であり、英国の植民地主義で造営されたアイリッシュの私有地の誇り高き女主人がボウエンだった。

爆弾のうなり、戦争のサイレンが、ウルフとボウエンの友情関係、家庭生活、対話を中断した。メクレンバラ・スクウェアにあったウルフの家は一九四〇年九月十六日から十七日に破壊された。一か月後にタヴィストック・スクウェアの屋敷も被災、彼らが一九二四年からそこに印刷機を置いて住んでいた家だった。ウルフは一九四〇年十月二十九日に自転車でニューヘイヴンまで行った話を書いて、「爆弾が二十五発落ち、少女が一人殺された。サイレンが一晩中鳴り響き、ロドメルでカーテンを閉める時にも聞こえた」[*29]。「今夜は誰が殺されるのか?」と彼女は訊く。「私たちではない、と思う」[*30]。ウルフ死去の三年後、リージェント・スクウェアにあるボウエンのクラレンス・テラスの住居は、一九四四年七月十日から二十四日まで、二週間にわたって爆撃された。ボウエンは戦時中であれ礼儀正しく、ある夕べについて、晩餐会の間中、爆弾とサイレンの騒音が申し訳ないといって詫びたと書いている。ウルフとボウエンはこうした経験の残余をのちの執筆のために保持していた――ウルフは『幕間』とエッセイに、ボウエンは『日ざかり』と戦争中の短篇に――そして彼らを溺死させせんとして拡声器が怒鳴るのを避けた。両作家はともに、ラジオや新聞で喧伝される戦争用語の不協和音に紛れて、自立した個人の声が失われるのを怖れていた。

ボウエンは自宅が破壊された後のウルフを慰めて、何か月も考えていたことを打ち明けて、「完全にものが言えなくなった。何かに何かを追加することがなくなり、私があなたに言うことにも……あなたのことをしきりに思っています、とくにあの最上階の部屋で、夕方にアカスグリ（液果をジャムやゼリーなどに加工できるスグリ科の植物）を刻んでいた時のことを。私たちが歩いた通りは、全部焼き尽くされてしまったの? あれ以来、見ることもなくて」。ボウエンはウルフと違って、失われた物に集中していて、「物」が私を慰めるのだと。彼女は訊いている、「あなたのフラットがなくなった後、そこにあった物もみんななくなったのですか? 私は人生この方いつも、『何が起きようと、テーブルと椅子はある』と言ってきました――大きな間違いでした」[*31]。ボウエンの場所はみな、戦争でノー・プレイスになった。対照的にウルフは、爆撃後に所有欲から解放されたと記している。

我々はすでにロンドンを見限ったようだ。[…] 保有物を失った爽快感――ただし本と椅子と絨毯とベッドを除いてのこと――それらを買おうとどれだけ働いたことか――一つ一つ。それから絵画。しかしメック [Mecklenburgh] から自由になることで（メクレンバラは北ドイツ地区で、第二次世界大戦で一九三三年、ソ連が侵攻・占領した）、安堵をおぼえる。あの破壊はほとんど間違いがなく――日当たりのいいフラットの奇妙な借地権がなくなる [...]。でも、おかしいことだ、所有物をなくして安堵するとは。私は人生を始めたい、平和に、ほとんど裸で——どこへも自由に行きたい。[*32]

ボウエンとウルフは「廃墟になった家」の絶望感と空虚さを経験し、戦争を書き物に変容しようとした。この点で彼女らは、『日ざかり』のステラの観察を追認している、「アートは、傷つけることをやめれば、大事なものであり続けられる唯一のものだ」[*33]。だが、相違点が、感受性、価値感、そして戦争の取り上げ方で、浮き上がってくる。二人はともに家庭生活の中に戦時の空虚感を抱えていた——だが違いはあった。ボウエンはロンドンのフラットの一室にデンとおさまり『日ざかり』を書いた。ウルフは海辺の家で『灯台へ』を。ボウエンは人間の視野から、ウルフは自身を離れた視野から。ボウエンは人々、物、部屋の家具などからの疎外感を、ウルフはかつては人間の形をした家族の感情もあった物を通して——物品——海辺の貝殻のような——かつては暮らした海辺、そしてかつては身に着けられて去っていった衣服を。

ウルフとボウエンを引き寄せた磁石は、書くことだった。ボウエンはウルフの文学的なスタイルに憧れ——「比類なき」と呼び、とりわけウルフの実験に衝撃を受けた、「同じ形と取り合わせを二度と使わない」[*34]ことにである。彼女が「小説家として非常に高い価値を持つのは、小説という枠の中でどこにもピン止めできないからである」[*35]。ボウエンもまた各小説へのアプローチは異なっているが、ウルフほど大胆な語りの実験には至っていない。それでもボウエンは著作をウルフに献呈しコメントを求めている。それはウルフがしない事だったが。一九三二年七月にボウエンが『北へ』を送ったところ、ウルフは「ゴミみたいなものすべてのあとに出た本物の小説」と述べている。[*36] ウルフがコメントで最も広く認めたのは『パリの家』だった。「私はこれがとても好きです。実はあなたの小説の中でいちばん好きです」。一九三五年九月にウルフは、この小説は「大した苦労もなくさらなる深みに降り、その手ぎわのほどは頂上で輝く代わりに重さを下へ引いている」と書いた。[*37] 構成に関しては鋭い意見を出し、ボウエンの小説は、作者には書くべきことがあって、もっと大作になる要素があったと記している。ウルフはこの小説の時の巡りを愛し、時間の演出があると見て(「現在」、「過去」、「現在」の三部構成)、これが非常に「満足がいく」としている。ただし、「あまりにも厳密なあまりにも断定的なものがあってコンテクストの邪魔をしている」という補足があった。さらに続けて、我々が恐れるのは「人間の心(理性とともに)のことであり、我々は結局行動範囲で全能力を使って書くのだが(足の親指も使って)、水面下に沈んでいるので、我々は現代のヒックルバックスのように利口でなければならない」[*38]。ウルフは同じ手紙で「心——私があまり知らないもの」についてボウエンに説教したことを謝っている。そして、ボウエンに特別な作品——家族の歴史 *Bowen's Court* を書くよう穏やかに激励し、「出来事ではなく書物の日記という考え——つまりティー・パーティではなくミルトンなどついて」を展開するよう助言している。

ボウエンはウルフの小説を数冊評しており、最初が一九二七年だった。ウルフを遠くから見ていたボウエンは、当初、『オーランドー』を個人的な「インサイダー」の本で、ウルフの取り巻きに宛てたものとみなしていたが、一九六〇年に再読し、「私は若くて愚かだった」とし、芝居心に溢れた実験と、ジェンダー問題に対する反抗心を自伝にことよせた作品であることを見逃してしまったと認めた。ボウエンはウルフの小説『灯台へ』が最も完成度の高いものと考え、一九四一年に『幕間』の書評をして、初期の小説のようにたんに「ヴィジョン」ではなく、プロットに忠実な人物の創造に成功しているとした。

ボウエンはモンクス・ハウスを訪問、それはウルフの死の七週間前のことだった。それを回顧して、このように記した。

> 私がウルフを最後に見たのは私がロドメルに滞在中のことで、彼女が床に膝まずいていたのを覚えている――私たちは屋敷のスペイン製の絨毯の修理に取りくんでいた――彼女はかかとをついてしゃがみ込んで、頭に日差しを浴びていた、初春の太陽の日差しを。それから疲れるし、息苦しいこの手仕事を笑い飛ばした。それが私の脳裏に残っている。[*39]

## 女性たちの運動

ウルフは『自分だけの部屋』で、フィクション、教育、キャリアから女性が除外されていることを書いたが、その一方でボウエンとレーマンは特権的で自立しており、門の外で起きる女性たちの運動の重要性にはどちらも無関心で否定的だった――少なくとも理論面では。ボウエンの主張は、女性はすでに社会的かつ政治的な目標を達している、参政権、教育、就職の機会といった面で。しかしボウエンとレーマンは、人生と執筆における慣習的な女性の役割に挑戦した。ボウエンは周囲に渦巻く女性たちの運動を観察して、女性には不平を持ち込む権利はないと論じた。にもかかわらずボウエンはオクスフォードで農業従事の女性らと働いていた。都市生活における他の階級の女性の地位に関するボウエンの頑固なスタンスと限られた理解が暴露され、「フェミニスト」というレッテルを受け入れた寛大なウルフの考察と対照的だった。これこそ二人の作家の違いを示す印だった。女性作家と知識人はときにレッテル貼りを拒絶して、ジェンダー区分による差別（ある文脈では二流市民と見られる）で判断されるのを拒否しただけでなく、ウルフのように、彼らは女性であるとはどういう意味か、という基本的な定義づけを避けた。『自分だけの部屋』でウルフはその責任を回避して言う、「結論に達すべき義務……女性の真の性質……女性とは何か、について、私は明言します、何も知らないと、あなたが知っているとも信じていません。誰にもそれを知ることはできないと信じています、人間の技能と知られたあらゆるアートと職業で女性が自らを表現するまでは」[*40]。

ボウエンはウルフと違い、自らを女性としてまたは作家として考える際に、ジェンダー問題を意識して書くことは、晩年までなかった。「フェミニズム」という言葉と運動に敵意を持ち、女性たちの声にある悲痛な調子を聞き付けて、ヴァージニア・ウルフを批判した、「どこから、いつからこの固定観念が出てきたのか、男性が造った世界の愚かしさによって女性は人間的に殉教させられ、創作的に禁じられているという観念が?」[*41]。皮肉にも、家庭におけるフェミニストといえばアラン・キャメロンだった。彼はボウエンの執筆生活を心から全面的に支えただけでなく、英国社交界における女性のより活発な参加も支持した。ボウエンはこのことを一九四五年六月の手紙でリッチーに書いている、「アランは言うのよ、今度は労働党に投票しようと思う、労働党の候補者が女性だからと（彼の一九一二フェミニズム）。私は彼に訊くわね、あなたはこの国がユダヤ人とかウエールズ人によって運営されたいのと」[*42]。女性、ユダヤ人、ウエールズ人は、みんなアウトサイダーである。

とはいえボウエンが女性グループに関わっており、オールド・ヘディントンの女性協会のために働いたことはほとんど知られていない。この組織のための彼女の仕事は――第一次世界大戦中に女性の共同体を再生させるために設立され、食糧増産に寄与した――歴史的な女性と家庭の関係を肯定的に語り、その実際的な面こそが世界に通じるとすることだった。彼女はカントリーの女性の大義の方に肩入れしたが、都会のフェミニズムの声にはさほどコミットしなかった。地方のイングランドに一種の共同体とナショナリズムを感じたのだ。ボウエンが会員だった女性協会での談話は、鉄道、道路、生産、庭園、そして「飢餓からの解放」といった慈善的な行事についてだった。戦争中の一九四一年、彼女はウルフに宛てて、女性協会との関わりがなくなってとても寂しいと書いている。「実際のところ［…］ロンドンに来てから私はイングランドに住んでいるという感じがなくなってしまいました」。一九六一年にオールド・ヘディントンに戻ったあと、彼女は再び加わるようになって、地方支局の代表に選ばれた。彼女はリッチーに協会は楽しいと書き、女性との共同作業を愛して、「私は女性たちととてもうまく行くでしょう、彼女たちとの仕事があるかぎり――彼女たちと一緒に働くということです（ヴァッサー女子大生と）。女性が私を麻痺させるのは何もないときだけです。もちろん」と抜け目なく付記している「彼女らが私のお気に入りじゃないといけません」[*43]。次の年、彼女はアルバート・ホールで開かれた国際女性協会フェデレーションの年次総会に出席、イングランド、ウエールズ、チャネル諸島、マン島から集まった六千人の女性とともに鼓舞するものを感じとった[*44]。彼女が代表だった時、プログラムには彼女の署名があった。マーガレット・ケネディによる演劇論、彼女の歴史家の友人ヴェロニカ・ウェッジウッドによるCivil War in Oxfordshire（オクスフォード州の内乱）、そしてゴースト・ストーリーズのプログラムは彼女の得意とするジャンルだった。

ボウエンとレーマンが一九二〇年から一九三〇年代のフェミニスト運動のレッテルやレトリックについて逡巡している間に、レベッカ・ウエストのような作家は、女性の参政権に集中していた。しかしボウエンとレーマンは女性の実体験を執筆に生かし、両性間のセックスと同性愛、フェミニニティ（女性性）とフェミニズム（女性解放）の一般的な二分法を再評価した。ボウエンは女性の知的な才能を否定したことは一切なかった。「知性は性の鋳型の外にある」[*45]としていた。それでも一九三六年、彼女は近視眼的に断言した、「女性たちの運動は自ら完成した」、女性は今や「すべきこと、できること、心にあるなすべきことをする自由がある。何もしないでいる言い訳はできない」と。中流階級の特権的な見通しから話すボウエンは、女性にある「内なる受動性」、女性を形成する教育的な、経済的な、社会的な力を否定する本質主義者の立場を見ている[*46]。

一九三四年という年は、ボウエンのキャリアに「姉妹的な」瞬間があった稀有の年で、小説『北へ』が「女性賞(プリ・フェミナ)」に具申されたのだ。これはフランスの文学賞で、作品の「知名度が低かったり、賞賛が不十分な」英国作家の想像力に富む作品を「女性の全陪審員」が決定する賞である。一九二五年にE・M・フォースターが『インドへの道』で、一九二八年にウルフが『灯台へ』で受賞している。ボウエンの関係者は、彼女が『北へ』で最高の任を果たしたことに異論はなかったが、当時ボウエンよりももっと名声と人気があったレーマンも候補に挙がっていた。ウルフはボウエンまたはレーマンが受賞に値すると感じると述べたのに、何とその結果には、その他の者と同様ウルフも呆気にとられた。彼らは四〇ポンドの賞金をステラ・ギボンスの *Cold Comfort Farm* に与えた。ウルフは「今でもあなたとレーマンが一緒になって彼女を責めたらいいのよ。彼女は誰？　どんな本なの？」ギボンズの本はコミック小説で、サセックス州の田園生活と人々とそれらを書く作家たちのパロディである。戦争前の気運と読者に非常にマッチしていて、ボウエンのロマンティックな悲劇に勝ち目はなかった。受賞——賞金——に関する的を射た話題がもう一つ、ウルフが、「そうすれば、あなたは絨毯が買えたのよ」[*47]と言い添えた。レーマンはボウエンが受賞しなかったので憤慨し、「女性作家参政権協会」の会長だったヴァイオレット・ハントも同様に怒った。ユードラ・ウェルティもボウエンに声援を送っていた。この事件が彼女を共同体と女性作家の討論会に招き入れた、彼女が広く探していた会ではなかったが。

戦争が終わると、ボウエンは二つの委員会に座を与えられた。女性のメンバーが必要だと言われたからだ。ドイツのための脱ナチ化文学委員会と、死刑に関する王立委員会の二つである。ボウエンはその頃には、女性的な要素が公的な問題に新鮮な視点を与えられると認識していた。しかしボウエンはフェミニストのことを、男たちの失敗を見て、それで事足れりとする女性と見ていた。ボウエンのコメントは、ジャーナリズム、スパイ活動、王立委員会、BBCとブリティシュ・カウンシルにおける彼女自身の活動と相容れないものがあり、女性の歴史的進化についての彼女の観察とも矛盾していた。「家庭が彼女の領域、そして今は世界が彼女の家庭である」と彼女は宣言する。[*48]さらに「女性の天賦の才は、自分の想像力に溶かしこんで社会的・政治的なコードの束縛を理解して試行することにあって、慣習を逆転する筋書きを考案し、『新しい女のエネルギー』に光を当てることである」とした。[*49]ボウエンが書き続けてきた、知的で自立していて、ときに絶望し裏切られる女は、ボウエンの小説を女性の見解からみる研究者を生み、批評家フィリス・ラスナーがその皮切りになった。後年、ボウエンはさらに大きな意識を示し、一九六四年にエリザベス・コクスヘッドの挑発的な主張、アイルランドは公的生活において「男性の国にほかならず……女性は歓迎されていない」を引用したBBC放送を開始した。コクスヘッドの *Daughters of Erin* を評して、ボウエンは革新的な女性二名とアーティスト三名の生涯を挙げ、コクスヘッドに反する事例として提出した。モード・ゴンは、アングロ－アイリッシュの革新派の美人で、イエーツを虜にした女性である。コンスタンツ・マルキエヴィッチは、アングロ－アイリッシュのアセンダンシー階級に生まれた女性で、拳銃を携帯している。サラ・パーサーは、ステンド・グラス制作工房を開いた女性創業者兼運営者である。サラとマラ・オールグッドは、完璧な女優だった。ボウエンはジェンダーを第一位に取り上げないが、この著作の宣伝に同意し、放送の最後には、ここに特集された女性たちは、「彼女らがこれらのことをしたのは、女性であるにもかかわらずしたのではなく、女性であるからこそしたのだ」として、見解の推移を示している。[*50]

レーマンもまた女性たちの運動から一歩引き、階級の高慢さをのぞかせている。一九八五年のインタビューで、運動は「あまりにも攻撃的で」、レッテルを貼るなら「カルト集団」になる、と。自分の要点を最もよく表す例を選んだ彼女はインタビューで、「レズビアニズムの唱道は主義主張の問題だと聞いた」、するとこれは『全面戦争』になる。女性の多数が果たしてついていけるのか？」と。集団で社会的に行動して変化を目指すことに賛成せず、レーマンは女性の遠征は個人的で自立的であるべきだと主張した。[*51]しかしレベッカ・ウエスト――最も確固たるフェミニスト――は、レーマンを数から外さなかった。ウエストはレーマンを真剣な作家と考えていて、*The Swan in the Evening* と *Fragments of a Life* の出版に際して言った、「私はあなたの小説をどれも称賛しています、真にフェミニン的だからです。女性が見る世界を表現するまさに女性の仕事をしていますから」。

ウエストは名高い美貌のレーマンに目を奪われていて、他の人々はエーテルのように美しいウルフに憧れていた。女性の肉体上の外観は――女性作家の間でさえ――危険をはらんだトピックであり、ボウエンは通常「ハンサム（目鼻立ちがととのった）」と言われ、「ビューティフル」と言われなかったことは否定できない。彼女は思春期の頃、鏡に映る自分を見て悩んだと書き、恋人リッチーのためにもっと美しくなりたいと書いている。ボウエンの友人モリー・キーンの娘サリー・フィップスは、ボウエンはユニークな外観で、スタイルで自身を支え、身づくろいと服装に大いに配慮し、部屋にドラマティックな印象を与えたと伝えている。

## ロザモンド・レーマン　ロマンス

ボウエンとレーマンとウルフは、書評家たちが彼女らの人生とフィクションに慣習的な結婚物語というレッテルを貼るのに抵抗した。彼女らは自らの結婚生活から離れた自立した愛情生活を求め、ある程度、夫から離れた経済的な自立も模索し、執筆で自分の金を稼いだ。ボウエンとレーマンは恋愛を呪文にかかったような感情として書き、ロマンスの危うさに――ときに極度に達して理性の範疇を超えるものとなる――執筆のテーマではなく実人生で遭遇した。レーマンは「フェミニズム」よりは「女性性（フェミニニティ）」を追求し、ウルフのように熱望した、「男と女が互いに真実を語れる日が来ることを」[*52]。多くの小説が、先進的な女性読者によってしばしば不当に無視され、失恋話のみならず、ジェンダー問題、親子関係、一般社会問題で変化が必要とされた。

彼女らの関係はその後の段階で、ボウエンとレーマンは作家として共感関係を強め――レーマンはそれを「姉妹らしさ（シスタリネス）」と呼びたかったようだ。子供が二人いる作家の生活の難しさを訴えたレーマンの手紙はショッキングである。すでに小説四冊と短篇集四刷を出版しているボウエンに告白して、私が感じるのは「性格が制限されていて――家庭生活に固定され過ぎていて、これ以上背伸びができない」、子供が二人もいては、と言う。[*53] ボウエンは子供がなくて、作品を多く生み出すことができたかもしれない――例えば子供がいた友人たち、ロザモンド・レーマンやマーガレット・ケネディらはボウエンに手紙を書いて、執筆するエネルギーと時間を見出す苦労を訴えている。レーマンは自分の小説にボウエンが注目したことを讃えるあまり、自分の作品について勢いよく手紙を書いた。小説 *The Weather in the Street*（街の天気）が出版され、ボウエンが褒めたとあって、彼女は叫んだ、「ああ、何という熱いお手紙でしょう」。小説は中絶がテーマになっていて、レーマンは、執筆のために親戚に子供を残してきたことで、「子供たちの色々な遍歴と再分配」に不満を述べている。[*54] ボウエンは同情して対応し、もしレーマンが仕事をロンドンでしたいなら、私のリージェント・パークのアパートに来れば、「机がいくつかあって日中は静かな時間が持てる」と応じた。レーマンの娘サリーが二十四歳で死んだ悲劇のあと、彼女がウイジャボード（板を使う心霊術）で超常的に娘と通じようとしたことにも、ボウエンは同情を寄せている。詩人キャスリーン・レインは感受性をもってレーマンに書いた、レーマンがこれらの経験をもとに書いた小説 *A Sea-Grape Tree*（海葡萄（うみぶどう）の木）は、一九七〇年代の最も重要な小説である、それはレーマンが「別世界のことを語ろうとしたからでなく……、真の感情としての女性の恋愛、この世の愛の傷つきやすい微妙な現実を描いたからだ」と。[*55] レーマンは女性として、母として、霊能者としての経験によって勇敢に立ち上がり、このことを正直に小説に書いた。その境地は批評家には必ずしも同情的には読まれなかった。

一九四〇年代のこうした諸関係でボウエンは、子供のいない自分と折り合いをつけたように見える。ゴロンウィ・リーズ事件のあと和解して、ボウエンは『日ざかり』の一冊をレーマンに送った。レーマンはいつもの勢いで返答し、いま二度目に読み終わったところです、「繰り返し耐えられない感情に襲われています――高揚感と熱い涙……私とステラの一心同体感は強烈です！　戦争中にロンドンに住んでいただけでなく――ロデリックとの関係もあるからです。これは不気味です。あなたはヒューゴ（レーマンの息子）を知らないのに、あれはヒューゴです。セシル（デイールイス、当時はレーマンの夫だった）も同じように感じています」[*56]。レーマンの母性はボウエンの子供の描写にも反応していく。彼女は『パリの家』を大勝利と見ているが、レオポルドにサリンジャーみたいな資質があると気づき、彼は「本当の」子共じゃないとした。彼女は、「唯一納得がいかないのは終幕のレオポルドです。私には完全に分かります、私の子供は恐るべき保護者から来た手紙にレオポルドがとったと同じ反応を示すことが。その彼が、あの手紙で彼らを完全に諦めるでしょうか、諦められるでしょうか？――彼はそれほど彼らが嫌いだったのか？　私は何が私を混乱させるのか、分かりません――彼の年齢か、またはそんな結果を招いた手紙なのか、ヘンリ・ジェイムズの子供のタッチが全体にありますね。私が間違っているのかもしれません」[*57]。

レーマンの仕事は世界大戦の影響を含んでいたが、批評家たちは彼女の作品を狭く捉えロマンスまた家庭小説と見ている。ボウ

エンは *The Echoing Grove* を書評して、文化の変動期のさなかあってレーマンをどう読むかを読者に教えている。そして読者に念を押す、レーマンは日常の環境を二人の姉妹間の戦争に託し、家庭神話の崩壊に反対してはいないと。現代の恋愛は、ボウエンが注視したが、戦争前とは同じでなく、レーマンは勇気をもってその錯綜する様に焦点を当てた。これが最も成功したレーマンの小説で、マデリーンの夫という同じ男を愛した二人の姉妹、マデリーンとダイアナのライバル関係を描き、このテーマはボウエンの小説にも認められる。ボウエンは多くの声がこだまし合うこの閉所恐怖症的な三角関係を「悲劇的な同時代の苦境、モダン・ラヴ」と表現している。[*58] 姉妹間（そして女友達間）の惹かれ合いと反感というテーマと、モダン・ラヴの錯綜の有様は、単にフィクションに留まったテーマではない。一九三六年九月、ボウエンズ・コートで、レーマンとボウエンとゴロンウィ・リーズを巻き込む三角関係の悪名高き週末があった。その週末の後、レーマンとリーズ（当時ボウエンの取り巻きだった）は友達のグループと共にボウエンズ・コートに招かれ、ボウエンはレーマンとリーズの階上の寝室でのエロティックな出会いを知らされた。ボウエンは嫉妬し、怒り、裏切られ、ボウエンズ・コートを愛の巣に使う人間は耐え難い、彼らは「屋敷の威厳を損なっただけでなく、人間関係をも侵害した」と言った。そこから始まり数年間続いたレーマンとゴロンウィ・リーズの情事――レーマンの策略によるライバル関係――の代償として、彼女とボウエンとの関係は一時途絶えた。とても公な亀裂で、ボウエンは世間の興味がプライベートな情事に関わるのを嫌悪し、誤った思いと感情が卑しくしのびこむのを怖れただけでなく、リーズが彼女の悪口をバーリンに告げているという噂も不安だった。[*59] 彼女は著作の中で、こうした婚外関係の愛欲を「ホームレス・ラヴ」と繰り返し呼んでいる。こうした経験は自立した非慣習的な彼女のヒロインたちに電撃的な影響を与え、彼女らは世間と葛藤し、伝統的な役割の縛りに反抗する。レディ・エルフリーダがその最初の珍奇な女性で、彼女は小説『友達と親戚』でコンシダインと通じ、息子の信頼を失う。続くカレンは、『パリの家』でたった一人の親友の婚約者と一夜を過ごす。それにエメラインはマーキーへの愛にのめりこみ、『北へ』で殺人と自殺に追い込まれる。そしてステラは『日ざかり』でドイツのスパイを愛し忠節を尽くし、『エヴァ・トラウト』のエヴァは、先生のミセス・アーブルの夫を無謀にも誘惑して先生を裏切り、彼らの関係を崩壊させる。ボウエンは生涯を通じて感情から距離を置く姿勢を崩さず、上品さを盾としながら、彼女あるいは彼女の作中人物の偽善の咎（とが）は防御できていない。彼女はスタンダードを重んじる一方、一九三〇年代に始まる短編と小説ではそうしたスタンダードが瓦解している。しかし、ロザモンド・レーマンとボウエンの関係は苦悩のうちに十年続いた。

ボウエンもまたロマンティックな冒険を好み、住む世界が違う男たちへの接近をレーマンと共有し、見劣りする性格のリーズのような男に惹かれた。そして罪悪感もなく結婚と三角関係にのめりこんだ。彼女らはともにこの種の冒険的な女性を英国の上流階級の文脈に入れて書いた。ボウエンは自覚していた、社会的に資質が磨かれていない男に惹かれることを、それはハンサムなリーズに垣間見ただけでなく、『心の死』の不良青年（a cad）エディ、

『パリの家』のマックス、『北へ』のマーキーへと続く。女たちは、「人生よりもアートを愛する」ので、男が俳優であることを望む、と『パリの家』の物知りの語り手が断言する。「俳優だけが彼女らを感動させ、そのもの言う微笑、非家庭性、彼女らが嫌う日常性の気配がないことである。彼女らは愛を愛することが悦びであり、疑惑と衝撃のダブルゲームが愉しいのだ」。語り手は少女らについて、「まだ夫を探しているわけでなく、社会的になる必要もない」と言う。これと同じ男性びいきが世間知らずの思春期の少女ポーシャを心ならずもエディに引き寄せる。エディは『心の死』でポーシャだけでなくポーシャの兄の妻アナにも、海辺の少女ダフネにも色目を使っている。ボウエンの若い衝動的な女性の登場人物は、社会的にも居場所のない不良少年との恋愛で失望を経験し、オフェイロンはボウエンのいつものプロットに「子供と不良（the kid and the cad）」というレッテルを貼った。[*60] レーマンの人生は、数回の結婚によってさらに束縛され、二十四歳で死んだ娘の悲劇、その他の家庭的な打撃で、ボウエンが果たしたような、世界的な範囲で公的な知識人や活動家の人生へと広がることはできなかった。ワーガン・フィリップスの妻だった時に政治的には愛国者でアンチ・ファシストになったが、共産主義者の友人ガイ・バージェスやアンソニー・ブラントのことは無知に等しかった。だが、ボウエンのように、レーマンは女性の生き方、とくにロマンスに熱情を傾け、大人がいかに子供を解釈するかに関心を示した。彼女の著作は、家庭と結婚の下に渦巻く感情に注目を招いた。

## フィクションと場所　ユードラ・ウェルティ

もしボウエンの人柄がウルフとの友情や戦争に関する著作で例証され、レーマンとのロマンスの扱いで一段と高められるとすれば、著作における場所の重要さは、アメリカ南部の作家ユードラ・ウェルティとの友情と会話に見ることができる。イメージや風景、実際の場所がボウエンの著作の中心であっても、批評家や読者が彼女の小説の設定に好奇の目を向けることがまずないと、ボウエンは言っている。「私が作家を訪ねるとしたら、生存または逝去の別なく、彼の作品は私自身の経験に濾過されてその一部となり、彼の場所は私が第一に議論したい事項となる」。[*61] 彼女は著作において現実の場所、イングランドとアイルランドの現場を復活させ——ロンドン、ハイズ、フォークストン、キルドラリ等々——それらの場所は彼女の小説で正確に辿ることができる、ジェイムズ・ジョイスが『ユリシーズ』でよみがえらせたダブリンのように。そうした場所は子供時代の記憶から浮上している。プルーストの『スワンの方へ』におけるコンブレで子供時代の描写が、彼がフランスのイリーに叔父と叔母を訪ねたことから現出したように。ジョイスのダブリンは、彼が若い頃に住んだ都市の正確な思い出の地図である。ウェルティの南部アメリカの町々は、ジャクソンにいたころの彼女の日々によって形作られた。フォークナーの場合、彼の神話的な町ヨクナパトーファは、ミシシッピ州のラファイエット郡によって霊感を受けたものだ。ボウエンはインタビューで答えている、「心はイエスと言っています、私は書き始めて以来ずっと、内的な風景を寄せ集めてきました、任意に集めて……認識できる世界を、地理的に一貫していて……［しかも］そこには……スーパー・リアリティがある」。そして譲歩する、現実の場所に加えて、想像力がいつも働き、作り直し、再創造する。彼女の文章に出てくるのは自然な風景、歴史的な遺跡、書物からの断片、外国旅行、神話または記憶したまたは想像した感情から形を成すモザイクである。我々の興味を募らせるのは、「場所」という地平の混合なのだ。その現実の「地理学」と、超越したその現実は、記憶、感情、そして歴史から成り立っている。

ボウエンとユードラ・ウェルティは一九四九年の秋に初めて出会った。グッケンハイム・フェロウシップでイタリアとフランスからの帰途にウェルティがボウエンにそっと連絡した時だった。彼女はボウエンズ・コートに招かれ、それが人生の後半に訪れた親密な友情関係の始まりだった。互いに風景の賞賛を共にしたのみならず、場所についての会話（両者はそれに「感覚に訴える地理的な感興」という用語を当てた）、人生の選択（彼女らの愛する男性がしばしば不在であることで語り合ったかもしれない）、そして執筆について語り合った。ウェルティはボウエンの小説の開幕シーンの風景に直感した、それが予想を排除して、間もなく現れる登場人物の内部の感情世界を指し示すものであることを。『愛の世界』では、美しくも廃墟になった南部アイルランドのビッグ・ハウスが舞台になってガイの姿を我々に彷彿とさせ、死んだ兵士ガイが物語に出没する。屋敷はもはや歓迎せずに、「崩壊した雰囲気」を見せながらも、風景にある光が招いているようで、リリアの娘ジェイン、そして「黄金の驟雨」を待っている。ジェインはガイの古い手紙を屋根裏のトランクの中から見つけ出し、女たちの人生で満たされなかったロマンスを目覚めさせる[*62]。ウェルティが一九五一年のボウエンズ・コート訪問で目を奪われたのが、やはり風景だった。彼女は友人のジョン・ロビンソンに宛てた手紙に書いている。

> それは愛しい訪れでした。どこであれあなたが愛する場所での最初の夜の訪れでした——船が川を三時間のぼったあとでコークに入り……朝はまだ早くて——ピンク色と黄土色と灰色の小さな家々が緑の丘の上から向こうに並んでいて……これを感覚に訴える地理的な感興だとまさに感じ取ります。寒くなるかもしれませんが、ここはあらゆる意味で南部です[63]。

二人の作家の往来は、どれも彼女の屋敷に根づいており、両者がともに感じた気質の「南部らしさ」を物語っている。ウェルティは一九五〇年代の初期にボウエンズ・コートを数回訪れていて、魅了され、コートの写真を撮り、ボウエンはのちにミシシッピのジャクソンにあるウェルティの家を訪れている。その風景に圧倒されたボウエンは帰国してから、カリア・アンド・アイヴズ印刷工房にとり憑かれて、ウェルティにそこのプリント「トーチライトで見るバイユー」を送って欲しいと頼んでいる。ウェルティは礼儀ともてなしの心からボウエンを「南部人」と呼んだ。ボウエンはしばしば社交的な優雅さの経過と世間に寡黙でいることを書き、それらを自身のマナーともてなしの心に保存しているとする。ウェルティは彼女の抑制心と上品さを共有している。「世界中のどこへ行こうと、南部人は北部人と異なっている。彼女はつねに同質性を感じていた[*64]」。

人はまず親近感について惑うかもしれない。ボウエンは自立しており、アパーミドルクラスの女性で、国際人の趣味とマナーがあり、性的な冒険者だった。サロンのホステスのような生活を送り、イングリッシュやアイリッシュの知識人や作家を優雅にもてなしてきた。最初の七年間は甘やかされた一人っ子だったが、その子供時代は転置（displacement）の一つだった。ウェルティはそれに反して、緊密な家庭の三人兄妹の長子で、人生のほとんどを子供時代と同じ、田舎風のジャクソンで暮らしている。父親は保険の仲買人で、母親は家政の人だった。継続と安定の人生だったが、南部の文化は、ウェルティがいったん書くための場所を近隣のラーニドに求めようとすると、地主が彼女の買いたいという申し出を拒否、独身女性に売りたくなかったのだ。ボウエンはかつて訪問者に尊大に言ったことがある、ウェルティは「まさに注目すべき女性よ、あの境遇から抜け出したのだから」。沈黙の後、「ミシシッピからよ」と付け足した。[*65] 一九四九年にウェルティはアメリカを出てイタリアとフランスを旅し、ボウエンに会うためにアイルランドに留まったが、それは彼女がグッケンハイム・フェロウシップを四十歳で受けた時だった。

結婚はしなかったがウェルティはジョン・ロビンソンと親密な関係にあり、彼の作品を自分を忘れて支持し、彼に頻繁に手紙を書いたが、彼はヨーロッパにいるパートナーと人生の大半を過ごしていた。一九七〇年にはケネス・ミラーとの間にロマンティックだが性的ではない関係を築き、彼に宛てて強烈な手紙を書いている。ロビンソンとミラーへの愛と執筆は分かち難くつながっていた。ミラーは既婚者で、彼女は彼にときには彼の妻エミーにも書いた。一か月に二回、それが二十年以上にもなったが、彼らが共に過ごしたのはわずか六週間だった。[*66] この親密な手紙と頻繁でないデートというパタンは、ボウエンが理解したものだった。彼女とチャールズ・リッチーとの関係は通信によって支えられ、強化されていたからだ――彼の不在があって彼女には書く生活があった。これは女性作家が最もよく理解するロマンスであるかもしれない。

ウェルティがボウエンについて語る、「彼女は驚嘆すべきレディで、周知のとおり、ムードと場所に敏感に反応し、とても幸福で、人生の中にある物事にとても喜ぶ。そしてとても理解のある人でもある。それはアイリッシュネス、音響感覚、感じられることにつねに感受性があることです」[*67]と。一九五一年にボウエンズ・コートを訪れる前にウェルティはダブリンから感に堪えた手紙を書いている、「いつも私を本当に幸福にしてくれます」と回顧して、「ボウエンズ・コートのこととそこにいるあなたのことを想うだけで――あなたに会いに行って、幸福に囲まれて一筆でも書きたい――そう、私が最も書きたい物語を（それが何であれ、私を悩ましてきた貝殻を突き破って、私にはかけがえのない作品だったらいいと）。私はあなたに見てもらいたい、でもそれほど良くないのです」[*68]。ウェルティはその物語 The Bride of the Innisfallen（イニスフォールンの花嫁）を持ってきた、彼女はそこに様々な人物を描き出していて、アメリカ人、ウエールズ人、アイリッシュ、花嫁は簡略して含まれていて、彼らはそろってロンドンからコークに列車の客室を共にして旅をし、次には「イニスファーレン」という名の船で旅をする。彼女はロンドンからコークへの実際の旅路をそこに描き、列車の中で見聞きした会話をロビンソンへの手紙に記した。

列車の旅は豪勢でした——パディントン駅で客車に座ったらもうアイルランドにいて（私は客室に六人のアイリッシュとカーディフで乗ってきた一人のウエールズ人と一緒だった）……一人が彼女のことを「花嫁」と呼びました。[*69]

明かりのついた列車の客室の神話的な印象派のような資質は——外は暗く、ムードがあり、他人同士の会話——ボウエンの意匠を凝らす影響を示唆する可能性もあり、それをウェルティの読者は失敗と見なす。だがボウエンはアメリカ南部に自己のアイデンティティを確立している現実の地元の人物から離れて考えて書いたことでウェルティを怒らせた。ボウエンと相談し、短篇の第二稿を『ニューヨーカー』誌に送る前に、ウェルティは、原稿を「少し明瞭にして改良し」、署名してボウエンに一部コピーを送り、それがランサム・センターに保存されている。[*70] それは一九五一年に『ニューヨーカー』誌が初めて受け入れたウェルティの短篇で、ウィリアム・マクスウェルとガス・レブラノが強く推したが、彼らは一九四〇年から四一年にかけて彼女の短篇三篇を「芸術めかしている」として却下していた。

約十年後、ボウエンは自分の代理店カーティス・ブラウンの社長の妻で友人のキャサリン・コリンズと車でアメリカ南部を旅した。彼女は『ホリデー』誌のために記事を書く契約があり、A Ride to the South（自動車で南部へ）を書いた。[*71] 自動車旅行はホープウェルにあるコリンズ家の近くのニュージャージー有料道路を出発、すると歴史の磁石がボウエンの描写に作用した。彼女はUS一号線を疾走し、「白人の子供たちを預かった」スクールバスを何台も見て、ミシシッピのヴィクスバーグで失意を感じた、「春の草に南部連合の祖先の血がついている」。彼女は南部連合軍の死者の中に一人のボウエンがいたのを見つけた。そしてジャクソンで停まりウェルティを訪問した。ジャクソンからニューオーリンズに進むと、戦前の小さな綿業の町々が見えた。フランスとインドの泥棒の民話を聞いた。ルイジアナの大規模農場を見て、「フェミニンな家々で、レディの名がついたのもあった」。それはすべて突然で、ボウエンいわく、ミュージカルのような「眺めるばかりの生活」。だが眺める生活の付録は「強制された回帰（the enforced return）」で、過去の作家と書物の巡りくる記憶だった。彼女は旅路を戻って、「ビッグ・ハウス」の伝統を造り出した女性作家たちにたどり着く。

## ビッグ・ハウスの伝統

ボウエンがたぐりよせた本は、ジェイン・オースティン、マライア・エッジワース、サマヴィル&ロスらのものだった。オースティンとエッジワースはビッグ・ハウス・フィクションの伝統に刻印されているが、彼女らの文化的・政治的な位置は大いに異なっている。十九世紀に入ると、オースティンは文化的に確固とした明暗度（perspective）で『高慢と偏見』を書き——ボウエンが称賛する小説——ブリティッシュ・ジェントリーの資産家の男との結婚に憧れる中流階級の女たちを皮肉った。マライア・エッジワースは同時期に執筆し、文化的に分裂したアイルランドという意識を持って書いた。人生のほとんどをイングランドで過ごしたのに、アイルランドの土地改革法で政治的な危機に見舞われ、小説『ラックレント城』で、廃墟と化したビッグ・ハウスをさらけ出した。そこでは当主の家族の召使セイディ・クワークが、アングロ＝アイリッシュの地主階級の無責任と腐敗を抜かりなく喜劇的に詳述している。アイルランドは政治的、社会的にイングランドとは相いれず――十九世紀の土地改革法と文化と宗教の分離という断裂と暴力で占領されていた――イギリス小説の社会通念と同じ沈着さとバランス感覚に追い付かなかった。

　サマヴィル＆ロスは二十世紀の変わり目に、小説 *The Real Charlotte* で、アセンダンシーの地主階級と小作人の文化の亀裂を相手取って、書き続けていた。サマヴィル＆ロスと談話した時にボウエンは彼らを、アングロ＝アイリッシュ・アセンダンシーの血統を記録した作家とは見なかったが、アイリッシュとアングロ＝アイリッシュの性格と地主たちの恐怖の描写は誉めた。[*72] 小説の中で、遺産はあるが不器量なアングロ＝アイリッシュの娘シャーロット・マレンは社会的に心理的にフランシー・フィッツパトリックと競争することになる――フランシーはアイルランド西部のリスモイル州出身の美しく世間知らずの貧しいいとこである。シャーロットはいとこの魅力と人気に嫉妬するが、策をろうしてフランシーを金持ちの男と結婚させ、自分の社会的な地位を高める。小説の初めの方で、アングロ＝アイリッシュのシャーロットのイメージが手綱をつけられた馬に重ねられ、醜さと性格を断定している。「彼女は顔を赤らめ、鋭い当意即妙をおさえるきつい手綱が引かれる間も無く、口答えに大きな口を開いた……［シャーロットは］無理やり笑って歯をむき出しにした」。[*73] 彼女は典型的なアングロ＝アイリッシュのジェスチャーである土地の略奪を試みて、貧しい小作人ジュリア・ダフィから農場を奪おうとする。しかしジュリアは父親の名から「プロテスタントと貴族とのつながりを感じ」、彼女の土地所有は妨害されない約束が交わされていたことを、シャーロットと私有地の持ち主ミスタ・ベンジャミンに思い出させる。にもかかわらず彼女は拒否される。精妙な反イギリス的なユーモアが小説にあしらわれていて、シャーロットは「洗練された」イギリスのレディたちを「ものぐさ女」と腹立ちまぎれに呼び、精力的で自立したアングロ＝アイリッシュとは異なり、じっと座ってかしずかれるのを待っている女とみなした。皮肉と風刺が小説に縫い込まれていて、シャーロットの「微細な」ユーモアは、イギリス女のレディ・ダイサートには空振りに終わる。このレディは「構造的に、アイリッシュの下劣さの微妙な度合いを完全に見分けることができない」。レディ・ダイサートはシャーロットと卑近なトピックについては会話を楽しみ、階級の差とシャーロットのアクセントの違いを無視する、彼女の耳には「精力的な個性の表現」としか聞こえない。シャーロットは自身に対するこうした行き過ぎた偏見にもかかわらず、レディの息子のクリストファ・ダイサートを、いとこのフランシーの見どころある求婚者と評価し、「本物の紳士」であり、「彼の血統には卑しいサクソンの血が一滴も入っていない」と評価した。シャーロットの筋書きは失敗し、アングロ＝アイリッシュ・アセンダンシーの腐敗と堕落の合図になる。ボウエンはこの小説にある風刺とアイリッシュの日常生活の適格さを称賛し、彼女が談話で語るように、リアリズムの伝統にあるこうした小説が一九七〇年代のアイルランドに現れたのだ。

ボウエンはこの伝統の小説に一九二八年の小説『最後の九月』で合流しようとして、一九二〇年から一九二二年に及ぶアイルランドの「内戦」の危機のさなかにあるビッグ・ハウスの雰囲気を摑んでいる。しかし彼女が書いたのは「内戦」から六年後であって、イングランドに住み、アセンダンシー階級の家族と地元の農夫たちに対して文化的に惑う立場を取っていた。この小説は「アイルランドが、ある意味で、まだ彼女の故郷であるときに書かれた」とショーン・オフェイロンはのちに述べた。オフェイロン自身の驚くべき小説 *Midsummer Night Madness* は、ビッグ・ハウスのような屋敷を焼き討ちした男たちの視点で書かれている。これは皮肉な作品で、ボウエンは自分の選集 *Great Middlebrow Prose* にこれを選んでいる。一九三七年四月の生き生きとした感動的な手紙で、彼は「愚か者のように」記すと言いながら、ボウエンが「包囲された都市の歴史」を書いたことを認め、しかしもう「包囲は終わった」とした。「壁は相変わらず高いか? そう考えるのは恐い」だろうと。ひとりの小説家として、彼はビッグ・ハウスの内側にいる「スパイのように」、この文化的屋敷の娘ボウエンに、ダニエルズタウンの人々、つまり町の外のアイルランドのことを知り、あるいは「そこに分裂があったことを認め後悔している」ダニエルズタウンについての物語を書くように投げかけた。彼が言うには、彼女の小説には歴史的なノイズが消されていて、オフェイロンは、アイリッシュ小説は「敵」すなわちアングロ－アイリッシュを前面に持ち出すべきだと思い、実際に彼は自分の作品でそれをやった。文化的な分裂は絶望的だとし、「それをごまかしたり感傷的に眺めたりするのは、小説家がするべきことではない」と主張した。そして問う、「君は少しでもそう感じるか?」。これはオープン・クエスチョンである。ボウエンの反応は記録がないが、彼女はアイリッシュ社会の何層にも重なる階級や宗教について書いたことはなく、ただ一点、ボウエンズ・コートの家族の歴史にある分裂を理解していただけで、オフェイロンが強調した分裂はいまなお存在し彼女を悩ませていたのだ。それが一九二九年のこの小説で彼女が乗り越えなかった境界線であり、その他の小説でも近づかなかったことで、彼女は戦争に引きずり込まれ、一九四〇年代には戦争が彼女の主題になった。

オフェイロンは『最後の九月』の文体を絶賛しながら、その文化的な狭さを指摘。おそらく彼は小説におけるボウエンの文化的に多義的な立場を最も早く察知していた批評家で、ビッグ・ハウスが受け継いできたアングロ－アイリッシュの伝統的な価値と釣り合いを取りながら、隣人であるアイリッシュの頑強さへの共感も保持してきたのである。オフェイロンは彼女に書いた手紙では、「自分は『敵』を『もう少し前面に来る』よう求め続けていた」と繰り返している。そして、彼女が包囲された文化を表象していることを想起させ、今はどちらの側も「損失を埋め合わせるべきだ」と感じるかと彼女に訊いている。その同じ手紙で彼は、素晴らしい人々、グリフィン家の人々がビッグ・ハウス、アルタ・ヴィラ(これは古いアイタシルのことだと彼が断定している）に滞在した痛切な出来事を語り、一人の老人が「帽子を手ににじり寄ってきた」――彼は、もしかしたら彼の父かもしれず、オフェイロン一族の出身地である丘陵地帯から現れた。老人はビッグ・ハウスに近づくと、執事が出てきて彼を屋敷のレディの前から追い払った。文化的な複雑さを見て彼は気づく、執事は彼のまたいとこかもしれない。そしてこの全シーンはオフェイロンに吐き気をもよおさせる、「二人の男がそうやって話しているが、互いに守るべき秘密があって、『ハロー、トム、だっけ、ジェリー、だっけ』でもなければ、名前を聞き合うこともない」のだから。オフェイロンには「ビッグ・ハウスとアイリッシュの農夫の間の壁は、一九三七年からずっと高いままで、彼は自分がビッグ・ハウスの中の『スパイのような』感じに襲われる」とする。

　オフェイロン自身のストーリー *Midsummer Night Madness* では、ブレイク・ハウスが「一気に炎上した」とあり、ボウエンではダニエルズタウンのドアが「『最後の九月』で溶鉱炉のように」開いた、とある。これはボウエンにとり憑いたイメージである。後期になってオフェイロンはレン・ハウスが道徳的にも物理的にも腐食していく様をスケッチし、他方ボウエンのビッグ・ハウスは、アングロ－アイリッシュの従来の伝統を体現し、宴会、ダンス、そしてテニスが行われている――今なお魔法が彼らの日常に働いていて、ウィリアム・トレヴァーやジェニファー・ジョンストンのビッグ・ハウスのシーンに通じている。ヘン（Henn）の視点（不詳）が提出されていて、IRAのスパイが「彼の憎悪がいかに深くなったかを初めて知り、自分たちの憎悪に劣らず深く、深くて恐ろしい」と感じる。

　オフェイロンに見えなかったのは、ボウエンの小説がアイルランドの「紛争（ザ・トラブルズ）」よりも若い女性のジレンマに比重があって、個人に国家的な反響が出ていることだった。彼らのアイルランドは異なってはいたが、オフェイロンはボウエンの「自制心」と「小さなものの中にドラマを見るセンス」を称賛している。彼はとくに彼女の小説が持つ雰囲気に憧れ、「干し草、湿気、山並みが手に取るように見える」と言う。過去と現在のボウエン評者との語り合いで、彼はこの小説は「初めから終わりまでアイリッシュである――それが罰当たりだとしても」とする。彼はさらに補足して、傍白として、彼とボウエンはより広い意味の文学的な見通しを共有している、「（我々はもううんざりだ、我がナショナリストたちがアイリッシュ文学を求める声に――たかが文学にそこまで飢えるなんて）」[*74]。

　オフェイロンは、名声を確立した作家ではないのに、ボウエンにテーマを示唆する「無礼」を自覚していたが、敢えて示唆したのは、「アイルランドに関するアイリッシュ小説は、より良いことが起きている現実にたどり着く、もし逃げ道がない、ほとんどないビッグ・ハウスを選んだなら」と信じていたからだ。彼は彼女に書いてほしかった、『最後の九月』にある一九二〇年代ではなく現在のアセンダンシーの生活を明らかにする小説を。ボウエンは様々な困難に関する小説が書けたが、ビッグ・ハウス内の愛すべきことや自立性も書いた――花々や伝統を――したがって壁の外の人々はそれが「リアルな完全な生活だ。賞賛したい、親切な、コミカルな、穏やかな生活だ」と受け取るだろう。そうではないと彼は言う、アイリッシュ小説は「防水室」に入れられている

——文化的に分離状態にあると。

## 放棄　チャールズ・ディケンズとヘンリ・ジェイムズ

十九世紀のチャールズ・ディケンズは、その遠近法がボウエンの人生と執筆に反響していて、ヘンリ・ジェイムズも同様だった。両者は放棄された子供たちについて書いた。ボウエンのジェイムズへの近親性について多数の研究があるが、ボウエンは感情的にはディケンズにより親しく、テクニックはジェイムズに近い。一九六五年に彼女が育った場所でもあるケント州の海辺のフォート・ヒルのブロードステアーズに残るディケンズ・ハウスを訪れたあと、放棄のことが「戦慄させるほど照らし出されている」と語っている。彼女はチャールズ・リッチーに、ブロードステアーズでディケンズは多くの作品を書いた」それは「私が感じてきたこと、ないしは私が物事を見たり感じたりすることの根底にあるものなのです[*75]」と伝えている。ボウエンが愛したのは『デヴィッド・カパフィールド』で、その第一章で彼女が最も覚えているのは、サリー・フィップスによれば、「僕は羊膜と一緒に生まれた」だった。『ハード・タイムズ *Hard Times*』の父親に捨てられたシシー・ジュープの悲哀、そして『荒涼館 *Bleak House*』の損なわれた美貌のエスターは、ボウエンの物語の中の子供たち、シオドラ、ポーシャ、エヴァ、レオポルド、ヘンリエッタらの不幸の先駆けである。こうした子供たちの社会的文化的な背景はボウエンの心をとらえ、ディケンズがしたように、彼女は彼らの傷を世にさらけ出した。

ヘンリ・ジェイムズは、ボウエンが愛読したもう一人の作家で、放棄された子供について同様に心を奪われていた。だがジェイムズが描いた子供は、『メイジーの知ったこと』で両親の離婚騒動のさなかにいて、少女メイジーの表し方には特別なテクニックが用いられていた。ボウエンの見解では、登場人物は「オーバーに表現するよりは控えめなほうがいい。彼らが言おうとしてることは［…］実際に彼らが言えたことよりも、明瞭でなければならない[*76]」。『心の死』のポーシャは、両親の死後に異母兄とその妻の歓迎しない屋敷に入っても、ほとんど何も言わない。彼女は思ったことと感じたことを日記に「書く」が、我々はその断片を見るだけ、異母兄の妻アナがそれを友人に声に出して読む時だけになる。我々は、書かれた日記にある告発と観察の間にあるポーシャの感情を想像するしかない状態に置かれる。ジェイムズは反対に、包囲された早熟なメイジーが知ることや「思う」ことをオーバーに話すので彼女の語りついていけば、両親の離婚とメイジーを勝ち取ろうとする絶望的な破壊的な試みの困難な感情的な全容を知ることができる。二人の少女は、しかしながら、大人の世界の社会的な期待と欺瞞を乗り越えることを学ぶ。だがボウエンは、手紙や日記に書くことが思春期にあるポーシャを救い導くことを描き出している、ボウエン自身がそうだったように。

とはいえヘンリ・ジェイムズはボウエンを催眠にかける。彼女はインタビューで、彼はアメリカ人で、イギリス人よりもイギリスをよく見ている。それは彼女がアイリッシュでイングランドに住んでいるから、イングリッシュについては一段上の角度を持っているのと同じだ。アイザイア・バーリンとの対話で彼女は、ジェイムズとオースティンについて彼の見解を求め、バーリンはオースティンの「結婚への思い入れは［…］畏れいるが、精神分析的すぎるだけだ」としている。[*77]彼はボウエンとは違って、オースティンのコメディ・オブ・マナーズや結婚願望の下にあるより深刻な経済的社会的な動機の風刺には触れていない。ジェイムズは知的歴史家のバーリンよりももっと多くを作家ボウエンに提供している。彼女はジェイムズの知性に訴える文体と彼のセクシャリティにも引き付けられながら、一九六八年に彼について受けた質問にこう答えた。

彼の小説は素晴らしいと思う。もし私と彼が知り合いだったら、彼には削除用の青い鉛筆を送ったでしょう。ああ、あの終わりのない文章、客間で若い女性が同情してノイローゼの青年の話を延々と聞いている。しかしその文体は力強い。私は執筆中に彼を読みたくない。伝染するから、発疹みたいに。[*78]

## モダニストたち

モダニスト読者としてのボウエンの限界は、ショーン・オフェイロン編集の文芸誌『ザ・ベル』に書いたジョイスの『ユリシーズ』評によく出ている。彼女はまずジョイスの死去を悼む人が彼自身の国ではほとんどいないのを悲しみ、彼自身の悲劇は、一九〇四年にダブリンから亡命したことと、『ユリシーズ』の本そのものがアイルランドでは手に入らない（検閲なしで）ことだとしている。彼女は称賛と反駁を結合し、読者には不穏な「胃がひっくり返る肉体的な醜悪さ」にとりあえずひるんでいる。抑制、間接表現、静寂、無言性を評価する自身の文体を支えとして、文学から排除するべき次元にある人間の経験はないというジョイスの信念に彼女は共感していない。称賛したのはジョイスの抒情的な一面で、アイリッシュの読者大衆は「プロテウス」の冒頭の数節と、「死者たち」と『若き芸術家の肖像』は読むべきだとする。同月に彼女はハーバート・ゴーマンのジョイスの伝記の書評を『スペクテイター』誌に書いている。彼女はまずジョイスをヨーロッパの作家と位置付けつつも、彼へのアイルランドの恩恵を主張する。[*79]「これほど憐れむべき人はどこにもいない」と彼女は書いた。ジョイスは「尊大で、環境から自立しており、スタンダールの言う『エスパニョリスム』がある」とし、つまりスペイン風の感情と振る舞いがあるが、「彼にはアイリッシュの資質があり、それは形として鉄壁である」としている。彼女はジョイスを追い、『フィネガンズ・ウェイク』が一九三九年に出版されると、自分の読解をリッチーへの手紙に、言葉が「ゼリーみたいにぷるぷると跳ねている」と書いた。ボウエンをジョイスに引き付けたのは「何にもまして感興こそ彼の主題だった」ことであって、彼女もまたそうだった。[*80]彼女は機敏にも記している、「彼の熱と傷みの感興はありふれている――作品に感興を盛り込むために彼がどれほど努力したかは並外れている」。だが彼女にとって「ダブリンでの彼の青春は残っている……彼の芸術の結晶の中に」。結局のところ彼女は、「人々をつなぐリンクは場所と周囲を取り巻く環境だ」と断言し、ジョイスの街の通りや風景との類似性に着目している。そして最後の彼の永遠のイメージとして、「ダブリンの道路を歩き、我々とともに『ベイ』の濡れた砂を見る」と記している。

最終的には、ボウエンの作家人生はプルーストの読解でくくられる、彼の感受性と視覚的な想像力を彼女は共有していた。一九二〇年代初めにフランス語で初めて読んだ『失われた時を求めて』について、一九二七年に出た彼女の最初の小説『ホテル』がその影響を受けたことを認めている。チャールズ・リッチーに書いた手紙で、ホテルのシーンは『花咲く乙女たち』のバルベックに由来している、イタリアン・リヴィエラのホテルで母方の親戚コリー家と過ごした退屈な冬の間にそれを書いたのだと書いた。この気が滅入る時間をイタリアで過ごした後で気づいたのは、プルーストが「退屈さが（結果的には）実りあるものになる」として何を意味したかであった。[*81] 十年後にエレガントなドチェスター・ホテルからリッチーに宛てた手紙で、彼女は冗談めかして書いた、「プルーストが此処にいたらどんなにいいか」。ボウエンは小説でプルーストのように自在ドアを「ドールハウスの扉のように開き……中の生活」を開く。両者はともにホテルの中の社会とホモセクシャルの関係を明らかにするが、ボウエンは女たちの生活に、プルーストは男たちの生活に関心がある。ミセス・カーはボウエンの小説で、「私はフェミニストじゃないけど、女であることが好きなの」と言い、同じことがボウエンにもこの小説の登場人物や他の人々にも言えるし、それはボウエンが女の生活がセンセーショナルであることを知ったからだ。たとえば彼女はミセス・カーとシドニーとの「乱暴な友情関係」の中に「ある種の女のタイプ」を描き出し、ミス・ピムとミス・エミリ・フィッツジェラルドの間の「裂け目」を描き出している。

ボウエンの小説はプルーストの小説のように、社会的な写真術を思わせる。時、場所、階級のスナップショット。時間に逆らって、ボウエンのように、プルーストは封建時代とその消えゆく時代の神話を抱きしめ、ボウエンもまたアングロ－アイリッシュ・ジェントリーの死に瀕した儀式と伝統を抱きしめる。彼はドレフュス事件と第一次世界大戦後のフランス社会の型の変化を示し、同じように、『最後の九月』に見る社会的な風景はアングロ－アイリッシュが場所を失い、家庭はIRAによって焼き討ちされるという変化を描き、共和国たらんとするアイルランドの苦闘を描く。彼が回想する「心の断続」、変化する愛の顔、過去と現在の時、そして記憶は、ボウエンの心をも占めたものだった。[*82] スコット・モンクリーフ英訳、フィリップ・ジュリアン挿絵の一九四九年版青色のプルーストの本は、ボウエンのハイズの家「カーベリー荘」の書棚にある。[*83] ボウエンはプルーストの人生にも巻き込まれ、一九五九年にジョージ・ペインターが書いた彼の伝記を読んで自分の人生と比べた。伝記は、と彼女は言う、ロマンスにおける「神経衰弱的な舞台設定」の感染性に一種恐怖の念を抱いたと。ありがたいことに彼女とリッチーは神経衰弱ではなく、「理由は知らないけど」、彼らはただ「大いに神経質だが大いに統制がとれている」と納得している。[*84] 二人とも電圧は高かった。人生の最後に彼女はプルーストに戻り、ピーター・ケネルの依頼でエッセイを書いた。そしてデレク・ヒルに、私は一九六七年十一月には「長いプルースト漬け」に落ち着くと書き、「ご大層なエッセイ」、The Art of Bergotte（ベルゴットのアート）を書くことになり、それはいま彼女のエッセイ集 *Pictures and Conversations* に収められている。

二十四頁に及ぶ手書きの引用文の写しは、彼女の全力投球ぶりを確証している。彼女はその中で音楽家ヴァントゥイユを選び――プルーストに確認し――ボウエンにも同様に、「人生の唯一の真実は芸術である」とする。ベルゴットは魅力的な人物ではないが、天賦の才のある芸術家である。彼への好意はボウエンが選んだ「注」に出ており、作家たちの「こってりした肉体的な個性」に失望したマルセルの思春期に焦点が当てられ、ボウエンの作品でも多くの思春期の若者が理想化した大人に失望するのに似ている。さらにプルーストは「ロマンティック・ラヴのパラドックス――所有しているものは、もう欲しくない」に乗じていて、彼女も自分の小説で、リッチーとの関係ではどうかと点検している。ボウエンはしばしばアートとロマンスを絡ませてしまった。ベルゴットは、ボウエンのように、官能的な視覚的な画家で、執筆で最も効果があるのは、マルセルによれば、「彼らが浮遊している風土の魔術」であって、現実のシーンではなく作家の感受性を濾過したシーンであり、ボウエンの読者にはお馴染みであろう。[*85]

## 原注

＊1 Bowen, "Coming to London," 88.
＊2 Bowen, "Review of Cyril Connolly's *The Condemned Playground*," *MT*, 170.
＊3 EB to WP, May 6, 1958, DUR 19.
＊4 *WWE*, 351.
＊5 EB to VW, July 31 (1937 or 1938), NYPL 64B5060.
＊6 WR to EB, May 31, [1936?] DUR 11.8.
＊7 Woolf, March 24, 1932, *Diary* 4, 208.
＊8 Woolf, March 16, 1936, *Diary* 5, 18, 133.
＊9 Woolf, April 19, 1934, *Diary* 4, 208.
＊10 CR journal, October 29, 1967, *LCW*, 455.
＊11 EB to RL, October 16, 1972, KC, 2.
＊12 See Morrell, *Lady Ottoline's Album*.
＊13 EB to OM, August 15, n.d., HRC 3.2.
＊14 Plomer, *At Home*, 45-46.
＊15 Bowen, "Preface to Orlando," *SW*, 135.
＊16 Bowen, "Achievement of Virginia Woolf."
＊17 EB to WP, May 6, 1958, DUR 19.
＊18 CR journal, May 13, 1956, *LCW*, 232.
＊19 IB to Mary Fisher, November 30, 1933, Berlin, *Flourishing*, 69.
＊20 CR journal, April 20, 1942, *LCW*, 30.
＊21 EB to IB, December 18, 1933, BOD, MS. Berlin 245, fol. 11.
＊22 VW to EB, January 29, 1939, HRC 12. 4.
＊23 Ibid., January 3, 1933.
＊24 EB to VW, July 1, 1940, SU.

＊25 See Bluemel, Introduction, 1-14.
＊26 Elizabeth Bowen, letter to Woolf, July1, 1940, HH.
＊27 Sybil Oldfield, *Women Against the Iron Fist*, 103.
＊28 Woolf, "The Leaning Tower," 136.
＊29 ドイツ軍の二百発の爆弾は、鉄道、空軍基地をめがけてロンドンに投下されたが、ダウニング街十番地、戦争省、財務省、ピカデリー・スクウェア、セント・ジェイムズ・スクウェアが実際には爆撃され、死者は三百人に達した。
＊30 Woolf, October 17, 1940, *Diary* 5, 330.
＊31 EB to VW, January 5, 1940, SU.
＊32 Woolf, October 20, 1940, *Diary* 5, SU.
＊33 *HD*, 337.
＊34 *CI*, 74.
＊35 Bowen, "We Write Novels,"27.
＊36 VW to EB, July 20, 1933, in Woolf, *Letters* 5, 205.
＊37 VW to EB, September 26, 1935, HHC.
＊38 Ibid.
＊39 Woolf, *Letters* 6, 473n3.
＊40 *ROO*, 131.
＊41 *CI*, 81.
＊42 EB to CR, June 26, 1945, *LCW*, 52.
＊43 Ibid., November 21 and 28, 1961, 373-374.
＊44 Ibid., May 30, 1962, 388.
＊45 Bowen, "Frankly Speaking."
＊46 Bowen, "Ray Strachey's *Our Freedom*."
＊47 VW to EB, May 16, 1934, *Letters* 5, 303.
＊48 Bowen, "Women's Place," 379.
＊49 Lassner, *Elizabeth Bowen*, 1-2.
＊50 Bowen, "Daughters of Erin."
＊51 Lehmann, "Rosamond Lehmann—Interview."
＊52 Ibid.
＊53 RL to EB, July 8, 1935, HRC 11. 6.
＊54 Ibid., August 25 (ca. 1935).
＊55 Kathleen Raine to RL, November 7, 1976, KC 2.498.
＊56 RL to EB, March 3, 1949, KC 2.64.
＊57 Ibid., October 12, 1935.
＊58 Bowen, "Echoing Grove—Review."
＊59 EB to IB, shortly after September 1936, BOD, MS.Berlin 245.
＊60 O'Faolain, "Reading and Remembrance of Elizabeth Bowen," 59.
＊61 *PC*, 34-35, 36.
＊62 *WL*, 11.
＊63 EW to John Robinson, April 2, 1951, LSU, MS. 4919.
＊64 Devlin, *Welty*, 5.
＊65 Devlin, *Welty*, 21 n. 9.
＊66 Marrs, *Eudora Welty*, 369ff.
＊67 Prenshaw, 4.
＊68 EW to EB, April 1951, HRC 12. 1.
＊69 EW to John Robinson, April 2, 1951, LSU, MS. 4919.
＊70 EW to EB, aboard *Ile de France*, August 1951, HRC 12.3; typescript of this story in HRC.
＊71 Bowen, "A Ride South," 165-188.
＊72 Irish Literary Weekend, sponsored by Lady Birley, June 25-July 2, 1971, Sussex.
＊73 *The Real Charlotte*, 15.
＊74 O'Faolain, Sean to EB, April 22, 1937, HRC Bowen Collection 11. 6.

＊75　EB to CR, April 11, 1965, *LCW*, 439.

＊76　Bowen, "Notes on Writing a Novel," 182.

＊77　IB to EB, January 2, 1934, Berlin, *Flourishing*, 80.

＊78　Monghan, "Portrait of a Woman Reading."

＊79　Bowen, review of James Joyce, March 14, 1941, *SIW*, 62-63.

＊80　Ibid., 246, 239-240.

＊81　EB to CR, September 2, 1949, *LCW*, 138-140.

＊82　Proust, *Sodom and Gomorrah*, Part II.

＊83　ボウエンの死後に競売に付され、現在はブルース・アーノルドの図書館にある。

＊84　EB to CR, October 21, 1959, *LCW*, 342.

＊85　Bowen, "Art of Bergotte," *PC*, 102, 95.

# 第十章　晩年のライフ・コラージュ

## 漂流する

「アラン亡き後の私の人生を見てください」とボウエンはリッチーに書いた、「あなたと一緒でない時の私は、行方を求めてこの行路からあの行路へと漂流しています」[*1]。一九五二年から一九五九年までの年月は、彼女の夫の死と愛するボウエンズ・コートの崩壊で一括される期間になる。一九五〇年代、彼女はあちこちに移り住み、方向を探し、金を稼ぐことと、リッチーとの関係のバランスを保つことに振り回された。彼は結婚して、彼女は独身女（femme seul）。リッチーは、キャリアとして最高潮にあり、一九五八年にはカナダの国連大使に任命され、妻とともにニューヨーク市に居を定めていた。その頃ボウエンは大学の巡回講師。

彼女はメイ・サートンに、アメリカのコレジを渡り歩くこの十年は、ときに「経験したこともないストレス」だったと訴えている。そのペースは彼女の驚くべきエネルギーと禁欲的な気質を物語るが、収入の算段とリッチーとの不自然な別離を思うせいで、しばしば憂鬱だった。立ち直りは早い方だったが、リッチーには劇的な感情を爆発させ、乱れない外観とは違う顔を見せた。一九五二年から一九六〇年代の初めまで、精力的に講義を続けた一方で、ローマで開催されたアメリカン・アカデミーに参加して旅行記『ローマ歴史散歩（*A Time in Rome*）』を書き、一九五五年には『愛の世界』を完成させた。さらに彼女は、『ヴォーグ』、『ホリデー』、『サタデイ・イヴニング・ポスト』、『レディズ・ホーム・ジャーナル』、『ハウス&ガーデンズ』、『ハーパーズ・バザー』、『マッコールズ』誌のために楽しい記事を書いた。その合間にさらに死刑に関する王立委員会の仕事で、イングランドやスコットランド中を旅した。

彼女は希望のない状態が続き、ときにはとり憑かれたように恋をした。ローマからリッチーに痛切なメモを送ったが、その間、ボウエンズ・コートの売却のために十月から翌一九五九年三月まで引きこもり、こう書いている。

マイ・ダーリン、この手紙を開くと、おそらくサテンの端切れが落ちるでしょう——ちゃんと拾ってね、国際連合総会の真っ最中の大事な時でも。これはあなたがプレゼントしてくれた美しいローマ風イヴニングドレスの生地で、私はやっと分かったの……金額はこれ以下だけど——二百ポンドもあなたが――愛しい寛大な愛する人――私に使いなさいとくれたのね。[*2]

美しい衣装でローマ社会の高級な社交界を回るのは、気晴らしになった。彼女の情熱的な手紙は続く。私が住んでいるのは「孤独という状態で、一種の風土というか悲しい地域で、私たちが離れている時間がどれほどであれ、それが私を繰り返し押さえつけます」。[*3]

戦後の十年は、一九五二年にボウエンとキャメロンがロンドンを離れることで始まった。経済的なことが移住の動機になった。彼らは戦後の英国政府が彼らの金を国外に持ち出すことを許す政策施行を待っていた、経済的にはキャメロンのBBCの年金と、ボウエンの講演や印税があった。キャメロンは健康を害していて、彼を治癒するボウエンズ・コートにもっと平和な生活スタイルがあると期待していた。移転はロンドンという都市からの別離となってボウエンの疎外意識にのしかかった、ロンドンは戦後の耐乏生活が蔓延していた。彼女の目に入るのは道路にたむろしている落胆するばかりの灰色のワーキングクラスの不良少年、見る影もない郊外が広がり、貧困がはびこり、犯罪の統計数字は高まった。

ボウエンは、一九四五年の労働党の勝利でさらに疎外感を味わった。彼女はリッチーとともに、戦時中にナチズム相手に放ったチャーチルの雄弁と熱気溢れる痛烈な攻撃を称賛していた。「英国民があまねく聞き届けた彼の雄弁の秘密のひとつは」とリッチーは言う、「彼らに歴史を生きていると実感させたこと、壮麗で大規模な儀式に参加していると感じさせたことである。チャーチルは自身が感じている英国の歴史の継続性を彼らに与えている」。[*4] だがボウエンは、チャーチルが去るなら自分も去るだろうと警告した。保守党は一九四五年に政権を去り、労働党がクレメント・アトリーのもとに多数派となって政府を樹立した。彼女のオクスフォード時代の友人は多少の左翼思想を持っていて、戦争初期にはオーデンやイシャーウッドもそうだった。しかしボウエンは翻って、戦後の英国の「労働党穏健派の政治家」への反対を宣言しプルーマーに書いた。[*5] またリッチーにも書いて、「地方と同様、ロンドンも他国の首都も、恐ろしいことになっています。ここ数か月の私の手紙から察しているでしょうが、私の焦燥感と神経症は深く、公式な戦争終結宣言後のロンドンはとにかく瓦解し、幻想はすべて破れました」。[*6] アンチ・ファシストの熱意が音を立てて崩れたのを彼女は感じた。「感情は枯渇してしまった。そして原子爆弾投下に対して大多数に罪悪感（見当違いだと思う）があります」。大聖堂の形をなぞるサーチライトだけが、彼女には事件の「音楽」だった。彼女が重んじたのは資産、伝統、権威の価値であり、人々つまり群衆には共感しない。アメリカが受けた真珠湾攻撃への反応はタカ派であり、ヴェトナム戦争に反対する学生運動には違和感があり、白人優先のローデシア問題には好感を持った。労働党の人々の二割は主義主張があると認めながら、「少数のいい人々のお取り巻きは、弱虫で生焼けで成りそこなった連中で、恨みや不満を抱いていて、目的を達成するために坂を登ったことがない人で、おまけに悪いのは坂だと信じて疑わない人たちだ」。ボウエンは、アイルランドの実際の慰めと戦う姿勢のゆえに、アイルランドにますます親しみ、キャメロンの死後はアイルランドに断続的に住んだ。一九五六年には、「我が先祖たちは、イングランドの政治などハナにもかけたことはなく、いかにもそれで正しかった。この国は、戻ってみると、非常に優しく、甘美に思えた（甘い空気の中で話すような感じがある）。違法にも――彼らが中立策を取ったことを勘案して――一人ひとりが平和を半狂乱で楽しんでいる［…］。事実、アイリッシュたちは私が出会ったかぎりでは世界平和に百%の快感を得た唯一の人々ではないだろうか……［彼らは］つねにわかっている、この戦争がソヴィエト共産主義に終わるだろうと、そしてそれから脱却したことをもっと喜んでいる」[*7]。

## キャメロンの死とボウエンズ・コート売却

一九五二年一月、彼女はボウエンズ・コートに居住して、キャメロンはだいぶ回復したと友達に書いた、最近の心臓発作、数年にわたる「面倒な糖尿病」、そしてしつこい眼病に悩まされながらも、と。キャメロンはボウエンズ・コートでの暮らしを楽しんでいるとデレク・ヒルにも書き、二人で幸せだと書いた[*8]。ところがキャメロンは八月、睡眠中に突然死んだ。ボウエンは結婚生活のほとんどを、彼から離れて、文学的・社交的な人生を送ってきたように見えたが、実は彼が彼女の高速回転人生を制御する錨（いかり）だった。彼の死は彼女を打ちのめし、うろたえさせた。そして同情を寄せてくれた友達――ハウス、サートン、プルーマー――に手紙を書いた。「彼が行ってしまいました」と彼女はサートンに書いた。

　神のお恵みを、あなたの手紙に、あなたの理解に、アランについて大事なこと生き生きと書いてくれて。最期はすべてが静かで、すべてが突然でした、彼は夜の睡眠から目を覚まさなかったの。私たちがここに来て数か月にわたり（去年の一月にロンドンを永久に離れました）、お恵みによって回復していました。この屋敷で長い真冬を過ごし、それからまぶしいほどの春、長い明るい夏――アイルランドの夏とは思えなかった。私たちは**とても**幸せでした[*9]。

そこで事態が一変した。彼は八月の終わりの静かな一夜、眠りについた。彼女はハウスに書いた、「起こらねばならなかったことだとしたら、ここがその場所でした。ロンドンでは非現実的で、耐えられなかったでしょう。ここには物事に威厳と適切さがある。この場所の外でも中でも一人ひとりがみなとても良くしてくれました。多くが此処では泣くことが自然だと思っている。『忘れろ』などという無知な人はいない」[*10]。彼の死後、ボウエンは巡回する生活を再開した、ケント州で子供の時からお馴染みだった生活である。動くことは彼女の日常だった。とはいうものの、彼女はボウエンズ・コートを持っていたかった。「この場所は」と彼女はデレク・ヒルに書いた、「かってなかったほどの意味を持ち、ここに住み続けたい、それができるなら」[*11]。

「七年間」とリッチーに書いた、「私は不可能なことをしようと努力してきました」。ボウエンズ・コートが「心配の種」で、お金を稼ぐための絶え間ない旅が執筆のペースを落としていた[*12]。プルーマーには、「恐ろしく空しい日々」[*13]を経験しています、不安定さが募る一方ですと書いた。プルーマーやバッツ家の人々は慰めだった、彼女はもてなしのスタイルを維持し、椀飯振舞（おうばんぶるまい）に精を出した。彼女は告白する、ボウエンズ・コートはお金で維持されているだけではない、召使たちの善意がなければ維持できないと。彼女の死後に出版されたエッセイ The Most Unforgettable Character I Ever Met（私が出会った最も忘れがたい人）でボウエンは、最も愛した召使の一人サラ・バリーに金銭的な問題を説明したと語っている。「祖父が死んだあと、経済状態は改善しなかったのよ。私にボウエンズ・コートが維持できるのは、私がお金を稼いだらの話。すると［サラは］私のしたことが分かり、自分のしたことと並べて、同じ理想を追ってくれた――物事を続けることにしましょうと」[*14]。そして召使たちは犠牲を払いそれを維持した。ボウエンは述べた、「彼女はその天才を見捨てられた希望に注いだと言えるでしょう――僻地にある屋敷に、死に瀕した家族に。天才は無駄に与えられない」[*15]。一九五九年の終わりにボウエンはついにそれを売る。二世紀の間、屋敷は一家の手にあった、彼女は所領の初めての女性相続人だった。彼女は屋敷を存続させようと苦闘したアングロ‐アイリッシュの当主だっただけではない。他の家族たちが「ドアまで雑草をはびこらせ、六ペンスも稼げないのに［…］心ない金持ちとしてアイルランドの隣人から恨まれ続けた」のを目撃していた。「もはや」と彼女は言う、「この神話は破れ去った。ビッグ・ハウスでの生活は愉快なばかりでないことは誰もが知っていると思います」[*16]。今日、人は「愚の骨頂」とコメントする。けれどもそれが売却された時、人生をリッチーとともに過ごすという夢――「**絶対に**家を持ちましょう」――は音を立てて壊れた。

## エディ・サックヴィル‐ウエスト

ボウエンは、所領売却中はイタリアに亡命していた。帰国した時、仲のいい友達エディ・サックヴィル‐ウエストは、彼女の外観のあまりの変わりように目を疑った。「自分の葬儀に出た人のように見えた」[*17]。リッチーが、彼女が切望していた協力を申し出てこないことに動揺して、ボウエンは仕事の契約に果てしなく身を投じ、体調などかまっていられなかった。ボウエンの人生に感情の裂け目が生じ、荒涼とした孤独について友達に手紙を書いた。リッチーの結婚の事実をどうしても受け入れられず、キャメロンの死後はそれがさらに高じ、リッチーの妻シルヴィアにますます耐えられなくなり、敵意をむき出しにすることもあった。こうした絶望と感情の破綻は、ときにリッチーを遠ざける結果になった。

だが彼女の執筆は続いた。一九五四年、ボンにリッチーを尋ねた劇的な不幸の日々に、彼は仰天した、ボウエンが『愛の世界』の最終章を書き上げたのだ、小さなドイツのホテルのベランダのテーブルの上で。その頃ボウエンはエディ・サックヴィル‐ウエスト――裕福で貴族的で、機知に富んだ優雅な変人で、ホモセクシャル――との間に強い友情を育んでいた。エディはヴィタ・サックヴィル‐ウエストのいとこで、ヴィタは彼のノール荘園の相続に憤然と反対した有名人で、社会が認める長子相続制度にも反対していた。一九五五年の春、ハートリーが書いてきた、サックヴィル‐ウエストがロンドンに行き、「文字どおり盆に乗った相続遺産を受け取る」[*18]と。彼らは一九四〇年代の後半に知り合い、互いに訪問を繰り返し、ボウエンは彼のゲストとしてドーセット州にあるロング・クリチェルを訪問、そこは一種の知的男性のサロンで、ハートリーはレイモンド・モーティマーとデズモンド・ショー・テイラーをコンパニオンにして同居していた。彼の言によれば、当時のボウエンは『日ざかり』の出版後でかつてないほど多額の印税を手にしていて、ボウエンズ・コートのキッチンと浴室の改築ができて喜んでいた。彼はまた「老いた哀れなアランは大人しくなり、よろよろしていて」、体調は悪く、この数年後にキャメロンとボウエンはロンドンからボウエンズ・コートへ引っ越した。[*19]

サックヴィル-ウエストはボウエンを刺激的な社交サークルに誘い入れ、ある人たちは、情勢が違ったら、ボウエンズ・コートの金銭的な困窮に彼が手を貸したかもしれないと憶測した。一九五六年にボウエンははっきり自覚してリッチーに書いた、サックヴィル-ウエストは通常の感覚で私に恋しているのではない、それは「一種の愛だが、人と一緒にいる幸福感が嬉しいのであって……私とのコンパニオン関係に恋しているだけです……彼も知っています、私が『応じられない［利用できない］』ことを」。[*20] エディが最初にアイルランドに移った時、彼はボウエンと共にボウエンズ・コートに滞在したが、一九五六年の五月にはクールヴィルにある自分の家に移った。彼女はほっとした。彼のスタイルは好ましく、彼は信頼できる人だと知ったが、健康を害した時の唖然とするほどの大騒ぎは耐えられなかった。彼の家には訪問者が流れ込み、一九五六年の九月に彼女はリッチーに書いた、「落ち着かない夏で［…］、分かるでしょ、私たちはここで互いの洗濯物に没頭しています」。[*21] ボウエンが驚いたのは、レイモンド・モーティマーと、イズリントンのキャノンベリに家がある彼の友人ポールがここに来たが、「まるで箒にまたがった魔女のようだった」ことだ。彼女に分かったのは、彼らはボウエンのことを「老いたるアイリッシュの道楽者」の役割で見ていて、エディが「酒におぼれる」のを心配していることだった、アイルランドでは誰もがものすごく飲むからだ。これはボウエンが深く憤慨した告発だった。

リッチーは一九五六年の春に再び彼女を訪れたが、彼が発った後、彼女の手紙に出てくるイメージは「ばらばらに壊れ」、「手足をもがれ」、「傷ついていて［…］、ヤクでやられたようだった」。[*22] リッチーとのもつれた関係は知られていたが、サックヴィル-ウエストとの関係も二人が親密になると、人々の噂になった。彼女は仲間同士の彼らの関係、エレガントな彼との会食、その年の六月の『トスカ』鑑賞などを文章にした。同じ頃、リッチーは日記に、ボウエンが間接的に脅してきたと書いた、もし彼女が彼ともっと頻繁に会わないなら、サックヴィル-ウエストがますます彼女の人生を占める、なぜならそれは彼女の言によれば、「彼はくっついて離れないし、話が通らない人だし、それは『シルヴィアがいるのと同じ』ことです」とのこと。[*23]「くっついて離れないこと」はボウエンのいう愛ではない。短篇 Look at All Those Roses（あの薔薇を見てよ）のルウは、既婚者であるエドワードは自分には必要だと決めて、「わざとしつこく彼にしがみついて［…］彼を視野の外に滅多に出さないようにしていた――彼女のいう愛はくっついて離れないことだった」。[*24] ボウエンがこの資質に身震いしたとしたら、一か月後にサックヴィル-ウエストは彼らの関係に入ってきた嫉妬の念にたじろいだ。彼は日記に、感情を表すことと、R

［リッチー］とエリザベスの間の嫉妬の原因となることが嫌になったと。[*25]リッチーは、そのときボウエンズ・コートに来ていたが──ボウエンと結婚するという強い意志を示したことはなかったにしろ──我が物顔で、奇妙にも、ボウエンとサックヴィル－ウエストの結婚の可能性を案じた。「僕が結婚した時に彼女が知ったことを僕はもちろん知っている［…］それが正義でいいのだ［…］僕は彼が何をするつもりか［…］僕の足元で地面が割ける」と。[*26]しかし彼が言うには、ボウエンは彼に確約した、「エディを諦められないが、彼と結婚することもできない」と。彼らは演技していたのか？

一九五八年、愛着が揺らいだリッチーは日記に書いた、ボウエンとともにニューヨークに行ったとき、話題の多くがまだサックヴィル－ウエストだった。「Eは僕がこれで怒ると思って不安になり、彼は『友達にすぎない』と証明するのに苦労していた」。[*27]サックヴィル－ウエストの衰えつつある健康はこの時期しばしば言及され、見込みのない経済的な困窮がボウエンの想念を占めていた。神経を張り詰めたボウエンは、ボウエンズ・コートの権利譲渡や売却について家族や友達と情報を共有することもできず、サックヴィル－ウエストも無力を嘆いた。売却を決める前に、友達のノラ・プリースによれば、彼らの間にあることが起きた。どちらかが結婚を申し込んだところ、双方が戸惑ってしまい、愚行に気づき、彼は以前にド・ラ・ワット伯爵夫人とベティ・フレッチャー・モソップにも求婚していたのだ。[*28]だが明るい見方をすれば、ボウエンとサックヴィル－ウエストはボウエンズ・コートを救うための資源を積むこともできたはずだ。暗い見方をすれば、ボウエンはまだリッチーにとり憑かれている一方、サックヴィル－ウエストの虚弱な健康がボウエンを介護者という、慣れない望まない役割に投げこむ可能性があった。ボウエンズ・コートの売却を決定した後、彼女はローマに行き、絶望と神経衰弱を抱えてはいたが、サックヴィル－ウエストとは二十か月間、一切連絡を取らなかった。彼はボウエンズ・コートが「施錠され閉鎖されている」のを見て──彼女は彼に一言の相談もなく売却していた──彼は当然「立腹した」とリッチーが伝えている。サックヴィル－ウエストはモーティマーに書いた、「彼女の心の状態を私は測りかねている。彼女が非常に老けたのは誰もが認めることだろう。それ以外に、彼女に関連することで合意できることは何もないだろう」。[*29]彼らの友情は一九六〇年代に復活し、喘息と他の病気にもかかわらず、彼は社交生活を楽しみ続けた。ところが一九六五年七月に、彼の妹ダイアナから彼の死去を告げられてボウエンは非常に驚いた。数日後に彼とともに過ごす予定になっていたからだ。「可哀そうに、愛しい無邪気な人」と彼女は述べた、「彼はもっともっと生きたかったのよ」。[*30]

リッチーは、この間、妻と離れてニューヨークにいて、同時にMとの情事に耽っていたが、グレンディニングにもリチャードソンにも身元不明の女性で、彼らはパリで知り合い、一九五七年から五八年にもニューヨークで会っていた。リッチーは日記のはじめにボウエンとの距離感を感じて書きつけていて、この情事はボウエンにとって「不義」になるのか問うのだが、そこに妻の名は一切出てこない。[*31]

## アメリカのコレジ

一九五二年の夫の死後、ボウエンはアメリカに引き寄せられ、そこでは「私自身であるという感覚は宙づり状態だった」。あらゆる刺激を受けて、映画を見続けているような感じがして、アランの死と自分の孤独を思い出させるものから離れた。切れ目なく人々とともに留まり――コリンズ家、クノップフ家、そしてブラック家は彼女に必須の静寂を提供し、小説『リトル・ガールズ』を仕上げることができた。歓迎され幅広く講義し、「リテラリ・ギルド」が『日ざかり』を選定したことで著名人になり、イングランドやアイルランドで確立していた主動的な位置に勝る地位を築いた。リッチーとの関係はぐらぐらしていたにも拘わらず、彼らの逢引きはこの十年間も続いた。彼女のアメリカの出版社クノッフは、彼女の本を印刷し続けた。彼女は代理店を通していたが、アメリカで講演する小説家はみな「十羽ひとからげ」だと気づいた。ボウエンは彼らが謝礼をし、講演旅行をふやす計画を歓迎したが、彼らは代理業として三割の手数料を取っていることに気づいた[*32]。だがボウエンは、一九五一年十二月にシカゴまで飛んできたユードラ・ウェルティとの会合を喜び、彼女らはドレイク・ホテルで素晴らしい食事を共にし、色々なレストランをたずね歩いた。

彼女の文学的名声は、上昇する一方だった。懸命に働き、プルーマーに、私はこの一時を「個人的にエンジョイしているの――初めてのことで、私はその中で『成長している』ような気がします――子供の時にそうなりたいと思ったように。ただ一つ悲しいのは、懸命に働く必要があるので、手紙を書くことができなくなりました」[*33]。実際に彼女の最も盛んだった手紙の時代は一九三〇年代だった。一九四〇年代は戦争で消耗し、一九五〇年代は講演と成功と人気で過ぎた。一九四八年に彼女は芸術への貢献のゆえに大英帝国勲章CBE（Commander of the Order of The British Empire）に叙せられた。一九四九年にはダブリンのトリニティ・コレジから名誉文学博士号を受け、一九五二年にはオクスフォード大学名誉博士になった。彼女は疲れを知らずに働き、膨大なエネルギーを注ぎ、ブリンマー・コレジでルーシー・マーティン・フェロウシップを願い、一九五六年に正式に受領した。これは学問的な義務をほとんど伴わないものだった。

ボウエンは何度も訪れたことでウィスコンシン大学との間にも永続する関係を築いた。彼女は一九五二年に大学組織と美しい街に紹介され、教えることに常識を超えるほどに献身し、しかも『リトル・ガールズ』の執筆を続けた。大学ではユーモアの精神に富む賢い学生に慕われ、一九五八年にふたたび教壇に戻り、アメリカ中西部の「果てしない空間の広さ」と、「極端な友情と広範にいきわたっている好奇心のなさが入り混じっている」のを再度味わった[*34]。彼女に適合していた。

二年後の一九六〇年の春、ボウエンはヴァッサーのとあるコレジのレジデント（居住教師）の地位を受けたが、ボウエンズ・コートを売却する前後の絶望的な時期から立ち上がった時で、ボウエンはそれを楽しめなかった。リッチーに、「助けて、ここだけの話だけど、私はヴァッサーが怖いの」[*35]、そしてレジデンシーを「警戒感と失意」をもって期待しています。しかし彼女は「リーディングとライティングのアート」で一年生の英語を担当し、短篇で実りあるコースを持ち、リッチーがのちに自らも関与したが、オー・ヘンリ、ポー、チェホフを読んだ。このコースで人間の音声に本来備わっている「音のドラマ」について話し、フィクションの会話でこの人物とあの人物の違いを際立たせる方法を伝授した。だが彼女は学生に、対話のすべてが言葉によるとは限らない、「人間の多くは内部に不可解な人の部分があり、この「スフィンクス」の要素を［短篇］が本格的に――しばしば――開拓しなくてはならない」と教えた。彼女は言う、対話はあっても、言葉は出ないかもしれない――多くのモダニストたちが共有する情趣がこれであると。[*36] 遠方にいるリッチーは、ヴァッサーで学生のおべっかを勝ち得ている「説得する魔女」のボウエンの肖像を描き、彼の姪エリザベス・リッチーが彼女と連絡できたらと思っていた。彼は想像した、「キャンパスに散見する若い人たちの行列、農場で卵を拾い集めるように手紙を集めている少女たち……その全体に短篇が縫い付けられている」[*37] ことを。一九六〇年の初め、ボウエンはまだリッチーに手紙を書いていたが、急いで書かれ、彼女の人生の人々や出来事について内容は乏しく、過去にあった愛情も意見も不十分だった。地理的に遠く、彼女の苦悶にもかかわらず、彼らは断続的に会い続けた。

『ローマ歴史散歩』や、人気のある記事、How to Be Yourself But Not Eccentric（自分らしくしかも変人でなく）とかThe Case for Summer Romance（サマー・ロマンス事件）を書きながら、彼女は一九五五年に『愛の世界』を書き上げ、『リトル・ガールズ』に取り掛かる。『愛の世界』の執筆は、キャメロンの疾病から死去までの時間と重なり、独りになった彼女はリッチーと結婚したい欲望をまた掻き立てていた。小説の中でリリアは彼らの関係の中の影のような第三者である。かつて愛した男のことを夫のフレッドにあからさまに話す。空が曇り、「栗の木は夏に繁って彼らを覆う天蓋となり、彼らの頭上には燃え尽きた花の蠟燭が茶色になって――枯れて乾いた雄蕊が塵に交じって吹かれていた」[*38]。この一節は終わりの感覚、死にゆく感覚をにじませていて、ボウエンの頭上の天蓋は、リッチーとの揺らいだ関係のことで、もう一人の「第三者」なのである。

この半狂乱のうちに出た旅で、ボウエンがもう立ち上がれなくなったのではと案ずる友達や親類がいて、従姉妹のレティシア・ルフロイは、ボウエンからの便りがもう何か月もなく、ボウエンが病気なのではと恐れた。過剰に働いた後、一九五八年、ボウエンはニューヨークに逃げ出し、八か月もの間、ボウエンズ・コートを管理人を信じて任せていた。珍しく彼女は請求書を未払いのままに放置して、姪のオードリーとサックヴィル－ウエストが責任を取り、あとで彼女は自責の念に駆られた。彼女はボウエンズ・コートの周囲の土地を売ろうと考え、屋敷のサイズを縮小し、そこに住むか、ニアサランドにいる相続人のチャールズ・ボウエンに所領を受け取るように図ろうとしたが、結果は何も出なかった。リッチーは、ボウエンズ・コートに罪悪感があり、日記に書いた、「彼女が大成功をおさめたらどんないいだろう、彼女の小説のどれかを映画化して大当たりしたらいいのに、何かで大金が彼女の手に入ったらいいのに。だがビリー・バカンがこう言うだろう、『彼女はいま流行作家じゃないんだ』と。彼女がそうではないことが、時代の好みから分かる、人気作家にはますますなれない、彼女は二十年前の好みにどっぷりだから」[*39]。リッチーは、一九五七年五月に国際連合の安全保障委員会の会長に任ぜられる一週間前に、ボウエンズ・コートで彼女に合流した。彼女は彼が歴史を作ると確信していた。二か月後、コークに戻った彼女は、銀器や宝石を売って、金銭的な危機をしのごうと必死だった。牧草地と小作小屋の年に五ポンドの賃料では、彼女の出費をまかなうのに遠く及ばなかった。

一九五八年六月に、彼女はリッチーをニューヨークに訪ね、張り詰めた場面があって、彼は彼女を避ける方策を練った。だが、五か月後、彼は抜け出して彼女に会いに行き、彼女の衰えに気づいた。「熱があるように」見え、「彼女の陽気さはもうないみたいだった」[*40]。一年後、彼は日記に書いた、一九五九年の春を恐怖をもって振り返り、そこに「彼は二十年間で初めて彼女を外側から見た」、そして、彼らの関係を疑った[*41]。彼は何を見ていたのか？ボウエンは、その時六十歳で、打ちひしがれ、家もなく、希望もないのに彼を恋しており、彼女に対する彼の感情の冷却に狂わんばかりだった。絶望的な状態にありながら、彼女は彼を誉めて、「あなたは私よりも強い人で自制力があります――誰よりもあると言えます。だって、影響力のある一面をもってあなたは想像上の重荷を負い――重荷でありギフトでもあり、天才に相応しいものです」[*42]。リッチーはこの間、「天使のような静けさ」で難関を切り抜けた、とボウエンは見ていた。

同じ頃、リッチーは一九五八年の日誌に、ボウエン自身の振る舞いが前よりよそよそしくなったと書いている。だが彼女はリッチーの人生にもっと入り込もうとし、カナダに行ったり、彼の母親、彼の弟とその妻と娘にもに会ったりした。リッチーはこの姪のエリザベスと仲が良く、ボウエンも彼女が好きで、美しい少女だと思っていた。またある時ボウエンはカナダ領事館でリッチーと同僚の注目すべきレスター（マイク）・ピアソンと知り合い、ピアソンはのちにカナダの首相になった。リッチーと会えない時は彼の親戚と会って心を慰め、彼らとはとてもうまくやっているとリッチーに嫌味を言った。一九五九年に彼女は吐露している、「私は時々分からなくなります、あなたですら私を知っているのかどうか、独身女［法的定義］であるという自分の立場を恐れている私にあなたが本当に気づいているのかどうか……私は知的な部分である心に自信がなくて――でも外観的にはその逆なのです」[*43]。だがリッチーは彼女の毅然とした感情にも願望にも無関心だった。

彼女としては何年も前に変わらぬ願いを表明していて、恐れていた、「孤独で痴呆症（dementia）みたいになって、神経衰弱でしようか、屋敷の部屋を次から次から巡りまわって、家具にぶつかっています――部屋の中に入ってとどのつまりは気絶した哀れな鳥みたいに……」[*44]。一九六一年十一月にリッチーをニューヨークに訪ね、機嫌がよくなり、彼女は、エル・モロッコで彼と踊った夜のことを書いた。だがリッチーはその時またもや感情が揺らいでいて、日誌に妻シルヴィアとの生活ともどもボウエンのことをそっけなく書いた、「新しい居間のラグの色が間違っていたって、知ったことか」。彼はその時また別のガールフレンド「D」と付き合っていて、彼の言う彼女は、彼を救う人だった。もう一人いたガールフレンドが、アン・メイハーだった。彼は思い巡らす、「もしEが知ったら［複数の女たちとの彼の情事を］、彼女はほかの誰かに僕をあてがうだろうか――女を一人探してくれて」。そしてジャン・ポール・サルトルとシモーヌ・ド・ボーヴォワールの「取り決め」に言及して、コメントする、「もし知っていたら彼女はそうしたと僕が信じているのを知ってるね。それが彼女の選択した女の子だとして」[*45]。リッチーは女が好きで女を魅了し、ボウエンの社交的で官能的な性質を分け持っていた。ボウエンは日誌の記事を一切読んでおらず、彼女の死後に出版された *The Siren Years: A Canadian Diplomat Abroad, 1937-1945* には、リッチーの恋愛沙汰が明らかにされている。彼女は、おそらく、知っていたであろう。

一九六二年の三月、リッチーはボウエン自身が彼らの関係に飽きはじめたと感じ、弱気になって出立を考えた。だが「彼女は僕を動かす……絡み合った感情。僕が彼女のことを考える時、感じるのは大きな悲しみだけだ」[*46]。ボウエンはまだ感情的には忠実だった。オクスフォードのホワイト・ロッジに住み、二か月後に書いた、「私が関心を持ち、私を奪い、私にとり憑く唯一のもの」[*47]は彼の人生である。それこそリッチーが命名した彼女の「容赦しない意志」で、あまねく存在するもの、のしかかる彼女のいや増す孤独と圧力が彼は不安だった。

### 硬化する

回復する、書く、旅行することで過ぎたボウエンの困難な時期に、友達は彼女の個性が硬化したのを見て取る。彼女はリッチーにも伝えている、私はますます動作が鈍くなり、年を取りました。何年もの間、私は「ユダヤ人のように」人々に順応してきましたが、最近はますます協調性を失い、父のようになってしまった[*48]。一九六〇年代の後半には、ブルース・アーノルドが彼女の「非常に断固とした深い声と、遠慮のない意見」に気づいている。いい人だが、同時に、どこか「畏怖の念を起こさせる」[*49]。

キャメロンの死後、そばにいた友達が彼女の孤独を鎮めてくれた。アランの死後三か月の時、ボウエンは、ベアトリス・カーティス――ボウエンの代理人の妹――の友人ヘレン・カーティスと一緒にロンドンで過ごした。アメリカで最初の講演を済ませたあとは、キャサリンとアレン・コリンズ夫妻とニュージャージー州ホープウェルのハントの家で過ごし、春にはアルフレッドとブランシュ・クノッフ夫妻とニューヨークのパーチェスで過ごした。イタリアとスペインにも旅しながら、空虚感と憂鬱症に疫病のように悩まされ、四月にはレズリー・ハートリーに、ヴァレンシアの橋の上で泣いたと吐露している。ブリティッシュ・カウンシルの講演をしてハイペースが戻り、一九五四年十一月にはモーリー・コレジで講演し、十二月には男子校のグラマー・スクールで講演した。オクスフォードには何度も行って、バーリンとバウラを訪ねたが、彼らは一九五四年には彼女に割く時間がないほど仕事があって、一九三〇年代に共に過ごした時とは違っていた。彼女は違いを悟った。

ボウエンは言う、私はカタツムリのように暮らしたわと、そのとおり、彼女は文学とロマンスの世界を背負って暮らした。彼女の「転位」を否定的な目で見る批評家はいても、作家とその執筆は動きに乗って成長しているようだった。初期の生活は巡回していたが、大人になって、オクスフォード、ロンドン、ローマ、パリ、ニューヨークに行った。アメリカの小さなコレジ・タウンをいくつか、ハンガリー、チェコスロヴァキア、オーストリアには一九五〇年代と一九六〇年代に。友達のビッグ・ハウスにも住んだ。カントリーハウス訪問の愉しみ——手紙によく書かれた——は、彼女をアングロ-アイリッシュの伝統とモダンな動向の双方に連れまわした。彼女の書きもの机は可動式で、人の家の屋根の下で書くことにいそしんだ。彼女は一九六二年にデレク・ヒルに、『リトル・ガールズ』をドニゴールにある彼の家で書くのが愉しいと伝え、「友達の家の屋根の下の幸福な場所」と書いた。[*50] その小説の校正は、一九六三年にドーセット州のデヴィッド・セシルの家で行った。『愛の世界』の一部はコリンズ家の屋根の下——アラン・コリンズは当時カーティス・ブラウン社の社長——ニュージャージー州ホープウェルのハントの家で。彼女は後年、美しい庭園と屋敷のある貴族的あるいは裕福な家族と滞在するほうを好んだ。一九五四年十月にはジーンとバリー・ブラック夫妻を訪ね、彼はコーク州にあるクリー城を購入、ジーンの友達のドロシー・バックノールもそこに住んでいて、それも『日ざかり』の屋敷マウント・モリスのモデルだったかもしれない。ジーン・ブラックは晩年に非常に親しくなった友達の一人で、ボウエンはそういう場所が自分で買えるくらい大金持ちになりたくてたまらなかった。一九五四年十月にはブラック家とともにマドリッドへ行き、「マルクス兄妹と一緒にスペインを歩き回ったみたい」と書いた。[*51] そしてその町の「フランコ-ファシストの雰囲気」に気づき、五感を襲われた。とくに楽しかったのはリムシック州のヴァーノン家のもてなしで、ボウエンの親友で女優のガルボにそっくりのレディ・アーシュラはとくに親切で、ちなみに彼女の夫はバイセクシャルだった。アーシュラの死後、ボウエンはしばしばスティーヴン・ヴァーノンを訪ねた。彼はポリオで身体が麻痺していたが、つねに寛大なホストで、盛大にもてなしてくれた。戦争が終わると、こうしたカップルは戦後のロンドンの窮乏とアトリー政権の高い税から逃げ出して、アイルランドのビッグ・ハウスを探し、捨て値になっていたビッグ・ハウスを買っている。彼らはボウエンをもてなしただけでなく、彼女の救済にも乗り出した。より裕福なアングロ-アイリッシュの家族も同様の行為に出て、一九五〇年の末にボウエンズ・コートの出費を助けたこともあった。

## デレク・ヒル　風景画

デレク・ヒルは風景画家で肖像画も描いたが、後年、彼もまたボウエンの生涯の友達になり、彼女は主にシリル・コノリーの『ホライズン』誌のサークルで彼と会った。彼の芸術性と、彼のアンソニー・パウエルの社交仲間と、彼の美しい邸宅に彼女はすぐ親近感を持った。つねに人の屋敷に反応していたボウエンは、アイルランドのドニゴールにある「キルケのような」セント・コロンブの屋敷の訪問を好んだ。「あの周囲の感じなのよ——部屋の中に入り込んだ木々の間から見たあの湖のきらめきを決して忘れないわ。でもあなたはそれを解釈して、魔法のように補足したわね」[*52]。ヒルはその頃画家として力をつけてきていて、ボウエンは彼をボウエンズ・コートに行かせて、一九五九年の売却後のボウエンズ・コートを描いてもらおうと思った。一九六〇年八月に彼女はヒルに書いた、「あなたが描くボウエンズ・コートの絵をずっと欲しいと思っていました。あの屋敷の命を長く保持させるものは、ほかにありません。ディア、デレク、絵画を絶対にプレゼントにしないでくださいね」[*53]。

　彼女はヒルに、絵を描いている間はコールヴィルのサックヴィル-ウエスト宅に滞在するよう助言し、彼が始める前に、屋敷と風景の外観を額に入れて、ヒルのスケッチの参考になればと思った。ボウエンの視覚的な記憶は超人的だった。ボウエンズ・コートは九月か十月が最も愛らしく見えるのよ、「野原の上に立つと、屋敷の造りの最善の姿が見られるし（後ろに丘陵などあってね）」[*54]。彼が到着すると、ボウエンズ・コートの屋根がなくなっていた。だが彼は絵を描いて、屋敷が廃墟になった苦痛をボウエンのために軽減できたらと思った。ボウエンは、家族の一代記 *Bowen's Court* だけでなく、小説三冊によって、屋敷の命を長らえてきた。それは「ボウエンズ・コートであることの一部であり、ときには沈黙の中で、そのままの姿をしている」[*55]。ヒルに感謝して、ボウエンは一九六二年のエッセイ集 *Afterthoughts* を彼に捧げた。ブルース・アーノルドはヒルが描いたボウエンズ・コートの絵を見てそれを視覚的な哀悼の辞と受け取って、「亡霊のように生き写しだ、物々しい高さと暗さで誇張された山並みが無人の屋敷よりも全体を覆っている。生き方、消えた家族、階級性そのものがある」[*56]。

　だがヒルはアングロ-アイリッシュにまつわる彼女の感情と想いを救い出している。キャメロンの死後、彼女は前にもましてドニゴールのヒルを訪れるようになり、ときにはサックヴィル-ウエストやジーン・ブラックを伴って、独り残された孤独を慰めた。ボウエンは献身的な友として、ヒルには後年誉め言葉を書き送り、彼の家にいて執筆する喜びをそこにこめた。

　ボウエンは彼の絵画の数々を芸術家の目で眺め、彼が描くドニゴールの光を、さらに後年には彼のトーリー・アイランドの風景画を称賛した。そこは遠く南西部の海岸に位置する場所で、彼はいっとき孤独な小屋住まいをしていた。ボウエンは彼を「壮大な」画家と呼び、一九五〇年には珍しく開かれた彼の個展に出席し、ドニゴールの彼の自宅の絵画も鑑賞した。彼女は彼の初期の絵画二枚を購入、『グレンヴェイのボリーン』と『ドニゴール渓谷』である。ローマの画廊の一つレスター・ギャラリーで彼の個展も開かれた、ローマは彼女とヒルが愛した都市で、彼はアイルランドに移る前の七年間、ローマで暮らしていた。彼女はボウエンズ・コートの絵も所有している。ボウエンのヒルの評価は、彼のドニゴールの自宅が彼の絵画と彼が収集した絵画を展示する美術館となったことで証明された。彼は「声が大きい対話者であり、おしゃべりでエレガントで察しが良く」、ボウエンの訪問と会話を楽しんだ[*57]。だが友情はいくらあっても、ボウエンの心のいや増す空虚を埋めることはできなかった。

## 原注

*1 EB to CR, December 2, 1959, *LCW,* 350.
*2 Ibid., December 8, 1959, 351.
*3 Ibid., November 11, 1959, 347.
*4 *Siren Years,* June 12, 1942, 108.
*5 EB to WP, September 24, 1945, DUR 19.
*6 EB to CR, August 24, 1945, *LCW,* 56-57.
*7 Ibid.
*8 EB to *DH,* October 10, 1952, PRONI D4400/C/2/27.
*9 EB to MS, October 6, 1952, NYPL, MSS Sarton.
*10 EB to HH, September 16, 1952, HHC.
*11 EB to *DH,* October 10´ 1952´ PRONI D4400/C/2/27.
*12 CR journal, July 3, 1958, *LCW,* 312.
*13 EB to WP, September 9, 1952, DUR 19.
*14 *PC,* 262-265, 28, 24.
*15 Ibid., 2-265.
*16 Ibid., 28.
*17 Glendinning, *Elizabeth Bowen*, 24.
*18 Leslie Hartley to EB, April 3, 1955, HRC 11.5.
*19 De-la-Noy, 282.
*20 EB to CR, March 28, 1956, *LCW,* 228.
*21 Ibid., February 29, 1956, 221.
*22 Ibid., May 25, 1956, 236.
*23 Ibid., May 11, 1956, 231.
*24 Bowen, "Look at All Those Roses," *CS,* 515.
*25 Eddy Sackville-West, diary, June 1956, in De-la-Noy, 281.
*26 CR journal, September 17, 1957, *LCW,* 284.
*27 Ibid., May 6, 1956, 229.
*28 Glendinning, *Elizabeth Bowen*, 233.
*29 De-la-Noy, 299.
*30 EB to CR, July 18, 1965, *LCW,* 442.
*31 CR journal, October 21, 1957, *LCW,* 286-287, and editorial comments.
*32 EB to C. V. Wedgewood, April 10, 1932, BOD MS. C6289-41.
*33 EB to WP, May 6, 1954, DUR 19.
*34 EB to CR, University of Wisconsin, March 3, 10, and 18, 1958, *LCW,* 298-304.
*35 EB to CR, June 12, 1956, *LCW,* 237-238.
*36 Bowen, "Notes on the Short Story."
*37 CR journal, April 22, 1960, *LCW,* 336.
*38 *WL,* 125.
*39 Ibid., February 4, 1960, 355.
*40 Ibid., November 14, 1958, 318.
*41 Ibid., June 11, 1960, 367.
*42 EB to CR, January 29, 1958, *LCW,* 296.
*43 Ibid., December 2, 1959, 350.
*44 Ibid., December 30, 1957, 293-294.
*45 CR journal, November 28, 1961, *LCW,* 374.
*46 Ibid., March 27, 1962, 383.
*47 EB to CR, May 7, 1962, *LCW,* 387.
*48 EB to CR, May 8, 1956, *LCW,* 230.
*49 Arnold interview.
*50 EB to *DH,* September 1, 1962, PRONI D4400/C/2/27.
*51 EB to CR, October 6, 1954, *LCW,* 194.

＊52 EB to *DH*, September 22, 1955, PRONI D4400/C/2/27.

＊53 Ibid., August 20, 1960, PRONI D4400/1/2/27.

＊54 Ibid.

＊55 *BC*, 459.

＊56 Arnold interview.

＊57 Arnold, *Derek Hill*, 250.

# 第十一章　おののく心

## 空しさ

ローマ皇帝が最初に宮殿を築いた七丘の一つパラティノの丘に立って、古代ローマ遺跡のフォルムと大円形競技場を見下ろした時、それが「空しさ」とは何たるものかを教えたとボウエンは書いた。「人生は完全に走り切った。独りあるのみ。これらの存在物、花火のような人工物は、尽き果てて忘却の闇に」[*1]。歴史的な都市は彼女の感情の様相を反映していた。ローマは廃墟の中に、ボウエンズ・コートの夢は、いつの日か彼女とリッチーの宿となる約束とともに消えた。ボウエンズ・コートが一九六〇年に解体されると、ボウエンは苦悶し、人々が「そうか、やっぱりアイリッシュの城を売ったんだってね」と言うのを聞いた。ボウエンは「きれいさっぱりなくなった」と言ったが、「徐々に崩れていくよりはましだった」だけで、売却は悪夢となって、一九七三年の死まで、彼女にとり憑いた[*2]。

彼女の旅行記『ローマ歴史散歩』は、彼女の愛を掘り下げ、都市ローマ、その神話、記念物、廃墟、そして遺跡への変わらぬ興味を掘り起こした。一九五八年リッチーに宛てて書いた。

ローマの本を一心に執筆しています。あらん限りのローマの歴史の本を読んで、魅了されています。次から次に、本を下に置く暇もなく［…］いつの間にか古代史ばかり読んでいます。やや抽象的な資質（時間的な距離のせいで）に加えて個性が完全に欠如している――興味は尽きません[*3]。

だがローマの堅固さと永遠性は感情的な脅威になった。「私の目的は」と一九五〇年末に彼女は旅について書いている、「［都市を］歩いて［…］頭の中に入れ（今回は）それをそこに保つことだった」と[*4]。彼女の官能的な気質は巨大な廃墟、ゴツゴツした輪郭、同時にその感触、匂い、さらに「さまざまな塵の味」までも取り込んだ。だがローマ滞在中にボウエンズ・コートの売却が終わり、傷つきやすい感情があふれ出した。その喪失感はプルーストの洞察を裏付けるものだった、すなわち、「個性があまりにも強い場所があって、人々はそのせいで死ぬことがある」[*5]。一九四七年十月にボウエンはこの感覚を反芻してリッチーに書いている、家を閉じてロンドンへ発つときにいつも感じます、私の中で何かが死んだと。そして彼女の語彙に何度も出てくる言葉にしがみついて、「私は少し美徳的（*virtuous*）でなくなった」[*6]と記した。ローマにいる間にボウエンは神経の崩壊を経験する。ローマの街道をジグザグに当てもなく歩く症状が出て、彼女は「内なるトラブル」を思う。ローマに関する本を通して並列されているのは、ローマの実質的な威容と彼女自身の場所の喪失感である。「知ることとなると、感覚の方が知識よりももっと正直である。疲労困憊して泪して、初めてもたれた壁よりもリアルなものはない」。

「家庭」の概念のことでローマの人々に借りがあって、ボウエンは彼らの「ドームの聖堂に祭られた伝統［が］自己顕示欲（egotism）を抑制し、美徳を育て、それが彼らの価値を壁の向こうにまで広げている」と旅行記に書いた。「それが公的な性格の個人的な源泉であり、教養があり、節度があり、規律がある、ということだ」。ローマはボウエンズ・コートの非相続をこだまで返し、彼女はキケロを思い出す、キケロは亡命中に家庭の回復をこい願った。「非相続のままに捨ておかれるのは悲惨である。追放された人種には、これはすでに自明の理である」[*7]。彼女はローマを去るが、「列車がローマから動き出すときに」彼女は見た、「今まで見たことがなかった家々の後ろ側は、霧に紛れ、私の目を刺した」。それからいきなり泣いて、リッチーとの関係を思う、「マイ・ダーリン、マイ・ダーリン、マイ・ダーリン。私たちは永遠の都市（abiding city）を持たない」。彼女の涙は短篇 The Mysterious Kor（幻のコー）に映し出されている。そこでは恋人たちが戦争の廃墟によって居場所を失い、言い争い、二人の愛を確かめる場所を見つけることができない。『ローマ歴史散歩』は入り組んだ都市の描写で始まり、間もなく対面したセント・ポール大聖堂の不確実さで終わる。

その後の十年の始まりは病気の前兆を連れてきた。イタリアからロンドンに戻った彼女は家がなく、ストラットフォード・アポン・エイヴォンにアパートを見つけ、お金を稼ぐために契約していた仕事をいくつか終え、執筆に戻ることができた。彼女を訪れた友達は、「弱っているが、うっとりする」人だとボウエンを描写した。彼女は戻ってきてロンドンの友達の家に滞在することになり、まずヘレン・アーバスノットのガーデン・アパートメントに、それからレイチェル・ライアンの家に。約六か月後に突然病魔に襲われた、とは彼女の言で、いま一度結核が発症したのだ。これは生涯にわたる喫煙習慣からきた呼吸器の炎症だった。医者はみな一九三〇年代から彼女に警告をしていた。

## オクスフォードにもどる

一九六〇年十月、彼女は友達がいるオクスフォードに居を構えることに決め、オールド・ヘディントンにあるバーリンのフラットを借り受けて、内装を変える計画を立てた。一九六一年三月に引っ越した新しい住まいは小さかったが、ボウエンズ・コートの雰囲気があった。ある一定のスタイルで内装し、思い出のある家具を入れた、とジェシカ・ラスドネルが言っている。ボウエンはその場所が気に入り、一九六一年に友達で批評家のL・P・ハートリーを招いた。そこは実際に大きな屋敷の一部のようで小階段が無数にあり、「閉所恐怖症やフラットに住むとありがちな行き過ぎたホステス意識」に悩むこともなかったのだろう。[*8]彼女は周囲と、大木と一面の芝生のような庭を描写し、そこは彼女がキャメロンと結婚してすぐの頃に住んだウォルデコートに偶然向かい合った場所だった。彼女とハートリーの友情は一九二九年のオクスフォード時代に始まり、断続的ながら生涯続いた。二人は本の書評に関心があり、互いの作品を尊重し、イタリアを愛し、一九二〇年代後半から三〇年代初期にかけて彼らの道がヴェネチアで交差したのだった。ハートリーは政治的にはアスキス一派の保守党に属していて、改革志向の自由党首相ロイド・ジョージと対立していた。したがって政治的に自由なブルームズベリから無視されたが、当時ボウエンはブルームズベリを満喫していた。ウルフとの友情関係やハロルド・ニコルソンとの関係もあり、レナード・ウルフも執筆していた自由主義の『ニュー・ステイツマン』誌の書評もあったからだ。

ハートリーは一九二〇年代には多忙な書評家になっていて、ボウエンの初めての小説『ホテル』を『スペクテイター』誌で高く褒めた。一九五五年には彼女の詩のような小説『愛の世界』を称賛し、「あなたは書くたびにフィクションの分野に何ものかを付け加え、美の新しい認識を付与しますね、あなた以外の何者にもできない事です」[*9]としている。彼女も数回ハートリーを誉める書評を書き、とくに *The Go-Between*（恋を覗く少年）を称賛した。彼はこの本で世に広く知られることになり、一九七一年にこれがハロルド・ピンターの脚本で映画化され大成功をおさめた。この作品のボウエンの評価は他の批評家とは異なった鋭く重要なもので、元気は出るが批判精神がないと書いた。[*10]彼に宛てた彼女の手紙には、ほかの人に宛てたもの以上に、文学的なコメントがたくさんあった。彼は一九四七年に出版前の自作の小説 *Eustace and Hilda*（ユースタシュとヒルダ）の中の気味の悪い人物ヒルダに関するボウエンの批判的な観測に感謝している。彼は彼の登場人物に対するボウエンの理解に感謝しただけでなく、自作の小説が真に受容されていないこともあって、彼女の手紙を肌身離さず持ち歩き、「失意の時も高揚した時も同じような効き目のあるお札のように思っています。あなたの言うことはどれも私を喜ばせ心を持ち上げてくれます。受け取るのが純粋な喜びである手紙をもらった人はいないのではないか」[*11]。一九三〇年代はボウエンが他の人に書いた手紙にその才能と興味をつぎ込んだ十年だった。キャメロンの死後になると、彼女は空虚感を思い切りハートリーに打ち明けた、キャメロンを誉めたごく少数の友達の一人がハートリーだった。

ボウエンはアンソニー・パウエルの作品にも惹かれ、彼と彼の妻ヴァイオレットがリージェント・パークに越してきた時、友達になった。ボウエンはヴァイオレットに関心をもち、彼女が書いた本 *The Irish Cousins*（アイルランドのいとこたち）をボウエンは褒めて書評もした。ボウエンがとりわけ好んだ作家サマヴィル&ロスの血縁関係と執筆についての本である。パウエルは言う、妻の本には思慮に値する長所があると認めるが、書評家として見るとどれも並外れて読み辛く、気まずい立場にある。彼だけではなかった。ボウエンもだった。しかしボウエンはパウエルの本を三冊書評しており、*Venusberg*（ヴェーヌスベルク）だけでなく、一九五二年に連作 *A Dance to the Music of Time*（時の音楽に踊る）のうちの二作の書評もした。彼女は、彼の視座とマナーが一九三〇年代の小説からその後の小説へと変化したことに気づき、過去を取り戻す彼の方法を称賛した。その視覚的な鋭さで、彼の文章のペンキを塗ったような効果に注目している。*A Dance to the Music of Time* は、ハイズに病んで人生の終幕を迎えたボウエンが読んだ本の一冊だった。

ホワイト・ロッジで暮らした日々は低調だった。ボウエンは最後の小説『エヴァ・トラウト』を書いていて、いとこのジェジカ・ラスドネルは同居してタイプを打つ手伝いをした。朝早く起きて執筆するというボウエンの規則的な日常をジェシカが伝えている。ボウエンはかつて自分の執筆習慣についてインタビューでジャーナリストのレイモンド・ベネットに説明している。毎朝早く起きて書く。短篇または小説のアウトラインを念頭に置き、それから人物について問題を書き、家庭的な背景、収入、教育と関心事に注意したら、真っすぐタイプライターに向かう、一作につき平均で三本から五本の草稿を書く。ジェシカ・ラスドネルの描くスケッチには、「背が高く、大柄な女性で、髪の毛をひっつめにして、手にはいつも煙草、それでいて人を和ませる」の姿がある[12]。重要なのは、とジェシカが言う、ボウエンは母の死後に背負った家族に忠実であったと。当時ボウエンはいとこのヴェロニカ・コリーと過ごすことが多く、ヴェロニカは控えめなコンパニオンで、文学を愛し、短篇を書き、バッキンガムシャーの図書館で働いていた。どちらも死に別れて遺された者だと、ヴェロニカの娘レテイシア・ルフロイが語る。ボウエンは決まった家もなく彷徨い、金銭問題やリッチーに会えないことで苦しんでいた。

## 手紙の代価

ボウエンは執筆で生計を立てようと努めた女性作家の初代にあたる。彼女が人生を通して一般大衆の文化を大事にしたのは、より広範囲な聴衆と新しいメディアに関心があっただけでなく、お金が必要だったからだ。一九三六年には『パリの家』が全米図書協会（アメリカン・ブック・オブ・マンス・クラブ）に選ばれて、一一〇〇ポンドもらえたとハンフリー・ハウスに書いた。請求書が山のように来ていたのですごく嬉しかった、と。同じ手紙で書いている、これは前にもあった、一九二七年に上梓した小説『ホテル』で「本当に大儲け」して、ボウエンズ・コートの修理ができた[13]。それから一九四九年の『日ざかり』も非常によく売れた。ローズ・マコーレイが伝えている、『タイムズ』紙が「私に教えてくれた、ホットケーキみたいな売れ行きだ、ダニエル・ジョージ（ケイプ社の編集者）もそう言うし――アメリカでも同じことだ。卓越した作品がホットケーキになるなんて、何と嬉しいことか」[14]。

夫は一九五二年に他界するまで多少なりとも彼女を支えたが、ボウエンは依然としてお金を稼ぐ必要があった、請求書は戦争中に膨れ上がり、アイルランドのボウエンズ・コートの税金は上がる一方で、一九四四年には彼女のリージェント・パークのタウンハウスが戦争で爆撃され、修理には現金が必要だった。彼女はオクスフォードのハーペンデンのウエストミンスター銀行に手紙を書き、私の代理者カーティス・ブラウンが「短編集を書き上げてジョナサン・ケイプ社に渡した時点で私が受領することになっている百ポンドの収入を正式に保証します。［…］私はこれでアイルランドの所得税四十六ポンドを支払い、さらにこの家の修理に三十ポンドを充てるべく、このお願いをする次第です。ご存じのとおり、戦争被害に対する補償は、戦後にならないと現金決済はできません」[*15]。一九四六年から四七年までのボウエンの収入は、四分の一が『タトラー』誌の書評から得るものだった。総収入二一六四ポンドのうち五二五ポンドに当たる[*16]。だが周知のとおり、ボウエンには独特のライフスタイルがあり、一九四六年には金持ちで奇人の作曲家ロード・ジェラルド・バーナーの広壮なアパートメント・ハウスを訪問し、「訊かれたから申しますが、所有するに値する物をほとんど全部買えるのが、お金です」と言った[*17]。ボウエンは豪勢なもてなしをするのが好きで、高価な衣服を買うのも好きだったから、一九四五年の『ホライズン』誌の作家特集で、年収はいくらが望ましいかという質問に、三五〇〇ポンドと答え、他方、プルーマーやその他の作家は控えめに一一〇〇ポンドと答えている[*18]。

一九五二年、キャメロンの死後に、報酬のいい『ホライゾン』誌からプリンセス・マーガレットとピーター・タウンゼントについて記事の執筆を依頼してきたとき、ボウエンは残念ながら好みの違いがあって断った、と書いている。六年後、ボウエンズ・コートの売却という危機に直面し、夫キャメロンの年金もなくなり、パニック状態のボウエンは宝石を売り、百ポンド借りられないかリッチーに訊いている。『ローマ歴史散歩』の仕上げに苦心しながら、再び金銭上の苦難に言及、一九五九年には自分の銀行残高が危ないことを打ち明けると、アイリッシュの親しい家族ヴァーノン家とブラック家がローンを申し出てくれた。金を稼ぐことが文学的な創作を妨げ、一九六二年にはウィスコンシン大学で数か月間講義することに同意し、大金一万ドルを得ることができた。『リトル・ガールズ』を仕上げるのにその時間を使いたかったと述べている。

一九六〇年代に入り、屋敷の売却後も、彼女は『ホリデー』、『ヴォーグ』、『ウーマンズ・デイ』などの雑誌に記事を書く一方、短篇と小説は書き続けた。カーティス・ブラウン社の代理人は、ボウエンが書いたものと彼女に代わって取った業務の膨大な書類を強気で市場に上げた。スペンサー・カーティス・ブラウンは金の流れを促し、「エリザベスはいつも引き出し超過だから、金『エヴァ・トラウト』の前金」をできるだけ集めて欲しい」としている[*19]。その書類は友情ある称賛たっぷりのメモで、彼自身と、アレン・コリンズ、エミリー・ヤコブソンからボウエン、編集者、出版社に宛てたもので、彼らはボウエンの短篇を、もっと支払いのいい雑誌、『ザ・ニューヨーカー』、『ザ・サタデー・イヴニング・ポスト』、『レディーズ・ホーム・ジャーナル』、『ヴォーグ』に売り込んだ。ボウエンの多才さと幅広さが記事となって人気を集め、執筆は十年以上に及んだ。How to Be Yourself but not Eccentric（自分らしくしかも変人でなく）、Enemies of Charm（魅力の敵）は『ヴォーグ』に、The Beauty of your Age（いまのあなたが美しい）は『ハーパーズ・バザー』に、Mirrors are Magic（魔法の鏡）は『ハウス&ガーデン』に、The Case for Summer Romance（サマー・ロマンス事件）は『グラマー』に、Elizabeth Bowen Talks about Writing（エリザベス・ボウエン、自作を語る）は『マドモワゼル』に、Whtever Became of Flirting（もてはやされて）は『マッコールズ』に、A Profile of Rome（横顔のローマ）は『ザ・ニューヨーク・タイムズ』に掲載された。女性雑誌に書く記事一本で五百ドル稼ぐこともあった。短篇集の増刷もあり、抜粋、引用、翻訳、彼女が書く連載ものの試みもあり、大きな収入になった――『リトル・ガールズ』と『エヴァ・トラウト』も同様だった。ボウエンの短篇と小説の劇化や映画化の可能性もあって、実行された。『日ざかり』と『心の死』の劇化で収入になる申し出があり、『パリの家』の映画とテレビの版権も製作者E・モービー・グリーンとエドワード・アレン・フェイバートが取得し、一九四〇年にブロードウエイでドラマ版を制作したが失敗に終わった。ドラマ化や映画化の選択には、購入価格二万ドル、年間一千ドルの報酬を得る可能性があった。ボウエンはいくらかの収入を得たが、プロジェクトの多くは実現しなかった。

一九六〇年代の終わりになって、カーティス・ブラウンの手紙とメモに入り始めたのは、ボウエンの文体が変わってきたことと、流行遅れになったことだった。編集者の一人は、『エヴァ・トラウト』は感動的だが、女性雑誌の読者には精妙すぎて型にはまりすぎていると考えた。ボウエンを最も支持する代理人エミリー・ヤコブソンはボウエンの自伝的な一篇を出版のために自分の友達『ニューヨーカー』のウィリアム・マクスウェルに送ったところ、彼はボウエンの文章に統一性がなく、時代にも合っていないことを知った。彼は「ボウエンの本をどれも愛し、彼女を愛している」が、彼女の天賦の才は衰えていた。[*20]

将来への幻滅と恐怖は、ボウエンの中にある新しい傷つきやすさを露呈したが、彼女はすぐに新しい亀の甲を背負って、友達にますます頼り、彼らは長期間に渡って滞在するよう彼女を招いてくれた。

## リトル・ガールズ

彼女は、それでも、小説『リトル・ガールズ』を一九六四年に完成した。子供時代を過ごした町ハイズとフォークストンを彷彿とさせる小説である。最初のタイトルは『時間との競走 *Race with Time*』で、そこにいるボウエンは――六十五歳現在――高齢化、記憶、過去と現在の時間という話題をくるくると回って見せる。作中、五十歳代の女性が三人、彼女らが女学生だった場所、共謀者同士のような友情関係で張り詰めた日々を過ごした場所に戻る。ボウエンは、子供の頃の場所や物、物事に戻ることで、大人になってから友情や記憶を蘇らせることができるかどうか調べている。批評家は小説のノスタルジアの感覚を誉める――そうではなくて、とボウエンは、これは喜劇が中心にあると主張する。そしてリッチーに打ち明けて、自分はしばしば執筆にかまけて自分を混乱させ、「いかに無防備でバカであるか」を隠そうとするが、この小説では仮面を投げ捨てました。[*21] 出版社のケイプは、彼女は最初にこれをミュージカルのフィナーレとして構想していたが、彼女の調子と小説の終わりが問題だと思った。ボウエンは改訂についてプルーマーに相談し、改訂に関するアドバイスのある手紙をもらって喜んだ。

ボウエンは女性の思春期前と思春期について書くことに心を惹かれていた。親戚の家に追いやられた理由となった父の病気または母の死亡によって沸き上がった怒り、または居場所の喪失感を抑制していた。悪魔的な、あるいは「狂気」の感触のある少女、または、彼女らが入った家庭の偽善性を壊す日記や手紙を書きたい少女。ボウエンは『心の死』で、歓迎しない異母兄のブルジョア家庭に送られたポーシャのような不幸な孤児について書き、『パリの家』の生意気な根無し草のヘンリエッタは、祖母の家に行く途中で感情の井戸に落とされたように感じている。『友達と親戚』では高慢ちきなシオドラは偽善者の大人に怒っている。見捨てられたエヴァ・トラウトは、ナルシストでホモセクシャルで育児放棄した父親に怒りと破壊をぶつける。そしてこれが『リトル・ガールズ』で、共謀者的な秘密を互いに抱いている少女たちに通じるのである。

少女たちはこうして共謀者になって、秘密を互いにゆだねる。少女たちは、『リトル・ガールズ』で出会い、成長して子供時代の記憶と絆を再生させる。秘密の世界を回想して、彼女らはある場所に行き、後世のために地中に埋めた金庫を探す。彼女らが通った女学校、セント・アガサ校へ旅をして、「曲がったブランコ」の近くで、金庫を掘り出すが、時は流れて、見つけた金庫は空っぽだった。彼女らは現在にたち戻り、どんな大人になったのかを探り合う。ボウエンの最もプルースト的な小説で、記憶を求める「意図した」捜索が過去の物品を通してプルーストの一節が呼び出される。

> それは我々自身の過去であった。摑もうとしても無駄な労苦で、我らの知的な努力は必ずや不毛と証明される。過去は現実界の外のどこかに隠されていて、知力の届かぬ先に、ある物質の中に（その物質が我々に喚起する感興の中に）、だがその連鎖の輪を我々は持たない。我々が死ぬ前にそれに出くわすか否かは、チャンスにかかっている。[*22]

女たちの金庫の捜索は「無駄な労苦」で、記憶を招き寄せる物質的なものは未知なのである。「曲がったブランコ」は、将来の誰かが出くわすように洞窟に物品を用意しているダイナに、不意に過去をきらめかせる。『リトル・ガールズ』の初めの方で、大人になったダイナが友達のフランクと話していて、なぜ彼女が「物品」を集めるのかに気づく。彼女は言う「これで私たちを再構築するのよ。表現している物たち。人々を本当に表すのは何なの？　物たちでしょ——そうよ——人々は物たちに妄執を抱いているのよ」[*23]。ダイナは説明する、一個の物が喚起できる過去の知覚の経験について、

> 私は最高にまたとない感動を味わっているのよ！　そうよ、いまもね、まだ続いているわ！　だって、ある物を一瞬のうちに完璧に思い出すのは、「あのとき」じゃなくて「いま」なのよ、それが感動なのよ、そうでしょ。私はよく知っている、それは単なる記憶よりも遥かな、もっと遥かなものだということが！　人はそのただ中に舞い戻るの、真っただ中に。それが身の回りで起きるんだわ。それどころか、起きなかったはずのないことが。[*24]

ダイナはここでプルーストの考えをうまく言い換えている、記憶がいかに不意に戻るか、現在の毎日の感動が、いかにマドレー

ヌの味の引き金を引くか、曲がったブランコの引き金を引くかを。ダイナはここで過去と現在という時間の区別を曖昧にしている。過去という時間はつねに現在に具象化され、その再起の認識は第三の時間を造る、つまり現実化の時を。これをボウエンは他の文脈で、「強制された回帰（the enforced return）」と表現している。

少女たちが出てくるその他の短篇でボウエンは、感じることを手紙または日記に書いて表現する思春期の防衛策を図式している。短篇 The Visitor のロジャーは、母が死にかけているときに、おばの家で待っている。「彼はここで悲劇とともに孤島に置かれている」。ハイズで母が溺死のときに「隣室」にいたボウエン自身の経験がこの短篇に反映しているのだろうか？「孤島に置かれる（enisle）」という的確で尋常でない言葉の選択をしたボウエンの巧みさは、少年が難破船のように浜辺に取り残された感情をつかみ取っている。[*25] この短篇の少年は誰かに頼むこともせず、ただ囁く、「そんなことにさせないで」と、そして母の死を予知して神経が高まってゆく。最後に死を知らされて、彼は感情的に超自然の中へ、「青い無人の空間」に入ってゆく。

子供への母親による裏切りと放棄――ときには故意に、ときには死亡によって――の考察は、ボウエンの作品の数作では中枢にきている。『パリの家』ではすべてを仕切るマダム・フィッシャーが娘の婚約者マックスのことで娘のナオミを支配して裏切り、彼女自身が彼にとり憑かれて触手を伸ばす。マダムの母性イメージは娘を覆うだけでなく、彼女のペンションを訪れているヘンリエッタにも影を落とし、マックスにも忍び寄る。寝たきりのマダムが三度短く床（下の部屋の天井）を叩くのは、ゴシックの設定に繋がっている。この小説のもう一人の母親、レオポルドの生みの親カレンは、訪れると約束しながら、金輪際現れない。レオポルドの若い友ヘンリエッタは、やはり母のない子で、彼の失望を目撃し、彼が泣くのを聞いて、「泣いたって、聞いてるのは部屋だけ」と思う。母が子供の脅威になる、あるいは母が子供の人生に不在であるときの感じを、ボウエンは記憶の中から呼び寄せる。この感情的な渇きの様相は短篇 Coming Home（カミング・ホーム）の少女に出ている。彼女が学校から帰って来たのは、誰もいない家だった。空虚感は母のいないエヴァ・トラウトにも反映しており、エヴァは父親にも放棄されている。エヴァは彼女に同情する先生の愛情も受け止めることができず、むやみな欲求に駆り立てられて、自分の息子を放置してしまう。

またある時は、少女たちは大人の世界に反逆する。ボウエンが描くのは、怒った――口語的には「狂った」――少女のみならず、思春期の少女が大人たちに対して共謀したり、「邪悪に」なったりする。短篇 Charity（チャリティ）では、二人の少女レイチェルとチャリティは、周囲の大人から逃げようとして、二人で引き籠れる場所を探す。

> 二人は窓枠に外を向いて腰かけて、互いに話を交換し、寝床へ飛び去ってゆくミヤマガラスを聴いていた［…］。レイチエルが一日中待っていた幸福感は、木々の後ろの光、ミヤマガラス、彼女が頭を持たせかけた平織りカーテンの乾いた匂いに関係しているようだった。それに、ヒーローになったような何かがあった、両足を高い所で揺らしていることに。[*26]

短篇 The Jungle（ザ・ジャングル）は思春期の少女間の張り詰めた秘密の関係の物語である。彼女らの好意的な関係は家から離れた寄宿学校で進展し、彼女らは発見する、「完全に放置された野生的な場所」が人生にあることを、現実に倫理的に学校の敷地と規則の及ばない場所があることを。レイチェルはこの秘密の場所を親友のエリースと共有したいと切に思う。[*27] レイチェルが初めてこの場所に入った時、彼女は「感じた、想像力に変な揺れが起きたのを、入ってゆくと［…］中にあるすべてが一緒になって跳ねたかと思うと、すぐばらばらになり、互いの関係に小さな変化があり、少し変化していた」。彼女は捉えどころのないエリースと腕を組みたかったが、エリースは少年のように髪の毛を短く切っていて、「きっぱりと即決する」ところがあり、身体的にも気楽な様子だった。レイチェルは秘密の場所を見せたかった。もはや幼い少女ではないレイチェルは、エリースの身体に惹かれ、「タイツを履いた小型の少年のように」見えるのに気付く。二人が遊ぶ官能的に描かれる庭園とジャングルは、思春期特有の陶酔の舞台になっている。

> 十月初旬、その日は苗木小屋の匂いと、湿った樹木の幹の匂いが、大気の中に立ち込めていた。朝起きたときは、校舎を朝霧が海のように取り巻いていたが、いまはその霧も晴れ、太陽がためらいがちに顔を出している。庭園の白い門柱は淡い金色に輝き、生け垣の葉がきらきらしていた。消えやらぬ霧は水滴になって、蜘蛛の巣、ツゲの生け垣、葉が黄ばんできた垣根仕立ての樹木、低くかしいで咲いている晩秋のミクルマス・デイジーをしっとりと濡らしていた。落ちないボロきれみたいだ、レイチェルはイバラにしがみついていたボロきれを思い出した。

性感覚がこの一節に浮上しているが、死の冷たい感情と交錯している。レイチェルはこの青春のジャングルで「死体、少女の腕が一本、茂みから出ている」のを発見する。さらに殺人を犯したのかと恐れる。この切断された腕は短篇の冒頭で夢の中に出てきて、それが眠っているエリースの本物の腕に入れ替わる。レイチェルは死の夢の姿が変わり、眠れる少女に目覚め、セクシャリティに目覚める。少女同士の友情が、共謀性と親密さの感覚の両方を露わにし、彼女らの女性的な性の独自性と憧憬を浮かび上がらせている。[*28]

## ハイズに引っ越す

しかし、リッチーの場所はいつもあった、ハイズの新しい彼女の家にも。一九六三年の九月、ノリーンと一緒にハイズに行ったときに、チャーチ・ヒルのセント・レオナード教会に面した赤い煉瓦の質素な家を、ほとんど衝動買いで買った。（図22、23）。この丘は家まで険しい坂の歩道が続き、背景にはロムニー・マーシュをのぞむ。ボウエンはこれを「カーベリ（最初のCarburyをのちにCarberyに変えた）」と名付けたが、これはすでに取り壊されたキルデア州にあった母方の祖先の家族のビッグ・ハウスの名だった。価格は四七〇〇ポンドで、ボウエンの文書の相当量をオースティンにあるテキサス大学ランサム・センターに売却しても、足りなかった。[*29] 家の改築は一九六五年一月に始まり、同年三月には、オクスフォードを離れてカーベリに移れて嬉しいと書いている。訪問客は歓迎され、ハイズの大通りにある、ボウエンの便宜を図ってくれる友達エドナ・ストローソンが営んでいるホワイト・ハート・ホテルでのもてなしを愉しんだ。

図23　セント・レナード教会
Rights holder and Courtesy P. Laurence.

図22　カーベリー、ボウエンの終の棲家（ハイズ、イングランド）
Rights holder and Courtesy Sue Kewer.

夏にはまた愛する都会ニューヨークへ旅をして、言葉で絵画を描いた。「NYの八月は、熱と空虚がたちこめ、むしろうっとりするものがある。長く伸びたアヴェニューは本当にほとんど無人で、太陽にかすんで青ざめている。プラザ・ホテルの一マイルありそうな長い廊下も、それを踏む人はいない。ニューヨークは彩色しないといけない」[*30]。ボウエンは新しい戯曲と『エヴァ・トラウト』に着手していた。

## 『キリスト降誕劇』　共通の土台を求めて

『リトル・ガールズ』の刊行後、ボウエンはデレク・ヒルとの新しい事業として共同企画に乗り出し、アイリッシュ社会の分裂を訴えることになった。世界教会的な精神で、アイリッシュ（シン・フェイン党率いる民衆の反乱）とブラック・アンド・タンズ（その鎮圧のためにアイルランドに派遣された英政府軍の一部）間の紛争を取り上げて、彼らは『キリスト降誕劇 *A Nativity Play*』を製作した。ヒルが舞台をデザインし、ボウエンが脚本を書き、一九六四年にリムリックのカトリック教会で上演された。一九七〇年にはデリーのプロテスタント教会でクリスマスの時期に再演された。ボウエンはこれを大成功とみなした、ローマ教皇がプロテスタント教会にローマ・カトリック教徒が入る禁令を解き、異なった信仰者たちが同席できることになったからだ。この『キリスト降誕劇』はさらにロンドンデリー大聖堂で、一九七二年一月の「血の日曜日（ブラッディ・サンデイ）」後に上演された。「血の日曜日」は北アイルランドのデリーを行進中に、非武装の市民権活動家二十六名が英国軍兵士によって銃殺された枢要な事件である。英国国教徒とカトリック教徒が悲しくも希望にあふれた上演に臨んだ。ボウエンとヒルは、共同制作したこの降誕劇で社会と宗教に共通した土台を見出せたらと考えていた。この降誕劇がロンドンデリー大聖堂で上演された時、ヒルが言っている、「この大聖堂での上演が、おそらく最後の世界教会的な行事になるだろう。なぜなら『紛争（ザ・トラブルズ）』がすでに始まっているからだ」。『ロンドンデリー・センティネル』誌は、このデリーの上演を評して、千人の人々が集まった、この大聖堂が宗派を超えた目的に用いられた」としている。[*31] この上演では、ボウエンの友達ジーン・ブラックとヒルが語り手を務めた。驚くべきことに見えるかもしれない、アングロ－アイリッシュのボウエンがデリーで上演される戯曲を書くとは、デリーでは暴動が日常的に発生していたが、彼女がしたことは、宗教を通して和解する伝統に実際に全霊で献身することだった。『キリスト降誕劇』はほとんど注目されていないボウエンの執筆能力を実証しており、その能力とは、まさに宗教にある人間らしい要素を舞台に乗せて劇的に分かりやすく書く筆力である。ボウエンは舞台劇を三つのテーマにして、受胎告知、三人の王たちの反応、そして羊飼いと東方の三博士の嬰児イエスの礼拝である。間に伝統的なキャロル「おお、来たれ、信仰篤き者みな Adeste Fideles, O Come, All Ye Faithful,（神の御子は今宵しも「讃美歌一一一番」）」が詩語と日常語で歌われ、ボウエンは第二幕「受胎告知」で、「若き少女ら、メアリの友らが、彼女の部屋に入り、メアリはいずこにといぶかる。一人はメアリの織物を手にとり、もう一人は壺にアネモネを一輪挿して、訊く、『なぜ彼女は離れているのか／あなたと私から？』」と。次の第三幕では、羊飼いが一人、仲間が群れから戻るのを待っていて、語り手が言う、「静かに／静かに」と、まるで地が息を潜めたかのように。[*32] その後、天使のお告げがかなえられる、嬰児がメアリに生まれた、ベツレヘムの馬小屋で、礼拝しに訪問者がやってくる。三人の子供が彩色された滑らかな小石を贈り物として携えている、ボウエンの見事な演出。一人は貝殻を、もう一人はネズミを、最後の者は手ぶらで、彼の父親が乞食だから。この戯曲はボウエンにとって世界教会のための政治的な試みで、ヒルと共同で製作した創造的な企画で、現に周囲に暴力となって炸裂しているアイリッシュ社会に文化的な和解を願ったものだった。

ヒルはボウエンのアングロ－アイリッシュのアイデンティティのまた別の面を呼び覚ました。何年も前に、彼女は彼と悶着を起こしていた、一九四六年に彼が書いた Letter from Ireland（アイルランドからの手紙）に、アングロ－アイリッシュを侮蔑する表現があったからだ。コノリー編纂の『ホライゾン』誌に出た記事だった。「階級」というレッテルを貼るものを定義して、ヒルは「もう死に絶えた旧弊な世界の地主階級」とし、ローマ・カトリック教と比較して英国国教のことを「ビロウ・ステアーズ（階下の使用人階級）の宗教」とし、その一方で彼らはカトリック教徒を家事使用人に雇うことを拒否している。それは彼らがいかに孤立し、いかに例外的なままに留まっているかを物語る」[*33] とした。彼はさらに、アングロ－アイリッシュが代表しているのは「英国人よりも英国人らしい『国家』の見せかけである」と言い、文学的な関心の追求よりもマンネリ化したキツネ狩りに興味を示し、おかげで文学は十八世紀以来花開いていないと宣言した。そしてアングローアイリッシュを、色褪せた紋織物の服、フェルトの帽子、連隊の紀章を着けていると戯画化した。ボウエンは『ホライゾン』で彼の表現を「片腹痛い」と言って攻撃し、自身の権威、すなわち、相続と家族関係と忠実さにおいてアングローアイリッシュの伝統の代表者としての権威を主張した。その言い分は痛烈である。「アングローアイリッシュは自身が研究課題です。あなたにはその周囲に近づく勉強もしていない。はっきり言います。多くの時間を要することであり、あなたはここアイルランドに絵を描きに来ているのです。だからあなたの言うことは全くの見当はずれ、あまりにも表面的で、あなたが何を言おうと標的から離れ過ぎている。一言、非常に下劣だと言い添えます」[34]。ヒルはデクラン・カイバードの非難、ジェントリ階級の「演技」を先どりしていた。二面性を感じながらボウエンはアングローアイリッシュの文化を正当化し、*Reports from Eire*(エールからの報告)で文化的に二面性があるという見解を述べながら、ボウエン一族の年代記 *Bowen's Court* では、アイルランドへの愛情が伝えられ、ボウエン一族の土地の利用と労働がプロテスタント・ナショナリズムによって支えられたことをうたっている。*The Shelbourne Hotel*(シェルボーン・ホテル)でボウエンは再びアセンダンシーの伝統を受け継いだエリートたちが社交の歴史を開示し、アイザイア・バーリンがボウエンを訪れる時に定宿としたホテルの美学を描いている。バーリンがその魅力を語る、「このホテルの喫煙室にいる人々は、狂った目とか口ひげをしていてもしていなくても、ツルゲーネフの短篇に出てくる人たちだ」[35]。このすべてが物語っているのが、ボウエンのアイデンティティの複雑さと、アングローアイリッシュの経験の多様な螺旋構造なのである。

自身の文化の様々な局面を誇るボウエンはヒルの攻撃に反抗し、一九七〇年十二月にウエスト・サセックスで開かれた芸術祭に出席し、アイリッシュ文学に対するアングローアイリッシュの貢献を主張した。「変人奇人」のための非政治的な祭事という鳴り物入りの行事だったが、この芸術祭は十九世紀のアングローアイリッシュ文学の祝典であり、消滅していく文化の仮面劇だった。レディ・バーリーがアイリッシュの詩と芸術の議論「ロング・アイリッシュ・テーブル・トーク」を司会し、ボウエン、*The Real Charlotte* の共同著者イディス・サマヴィルとヴァイオレット・マーティンを招待し、コノリーが演説し、その他の名士、レイモンド・モーティマーやモリス・コリンズも出た。ヒルもまた彼の伝記を書くことになるブルース・アーノルドを招いていた。この時にヒルが抱いたボウエンの印象をアーノルドは憶えていた。人生のこの時期に来ていたボウエンはどこか近寄りがたく、自説にこだわる傾向がありながら、にもかかわらず、「エレガントな年配の女性で、夏のドレスを着て、両肩が少し丸くなっていたが、瞳は明るく澄んでいて、一人ひとりに目をやって、旧友と知ると嬉しそうだった」[36]。談話でボウエンは自分の世代の作家について、みな新しい表現方法を探すのに苦労したと語り、オフェイロンへの賛辞として、「アイルランドが生んだ物書きのうちで最も完璧なお手本であり、永遠に変わらないお手本である」と語った[37]。彼女はさらに、共通の土台を探し、アングロ－アイリッシュ礼賛の気分を一掃しようとして言った、オフェイロンはアイリッシュの警官の父と敬虔なカトリックの母との息子であると。この同じ会場でアーノルドが目にしたのは、ボウエンとコノリーはアングロ－アイリッシュ階級の出身で、時間と状況の変化を超えて、二人は互いによく理解しているということだった。彼らは隣人同士だった、アイルランドの過去を共有しているだけでなく、一九六五年以降にハイズに家を持ったことでも共通していた。だがアーノルドとしては、コノリーはイングランドに住み、イートンとオクスフォードで教育を受け、アイリッシュらしい面影はほとんど消えており、イングランド人に「見えた」。とはいえ、コノリーの功績として、彼が一九四二年に出した『ホライゾン』のアイリッシュ特集号ではバランスを考慮し、中立策のもとにいたアイリッシュ作家が見た同時代のエールを図示した。その号の彼の「コメント」でコノリーは英国に対するアイリッシュの疑惑と、防衛策として英国が取り返したかった港湾問題の苦味を認めている。「アングロ－アイリッシュの歴史を読めば、人は必ずアイルランド問題に突き当たる……アイルランドにおける我々の記録は、七世紀にわたる残酷さ、不正義、不寛容、簒奪の記録である」[*38]。「我々の記録」という表現に、コノリーの英国との合一性が伺える。彼はアイルランドにおける様々な反英感情をとりまとめ、危険を冒して戦争で命を落とす人々を支持するが、アイルランドの中立政策をほのめかして「一九三八年のカレンダーを後生大事にしている人」は支持できないとしている。『ホライゾン』の特集号はアイリッシュのプロパガンダに捧げられ、コノリーはそこで中立策の間、窮地に陥り孤立したアイリッシュの才能を取り上げている。同じ問題でパトリック・カヴァナと文化的に競り合いながら、彼は長く無視されてきたカヴァナの長詩 The Great Hunger（大飢饉）を部分的に出版して、国家を奪われたアイリッシュの悲哀と喪失に注目を引いた。オフェイロンの Yeats and the Younger Generation（イエーツと若い世代）、そしてフランク・オコナーの The Future of the Ilish Literature（アイリッシュ文学の未来）を出版した。

## エヴァ・トラウト

一九六六年、ボウエンの気管支炎の症状は深刻なものとなり、彼女は小説『エヴァ・トラウト』執筆が中断しているとヴェロニカ・ウェッジウッドへの手紙に書いている。その冬二度も流行性感冒にかかり、それを押して大胆で驚くべき自立精神いっぱいの女性の話を書き続けていた。この小説では、ボウエンの世界観と語りのスタイルに大きな変化があったことが反映されている。時代は戦後の年月になっていて、『エヴァ・トラウト』には育児放棄とホームレス状態と不人情が滲み出ていて、それは第二次世界大戦とヴェトナム戦争がもたらした風潮である。エヴァはグロテスクで滑稽な怪物のようなキャラクターであり、醜悪さの王国に入っていくが、以前のボウエンの小説にはなかった王国である。エヴァは、赤ん坊の時に母を失う苦しみがあり、同性の恋人コンスタンティンに情熱を消耗している父親の影で、疎外された人生を送っている。「居場所のない人達」の切れぎれの生活や言語が彼女を育て、彼女の風変わりな話し方に影響している。ボウエンにとって常に重要なテーマであるホームレス状態に悩まされ、最後まで転々と暮らし、人里離れた放置された城で死にかけた級友の女子と暮らし、彼女との間にレズビアン的な関係を味わう。その後暮らした爆撃で破壊された家は、彼女の人生の破壊と空白のシンボルである。それでも彼女は家を求めて四苦八苦する。「どこかほかの人生でエヴァは壊れたドールハウスを見せられたことがあり（どこかのベランダに立っていたんじゃなかった?）、ひざまずいてハウスのドラマティックな中を覗いた。これが欲しかった[*39]」。愛する先生ミセス・アーブルが歓迎する家があったのに、エヴァは奇矯にもそれを打ち壊す手に出た。エヴァは自分が変身できると考えている人物つまりシェイプ・シフターで、先生の夫を性的な関係に誘い、あらゆる関係を壊そうとするのは、ホラーそのものである。彼女は他人の人生や家庭に入って平気で動き回り、「怪物が持つ忍耐強い、永遠に続く相手を取り囲む意思」で彼らを叩き潰す。アーブル先生に妊娠していると嘘をつき、いきなり逃亡してアメリカ人の赤ん坊を買う。その子はのちに聾唖者であることが分かる。物質的に贅沢な生活を送り、ロマンスを見つけ、自分の息子に偶然殺されてしまう。

エヴァの肉体は、性格同様、歪んでいて反感を招くが、逆説的に魅了するものもある。彼女はボウエンにとって新しい主題で、自立した女性として独自の人生を送り、性的な関係も隠さずに求め、時に、解放運動に殺気立つ女性のパロディにも見える。エヴァは、移り行くシーン（Changing Scenes 小説の副題でもある）に真っすぐ立ち向かい、動向とともに渦巻きを巻き起こす。切れぎれの言葉遣い、度はずれた態度、大き過ぎる身体のエヴァは、グロテスクとユーモラスの瀬戸際にいる戯画である。アイリス・マードックはこの出版の際に小説の死にまつわる面に触れて、「何という素晴らしく馥郁（ふくいく）たる小説であることか……私はエヴァを完全に信じたし、どんどん読んで彼女と一緒にいるのが愉しい！ 笑えるところはすごく笑える（あのランチ、あの学校）」としている[*40]。マードックは不条理やエロティックな冒険に対する興味をボウエンと共有しており、その例として、彼女自身の小説 *The Severed Head*（切られた首）がある。

『エヴァ・トラウト』はその時代の小説で、ヴェトナム戦争の弔鐘、女性運動、人間の心の肉体に課された移り行く時代を表象している。小説のプロットと文体は初めの頃の小説よりも苦悶に満ちていて、一九六〇年代の混乱を映して、ボウエンの感受性の移行を示し、さらに意地悪な、暴力的な、言葉にならない、醜悪な世界を描いている。エヴァはアーブル家を逃げ出した後、ノース・フォーランドに自分の家キャセイを見つけるが、それもまた彼女の人生のように、爆撃を受けて一部壊れていて、小説で戦争の影響があとを引いている。ボウエンが追及した家々は窓がなかったり、閉鎖されていたり、見晴らしもなく、ときに沈黙している。人々は現実と折り合わず、影に隠れていたり、もぐっていたり、うかがい知れない。時間は「エヴァの心の内側にあって、パズルになった絵画のピースのようにばらばらな断片になっている[*41]」。養子にした聾唖者の息子は、ベケットの戯曲から抜け出して彷徨っているようだ。だがボウエンは、ダブリンの近くに住んで幼少時に仲良しだったおじのジョージが聾者であるのを見てきた。この二人の人物は言語の無益さ、ないしは、不完全性をさらけ出し、モダニズムを図示したことになり、晩年になって言葉への信頼を失ったボウエンが出ている。短篇 Look at All Those Roses（あの薔薇を見てよ）は、数年後に書かれたが、『エヴァ・トラウト』にあるのと同じ戦慄するような雰囲気を醸し出す。その家は娘を不可解に傷つけた父親が不在で、娘は身体障碍者になっている。エヴァのようにこの障碍者の少女は、「家の中心であり中枢神経」となっていて、父親の隠された損傷、機能不全になった家族、ある文化を表している。[*42] ユードラ・ウェルティとウィリアム・マクスウェルはこの短篇について、父親が娘の背中に何をしたのかに戸惑っている――「彼は酒に酔っていて、それをしたのか?」――そして彼は薔薇の茂みの下に埋められているのか? ウェルティは結論している、父親はおそらく娘を落っことして、茂みの下に埋められていると。[*43]

ジョン・ベイリーはこの小説は戦争への反応だと考えた。「いま人はあの大戦がすべてだと感じている」。ベイリーが注目するのは、エヴァと彼女の友達エルシノアとの関係である。若い時「彼女らの環境は、見事に伝わっていて、すべてが悪夢（ある意味で）、悪夢だけがあるからだ。大戦への別の反応は、他の代替え物がないことに現れていて、宿無し子はマッチを家の中ではなくガソリン店でもてあそぶ」。ベイリーが非常に困惑したのは、彼の妻マードックも同様だったが、小説にはコメディと涙が混ざっていることだった。だが、彼が最も動かされたのは、「モダニティとはこれだ、一瞬で指に火が付くという感覚」だった。[*44]『エヴァ・トラウト』は一九六九年のジェイムズ・テイト・ブラック記念賞を受賞した。これはイングランドの最古の賞であり、一九七〇年のブッカー賞の最終候補（ショートリスト）にも上がった。

ボウエンはこの小説にこめた新しい方向性を、家庭を切望しながらそれを破壊する人物で示した。それはボウエンと他の作家を結ぶリンクとなった。一例がマードックの小説、メロドラマとユーモアと深刻さがミックスした『鐘』である。さらにはイアン・マキューアンの驚くべき小説『土曜日』もある。彼らを結ぶリンクはボウエンが匂わせる家庭内のテラー現象で、『エヴァ・トラウト』のみならずボウエンが死の間際まで書いていた未完に終わった小説の第一章「転居」にも出ている。[*45] その冒頭の章は家庭内の犯罪と暴力で始まる。見知らぬ若者の一団が高齢者が住んでいる郊外のホームに到着し、若いごろつき（パンク）は家を乗っ取るつもりでいる。ホームという安全な空間の侵害は、未知の人間が犯す犯罪とそれに続く打ちこわしの恐怖を顕在化する。同様にイアン・マキューアンの『土曜日』は、凶徒（サグ、元はインドの暗殺団のこと）が高名な精神外科の家に侵入して家族を脅す、政治的に混乱している九・一一とその後のイラン戦争勃発の混乱期に。ボウエンの家庭内の恐怖（テラー）というテーマはヴェトナム戦争の恐怖（ホラー）の跳ね返りで、『エヴァ・トラウト』に反響し、今日の家庭にとどまらぬ世界的なテロリズムの先駆けでもある。

ボウエンはこの時期エッセイ集 *Pictures and Conversations*（挿絵と会話）の完成も目指していた。代理店のカーティス・ブラウン社とともに着手していた自伝的要素を編集したコラージュで、一九七一年二月には完成させたかった。その頃彼女はプルーマーに、「みじめな気管支炎が戻ってきた」と書いたが、彼女には反発力（レジリエンス）があった。[*46]『エヴァ・トラウト』の出版後、健康が衰えていたボウエンは、一九六九年九月にプリンストン大学に最後の居住教員資格を取り、その演習担当で六千ドルを得た。彼女が出会った学生は落ち着きがなく、ヴェトナム戦争反対運動に参加するなど、彼女が名付けた「ヒステリックなモラトリアム（活動停止）」がはびこるキャンパスを前にした彼女の憤怒は頂点に達した。ボウエンは学生たちを「馬鹿げている」と思った。保守的でアメリカの政治エネルギーには無関心だったので、彼女は戦争にあたってニクソン支持のサイレント・マジョリティの側にいた。彼女は一九六〇年代のオクスフォードのニュー・レフトの政治運動にもタッチしていない。[*47]

　プリンストンでは創作を一九六九年九月から十二月までの一学期間教え、いつものことながら、学生を大いに鼓舞する授業だった。周囲に敏感な彼女は、キャンパスを、プリンストンの奇妙な自然な雰囲気と描いている。郊外にあって、「色付きの一角」には庭園のある派手なペンキを塗ったバルコニーが付いた家々があり、点々とする寂れた区画あり、離れた所にある富裕層の一角はなだらかな一面の芝生となっている、など。一段上の勉学を薦めた八名の学生を「大人しいカモシカのようで、ずっとそのままだろう」と描写している。そのうちの一人トマス・ハイドは、ボウエンがプリンストンを去った後に、ボウエンの秘蔵っ子として名を上げた。ボウエンはオクスフォード大最古のコレジ、ニュー・コレジへ出願する彼を後押ししただけでなく、自宅のあるハイズに招き、自身の体調不良にもかかわらず、キンセイルにあるヴァーノン家の所領にも招待している。

　一九七〇年にイングランドに帰国して六か月後、ボウエンはプルーマーに「哀れなプリンストン」について書いている。「本当のことを言うわね。ヴェトナムの人が北でも南でもどっちでも構いません。ただ耐えられないのは、アメリカが苦しんでいること。実感するのは、あの正気とは思えない反抗運動、示威運動は百害あって一利なしです」[*48]。さらに自らのトーリー色を出して、英国の保守党選挙に声援を送り、エドワード・ヒースをいつも称賛していることを明かしている。「あの陰鬱な労働党政府がこの先五年間も続くのは（先の六月まで）、悪夢になっていました」。数年前に彼女はアメリカの政治にも触れていて、上院選挙でジョン・ケネディがより伝統的なヘンリ・キャボット・ロッジを負かした時だった[*49]。彼女は再び保守政治色を鮮明にして、ロッジ王朝に味方し、「ケネディ大統領でギャンブルに出る人生を思うと奇妙な好奇心に駆られる」とした。ケネディ大統領はキューバに侵攻されて汚点を残した。

## 病気

　一九七〇年春にプリンストンまで勇敢にも遠出した後、ボウエンの気管支炎は重症化して再発、軽快期間が短くなるばかりだった。九月はヴァーノン家ですごした。この時もヴェロニカ・ウェッジウッドには規則的に手紙を書いていて、一九七一年一月には結核患者のナーシング・ホームに入ったと知らせた。だが翌年は忙しくなり、執筆を続行する意思が明らかにされた。二月にはウッドストックのベア・ホテルに行き、ここはブレナムの近くにある十三世紀のエレガントな宿屋で、肺に悪い湿ったハイズの海霧を避けるためだった。地元の伝説によるとお化けが出ると信じられたホテルで、その話はボウエンの意に叶った。ロンドンのユニヴァシティ・ホスピタルで、ラジウム療法を受けながら、*Pictures and Conversations* を年内には出版すると決めていた。同じ年に、自分のベッドという舞台で、プーシキンとアイリス・マードックを読み、シリル・コノリーとジョージ・スタイナーとともにブッカー賞の審査員を務めた。ボウエンはフェミニスト批評家のキャロライン・ハイルブランの意見、過去何年もの間、女性の人生には表立った勝利がほとんどないという見解を一蹴した。[*50] モリー・キーンはボウエンの大事なアイリッシュの友達だが、ボウエンが他界する一年前にレストランで会った最後の場面を捉えていた。キーンは見ていた、ボウエンが部屋に入ると、男たちは頭を巡らせて彼女を見た。ボウエンには衝撃的な存在感があり、確実に「魅惑する」資質があった。この時ボウエンは白いシルクのかっちりしたウィーン風のコートを着ており、かつらを買う話をしていた。「彼女は痩せ衰えるような人ではなかった。彼女がここにいたらどんなに嬉しいだろう」。[*51]

一九五五年にアイルランド教会の家族の葬儀に出た後、ボウエンはがっかりして、皮肉にこう思った、ローマン・カトリックの葬儀のほうがずっと陽気だと。生涯前向きだった持ち前の精神を見せて、ボウエンはエディおば様に宣言した、私の葬儀は「どちらかと言えば結婚式のように、薔薇の花を持った愛らしい少女が一列続き、それぞれがチャーミングな熱烈な恋人に付き添われて、私のお墓まで並んでついてきてほしい」。さらに補足して、私は絶対に嫌なのです、「最低な顔をして互いに愚痴っているような人々に見送られるのは」。[*52] 一九七三年二月にボウエンはハイズに戻り、修道女と従者たちで満員のバスに乗って、ボウエンズ・コートの跡地に最後の訪問をしたあと、結核治療と足の負傷が治らないので病院に再入院した。彼女はそこで親友たちに取り囲まれた。最愛のいとこオードリー・フィネス、長年の友アイザイア・バーリンとシリル・コノリー、後年に非常に親しくなったヴェロニカ・ウェッジウッドとアーシュラ・ヴァーノン、そしてロザモンド・レーマンはボウエンの最期の年月を通してずっと一緒だった。ボウエンの死の翌日、ユードラ・ウェルティはウィリアム・マクスウェルに書いた、ボウエンがそれほど悪いとは知らなかったが、つねに憧れていたと書くつもりだった、二人が数年前にニューヨークで過ごした「壮麗な時間」は決して忘れない。

最後の数週間、ボウエンはどもらなくなり、それから、完全に声を失った。チャールズ・リッチーがボウエンの人生の最後の二週間、彼女に付き添い、毎日病院に来た。彼は、彼女と同様に、リージェント・パークの薔薇を憶えていた、二人が出会った一九四一年に二人を惹きつけた薔薇の花を。[*53] 彼が言う、庭園は「燃えるように明るく陽気で彼らの心の中に立ち現れる亡霊のように残っている」、それをボウエンはのちにフィクションにしている。「立ち木づくりの薔薇の木には何百とも知れぬ花が咲き誇り」と、彼女は物語のなかで素晴らしい言葉の絵を描いた、「このひと時を命とばかりに色で色を競っている。深紅、珊瑚色、ブルー・ピンク、レモン、冷たい白など、その香りが辺りの死んだ空気を騒がせていた」。[*54] リッチーは彼女の感受性を通してこの庭を再度経験し、彼女の想像力を通して日常を過ごした。ある日、病院に着いたリッチーは、いつものように景気よくシャンペンの栓を開け、最後のグラスでともに飲んだ。

一九七三年二月二十二日に永眠、ボウエンの遺体はロンドンのユニヴァーシティ・ホスピタルから、埋葬するためにアイルランドに運ばれた。ファラヒの人々はコーク飛行場に集合して、彼女の棺を出迎えた。最後の遺書でボウエンは書いていた、そこにはファラヒ教区の墓地に埋葬されたいとあった。ユードラ・ウェルティは、「彼女のハートはこの最後の年に、ひたすらアイルランドに帰っていた」と見届けて、オードリー・フィネスが伝えた葬儀の様子を語り継いでいる。「美しい葬列だった――アイリッシュの人々が花束を持って群れをなして集まった――彼らの顔は――オードリーの言葉では『献身的』だった――チャールズは彼女とともに最後まで一緒だった」[*55]。一九九九年のボウエン生誕百年の記念事業でフィオナ・ショーが葬列のことを話している、「ボウエンの遺体がコークに入ると、地元の人々が葬列に加わり、花の少ない冬の花をそれぞれが捧げながら。雪が舞い降りていて、彼らは懐中電灯で照らしながら、ボウエンの棺をファラヒ教会の無人の墓地まで運び上げた。ボウエンの父ヘンリ・コール・ボウエンと夫アラン・キャメロンが埋葬されている墓地へ」[*56]。降る雪と教会墓地は、ボウエンが愛唱した文学の一節を喚起して、人々の耳に届いた。「宇宙にあまねくかすかに降る、かすかに降る、最後の降下のように、生ける者と死せる者すべての上に」[*57]。

## 追記

ボウエンの記念碑を立てる議論が、彼女の死後三年経って持ち上がった。戦争勃発時の彼女のアイルランドにおけるスパイ活動についてエールには意見の蓄積があり、彼女のアングロ－アイリッシュ家族の社会的な位置のことが再び取りざたされた。一九七六年五月、ロバート・ブライアン・マカーシ牧師がファラヒ教会をエリザベス・ボウエンの人生と業績を記念する場所にしてはどうかと提案した。彼はこれをボウエンの友人デレク・ヒルに持ち掛けて教会救済の援助を求め、ボウエンが生前ボウエンズ・コートに滞在中は毎週通っていたささやかな教会の保存に経済的な支援をする人々を集めて賛助を求めた。「屋根には穴がたくさん開いていて、窓枠は壊れ、原子爆弾にやられた場所のような感じだった」[*58]。五十人くらいは集まるか、そして一人二十五ポンドの寄付で計画する用意があるかと彼はたずねた。当初、このプロジェクトに対する支援がなかったことは明らかだった。ボウエン家の家族の遺言執行者、ギルバート・バトラー、コーク教会の司祭、コーク市民、そして「流行の」アーツ・カウンシル（最終的には寄付した）からの支援がなかったのだ。ギルバート・バトラーは、この提案を強く支持するヒューバート・バトラーおよび保存委員会と対立していて、教区は使われていない教会の所有者を移すことについて複雑な気持ちをかかえていた。マカーシ牧師によれば、ギルバートは、ボウエンの「正式な伝記が完成したばかり」のときに、マカーシが教会に「ミセス・キャメロン」と刻する記念の銘板（プラーク）を立てようとしたことに抗議したという。（おそらく、彼がヴィクトリア・グレンディニングに伝記執筆の依頼をした）[*59]。マカーシ牧師は教会を救うための熱い努力をかさねた。「アイルランドの

図24　セント・コールマン教会、ファラヒ

ボウエン家の最後の具体的な思い出のよすが」であり、ボウエンの書いたものと銘板は「礼拝する場所としての性格、すなわちボウエンの作品で主要な位置をしめている場所の役割」を尊重するものだとした。[*60] コークの教区秘書への彼の要求には約束が含まれていた、「この教会は、エリザベス・ボウエンがボウエンズ・コートであのように伝えたアイリッシュ・アングリカニズムの厳粛さそのままの姿で残されるべきで」、祭壇はボウエンの母とタイタニックで死亡したボウエンの叔父を記念するものとしたい、とした。

しかし、屋根の穴を修理し、集められた写真のために集会室を準備し、当時ミル・ハウスのコリー家が所有していたヒルの絵画「ボウエンズ・コート」を使用するには、資金が必要だった。マカーシ牧師は一九七八年に跡地の修理の進捗状態を報告し、「一人のプロテスタントの農夫が屋根の穴の修理に当たっていて」、彼はほかの人たちを作業のために集めたが、ほとんどが無料で仕事についてくれたと記している。『タイムズ』紙への手紙で支援した人もいた、スペンサー・カーティス・ブラウン、ロザモンド・レーマン、レイモンド・モーティマーらだが、『アイリッシュ・タイムズ』紙の編集者テレンス・ド・ヴィア・ホワイトは、企画が非実用的だと考え、ボウエンは倫理的なモデルではないとして、「多くの巡礼者が集まるような名前とは言えない」と警告した。[*61] マカーシ牧師は、ヒルが約束した三百ポンドを待っていると記していた。ほかにもリッチーは百ポンドを以前に寄付していた。ベルファストのエズメ・ミッチェル・トラストが五百ポンド、アーツ・カウンシルが百ポンド（元来約束した金の三分の一）、サザン旅行会、ジョージアン協会の会員、ブラック家やヴァーノン家や友達も賛助した。主にアングロ‐アイリッシュのボウエンを取り巻く友人によって、教会は経済的に支えられた。マカーシ牧師はヒルに宛てた手紙で、あのような簡素な記念碑のための基金を集めるのは「南アイルランド以外の場所であれば……越えられない障害は生じないであろう」と結論している。彼はヒルに暗黙の裡に「あなたと同様に分かっていた一幕です」と伝えている。アイルランドを略奪したアングロ‐アイリッシュのシンボルであるボウエン家への敵意、彼らの目から見れば、文学的な娘エリザベス・ボウエンはアイリッシュに敵対し、その「中立策」を調査した張本人だった[*62]。マカーシはまた抜け目なく「守りたまえ、プロテスタントの死の願望から我らを」と付け足し、ギルバート・バトラーがボウエンのこの種の記念碑に抵抗するのは、ファラヒにいた彼女と先祖の記憶が消失してしまったことの証左とほのめかしている。マカーシ牧師は今日のアイルランド教会に関する意見でも論争を巻き起こすことに慣れており、保存委員会とその支援者、ジェインとパトリック・アニズリーを説き伏せた。一九七九年十月十八日、修復されたセント・コールマン教会で、ボウエンの記念銘板のベールがギルバート・バトラーの手で外され、ボウエンズ・コートの記念写真が集会室に置かれた。

　想像するにボウエンは、彼女が愛した教会のこの記念碑を喜んだだろうが、「アラン・キャメロンの妻」の肩書きと、彼女の著作の限られた記述には厳しい目を向けるだろう（図24）。彼女はあまり言わなかったがよく理解していたはずである、この質素な記念碑を取り巻く人々と歴史のことを。彼女の「裂けた心（cloven-heart）」を与えられ、アイリッシュとイングリッシュとヨーロッパへの愛と忠誠心をつねに分かち持つ人々と歴史のことを。

## 原注

＊1　*TR*, 64.
＊2　CR journal, October 20, 1970, *LCW*, 465.
＊3　EB to CR, Jan. 29, 1958, *LCW*, 196.
＊4　*TR*, 4ff.
＊5　*Jean Santeuil*, 534.
＊6　EB to CR, October 26, 1947, *LCW*, 109-110.
＊7　*TR*, 74ff, 64.
＊8　EB to L. P. Hartley, June 7, 1961, JRUL, MS Letters.
＊9　L. P. Hartley to EB, April 3, 1955, HRC 11.5.
＊10　Fuller discussion of reviews in Hepburn, introduction, *WWF*, xv-xxxii.
＊11　L. P. Hartley to EB, August 12, 1935, HRC 11.5.
＊12　Jessica Rathdonnell, interview by PL, Dublin, June 2011.
＊13　EB to HH, May 28, 1936, HHC.
＊14　RM to EB, February 22, 1949, HRC 11.6.
＊15　EB to Westminster Bank, Harpenden, November 6, 1944, HRC 10.5.
＊16　Reported in *WWF*, xix (based on HRC 12.5-6).
＊17　EB to CR, November 6, 1946, *LCW*, 99.
＊18　Alexander, *William Plomer*, 265.
＊19　Curtis Brown Files, Folder 1.
＊20　Ibid., folder 1 and 2.
＊21　EB to CR, January 19, 1962, *LCW*, 382.
＊22　Proust, *Swann's Way*, 59-60.
＊23　*LG*, 10, 20, 130.

* 24 Ibid., 20, 130.
* 25 オードリー・フィネスの報告では、ボウエンは子供時代から難しい言葉を使うことが多かった。
* 26 Bowen, "Charity," *CS,* 195.
* 27 *CS,* 231, 234, 232.
* 28 See Renee C. Hoogland, "Technologies of Female Adolescence."
* 29 Editor's footnote, EB to CR, August 12, 1964, *LCW,* 425.
* 30 EB to *DH,* August 8, 1965, JRUL, MS Letters.
* 31 *Londonderry Sentinel,* January 13, 1971.
* 32 Bowen, *Nativity Play,* 130, 143.
* 33 Hill, "Letter from Ireland," 270.
* 34 Arnold, *Derek Hill,* 263.
* 35 IB to Cressida Bonham Carter, August 28, 1938, Berlin, *Flourishing,* 278.
* 36 Arnold, *Derek Hill,* 271.
* 37 Ibid., 275ff., and Arnold interview.
* 38 Connolly, "Comment."
* 39 *ET,* 80, 95.
* 40 Iris Murdoch to EB, n.d. (ca. 1968), HRC 11.6.
* 41 *ET,* 80, 42.
* 42 Bowen, "Look at All Those Roses," *CS,* 515.
* 43 Welty, *What There is to Say…,* April 12, 1983.
* 44 John Bayley to EB, n.d., HRC 10. 6.
* 45 Bowen, "The Move-In," *PC,* 67-76.
* 46 EB to WP, September 1, 1970, DUR 19.
* 47 EB to CR, September 22, 1969, *LCW,* 459.
* 48 EB to WP, September 1, 1970, DUR 19.
* 49 EB to C. V. Wedgwood, December 17, 1959, BOD, MS. C6289-41.
* 50 Carolyn Heilbrun, *The Last Gift of Time.*
* 51 Molly Kean, "Life with the Kid Off," September 28, 1989, panel, NSA.
* 52 *EB* to *CR,* September 1, 1955, *LCW,* 214.
* 53 CR journal, August 13, 1973, *LCW,* 472.
* 54 Bowen, "Look at All Those Roses," *CS,* 514.
* 55 Welty to William Maxwell, …, April 16, 1973, 302.
* 56 Fiona Shaw, "Sunday Feature: Radio 3," 1999 Commemoration of Bowen's Centennial, NSA.
* 57 Joyce, "The Dead," *Dubliners,* 124.
* 58 R. B. MacCarthy, letter to *DH,* August 22, 1975, PRONI D/4400/C/2/27.
* 59 Ibid., July 16, 1979.
* 60 Ibid., letter to the diocesan secretary, May 12, 1976.
* 61 Terence de Vere White to R. B. MacCarthy, November 19, 1975, PRONI D/6600/C/2/28.
* 62 R. B. MacCarthy to *DH,* July 16, 1979, PRONI D/4400/C/C/2/28.

# 原注等で使用した略称一覧

## 図書館および所蔵所

| | |
|---|---|
| BNA | British National Archives, Kew, London. |
| BOD | Oxford University, Bodleian Library, Oxford、England. |
| DUR | Durham University Library, Durham, England, William Plomer Collection. |
| HHC | Humphry House, private collection, London. |
| HL | Huntington Library, Pasadena, CA. Papers of Elizabeth Bowen. |
| HRC | Harry Ransom Center, University of Texas at Austin, Elizabeth Bowen Collection: Correspondence (Incoming, Outgoing), Vertical File. |
| JRUL | John Rylands University Library, University of Manchester, Manchester, England, L. P. Hartley Collection. |
| KC | King's College Library, Cambridge University, Cambridge, England, Rosamond Nina Lehmann Collection. |
| LSU | Louisiana State University Archives, at the Mississippi Department of Archives and History, Jackson, Mississippi, Eudora Welty Papers. |
| NSA | National Sound Archives, BBC recordings, British Library, London. |
| NYPL | New York Public Library, Berg Collection, New York. |
| PRONI | Public Record Office of Northern Ireland, Belfast, Ireland, Derek Hill Collection. |
| SC | Smith College, Northampton, MA, Sophia Smith Collection, Mortimer Rare Book Room, Neilson Library. |
| SU | Sussex University Library, Sussex, England, Monk's House Papers of Virginia Woolf. |
| TC | Trinity College Library, Dublin, Ireland, Manuscript Division. |
| UCC | University College Cork Library, Cork, Ireland, Special Collections. |

## 固有名詞

| | | | | | |
|---|---|---|---|---|---|
| CR | Charles Ritchie | HM | Humphry House | RL | Rosamond Lehmann |
| DH | Derek Hill | IB | Isaiah Berlin | SOF | Sean O'Faolain |
| EB | Elizabeth Bowen | MS | Manuscript | SS | Stephen Spender |
| EW | Eudora Welty | OM | Ottoline Morrell | VW | Virginia Woolf |
| GR | Goronwy Rees | PL | Patricia Laurence | WP | William Plomer |

※ 頻出するボウエンの著作及び二次資料は、参考文献の最初に略語で記載している。

## 参考文献

### エリザベス・ボウエンの著作

"The Achievement of Virginia Woolf: Review of *The Writer's Diary.*" *New York Times Book Review*, June 26, 1949, 1

"The Artist in Society: Elizabeth Bowen, Graham Greene, V. S. Pritchett." July 8, 1948, NSA.

"Autobiographical Note" for *Everywomen*, HRC 1.5, 2.

*BC: Bowen's Court*, New York; Ecco Press, 1979.

*Castle Anna*, 1948, unpublished.

*CI: The Collected Impressions*. New York: Knopf, 1950.

*CJ: The Cat Jumps and Other Stories*. 1934. Reprint. London: Jonathan Cape, 1967.

*CS: The Collected Stries of Elizabeth Bowen*. Introduction by Angus Wilson. New York: Barnes and Noble, 1981.

"Coming to Lodon." *MT*, 85-90.

"The Culture of Nostalgia." In Hepburn, ed., *Listening In*, 97-102.

"Daughters of Erin—Radio Review." BBC, *The World of Books*, M449R CI I. NSA, 1965.

"Dead Mabelle." CS, 276-85.

*DH: The Death of the Heart*. 1938. Reprint, New York: Anchor, 2000. 太田良子 訳『心の死』(晶文社、2015)

*DL: The Demon Lover and Other Stories*. New York: Chatto and Windus, 1945.

"Disloyalties." *MT*, 60-62.

*ES: Early Stories; Encounters and Ann Lee's*. New York; Knopf, 1951.

"*The Echoing Grove*—Review." *SW*, 218-22.

"Eire" *New Statesman and theNation*, April 12, 1941, 382-83.

*Elizabeth Bowen: More of Her Espionage Reports from Ireland to Winston Churchill*. Cork, Ireland: Aubane Historical Society, 2009.

"Enchanted Centtenary of the Brothers Grimm." *New York Times Magazine*, September 8, 1963.

*English Novelists*. Britain in Pictures Series. 1942. Reprint, London: Collins, 1947.

*ET: Eva Trout; or Changing Scenes*, 1968. Reprint, New York, Anchor, 2003. 太田良子 訳『エヴァ・トラウト』(国書刊行会、2008)

*FBMS: The Faber Book of Modern Stories*. (Ed.) London: Faber and Faber, 1937.

*FR: Friends and Relations*. 1931. Reprint, New York: Penguin, 1986. 太田良子 訳『友達と親戚』(国書刊行会、2021)

"Frankly Speaking."BBC With John Bowen, H. A. L. Craig, and M. N. Ewer. NSA, March 16, 1960.

*The Good Tiger*. New York: Knopf, 1949.

*HD: The Heat of the Day*. New York: Knopf, 1949. 吉田健一 訳『日ざかり』(新潮社、1952) 太田良子 訳『日ざかり』(晶文社、2015)

*The Hotel*. 1927. Reprint, London: Penguin, 1943. 太田良子訳『ホテル』(国書刊行会、2021)

*HP: The House in Paris*. 1935. Reprint, Intro A. S. Byatt. New York: Anchor, 2002. 阿部知二・阿部良雄 訳『パリの家』(世界文学全集 20 世紀の文学第 15 所収、集英社、1967) 太田良子 訳『パリの家』(晶文社、2014)

*IGS: Ivy Gripped the Steps and Other Stories*. New York: Knopf, 1946.

"Joyce, James. A Review." *The Bell*, 1.6, March1941, 40-49. National Library of Ireland.

*LG: The Little, Girls*. 1964. Reprint, New York: Anchor, 2004. 太田良子 訳『リトル・ガールズ』(国書刊行会、2008)

*LS: The Last September*. 1929. Reprint, New York: Anchor, 2000. 太田良子 訳『最後の九月』(而立書房、2016)

"Mainie Jellett." *PPT*, 115-20.

"Miss Bowen on Bowen." *New York Times Book Review*, March 5, 1949.

*MT: The Mulberry Tree: Writings of Elizabeth Bowen*, ed., Her,ione Lee. New York: Harcourt, Brace Jovanovich, 1987. 甘濃・垣口・小室・米山・渡部 訳『マルベリーツリー』(而立書房、2024)

*Nativity Play*, PC, 111-66.

"The 1938 Academy: An Unprofessional View." PPT, 28-31.

*Notes on Eire: Espionage Reports to Winston Churchill, 1940-42*. Ed. Brendan Clifford and Jack Lane. 3rd ed. Cork, Ireland: Aubane Historical Society, 1999.

"Notes on Writing a Novel." *PC*, 167-92.

"Notes on the Short Story," Vassar Course. MS HRC 7. 3.

"Out of a Book." *MT*, 48-53.

"Paris Peace Conference: 1946—In Impression," "Some Impressions 1. 2. 3." *PPT*, 66-80.

*PC: Pictures and Conversations*. Foreword by Spencer Curtis Brown. New York: Knopf, 1975.

"Poetic Element." 1950. MS HRC7.3.

Preface to *Critics Who Have Influenced Taste, PPT*, 329-35.

Preface to *The Heaven: Short Stories, Poems, and Aphorisms*, by Elizabeth Bibesco, 7-12. London: J. Barrie, 1951.

"Ray Strachey's *Our Freedom and Its Results*—Review." *New Statesman* (London), October 31, 1936.

"Regent's Park and St. John's Wood." In *Flower of Cities: A Book of London*, 149-58. London: Max Parrish, 1949. "A Ride South." *SW*, 165-88.

"The Roving Eye: The Search for a Story to Tell." *New York Times Book Review*, December 14, 1952.

"She Gave Him." In *Consequences: A Complete Story in the Manner of the Old Parlour Game*, by A. E. Coppard, Sean O'Faolain, et al. Beaconsfield, UK: Golden Cockerel Press, 1932.

*The Shelbourne Hotel*. New York; Knopf, 1951.

*SIW: Elizabeth Bowen's Selected Irish Writings*, ed. Eibhear Walsh. Cork, Ireland: Cork University Press, 2011, 77-98.

"Story of a Story." *Seashore* (Summer 1948): 1-3.

*SW: Seven Winters and Afterthoughts: Pieces about Writing*. London: Longmans, 1962.

"Telling." In *the Black Cap: New Stories of Murcer and Mystery*, ed. Cynthia Asqyith, 250. New York: Charles Scribner's Sons, 1928.

*TR: A Time in Rome*. New York: Knopf, 1960. 篠田綾子 訳『ローマ歴史散歩』(晶文社、1991)

*TST: These Simple Things: Some Small Joys Rediscovered*. (Editor.) New York: Simon and Schuster, 1962.

*TTN: To the North*. 1932. Reprint, New York: Avon, 1979. 太田良子 訳『北へ』(国書刊行会、2021)

"The Unromantic Princess." In *The Princess Elizabeth Gift Book: In Aid of the Princess Elizabeth of York Hospital for Children*, ed., Cynthia Asquith, 83-99. London: Hodder and Stoughton, 1935.

"We Write Novels: An Interview with Walter Allen." *WWF*, 24-29.

"Women's Place in the Affairs of Men." *PPT*, 377-79.

*WL: A World of Love*. 1955. Reprint, New York: Avon, 1978. 太田良子訳『愛の世界』（国書刊行会、2009）

## その他の参考文献

Alexander, Peter. *William Plomer: A Biography*. Oxford: Oxford University Press, 1989.
Alexander, S. "A New Civilization? London Surveyed, 1928-1940s." *History Workshop* 64, no. 1 (2007): 297-320.
Alexandrian, Sarane. *Surrealist Art*. London: Thames and Hudson, 1970.
Andrew, Christopher. *Defend the Realm: The Authorized History of M 15*. New York: Knopf, 2010.
Arnold, Bruce. "Bruce Arnold's People." *Sunday Press* (Dublin), July 4, 1971.
——. *Derek Hill*. London: Quartet Books, 2010.
——. *Mainie Jellett and the Modern Movement in Ireland*. New Haven: Yale University Press, 1992.
Avery, Gillian. *Oxford Dictionary of National Biography*, s.v. "Willis, Olive Margaret (1877-1964), a Headmistress." Oxford: Oxford University Press, 2004.
Bakhtin, M. M. "Discourse in the Novel." In *The Dialogic Imagination: Four Essays*, ed. Michael Holquist, 259-422. Austin: University of Texas Press, 1981.
Bance, Alan, ed., *The Cultural Legacy of the British Occupation in Germany*. London: Institute of Germanic Studies, University of London, 1997 .
Banville, John. *The Sea*. London: Vintage, 2006.
Barber, Noel. *War of the Running Dogs: Malaya, 1945-1960*. London: Cassell, 2007.
Barnes, Julian. *Flaubert's Parrot*. London: Picador, 2002.
Barthes, Roland. *The Pleasure of the Text*. Trans. Richard Miller. New York: Hill and Wang, 1975.
Beckett, Samuel. "The New Object." *Modernism/Modernity* 18, no. 4 (2014): 873-77.
——. *Proust and Three Dialogues with George Duthuit*. London: Calder and Boyars, 1965.
Bedford, Sybil. "An Interview." *Paris Review*, Spring 1933, no. 126. https://www.theparisreview.org/miscellaneous/1963/ an-interview-sybille-bedford. Accessed May 2016.
Bennett, Andrew, and Nicholas Royle. *Elizabeth Bowen and the Dissolution of the Novel*. New York: St. Martin's, 1995.
Bennett, Raymond. "A House That's Larger Than Life." *Housewife* 24 (April 1957).
Berlin, Isaiah. *Enlightening: Letters 1946-1960*, eds. Henry Hardy and Jennifer Holmes. London: Chatto & Windus, 2009.
——. *Flourishing: Letters 1928-1946*, ed. Henry Hardy. London: Chatto & Windus, 2004.
——. Interview by Michael Ignatieff, MI, Tape 13, 7 May 1991. http://berlin.wolf.ox.ac.uk/lists/interviews/ignatieff/biographical-interviews/transcripts.pdf, ©The Trustees of the Isaiah Berlin Literary Trust 2017.
Berman, Marshall. *All That Is Solid Melts into Air: The Experience of Modernity*. New York: Penguin, 1988.
Betjeman, John. "The Executive" and "Inexpensive Progress." *Poet Hunter*. http://www.poemhunter.com/i/ebooks/pdf/sir_john_betjeman_2004_9.pdf. Accessed September 18 and 26, 2004.
——. "How Verse Saved the Poet from the IRA." *Guardian*, April 22, 2000. http://www.theguatdian.com/uk/2000/apr/22/books.booksnew. Accessed March 2015.
——. *Letters*, vol. 1: 1926-1951, ed. Candida Lycett Green. London: Minerva, 1995.
"The Bigging Hill Aerodrome."· *Wikipedia*. http://ramsgatehistory.com/zoomify/zeppelins_1 915_ viewer.htm. Accessed September 15, 2015.

Bloom, Emily C. *The Wireless Past: Anglo-Irish Writers and the BBC, 1931-1968*. Oxford: Oxford University Press, 2016

Bluemel, Kristin. *Intermodernism and the Literary Culture in Mid-Twentieth Century*. Edinburgh: Edinburgh University Press, 2008.

Bonce, Alan. *The Cultural Legacy of the British Occupation of Germany: The London Symposium*. Stuttgart: Verlag Hans-Dieter Heinz, Akademischer Verlag, 1957.

Boston, Ann, ed. *Wave Me Goodbye: Stories of the Second World War*. London: Penguin, 1988.

Bowen, Henry Cole. *Statutory Land Purchase in Ireland Prior to 1923*. Dublin: Falconer Press, 1928.

Bowra, Maurice. *Memories (1898-1939)*. Cambridge, MA: Harvard University Press, 1967.

Brooke, Jocelyn. *Elizabeth Bowen*. London: Longmans, Green, 1952.

Brown, Terrence. *The Literature of Ireland: Culture and Criticism*. Cambridge: Cambridge University Press, 2010.

Butler, Hubert. *Independent Spirit: Essays*. New York: Farrar, Straus, and Giroux, 1996.

Byatt, A. S. "Elizabeth Bowen: *The House in Paris*." In *The Passions of the Mind*, ed. A.S. Byatt. 241-49. London: Chatto and Windus, 1991.

——. Introduction to *The House in Paris* by Elizabeth Bowen, New York: Penguin Twentieth Century Classics, 1994.

Caestecker, Frank, and Bob Moore, eds. *Refugees from Nazi Germany and the Liberal European States*. New York: Berghahn, 2010.

Cameron, Alan C. *The Film in National Life*. London: Allen and Unwin, 1932.

Caron, Vicki. *Uneasy Asylum: France and the Jewish Refugee Crisis, 1933-1942*. Stanford: Stanford University Press, 1999.

Caws, MaryAnn. "Ladies Shot and Painted." In *The Female Body in Western Culture*, ed. Susan Suleiman, 261-69. Cambridge, MA: Harvard University Press, 1986 ..

——. *Surrealism and Women*. Cambridge, MA: MIT Press, 1991.

——. "Thinking North." *Raritan Review* 32, no. 3 (winter, 2013).

Corse, Edward. "British Propaganda in Neutral Eire after the Fall of France, 1940." *Contemporary British History* 22, issue.2, (May 2008): 163-180.

Chatterjee, Partha. *The Nation and Its Fragments: Colonial and Postcolonial Histories*. Princeton: Princeton University Press, 1993.

Cheyette, Bryan, and Laura Marcus. "Some Methodological Anxieties." *Modernity, Culture, and "the Jew,"* 29, no. 1 (1996): 1-20.

Collis, Rose. *A Trouser-Wearing Character: The Life and Times of Nancy Spain*. London: Cassell, 1979.

Conley, Katherine. *Surreal Ghostliness*. Lincoln: University of Nebraska Press, 2013.

Connolly, Cyril. "Comment." *Horizon* 6, no. 36 (December 1942): 9.

——. *Enemies of Promise*. 2nd ed. London: Penguin, 1948.

——. "It's Got Here at Last." Review. *New Statesman & Nation* (London), December 14, 1935.

——. "Missing Diplomats," *Sunday Times* (London), September 21 and 28, 1952.

Conradi, Peter. "The Guises of Love." *Iris Murdoch Review* 19, no. 5 (2015): 17-28.

Corcoran, Neil. *The Chosen Ground: Essays on the Contemporary Poets of Northern Ireland*. Bridgend, UK: Poetry Wales Press, 1995.

——. *Elizabeth Bowen: The Enforced Return*. Oxford: Clarendon Press, 2004.

Costello, John, and Oleg Tsarev. *Deadly Illusion: The KGB Orlov Dossier Reveals Stalin's Master Spy*. New York: Crown, 1993.

Coughlan, Patricia. "Women and Desire in the Work of Elizabeth Bowen." In *Sex, Nation, and Dissent*, ed. Eibhear Walshe, 103-34. Cork, Ireland: Cork University Press, 1996.

Cronin, Jim. *The Anglo-Irish Nove4 1900-1940*. Belfast: Apple Tree Press, 1990.

Cunningham, Valentine. *British Writers of the Thirties*. Oxford: Oxford University Press, 1988.

Curtis Brown Records. Bowen, Catalogued Correspondence. Box 3, Author files, Box 42 (3 folders), Columbia University, New York.

Dalgarno, Emily. *The Migrations of Language*. Cambridge: Cambridge University Press, 2011.

Darroch, Sandra Jobson. *Ottoline: The Life of Lady Ottoline Morrell.* New York: Coward, McCann, and Geoghegan, 1975.

Darwood, Nicola. *A World of Lost Innocence: The fiction of Elizabeth Bowen.* Newcastle: Cambridge Scholars Publications, 2012.

David, Deirdre. *Olivia Manning: A Woman at War*. Oxford: Oxford University Press, 2012.

Davis, Robert Murray. "Contributions to 'Night and Day' by Elizabeth Bowen, Graham Greene, and Anthony Powell." *Studies in the Novel* 3, no. 4 (1971): 401-4.

Davis, Rupert Hart, ed. *The Lyttleton Hart-Davis Letters*. 1978. Reprint, London: John Murray, 2003.

De-la-Noy, Michael. *Eddy: The Life of Edward Sackville-West*. London: Bodley Head, 1988.

De Lautréamont, Comte. *Les Chantes de Maldoror*. New York: New Directions, 1965.

Deer, Patrick. *Culture in Camouflage: War, Empire, and Modern British Literature*. Oxford: Oxford University Press, 2009.

Derrida, Jacques. *Archive Fever: A Freudian Impression*. Chicago: University of Chicago Press, 1998.

Devlin, Albert J., and Peggy Whitman-Prenshaw, eds. *Welty: A Life in Literature*. Jackson: University of Mississippi Press, 1987.

De Vries, Peter. "Touch and Go (With a Low Bow to Elizabeth Bowen)." *New Yorker*, January 26, 1952, 30-32.

DeWaal, Edmund. *The Hare with the Amber Eyes: A Family's Century of Art and Loss*. New York: Farrar, Straus, and Giroux, 2010.

De Witt-Miller, R. "The Cure for Stammering." *Popular Mechanics* 74, no. 1 (1940).

*Dictionary of National Biography*, ed. Stephen, Leslie, Sidney Lee, and Christine Nicolls. 1885. Reprint, Oxford: Oxford University Press, 2004.

Donnelly, James S., Jr.· "Big House Burnings in County Cork during the Irish Revolution, 1920-1921." *Eire-Ireland* 47, nos. 3 and 4 (2012): 141-97.

"Early Works by Modern Women Writers: Woolf, Bowen, Mansfield, Cather, and Stein." *Reference and Research Book News* 21, no. 3 (2006).

Eddington, Arthur Stanley. *The Nature of the Physical World.* London: Cambridge University Press, 1928.

Edgeworth, Maria. *Castle Rackrent*. 1832-33. Reprint, New York: Dover, 2005.

Ellmann, Maud. *Elizabeth Bowen: The Shadow across the Page*. Edinburgh: Edinburgh University Press, 2003.

Ellmann, Richard. *James Joyce*. New York: Oxford University Press, 1965.

Farrell, Marcia, *Elizabeth Bowen: A Comprehensive Bibliography*. Wilkes-Barre, PA: Humanities at Wilkes University, 2012.

Feigel, Lara. *The Bitter Taste of Victory: Life, Love, and Art in the Ruins of the Reich*. London: Bloomsbury, 2016.

——. *The Love Charm of Bombs: Restless Lives in the Second World War*. London: Bloomsbury, 2013.

Finkelstein, Haim. *Surrealism and the Crisis of the Object*. Ann Arbor, MI: UMI Research Press, 1979.

Fisk, Robert. *In Time of War: Ireland, Ulster, and the Price of Neutrality, 1939-1945*. 1983. Reprint, London: Gill and Macmillan, 2001.

—. "Turning Our Back on the Fire of Life." *Irish Times* (Dublin), October 19, 1999. https://www.irishtimes.com/culture/turning-our-backs-on-the-fire-of-life-1.240418

Forster, E. M. "What I Believe." In Forster, *Two Cheers for Democracy*. 1951. Reprint, New York: Mariner Books, 1962.

Foster, Roy. *Modern Ireland: 1600-1972*. London: Penguin, 1988.

Fothergill, John, ed. *The Fothergill Omnibus, for Which Seventeen Eminent Authors Have Written Short Stories upon One and the Same Plot*. London: Eyre and Spottiswoode, 1931.

Foucault, Michel. *Discipline and Punish: The Birth of the Prison*. Trans. Alan Sheridan. New York: Pantheon, 1977.

Gilbert, Sandra, and Susan Gubar. *The Madwoman in the Attic: The Woman Writer and the Nineteenth-Century Literary Imagination*. New Haven: Yale University Press, 1979.

Gildersleeve, Jessica. *Elizabeth Bowen and the Writing of Trauma: The Ethics of Survival*. Amsterdam: Rodopi, 2014.

Gilligan, Carol. "Women's Voices," lecture, William Alanson White Institute, October 24, 2009.

Gilman, Sander. *The Jews Body: Self Hatred, Anti-Semitism, and the Hidden Language of the Jews*. New York: Routledge, 1991.

Giroux, Robert. "An Interview." *Paris Review* (Summer 2000), Interview Section.

Glendinning, Victoria. *Elizabeth Bowen: Portrait of a Writer*. 1977. Reprint, New York: Penguin, 1985.

—. Glendinning and Judith Robertson. Eds. *Loves Civil War: Elizabeth Bowen and Charles Ritchie, Letters and Diaries*, Toronto: McClelland and Stewart, 2008.

Gornick, Vivian. "Elizabeth Bowen in Love." *Raritan* 37, no.2 (Fall 2017), 109-118.

Gowrie, Grey. *Derek Hill: An Appreciation*. London: Quartet Books, 1987.

Green, Henry. *Loving; Living; Partygoing*. New York: Penguin Classics, 1993.

Greene, Graham. *Brighton Rock*. New York: Penguin, 1938.

Gula, Mariann. "Lost a Bob but Found a Tanner: From a Translator's Workshop." https:/ /periodicos.ufsc.br/index.php/scientia/article/viewFile/1980-4237.2010n8pl22/18129. Accessed September 5, 2016.

Hachey, Thomas E. "Nuanced Neutrality and Irish Identity: Idiosyncratic Legacy," in *Turning Points in Twentieth-Century Irish History*, 77-102. Dublin: Irish Academic Press, 2011.

—. "The Rhetoric and Reality of Irish Neutrality." *New Hibernia Review* 6, no. 4 (2002): 26-43.

—. ed. *Turning Points in Twentieth-Century Irish History*. Dublin: Irish Academic Press, 2011.

Hall, Radclyffe. *The Well of Loneliness*. 1928. Reprint, Ware, UK: Wordsworth Editions, 2014.

Halliday, Nigel Faux. *More than a Bookshop: Zwemmer's and Art in the Twentieth Century*. London: Philip Wilson, 2003.

Hand, Derek. *The History of the Irish Novel*. Cambridge: Cambridge University Press, 2011.

Hanley, Lynn. *Writing War: Fiction, Gender, and Memory*. Amherst: University of Massachusetts Press, 1991.

Hardwick, Elizabeth. "Elizabeth Bowen's Fiction." *Partisan Review* 16 (1949):114-21.

Hart-Davis, Rupert, ed. *The Lyttleton Hart-Davis Letters*. 1978. Reprint, London: John Murray, 2003.

Hastings, Selina. *Rosamond Lehmann: A Life*. London: Vintage, 2003.

Haughton, Hugh, and Bryan Radley. "Interview with John Banville." *Modernism/Modernity* (2011): 855-72.

Heaney, Seamus. *Sweeney Astray: A Version from the Irish*. New York: Farrar, Straus, and Giroux, 1984.

Heath, William Webster. *Elizabeth Bowen: An Introduction to Her Novels*. Madison, WI: University Microfilms, 1981.

Henty, G. A. *Boy Knight: A Tale of the Crusades*. Reprint, 1883. CreateSpaceIndependent Publisher, 2010.

—. *By Sheer Pluck: A Tale of the Ashanti War*. Reprint, 1897. CreateSpaceIndependent Publisher, 2016.

Henty, G. A., and Arthur Rackham. *Brains and Bravery, Being Stories*. Edinburgh: W.W. and R. Chambers, 1905.

Hepburn, Allan. ed. *The Bazaar and Other Stories by Elizabeth Bowen*. Edinburgh: Edinburgh University Press, 2008.

—. *Intrigue: Espionage and Culture*. New Haven: Yale University Press, 2005.

—. ed. *Listening In: Broadcasts, Speeches, and Interviews by Elizabeth Bowen*. Edinburgh: Edinburgh University Press, 2010.

—. ed. *People, Places and· 7hings: Essays by Elizabeth Bowen*. Edinburgh: Edinburgh University Press, 2008.

—. "Trials and Errors: *The Heat of the Day* and Post-War Culpability." Ed. Bluemel, *Intermodernisms*, 131--49.

—. "War in the Archives." *Ransom Edition*, Spring 2008.

—. ed. *The Weight of a World of Feeling: Reviews and Essays by Elizabeth Bowen*. Evanston: Northwestern University Press, 2017.

Hewison, Robert. *Under Siege: Literary Life in London*. London: Weidenfeld and Nicolson, 1977.

Hill, Derek. "Letter from Ireland." *Horizon* 18 (1946): 270-74.

—. Hill-Bowen Correspondence. 1953-1971. PRONI. D4400/C/2/27.

Hillier, Bevis. *Betjeman: The Bonus of Laughter*. London: John Murray, 2004.

—. *John Betjeman: The Biography*. London: John Murray, 2006. 331

Hoogland, Renee C. *Elizabeth Bowen: A Reputation in Writing*. New York & London: NYU Press, 1994.

Horner, Avril, and Anne Rowe, eds. *Living on Paper: Letters from Iris Murdoch, 1934-1995*. Princeton: Princeton University Press, 2015.

Horowitz, Sara R. "Lovin' Me, Lovin' Jew: Gender, Intermarriage, and Metaphor," in *Anti-semitism and Philosemitism in the Twentieth and Twenty-First Centuries: Representing Jews, Jewishness, and Modern Culture*, ed. Phyllis Lassner and Lara Trubowitz, 196-216. Newark: University of Delaware Press, 2008.

Horsier, Val, and Jenny Kingsland. *Downe House: A Mystery and a Miracle*. London: Third Millennium, 2006.

House, John. Obituary. February 14, 2012. *The Guardian*. http://www.theguardian.com/education/2012/feb/14/john-house-obituaty. Accessed March 2012.

Howard, Elizabeth Jane. *Slipstream: A Memoir*. London: Pan Macmillan, 2003.

Howard, Michael. *Jonathan Cape, Publisher*. London: Jonathan Cape, 1971.

lgnatieff, Michael. *Isaiah Berlin: A Life*. London: Chatto and Windus, 1998.

Igoe, Vivien. *A Literary Guide to Dublin*. London: Methuen, 2000.

lnglesby, Elizabeth. "Expressive Objects." *Modern Fiction Studies* 53, no. 2 (2007): 309.

lngman, Heaather. *Irish Womens Fiction from Edgeworth to Enright*. Dublin: Irish Academic Press, 2013.

Jameson, Storm. *A Cup of Tea for Mr. Thorgill*. New York: Harper and Brothers, 1957.

—. *The Novel in Contemporary Life*. Boston: Writers Inc., 1938.

Jenkins, Elizabeth. Introduction to *Collected Reports of the Jane Austen Society, 1949-64*. Reprint, London: Wm. Dawson and Sons, 1967.

Joannou, Maroula. *Ladies, Please Don't Smash These Windows: Women's Writing, Feminist Consciousness, and Social Change, 1918-38*. Oxford: Berg, 1995.

Jordan, Heather Bryant. *How Will the Heart Endure: Elizabeth Bowen and the Landscape of War*. Ann Arbor: University of Michigan Press, 1992.

Joyce, James. *Dubliners*. New York: Viking Press, 1961.

——. *Ulysses*. New York: Modern Library, 1961.

Judt, Tony. "The Rehabilitation of Europe." In Judt, *Postwar: A History of Europe Since 1945*, 63-99. New York: Penguin, 1995.

Kavky, Samantha. "Max Ernst's Post-World War Studies in Hysteria." *The Space Between: Literature and Culture, 1914-1945* 8, no. 1 (2012): 37-63.

Keane, Molly. "Elizabeth of Bowen's Court," *The Irish Times*, March 20, 1985.

——. *Good Behaviour*. London: Virago Press, 2005.

Kelly, Marian. "The Power of the Past: Structural Nostalgia in Elizabeth Bowen's *The House in Paris* and *The Little Girls*." Style 36, no. 1 (2002): 1-18.

Kelly, Martin J. "The Last Days of the Colleys on Carbury Hill." *Journal of the County Kildare Archeological Society* 17, no. I (1987).

Kenney, Edwin J. *Elizabeth Bowen*. Lewisburg: Bucknell UP, 1975.

Kiberd, Declan, *Inventing Ireland: The Literature of a Modern Nation*. New York: Random House, 2009. 坂内太 訳『アイルランドの創出——現代国家の文学』(水声社、2018)

*The Kings Speech*. Directed by Tom Hooper. 2010. New York: Weinstein Company, 2011. DVD.

Kopytoff, Igor. "The Cultural Biography of Things: Commoditization as Process." In *The Social Life of Things: Commodities in Cultural Perspective*, ed. Arjun Appadurai, 64-91. New York: Cambridge University Press, 1986.

Kochavi, Arieh J. "British Policy toward East European Refugees in Germany and Austria." Los Angeles: Museum of Tolerance: Simon Wiesenthal Center, 1945-47.

Kreilkamp, Vera. *The Anglo-Irish Novel and the Big House*. New York: Syracuse University Press, 1998.

——. "Bowen, Ascendancy Modernist." In Walshe, ed. *Elizabeth Bowen, Visions and Revisions*, 12-26.

Kreyling, Michael. "The Culminating Moment: *To the Lighthouse and The Optimists Daughter*." In Kreyling, *Eudora Weltys Achievement of Order*, 153-173. Baton Rouge: Louisiana State University Press; 1980.

Landon, Lana Hartman, and Laurel Smith. *Early Works by Modern Women Writers: Woolf, Bowen, Mansfield, Cather, and Stein. Lewiston*, NY: Edwin Mellen Press, 2006.

Lane, Jack, and Brendan Clifford. "Elizabeth Bowen: A 'Debate' in *The Irish Examiner*. Cork, Ireland: Aubane Historical Society, May 2008.

—— eds. *North Cork Anthology*. Cork, Ireland: Aubane Historical Society, 1993.

Lassagne-Wells, Shannon. "'Disjected Snapshots': Photography in the Short Stories of Elizabeth Bowen." *Journal of the Short Story in English* 56 (2011): 39-48.

Lassner, Phyllis. *British Women Writers of World l-%r II: Battlegrounds of Their Own*. London: Macmillan, 1998.

——. *Elizabeth Bowen* (Women Writers Series). New York: Rowman and Littlefield, 1990.

——. *Espionage and Exile: Fascism and Anti-Fascism in British Spy Fiction*. Edinburgh: Edinburgh UP, 2017.

——. "Out of the Shadows: The Newly Collected Elizabeth Bowen." Review. *Modernism/Modernity* 17, no. 3 (2010): 669-776.

Lassner, Phyllis, and Lara Trubowitz. *Antisemitism and Philosemitism in the Twentieth and Twenty-First*

*Centuries: Representing Jews, Jewishness, and Modern Culture*. Newark, DE: University of Delaware Press, 2008.

Lassner, Phyllis, and Paula Derdiger. "Domestic Gothic, the Global Primitive, and Gender Relations in Elizabeth Bowen's *The Last September* and *The House in Paris*." *In Irish Modernism and the Global Primitive*, ed. Claire A. Culleton and Maria McGarrity, 195-214. New York: Palgrave Macmillan, 2008.

Laurence, Patricia. "The Reading and Writing of Silence." In Laurence, *The Reading of Silence: Virginia Woolf in the English Tradition*, 89-122. Stanford: Stanford University Press, 1991.

—. *Lily Briscoe's Chinese Eyes: Bloomsbury, Modernism and China.* Columbia: University of South Carolina Press, 2003.

—. Review, Allan Hepburn, *Listening In. Modernism/Modernity*. 19:3, 2012.

*LCW: Loves Civil War: Elizabeth Bowen and Charles Ritchie, Letters and Diaries*, ed. Victoria Glendinning and Judith Robertson. Toronto: McClelland and Stewart, 2008.

Leaska, Mitchell. *Granite and Rainbow: The Hidden Life of Virginia Woolf.* New York: Farrar, Straus, and Giroux, 1998.

Lee, Hermione, ed. *The Mulberry Tree: Writings of Elizabeth Bowen*. New York, San Diego, London: Harcourt, Brace Jovanovich, 1986.

—. *Elizabeth Bowen: An Estimation*. 1981. Reprint, London: Vintage, 1999.

LeFanu, J. Sheridan. *Carmilla*. Seattle: CreateSpace Independent Publishing Platform, 2012.

Lehmann, Rosamond. *The Echoing Grove*. New York: Harcourt Brace, 1953.

—. "Elizabeth Bowen-Obituary." *London Times*, February 26, 1973.

—. "Rosamond Lehmann-Interview: The Art of Fiction," by Shusha Guppy. *Paris Review* 88 (Summer 1985). https://www.theparisreview.org/interviews/2894/rosamond-lehmann-the-art-of-fiction-no-88-rosamond-lehmann. Accessed May 2011.

—. *Rosamond Lehmann's Album: With an Wand Postscript by Rosamond Lehmann*. London: Chatto and Windus, 1985.

—. *The Swan in the Evening: Fragments of an Inner Life*. New York: Open Road Media, 2015.

Lewis, Jeremy. *Cyril Connolly: A Life*. London: Jonathan Cape, 1997.

Lloyd-Jones, Hugh, ed. *Maurice Bowra: A Celebration*. 1974. Reprint, Ann Arbor: University of Michigan Press, 2008.

London County Council School of Arts and Crafts. *Prospectus and Time Table, 1917-1918.*

London, Louise. *Whitehall and the Jews, 1933-1942*. Cambridge: Cambridge University Press, 2000.

Macaulay, Rose. Macaulay, Dame Rose: 9ALS, 2 APCS to EB, HRC. "The Virtue of Queenship." BBC Broadcast May 31, 1952. Bodleian Ms. 6829, #19.

MacNeice, Louis. "Neutrality," "Budgie" In *The Penguin New Writing*, ed. John Lehmann. 1943, 4 I.

Mahon, Derek. "MacNeice, the War and the BBC." Open Edition Books, Presses Universitaires deCaen. http://books.openedition.org/puc/544?lang=en%2D%2Don-line. Accessed January 2016.

Maloney, John J. "The Contemporary Feminine." *American Scholar* (1950): 110-30.

Manning, E. F. "The Oak Tree." *Blarney Magazine* 7 (1954): 22-27.

Marcus, Jane Connor, ed. *The Young Rebecca: Writings of Rebecca West, 1911-17*. Bloomington: Indiana University Press, 1983.

Marcus, Laura. *Dreams of Modernity: Psychoanalysis, Literature, Cinema*. Cambridge: Cambridge University Press, 2014.

Marrs, Suzanne. *Eudora Welty: A Biography*. New York: Mariner, 2006.

—. "Place and the Displaced in Eudora Welty's 'The Bride of lnnisfallen.'" *Mississippi Quarterly* 50 (1977): 647-68.

Masters, Christopher. "John House-Obituary." *Guardian* (London), February 14, 2012, Education Section.

Maxwell, William. *So Long, See You Tomorrow*. New York: Vintage, 1996.

—. *What There is to Say We Have Said: The Correspondence of Eudora Welty & William Maxwell*, ed. Susanne Marrs. Houghton Mifflin Harcourt. Boston, New York, 2011.

McEwan, Ian. *Sweet Tooth*. New York: Doubleday, 2012.

McGuire, James, and James Quinn, eds. *Dictionary of Irish Biography*. Cambridge: Cambridge University Press, 2010.

McLaine, Ian. *Ministry of Morale: Home Front Morale and the Ministry of Information in World War II*. London: George Allen & Unwin, 1979.

McMahon, Paul. *British Spies and Irish Rebels: British Intelligence and Ireland, 1916-1945*. Woodbridge, UK: Boyardell Press, 2008.

McNeillie, Andrew. *Winter Moorings*. Manchester, UK: Carcanet Press, 2014.

McWhirter, David. "Eudora Welty Goes to the Movies: Modernism, Regionalism, Global Media." *Modern Fiction Studies* 55, no. 1 (2009): 68-91.

Maslen, Elizabeth. *Life in the Writings of Storm Jameson: A Biography*. Evanston, Illinois: Northwestern University Press, 2014.

Melchers, Christopher. "Bowen in Hythe." *Hythe Civic Society Newsletter* 147, April 2009, 2.

Miller, Jan. "Re-reading Elizabeth Bowen." *Raritan* 20 (2000): 17-31.

Mitchell, Leslie. *Maurice Bowra: A Life*. Oxford: Oxford University Press, 2009.

Monaghan, Charles. "Portrait of a Woman Reading." *Chicago Tribune Book World*, November 10, 1968, 80-83.

Morrell, Ottoline. *Lady Ottoline's Album: Snapshots and Portraits of Her Famous Contemporaries (and Herself)*, ed. Caroline Heilbrun. New York: Knopf, 1976.

Morris, John, ed. *From the 7hird Programme: A Ten-Years' Anthology*. London: Nonesuch Press, 1956.

Moss, Howard. "Elizabeth Bowen: Intelligence at War." ,In Moss, *Writing against Time: Critical Essays and Reviews*, 214-19. New York: William Morrow, 1969.

—. "Heiress Is an Outsider." *New York Times*, October 13, 1968, Book Review, I.

Murphy, Emily. "Regionalism and Nationalism in Elizabeth Bowen's Irish Writings." Master's thesis, University College, Cork, Ireland, November 1994.

Murphy, Tom. *Famine*. London: Methuen, 2001. New Burlington Galleries Catalog. "The International Surrealist Exhibition, London," June 11-July 4, 1936.

Newell, Hilary. *Women Must Choose: The Position of Women in Europe Today*. London: Gollancz, 1937.

Nicolson, Nigel, and Joanne Trautmann, eds. *The Letters of Virginia Woolf*. Vais. 1-6. New York: Mariner Books, 1982.

Nicolson, Nigel, and Kenneth Clarke. "Exit Permit for Stephen Spender and Cyril Connolly to Visit Eire." 1941. London: British National Archives .

O'Brien, Edna. *Country Girl*. London: Little Brown, 2012.

O'Faolain, Sean, ed. *The Bell*, 1940-1946. Series. National Library of lreland, lr 0566. Dublin, Ireland. "Midsummer Night Madness." In *The Finest Stories of Sean O'Faolain*, ed. Elizabeth Bowen. Boston: Little, Brown, 1948.

—. "Reading and Remembrance of Elizabeth Bowen." *London Review of Books* 4, no. 4 (1982): 15-16.

—. *Vive Moi*. London: Sinclair-Stevenson, 1993.

O'Halpin, Eunan. *Spying on Ireland: British Intelligence and Neutrality During the Second World War*. Oxford: Oxford UP, 2008.

Oldfield, Sybil. *Women Against the Iron Fist*. Oxford: Blackwell, 1989.

O'Malley, Ernie. *On Another Man's Wound: A Personal History of Irelands War of Independence*. Boulder, CO: Roberts Rinehart, 1936.

Osborn, Susan. *Elizabeth Bowen: New Critical Perspectives*. Cork, Ireland: Cork University Press, 2009.

—. "Reconsidering Elizabeth Bowen." *Modern Fiction Studies* 52, no. I (2006): 187-97.

Paxton, Robert, and Michael R. Marrus. *Vichy France and the Jews*. New York: Basic Books, 1985.

Phipps, Sally Keane. Molly Keane: A Life. London: Virago, 2018.

Pinter, Harold. *The Heat of the Day*. London: Faber and Faber, 1989. Tratra

Plomer, William. *At Home*. London: Jonathan Cape, 1958.

—. *Double Lives & At Home: An Autobiography*. Afterword, Simon Noel Smith. London: Jonathan Cape, 1945.

—. *Electric Delights*, ed. Rupert Hart-Davis. Boston: Godine, 1978.

—. *Museum Pieces*. London: Jonathan Cape, 1952.

—. "Notes on a Visit co Ireland," in Peter Alexander. *William Plomer: A Biography*. Oxford: Oxford University Press, 1989.

—. *Selected Poems*. UK: Carcanet Press Ltd., 20 I 7.

—. *Selected Stories*. Capetown: Africasouth, 1984.

"Polish Troops Hit Back at Danzig." *Evening Standard* (London), September I, 1939, 1.

Porcelli, Stefania. "Careless Talk Costs Lives: War Propaganda and Wartime Fiction in Elizabeth Bowen's *The Heat of the Day*." In *Challenges for the Twenty-First Century: Dilemmas, Ambiguities, Directions*, ed. Spade Columba, Crisafulli, and Ruggieri. Rome: University of Rome Department of Comparative Literature, 2011.

—. "Elizabeth Bowen's Wavering Attitude towards World War II Propaganda." In *Propaganda and Rhetoric in Democracy: History, Theory, Analysis*, ed. Gae Lyn Henderson and Mary J. Braun, 96-117. Carbondale, IL: Southern Illinois University Press, 2016.

Poulet, Georges. *The Interior Distance*. Trans. Elliott Coleman. Baltimore: Johns Hopkins University Press, 1959.

Powell, Anthony. *The Age of Absurdity: Anthony Powell and Robert Vanderbilt, Letters, 1952-1963*, ed. John Smith and Jonathan Kooperstein. London: Maggs Brothers, 2011.

Powell, Violet. *The Constant Novelist: A Study of Margaret Kennedy*. London: Heinemann, 1983.

—. *The Irish Cousins: The Books and Backgrounds of Somerville and Ross*. London: Heinemann, 1970.

Powers, Bill. *White Knights, Dark Earls: The Rise and Fall of an Anglo-Irish Dynasty*. Cork, Ireland: Collins Press, 2000.

*PPT: People, Places, Things: Essays by Elizabeth Bowen*, ed. Allan Hepburn. Edinburgh: Edinburgh University Press, 2008.

Prenshaw, Peggy Whitman. "Conversations with Eudora Welty." In *Eudora Welty: A Life in Literature*, ed. Albert J. Devlin, Jackson: University of Mississippi Press, 1987.

Proust, Marcel. *In Search of Lost Time*, vol.1-6 (Swann's Way, Within a Budding Grove, The Guermantes Way, Sodom and Gomorrah, The Captive, The Fugitive, Time Regained). Trans. C.K. Scott Moncrieff, Terence Kilmartin; Revised, D.J. Enright, New York: Modern Library, 1992-1999.

—. *Jean Santeuil*. London: Penguin, 1994.

Quennell, Peter. *Customs and Characters*. London: Weidenfeld and Nicolson, 1982.
Quinlan, Kieran. *Strange Kin: Ireland and the American South*. 1995. Reprint, Baton Rouge: Louisiana State University Press, 2008:
Radden-Keefe, Patrick. "Where the Bodies Are Buried." *New Yorker*, March 16, 2015.
Radford, Jean. "Late Modernism and the Politics of History." In *Women Writers of the 1930s: Gender, Politics, and History*, ed. Maroula Jannou, 33-45. Edinburgh: Edinburgh University Press, 1999.
—. "The Woman and the Jew." *Modernity, Culture, and the Jews* 29, no.1 (1996): 103.
Radice, Anthony. "Placing Elizabeth Bowen in the Canon." *Contemporary Review* 287 (2005): 115-16.
Rees, Jenny. *Looking for Mr. Nobody: The Secret Life of Goronwy Rees*. 1994. Reprint, Brunswick, NJ: Transaction, 2000.
Richards, Jeffrey. *The Age of the Dream Palace: Cinema and Society in 1930s Britain*. London: LB. Tauris, 2010.
Ridler, A. B. *Olive Willis and Downe House: An Adventure in Education*. London: Murray, 1967.
Ritchie, Charles. *The Siren Years: A Canadian Diplomat Abroad, 1937-1945*. Toronto: McClelland and Stewart, 2001.
Robins, Joseph. *The Madman and the Fool: A History of the Insane in Ireland*. Dublin: Institute of Public Administration, 1986.
Rouda, Frank. Letter, March 1, 1946. Columbia University Rare Book Room, Box 1, HM52858.
Rowe, Ann, and Avril Horner, eds. *Living on Paper: The Letters of Iris Murdoch*. Princeton: Princeton University Press, 2016.
Rubens, Robert. "Elizabeth Bowen: A Woman of Wisdom." *Contemporary Review* 268 (1996): 304-7.
Saussure de, Ferdinand. *Course in General Linguistics*, ed. Charles Bally, Albert Sechehaye in collaboration with Albert Riedlinger. Trans. Wade Baskin. New York: McGraw Hill, 1966.
Sarton, May. *A Shower of Summer Days*. 1952. Reprint, New York: W.W. Norton, 1995.
—. *A World of Light: Portraits and Celebrations*. 1976. Reprint: New York: W.W. Norton, 1988.
Scott, Bonnie Kime, ed. *Selected Letters of Rebecca West*. New Haven: Yale University Press, 2000.
Sedgwick, Eve Kosofsky. "Paranoid Reading and Reparative Reading or You're So Paranoid You Probably Think This Essay ls About You." In Sedgwick, *Novel Gazing: Queer Readings in Fiction*, 123-51. Durham, NC: Duke University Press, 1997.
Seiler, Claire. "lmmodernist Midcenturies." *Modernism/Modernity* 22, no. 4 (2015): 821-26.
Sellery, ]'Nan M., and William 0. Harris. *A Bibliography of Elizabeth Bowen*. Austin: Humanities Research Center, University of Texas, 1981.
Seymour, Miranda. *Ottoline Morrell: Life on the Grand Scale*. New York: Farrar, Straus, and Giroux, 1992.
Shakespeare, William. *Measure for Measure*. In *The Complete Works of Shakespeare*, ed. Hardin Craig. Chicago: Scott, Foresman, 1961.
Sheehan, Paul. *Modernism, Narrative, and Humanism*. Cambridge: Cambridge University Press, 2002.
Showalter, Elaine. *A Jury of Her Peers: American Women Writers from Anne Bradstreet to Annie Proulx*. New York: Knopf, 2009.
Smith, James. *British Writers and MI5 Surveillance, 1930-1960*. Cambridge: Cambridge University Press, 2013.
Smith, James M. *Irelands Magdalene Laundries and the Nations Architecture of Containment*. Notre Dame, IN: University of Notre Dame Press, 2007.
"Snowshill Manor." *National Trust*. http://www.narionalcrust.org.uk/snowshillmanor. Accessed January 13, 2014.

Somerville, Edith, and Martin Ross. *The Real Charlotte*. 1894. Reprint, Nashville, TN: J.S. Sanders, 1999.
Spencer, Elizabeth. *Landscapes of the Heart*. New York: Random House, 1998.
Spoo, Robert. *Without Copyrights: Piracy, Publishing, and the Public Domain*. London: Oxford University Press, 2014.
St. Gogarty, Oliver. *It Isn't This Time of Year at All! An Unpremeditated Autobiography*. New York: Doubleday, 1954.
"Stephen Gwynn-Obituary." *Columbian* (Dublin), July 1930.
Stover, Justin. "War, Loyalty and Trauma in Ireland, 1914-1927." http://ak-militaergeschichte.de/stover_allegiances (accessed September 2020).
Stonebridge, Lyndsey. "Creatures of an Impossible Time: Late Modernism, Human Rights, and Elizabeth Bowen. "In *Judicial Imagination: Writing after Nuremberg*, ed. Lyndsey Stone bridge, 118-40. Edinburgh: Edinburgh University Press, 2011.
Sullivan, Walter. "A Sense of Place: Elizabeth Bowen and the Landscape of the Heart." *Sewanee Review* 84, no. 1 (1976): 142-49.
Summerson, John. *Georgian London*. Ed. Howard Colvin. London: Paul Mellon Centre, 2003.
Taylor, Elizabeth. *Mrs. Palfrey at the Claremont*. 1971, Reprint, London: Virago, 2006.
Teekell, Anna. "Elizabeth Bowen and Language at War." *New Hibernia Review* 15, no. 3 (2011): 61-79.
—. *Emergency Writing: Irish Literature, Neutrality, and the Second World War*. Evanston, Illinois: Northwestern University Press, 2018.
Toomey, Deirdre. Oxford *Dictionary of National Biography*, s.v. "Elizabeth Dorothea Cole Bowen," Oxford: Oxford University Press, 2004. www.oxforddnb.com. Accessed March 2007.
Trench, C. E. F. "Dermot Chenevix Trench and Haines of *Ulysses." James Joyce Quarterly* 13, no. 1 (1975): 39-48.
Trilling, Diana. "Fiction in Review." *The Nation*, February 26, 1949, 254-56.
Tweedsmuir, Susan. *A Winter's Bouquet*. London: Gerald Duckworth, 1954.
Van Haften, Julie. *Berenice Abbott, Photographer: A Modern Vision*. Forthcoming.
Waldron, Ann. *Eudora Welty: A Writer's Life*. New York: Doubleday, 1998.
Walkowitz, Rebecca. "Review of Mark Wollaeger's *Modernism, Media, and Propaganda." Modernism/Modernity* 15, no. 1 (January 2008).
Walshe, Eibhear, ed. *Elizabeth Bowens Selected Irish Writings*. Cork: Cork University Press, 2011.
—, ed. *Elizabeth Bowen Remembered: Farahy Address*. Dublin: Farahy Courts Press, 1998.
—, ed. *Elizabeth Bowen: Visions and Revisions*. Sallins, Ireland: Irish Academic Press, 2009.
—, ed. *Sex, Nation and Dissent*. Cork, Ireland: Cork University Press, 1996.
Walshe, Keri. "Elizabeth Bowen, Surrealist." *Eire-Ireland* 42, nos. 3 and 4 (2007): 126-47.
Warren, Victoria. "Experience Means Nothing till It Repeats Itself: Elizabeth Bowen's *The Death of the Heart* and Jane Austen's *Emma." Modern Language Studies*, 29, no.1 (September 1999):
Watanabe, Akiko. "The Cold War." *History in Focus*. http://www.history.ac.uk/ihr/Focus/cold/articles/watanabe.html. Accessed January 2015.
Wedgwood, C. V. *Montrose*. 1952. Reprint, New York: St. Martin's, 1998.
—. "The Value of Style in Historical Study." *London Times*, June 18, 1956.
Weininger, Otto. *Sex and Character*. 1903. Reprint, Bloomington: Indiana University Press, 2005.
Welty, Eudora. *The Bride of the Innisfallen, and Other Stories*. New York: Harcourt Brace Jovanovich, 1949.
—. *On Writing*. New York: Modern Library, 2002.
—. "Place in Fiction." In *The Eye of the Story: Selected Essays and Reviews*, 116-33. New York: Random

House, 1970.

——. "Review of Bowens Court, Photographs." *Eudora Welty Review* 8 (2016).

——. *What There is to Say We Have Said: The Correspondence of Eudora Welty & William Maxwell*, ed. Susanne Marrs. Houghton Mifflin Harcourt. Boston, New York, 2011.

West, Rebecca. "Mr. Setty and Mr. Hume," in West, *Train of Powder*, 165-232. 1955. Reprint, Lanham, MD: Ivan R. Dee, 2000.

"William Joyce." http://en.wikipedia.org/wiki/. Accessed July 14, 2014.

Wills, Clair. *That Neutral Island: A History of Ireland during the Second World War*. London: Faber and Faber, 2007.

Wilson Center History Project on the Cold War. "Marshall Plan of the Mind: The CIA Covert Book Program During the Cold War," broadcast, January 15, 2015.

Wohlleben, Peter. *The Hidden Life of Trees: What They Feel, How They Communicate Discoveries from a Secret World*. Translated from German by Jane Billinghurst Greystone. Vancouver: David Suzuki Institute, 2016.

Wolf, Christa. *City of Angels: The Overcoat of Dr. Freud*. Trans. Damion Searl. New York: Farrar, Straus, and Giroux, 2014.

——. *The Quest for Christa T.* Trans. Christopher Middleton. New York: Noonday Press, Farrar, Straus, and Giroux, 1970.

Woolf, Virginia. *The Diary of Virginia Woolf.* Vols. 1-5, 1915-1941. Reprint, New York: Harcourt Brace Jovanovich, 1980.

——. *The Essays of Virginia Woolf*, Vols.1-6, 1904-1941. Vols.1-5, ed. Andrew McNeillie, Vol. 6, Stuart N. Clarke. London: Harcourt Brace Jovanovich, 1986-2011.

——. *The Letters of Virginia Woolf.* Vols. 1-6, 1888-1941. Ed. Nigel Nicolson and Joanne Trautmann. New York: Harcourt Brace Jovanovich, 1980.

——. "The Leaning Tower." In Woolf, *The Moment and Other Essays*. New York: Harcourt, Brace and Company, 1948.

——. "Modern Fiction." In Woolf, *The Common Reader, First Series*. 1925 Reprint, New York: Harcourt Brace Jovanovich, 1953.

——. "Mr. Bennett and Mrs. Brown." In Woolf, *The Second Common Reader*. New York: Harcourt Brace Jovanovich, 1932.

——. "The Narrow Bridge of Art." In Woolf, *Granite and Rainbow*. New York: Harcourt Brace Jovanovich, 1958.

——. Preface to *Orlando*, New York: Harcourt Brace Jovanovich, 1928.

——. *A Room of One's Own*. 1929. Reprint, New York: Harcourt, Brace & World, 1957.

——. *To the Lighthouse*. New York: Harcourt Brace Jovanovich, 1927.

Yeats, William Butler. *The Collected Poems of W. B. Yeats*. New York: Macmillan, 1956.

Young, Gwenda, ed. *Molly Keane: Essays in Contemporary Criticism*. Dublin: Four Courts Press, 2006.

Zwemmer Gallery. "Christmas Catalogue, London." 14 December-25 January 1935.

## 図版リスト

# 訳者あとがき

エリザベス・ボウエン（1899-1973）は生年と没年からわかるようにその生涯を二十世紀と共に過ごした。アイルランドのダブリンに生まれ、七歳でイングランドに渡り、二つの国を往来して成長し作家になった。十三世紀以来イングランドの植民地だったアイルランドに、十七世紀、清教徒オリヴァー・クロムウェルのアイルランド侵攻軍でボウエンの祖先は戦果を挙げてアイルランドのコーク州に領地を得た。二度の世界大戦とアングロ-アイリッシュという出自を背景に、エリザベス・ボウエンは短篇集 *Encounters*（1923）で作家デビューし、その後小説を十作品、短篇は九十篇余りを書き、美しいカントリーサイドを愛し、戦禍のロンドン、生と死の狭間にゴーストを出没させる独特な情景描写で読者を獲得、フィクションのほかに書評や時事評論やエッセイなど多くを残した。本書は伝記としては二冊目に当たるが、Victoria Glendinning, *Elizabeth Bowen: Portrait of a Writer* (1977) と比べると社会的時代的な制約が緩和され、好不調半ばする作家の人生が、結婚と婚外関係に揺れ、執筆で入る印税という現実問題、過度な喫煙と病気の問題などが明らかにされ、そうした経験がモダニスト・ボウエンの創作に果たした臨場感が共感を呼ぶ。

作家ボウエンの最近の研究書、Heather Levy, *Reconsidering Elizabeth Bowen's Shorter Fiction: Dead Reckoning* (London, Lexington Books, 2021) は、ボウエンの作品には暴力、殺人、自殺、犯罪などが頻発、しかもそれらが追悼も断罪もされないことに焦点を当てた画期的な研究書として注目される。

その実例として、ボウエンの短篇「林檎の木（The Apple Tree, 1934）」を取り上げる。少女マイラとドリアの話である。二人は寄宿制女学校の女生徒でマイラとドリアは大の仲良しだった。しかしマイラは十二歳のある日ハシカにかかり、もう一人ハシカにかかった少女と二人、学校から離れた小屋に隔離される。美少女のその子と二人で過ごし、ハシカが治ってクラスに戻ったマイラは、ドリアを避けるようになり、孤独なドリアをマイラは仲間とグルになって嘲笑する。学校には古い林檎の木があって、マイラとドリアは二人だけで木登りもした林檎の木だった。ある夜、ドリアがベッドから起き上がって出ていくのを見たのに、マイラは寝たふりをする。ドリアは戻ってこない。恐る恐る階下に降りたマイラは、林檎の木で首を吊ったドリアを発見、ドリアの足が頭上に。マイラはそっとベッドに戻り夜明けを待つ。朝になって林檎の木を確かめに行くと、林檎の木があった場所には芝生が敷きつめられていた。林檎の木など絶対になかったと言う人々。女学校に自殺などあってはならない。林檎の木はマイラの悪夢になり、林檎の木のゴーストは出没をやめない。「林檎の木」を紹介することで、エリザベス・ボウエンという作家の特徴的な一面が伝えられたら幸いです。

二〇二四年七月

太田 良子

エリザベス・ボウエン 著／H・リー 編／甘濃・垣口・小室・米山・渡部 訳　2024.4.5 刊
A５判上製
**マルベリーツリー**
400 頁
本体 3800円（税別）
ISBN978-4-88059-442-2 C0098

エリザベス・ボウエンは、その小説と短編で名を知られる一方、膨大なエッセイ、序文、書評を執筆していた。それらノンフィクションの文章を編纂した本書は、同時代の作家たちを照らし、ボウエンの小説と短編を読み解く最良の手引きとなろう。

---

エリザベス・ボウエン／太田良子 訳　2016.9.25 刊
四六判上製
**最後の九月**
384 頁
本体 2200円（税別）
ISBN978-4-88059-398-2 C0097

1920年、アイルランド独立戦争のさなか、地方地主の邸宅（ビッグ・ハウス）を舞台に、自由な女になることを夢見る 19 歳のロイスの複雑な現実を精緻に描く。20 世紀英国文壇の重鎮がアングローアイリッシュとしての自身の体験を投影した第二長編。

---

ヘンリー・ソロー／山口晃 訳　2010.1.25 刊
A５判上製
**コンコード川とメリマック川の一週間**
504 頁
本体 5000円（税別）
ISBN978-4-88059-354-8 C0097

約 160 年前の北アメリカで、ヨーロッパからの植民者の子孫であるソローは、歴史に耳を澄まし、社会に瞳を凝らしながら、自然と共存する生活を営んでいた。これは、そのソローからのかけがえのない贈り物である。

---

ヘンリー・ソロー／山口晃 訳　2020.12.25 刊
A５判上製
**ヘンリー・ソロー全日記　1851 年**
336 頁
本体 2500円（税別）
ISBN978-4-88059-421-7 C0398

24 年間のあいだに書かれた 200 万語からなる日記は、なぜ文学作品と呼べるのか──。研究者の間で「森の生活」以上の重要作とされ、作者が自身で選んだ日記という文章表現の形態。

---

ルイ・ズィンク／近藤紀子 訳　2006.7.25 刊
四六判上製
**待ちながら**
136 頁
本体 1500円（税別）
ISBN978-4-88059-328-9 C0097

大西洋の孤島アソーレス諸島はかつて捕鯨の基地であった。そこでは、島民たちが昔ながらの捕鯨をしていると聞いた主人公はリスボンから出かける。カメラマンのアナと一緒に。現代ポルトガル文学の旗手ズィンクの本邦初訳。

---

ラビンドラナート・タゴール／神戸朋子 訳　2022.2.25 刊
A５変形上製
**幼な子ボラナト**
160 頁カラー
本体 2000円（税別）
ISBN978-4-88059-432-3 C0098

百年の時を超え、インドの詩聖タゴールが幼な子の純粋な世界を語りかける──タゴールは 1920 年にアメリカを訪問した折、富への飽くなき追及が人間性を蝕む様を見て心を痛めた。その反動から幼な子の世界の真理をうつす本書を書き上げた。

［著者略歴］

パトリシア・ロレンス（Patricia Laurence）

米国ニューヨーク市立大学名誉教授。越境するモダニズム、ブルームズベリ・グループ、女性作家について幅広く執筆。著書に *The Reading of Silence: Virginia Woolf in the English Tradition*（沈黙の読書：イギリスの伝統におけるヴァージニア・ウルフ）、*Lily Briscoe's Chinese Eyes; Bloomsbury, Modernism and China*（リリー・ブリスコーの中国の眼：ブルームズベリ・グループ・モダニズム・中国）、*Julian Bell: The Violent Pacifist*（ジュリアン・ベル：暴力的な平和主義者）などがある。

［訳者略歴］

太田良子（おおた・りょうこ）

1939 年東京生まれ。都立西高第九期生。東京女子大学・同大学院修了。ケンブリッジ大学訪問研究員。東洋英和女学院大学名誉教授。英米文学翻訳家。日本文藝家協会会員。日本基督教団目白教会会員。2013 年、エリザベス・ボウエン研究会をたちあげ、その研究と紹介に力を注ぐ。『パリの家』『エヴァ・トラウト』ほかボウエンの長編小説全十作を邦訳刊行。訳書にギッシング『渦』、カーター『ワイズチルドレン』、ベルニエール『コレリ大尉のマンドリン』ほか多数。

エリザベス・ボウエン　作家の生涯

---

2024 年　10 月 10 日　初版第 1 刷発行

著　者　パトリシア・ロレンス

訳　者　太田良子

発行所　有限会社 而立書房

東京都千代田区神田猿楽町２丁目４番２号

電話　03（3291）5589 ／ FAX　03（3292）8782

URL　http://jiritsushobo.co.jp

印刷・製本　株式会社 丸井工文社

---

落丁・乱丁本はおとりかえいたします。



Printed in Japan

ISBN 978-4-88059-443-9　C0098

# 索　引

## 人　名

### ア

## カ

## サ



## タ

## ナ



## ハ

## マ



## ヤ



## ラ

## ワ



# 書名・作品名

## ア

## カ

## サ



## タ

## ナ



## ハ

## マ



## ヤ



## ラ

## ワ



# 地名

## ア



## カ

## サ



## タ



## ナ



## ハ



## マ



## ヤ



## ラ

## その他

### ア

## カ



## サ

## タ



## ナ



## ハ

## マ



## ヤ



## ラ



## ワ